JN069664

証言・昭和の俳句

増補新装版 —— 聞き手・編者＝黒田杏子

桂　信子
鈴木六林男
草間時彦
金子兜太
成田千空
古舘曹人
津田清子
古沢太穂
沢木欣一
佐藤鬼房
中村苑子
深見けん二
三橋敏雄

コールサック社

『証言・昭和の俳句』増補新装版　目次

まえがき

雑誌『俳句』の読者投句欄「平成俳壇」の選者を第一回から担当させていただいておりました。担当最終回の選句稿が期日に遅れたため郵送できず、『俳句』編集部に持参したのです。

同誌の編集長に就任されて間もない海野謙四郎さんとははじめての雑談のあと、「これを機に、当面俳句総合誌の仕事は一切辞退させていただき、自分自身を鍛えてゆく仕事に時間をかけてゆきます」と申し上げ退出。こまぎれの仕事ではなく、手応えのある何かを求めていたのです。

そののち、海野さんから「総合誌でこういうことをすべきだという提案などありましたら、ご意見をお聞かせ下さい」とお電話をいただきました。ある会でお目にかかった折に、「昭和俳句の証言者として、学徒出陣世代の俳人を中心に、何人かの重要な作家たちの本格的取材、つまり時間をかけた聞き書きを、今世紀のうちに、誰かが本気になってやっておくべきでしょう」と申し上げて別れました。

次に「黒田さん自身が聞き手となっていただくことは出来ませんか」という打診を受けて、「考えさせて下さい。私も五十代最後の仕事になります。万一お引き受けする場合は、いろいろな条件がクリアされませんと」と申し上げました。

そして海野さんとの何回かの打ち合わせの結果、次の各項目が確認されました。

①証言者の顔ぶれは最初から確定し、メンバーの方々に確認と納得をしていただく。
②準備期間を十分にとる。
③証言の収録には時間をかける。
④『俳句』掲載のときは、すべて証言者の一人語りの形式に統一。事前調査及び打ち合わせの際の黒田の質問項目は小見出しに生かす。
⑤証言時点での自筆作成年譜と自選五十句をいただく。
⑥一人語りの体裁となった証言内容のチェック、ゲラ校正の時間を証言者に十分差し上げる。
⑦写真を多く載せる。証言者所有提供のものに限らず、角川書店、俳句文学館ライブラリーほかの写真も集めて生かす。
⑧昭和史を俳句から眺めた未来への遺産となる記録として広く読者を獲得できる内容を目指す。
⑨証言者のラインナップは流派を超えて大胆に絞り決定してゆくこと。
⑩『俳句』編集長は打ち合わせ、証言の場に終始同席。

これは、考え得る最高の条件でした。

海野編集長から「六林男、兜太、欣一、苑子、敏雄各先生の証言は二か月二号にわたる掲載を予定します。検討を重ねた十三名で一年半、つまり十八回のシリーズ連載企画としてスタートします。ご準備下さい」というＦＡＸをいただいたときは驚きました。私は証言者の全作品、資料の読み込みに打ち込むこと、前日から同じホテルに宿泊して、打ち合わせ、晩ごはんを共にさせていただき、翌朝から収録に入るという進め方を決めました。

いよいよその日、カメラマン、速記者、海野編集長と私、全員がかなり気合いの入った状態で、会議室に第一回の証言者桂信子先生をお迎えしました。先生の張りのある美しい上方ことばが全員を圧倒しました。

この日から、十三名の作家の方々のお話を聴くことに全力を挙げました。

黒田杏子

平成十四年二月

第 I 部

※本書の第一部には、「俳句」（角川学芸出版）に連載された後に『証言・昭和の俳句 上巻・下巻』（角川選書・二〇〇二年）として書籍化された内容を、誤植等を修正し、完全再録しました。

※また第一部の証言のなかには、今日の人権感覚や性の平等の理念に照らして差別的と思われる箇所があります。しかし、証言者達が差別の助長を意図したものではなく、また、昭和期の時代背景や社会的風潮を鑑み、該当箇所の削除は行わず、角川選書版の原文のままとしました。

第1章

桂信子（かつらのぶこ）

はじめに

シリーズの第一回、最初の証言者に桂信子先生をお迎えすることが出来た。

西欧的な雰囲気を湛えておられる先生は、座に着かれた瞬間からいよいよ知的で華やいだ、しかも明晰な世界を私たちに投げかけてこられた。先生を中心に、その場に居合わせたすべての者がたちまち一座を組んでしまう。不思議なことだ。

聞き手も編集者も速記者もカメラマンもすべて一座建立。その世界にいきいきと参加。

本論に入る前からこんなにゆたかで、ドラマティックで、しかも愉悦感に満ちている。

桂信子という俳人の歩みをじっくりと調べ、作品を読み返し、事前の打ち合わせも入念に行ない、その上で、ただいまこの場に臨んでいる。

しかし、事実は小説より奇なり。

この世の出会いは一期一会。予想をはるかに上まわる快調のスタートに心が躍る。

何はともあれ、先生は私の二廻り上の寅歳でいらっしゃる。いよいよ充実、いよいよ円熟。さあご一緒に耳を傾けて下さい。

黒田杏子

若くてハンサム、知的な草城先生との出会い

私は俳句というものにはあまり関心がなかったけれども、読むのは好きでしたね。でも、どんな人がいい俳句を作られるか、そういうことは全然知らなかったのです。女学校の二年生のときに日本文学全集が出まして、そこに日野草城と山口誓子、島村元そういう方のお写真が出たのです。みなとってもハンサムで若くて（笑）。

草城先生のシャツのカラーがパリッとした写真なんてとってもすばらしかったですし、誓子先生のお写真も大学出のサラリーマンの典型みたいな感じでしたから、いやあ、こんなすばらしい若い人が俳句をなさるんだなあという驚きみたいなものを感じたのです。それまでは俳句というものは宗匠頭巾をかぶったおじいさんが作るもんだ（笑）、陰気でね、そんなのはいやだと思っていたから、そういう写真を見て、これなら私も作れると思ったんです。

文学全集に載っていた草城先生の句を見ても、とてもやわらかくてわかりやすい。誓子先生のは樺太時代の句が載っていましたから、ごつごつして、いかめしいという感じがしたんです。島村元の句もよかったですね。灰皿の上に薄い埃があるとかという句で、とてもよかった。

実はそのころ、私は短歌のほうにもちょっとひかれてい

まして、つまり読むことが好きだったんです。私のクラスメートに五島茂さんのお弟子さんがおられて、その人から木下利玄の歌集『一路』をもらったんです。それを読んでみるとものすごくいい。

五島茂さんと草城先生とはわりに知り合いみたいで、そういうことで草城先生の様子も何となしにわかって、大阪にいらっしゃるらしいので、お目にかかりたいなあという気はしたんですけれど、どんな俳誌をもっておられるのか全然わからない。そのころ、女の人で俳句を詠む人なんていなかったですから、周囲に聞くこともできないし、だれも教えてくれません。あこがれのままに卒業したというのが本当です。

卒業してから、やはり俳句がおもしろいなと思いだして、自分で勝手に作ってたんです。阪急百貨店の店頭にいろいろな俳誌が並んでいて、それを見たんですが、どうしてもこんな古くさいものはいやだ、やっぱりやめようかなって。そのころは松瀬青々とか青木月斗とか、ああいうような人が大阪では有名人だったですから。でも、それもやっぱり古くさかったですね（笑）。

もうやめようと思っていたところ、ある日、阪急の店頭で「旗艦」を見つけてページを開いたら、詩集のような俳誌で、句が一行にサーッと組んである。とってもきれいな紙を使ってあって、いいなあと思ってね。巻頭が藤木清子でした。早速それを買って帰りました、もう、ここに決めたって。それが草城先生の主宰誌「旗艦」だったんです。

そのころの「旗艦」は同人の平均年齢が二十五歳くらいで、若い人の集まりでしたね。八幡城太郎、安住敦、水谷砕壺とか。藤木清子はもちろんのことですが、神生彩史という人が神戸におられて、藤木さんと仲良しでね。みな燃えていたような、そういう感じがしました。

私は早速、いままで勝手に書き溜めていたものを草城先生の選句欄と新人欄と両方に出したんです。そうしたら、神生彩史という人が新人欄で三句も採ってくださった。「将来性がある」という批評までついていたんです（笑）。草城先生が採ってくださったのは〈梅林を額明るく過ぎゆけり〉の一句でした。そのとき私はまだ結婚してなかったですから、丹羽信子という名前で出していたわけです。

感覚を詠んだ句の魅力

初めて句を出したのが昭和十三年暮れですが、十四年の夏に「旗艦」新人クラブというのができまして、その初句会に行きました。心斎橋の小倉屋ビルというところでした。

カンカン帽をかぶった草城先生がサーッと会場に入って来られた。初めて先生にお目にかかったんです。とても眉目秀麗、ハンサムな先生でした。ただ、うつむかれたときにここらへん（頭頂部）が薄くなっておられて、あ、草城先生もそういうことがあるんだなと思ったことを、いま思い出しますけれどね（笑）。でも、本当にまだ若くて凛々しいという感じでした。

　そのときの出席者は十六人ぐらいでしたか。そのなかで私の句を採っていただいたんです。〈短夜の畳に厚きあしのうら〉の句です。初めて句会に行って初めて採っていただいたことがすごくうれしかった。

　いま思いますと、この作品は触感の句でしょう。「厚き」ですから。それまではあまり触感の句がなかったですね。触感の句は、草城先生が初めてそこのところを開拓されたと思います。それまでの句にも〈春の夜や檸檬に触るる鼻のさき〉〈永き日や相触れし手は触れしまま〉とか、触覚ですね、それを積極的に詠っておられるんです。ところが、虚子をずっと見たら触感の句なんてないです。客観性を言われてたから、目で見たもの、それも離れて見たものを詠うでしょう。

　そういうことで、あ、これはいままでの俳句とちょっと違うなと思った。私はそれを意識せずに「畳に厚き」といったのですが、それをちゃんと採ってくださったというところがとてもうれしかったです。ああ、よかったなあと思いました。それからずっと投稿を続けました。

　私が「旗艦」に入ったのは昭和十二年ですから、草城先生が「ホトトギス」を除名されたときのことは知らないんです。除名されたのは十一年でしょう。先生が新興俳句の旗手とかそういうことも知らなかった。ただね、「山茶花」を見ても自分の思っている俳句とは違ってたんです。これじゃない、これじゃないということがあって、「旗艦」を見たら、あ、これだ！　それで入ったでしょう。だから、先生が除名された直後だとかということは全然知らなかったけれど、関係のないことでした。私には。

　それまで、私は学校を出てから『文藝春秋』をずっと読んでいたんです、読むのが好きだったからです。石川達三が「蒼氓」で初めて芥川賞をもらったというのがものすごく印象に残ってます。芥川賞の第一回受賞。ちょうどそのころでした。『文藝春秋』にはいまと同じように短歌と俳句の欄があったんです。そこに草城先生の「ミヤコ　ホテル」の批評が載っていたんです。

　無署名だからだれが書いたかわかりません。こういう作品は世相に合わないというようなことがずらっと書いてあったのですが、そのなかに〈枕辺の春の灯は妻が消しぬ〉の句が載っていて、あ、これはいいな、こういうことも俳句に詠めるのかって思ったのです。「ミヤコ　ホテル」を全部読んだわけではないのですが。〈初蟬の樹のゆふばえのこまやかに〉とか、先生の句はちょうど泰西名画を見るみたいで明るいでしょう。いままでの俳句という概念と違うんです。それがよかった。それで草城先生がいいと思った。

　でも、私が入ってしばらくして、草城先生もだんだんと戦争の句を作らんならんようになってきて、あまり明るい句はなかったですね。それはしょうがないことです。

昭和十四年の秋、十一月に桂と結婚して神戸へ行きました。神戸には神戸句会というものがございまして、幹事は亡くなられた卜部奈良男、神生彩史、三保鵠磁とか、錚々たる方でした。三保鵠磁さんが三菱銀行にお勤めの関係で三菱クラブでやりました。

そのころの句会に女性っていないんです。いつでも句会というと男の人の句会ということになっていたんです。ことに「旗艦」は女性は育たないという不文律みたいなものがあって、句会報を見ますと男性の名前ばかりが載っている。

生島遼一と夫人（昭和45年頃）撮影＝桂信子

でも、私はその神戸句会に行ったんです。藤木清子さんはときどき来ておられました。藤木さんにお会いできたのはいま思ったら本当にありがたかった。藤木さんに会った人といえば、いまはもう伊丹三樹彦さんと私ぐらいでしょうか。

初めての原稿料、五句五円

昭和十六年に桂が亡くなりましたから、また大阪の実家へ帰りました。子供がありませんでしたから。私の第一句集の『月光抄』には夫を看病した句だとか、そのころの句がずっとございます。しばらく実家におりましたが、だんだんと戦況が厳しくなってきました。じっとしていたら工場へ勤労動員させられるわけです。

実は私は昭和八年に女学校を出てから堂ビルの花嫁学校へ行っていました。そのときの先生がのちに生島遼一先生の奥様になられた方です。この生島先生の奥様は前にどなたかと結婚して、離婚されて、実家に帰っておられて、花嫁学校の主任の先生になっておられたみたいですね。そのときは岡島千代という名前でした。お茶の水女高師を出られた、とてもきれいな方でした。あのころ「制服の処女」というドイツ映画があったでしょう。だから、ブランデンブルク先生という名前をつけて、みんなであこがれていました。

生島先生のお住まいが神戸の山手のほうでして、なんべんも遊びに行っていたわけですが、（徴用逃れに）どこか働き口はないかということで、その先生を頼って行ったのです。それで、本当は松下の工場へ勤労動員に行くことになっていたのを危ういところで神戸大学（当時は神戸経済大学）の予科の図書課に入れていただいた。昭和十九年のことです。そこは予科ですから建物は御影師範のあとなんです。先生も少人数だし、生徒も予科だけですから、先生ととても親しく話もできたし、防空壕に一緒に入ったり、楽しく過ごしました。

図書館員は私と、やはり徴用逃れのお嬢さんの二人だけなんです。その方のお父様が御影師範の勝部謙造という哲学者で、勝部篤子さんといったのですが、頭のいい、きれいな方でね。ふたりで仲良くやっておりました。

その図書室というのはガラスが破れたところから風や雪が吹き込んでくるような、木造の粗末な校舎でした。当時、暖房設備なんて全然ありません。火鉢の炭火をおこすのは私らの役でした。一つしかない火鉢でしたから、手がかじかむとその火鉢にそっとあたりに行ったり。

図書室の主任の先生が哲学の服部英次郎という方で、岩波の『聖アウグスチヌスの懺悔録』を訳した方です。生島先生の引きで神戸大学に勤められたという方で、本の虫みたいな方でした。古本屋でも有名なほど、書物にかけてはすごい人でしたね。その先生に鍛えられまして、「ツキジデスの隣の本」と言われたら、書棚からパッとその本を出してこんならん。エライことです（笑）。一生懸命しました。先生からは、よう働いてくれたと言っていただけました。そこには昭和二十一年三月までずっと勤めてました。

話が前後しますが、昭和八年は堂ビル花嫁学校が初めてできた年だったんです。なぜ花嫁学校という名前がついたか。本当はそんな名前じゃないんですよ。片岡鉄兵さんが朝日新聞の夕刊に「花嫁学校」という小説を書かれたからです。というのも、生島先生と片岡鉄兵さんが知り合いなんです。映画「暖流」の監督の吉村公三郎さんのお兄さんが吉村正一郎という方ですが、朝日新聞の論説委員とかで、その人の奥様に生島先生の妹さんが行っておられた。早く亡くなられましたが――。だから、朝日新聞のみなさんと仲良しで、片岡鉄兵さんが生島先生のところによく遊びに来られたんです。

生島先生はそのころはまだ売れっ子ではありませんでした。岩波文庫でデューマの『三銃士』を訳されたばかりの頃でしょう。だから逆に、私などが相手にしてもらえたんですが。のちに「『第二芸術』論」を書かれた桑原武夫さんもしょっちゅう来られましたね。生島先生のお家がサロンみたいでした。

それで先生の奥様から花嫁学校のことや私らのことをいろいろ聞かれた。私らのすることによう似たことを書いているなと思ったものですよ。それを書かれたものが「花嫁学校」という題の小説になって、評判になった。

あれが花嫁学校のはしりだったですね。それまでは堂ビル洋裁学院というのがありましたが、同じ建物に花嫁学校ができたんです。いまの短期大学みたいなものです。いろいろな先生を呼んできて、まとめて学校にした。それまでは各自がお花の先生、お茶の先生、お料理の先生に習いに行っていたのを、まとめてすべてそこで教えてくれる。だけど、おおかたは遊んでました（笑）。

ちょうど大正デモクラシーのあとでしょう。自由で華やかな空気がありました。洋画が来たら松竹座へ走って行ったり、外国の音楽家が来たら聴きに行ったり、もう遊び歩いたですよ。それまで女学校の五年間はどっこも行ってはいけないって言われていたから。あのころ見た映画が私の性格を形成するのにものすごく影響してますね。いまのカラー映画よりそのころのモノクロの映画のほうが印象に残っています。いま思っても「巴里祭」とか「外人部隊」「ミモザ館」「女だけの都」などいい映画が多かったんですね。

そして、十九年に初めて『俳句研究』から五句の注文が来たのです。そのときの編集長が山本健吉さん（石橋貞吉さんというお名前でしたが）でした。そのときの句は〈海鳴りや花のこまかき影を踏む〉とか、御影の、つまり学校の周辺を詠んだものでした。初めて原稿料もいただいたんです。それが一句一円ですから、五句で五円だったのです。でも、そのころの一句一円はいまの原稿料よりずっと多い（笑）。

私のそのころの給料が二十四円でしたから、この五円はうれしくてね。原稿料をようけもらったから、そのときのこと、いまでもよく覚えています。

戦火でクリスマスツリーのように燃え上がる庭木

二十年の三月十三日夜から十四日にかけて大空襲がありました。はじめ天王寺辺りに落ちていたからと安心していましたが、最後の一機がサーッと上を通ったと思ったらバラバララーッと爆弾が落ちてきまして、私の家を直撃です。こんなときの用意のためにお風呂に水を張ってあったから、防空頭巾をかぶったまま一生懸命、水をかけたんですけど、だめでした。防空演習なんて、あんなの全然役に立ちませんねえ（笑）。

私の部屋は母屋から細い廊下を隔てた離れの一角にあったんです。家の中にはもうだれもいない。隣からどんどん火が燃え移ってくるし、私は自分の息がわかるくらいハァッハァッとなって、あたりを見まわしたら、どうしても持って逃げたいものがいっぱいある。

それまで、神戸大学の予科へ行く前、大阪の実家へ帰ってすぐですが、懐徳堂へ行っていたんです。『万葉集』の講義と『唐詩選』の講義を聴いていたので、そのテキストもみな抱えて逃げたい。でも、できない。それでとっさに、いままでの句稿をかき集めたんです。句稿はB5判くらいの、原稿用紙よりはもうちょっと硬い紙に書いていたものでして、二、三センチくらいに重ねておいてあったんですが、とっさにそれをパッと懐に入れて逃げました。あの句稿を持ち出してなかったら『月光抄』も出せてなかった。

細い廊下を通って外へ出るまでに、あっちやこっちやいっぱい燃えているのが見えるんです。庭に栂の木があって、それが燃えているのですが、その状態がちょうどクリスマスツリーに灯がともっているみたいで、はじめは、ああ、きれいだなあと思ってたんです。

そのうちに、うちの庭には樹木がわりにあったんですが、それが全部ばーっと燃えてきて、私が玄関まで出たとたん、うしろにバサーッと火が落ちた。玄関を出てすぐのところに防空用の穴を掘って、お米だとか通帳だとか入れていたのですが、そこに入るひまもなかったです。入っていくにも、上から火がバサーッと落ちてくるような、そういう感じで。ああ、あそこに穴があるなと思いながら、下駄を履くひまもなく足袋はだし、モンペのままで、懐に句稿だけ入れて逃げたんです。それで私も句稿も助かったんですけどね。

隣の簾は火のついたままバサーッいうて落ちてくるし、表へ飛び出したとたん、棟が落ちたように炎がたった。ああ、危なかったなあと見回したら、兄も義姉も母もみないないんです。いつのまにやらどっかに行ってしもて、私ひとり。私だけいちばん奥の部屋にいましたからね。兄たちは母屋のほうにいてたから、逃げやすかったんでしょうね。いや、どないしよう、とにかく、火のないようなとこへ行こうと歩いて行ったら、兄やら義姉やらが私を捜しに戻って来たんです。

「何も持ち出せなかったあ」と言うたら、「いや、もう体一つあったらそんでええ。よかった」って、そのときは母がものすごく泣いて……、（声を詰まらせながら）ま、そういうことです。

すぐそばに天神橋がありまして、橋の下の中之島公園まで逃げました。もう火の海です。川を隔てた向こう、三越あたりからずっとこっち。大阪の真ん中ですから。夜通し、その橋の下にいました。あのとき、男の人がひとり、燃え上がる火を見ながら不意に詩吟を詠い出されたんです。感極まったような、もう日本が終わりだという気持ちで詠われたんでしょうね。それがものすごく印象に残っています。それにはっと気がついたらモンペは水をかけたとき濡れたままで、急に身体がガタガタ震え出してとても寒かったのです。

翌日、大阪は上町、坂になっているんですが、その坂の上から見ましたら、サーッと一面の焼け野原で、そこの間に蔵がポツンポツンと建っているような状態でしたね。

あのとき生島先生から芥川全集を三冊ぐらい預かっていたのですが、私、目の前にあるのに持って出られなかった。それがいまも心残りです。

検閲の厳しかった戦時中

戦争の間、草城先生は弾圧を受けられたでしょう。そのことを申し上げておかないといけませんね。

十五年ごろから、西東三鬼さんなどが囚われた京大事件がありました。「京大俳句」同人の一斉検挙による新興俳句弾圧事件です。草城先生は体がお弱いから、特高に囚われたらアカン、死ぬ、というお気持ちがあったんです。富安風生さんから、やめろという忠告の手紙が来たとかということはお聞きしました。それで昭和十五年に「旗艦」を、そのときは「琥珀」になっていましたが、退かれたのです。そして、ちょっとしてから俳壇全体から退くと言われた。

そのころ、先生は俳壇から優遇されてなかったんです。「年鑑」にも一遍だけ出てなかったことがあってね。文学報国会ができて、虚子先生が部会長になって、あの周りの方がいっぱい出てこられたでしょう。そうしたらもう草城先生なんかだめなんです。それで身を退かれた。

伊丹さんは高槻工兵隊に行かれ、富沢赤黄男さん、片山桃史さんもみな戦場に征ってしまわれた。神生彩史さんでさえ、あとで征ってしまわれましたから、だんだんと人がいなくなった。配給制限で紙がないようになりまして「琥珀」も合併せないかんようになって、結局、俳誌の八つが　つになって「このみち」になったんです。でも、私たちは句を出してました。それは昭和十九年まで続いて、その後、空襲で二十年にちょうどうちと一緒のとき「このみち」の印刷所が焼けたんです。「火星」の印刷所でした。それでやめになりました。

その間の昭和十七年に損害保険会社での草城先生を囲む会というのがございまして、大阪にいる者だけが集まりました。先生は俳壇から退いておられるけれども話だけ聴きましょうって。それで私らも呼ばれて出席しました。井上草加江、卜部奈良男、長田喜代治、小寺勇、岡橋宣介、三木登仙とか、そういう人たちでした。卜部さんが江井ケ島酒造の社長さんだったんです。だから、お酒がなかった時代でしたが、そのときにお酒をもってきて、みなにふるまわれたので、みな喜んだものです。

私は、草城先生は畏れ多くて、いまのように話をすることなどとても出来なくて、末座のほうにいてたんです。そうしたら石鹸の話が出て、先生が「桂さんは石鹸で顔を洗いますか」と言われて「そんなんしたら、顔、傷みます」と言うたら、「それじゃスフだね」と言われたんです（笑）。スフっていまの人にはわからないでしょう。レーヨンのこと。そのころは絹がなくなって人絹とかスフという言葉があったんです。それじゃスフだねと言われてみんなが笑ったという印象があります。そのほか、たわいのない話ばかりして、そこではあまり俳句の話はなかったですね。

そのころ、いまの人たちはご存じないと思いますが、検閲がものすごく厳しくて、いけないと言われた句は全部、ハサミで切ってあるんです。普通やったら伏せ字か何かするでしょう。そうじゃなしに雑誌の紙面を切ってありますから穴だらけ。つまりね、すでに印刷してしまって、これはいけないと言われると、そこだけ切ってしまうわけです。検閲を通らなかったら発行停止ですもの。部数は少なかったと思いますが一冊一冊全部、ハサミで切っていった編集の人もとってもたいへんだったと思います。

神生彩史さんが〈春の月征きて一軒家空きぬ〉の句を出されたんです。それがあとで「えらいことした。ぼく、にらまれるかわからへん。捕らえられるかわからへん」いうてものすごく心配されたんです。戦争のために主が召集されて空き家になったという句ですが、「征きて」がいけないんじゃないかと心配されたわけです。結局、それは検閲を通ったみたいです。

〈昇降機しづかに雷の夜を昇る〉という西東三鬼の句も、そのままでとれば何もないでしょう。それなのに赤色思想がエレベーターみたいに上っていくというふうにこじつける。「雷の夜」って戦争なんです。そういうふうにとられたらどうもできない。なんぼでもこじつけられるんですもの。特高いうたらむちゃくちゃですものね。

「旗艦」はすでににらまれてましたから、私らはバスのなかで「旗艦」を読んだらいけないよと注意されてました。「京大俳句」もそうでした。私は「京大俳句」は読まなかったけれど、店頭に出ていて、読もうかなと思ったことがあります。危なかったですね。

ふたたび日野草城を囲んで

戦争中は草城先生もまた焼け出されて、お住まいを転々とされた、三度も四度も変わっておられます。

終戦になって、伊丹さんたちが手分けをして草城先生を捜したら、河内のほうにいらっしゃるのを見つけた。帰って来られて、阪急沿線の岡町の、出征しておられた方のお部屋に間借りされたのです。岡町だったら近いからいいということで私たちがそこへ行くようになったのですね。それが二十年でしょう。

終戦が八月十五日で、それから先生を捜し出して、いっぺん吟行しましょうということになった。それが十一月十一日です。その日に小寺正三（こでらしょうぞう）さんの豊中の家に行くことになったのです。小寺正三さんは神戸市長の小寺一族で、昔からの庄屋さんです。門のところに籠（かご）が吊ってあるような豪家だったんです。駅名では岡町の次が豊中です。岡町で降りたほうが近かったのです。

日野草城

岡町の駅でみんなと待ち合わせたら、そこへ伊丹さんが学生とやって来た。その学生が楠本憲吉さんです。プラットホームでの初対面です。そのときは楠本さんはまだ兵隊から帰ったばかりだから、兵隊さんのお辞儀のしかたは違うんです。折目正しくパッパッとされる。これが楠本憲吉さんかって思いました。安川貞夫さん、播本清隆さんとか、若い人ばっかりです。そのほか伊藤千沙子さんという女の方がひとりおられました。

小寺さんの家までは遠かったのですが、その道で草城先生は「あ、山茶花が咲いてますね」って寄って行かれて、あの〈山茶花やいくさに敗れたる国の〉を詠まれたのです。

小寺正三邸で句会をやりました。私たちにとっては、草城先生が長いこと句作を休んでおられたでしょう、果たしていかなる句を作られるか、ものすごく関心事だったんです。というのは、やめられる前は連作「日光と風」とかみたいなのをよく作られていましたが、正直のところまた、あんなんだったらちょっといやだなあと思ってたんです。

そうしたら、その句会ではちゃんと元へ戻っておられるんです。〈冬の庭より戻りくる下駄の音〉とか〈冬の庭たひらかにして古りにけり〉とか、昔の『花氷』時代の草城先生の感じのする句だったから、ああ、よかったと思って、ますます先生の句が好きになりました。もし草城先生が承諾してくださるなら、先生にどこまでもついていこうという気持ちがそこで定まったのです。

それからもういっぺん、箕面の滝のそばで十二月ごろに吟行会をしましょうということになった。でも、草城先生は来られないんですよ。どうされたのかなと思って訪ねて行ったら、先生は風邪をひいて寝てしまっておられた。

一月に入って伊丹さんが伊丹文庫という古本屋さんをつくられた。そのときにみな招かれて行ったんです。風の寒い日でね。草城先生はご気分が悪かったみたいで、お嬢さんのお誕生日だとかで早く帰られたんです。その日に来られていた楠本憲吉さんの文章で見ますと「あんな機嫌の悪い草城先生は初めて見た」とあって、私はそれほど感じなかったけれど、やはりご気分が悪かったんですね。それからしばらくして寝ついてしまわれた。

寝つかれたのは一月三十日からです。それから十年間、寝ておられましたけれど、まだよかったときもあって、大阪まで水谷砕壺さんに会いに行かれたこともあります。二十一年に「太陽系」が出ましたでしょう。「太陽系」から「火山系」にかわるときに、私と伊丹さんを同人にしてくれと言いに行かれたとかと聞きました。曾根の萩の寺に「ホトトギス」の田村木国さんの句碑が建ったときも句碑開きに行っておられます。そういうふうにときどきは行っておられるのですが、だんだんと悪くなられた。

先生は長いことお勤め先を休んでおられるから、ものすごく焦られたみたいで、ある日、みな集まってくれという指令が来ました。それまでは先生のお宅で句会をしていたのですが、先生が寝られてからは遠慮して、よそでしてましたので、「まるめろ」のグループだけが呼ばれたのです。それで、先生の岡町の家へみなが集まったのです。

先生はものすごくやつれて、顔の色まで変わっているんです。そして、もう自分は覚悟した、みなちゃんとやれという遺言みたいなことを言われるんです。私らは、いやあ、先生、悪いんだなあ、困ったなあと思ってね。

でも、それからまた気持ちを持ち直されたのか、先生は宗教で救われておられたのか、「ひとの道」でしたかしら、そういうものをものすごく信仰しておられて、私がいつか行ったとき、その関係の人が説教みたいなのをしに来ておられたのに会いました。奥様も一生懸命にそういうものにすがって心の安穏を得られたみたいでした。

だけど、私らは俳句を作っても直していただくとか、そんなことは全然なかったです。ときどき、お宅へうかがってはちょっとだけお話しするくらいですよ。「面会時間は五分間にしてください」って書いて玄関に張り出してあるんです。みながしょっちゅう行くものですから。

岡町の家から池田の日光草舎へ移られたのは昭和二十四年のことで、まだ若かったのに休職期間が切れてしまったから退職されて、その退職金で家を買われました。そこへおうかがいしたら、先生はまだ起きておられて、これがお風呂場ですって家の中を案内してくださった。それ以後は日光草舎に行くことになりました。

その日光草舎へ森田たまさんも見舞いに来られたのです。ちゃんと芳名録が置いてあって訪問者はみな名前を書くんです。有名な方がたくさん来ておられます。あの方も来られた、この方も来られたって毎日どなたかのお名前があるんです。だから、奥様はたいへんだったろうと思います。

私も大野林火さんを案内して行ったりしました。目迫秩父さんが豊中の刀根山病院に入っておられたとき、大野林火さんに案内してくれと言われて、草城先生のところに案内して、それから目迫秩父さんのところに案内しました。目迫さんがまだ現代俳句協会の賞をとられる前でした。その前の日に喀血（かっけつ）された、そんな状態のときです。

第一句集『月光抄』出版のころ

私が句稿を持ち出したということを八幡城太郎さんが聞かれて、そんなんやったら、ぼくのところにその原稿を送ってくれと言われた。送るといってもそのものを送るわけにいきませんから、原稿用紙に清書する必要がある。でも、ものがないころですから原稿用紙を売ってない。それで生島先生が自分の原稿用紙をこのくらい（五センチくらいの厚み）くださった。ものすごく上質の原稿用紙なんです。それに全部書きまして、八幡さんに送りました。

八幡さんがそのなかから本当にちょっとですけど選んで、浄書してくれて、「月光」と名づけてくれました。「安住敦題簽（だいせん）」と墨できちっと書いてありました。昭和二十四年に出版した『月光抄』はそれがもとになったのです。

この出版については、昭和二十年十一月に「まるめろ」俳句会を結成して翌年から「まるめろ」という雑誌をやっていたのですが、句集も出しましょうということになって、小寺正三さんが『月の村』という句集を初めて出されたんです。次が桂さんやということになって、原稿をまとめて自分で装丁しまして、『月光抄』と勝手に「抄」をつけまして出したんです。

定価が百円で、そんなにたんと出さなかったですね、五百部かしら。ざら紙でね。それから次の『女身』のときの装丁は鍋井克之（なべいかつゆき）先生でした。先生は草城先生のお近くにお住まいで、草城先生びいきでした。楠本さんが、発行してくださったのです。次の『晩春』も楠本憲吉さんのところで作っていただきました。

そのころ楠本憲吉さんのお口添えで角川源義（かどかわげんよし）さんが私のことを取り上げて、角川書店の『俳句』に書いてくださったんです。昭和三十年の『女身』のときだったかなあ。それで私は編集者の志摩芳次郎（しまよしじろう）さんにお礼状を書いたんです。角川さんに書くのは畏れ多くて、そんなのを直接出したらいかんと思ってたから。そうしたら、書いてあげたのに手紙も来ないと源義さんに叱られてしまった。「なにとぞよろしくよろしく」って志摩さんに書いたものが角川さんに通じてなかったらしい。楠本さんからそのことを聞きまして慌てて手紙を出した覚えがあります。私、編集者と社長さんとのそういう状態とか関係を何も知らなかったんです。

誓子の『激浪』を筆写、研究する

山口誓子先生の印象も写真がよかったというのが最初です（笑）。だけど、はじめ作風はあまり好きじゃなかった。堅すぎて、ごつごつして。〈道廳や雪墜（ゆきづ）る音の晝餐（ひるげ）どき〉と

山口誓子・波津女夫妻。芦屋の自宅にて
（昭和31年頃）撮影＝桂信子

か、ちっともおもしろくないんです。情緒がないみたいな感じがしましてね。

そうしたら、さっきも話しましたが伊丹さんが古本屋さんでしょう。だから、いろいろな本を貸してくださるんですが、昭和二十一年に『激浪』が出たときは、伊丹さんがご自身のために『激浪』を買って読まれたあと、今度こんなのが出たからって貸してくださったんです。それを借りて、みな写したんです。そのころはコピーも何もなかったですもの。『激浪』なんて本屋に出てないですよ。

筆写しながらものすごく感動しまして、誓子先生に手紙を出しましたら、誓子先生から返事が来ました。ちゃんと私のことを知っていてくださったのです。主人の亡くなったこととかも。わりに句も読んでいてくださったですね。いやあ、ありがたかったな。私らなんかの句を読んでいただいているとは知りませんでしたからね。

先生はそのころ伊勢の天須賀海岸で療養しておられたんです。誓子詣（もう）でというのがはやって、みんなよく行かれましたね。西東三鬼さんも鈴木六林男（すずきむりお）さんも行かれました。私が行ったときも、きのうは大野林火さんが来ましたとか言われました。私よりも前に伊丹さん、安川貞夫さんとか、みな行かれたんです。でも、そのころ私は体が弱かったから、どっこへも行ったことがなかったんです。東京へも。それで、誓子先生のところに母がついて行くと言って、一緒に来てくれたんです。

その日、先生は三十九度の熱を出して寝ておられたときだったんです。会っていただけないと思ったら、会うと言うて、寝てたのを起きてハアハア言いながら会ってくださった。すぐに失礼しましたけどね。

それ以降はひとりで行くようになって、なんべんも行きました。そのころはもう、お米の配給制限があって、よそへ行くときはお米を持って行かないと（食堂や旅館でも）ご飯は出してもらえないんです。私はお弁当をもって行ったんですが、奥様は必ず自分のところで炊いた野菜のおかずを出してくださったんです。奥様は清水谷出身でしょう。女学校は清水谷のほうが私のところの大手前よりしとやかなんです（笑）。ものすごくしとやかな方で、ていねいに扱ってくださった。

先生は私らが駅のほうへ帰っていくところを家のなかから望遠鏡で見ておられるんですよ（笑）。本当は海を見るための望遠鏡なんです。しょっちゅう海を見ておられるわけです。療養中はそれを楽しみにしておられた。だけど、私らが行って、帰るとき、望遠鏡でずーっと見ておられるんですよ。はじめは知らなかったけれど、自分でそれを言われたんです、望遠鏡で見てたんですよって。

北浜二丁目の角に恒成（つねなり）写真館という写真屋さんがあって、そこのお宅の人は俳句を作られないのに親しかった。私と一緒に行かないかということで、誓子先生のところに一緒に行った覚えがあります。その恒成さんがジェーン台風で家が倒れかけたときに亡くなられたんです。誓子先生と私と恒成さんと一緒に写した写真があります。

そういうことで誓子先生のところにたびたびおうかがいして、「『激浪』ノート」を一生懸命書きました。それを「まるめろ」に連載しました。「まるめろ」がやめになって「アカシヤ」に出していただいて、だいぶあとで坪内稔典（つぼうちねんてん）さんが『草花集』に転載してくださったんです。でも、書いているときは本になるなんて夢にも思ってませんでした。自分のノートとして書いたわけで、人の目に触れるなんて想像もしてなかったんです。だから、先生に対して失礼なことも思ったままいっぱい書いてあるんです。

草城、誓子に学ぶ

でも、とにかく『激浪』には非常に感動しました。なんで感動したかというと、草城先生の作り方は抒情ですね、流れているわけです。私も先生と同じように感じる体質なんです。句法が同じなのに、そこに欠点があるということに気がついた。それで、誓子先生のゆき方を学ばねばいけないと思ってね。私は草城先生のところに行っては、誓子先生はいいとかいっぱい言うわけです。草城先生は全然怒られなくて、どの句がいいと思ったかとか尋ねられるのです。こういう句がいいと思いましたとお答えすると、ぼくはこういう句がいいと思ったとか言われるわけです。草城先生はたえず誓子先生のゆき方を意識しておられたと思います。

ところが、誓子先生はそれまでものすごく評判が高かったのが『激浪』で悪くなったんです。支持する人としない人とが出てきたというのはそれで、私は誓子先生が『激浪』からよくなられたと思いました。誓子先生はそれを喜ばれたような気がします。私のことを「新しい支持者を得た」とか書いておられます。

誓子先生が蘆屋（あしや）へ来られたときも私は迎えに行きました。

草城先生は、誓子先生が大阪へ戻って来て住まいが近くなったということを〈冬日和誓子が近くなりにけり〉と詠まれておりますから、喜んでおられたんじゃないですか。

誓子先生は胸が悪いというのは本当はそうではなかった、誤診だったとかいう話もあります。草城先生はたしかに胸の病気です。誓子先生は高熱は出たりしたけれど、本当はそうじゃなかったといううわさがあった。だけど、誓子先生はものすごく厳密に養生されるわけです。だから、お酒は飲まれない、タバコはもちろんのこと、食養生が大事だということで、松の実とか、ああいう実のものをいつも召し上がっていた。奥様はたいへんだったと思いますが、それで長寿だったのかなと思います。

そんなことで、そのころは用心しておられて、本当は蘆屋におられたらいっぺんくらいは草城先生を見舞いに来られるかなという……。虚子先生だって見舞いに来られたんですから、誓子さんが大阪へ来られたら一度くらいは訪ねてくれるかなと思われたんじゃないでしょうか。でも、来られなかった。というのは、(病気が)うつるから用心しておられたからだと私は思いましたね。これは私だけの推測ですが、自分は虚弱で療養の身であるから、草城先生の近くへ行かないほうがいいということで、結局は一度も来られなかったです。こちらの先生は会いたがって心待ちにしておられたと思います。〈冬日和誓子が近くなりにけり〉なんて詠われるくらいですから。

草城先生が亡くなられたときに私が誓子先生に電話をかけたんですが、そのときに初めて弔問に来られたんです。お葬式にもまた来られた。

豊中の服部緑地に草城句碑が建ったときも誓子先生は来られました。そのとき私が誓子先生のお宅に行って、句碑建立の祝辞を読んでくださいとお願いしました。そのときのことは『草花集』に詳しく書いています。そうしたら、「よろしい。読みます」って言ってくださった。

その中で誓子先生は「私は草城氏のおかげで俳句を始めました」と自分で言われたんですよ。ありがたかったですねえ。その祝辞は次のとおりです。

〔草城句碑建立の際の誓子先生の挨拶(あいさつ)〕

（昭和三十八年十一月三日）

私は三高時代に俳句を始めました。
大正九年の秋のことです。
三高の掲示場に貼ってあった京大三高俳句会の掲示を見てその会へ行ったのです。
指導者は、鈴鹿野風呂(すずかのぶろ)先生と日野草城氏でした。草城氏は私より一年上の三高生でした。その句会に出るようになって、草城氏の清新な句に牽(ひ)かれました。

春 暁 や ひ と こ そ 知 ら ね 木 々 の 雨

もその句会で見た句です。同じ頃句会で草城氏の

春の昼遠松風のきこえけり

という句を見て私はこころを衝たれました。これは斎藤茂吉が、昭和五年八月十三日、近江番場の蓮華寺で詠んだ、

松かぜのとほざかりゆく音きこゆ麓の田井を過ぎにけるらし

という歌に先んじた句です。

この間、私は蓮華寺を訪れ、その山がかった地勢を見て、茂吉の歌をしみじみと味い、草城氏の遠松風の句を思い起しました。

草城氏の句には新世界がありました。新世界とは、従来の俳句とすこし外れている世界——ということです。私はいつかそのことを『私の俳句の出発に当って、草城氏は、旧来の俳句とはすこし外れた俳句を示した。私の俳句が新しくなり得たのはこの出発点のお蔭である』と書いたことがあります。

私などが、現代俳句に携ることを得ましたのは、草城氏の俳句のお蔭であり、その俳句にあった外れのお蔭であります。

句碑のはじめに刻まれた、

春暁やひとこそ知らね木々の雨

はそういう意味で、現代俳句の種蒔きの句でした。

今日以後、ここ服部緑地を訪い、この句碑と接するひとは、ここに現代俳句の苗床あり、と思っていただきたいのです。

菖蒲に偲ぶ多佳子の立ち姿

橋本多佳子さんが昭和三十八年に亡くなられるちょっと前ぐらいのとき、草城先生と会うたときの話をされたのですが、それがおもしろかったですね。

橋本多佳子さんは東京生まれでしょう。それで東京が恋しくて、「もう東京へ行ってしまおうかしらん」って独り言みたいに言われたら、草城先生が墨を磨りながらうつむいたままで「そんなことおっしゃらないで、大阪にいらしてくださいよ」っておっしゃったんですって。墨を磨りながらですから、先生は短冊でも書こうとされていたのかしら。その言葉がものすごく甘く聞こえて魅力的だった、それでもう東京へ行くのをやめましたっておっしゃってました（笑）。そういうこともあったんですね。

橋本多佳子さんは二回、回生病院へ入院しておられるんです。二回目のとき、巻紙で長い手紙をくださった。それが達筆でねえ。いまでもちゃんと残してあります。やはり死ぬことを覚悟してらしたのか、虫の知らせがあったのか。はじめ入院されたとき、『橋本多佳子句集』という文庫本が出ま

して、それをくださって署名するからと言うてくださったんです。入院はしておられるけれどお元気なときと、そのときと二回はお話できました。そのときは足から点滴みたいなので滋養を入れておられました。お粥でもうすいうすいお粥。誰かのお知り合いで入られたそうです。そのときは元気に話をしておられたのに、二回目がね。手術をなさった後がいけなかったですね。

手術されたあとお見舞いに行ったとき、こんなところ（二の腕）なんか骨だけみたいな感じでしたよ。あまりに変わられたから私は思わずそこで泣いてしまったんです。お嬢さんの美代子さんが私が泣いているのを見て、「泣いてくださってありがとう」と言われましたが涙がとまらなかったです。そのときはもう橋本多佳子さんの意識がなかったんです。眠ったままでね。

そこに菖蒲が一本サーッと活けてあったんです。その菖蒲がなんとも言えんほどきれいで、大きな菖蒲でね。凛とした感じが橋本多佳子さんご自身みたいに思えたものです。亡くなられたのが五月二十九日ですから、ちょうど菖蒲が咲いている時節です。あの菖蒲の感じと橋本多佳子さんという人の立っておられる姿、丈夫なときの姿がぴたーっと合っているような気がしましたね。

誓子先生なんか毎日、多佳子さんのお見舞いに行っておられたんですよ。お弟子さんも大勢行っておられました。

よく働いたキャリアウーマンの二十三年

さっきもお話ししましたように十九年から二十一年まで神戸大学の予科図書課にいてたんですが、二十年に家が焼けまして、はじめは北河内の住道にある知人の離れに行ったのです。そこに一年いて家族が復員されたので、今度はそこから近くの徳庵というところの大きなお家の離れを借りて移りました。しかしそこから神戸までは遠くて通えないんです。電車はものすごいえらい（たくさんの）人でね。草城先生だってあれで体を悪くされた。私は自宅で仕事をするということになって、神戸へは一週間に一遍くらいしか行かないで、仕事をもって帰って自宅でやっていたんです。でも、いつまでもそんなことはできないでしょう、給料をもらっているから。

どうしようかなと思っていたら、すぐ近くに近畿車輛があって、私の家の隣の方が「重役さんの用事をする人を探している。それに行かないか」ということで、神戸大学の予科をやめて近畿車輛に行きました。二十一年の三月のことでした。

近畿車輛というのは近鉄の子会社だったから、近鉄の車輛はもちろん全部造ってました。最後は東海道新幹線の車輛を造ってました。新幹線は第一号からあそこでした。

そこでの仕事ですが、私は全然、普通の社員ではなくて、二階が重役室になっているのですが、その重役室に来られるお客様にお茶を出したりする接待役なんです。給仕さんもそばにいてね。

朝は早く、六時半ごろ、家を出たかな。重役室の鍵(かぎ)はこっちが預かってまして、鍵をかけてから帰らんならんから夜は遅かったですよ。そのころは会社の近くにおりましたから、それができたのです。はじめは七時半始まりだったのが八時になって、最後は八時半になった。それまでに全部きちっと、重役が来てもいいようにしとかんなりません。掃除もして新聞もちゃんと置いておく。そういうことがあるから

戦前の写真は空襲ですべて焼け、これが戦後最も古いものの一つ

早う行かんならんですよ。そのころはいまみたいに労働基準法だってちゃんとなってないから、もう本当に使われっぱなし（笑）。

お客様の食事も私らが出してました。というのは、そのころは終戦後じきだから食事なんて本当は出されないわけで、お客様が来られたら料理屋からとった料理を配膳して運んでいました。だから私、いまホテルの人にいろいろ食事を出されると、ああ、昔、こんなことをしてたなって思うんですよ（笑）。

国鉄の課長級の人も来られるんです。その人がだんだん出世して、偉い人になってからも来られるわけですよ。はじめはこんな人かなあと思っていたら今度は偉い人になって来られたりね。その人のサラリーマン生活の一生が見られるわけですよ。

受付も担当していましたから私のいたところは階段の近くにあるんです。会社員の人でも出世する人としない人とがありますが、その階段を上がる足音で私、わかるんですよ（笑）、姿を見ないでもね。いえ、それは本当。階段の上がり方で、これは誰だとわかる。部長級の人が上がってくるとかってね。足癖ってあるでしょう。出世する人の上がり方は違うんです。足への体重のかけ方が左右平等で安定して上がってくる。ドタバタドタバタって上がってくる人は出世しないんですよ。情緒不安定（笑）。

阿波野青畝と（昭和50年頃）

会社では外国の車輌も造っていましたから、いろいろな外国の方も見えるんです。インターナショナルな人との出会いがありました。

アルゼンチンの車輌を造っていましたからアルゼンチンの人が検査に来るでしょう。ですから、スペイン語をちょっとかじってみたり。エジプトの市電を造っていたからエジプトの人も来たんです。怖い顔をして、ものを言わない人でしたね。ドイツ人はものすごく勤勉で、タイプライターをパパーッと打つでしょう。でも、アルゼンチンの人はフワーッですよ（笑）。

わりに偉い人も来ましたね。イラクの皇太子とかタイのいちばん偉い人の奥さんとか。その奥さんについて私、百貨店に買い物に行かんならんのです。その奥さんが見るものあれもこれも買われるから、私らは荷物もちみたいにエッコラエッコラってついて回ったんです（笑）。イラクの皇太子は帰られてから政変で殺されはったんです。アルゼンチンの大統領も来られました。まだそのときは大統領になっておられなかったけれど、帰国されてから大統領になられたとか。

オーストラリアの人も来たのですが、英語でも発音が全然違うんです。トゥデイをトゥダイと言うんです。ダイというたら死ぬことでしょう、トゥダイて何やろと思ったら、今日ということだった（笑）。

「草苑」主宰を機に五十五歳で退社

近畿車輌ではずっと同じ所属です。二十一年から四十五年まで全然ほかへ替わったことなし。長いこと同じところにいますから、よその会社の人でも私をよく知っておられたみたいです。こっちは知りませんでしたが、そばへ来て「あんた、いつまでこないなことしてるねん」と言われたことがあります（笑）。

お給料は、予科の図書課にいてたときが低くて二十四円だったんです。でも、あのころは日給八十銭が普通だったんです。だから、普通でしょう。ただ、ボーナスが多かったですわ。神戸大学だから国から出るんです。公務員。だから、空襲で焼けてずっと休んでいてもお給料はもらえたし、終戦になって休校になってしまってもちゃんとお給料は出たんです。あれはありがたかったですねえ。

でも、近畿車輛は民間会社でしょう。上の人事課長が私の給料の額を聞いて、ものすごく少ない、これは少なすぎると言うて、ちょっと上げてもらって、女性では近畿車輛の診療所の女医さんと私とがいちばんぎょうさんもらってたですね。

重役は、社長のほかに専務が二人と常務がいて、そのほかに普通の取締役、監査役がいて、そんな人の世話を一人でやらんならんですよ。ものすごい忙しかったですね。もうバタバタ走り回っていた。こっちで呼ばれたら、そっちへ行かんならんし、今度はまたあっちでしょう。そのころは会社が儲かってなくて、あまり人を雇わないんです。だから一人で走り回りました。いま、私の足が速いの強いのって言われるのはそのときのお陰なんです。だから、若いときの苦労は買ってでもせよというのはそれやなと、いま思いますね（笑）。

わりにお客さんのないときもあるんですよ。そんなとき、会社で私は一生懸命、本を読んでたんです。重役がそういうことを怒らなかったですね。私が一生懸命に本を読んでいたら、専務が通って「何を読んでいるの」と聞くから、『日本絵画史』です」と答えたら、その人は絵が好きだったのか私の本をもってページを繰って見たりしてました。

その重役はものすごく慎重で、自分に対して非常に厳しい人でした。階段のマットで靴がちょっとでも濡れていたら自分で実に丹念に拭かれるんです。階段を上がってくると、さっと傘を置かれたり、そういう日常のことを見ていると、自然にいろいろなことを学びました。書類が相手ではなくて生きている人を相手にしていたから、一日一日に変化があって、仕事はおもしろかったですね。

東京の副社長はものすごく目をかけてくださったんです。その人は一高を一番で出て、東大の工学部を一番で出た人なんです。そのころから外国へしょっちゅう行っておられるんです。よその人が握手しておられるのを見ても、あんな握手はだめだとか、もう厳しいんですよ。そのくらいのこと知らなかったらだめだとか、しょっちゅう教えるように言われるわけです。そういう毎日が知らず知らず自分の勉強になったんじゃないかな。

副社長は新幹線を造った島秀雄さんと東大の同級で仲良しでした。そのころ、東京から大阪まで「つばめ」で来られるのですが、私は送って行ったり迎えに行ったりする役でした。島さんとその副社長とが東京に一緒に帰られるとき、ちょうど『月光抄』ができたので、これをお読みくださいってさしあげたんです。

「渦」100号記念大会。右からの鈴木六林男、赤尾兜子、信子（昭和51年6月・蓑面山荘）

島さんがあとで、よかったと言うてくださった。島さんも私のことを意識して、八十歳ぐらいになってからでもお手紙をくださったりね。亡くなられたときは種子島の宇宙開発事業団の偉い人になっておられたですけどね。

この勤め先の重役さんというのがわりに理解のある、紳士みたいな人ばかりで、やさしかったから、よけい仕事がおもしろかったんです。東京の副社長は弁舌が爽やかで話がうまいんです。ウイットとか、そういうことを知らず知らず学びましたね。私はそれまであまり話をすることができなかったのが、そういう人たちの間にいるうちに話をすることがだんだん好きになったり。生き方といいますか、そういうものをたっぷり学んだんじゃないかなと思います。そうそう私が現代俳句女流賞をいただいたとき、東京でパーティーがありましたが、そのときに、その副社長さんが来てくださいましたよ。

アルゼンチンの電車を造ってから会社もだんだん儲かるようになって、当時、週刊誌にも出たくらいです。私も給仕さんをそばにつけてね。だから、ちょっと楽になった。それで退社するまで、全く同じ仕事ですよ。

しかしやがて不況になってきまして、昭和四十五年に早期退職者を募集したわけです。定年と同じ扱いをするということがあったときに、私はもう辞めたいと前から思ってましたから、辞めさせていただきますと申し出たのです。二月に「草苑」を出したでしょう。北九州の現代俳句協会の大会で中村苑子さんに会ったとき、「草苑」を出したんだから、こういう会やもっとほうぼうへ出ないかんと彼女に言われて、なるほどと思って、そうしました。翌年の四月くらいまで勤められたのを十二月で打ち切ったわけですから、辞めたのは実際は、定年より四か月くらい早かったんです。

「女性俳句」の始まりから終わりまで

「女性俳句」の話もしておきたいですね。昭和二十九年に発足したんです。はじめ、向こうから手紙が来ました。向こうというのは細見綾子さん、殿村菟絲子さん、加藤知世子さん、柴田白葉女さんたちです。その方たちで向こうで話があって、こっちに手紙が来て、あなたも入ってほしいと書いてあった。それはありがたいということで会費を送ったら、まだ発足してないときでしたから、そんなに早く送らなくてもいいと言われてね（笑）。

この会は、中村汀女さんまでは有名だから呼ばない。長谷川かな女さんも呼ばない。メンバーは橋本多佳子さん以降です。橋本多佳子さんも賛成してくださったと書いてあるんです。あのころ「女人短歌」というのができたでしょう。あれに刺激されたんです。

その背後には石田波郷さん加藤楸邨さんなどがおられて、みなが「それはいい。応援する。したらいい」と言われた。殿村菟絲子さんのお嬢さんが表紙絵を描かれたんです。はじめは大判でしたが、ブルジョワ的やと一般の人に言われた。活字も大きかったし、ぜいたくな作りでしたからね。女が始めたものだから三か月たったらつぶれるやろと言われたものです。

「女性俳句」には会長とか、役員を置かない。発起人と編集委員だけです。加藤さんは苦労されたと思いますね。殿村さんもみなで寄ってボランティアみたいな感じでなさったと思います。

第一回の会が三十年に郵政会館でありました。私も初めて行って、初めてみなさんに会いました。そのころはパーティーなどがなかったから顔を合わせる機会がないんです。そのときは現代俳句協会ができていただけで、まだ俳人協会はなかったです。細見綾子さん、殿村さんにも初めてお会いしました。鈴木真砂女さんにも会った。女流と言われる方にだいたいここで会えました。私が三十九歳のときです。

中村苑子さんは二、三年あとから参加されました。編集委員になっておられます。私たちは現俳協に所属していましたが、そのあとも現俳協の方は少なかったですね。大方は俳人協会の方です。

毎年、大会がありました。個人参加ですから、「女性俳句」の会員であれば誰が来てもいい。場所は当初の郵政会館から凮月堂に変わりました。ゲストには主に女性の偉い方を呼んでくるんです。森田たまさん、幸田文さんとか。そして講演をしていただく。それがとてもよかったですね。野澤節子さんは発足当初はご病気で寝ておられたでしょう。よくなって初めて出て来られたときが森田たまさんが講演されたときで、ここで野澤さんと森田たまさんがとても親しくなられたのです。

　女の方ばかりではなく講師は男性でもよかったのです。山本健吉さんなどにもいらしていただきました。

　松本澄江さんがそのころは仙台におられたのですが、あの方は熱心で、最初から毎回、お母様と一緒に仙台からはるばる来られてました。

　しばらくしたら、凮月堂ばかりではつまらないから外へ出ましょうということになり、最初に行ったのが箱根でした。関西で初めての会が三井寺の円満院でして、丸山佳子さんのお世話でした。そこで泊まって、ほうぼうを見学しました。丸山さんは京都の鞍馬山もお世話してくださいました。大阪でもやりました。六甲山とかね。

　そのうちに講演もやめて、遊ぶ会になったんです。交流だけで十分だということです。句会も何もしない会です。懇親会だから気が楽で、みんなそれを楽しみにしていました。いい思い出がいっぱい。私たちが彦根城でやったときは、それはもう桜の真っ盛りでね。幕を開けるとサーッと琵琶湖の夕日が見えて、いまでもそのときのことはよう言われます。みなが喜んでくれました。

　細見綾子さんが岐阜の鵜飼いのときの会に来られたのですが、それは私が「草苑」を出そうか出すまいかと思っていたときで、細見綾子さんが、「あなたいったい何をぐずぐずしているの。みなが応援するわよ」って列車の中で言うてくださって、ありがたいなと思いました。そのときは野澤さんも来ておられて、野澤さんが桂さんの俳句はこのごろ変やとか言うて、えらい言われました（笑）。そのころ私は伊丹さんのところでやっていたでしょう。分かち書きのころだから、それでおかしいねって言われたんです。

　運営もだんだん持ち回りになってきまして、九州では横山房子さんが湯布院でお世話してくださった。ずっとあとも二回してくださった。吉野義子さんは松山で二回してくださった。鈴木真砂女さんのお世話で安房鴨川に行ったときは、腕によりをかけた、ものすごいごちそうが出ました（笑）。那須へもゆきました。加藤知世子さんがあのへんは詳しいでしょう。楸邨さんと「おくのほそ道」に行っているから、黒羽あたりは。ずっとあとで小枝秀穂女さんが、また蔵王へ案内してくださいました。横浜でもありました。毎年あちこち会員がいられるところが主になってお世話してくださったのです。

箱根の女性俳句大会にて。左から殿村菟絲子、加藤知世子、柴田白葉女（昭和49年６月）撮影＝桂信子

私が四十五年間で大会に行かなかったのは二回だけです。あとは全部、出席です。私がいちばん出席が多いです。はじめの鴨川グランドホテルでの大会のときは「草苑」の大会と同じ日になって欠席しましたが、斎藤梅子さんの担当のとき行かなかった去年と、欠席したのはこの二回だけです。

「女性俳句」をやめるについては、「女人短歌」が終わりになったでしょう。それで、うちもうやめようって。それとみなが年をとってきたんです。それで、編集委員は主宰者でない人ということになっていたんです。中村路子さんとかね。小枝秀穂女さんも主宰になられたから編集委員が少なくなってきて、そこへみなが年寄ってしんどくなってきて、それで、これ以上続けたら会が衰えてくるからやめましょう、いちおう役目は果たしたからということで平成十一年三月二十日に終結することになりました。

　これまで男性は全然入れなかったんです。男子禁制。ただ、七年目に初めて東京の男の方をたくさんお呼びしたことがあるんです。映画の「七年目の浮気」がはやったときのことですよ。中村草田男、西東三鬼、加倉井秋をとか、大勢来られました。楠本憲吉さんが、桂さんが大阪から来たからと言うて、「こいさんのラブコール」を歌いますと言うて歌ってくださった。草田男さんの祝辞がまた長いんです。途中で「もうやめてください」って何度もメモを見せたんですが、全然やめられなかったですね（笑）。

　その後、柴田白葉女さんが殿村さんと意見が合わなくなって脱会されたんです。それで私らは「やはり男の人を呼ぶべきではなかった。七年目の浮気をしたからあんなことになった」って言うてたんです（笑）。それから後はまた男の人は呼ばなくなった。

いまの俳壇、ちょっとおかしいですわ

これからの俳句をどうしたいかって、それを聞かれるといちばん困りますねえ（笑）。というのは、いまの俳壇はおかしいですから。いまの俳壇がもっと縮小して、ハイクというものと本当の俳句と分かれたらいい。ハイクというものはいくらやってもいいわけです。「お～いお茶」みたいなの。あれ、何十万と応募があるんですってね。あれがあってもべつに私はかまわない。ただ、それとこっちと一緒にされたら困ると思うんです。

黛まどかさんの俳句、「月刊ヘップバーン」とか、それもよろしいですよ。ストレスの解消になっていいと思いますけど、そういうのとこっちの俳句と一緒にされると困る。いちおう私たちは本当の俳句を守っていかねばいけない。次の世代へしっかり渡さないといけない。そういう人たちを私、「草苑」でできるだけ養成したいという気持ちです。

だから、数ばっかりふえたってしようがないですね。みながいろいろな植物やらそういうものに関心をもって景色を詠うというのはいいと思いますよ。だけど、俳句そのものをおもしろおかしく詠えばそれでよいというわけにはいかない。いま、そういう俳句がいいというふうになってますけど、造物主の、自然にあるそのものを詠うべきだと思います。作品には命がこもってないとね。永遠のものがあると思うんですよ、消えないものが。そういうものを詠いたい、詠うべきだ。そういうことですね。

このままいったらこれ、いったいどないなるかなあという気がしますね。いまの俳壇を見てますと。ちょっとおかしいですわ。嘆かわしいような感じ。繁栄のなかに危ないものがあると思いますね。よくないです。

時間がもったいなくて 足には不安ありません

朝はだいたい五時十五分にパッと目が覚めます。目覚まし時計はかけたことがないです。私の家には目覚まし時計なんてないです。そんなん要りませんもの。

阪神淡路大震災のとき、五時四十七分でしたか、あのときはもっと早くてもう食事は済ませてました。ポットにいっぱいお湯を入れていたんです。そのポットが下へ転げ落ちたのですが、元に戻して、それがずっと役に立っていたから、水が止まっていることもガスが止まっていることも晩まで知らなかったです。

五時十五分に目が覚めたあとは新聞を読んでいます。七時になったら食事をして、七時半に終わりますから、昨夜、眠たくてできなかったような手紙とかを書いたりするわけです。ポストの集配が九時だからそれまでに出すんです。そう

すると、その前の日に出したのと同じことになるでしょう。郵便局へは速達を出すために日に二度も三度も行ったりすることがあります。留守のことが多いから、留守に来た郵便物を取りに局へ行ったりもします。そのあとは、選句があったら一生懸命選句をします。

晩は一時ごろにお風呂に入ります。私ぐらいになったら余命いくばくもないということがわかっているから、寝てしまうことが惜しくてたまらない。いつまででも起きていて、自分の好きな本を読んだり、そういうことをしたいわけです。だけど、二時三時まで起きていたら翌日に差し支えるなあと思うから、寝ますけれど、本当は自分の時間というものを夜の静かなときにもっともっともちたいんです。本を読み出すと寝るのがいやになってくるんです。

「草苑」15周年記念大会
(昭和60年6月・京都都ホテル)

睡眠時間は女学校のころでも六時間くらいでした。横になったらすぐ寝ます。翌日、パッと五時十五分に目があくんです。その繰り返しです。

カルチャーは月に六回あります。産経教室などはもう二十六年続いています。読売は二十年、毎日が十七年かなあ。五十歳ぐらいで入ってきた人が、もう七十を過ぎているんですよ。私ももうすぐ八十四歳。みんなやめないですねえ。

そのほかは句会です。第四火曜が箕面句会で、隔月の第一火曜が京阪句会で、隔月の第四日曜が奈良句会で、あとは日曜ごとにあります。みな、私が行くのを待ってはるんですもの、寝てなんていられません。

よく、お元気ですねと言われますが、べつに私は普通です。みんながおかしいんですよ(笑)。勤めているときは階段でもタタタターッって駆け上っていましたからね。へとへとになります。しんどかったですよ。でも、そんなのは働いていると当たり前のことですわ。ホテルのボーイさんを見ても一生懸命働いておられるから、そんなのは普通ですわ。

いまは車社会ですが、私はどこでも電車に乗って参ります。年がいったら車に頼っていたらだめです。やっぱり歩かないけませんわ。自動車に乗ろうと言う人があっても、私はいやですと言って歩いて行きます(笑)。自動車に乗りつけている人はだめですね。早く老います。私は若いときに走り回ったから、それで足が丈夫なのかもしれません。昔、楠本さんや伊丹さん、安川さんに京都を案内するいうて、私が単衣（ひとえ）の着物で草履を履いてタッタッタッタッ歩いていくものだから、伊丹三樹彦さんが兵隊帰りなのにあごが出た。私を先に帰らせたあとみなでハーッと息をついたと書いてある（笑）。いまでも足が速いと言われますが、普通に歩いていても私のほうが知らんまに速くなっているんです。

前に文芸家協会で八十の長寿を寿ぐ会に出たときのこと、八十歳の私は壇上へ上がらされたんですが、降りますときに危ないからって手を出されるんです。そんなもの私、手ェなんかもってもろて降りたことがない。タッタッタッと降りて、小走りに自分の席に帰ったところを写真に撮られた。

足を広げてパーッと走るように歩いているところですから、もうちょっと慎ましく老人らしくしたらよかったなと思いましたね（笑）。いまでも歩くことに不安のない毎日です。

おわりに

いきいきとした表情、品格のある美しい話しことば。聴きほれるとは、こういう時間を言うのだと思った。朝日新聞に先生は書かれた（'98・10・13夕刊「自分と出会う」）。否定をくぐって生の肯定へ。生きることに力を尽くすものには創造主は必ず力をかすであろう。私はその力を信じた。そのとき初めて人生を肯定する気になったと。爾来（じらい）六十年の俳句歴。

桂信子という作家を見送って、私は「二十世紀末、女性は太陽になった」と呟いていた。

黒田杏子

（インタビュー＝平成10年9月29日）

桂信子自選五十句

梅林を額明るく過ぎゆけり　『月光抄』（昭24刊）

ひとづまにゑんどうやはらかく煮えぬ　『〃』

クリスマス妻のかなしみいつしか持ち　『〃』

夫逝きぬちちははは遠く知り給はず　『〃』

夕ざくら見上ぐる顔も昏れにけり　『〃』

ふるさとはよし夕月と鮎の香と　『〃』

倚り馴れし柱も焼けぬ彌生尽　『〃』

裏町の泥かゞやけりクリスマス　『〃』

花菖蒲夕べの川のにごりけり　『〃』

庭石に梅雨明けの雷ひゞきけり　『〃』

松の幹みな傾きて九月かな　『〃』

ともしびのひとつは我が家雁わたる　『〃』

門をかけて見返る虫の闇　『〃』

秋風の窓ひとつづつしめゆけり　『〃』

雁なくや夜ごとつめたき膝がしら　『〃』

りんご掌にこの情念を如何せむ　『〃』

春燈のもと愕然と孤独なる　『〃』

散るさくら孤独はいまにはじまらず　『〃』

誰がために生くる月日ぞ鉦叩　『〃』

ゆるやかに着てひとと逢ふ螢の夜　『〃』

やはらかき身を月光の中に容れ　『〃』

藤の昼膝やはらかくひとに逢ふ　『女身』（昭30刊）

ふところに乳房ある憂さ梅雨ながき　『〃』

衣をぬぎし闇のあなたにあやめ咲く　『〃』

窓の雪女体にて湯をあふれしむ　『〃』

ひとり臥(ね)てちちろと闇をおなじうす　『〃』

煖炉ぬくし何を言ひだすかもしれぬ　『〃』

賀状うづたかしかのひとよりは来ず　『〃』

鯛あまたゐる海の上盛装して　『晩春』（昭42刊）

昨日とおなじところに居れば初日さす　『新緑』（昭49刊）

四五人に日向ばかりの秋の道　『〃』

母の魂梅に遊んで夜は還る　『〃』

水番の片手しばらく樹をたたく　『〃』

夜の町は紺しぼりつつ牡丹雪　『初夏』（昭52刊）

一日の奥に日の射す黒揚羽　『〃』

川半ばまで立秋の山の影　『〃』

母のせて舟萍のなかへ入る　『緑夜』（昭56刊）

祭笛町なかは昼過ぎにけり　『〃』

花のなか太き一樹は山ざくら　『草樹』（昭61刊）

坐す牛にそれぞれの顔秋深む　『〃』

草の根の蛇の眠りにとどきけり　『樹影』（平3刊）

たてよこに富士伸びてゐる夏野かな　『〃』

忘年や身ほとりのものすべて塵　『〃』

闇のなか髪ふり乱す雛もあれ　『花影』（平8刊）

萍の隙間怖れし昔かな　『〃』

冬滝の真上日のあと月通る　『〃』

死ぬことの怖くて吹きぬ春の笛　『〃』

常ならぬ窓の明りや花の暁　『〃』

青空や花は咲くことのみ思ひ　『〃』

雪たのしわれにたてがみあればなほ　『花影』以後

桂信子略年譜

大正3（一九一四） 十一月一日、大阪市に生まれる。兄二人との三人兄妹。長兄は三歳で死亡。

昭和8（一九三三）18 大手前高等女学校卒業。

昭和9（一九三四）19 日野草城の「ミヤコ ホテル」が発表され、その新しさに驚く。

昭和10（一九三五）20 ひとりで俳句実作を開始。

昭和13（一九三八）23 「旗艦」に初投句。

昭和14（一九三九）24 「旗艦」新人クラブで日野草城に初めて会う。桂七十七郎と結婚。

昭和16（一九四一）26 「旗艦」同人に推挙される。夫、喘息発作のため急逝。実家に戻る。

昭和19（一九四四）29 神戸経済大学予科図書課に就職。『俳句研究』に初めて作品を発表。

昭和20（一九四五）30 空襲に遭い、句稿だけを持って避難。終戦後、伊丹三樹彦らと日野草城を囲み「まるめろ」俳句会を始める。

昭和21（一九四六）31 近畿車輛に転職。山口誓子をたずねる。同人誌「まるめろ」創刊し、「『激浪』ノート」を連載。

昭和24（一九四九）34 第一句集『月光抄』刊（平成四年、花神社刊『桂信子』に収録）。草城の「青玄」創刊に参加。

昭和29（一九五四）39 殿村菟絲子、加藤知世子らと「女性俳句」を創刊。『俳句』に初めて作品を発表。

昭和30（一九五五）40 第二句集『女身』刊（平成8年、邑書林文庫に収録）

昭和31（一九五六）41 日野草城逝去。「青玄」の「光雲集」選者となる。

昭和42（一九六七）52 第三句集『晩春』刊。

昭和43（一九六八）53 「青玄」勉強会にて分かち書き、新仮名表記に反対。

昭和45（一九七〇）55 「青玄」同人を辞退。近畿車輛を退職し、「草苑」を創刊。

昭和49（一九七四）59 第四句集『新緑』刊。

昭和51（一九七六）61 散文集『草花集』（ぬ書房）刊。

昭和52（一九七七）62 第一回現代俳句女流賞を受賞。第五句集『初夏』刊。

昭和56（一九八一）66 大阪府文化芸術功労賞を受賞。第六句集『緑夜』（現代俳句協会）刊。

昭和61（一九八六）71 第七句集『草樹』（角川書店）刊。

平成2（一九九〇）75 大阪市民文化功労賞を受賞。

平成3（一九九一）76 第八句集『樹影』（立風書房）刊。

平成4（一九九二）77 『樹影』により第二十六回蛇笏賞受賞。

平成6（一九九四）79 勲四等瑞宝章を受章。

平成8（一九九六）81 第九句集『花影』（立風書房）刊。

平成11（一九九九）84 第十一回現代俳句協会大賞受賞。

平成12（二〇〇〇）85 散文集『草よ風よ』（ふらんす堂）刊。

平成16（二〇〇四）90 十二月十六日、死去。

第2章

鈴木六林男（すずきむりお）

はじめに

六林男先生にお目にかかるときは気合いが入る。先生の俳句はときにむずかしいが、私はそのことも含めて、この作家にとても親しみを覚える。

子規や虚子は言うにおよばず、鈴木六林男も金子兜太もすでに現代の古典である。師系や流派を超えて、私は現代の古典をしっかりと見つめ、その霊力を全身に浴びたいと希う。

西東三鬼の作品を愛している人はこの世に多い。句作をしていない人でも三鬼の句を何句も知っている。しかし、長らく俳句を作っている人、俳句作家として指導的な立場にある人でも、いわゆる「三鬼の名誉回復裁判」については、その経過、事実関係をきちんと知っておられるとは限らない。全力を傾けたその裁判で勝訴されたとき、六十四歳であった六林男先生も八十歳になられる。急峻な谿谷が河口に向かうその表情にも似て、先生の風貌も穏やかになられた。しかし、この作家は老成とは無縁。その精神と頭脳は逆に若々しさを増している。うれしかった。

黒田杏子

戦前戦後、いまに続く検閲

検閲の話から始めましょうか。

戦場での検閲は抜き取り検査だったのです。米国および英国に対して宣戦布告しますね。あれからもう全部、検査するようになりましたが、いきなり引っ掛かりました。書き直せということで呼び出された。内地よりも外地のほうが危険性が少ないという意味のことを書いたんです。そのとおりなんです。だから、それはだめだ、書き直せというわけです。書き直さないと憲兵隊送りになる。憲兵隊に送られたら半殺しの目にあいますから。もう破ると言って、許してもらった。

軍管区がありまして、その軍管区を離れ、大移動するときは記録類は全部取り上げられるんです。ずっと並びまして、憲兵なり補助憲兵がノート類を全部調べます。まずいのがあったら取り上げられる。それで、彼らが近づいてくるまでノートを読み返して自分の頭に入れる。それが終わったら、覚えているのをまた新しいノートに写し替えていく。そういうことをしているわけです。

私は中国でも湖北省の奥地、四川省との国境あたりにおったんです。シンガポールなどは落ちてたんですけどフィリピンのバターンとコレヒドールだけが残ってた。この攻撃部隊として中支派遣軍を離れて大本営直轄になりました。そのとたんに検査が始まるわけです。持ち駒としてフィリピンに打ち込まれる、バターン、コレヒドールを落とすために大移動です。まだそこにはマッカーサー将軍ががんばってました。この要塞戦で負傷しまして今度は、フィリピンのマニラから内地に帰ってくるとき、また検閲をやられる。

そういうふうにして検閲に引っ掛かるでしょう。そのたびにノートの中身を頭の中に入れる。俳句は短いですから、その点はほかのものよりはよろしいですね。

後年、このことを小川国夫さんに話しましたら、「君、それ、生きて発表できると思ったの」と言われまして、ぼく、絶句しましたね。

中国戦線にて。左は同郷の中川伍長（昭和16年6月6日）

日中比較文化論の神田秀夫さん、あの人は山西省のほうで現地除隊して、中国の青年たちに日本語を教えたんです。普通、兵役が満期になって軍務が終わると、すぐ内地に帰りたいわけです。それなのに残った。珍しいですね。でも、そのときに集めた書類は、あの人の場合は書籍ですから、敗戦で引き揚げるとき全部、中国軍に没収されたと言ってました。

それから、戦前の本には「何月何日、納本」ということを奥付に書いてあります。「納本」というのは所轄の警察署に納めるわけです。戦前ではそのような検閲がありました。

戦後も占領軍の検閲がありました。東京は爾前検閲です。原稿で検閲するわけですが、関西は爾後検閲でして、雑誌なり本ができてから検閲を受けるのです。ぼくも呼び出されたことがあります。

西東三鬼の「有名なる街」は爾前検閲で通って、「俳句人」という雑誌に発表されました。〈廣島や卵食ふ時口ひらく〉などの句があります。原子爆弾が落とされた広島には三十年間、草木も生えないと言われた。予想外の惨状やったから広島の報道をすることを占領軍が嫌いました。それが、鶏が元気に卵を生んで、それをまた食っているやつがおると詠む。これは被害は大したことがないという宣伝に使えるということで、フリーでパスしたんです。

ところが、あとで高屋窓秋さんが瀧春一さんの「暖流」にその鑑賞文を書いた。それが引っ掛かった。高屋窓秋さん

有名なる街——西東三鬼

廣島に月も星もなし地の硬さ
廣島の夜蔭死にたる松立てり
廣島や石橋白きのみの夜
廣島や物を食ふ時口開く
廣島が口紅黒き者立たす
廣島の夜遠き聲どっと笑ふ
廣島に黒馬通り闇うごく
廣島に林檎見しより息安し

*現代俳句社から昭和二十三年九月十日に発行された『三鬼百句』の自句自解の九十九句目では、改作されて次のようになっている。

廣島や卵食ふ時口ひらく

「俳句人」昭和22年5月号より

に聞きましたら、その検閲官は韓国系の米国軍人だと言ってました。呼び出されて、書き直して来いと言うので、書き直してもって行ったら、「よろしい。この心掛けでやってくれるならば、今後、あなたの雑誌は検閲しない。フリーパスにします」と言われた。呼び出されて、書き直すと、三十分もたたないうちに、ストップをかけた人間が「もういい」と言って豹変した。ほかの人間が言うのならいいんですけれど、同じ人がそれを言ったというんです。

　そのことを高屋窓秋さんが三鬼さんに話したんでしょう。君の「有名なる街」を鑑賞して、引っ掛かった、と。三鬼は戦時中は京大俳句事件で特高警察に追い回されたし、戦後はＧＨＱの民間検閲局（ＣＣＤ）に追い回される、オレはもういやだというので、彼自身が編集した句集には「有名なる街」は載ってないのです。

　江藤淳が検閲のことを詳しく書いた『閉された言語空間』が文藝春秋社から出ています。

　いまは公安局がそれを受け継いでいると思います。榎本冬一郎という、自治警察の署長をしていた俳人がおったですね。あの人は「五日あれば昔の警察に変われる」と言っていました。戦中の体制に変われるということです。押す印鑑の場所くらい変えたらええんと違いますか。そやから、かなり検閲のシステムがちゃんと進んでいる、というか、準備できてたわけですね。

　新聞社によっては記事に書くことと書かないことがあります。丸山豊という詩人に『月白の道』という単行本があるんです。全集も創言社から出ています。そこでは「退却ばかりやった。戦争のことは書けないことと書いてはならないことがある」ということを言ってます。大岡昇平の『野火』のなかで、日本人の敗残兵が日本兵を射殺して焼いて食う話が出てきますね。それに類するものじゃないでしょうか、「書けないことと書いてはならないことがある」というのは。そういう書きづらいところがありますね。それを正直に書くと検閲に引っ掛かる。いまでもちゃんとした検閲のコードがありそうでね。

どこの国でもやっているんでしょうけれど、戦争中の日本はとくに調べている実務家たちのレベルが、そんなん言うとよくないですけど、そう高くなかったから。三鬼の記録によりますと、担当が農学校出の警部補らしかったようですね。

報道管制で検閲事件がどこで起こったのかもわからない

特高の功名争いがありますからね。「京大俳句」事件でも、三鬼さんの自伝的な「俳愚伝」を読みますと、前の人が世界文化社をあげて功績を残したから、後任の高田という警部補が、自分も成績を残さないといかんというので目標を探しておった。それに「京大俳句」がかかったわけでしょう。

検事のほうでは、これは事件にならないと思ったらしいですね。あれ、十五人となってますけれど、岸風三楼もやられてますよ。彼は通いで調べられたらしいね。それは富安風生がカバーしたんだと思うんですよ。岸さんは大阪逓信局でしたから。風生は逓信事務次官で官僚としては最高の人。結局、「京大俳句」で起訴されたのは三人だけです。平畑静塔、波止影夫、仁智栄坊。

平畑さんは編集者としてやられ、波止さんは京大の自治会に昔の金で四円か四十銭か知らないけれどカンパした記録が出てきたらしいですね。それでやられた。

仁智栄坊は大阪外語大の露語科を出たんです。大阪逓信局へ勤めていて、ウラジオストックからかのラジオ放送を翻訳して、それを本省の逓信省へ送る仕事をしていた。ところが、ロシアのことを知り過ぎているというのでやられた。国から月給をもらってロシアの放送を翻訳していたのに、知り過ぎているという。

十五人やられましたけれど、起訴されたのは先の三人だけです。「京大俳句」事件は検閲に関連のあることです。

俳人で湊楊一郎という弁護士さんに『京大俳句事件余録』というのがあるんです。サブタイトルが「三鬼と京都へ」です。あの時分はそういう思想的な事件が起こりましても新聞は記事に出さないですからね。関西の様子もわからないし雑誌も出ない。心配した三鬼さんが弁護士の湊さんに頼んで一緒に関西へ行ってくれないかと言うので、行った。そのときの記録が『京大俳句事件余録』です。

今は、状況判断だけでは裁判は成立しない。ものを探さないといかん、記録を。それで、平畑静塔さんに供述書を書かせたが、なかなかサインしなかった。当時は被告の供述書が証拠になった。専門家の湊さんが三鬼の依頼で東京から京都に調べに行って、平畑、波止両家が依頼した弁護士事務所で供述書を見たら、完全に出来上がっていたようです。後年、検挙された連中の名前も全部入っていたというんです。ここまで完全に供述していると言い訳も立たないし逃れられないから、早くサインをして出てくるほうが楽ですねというアドバイスをした。当時は本人の供述書だけで起訴された。波止影夫さんと平畑静塔さんが二人で雇った弁護士さんも、その意見に賛成して、接見のときにサインをしろと勧めたんでしょうね。

あの当時は思想犯で引っ掛かると懲役二年執行猶予三年、それはもう決まっていたんです。両氏のご家族が様子を聞きたいというので明くる日、大阪へ出て、波止さんの家族と、他に仁智栄坊だったか、平畑静塔さんの家族だったか、どっちかと会った。波止さんの家族と会ったのは覚えていると湊さんは言いました。とにかく起訴された三人のうちの二組の家族が、話を聞きたいというので湊さんと面談した。

そこへ二人が出所してきたと言ってました。湊さんが平畑さんに、どうしてあそこまで書いたのかと聞きましたら、ああ書かなければ出してくれなかったとか。湊さん自身の名前も入っていたと言ってましたよ。「そやから、友人のお嬢さんが検挙されたときに弁護を依頼してきたけれど、ぼくはブラックリストに載っていてだめだから、友人の弁護士に頼んだ」と湊さんは言うてました。全然、何も知らないで連絡係か何かをしていたらしいですね。そういう意識がなしに働かされていたわけです。

石橋貞吉（山本健吉）さんの場合は承知でそんな役をやっていたようですね。

そんなんで、検閲というのはどこであるかもわからないですね。さっきも言いましたように「五日あれば昔の警察に変えられる」と元署長が言うてんやから、間違いないでしょう（笑）。公安局員というのは現に俳人のなかにおるんです。もちろん、俳人であることが先ですが。あっちの同人になったり、こっちの同人になったりしてますね。いまでも捜査網は張りめぐらされてあるような気がします。彼らにとっては仕事ですからね。

「串柿」で永田耕衣の選を受ける

ぼくはいちばん最初、昭和十一年ごろだったですか、必要があって俳句の雑誌を集めて調べていたんです、府下の中学校の校友会雑誌はどれだけ文芸にスペースをとっているかということを。それは夏休みのレポートのためでして、ぼくはズボラですからいちばん楽な方法を選んだんです。それぞれの校友会雑誌が詩歌の欄に何ページくらい使用しているか、その数字を並べるだけでええやろって。それで夏休みのレポートをごまかすつもりでした（笑）。

そうしたら、おやじの下請け会社の社長が俳人だったんです。あとでわかったのですが、改造社の「俳句講座」に俳人の系列がありまして、いまで言う師系ですが、あれを見ますと幹部のなかに荻野雨亭という人がちゃんと載っていたのです。その人がぼくのその作業を覗いていて、俳句をやれと言う。ぼくは俳句をやるために俳句関係欄を開いているんじゃない、こういうわけだと言ったんです。ところが、「まあ、いっぺん来い」と言う。

　和歌浦の料亭で俳句の会をやるんです。それが終わると芸妓さんを呼んで一杯飲むんですよ。ぼく、中学四年生くらいですからね、それを見学したら、俳句っておもしろいなあと思ったんです（笑）。

学生時代（昭和13年8月5日）

　私の場合、俳句志向の半分は不純ですよね。いまでもそうですけど、文学ってヤクザな稼業である面もあります。友人、知人に小説を書く人も多いしね。引き合わない消費が文学に必要なようです。

　二月に一回くらい、来い、来いって呼んでくれるんです。行きますと、会が終わったら芸妓さんを呼んで酒を飲んで、大人扱いをしてくれる。和歌山市のぶらくり町のそこの家にも泊めてもらったりしました。おやじの会社系列の子会社の社長さんですから大事にしてくれました。

　その人たちが同人雑誌を作ってましてね。「串柿」というんです。和歌山県の海南市から出ていました。代表はあの当時、小野田万年茸といいました。晩年は凡二です。上山勘太郎という貴族院議員がおって、有田で除虫菊を作っている会社を経営していますが、その人の和歌山事務所の所長で、県会議員なのが、その小野田万年茸です。その人の中の息子さんがルバング島で戦後、約三十年がんばった旧日本陸軍少尉の小野田寛郎さんです。私たちは、寛ちゃんと呼んでました。静岡の二俣にあった陸軍中野学校二俣分校の卒業生ですね。スパイ養成学校でしょう。

　小野田さんは印刷屋をやっていまして、永田耕衣さんが来るから遊びに来いという。初めて永田耕衣さんに小野田さんの家でお目にかかりました。永田さんはそのときは、ああいう禅めいた話はしなかったですね。あまりしゃべらなかったし。永田さんは製紙会社に勤めてましたから製紙の原料にする材木でも和歌山に見に来たんかもわかりません。技術関係の仕事をしてたらしいですから。

「串柿」に加藤しげるという人がおったんです。雑詠の主選者はその人で、別に永田耕衣さんと杉浦某という人が毎月交代でやるのと二つ、欄があったんです。耕衣さんの俳句がいちばんおもしろいから、ぼくは永田さんのところに投句しました。だから、いちばん初めにぼくの選をしてくださった先生は永田耕衣さんです。

だけど、永田さんのあの俳句はぼくには合わないなと思ったからパッとやめました。後年の根源俳句ですし、当時、あの人は道元の崇拝者ですから、『聖書』の読者であるぼくとむしろ反対だ。ぼくはあのとき、夢みたいなことを言う人だなと思っていた（笑）。禅なんて非合理的の最たるものだしね。考えたら、説得力は合理的になっているんでしょうけれど、当時のぼくの幼い考えの宗教観では合理的じゃないと思ったんです。『聖書』のほうが書くときの助けになります。それでやめたんです。いまは別な想いはありますけど。

大阪の道頓堀に天牛という古本屋があって、そこに横山白虹さんの『海堡』という句集が出ていまして、それを買った。そして、白虹さんの戦前の「自鳴鐘」にごく短期間投句しました。しかし、それもちょっと納得しないんです。白虹さんは抒情俳句です。抒情というのは直立した感情でしょう。状況を計算に入れないですね。時代の背景、横の時間というのを入れない。縦の時間だけだから、これもちょっと合わない。しかし、白虹さんも初心時代の私の先生です。

そうしたら、「京大俳句」があったので、そこに入った。あそこは同人と言わないで会員と言うんです。そして、投稿者が選者を指名するんです。だれだれさんにお願いしますって。選者は三鬼さん、平畑さん、三谷昭さん、そして井上白文地といういまだに行方不明の人、その人たちです。

そんなんで「京大俳句」のときから三鬼さんに俳句を見てもらったんですけど、会ったのは戦後です。三鬼さんが訪ねて来てくれたんです。

戦争が終わって、昭和二十一年、中村民雄、和田吉郎とぼくの三人で資金を出して「青天」という同人雑誌を発行しました。駅でも売ってました。あまり本がない時代でしたが、表紙となかの紙を別にしたのでよく売れました。

それを見たと言って、三鬼さんが中之島の公会堂へ訪れて来てくれた。二十二年の夏です。それから三鬼さんと直接の交渉が始まったのです。以来三鬼は泉大津へよく来ました。

三鬼さんは神戸に住んでいましたから、遊びに来いというのではじめて波止影夫と一緒に行ったことがあります。焼け野が原がずっと続いていましたが、山本通りのところでパッと途切れています。兵庫県の県庁の上のほうです。

夕方になって、もう帰ろうと思ったら、「アンツグがもうじき倉庫から肉をちょろまかしてあがってくるから、それを食って帰れ」と言う。アンツグとは三菱倉庫に勤めていた安東次男のことです。三鬼も安東さんも岡山県津山市の出身で、三鬼はアンツグと呼んでました。しかし、肉はあっても酒がない。水を飲みながら肉を食ったかなあ（笑）。

安東さんは須磨のほうに住んでましたから、いつも三宮の駅で別れました。

左から六林男、横山白虹、高柳重信、三橋敏雄
（昭和45年10月19日・北九州市平尾台）

「一将功なりて万骨枯る」——戦後雑誌の消長

戦時中に用紙の統制で雑誌が合併されました。あれは主義主張に関係なく合併しました。そんなんで、戦争が終わるとすぐに分裂するわけです。

ぼくらの「青天」では「雑草園」という雑詠欄をこしらえて、それの選者にぼくを定着させようと中村・和田の二人は考えたんです。ぼくはそれがいやで、やめようかなと思っているときに、三鬼さんが訪ねてきたんです。

実は山口誓子をかつぎ出して「天狼」という同人雑誌を出すと言う。富沢赤黄男に『天の狼』という句集がありますから、「天狼」の名前を使う許可も取った。富沢赤黄男に「譲ってくれ。ただし金がないからタダでくれ」と言ったそうです。そして、ぼくらの「青天」もタダで譲ってくれと言うんです。

「青天」を譲ってくれと言ってきた理由としては、戦後で用紙が不足していましたから、新規の雑誌を出すのは許可しない。ただし、発行実績のある雑誌のあとを継いでいくんだったらいいと、有馬登良夫や高屋窓秋などが知恵を貸して

「青天」の前身「螺線」の同人と。後列左から２人目六林男、３人目中村民雄、前列右端和田吉郎
（昭和14年1月2日）

くれた。それもあかんようになりかかったので、通産省へ無理に頼み込んだ。有馬登良夫は代議士をやっていたのではないでしょうか。

その話に和田君は反対するんじゃないかと思ったが、あっさり賛成して、同人を説得することも引き受けてくれたんです。

ところが、今度は印刷をやってくれるところがない。金をくれるかどうかわからないから危険性がある。結局、天理教のものを専門に印刷をしている養徳社という印刷屋さんが引き受けてくれた。

これは同人雑誌ですが、売れんと印刷代を回収するのに困ります。それで、誓子先生に雑詠の選をしてもらったのです。ですから、創刊の辞のなかで誓子が「雑詠の選だけを担当する。同人誌だから自由にやってください」と書いてあります。目的の一つは桑原武夫（くわばらたけお）の「第二芸術」に立ち向かうためです。「天狼」はそれで出発したのです。創刊号表紙にぼくらが譲った「青天」改題とあります。

「青天」をとられたために、ぼくたちは「雷光」という同人雑誌を作ったんです。そこへ平畑静塔さんが教授をしていた大阪女子医専、いまは大阪医科大学ですが、そこへ行っていた八木三日女（やぎみかじょ）、澁谷道（しぶやみち）、殿池鑑子（とのいけかんこ）、濱中董香（はまなかただか）、みな女医さんのタマゴですが、彼女たちが入ってきた。

その「雷光」がまた、「夜盗派」「縄」「花」「頂点」になったりして分かれていくわけです。そういう一つの大雑誌を作ることによって多くの若い同人がばらばらになっていくということを、結社雑誌の中におるぼくらより上の先輩たちがあまり意に介してないですね。

後年、三鬼さんが亡くなった直後のことです。大阪へ来た折に高柳重信が山口誓子さんを表敬訪問したとき、「三鬼さんが亡くなって、どんな感じですか」という意味のことを尋ねると、誓子が「一将功なりて万骨枯る」と言ったから、オレ、驚いたよ、あんな非情なことを言うんだって高柳重信が言ってました（笑）。将は誓子自身で、三鬼を万骨のなかに入れた。三鬼でこれですから、他の同人は微塵子ぐらいでしょう。このとき高柳と同行したのは三橋敏雄です。

「青天」を一つつぶして「天狼」を作ることによって、それだけいろいろな同人雑誌が分かれていくということを意に介してないわけです。雑誌の消長です。分散していったり集まったり。

そんなんで、強力な一つの雑誌ができることによっていろいろな雑誌が分散していく。それに対して先輩たちがどう思っているかというところです。角度を変えて言うと、門下たちが進路に迷うわけです。それで自分たちで雑誌を作らんとしようがなくなってくる。

誓子の「天狼」となる

あれは「天狼」の昭和五十六年七月号でしたか、開いたら、いきなり「今から『天狼』は誓子の『天狼』である」と書いてあるんです。ぼくは誓子さんに手紙を出しました。一言、相談したらどうですか。「天狼」は、同人雑誌を作るというので、ぼくらの同人雑誌をつぶして無料で進呈したんだ。それなのにいきなり「今から『天狼』は誓子の『天狼』である」って、こんなん、ないでしょう。同人総会を開くか、あるいは、それが手間だったら、往復ハガキでも出して諾否を問うたらどうですか。だれも反対しませんよ、とぼくは誓子先生に言うたんです。返書は親展できました。それには、「しばらく待ってくれ」とありました。「待て」とは誓子の場合、返事しないことです。

その直後に、ホテルオークラで誓子さんの傘寿のお祝いがあったんです。そして波止影夫さんが同人会長に推されていたのは、平畑静塔の押しつけです。あれ、大学の後輩ですからね。その波止影夫が「お祝いの会に行くと言ったけれど、いきなり結社雑誌にしたことに同人として納得がいかない。それと体調も悪いから欠席する。君、出席して、みんなの意見はどうか、東京へ行って聞いてきてくれ」とぼくに言ったのです。

ところが、その会は立食パーティーだと思っていたら椅子席ですよ。だから、周囲の者にしか意見が聞けなかった。鷹羽狩行さんは秋元不死男さんのあとを継いで「氷海」をやっていたでしょう。いまの「狩」を作る前で、ちょうど過渡期でした。雑誌をもっている者は困りますね。主宰者が、また主宰者の下で選を受けるというのはややこしいと彼が言ったのを記憶しています。

〔天狼の今後――山口誓子〕

（「天狼」昭和56年7月号）

過去について語ることはない。

「天狼」は、同人雑誌として出発し、最近まで、同人雑誌として編集されて来た。私は「遠星集」の選を受持ち、その受持の場を通して、「天狼」に尽くして来たのだ。

このたび「天狼」は、誓子の「天狼」に切り替へられた。此際、「天狼」の将来について私の思ふところを述べて置きたい。私は、「天狼」の人々が私の主張に同調されんことを望む。

私は、以前から、現実尊重と具象的（客観的）表現を主張しつづけて来た。句作の態度として、現実を尊重せよ、自然を尊重せよ、と云ふことだ。そして表現は具象的（客観的）表現たれ、自然を具象的に表現せよと云ふことだ。

私のこの主張は、芭蕉の教につながつてゐる。

――（中略）――

「天狼」で私の一番大切な仕事は「遠星集」の選である。

「天狼」の人々はみな個性を持つてをられ、それを「天狼」の場で発揮しようとされてゐる。指導者としての私は、各自が「格に入つて格を出る」勉強を手伝ひ、各自の個性を充分発揮して貰ふのである。

「格に入る」とは、俳句の根本、即ち止めようとしてもとめられない自然をその物と物との関係づけによって止めると云ふこと、それを自覚し、実行することである。

「格を出る」と云ふのは、格に入った各自が、自然の物と物との間にすこしでも新しい関係を発見し、先人の見落した新しい関係を捉へ、それによつてみづからの個性を発揮し、俳句を進展させることである。

「格に入つて格を出る」――これは仲々むつかしいことであるが、これを実行して貰ひ、私がその手伝ひをするのである。

「遠星集」では、格に入つた句を採り、格を出た句を採る。自然の物と物とがただ羅列してゐる句は採らず、物と物との間の、相対依存の関係を詠つた句を推す。私の指導方針は是くの如くである。

「天狼」に結集した人々が、各々異なつた個性を持ちつつ、真の俳句を作つて、個性を発揮し、全体として「天狼」を向上させること、これが集団としての「天狼」の理想である。

かくして差別のある調和の世界を築いて行きたい。

それから、同席に山畑禄郎（やまはたろくろう）というのがおったんですが、彼は「入った理由が違うので個人の自由に任せてくれ」と言う。それで、これはぼくが言ったのと違うんだ、同人会長の波止影夫がみなに意見を聞いてきてくれというので聞いているだけだと言っておきました。

七、八人に聞きましたが、だいたいそんなところで、あとは何も返事をしなかった。

後年、平畑さんが大阪のほうへ来ましたので、そのことを聞きましたら、あれは誓子が言い出したと言う。誓子さんに聞くと、福島へ鵜飼（うかい）を見に行ったとき平畑静塔がそれを勧めたと言う。よくわからないところがありますね。ぼく、誓子さんのほうが正直にものを言っていると思います。

そんなふうに、一つの雑誌がつぶれたり、創刊したときに、見えないところで去就に迷う人たちもあるわけです。すんなり行くところはよろしいですけどねえ。

「天狼」を誓子主宰にすることで同人を辞退したのは、窓秋さんとぼくの二人。あと何人かの同人は出句しなくなりました。

結局、そんなんで、誓子さんにはいいブレーンがおらなかったということです。それで、誓子さんが亡くなったら後継者がいないから、「天狼」をやめないかんようになった。

ですから、虚子の「ホトトギス」の運営のしかたと、誓子先生の「天狼」のやり方はあまりにもスケールが違いすぎた。取り巻きの人たちも誓子さんの場合は小粒だったし、だから、もうつぶすということに決めたんでしょうね。

百年に一人の俳人、誓子

ぼくは誘われて鎌倉の虚子のお墓参りをしたことはありますが、虚子と直接会ったことはありません。

虚子についての感想ですが、どう言うたらええんやろうなあ、「ホトトギス」というのは家業でしょう。それと集まってくる連中だけでやるというのとまた違います。事業には事業のやり方というのがある。一人の天才もほしいが九十九人の凡人もほしいという運営の仕方。何でも俳句に詠うというやり方に徹したときに、『虚子俳話』の内容が示しているような方向になってくるのと違いますか。そして、「ホトトギス」は拘束しているようであって逆に自由だったんと違いますか。いろいろな人を輩出していますからね。その点では、水原秋桜子（みずはらしゅうおうし）や誓子が考えていた俳句の範疇（はんちゅう）をもっと緩やか、あいまいにしていた。

ただ、四Sの阿波野青畝（あわのせいほ）、水原秋桜子、高野素十（たかのすじゅう）、山口誓子、この中でいちばん近くだと思われている阿波野青畝さんが、「花曜」の総会に来てくれて、懇親会のときに「写生写生と言ってますけど、写生みたいな、そんなものどうでもよろしいよ」と言いました。同席していた高柳重信はそんな

「群蜂」10周年大会。前列左から山口誓子、西東三鬼、平畑静塔、橋本多佳子、六林男、石川桂郎
（昭和34年5月3日・大阪府教育会館）

青畝さんが好きなんです。

青畝さんのやり方と誓子のやり方はまた違うんです。青畝さんはわりと開放的ですが、誓子さんは自分の枠に引き込む、それも急進的です。やはり性格によるんですね。「自分は社会人としては慎重なタイプである。しかし、俳句ではそうではない。果敢にやる」と誓子は自伝で言う。俳人も社会人ですから、そんなにいっぺんにてのひらを返すようには性格を変えて仕事にかかれないですね。

誓子はきっちりした人ですが、虚子のほうはそんなこと、なかったでしょう。もっていてもそれを表に出さない人でしょう。虚子はだいたい小説家になるのが目的だったでしょう。それが俳句に変わった。これのほうが家業として残っていくなと思ったんでしょう。「ホトトギス」の運営は家業ですから、事業家ですよ。そやから、何を言われてもこたえないわけですよ（笑）。全部ではないですが、この一面はあります。

虚子なり誓子なりの結社を固めていくという方針のなかには、表へあからさまに出さなくても、それに似たような思い、共通したものがあるんじゃないですか。ただ、取り巻き連中が虚子のほうがスケールが大きくて誓子のほうが小さかったということです。

ぼくは同人になってから誓子の選は受けてないんです。誓子の選を受けてないのは高屋窓秋、三谷昭、横山白虹、房(ふさ)子夫妻。沢木欣一(さわききんいち)、細見綾子(ほそみあやこ)夫妻も受けてないんと違いますか。同人雑誌というのは同人作品発表で、選を受けるものと違いますからね。ほかの人はみんな受けていた。平畑静塔も西東三鬼も、もちろん橋本多佳子(はしもとたかこ)も。

作家としての誓子その人については百年に一人くらいし

か出ない俳人でしょう。二百年と言ってもよろしいね。誓子さんは外国の本もたくさん読んでいます。この人の散文を読めばそのことがわかります。すごい勉強家ですよ。

伊勢湾には鰻（うなぎ）の養殖業者がおるんですが、伊勢湾台風のとき、沿岸で生活している人で甚大な被害を被ったのは山口誓子か養鰻業者かどちらかだと言われたくらい、誓子さんは本を流したんです。蔵書を。誓子は住友から捨て扶持（ぶち）をもらってましたから、その金で全部、本を買（こ）うてたでしょう。そういう話があの土地で残っているらしいですよ。しかし晩年の俳句は、よくなかったですね。ミタテ俳句ばかりで。敗戦前後の作品はいいでしょう。『激浪』『遠星』『断崖』あたりは充実しています。いい俳句ばかり書ける訳はないのですから、これは立派ですよ。

東西の人脈

ぼくには妙な詮索（せんさく）癖があるんです。学術用語では書誌学です。

梅里貴房から『誓子俳句365日』という本が出ましたね。そのうちの十句か二十句を書くために、誓子の全集十巻を、ぼく、全部読みましたよ。あそこへ収録されてない本も何冊かありますね、それも全部読んだ。だから、ぼくはほかの人たちと違う書き方をしているわけです。

たとえば〈除夜零時過ぎてこころの華やぐも〉という誓子の句があります。

ところで、四年に一回、閏年（うるうどし）で一日ふやしてズレを調整しますが、それでも足らんので毎年一秒ふやすんです。それが一月か七月です。それを閏秒と言います。時間を計算するのに六十秒という時間はないんです。五十九秒の次はもう次の時間になっているわけでしょう。それを年に一回、六十秒を作って一秒ふやすわけです。それをやるときには二か月ほど前に近隣の国へ連絡するらしいですね。自分のところが一月と七月の何日にやるということを。NHKの時報というのはそれによって送っているわけです。打っている瞬間、音が伝わってくる途中で秒が済んでいるわけですけれど。一九九九年の今年は一月一日の午前八時五十九分五十九秒の次に一秒加えます。

余談になりましたが、誓子の句を調べているうちに、そういうことがいろいろわかってくるわけです。

この本は依頼が来たときには、みんなが手分けして書くから、一部担当してくれとぼくにも言ってきたんです。しかし、本が出てみると、広告は「鷹羽狩行の本」になっていた。鷹羽さんは執筆者代表かわからんけど、「鷹羽狩行の本」という広告の出しかたにはちょっとびっくりしました。

沢木欣一がうちへ何日か泊まり込んだことがあります。桜楓社の「人と作品シリーズ」で西東三鬼を書くためです。

ぼくは、三鬼を書くのに沢木のもっているキャラクターなりファクターは無理だ、合わないと思った。それが、書くんだ、君の資料を調べさせてほしいと言うから、いいよと言ったら、四、五日うちへ泊まり込んだが、それから十年以上書かなかった。

そうしたら、ある日、沢木から「いま松井利彦と一緒に桜楓社にいる。三鬼を書いてくれないか」と電話がかかってきた。それならシリーズの応援するよというので書いたが、蓋を開けたら共著になっている。沢木は「三鬼句抄」と、自分の好きな俳句を選び出して、その鑑賞文を入れただけだ。あれはぼくが全体の八十パーセントを書いたんです。

三鬼がどこで生まれて、どういうふうな家系だとかね。三鬼さんと小学校一緒だった人にも会いに行ってきました。元ＮＨＫの深町幸男さんというディレクターの知り合いで、シンガポール時代三鬼さんの近くにおったという人がいて、その人に聞いたんです。ぼくはそこまでずっと調べたんです。自分でそんなん言うたらおかしいですけど、調べて、書いてあります。

それが、いちばん楽なところへ沢木が入り込んで、ほとんどぼくが書いたのに共著になっている。彼が書けなくて、電話がかかってきたとき、沢木は彼自身も書くとは言わなかった。『誓子俳句３６５日』のときは、分担はきちんとわかってました。

そやから、東京の人たちのやることは用心せんとコワイな。ぼく、大阪でも田舎におるからフワーッとのってしまうんですよ（笑）。

しかし妙なことに、ぼくは関西にいたけれど、総合誌の編集長たちとの交流があります。

たとえば石田波郷さんが戦後、『現代俳句』を編集されたとき、あそこに新人を推薦する欄がありまして、あれに取り上げてくださった。三鬼が推薦してくれたんでしょう。波郷さんが関西へくれば連絡してくれた。

『俳句研究』では神田秀夫さん。神田さんの次は石川桂郎、高柳重信。

『俳句』では角川源義さんと秋山實氏。角川さんが泊まれ、泊まれと言うから、角川さんの家へ泊まったことがありますよ。角川書店の社長としては偉い人ですから、誰も彼の俳句を批評しないでしょう。ぼく、源義さんの俳句がだめだったらだめだと言うんですよ（笑）。だから、ぼくのところへ泊まりに来いと言われてね。ぼくはもうホテルが決まっていたのに、そんなん、放っとけよ、と言われて。荻窪の角川家の二階への階段を上ると左がトイレで右へ部屋がつづいている。最初の小部屋の畳があげてあった。ああ、娘さんの御不幸のあった部屋だとすぐわかった。奥の大部屋で泊めてくれたが、習字の稽古のあとが片付けずにありました。ぼくはどこでも寝ることが出来ますから。

ああ思い出した。泊まったのは昭和四十七年の五月七日の夜だ。「三鬼を偲ぶ会」が芝の随園であったときです。明くる日、編集者を紹介するから、角川書店へ行こうと言うんです。そのときの『俳句』の編集長は誰だったかな、編集兼発行人は角川源義さんですが。ああ、室岡秀雄さんでしたね。あの当時、社長室って別になかったですね。ソファに破れた座布団だけ一枚、置いてあるんです（笑）。ぼくはお客さんでしょう。そこへ坐ったらいいんだと思って坐ってたんです。そしたら、社員がいろいろ連絡に来る。源義さんがぼくのところに来て、小声で「鈴木君、それ、ぼくの坐るところだから横へ寄ってくれよ」と言うんだ（笑）。

野澤節子さんが源義さんに会いに来たねえ。彼女にどっかへ行きましょうと誘われたけれど、ぼく、眠たいんだよ。朝の四時ごろまで酒を飲んでてなあと源義さんが言ってたね。ホテルに違約金も払わな、いかん。一回、ホテルに帰って、寝てきたい。そんなことまで言わなかったですけど、誘ってくれた野澤さんに「ぼく、ほかに用事があるから失礼します」と言って、ホテルへ仮眠に行ったことがあります。

「吹田操車場」で現代俳句協会賞受賞

現代俳句協会賞をもらったのはその後、昭和三十二年のことで、飯田龍太さんと同時受賞です。誓子さんが三重県においった時分です。一票、投じておきましたと言うてました。欠席投票ですね。選者は三鬼、草田男、楸邨、誓子、大野林火とか、ぼくたちの一つ上の先輩たちでした。波郷さんはどうだったかな。

受賞の対象は「吹田操車場」でした。

吹田操車場（十句抄）

寒光の万のレールを渡り勤む
把り凍て飛び降りるにも翼なし
殉職碑前の凍砂踏み通る
吹操銀座昼荒涼と重量過ぎ
雨の中貨車区より来て尾燈積む
旗を灯に変える刻来る虎落笛
微熱あり全身を貫く寒汽笛
黒濡れて聲なし音の操車場
燈の暗きあたりの貨車も寒気の中
頓狂汽笛に応える汽笛冬夜長し

操車場は時間が制限されている。時間との闘いです。そして、屋根のない職場です。レールを全部つなぐと、大阪から大垣に達するというんです。千二百人ほどの人が働いていて、大阪と京都と奈良の駅以外の駅長になれる助役が二十人おるという。かなり大きな組織です。

吟行のようなものですが、あそこへ行く前にもう八十パーセント、俳句はできていました。ものの力というのは大きいです。見るということによって、それがわかります。いろいろなことを確認するために行ってわかったことは、操車場のなかでは機関車がヘッドライトをつけないということ。転轍手の目がくらんで轢き殺されるから。操車場のいたるところに墓があります。それと、転轍手は一日に四十キロ歩くと言うてましたね。そんなことがわかるわけです。

坂阜といって操車場のなかに峠があるんです。機関車が貨車を押し上げてきて、峠の上まで来て突き放つわけです。専門用語では「突放」です。それが勾配を時速四十キロぐらいのスピードで降りていく。それへ転轍手が飛び乗って、北海道へ行く貨車、九州へ行く貨車とか、同じものばかり連結するんです。乗っている間は短いけれど、下へ着くと、また歩いて峠の上まで戻って行く。それを繰り返しているわけでしょう。そやから一日に四十キロ歩くと言ってました。

操車場は時間との闘いですが、それが済んで、大王崎へ行きました。これは時間に制限はないところですが、自然と仲良くしないといけない。遠州灘というところはものすごい難所で暗礁の多いところです。外国の船や軍艦が海の下に沈んでますよ。それで、自然と仲良くしないとやっていけない漁師のことを書こうと思いました。

操車場は自然とは関係なく時間に追い回されている。誓子がああいうきちっとした人やから、そこが気に入ったんでしょう（笑）。そんなことで、一票投じてくれたんやね。

あのとき、神保町の江戸善でぼくの歓迎会をやってくれたんです。同時受賞の飯田龍太さんは品川のほうで句会があるとかといって、その歓迎会には出席しなかった。受付が加倉井秋を、原子公平、沢木欣一です。町山直由という、田川飛旅子さんのところにいた人、彼の親戚がぼくの住んでいる泉大津の近くにおるというので、別室でその人と話をしている間に、草田男が歌をうたったというんですよ。「草田男が酒を飲んで歌をうたったなんて、あんなん、前代未聞だ。しかし、主賓の君がおらなかった」と（笑）。

その草田男ですが、終戦後、間のないころ、「萬緑」の大会を大阪でやったとき、法善寺横丁を案内したら、ラムネを売っている。そのラムネを飲みたいと言うので飲んで、法善寺横丁で草田男が酔っ払って長々と立ち小便をする（笑）。そんなことなんかが記憶に残ってます。草田男の俳句としては、最初の句集の『長子』は新鮮だったですけども、あとはあまり好きじゃないですね。俳句でなくて、文句が多いから。

三鬼とはウマが合った

三鬼さんもズボラな性格で、ええ加減なところがあります。遊び人だ。ぼくも仕事するよりも遊んでいるほうが好きだからウマが合ったんでしょう。うちへ来たら二、三日は絶対に帰らなかった。

　二番目の奥さんの堀田きく枝さん親子を引き取ったんですが、三鬼は家族に「ぼくに万一のことがあったら、鈴木六林男を頼って行け」と言われた、そのとおりになりましたときく枝さんが言うてました（笑）。

　三鬼の息子の直樹君は学校を出て山一證券へ勤めた。よくできる子ですよ。賢い。清水昇子とお父さんが保証人になっていたんだが、「お父さんが死んだんで、保証人になってくれ。（三鬼の長男である）兄貴はしてくれないから」とかって、ぼくのところに言うてきました。もうこっちへ出てきましたからその必要はなかった。大阪での直樹君の就職の世話もしました。

西東三鬼（左）と六林男宅の庭の柿を食べる（昭和33年秋）

　三鬼さんが行こう行こうというので誓子を訪ねていったときのことを、誓子は自伝のなかで「三鬼が鈴木六林男を連れてきた。誓子とはこういう人間だということを見せようと思って連れてきたんだろう」と書いてあるんですが、あれ、違うんです。

　ぼくも貧乏だけれど、三鬼は輪をかけたほど金がないんです。誓子さんを訪ねる目的もあったんでしょうけれど。あとでわかったことですが、愛知県の刈谷というところの俳句会に招かれておったが、そこへ行く金がない。行ったら金をくれるんだけれど、行く電車賃がない。だから、ぼくに「誓子とこへ行こう」と言って誘う。ぼくが三鬼の分も電車賃を払うからですよ。

　そこから刈谷まで行くくらいの電車賃は持っとったんやろね。それで誓子と会って、駅へ戻ってきてから、三鬼は「ぼく、あっちへ行く」と言って、大阪とは反対側の切符を買うんだ（笑）。

　三鬼がぼくのうちへ遊びに来ると、よく本がなくなるんですよ。大阪の上本町に、奈良へ行く近鉄電車の百貨店があるでしょう。戦後あのなかに古本屋があったんですが、ぼくのなくなった本がちゃんとそこにある（笑）。ぼくの蔵書判がボンと押してある。慌てて、また買い戻したことがあります（笑）。三鬼は「勉強しているねえ。ちょっとぼくに貸してくれ」と言うが、「貸してくれ」とは「くれ」ということですね。日吉館の奈良句会へ行く旅費にしてたのでしょう。

　あの時代はいろいろな人間が混沌としていたところがあって面白かった。いまはもう所属なり系列がはっきりしていますけれど、あの時代は、なんかわからん、人間と人間が肌でつきおうているというような時代でした。俳人の数も少なかったですしね。

三鬼の名誉回復裁判

　あれは昭和五十四年（一九七九）に小堺昭三というノンフィクションの作家が書いた『密告』ですが、「京大俳句事件」の裏話のようなものです。それが仮名を使わないで、登場する人たちがみな、俳壇で通用している名前で出てくるんです。そのなかで西東三鬼をスパイのように扱ったものですから、本が出てから何年か経過してましたが、ぼくはそれに異議を唱えて、裁判を起こしたわけです。平畑静塔、湊楊一郎、波止影夫、三橋敏雄たちとぼくも証人に名を連ねました。

　一般には三鬼の名誉回復裁判と言われていますが、正式には「昭和五五年（ワ）第五六四号謝罪広告等請求事件」という訴訟番号がついています。

　しかし、裁判には費用がかかります。そんなときに角川書店の編集者の鈴木豊一さんが、『俳句』の臨時増刊として『西東三鬼読本』を出してくれた。『密告』が出ている最中です。

　それに先立って、そういう話が出たので『俳句研究』の高柳重信が三鬼をスパイと思うかというアンケートを十何人かに出したわけです。「ややこしいと思う」と書いたのが古家榧夫で、あとは全部、「三鬼はそういう人じゃない」と言ったわけ。小林康治、山本健吉、平畑静塔、三谷昭、ぼく、三橋敏雄も入ってましたかねえ。他に中台春嶺、藤田初巳、湊楊一郎氏らだったと思います。

　鈴木豊一さんはそういうことに関係なく、三鬼というのは俳人としてきちっとした人だから、読本を出そうということで、出してくれたわけです。その金が西東家、二番目の奥さんのきく枝さんのほうへ印税のようなかたちで入ってきたんです。裁判費用に充当できて助かりました。

　三鬼の奥さんのきく枝さんは糖尿病だったのですが、三鬼がスパイと言われた本の『密告』が出たのがショックで重体になった。目が悪くなって、八木三日女の診察を受けたら、非常に危険な状態だという。きく枝さんは長崎の人なんです。呼ぶ人があったら呼んだほうがいいというので、呼んだ。そんなところまでいったんです。それで息子の直樹君も名誉回復の裁判をやるという気になったのです。

　鈴木豊一さんは、こちらが裁判のことは全然、口に出してないのに「印税は百万は切らないように努力します」と言うてくれました。

直樹君に「それを裁判にみな使え。やる気か」と聞いたら、やると言う。小康を得たきく枝さんはもう直樹君の言うとおりにしますからね。それで、『三鬼読本』の印税は全部、裁判のための弁護士費用等に使った。

証人に頼みに行ったり、証人の旅費だとかホテル代とかメシを食ったりする費用などは全部、ぼくが引き受けた。ぼくは直樹君が印税をいくら受け取ったのか知りません。その他一切の費用はオレが引き受けるということで、やったんです。

弁護士は藤田さんというて、刑事裁判を専門にやっている方で、国なんかが相手の裁判ばかりですよ。金が入るか入らんような仕事ばかりやっている人で、ものすごい優秀な弁護士さんです。その人を知ってたものですから、この人に頼もうと思って電話をかけた。

西東三鬼と堀田きく枝（昭和25年夏）

そうしたらぼくのことを覚えていて、俳句をやってますかと言われました。実はこういう話があると言ったら、引き受けるということを即答はしなかったですね。でも、風呂敷に包んだ資料をもって行きました。一か月ほどたったら、やるということになって、直樹君を連れて行ったんです。直樹君が原告です。

長男の太郎さんにも入ってほしいということを弁護士が言ったんです。それで、ぼくと三橋敏雄が説得したんですけれど、長男は、丁重にいえば慎重な人で、悪い言い方をすれば小心な人で、「裁判というのは勝つか負けるかわからへん。負けるかもわからんようなことにかかわりたくない。自分は斎藤敬直の息子で俳人西東三鬼の息子ではない。だから裁判には加わらない」と言うんです。それで、原告は直樹君が一人です。

弁護士も「死んだ人の裁判をやるのは初めてだ。ドイツに一つだけ、そういう例がある。ほかにあるかもわからないけれど、わかっているのはその一つだけだ」と言うんですよ。

そのとき、城山三郎氏の『落日燃ゆ』という作品がありました。広田弘毅の秘書官が行跡のよくない人だったということを城山さんが書いたらしいですね。その甥御さんが、おじさんはそういうような人じゃなかったということで、名誉のために裁判を起こしたわけです。

もう一つ、『展望』の編集長だった臼井吉見氏が『事故のてんまつ』を書いています。あれは川端康成がノーベル賞を受賞以後、出入りの植木屋さんの娘さんがらみの本ではなかったでしょうか。それが原因で、自殺したと噂があったような記憶があります。川端家のご家族の方たちは、自殺の原因は文化勲章以後、仕事の向こうが見えてこなくなったことなどであると主張なさったように思います。それで名誉棄損で訴えた。

城山三郎氏の『落日燃ゆ』と臼井吉見氏の『事故のてんまつ』は和解したようですね。三鬼さんの裁判の判決が出た時期にはまだ係争中だった、ように思います。

世界で死者の名誉をかけた裁判で勝った例は二つしかない。ドイツでは「死者の決闘」というらしいですね。それと三鬼さんの「死者の名誉」です。金が目的ではない。死者の名誉回復のために闘ったわけです。

角川書店本社屋上での三鬼の葬儀。後ろ姿は中村草田男（昭和37年4月8日）

証言を断った山本健吉

さて、裁判となったら、証人を頼みに行かな、あかん。宇都宮の平畑さんのところへも行きました。湊楊一郎さんにも頼みました。三橋さんにも頼んだかな。相手が控訴した場合の対策として、藤田弁護士は波止影夫氏とぼくを残しておいたんですが、向こうは控訴しなかった。

小堺さんのほうの証人は一人もないんです。こちらの証人だけが出てくる。ところが、向こうの出したという資料を全部、弁護士がコピーしてもっているのを見ましたら、これは小堺氏の要請に応じて俳人の誰が資料を提供したかが、名前は言わないですが、ぼくにはわかります。平常から反三鬼の人が三人ぐらいすぐ浮かびます。小堺さんを応援する人と三鬼をよく思っていない人たちの出した資料を見たらわかりました。

三鬼が難に遭う二日前の昭和十五年八月二十九日、石田波郷、山本夫妻らは三鬼らと葉山で海水浴をやった。そんな仲ですから山本健吉さんにも証言を頼んだんですけど、あの人は文芸家協会会長でして、「会費をもらっている人の反対側にはなれない」と言って断ったですね。その手紙は捜せば残っています。ぼくは捨てないから。親展できました。

それを聞いた藤田弁護士はものすごく憤慨して、「会費をもらっているからグループの仲間を相手にして闘えないなんて、何のために山本健吉は文学をやっているんだ」と言っていましたが、いやなものを拒否するのは自由ですからね。

ところが、その話を聞いた安東次男氏が、山本氏は京都でいてるときに三鬼に家をこしらえてもらったというのにと、これも憤慨したようです。

初めて住んだところは家の中に吹雪が入ってくるような家だったようです。そんなんで夫人の石橋秀野さんは風邪をひいて結核になったんでしょう。敗戦直後で食うものもないし、栄養失調もあったのでは。それで三鬼さんが奔走して、出町柳の近くへ、少しましな家を世話してあげた。

山本健吉が石橋秀野と娘さんを連れて神戸まで訪ねてくると、三鬼さんは自宅の畳を上げて、神戸元町のヤミ市へ売りに行って金をこしらえてきて、三人にメシを食わせたと言うんです。これは、関西では周知の話です。そのことも安東次男氏が三菱の神戸支店におったから知っているわけですよ。山本さんと三鬼は戦前からの知己ですから、そのくらいのことは三鬼はしたでしょう。

新興俳句の存続をかけた闘い

昭和九年に新興俳句運動に参加していた東京在住の若い作家たちで新俳話会というのができたでしょう。三鬼さんが、そのなかからまた優秀なのを何人か選んで十士会というのを作った。そのときに嶋田洋一さんは入れてもらえなかった。この点は、三橋氏からも聞きました。

嶋田洋一さんは嶋田青峰さんの息子さんで、父の青峰氏は事件の当時は早稲田大学で国文科の講師をやっていたようです。嶋田青峰さんは結核でしたから、新興俳句弾圧事件で検挙され、留置場内で喀血し、釈放されて帰ってきましたが、それが原因ですぐに亡くなりました。そやから嶋田洋一さんは新興俳句弾圧事件を恨んでいるわけです。

それで小堺昭三氏が取材に行ったとき、三鬼のことを悪く言ったんじゃないですか。それが主な取材源のようでして、それを中心にして小堺さんは『密告』というノンフィクションを組み立てたわけです。ほかの二、三の人からも証言を得てあるのに、それを無視したようなかたちにして、あるいは嶋田洋一さんの発言の傍証のようなかたちで、盛り上げた結果になっています。個人的なことがからんでいるわけです。だから、三鬼自身が逮捕されて、やれやれと思ったと「俳愚伝」に書き残してあります。

昭和五十三年十二月二十四日に三谷昭さんが亡くなりました。お通夜の晩にみなが集まったとき、『密告』のことが話題になりました。本というのは奥付にある発行日より一週間か二週間前に店頭に出てますからね。三谷さんの奥さんの俊子(としこ)さんがそれを読んで、「これは取材のときにお父さんの言うたことと違う」と言う。ところが小堺さんは、このとおりに取材相手が言ったということを書いてある取材ノートを裁判所へ出したわけです。ところが取材された側の方がこんな話はしなかった、ということがお通夜の晩になってわかったのです。通夜の話は高柳重信が知らせてくれました。

ぼくも小堺氏の取材ノートを全部見ました。コピーを取りますからね。ボールペンで書いてある。途中で自分の都合のええように追加したんか、それはボールペンだから筆跡に濃淡がないからわからない。

そのことを裁判でもこちらの弁護士はみんな言います。ところが裁判は慎重に東京の似たような先の二件の裁判の成り行きを見ながら、こちらを引っ張っていったわけです。裁判に行ったかて、すぐに終わったりして、裁判は長引きそうでした。

ところが途中で裁判官が代わった。それから急に進捗(しんちょく)して、とんとん拍子にやってくれた。もう一回、裁判をやってくれと被告側が要求しましたが、裁判官はこれで打ち切りと言いました。もう新資料は出ないと判断したわけでしょう。

裁判は足掛け五年かかりました。

あれで感じたことは、この裁判は勝つらしいとわかってから傍聴に来てくれる人が増えたことです。勝つ見通しがないときはだれも来ないんです。終始傍聴したように書く人もいますが、あれは嘘です。平畑静塔さんも後年著書で、関西在住者の無関心さに触れていますね。傍聴に来ると、帰りにメシを食ったりなんかするが、その金は前述のとおりぼくが自分でもっていたから覚えています。

ぼくもいろいろやったんですけど、弁護士も不安なんです、日本にない裁判やから。元気をつけるために毎晩、酒を飲むわけですよ。ホントに毎晩飲んだなあ。なんでやと弁護士が聞くから、いや、これねえ、裁判勝ったときの祝賀会の練習だと言っておいた(笑)。

相手の弁護士は東京から来るわけでしょう。裁判って、欠席したり定刻に遅れたりすると、負けるんやてね。時間はきっちりしているから、三分か五分待って、来なかったら

「西東三鬼の名誉回復裁判——判決」

昭和五五年(ワ)第五六四号謝罪広告等請求事件

判　決

大阪府泉大津市高津町四番一〇号

原　告　　斎藤直樹

右訴訟代理人弁護士　　藤田一良

東京都杉並区阿佐谷北一丁目二一番一号

被　告　　小堺昭三

東京都文京区千石四丁目九番一四号

被　告　　株式会社ダイヤモンド社

右代表者代表取締役　　坪内嘉雄

被告ら訴訟代理人弁護士　　伊藤信男

同　　浜野英夫

主　文

一　被告らは、原告に対し、共同して、別紙(一)記載の謝罪広告を、株式会社朝日新聞社（東京本社）発行の朝日新聞、株式会社毎日新聞社（東京本社）発行の毎日新聞の各朝刊全国版社会面に、見出し、記名及び宛名は各十四ポイント活字をもって、その余の部分は各八ポイント活字をもって。各一回掲載せよ。

二　被告らは、原告に対し、各自三〇万円及びこれに対する昭和五五年八月七日から支払ずみまで年五分の割合による金員を支払え。

三　原告の被告らに対するその余の請求を棄却する。

四　訴訟費用はこれを五分し、その三を原告の負担とし、その余は被告らの負担とする。

※判決は昭和五十八年三月二十八日に言い渡され、同年四月六日、被告代理人より原告代理人に判決に従うとの連絡があった。

※各新聞に、俳人故西東三鬼を「特高のスパイ」と断定し、それを前提としてこれを敷衍した文章は事実に反するものであることを認めて陳謝する旨の謝罪広告が掲載された。

「閉廷」と言う。閉廷と言われたら、駆け込んできてもだめや。裁判はそれで終わってしまう。申し立てしなかったということになるようです。

　相手の弁護士は東京から来るでしょう。はじめのうちはこっちで泊まり込んでいたのとちがいますか。慣れてきたら新幹線でやって来る。東京の人ですから、電車、一台遅れるとかするじゃないですか。それで藤田弁護士は、相手の弁護士が遅れてくるんじゃないかと時計ばかり見ていましたよ。

　勝訴のあと裁判所のなかでテレビの朝日放送かどこかの代表インタビューがありました。そのときにぼくは意見を求められて、「このままこの裁判に負けると、新興俳句は新興俳句弾圧事件で痛められて、戦争が済んでからまた痛められることになる。新興俳句が抹殺されることになるし、西東三鬼という一人の俳人がスパイにされて、これも人間として抹殺される。どないしても勝たないかんというつもりでやってきた」というコメントをしました。

　治安維持法というのは改定に改定を加えて最後には死刑になりました。そやから、考えてみると、いい時期に「京大俳句」事件が起こっているんです。あのあとですぐ改定になって死刑が増えましたから。しごく簡単なんですね。いままである伝承俳句を否定するということは天皇制を否定することだというところに引っ掛けてくるわけです。だから、これはいけないとなってくる。そんなことで、三鬼さんも「広島」の俳句は句集に入れてないんです。

　ＮＨＫの深町幸男ディレクターが「人間模様」という番組をこしらえた。あれは三鬼の東京と大阪の生活を合成して作った。それを被告の弁護士が証拠として出すわけです。三鬼はでたらめな人間だと。でも、あれは違う。深町氏の「人間模様」を見てもわかるが、あれは合成なんだ。東京時代と神戸時代と二つを一緒にして、場所を神戸にもってきたんだと、こちらの弁護士は反論してました。そのとおりなんです。

　法廷の争いというのはどちらも駆け引きがありますね。弁護士同士が闘っていく、目に見えない技術があります。

　藤田弁護士も馬力のある人でした。法曹界でいちばん俳句のことを知ってたのはあの人じゃないですか、この裁判を通じてね。湊楊一郎氏は別格です。

　「花曜」の会に講演を頼んだ、日弁連の会長をやっていた和島岩吉（わじまいわきち）氏は「死刑囚と俳句」の話をしてくれました。例句の死刑囚俳句はものすごい下手です。そやけど、日弁連の会長が死刑ということについてどういうことを考えているかがわかりました。

　俳句で裁判になるなんて、もう、ないですね。そんな意地になって闘うような人はおらないですよ。言われても言われっ放しになっているし、やり返さないもの。ぼくらのような世代はだんだんなくなっていくでしょう。

　もっとも、ぼくにしてみたら、西東三鬼さんの名誉回復と同時に、そのままにしていたら新興俳句そのものが抹殺されてしまう、俳句史的に葬られる、それが残念でしたから、勝つか負けるかわからんけれど、一丁、やるかということで。それにぼくは、やったことのないことをやるのが好きやからね（笑）。

「諸君、有名になろう」を書いたころ

ぼく、戦争が終わったとき、みなさんがなさっているようにすぐに民主主義だとか何とかに走れなかった。現象がよく把握できなかった。読書で、民主主義とは何かぐらいはわかっていましたが、戦後処理がぼくの内部で思うように進捗しなかった。

だから、その間、納得できるまで、遊んでました。友達の会社やおやじの会社から呼びに来るけれど、家でごろんと寝転んでた。南海電車が家のそばの土手の上を通っている。その電車のなかから寝転んでいるぼくを見た友人が、仕事に行くのがいやになったと言って、ぼくのところに遊びに来る（笑）。そして、うちの日当たりのいい縁側で弁当を広げている。多いときは三人ぐらいやってくるんです。「おまえが寝転んでひなたぼっこしているのを電車のなかから見たら、すし詰め電車で仕事をしにいくのがいやになった」って（笑）。

電車の窓にガラスの代わりに板をはってあるような時代ですからね。一時間に三本ぐらいしか電車は通らないでしょう。いまは五分か十分くらいおきに来ますけれど。押し合いへし合いしていて、バカらしくて乗っていられないんでしょう。そんな時代がありました。

しかし、目標を高くもってやらないと、自分の仕事が残っていかないような気がしたから、二十一年に「青天」に「諸君、有名になろう」いう文章を書いたんです。このままでは注目してくれない。本当にいい仕事をしようと思えば、みなに知ってもらう必要があります。極端な話、芥川賞や直木賞の受賞作家になるかならないかの境目に似たような気分がありますわね、分野が違いますけれど。余談になりますが、

学生時代。左は在郷軍人分会長だった兄（昭和13年頃）

「青天」は、のちに改題して「天狼」になるわけですが、この経過のなかで有償であったように誤解されそうな書き方を、沢木欣一君が『昭和俳句の青春』で書きましたね。ぼくは『國文學』に、「青天」を無償で提供したのだから訂正するよう沢木君に要求しましたが、彼はしなかったですね。これは改めてどこかへ、きちっと書きます。

ともあれその「諸君、有名になろう」という文章を高柳重信が読んで、共鳴しました。

ぼくは乱読のほうです。文学をやっている学生がいろいろなものを読むような調子で読んでいたということと、長じて、学校では経済をやりました。

経済学と医学はいろいろデータを集めますね。医者は検査して、治療法を考えます。うちは医者の系統です。いろいろな検査をして病気を見つけます。経済をやる連中は、経済界を展望して方策をたてます。ミクロではこれをどのくらいの値段にするか、どういうふうに展開するか、データを集めます。作ったものが売れるか売れないかということもみな資料を集めます。

ぼくの専攻は原価計算です。それも理論原価計算です。いまから思うと噴き出しそうな話ですけれど、たとえばコストを落とすのにコンベアをどのくらいのスピードで走らせると一個当たりの部品の光熱費が安くつくか。そんなことを演習してました。

一個当たりの部品を安くするのに光熱費は削減できない。そうすると、光の下を通っていくコンベアの時間を短く、歯車の歯を粗くする。そうすると一個当たりの光熱費が安くつく。

いまからみたら、そんなものは幼い考えで、子供でも考えることですが、あの時代はちょっと新しかった。ぼくらが学生時代には、そんなことは実験原価計算ではなくして理論原価計算のなかに入っていたんです。

ぼくらのときは公共事業をやればいい。そこから税金が入ってくる。その金でまた事業をおこしていくという考えがありました。ケインズ理論です。いまはもう公共事業の時代が終わったようです。やたらに道路やハコ物ばかりつくると維持費が高くつくということがわかってきたんでしょうね。

医学と経済をやった連中で、俳人として成功している方は多いですね。あれはずーっと追い込んでいって結論を出す学問ですから、帰納法と演繹法のどちらを採るかの違いがありますが、俳句に通じるところがあるのでしょう。

季語はどんどん増やせばいい

有季と無季がありますね。無季の歴史のほうが古いです。『万葉集』にも雑の部があるくらいですから。それと、宮廷歌人は歌を作るためにいちいち外へ出てうろうろするわけじゃないでしょう。歌所の人たちが天皇なり上皇さんから

自宅の書斎にて（昭和32年冬）

題を出されて、秋なのに春の題を出されたりしても、じっと座ったまま歌を作るでしょう。

そんなもんから比べると歳時記なんてみな京都を中心にして作ったもんでしょう。だから原点に帰って、普通の言葉のところまで下ろしてくる。

いまは季語を整理すると言ってますけれど、季語は整理しなくてもいいと思う。だんだん淡くなってきましたから、季語にばかり頼っていたらどうかな。どんどん増やしていって、そのなかで自分に合う季語を使ったらいいというのがぼくの季語観です。

いまは西瓜（すいか）でも南瓜（かぼちゃ）でも年中あるから、歳時記から外せという意見も出ています。温水プールがあって夏でも冬でも泳げるから、「泳ぐ」は夏の季語から外せという意見も出ているわけですが、自然の状態で放っておいたとき、人間は冬、海に入らないですね。寒泳というのもありますけど、それは特殊な例であって、普通は夏に泳ぎますから、夏の季語。南瓜は放っておけば冬は育たないですから、秋の季語だということです。

ところが、いまの歳時記を作る人はそんなものを削っていこうとしているわけでしょう。輸入でいくらでも入ってくるし、年中、あるからって。

ぼくは季語は無限に増やしていったらいいと思う。ぼくは無季俳句だから。そうしたら、季語も普通の言葉も一緒になってくる。そこで本当の季語が残ってくるように思いますね。年中あるものだから季語でないとか、そんなんじゃないですね。

ぼくには有季と無季との国境がない。有季俳句を作ったり無季俳句を作ったりしています。ぼくは無国境主義者です（笑）。最後にいちばんいいのは、地球が一つになって、地球国を作ったらええ、共生するためです。

日本の場合は戦争は外へ出て行ってするんですけど、ヨーロッパの場合は国境と宗教が中心になって戦争をしているでしょう。日本は神風が吹くような国で、八百万の神さんがおって、あまりもめることはない。昔は出雲（いずも）と倭（やまと）（大和）

とはもめておったらしいけれど、宗教でもめた例は少ないでしょう。ぼくにも宗教観はありますけれど、あまりそれにこだわらないで相手を尊重していく。

だって、連歌を巻く方法によっては、神祇、釈経、恋、無常、病気、旅行のことはできるだけ避ける。あれは仲良くやるためでしょう。連衆のなかの一人が、私は天理教や、いや、私はキリスト教やと言うたら、うまくいかないじゃないですか。だから、あれを避けようとした。われわれ先輩たちの知恵ですよ。それを敷衍していくと、あまりこだわらないほうがいいんじゃないかな。

俳句はもっと短くなる

このごろはローマ字の俳句が増えてくるじゃないですか、HAIKUが。国が違って言葉が違うと、いろいろリズム感も違いますし、私たちが考えているような俳句を外国人は作らないでしょうけれど、あんなにしてだんだん広がっていく。そうすると、いままでの俳句観で日本人がそれをきつく規制しようと思っても、底辺から崩れてきますね。それをどの辺でリーダーたちが調整していくかというところにかかっていると思うんですよ。

俳句の伝統を守るためにあまり依怙地になって守ってもいけないし、伝統は守るものではなく形成されていくものですからあまり大勢に流されてもいかん。そこのところはリーダーが毅然たる見識をもってやっていかんとね、俳句という詩型は守っていけないですね。短歌に負けていきますよ。言葉の数も向こうは多いしね。

そんなところから入っていきますと、俳句は短くなることがあっても、これ以上、長くならないと思います。俳句というのはもっと短くなるような気がする。

俳句という形式はかなりなことが言えると思うんです。ただ、俳句というのは読者を選びますね。あの人ならば自分の俳句をわかってくれる、と。でも、小説は読者が作者を選びます。あの人の小説がおもしろいから、また買うとか。だから、百万部、二百万部とかのベストセラーになるわけでしょう。俳句にはそんなのはないですよ。作者が読者を選んでますから。散文と韻文の違いはそんなところからも出てくるでしょう。

ところが俳句は、キーワードがパチッと合って鍵があいたら、凝縮されているから爆発して、拡大解釈した場合に一篇の短編小説に匹敵するような内容を導き出せると思うんです。

それと、いま、俳句をやる女性の層がものすごく増えてますね。でも、ぼくはあまり期待していないんだ（笑）。女性は七十五点くらいのところまではスッと来るんです。同じ条件で男性と女性がスタートラインに立ったとき、女性のほうが合格ラインに入るのが早い。ウサギとカメみたいなもんです（笑）。

最初は女性と俳句の相性はいいわけです。というのは省略していくでしょう。あまりあたりに気を遣わなくてもいいし、自分のことをきちっと書いていればそれでいいわけだから。ところが、対象としての客体（マクロ）を集約する技術的な点にかかってくると、女性から叱られるかもわからないけれど、俳句の場合、視野が男性よりも平均してちょっと狭いですね。原因を追い詰めていくということを女性の俳句作者はあまりおやりにならない。感覚だけです。女性にもすぐれた俳人はおられますから、これは一般論です。

その関係で最終的に有利か不利かというと、男性のほうに判定勝ちの旗が上がるんじゃないですか（笑）。

俳句はデジタルや

俳句というのはデジタルだと思うんです。俳句というのは、「いま」がわかったらいいんです。見た人は、その前後を頭の中で計算しないといかん。デジタルは現在の数値を表します。デジタル時計なんか数字しか出てないんだから。何分かかれば東京駅まで行くかは経験で判断する。ところがアナログ時計は針も全部ついてまして、この針が何回まわったら東京駅へ着くかがわかるわね。日本の詩歌のなかで俳句だけがデジタルだと思う。いま、の瞬間ですな。

季語は「いま」のものですよ。「去年今年」というけれど、あれ、新年の季語でしょう。去年のことを言うてんのと違うんですよ。蕪村の〈几巾きのふの空のありどころ〉の句を、きのうは几巾(いかのぼり)があったけれど、きょうはない、そこには空だけがあるとする解釈がありますが、それは違うとぼくは言うんです。几巾は「いま」あるんですよ。

俳句以外の短歌にしろ詩にしろ、その他の論文もみな入れた散文にしてもアナログです。エンドレスの状態でずっと続いているわけです。それで説得力をもってくるわけでしょう。ところが俳句はデジタルだから読み手が必要なんです。作者が読み手を選ぶわけです。

その違いがありますね。

ぼくは夜型ですから、夜、俳句を書くんですよ。それまではどうでもええようなことをして、みなさんがやっている時間にすればええのに、ぐずだからぐずぐずしていて、みなさんが安らかに眠るころ、ごそごそ起きて、やっているわけで、夜の俳句が多いです。

ぼくはなんか妙な性格でして、だれとでもおつきあいさせていただく何かがあるらしいですね。しゃべれと言われればしゃべりますが、どうでもいいようなことや人の噂話なんかは、限定された人のなかではしますけれど、あまりしない。だから、安心してつきあってくれる。ぼくは人見知りするほうなのに好奇心が旺盛(おうせい)ですから、矛盾するようですがいろい

「頂点」20号記念会の翌朝。深夜帰宅すると六林男宅にこれだけ泊まり込んでいた。左から杉本雷造、小宮山遠、岡本信男、島津亮、白井房夫、六林男、八村広、柿本兵衛、赤阪喬介
（昭和40年12月5日）

ろな人に会うのが好きなんです。そやから、いろいろと教えてもらうことが多いのです。

ぼくは自分のできんことをやっている人を絶対に尊敬するんです。ものを買うにしても、たとえば、きょう、土産に持って来た、お菓子の「八ツ橋」、これを買うときに千円とか二千円とか言われるでしょう。ぼくは絶対に値切らない。だって、これを千円で作れと言われてもぼくにはできないですよ（笑）。そやから、相手の言うとおりにするんです。自分のでけるもんやったら、たとえば俳句だったら、いいとか悪いとか言えるけれど、この八ツ橋を作れと言われても作れないでしょう。そやから、大阪駅でこれを買いしなに値切れないですよ（笑）。その価値は全部尊重する。それでぼくはいろいろな人とおつきあいできると思うんです。

本だって、読んでみて駄目な本はありますよね。人だって会ってみて嫌いな人は嫌いですよ。しかし、そんなにあからさまに表に出して、オレはおまえが嫌いだとか、そんなことは言えないです。好きなやつでもどこか欠点を持ってます。相手から見れば、ぼくもものすごく欠点の多い人間だということをみなさんは知っているはずです。それでもつきおうてくれてる。ぼくもこれまでいろいろな人の恩恵によってやってきた。人見知りするくせに、とくに知らん人に会うのが好きです。いろんなことを教えてくださるからです。

大阪俳人クラブ四代目会長に就任

昭和五十年にできた大阪俳人クラブは、結社や協会の枠を越えてやっています。東京と大阪を比較したら、東京にないやり方です。みんな素直に集まって来るんです。やろう

かって。

あれは黒田了一という革新派の知事の肝煎でできたのです。創立総会は住吉大社の客殿、勅使殿というところを借りたかな。知事さんが来賓として来ていました。

ぼくは選ばれて創立総会の規約などを作るときの議事の議長におされました。そのとき、ちょうど赤尾兜子の何冊目かの句集の出版祝賀会が神戸であったんです。そやから、この会を早く終えて、それに行かなあかん。それで「とにかくこの会は成立させましょうや。悪いところ、気に入らんところがあればあとで会則を変えればいいんだ。まず会を作ろう」ということで、どんどん議事を進めていった。

大阪の料亭で赤尾兜子（左）と
（昭和46年11月20日）

そうしたら、黒田知事の秘書が創立総会をやっている最中にぼくのところに来て、「知事があなたの名前を聞いてきてくれと言った。大阪府の府会の議長があなたみたいな人だったら議事がとんとん拍子に行くのにと言っている」と言う（笑）。

大阪俳人クラブの初代会長は、俳人協会の阿波野青畝さんです。二代目は現代俳句協会の榎本冬一郎。三代目はまた俳人協会の森田峠。四代目がぼくです。昭和五十八年から六十一年までです。その次はまた俳人協会の後藤比奈夫さん。最近はあまり行かないが、いま「ホトトギス」の誰かがやってくださっているんじゃないですか。

高柳重信が「花曜」の総会で講演してくれたことがありました。その会に出席してくださった初代会長の阿波野青畝さんは懇親会の席で「ホトトギス」は写生写生と言いますけれど、写生みたいなもの、どうでもよろしいよと言ってました。あの人の俳句はわりとおおどかですね。そのような青畝さんを高柳重信は好きなんです。石田波郷も青畝ファンです。

山口誓子が「ホトトギス」をやめて「京大俳句」へ入る前に「かつらぎ」へ入ったことがあります。そのことを青畝さんにちょっとおたずねしたことがあるんです。

誓子さんは「かつらぎ」をやめて「京大俳句」へ行かれましたね、あれはどうしてですかと聞いたら、「あの人は胸の中にソロバンを吊ってますから」と誓子さんのことを青畝

「天狼」20周年京都大会。左から榎本冬一郎、小野十三郎、六林男（昭和43年11月10日）

さんが言ってました。ずっと見ていて、どこへ行ったらいいかという計算をしている。それで「かつらぎ」をやめて「京大俳句」へ行ったというわけです。

　誓子が「京大俳句」をやめるときに中村三山に宛てたハガキがあるんです。「考えるところがありまして京大俳句をひかせていただきます」というハガキです。「戦時下俳句の証言」というNHKの番組、「京大俳句」事件を中心に戦争のことを扱った番組ですが、あのときに、こんなんが出てきましたと言ってディレクターの笠浦友愛氏が見せてくれました。しかし、あのハガキはどうなったかな。だいたいは奥さんの波津女さんの代筆やと思いますけどね。誓子はそのとき「京大俳句」の賛助会員でした。官吏にでもなっていたら、偉なっていたんと違いますか。そもそも誓子は官僚向きの人や、とぼくは思います。

　ところで平畑静塔さんからの話ですが、誓子の病気は誤診やったらしいね。呼吸器官が普通より大きいところがあるらしい、それで肥大しているとか何とかで。養生しすぎて体が弱くなったんだろう。何もしないからね。

　「パクられた人たちが新興俳句の淵源は誓子だというので私の身辺は非常に危険であった」と『私の履歴書』に書いてあるけれど、あんなのはわからないはずですよ。連絡がつかないんだもの。俳人と連絡はしないということを検事に誓約させられる。事件は新聞には載らないし。三鬼も様子がわからんもんやから、弁護士の湊楊一郎氏について行ってもらって京都へ行ったくらいでしょう。それを誓子が身の危険を感じたなんて書いてあるのはあとでカッコつけたもんでしょうね。「ぼくが捕まったからあなたも危ない」なんて、そんなこと連絡のしようがないですよ。

『激浪』に神州護持のために俳句を書いたとあるでしょう。見本刷一冊しか残らなかった、あとは消してしもたって。一年もたたないうちに消してしまうなんて。それはなぜかというと占領軍の検閲があったのが理由らしいのです。あの当時は表現を変えたでしょう。誓子さんもそれをやっているわけ。

そんなんで、きちっと計算している人ですよ。ただ、取り巻き連中が小粒やったんです、虚子のまねをしたかったんやけど、誓子さんは成功しなかった。

それと、誓子は人間的なつきあいがないから、俳句ができたんですよ。子供もないし。友達や親戚、身内もごく少ないということは不幸ですけども、そういう身過ぎ世過ぎのつきあいに時間をとられることがなかったからあれだけの業績をのこされた。金は長期にわたって誓子の才能をおしんだ住友本社からずっと送られる。あれは川田順(かわだじゅん)の命令でしょう。誓子のおることがなんぼ住友の名を高からしめるかもわからないから、病気になってもゆっくり養生させてやってくれと川田さんが言うたというんです。その川田さんは駆け落ちしちゃったけれど(笑)。

こんなことを言うてるぼくもこの九月二十八日(平成十年)で満七十九歳になりました。あと何年もつやろか(笑)。

軍隊や戦場のこと、日本が戦争に敗れたことも、その直後のことも少しは体験や経験しました。第一市場に上場会社での総会屋相手の仕事、労働省の木っ端役人、崩壊した市教委の再建、大学の教授など、いろんなことは「私の大学」でした。

おわりに

大学で教えてもおられたからであろうか。仕事を持つ女性に六林男先生は実に好意的だ。私の長年の友人、馬場禎子、中村桂子、加賀美幸子といった職業人の仕事をよく見つめておられ、厳しくも温かいまなざしを注がれる。

「中村桂子さんの今度の本の中に……」などとおっしゃるので話が弾む。文学、哲学、歴史、生命科学、医学、経済、政治、何でもわかりやすく、かつ深いお話をして下さる。勿論俳句の話、とりわけ作家論、作品論も六林男先生独自の世界を展開して下さるので喰い足りる。

東京で、海野編集長と共に、何時間もお話を伺った。しかし、今回は私ひとりでさらに大阪まで追加取材と称して出かけても行った。心斎橋筋二丁目、うどんちり本家「にし家」の小部屋に昼から晩まで坐り続けて、六林男証言に耳を傾け飽きることがなかった。タクシーで駅まで送っていただき、飛び乗った窓ぎわの座席に落ち着いて、気がつくと、東京行最終の新幹線なのであった。

黒田杏子
(インタビュー=平成10年10月22日)

鈴木六林男自選五十句

秋深みひとりふたりと逃亡す　『荒天』(昭24刊)
遺品あり岩波文庫『阿部一族』　〃
水あれば飲み敵あれば射ち戦死せり　〃
射たれたりおれに見られておれの骨　〃
饒舌や英霊還る青田の宙　〃
牡丹雪地に近づきて迅く落つ　〃
かなしきかな性病院の煙突(けむりだし)　〃

深山に蕨とりつつ亡びるか　〃
寝不足や大根抜きし穴残る　〃
暗闇の眼玉濡らさず泳ぐなり　『谷間の旗』(昭30刊)
硬球を打つ青年の秋の暮　〃
放射能雨むしろ明るし雑草と雀　『第三突堤』(昭32刊)
枕頭に波と紺足袋漁夫眠る　〃
黒青万のドラム罐の一個胃痛む　『櫻島』(昭50刊)

遠くから来て病院の奥に会う　『〃』

月の出や死んだ者らと汽車を待つ　『〃』

遠景の桜近景に抱擁す　『〃』

凶作の夜ふたりになればひとり匂う　『〃』

母の死後わが死後も夏娼婦立つ　『〃』

水の流れる方へ道凍て恋人よ　『〃』

殉死羨(とも)し西には松と中学校　『〃』

滝壺を出でずに遊ぶ水のあり　『國境』(昭52刊)

自然に橋を架け夜は埋もれる　『〃』

天上も淋しからんに燕子花　『〃』

寒鯉や見られてしまい発狂す　『〃』

油送車の犯されている哀しい形　『王国』(昭53刊)

寝ているや家を出てゆく春の道　『〃』

深夜胸の上の雷鳴許し給え　『〃』

向日葵に大学の留守つづきおり　『〃』

奇術師や野分の夜は家にいて　『後座』(昭56刊)

ひとりいる時はよく見え山眠る　『〃』

昼寝よりさめて寝ている者を見る　『悪靈』(昭60刊)

満開の桜の暗い幹ならぶ　『〃』

まだひとり比良の八講荒れやまず　『〃』

浮寝鳥湖は昼より蒼くなり　『〃』

通夜のため大知識人枯野来る　『〃』

外野手の孤独にかかり夏の月　『〃』

右の眼に左翼左の眼に右翼　『〃』

満開のふれてつめたき桜の木　『〃』

男名の山は老いつつ鹿の声　『〃』

ひとりの夏見えるところに双刃の剣　『家賊』（昭61刊）

全病むと個の立ちつくす天の川　『〃』

雄にある雌伏のあわれ鷗外忌　『雨の時代』（平6刊）

地球儀に空のなかりし野分かな　『〃』

瓶を出て胃に移る酒原爆忌　『〃』

鶏頭に子規おもいあと銀行へ　『〃』

短夜を書きつづけ今どこにいる　『〃』

河の汚れ肝臓に及ぶ夏は来ぬ　『〃』

雨の地に映り汝と同時間　『〃』

永遠に孤りのごとし戦傷（きず）の痕　『〃』

鈴木六林男略年譜

大正8（一九一九）　九月二十八日、大阪岸和田市に生まれる。

昭和11（一九三六）17　俳句実作を開始。「串柿」に投句。永田耕衣の選を受ける。

昭和14（一九三九）20　「螺線」創刊。「京大俳句」「自鳴鐘」などに参加。西東三鬼に師事。

昭和15（一九四〇）21　「京大俳句」同人検挙。陸軍の学徒兵として中国に出征。

昭和17（一九四二）23　陸軍より派遣され海軍に入隊。フィリピンでバターン・コレヒドール要塞戦に参加。米兵に撃たれ負傷、帰国。

昭和18（一九四三）24　山口高商入学、後年応召、中退。

昭和19（一九四四）25　奥野田津と結婚。

昭和21（一九四六）27　和田吉郎らと「青天」創刊。

昭和23（一九四八）29　「青天」を改題し、山口誓子雑詠選の同人誌「天狼」創刊。三鬼指導のもと、「雷光」創刊編集。

昭和24（一九四九）30　第一句集『荒天』刊。「無季俳句実践派」を宣言。

昭和28（一九五三）34　佐藤鬼房とともに「風」参加。

昭和30（一九五五）36　第二句集『谷間の旗』刊。「天狼」同人となる。

昭和31（一九五六）37　『俳句』六月号掲載の「吹田操車場」二十五句が注目される。

昭和32（一九五七）38　「吹田操車場」六十句を含む第三句集『第三突堤』刊。「吹田操車場」六十句で第六回現代俳句協会賞を受賞。

昭和34（一九五九）40　「頂点」創刊代表同人。泉大津市教育委員長に就任。

昭和46（一九七一）52　「花曜」創刊代表。高柳重信らと「六人の会」結成。

昭和50（一九七五）56　現代俳句協会副会長就任。第四句集『櫻島』刊。

昭和52（一九七七）58　第五句集『國境』刊。

昭和53（一九七八）59　『鈴木六林男全句集（第六句集『王国』を含む）』刊。

昭和54（一九七九）60　斎藤直樹らと、三鬼を特高スパイとした小説『密告』の出版元らを訴える。

昭和56（一九八一）62　第七句集『後座』（現代俳句協会）刊。

昭和57（一九八二）63　大阪府文化芸術功労賞受賞。評論集『定住游学』刊。大阪芸大文芸学科教授に着任。

昭和58（一九八三）64　三鬼の名誉回復裁判、勝訴。

昭和60（一九八五）67　第八句集『悪霊』（角川書店）刊。

昭和61（一九八六）68　第九句集『傢賊』刊。

平成6（一九九四）75　第十句集『雨の時代』（東京四季出版）刊。

平成7（一九九五）76　『雨の時代』で蛇笏賞受賞。

平成11（一九九九）80　第十一句集『一九九九年九月』（東京四季出版）刊。

平成16（二〇〇四）85　十二月十二日、死去。

第3章

草間時彦（くさまときひこ）

はじめに

草間先生には東京新宿百人町の俳句文学館でお話を伺った。いまだに私のなかには草間先生即ち俳人協会、俳句文学館というイメージが濃厚に残っている。

この建物のなかで、幾度となく時彦捌きによる連句の座に加えてもいただいた。連句会のあとで折々にご一緒させていただいたレストランや小料理屋さんでも、先生のたたずまいはまことにダンディ、おしゃれな方という印象が愉しい時間の記憶と重なっている。

鈴木六林男先生の語り口を講談調とすれば、草間先生のそれは浄瑠璃の語りにも似て、しみじみとまた別趣の味わい。いかにも鴫立庵庵主にふさわしいと思われた。

黒田杏子

波郷の魅力

石田波郷先生に初めてお目にかかったのは昭和十七、八年ごろなんですよ。波郷先生が「馬酔木」発行所の書記か何かをやっていたころで、うちのおやじが「馬酔木」の同人だったものですから、それに同道して「馬酔木」の発行所に行ったら、若い学生みたいなのが座っている。それが波郷だったのです。だから、そこらへんで水原秋桜子先生ともお目にかかっているんです。

それまで、「鶴」という雑誌があるのは知っていて、たまに投句をしてみて、一句かそこら、載ったことがありましたが、そのくらいです。あまり覚えてないんですよ。

戦後、結核で療養所に入っていたので学歴なんかないですから、なかなか勤めるところもない。ほかにやることがないから俳句でもやろうと思った。でも、「鶴」という雑誌は石田波郷が病気だから出てないんです。「馬酔木」だったらうちにあるからタダだ。だから「馬酔木」に投句して秋桜子先生の選を受けたのが昭和二十四年ごろだと思います。

そのころ、うちによくいらして句会をやっていたのが堀口星眠、大島民郎たちでした。うちのおやじを囲んで句会をやってました。その句会に出してもらったりして、多少「馬酔木」に句を出す縁ができたわけです。

昭和二十八年に石田波郷が、病気が治ったわけじゃないけれど、いくらかはよくなったので退院して、「鶴」を出すようになったのです。それで私は、「馬酔木」は腰掛けでいるつもりだったんだから何でもないと思って飛び出しちゃった。そして「鶴」へ投句しました。だから、俳句を本気になって投句したのは「鶴」です。

「馬酔木」にも出して、秋桜子先生の選も受けていましたが、私は秋桜子先生の選に疑問を持っていたんです。それは、こういうところで言うと具合が悪いのかもしれないけれど、秋桜子の俳句は衣食に足った人の俳句なんだ。ところが、こっちは衣食に足りないで失業して困っているんだ。その人間が衣食の足った選者のところに出しても理解してもらいにくいんです。

水原先生はいい方です。立派な方ですが、若いころにあまりご苦労をなさっていない方でしたからねえ。秋桜子の生涯を通じて、衣食の足りなかった心細い感じがしたのは、〈冬菊のまとふはおのがひかりのみ〉を詠んだ昭和二―二、三年ごろのほんのわずかな期間だけだ。あの句がいいということを見つけ出したのは石田波郷だが、それはそういうことと無関係じゃないんです。衣食が足りないときで、しかも俳壇からは戦争協力者として攻撃を受けている。そういう立場において生まれた句です、あれは。それを無視してはいけないんじゃないですか。

石田波郷（昭和28年頃）
撮影＝外川飼虎

偉い方とおつきあいしていて感じたのは、若いころに苦労した方と若いころに苦労せずに伸び伸びと育った方との俳句の違いというのがあるような気がしますね。水原先生は年とともにごちゃごちゃがあったにしても、ずっと見るとすーっと行った方でしょう。そういう俳句ですよ。富安風生(とみやすふうせい)先生にしても伸び伸びと育ったほうです。

その点、のちに私が俳人協会の幹事をやったご縁でおつきあいいただいた阿波野青畝(あわのせいほ)さんみたいに、養子に行って、さんざんいじめられてきた人たちとどこか違ったなあ。長く生きられたら、それがどこかに出てきますねえ。阿波野青畝さんは若いころのご苦労が年をとってからどこかに、人格の裏打ちというか、それになって出てきていらっしゃるような気がしました。

それで話が戻りますが、波郷だったら私の気持ちを理解してもらえるだろうというので、波郷先生が雑誌を持つのを期待していたのです。

それが二十八年四月に実現した。川畑火川(かわばたかせん)という医者がいまして、そいつの家が発行所になって、「鶴」が出たわけです。そこへ投句しました。

そうしたら、私に釣り込まれたらしくて藤田湘子(ふじたしょうし)さんが投句した。湘子さんが雑詠の五番目にいて、私が六番目なん

「鶴」のメンバー。右から村沢夏風、星野麥丘人、八木林之助、岸田稚魚、時彦
（昭和60年頃・神田神保町のビヤホール「ランチョン」にて）

ですよ。

湘子さんはもちろん「馬酔木」中心に句を出していたのですが、私は、二人の先生は持つべきじゃないという考えで、「鶴」に投句しはじめたら「馬酔木」のほうの投句はきっぱりやめて、「鶴」一本になっちゃったのです。私はそれほど難しく考えてなかったのですが、やはり人によっちゃ、秋桜子先生に背いて「鶴」へ行っちゃったということが気に入らないというか話題になったらしいですね。そんなに問題にならないと思ったのですが。

じゃ、どこが石田波郷の魅力だったか。どこが魅力かと言われると、人間としての魅力でしょうねえ。それが一つあったのと、投句者としての立場から言うならば、選者として信頼できたということです。これは非常に大事なことだと思うんですよ。投句者が選者を信頼してないということがあったら、どうにもならないんだ。私の場合は秋桜子先生の選句に多少の違和を感じていたが、波郷先生の選句というものに対しては全面的に信頼していました。

「鶴」という雑誌が昭和二十八年に、それまでずっと休みが続いていたにもかかわらず復刊したとき、相当の投句者が集まったというのは、何としても波郷の選句というものが信頼できるからじゃないかなあ。そんな気がするんですがねえ。

いまの俳壇を見ていると、投句者が本当に選者を信頼しているのかどうか。投句者の選者に対する信頼というものから俳句雑誌というものは始まるんだと私は思っているんですが、どうもこのところ、あまりそういうんじゃない場合もあるようですね。

波郷さんは俳句固有の方法を探っていたというか、俳句固有の方法を大切にしようとしていたということじゃないかなあ。だから、切れ字を大事にしたでしょう。季語はもちろん大事にしたでしょう。そういう点では、少し右寄りだったのですが、それが波郷の俳句に対する私たちの信頼感じゃないかな。そんな気がします。

「鶴」の連衆は閉鎖的、と批判を受けた

それから、あくまで周辺の弟子にいいのがいた。荒っぽいけれども、いい人間がそろっていました。さっき言った川畑火川という内科の医者がいまして、その家が小岩にあって、波郷先生が江東に行ったとき、火川を引き連れて酒を飲みに行く。結核患者が医者を連れて酒を飲んで歩いているんじゃあしようがないんだが（笑）、そのときの酒を飲む石田波郷は感情が通っていたなあ。

そして、私は逗子に住んでいましたが、一つ先の葉山に小林康治という、これがまた頑固そのものの男がいました。後に、「泉」という雑誌をやり、それから「林」という雑誌をやった。もう死にましたがね。この小林康治さんには教えられました。

小林康治さんは進駐軍の仕事をやっていたのですが、それはいやだというのでやめたら失業しちゃった。それで、葉山から横浜の貯炭場の管理人になった。われわれは通勤の途中だから便利だというので横浜に集まったんですよ。句会をやるんです。四の会という句会に集まる。

集まった連中が細川加賀さん、岸田稚魚さんなど相当のメンバーで、おもしろかったですよ。四の会で小林康治さんの薫陶を受けて伸びたんじゃないかとぼく自身のことでは思っています。だから、師匠は石田波郷だけれど、小林康治に対しては兄事しているという感じだったな。

四の会が始まって、しばらくたってから、山田みづえさんが入ってきたんだ。

句会は夕方、六時ごろから始めて、七、八人でやります。地元の皆川白陀とか、戸川稲村——この人はどういうわけか、松本たかしのところにいたが、松本たかしのところにいたのではいい俳句はできないから石田波郷さんのところに行きますと言ったら、ぜひ行きなさいと言われたとか。おもしろいですね。

この戸川稲村が「鶴」の復刊号の巻頭なんですよ。〈祈りにも似し静けさや毛糸編む〉です。誰が巻頭になるか、みんなは大いに注目していたのですが、松本たかしのところから来たのが巻頭になるなんて考えられなかった。そういうふうに復刊した雑誌そのものが混成みたいだったな。

いろいろな人が自分の句風を主張しながら、ちゃんと俳句固有の方法を守り、俳句のよさというものを決して忘れなかったのです。そういう点で、いまの俳句雑誌に比べて、昔の「鶴」俳句が私は懐かしいし、レベルも高かったんだなあ

と思いますね。

ただ、何かのときに深大寺での吟行会があって、それに波郷先生も来ていたし、集まったことがあるんです。そのときに、どういう都合だったのか楠本憲吉（くすもとけんきち）さんがその会に来ていまして、あとで感想として「『鶴』の人たちは非常に閉鎖的である」というふうに言っていたなあ。そのときはなぜわれわれが閉鎖的なのかがわからなかったけれど、いまになって考えてみると閉鎖的と言った理由がわかるような気がします。固有の方法を守り、妥協せず、仲間だけできちんと固まった句会をもっている。

句会というものはある程度、全体のレベルが高いと閉鎖的になっちゃうんじゃないかなあ。ほかの人を入れないで、ことに現代俳句協会系の俳句を作る人がはみ出しちゃって、閉鎖的になったんじゃないかなあ。そこらへんはこれから先も考えていきたいと思いますが、とにかく、閉鎖的だという批判を受けたのを覚えています。

だから、閉鎖的であると同時に、自分たちの俳句以外のところにあまり顔を出さなかったねえ。俳壇の中で何か行われているかなんて、あまり気にしなかったなあ。われわれのグループのなかでいくらか俳壇に首を突っ込むのは岸田稚魚さんだった。稚魚さんは加藤楸邨（かとうしゅうそん）さんのところに籍を置いていましたからね。石川桂郎（いしかわけいろう）さんもそうだった。桂郎さんは『俳句研究』の編集長をやっていたから、俳壇で活動しなきゃメシが食えないからだと思うんだけれど、そんなもので、あとの人は俳壇的な活動ってのは全然無視してました。

そのころですよ。昭和二十七年六月に角川源義（かどかわげんよし）さんが角川書店の『俳句』を創刊なさった。その雑誌についても、「鶴」の人たちはみんなあまり関心を持ってなかったんじゃないかなあ。自分たちの会で波郷の選にさえ入ればそれでいいんだというふうに思っていたんでしょう。だから、排他的だったというのは楠本さんの言うとおりだったと思います、いまにして思えばね。

俳壇活動のスタート――波郷の呪縛？

ただ、石川桂郎さんを現代俳句協会賞にするということが八分通り決まったところで引っ繰り返された。石川桂郎と赤尾兜子（あかおとうし）さんとで争って、その争いがだんだんと激しくなって、現代俳句協会が分裂するようになった。分裂して、新しく保守派の俳人協会ができるわけです。

分裂するちょっと前にこういうことがあったんですよ。「鶴」も閉鎖的ばかりじゃいけない。現代俳句協会のほうの俳壇活動にも協力しなければいけないんだということを言い出したのが波郷だ。そのころは現代俳句協会の幹事というのは選挙ですが、「鶴」から草間時彦と岸田稚魚を立候補させるから、みんな投票しろと波郷が言い出した。

そのとき石田波郷に呼ばれましてね。「今度おまえを現代俳句協会の幹事に立候補させて当選させるから、俳壇の仕事を手伝え」と言われました。私は「大先輩がいるんだから、その人たちがおやりになるのがいいんじゃないですか」と言ったのですが、「いや。ずっと見渡してみると、俳壇活動にいちばんふさわしいのは君と稚魚君だ。俳壇活動をすることは俳句のうまさとは別だ。君は俳壇政治がうまそうだから推薦したんだ。ま、稚魚はまだ俳句のほうだけれど、君はそちらの政治をやるように」と言われたんです。あのときの呪縛が生涯、続いているんじゃないかなあって、いまでも思いますよ（笑）。そのとき私は三十四、五歳でした。

千葉県安房鴨川の海岸で相撲をとる石田波郷（左）と秋元不死男（昭和34年1月）

第一回はもちろん当選して、幹事会に出ていきました。そのときの現代俳句協会の幹事長が石原八束だ。八束とはそのときからの縁だ。威張ってやがってねえ（笑）。どうしてあんな人が幹事長になるのかなと思った。八束さんの俳句はぼくはあまりよくわからなかったなあ。いまでもわからないけれど。やはり性格の違いで、ウマが合わなかった。それだけなんでしょうね。

それで一年たったら、二回目の選挙のときは石田波郷がみんなに投票しろと言うのを忘れちゃって、落っこっちゃいました（笑）。稚魚は当選したが、私は落選したんだ。だから、分裂最中の幹事会には私は出てないんだ。稚魚さんは出ているが、稚魚さんはあまりいろいろなことをしゃべらなかったから、わからない。とにかく分裂しちゃった。

いま、いろいろなことを考えてみると、分裂するというのは、個人的な恨みつらみ、あるいは個人的な憎しみとかそういうものではなくて、俳句についての世代間の考えの違いでしょうねえ。そのとき私は三十五歳だったと言いましたけれど、石原さんも金子兜太さんも大正八年だから一つ上か同じくらいですから、これも昭和世代だ。それに対して、石田波郷や秋元不死男さんは四十いくつですから、われわれとは十年近く違ったわけです。その違いが俳句観の違いになって争いになったんじゃないですか。いまは冷静に俳句観の違いだと言いますが、あのときはそこらへんがわからなかったなあ。

つまり、大正から昭和初期にかけて四S（高野素十、水原秋桜子、山口誓子、阿波野青畝）の俳句が出てきた。それから、松本たかし、中村草田男という時代がありました。川端茅舎を失って野見山朱鳥時代になった。いろいろな人たちの俳句が出てきたんだけれど、大正から昭和にかけての俳句を貫いてきたものはやはり虚子の選だと思うんです。〈去年今年貫く棒の如きもの〉というけれど、去年今年を貫いていた棒は虚子の選だと思うのです。

その虚子の選を正しいとして評価する俳句と、それに対してノーだと言う俳句が出てきたのが現代俳句協会と俳人協会の分裂じゃないかなあ。そのくらいに考えてもいいんじゃないか。いまのところそのことはあまり言っていませんが、虚子の選というものが昭和俳句のどれだけ太いバックボーンになっていたかということを知っていないと昭和俳句史は語れないんじゃないかという気がします。

ところで、四Sの素十、秋桜子、誓子は東大出の優秀な人たちでしょう。誓子は関西の人だが、言葉は東京語だ。ところが青畝というのは大阪で、言葉は伊予なまりに近い大和言葉だから、伊予言葉で育った虚子にとっては青畝の言葉は親近感があったんじゃないですかねえ。そこらへんは虚子の選句で見ておかないといけないところだ。青畝が四Sに入っているということ。

しかし、昭和二十何年から三十年にかけて虚子も老いたのです。そして、虚子の選が甘くなってきた。弟子も上野泰、清崎敏郎、深見けん二などの時代で、おじいちゃんが孫をかわいがっているような選句になっちゃうから、どうしても選が甘くならざるをえないんだな。

その緩みというものが現代俳句協会系の俳句の誕生になってきたんじゃないかなあ。戦後の根源俳句の誕生、前衛俳句の誕生、そういうものはやはり虚子の選というものの絶対性が失われたから生まれたんじゃないか。これは間違っているかもしれませんよ。誰かにさんざん叱られるかもしれませんけれど、私はそんな気がしているのです。

とにかく金がなかった俳人協会

それで、両協会に分裂しましたねえ。俳人協会ができたのが昭和三十七年です。いまと違って各々の協会ともてんで金がないんだよ。事務所が借りられない。それでも現代俳句協会のほうは石原八束の顔でちゃんとした事務所を持っていたけれど、俳人協会のほうは事務所がない。角川書店の社長室を事務所にしていた（笑）。しかし、それはいろいろな意味で具合が悪いんだな。だから、よその事務所を借りたりして苦労してやっていました。

俳人協会ができてから私は幹事にさせられたのです。それは私を落選させた罪滅ぼしに波郷が選んだんじゃないかと思っているんだけれど（笑）。そこで幹事になっていちばん幸せだったのは水原秋桜子、草田男、石田波郷、大野林火（おおのりんか）、安住敦（あずみあつし）とか、そういう人たちとおつきあいすることができるようになったことです。阿波野青畝さんとおつきあいできたし、かわいがっていただきました。幸せだったと思いますね。

俳人協会はよたよたとしていたけれど、月に一回は幹事会を開いた。しかし、弁当代が出ないくらいだから金儲（もう）けしなくちゃいけないというので、そのとき知恵を出してくれたのが石田波郷です。全国から俳句を募集して全国俳句大会をやれば儲かるよと言うんだ。石田波郷というのはあんなふうでいながら、そういう話はうまかったですね。それを角川源義さんが朝日新聞に話をつけてくれたので、朝日の講堂をただで借りられた。そこで第一回全国俳句大会をやったのは昭和三十七年七月です。それがずっといままで続いています。

そのころは会費が五十銭か一円でした。投稿の集まり場所を秋元不死男さん個人の家にしていたものだから、秋元さんの家に一円札の入った句稿がうんと集まってくるんだ（笑）。そうすると、それをていねいに伸ばして秋元さんが銀行へ持って行く。銀行では、なぜこの人がこんなに細かい金を持って来るのか、えらく気になったらしい（笑）。いろいろいきさつがあったんです。

あのころは秋元不死男とか、頑固な福田蓼汀（ふくだりょうてい）さんとか、みなさんお元気だったですからね。四十過ぎたばっかりだったでしょう。そのくらい元気だったから、ああいうのができたんだなあ。

第一回全国俳句大会の司会をしたのが藤田湘子さんです。だから、湘子さんは俳人協会と縁が深かったのですが、ある事情で「馬酔木」から独立して雑誌を出したことで、秋桜子門から外れてしまったのです。

俳人協会の事務所は金がなくてできなかったんだけれど、新しい建物を建てるならば事務所を持ってないとおかしい。補助金の申請ができないから、金ができない。それを言ったのは富安風生さんだ。だから、どうしても事務所を持てと言う。しようがねえというんで、新橋で、安く借りたのがパン屋の五階でした。地下室がパン工場だから、火事が出たらたちまち火柱になっちゃう。焼き上がっちゃう（笑）。

それで俳句文学館を建てようということになった。

角川源義さんと俳句文学館の建設

最初は事務所を建てようという話じゃないんだ。これだけ本が集まる。同時に本がどんどん消えてなくなってしまうから書庫を建てようということで、それについては角川源義さんが自分の土地を提供すると言う。

ところが、角川さんが持っている土地は非常に不便なと

俳句文学館建設の陳情で総理大臣官邸を訪れた俳人協会幹部たち。右から安住敦、角川源義、水原秋桜子、富安風生、田中角栄首相、水田三喜男蔵相（昭和48年4月27日）

ころばかりです。それで、角川源義さんがその土地を売って金を作って、どこかの払い下げを受けた。そのときの大蔵大臣が水田三喜男さんです。それじゃあというので水田さんがわざわざ大蔵省の財産目録を調べてくれた。それで現在の新宿区百人町の土地を見つけてきて、払い下げてもらった。

建てるについては国から二億円だかの補助金をもらった。それは田中角栄さんのところに陳情に行きましたら、ヨッシャというのでできたんだ。足りない分は笹川良一さんなど、ほうぼうからもらったんです。

でも、自分自身のほうが金がない。自分自身の金を作るにはどうしたらいいかと言ったら、会員を増やして入会金で稼げということで、いくら以上寄付した人は会員にする、そういうやり方で会員を集め、寄付を集めた。ぼくは一億円ぐらい集めたんですよ。

そのときに会員を作って金を集めてくれた人はずいぶんいます。「俳句女園」の柴田白葉女さんはずいぶん集めてくれたなあ。

金を集めるには非難もありましたが、建物がどんどんできてきますから、最後は足りなくなりました。足りなくなるころに角川さんが入院しちゃったんだ。最初、清瀬に入院して、結核だということだったんだが、そのうちに併発しちゃったんだね。癌だったとか。

角川さんが俳人協会の設立のために出してもいいという

お金があったのですが、それが角川さんが亡くなったあと、来なくなった。そのとき、われわれ理事側の意見が二つに分かれました。一つは、角川さんからはすでに十分にいただいているんだから感謝しなきゃいけないというのが私なんかの意見ですが、安住敦さんたちは、角川さんは出さずに逃げてしまったからずるいという意見でした。遺族は、角川さんの生前の約束を守るべきだ、生かすべきだというご意見でした。われわれはその二つに完全に割れました。

　角川さんのほうでも出してもよかったんでしょうけれど、当時は角川書店自体の経営が必ずしもいい状態ではなかった。出そうにも出せなかった。そのときの俳人協会側の交渉窓口が私で、角川さん側はいまの角川書店社長の歴彦さんです。歴彦さんとは何度も何度も会いました。だから、私は歴彦さんに対しては信頼感をもっています。敵だったんだけれど（笑）、頼りになるし、相談相手になれる人だと思いました。ものの考え方なども堅実ですしね。

　そのときの会長が水原秋桜子で、副会長が大野林火。秋元不死男も副会長だったな。「足りない一千万円だか一千五百万円だかを銀行から借りるという話をみんなに出しなさい。借りるについては角川書店が保証人になってあげます」という話が出ました。しかし、いくら金を借りるにしても会長の連帯保証が必要だというのが銀行側の意見です。水原秋桜子ともあろう人に連帯保証を要求するのは何ごとだというのでずいぶん怒った理事がいます。でも、相手が銀行だからしようがない（笑）。

　私は、天下の水原秋桜子に一千万円くらいの金を借りるのに連帯保証人になってもらうなんて、そんなことはできないと思ったので、名誉会長になっていただいたのです。それに対する非難もずいぶんありました。金がない、金を借りるんだからって言えばいいんだけれど、あまり言いたくなかったからねえ。まあ、ご高齢だからということで引退していただいたんです。それを交渉したのは私とか有働亨さんとかでしたね。

俳句文学館の完成と源義さんの亡霊

　そのころ、ちょうど私は会社を定年になったんです。五十五歳です。会社に残って子会社の役員か嘱託にでもしてもらおうか。それとも俳句の仕事に専念するかで、多少、迷いました。そういう人生の分かれ道は普通のサラリーマンにはないかもしれないけれど、俳句をやっているとそうでもなくて、秋桜子先生を捨てて波郷に行くかという分かれ道もあったしね。

　そのとき、「俳句の仕事に専念しろ、おまえは俳句をやれ、何も心配するな」と言ってくれたのが角川源義さんだが、それが死んじゃったんだから（笑）。あとで、まわりの者で、

俳句文学館竣工式パーティー。右から富安風生、柴田白葉女、山口青邨（昭和51年3月28日）

「角川さんが死んで、あんたが自由になったんだからかえっていいじゃないか」と言ってくれた人がいましたねえ。だから、人生というのはクールな見方もできるんだなと思ったなあ。いまでも、毎年ではありませんが、二年に一遍くらい、小平の角川源義さんのお墓にお参りしますよ。

竣工式当日、俳句文学館に飾られた角川源義の写真と書（昭和51年3月28日）

角川さんという人は誠心誠意の人だったですね。

角川さんが死んだとき、俳句文学館はまだ竣工してません。お葬式で、荻窪の角川さんの自宅のお庭に椅子や机を置いて、みんなが集まっていたら、一天にわかにかき曇り、風が急に吹き出しちゃって、われわれは大騒ぎしたんです。「角川さんの怨念が残っているんだ」と誰かが言いましたら、「そうだ、そうだ」ってみんなが賛成したな。

その後、角川さんの胸像の除幕式をやるとき、幕を引かないうちに幕が落っこっちゃった（笑）。そうしたら、「角川さんが見ちゃいられねえからだ」って古舘曹人さんが言ったら、みんなが「そうだ、そうだ」って（笑）。

やっとこのごろですよ、角川さんの怨念の話が出なくなったのは。文学館の完成を見ずに亡くなったことによる無念の思いがあったんでしょう。

まあ、しかし角川さんが私の運命を変えたんだ。ここまで俳句に深入りしちゃったのは石田波郷の魅力だ。石田波郷があって、角川源義さんでしょうね。

俳句文学館が完成して、その運営を引き受けて困ったことは金のないこと。毎日金繰り表を見ながら、僅(わず)かの金の出たり入ったりに一喜一憂していた。夜、寝てから金繰りのことが頭に浮かぶ。そうすると角川源義さんの亡霊が夢の中に出てくるのです。角川さんも心配で成仏できないのだと思いました。

そういう状態が四、五年つづいたら、やっとゆとりができてきて、角川さんの亡霊が出なくなった。

今では角川さんの亡霊が懐かしいですよ。私が死んだら、あの世で角川さんと一杯やろう。そう思いますよ。

「鶴」を去り、以後主宰誌を持たず

そんなことで、五十五歳で会社のほうはきっぱり辞めさせてもらった。だから、私の運はどちらかというと五十過ぎてから上向いて来ているんだなあ。若いころは病気や戦争で死ぬか生きるかだったし、会社の勤めは、大事にはしてもらいましたが、出世できる立場じゃない、窓際族だ。それが何となく自分のしたいことができるようになったのは、定年後、俳句の道に入ってからだから。一生、自分のしたいことをせずに死んじまうのはバカバカしいから自分のしたいことをやってみよう、飢え死にすることもないだろうと思った。そういう点、私は楽天主義なんですよ。

昭和四十四年十一月、石田波郷が死んだあとは「鶴」の主宰者は石塚友二(いしづかともじ)に決まりました。問題はなかった。石塚友二は波郷より年長、新潟の人で、若い時から文学が好きで、東京に出て来て東京堂書店に勤め、小説を横光利一(よこみつりいち)に学んだのです。私小説作家だった。

主宰者石塚友二は人間的に立派な人だった。金にもきれいで、いつも貧乏していました。この人には自分は小説家であるという自負があった。俳句は余技にすぎなかった。弟子の私としてはそれが不満だったのです。私の師は俳句一筋でいてほしかった。

私が「鶴」を去る決心をしたのは昭和五十年です。

石田波郷の死後、「鶴」では石塚友二以下の執行部と石田家との間の人間関係がうまくいかなくなっていた。俳句結社というものは誰のものなのか。創立者の遺族のものなのか、それとも公器なのか。結社の中で人間関係がうまくいかなくなるというのはいやなものですよ。本当にいやなものだ。石田波郷が生きていたときは、あんなにうまくいっていた雑誌

奈良県東吉野村に建立された初めての句碑
〈千年の杉や欅や瀧の音〉
（平成10年11月3日）

がたちまちがたがたになってしまう。こわいですねえ。

結社内のごたごたは「鶴」だけではなく、他の雑誌にもあった。私は俳人協会の理事長をしていて悩まされたものです。主宰者という権力の座、それにからむ金銭、それがいやで、私は結社誌を持たなかった。

このごろは結社内でごたごたするのがいやなものだから、さっさと独立して新しい雑誌をはじめるのが流行しているようです。新しい主宰の雑誌が続々と誕生している。それもいいでしょう。しかし、主宰者は雑詠の選をしなければならない。新しい主宰者にちゃんとした選句ができるのかしら。心配だなあ。

「鶴」をやめてから、主宰誌を持つチャンスはあったんですが、そんなわけであまり持ちたくなかったんだなあ、面倒臭くて。それだもので無所属のままいまに至っちゃったんですよ。無所属でいるのは信念があったからではなくて不精だからです。怠け者だからだ（笑）。

若いうちだったら、主宰誌を持って、そこから新鋭を生み出すことができるならば、こんないいことはない、やるべきだと思ったのですが、いまみたいに女性のお相手ばかりする主宰者だったら、やらないほうがいいんじゃねえかという気がしますね（笑）。

だから、主宰誌を持たなかった。持たないから、面倒なことがないんです。そうしたら、うちの女房は、主宰誌を持ってないから、あなたが死んだときに葬式の受付をやる人がいないじゃないかと言う。女っておもしろいことを考えるもんだねえ。会葬者がいないかもしれないのに（笑）。

ところが、この間、東吉野村の句碑の除幕式に行ったとき、東京から私の弟子でも何でもない人たちが二十人くらい来てくれた。地元からも十何人来てくれたから、「よく見ろよ。この人たちはみんな葬式をやってくれるよ」って女房に言っておきました（笑）。

俳人協会理事長の十八年、ちょっと長過ぎたな

俳人協会は昭和四十六年に社団法人になっています。私が俳人協会の理事長になったのは昭和五十三年です。十八年間の理事長時代を思い返してみると、前半は金の苦労ばかりしていましたね。いまでも金のことは考えます。でも、いまは金に困っていないから、それが不思議な気がします。

あまり人が気がつかないが大切なことだったと思うのは、関西支部を大切にしようということ。関西に反乱を起こされたら困るということ。私はたびたび大阪にも行っていたし、関西事務所を作ったし、青畝先生、誓子先生のところにもしょっちゅう顔を出していました。

青畝先生は顔を出すと非常に喜んで迎えてくださって、いろいろ話してくださるんだが、誓子先生は門から中に入れないんだ。これは私に対してだけじゃないが。誓子先生は一つの信念を持っているんだ。

青畝先生のところにはしょっちゅう行きました。かわいがっていただきました。青畝先生の俳句は私にとっては非常に興味があるというか、いろいろな意味で刺激していただくことが多かったです。

私は関西支部を大事にしたつもりです。それがこのたびの東吉野村のあの句碑になって、若い茨木和生(いばらきかずお)さんとか、ああいう人たちが一生懸命になってくれたのとどこかで結びついているのかもしれません。そんな打算はありませんでしたけれど、いまにして思えばね。だから、句碑建立のときの挨拶(あいさつ)で、若い人の友情に感謝すると言ったのはそれなんです。

理事長の最初の十年は一生懸命やりましたねえ。終わりの五年くらいはやっていたかやっていないかわからない。いまにして思うと十八年の終わりの五年くらいは実に無駄だった。その間、もっと自分自身の俳句の勉強をすべきでした。おしまいの八年間は俳句のほうは何もやってないんだ。

理事長十五年目くらいのときに、もうやめたかったのですが、後任のことでなかなか。原裕(はらゆたか)さんが病気だったし、鷹羽狩行(たかはしゅぎょう)さんも病気になったし、私がやめてもあとに誰も育っていかないかもしれない。それで、何もしないで座っていていいなら、やろうということで、それまでは土日以外毎日出ていたのを月水金にして、なるべくさぼるようにしたんです。でも、何とかなっていたから、そのまま何とかなるんだろうと思っていた。でも、それもやめることにしちゃったんです。そうしたら鷹羽さんも健康を回復したし……。

しかし、俳人協会の人事、会長とか理事長の人事をどうやって決めるか、これからもう一回、慎重に考えないといけないんですよ。任期をもっと厳格に守るのか、そこらへんも決めなきゃいけないんです。

理事長という仕事に就いていちばん反省するのは「思い

俳人協会第22回総会で鷹羽狩行常務理事（当時）と
（昭和５年２月26日・新宿京王プラザホテル）

上がる」ということです。理事長は偉いんだという思いがどこかにあって思い上がるんですよ。そして、思い上がったことに気がついて愕然と叩き落とされるんだなあ。そういうことがずいぶんありました。いまでも思い上がっていたなあと思うことがあります。

一つには、いまの俳壇のなかでも、理事長なり会長という人は俳句もうまい人だと思う風習があるんです。だいぶ前、昭和五十年ごろのことですが、関西大会の当日選のとき、選者が阿波野青畝、山口誓子、そして私なんです。山口誓子や阿波野青畝みたいな歴史に残る人と一緒に並んで選をするなんて、本当に恥ずかしかったなあ。実際、身を縮めてやりました。私なんかそんな力なんて全然ないのに、こんな偉い人と一緒に選をさせられるとは。

そういうふうに思っていると、山口誓子さんも阿波野青畝さんも私に全然口をきいてくれないんだ。怒っているわけじゃないんだろうが、いや、怒っているのかなって思って、ますます恐縮しちゃった。そうしたら、二人とも耳が遠いんだね。私がいくら話をしたって、聞こえてなかったんだよ（笑）。

だから、理事長などがあまり長くなるとよくないですね。私の場合は長くなりすぎました。申し訳なかったと思っています。

手の上にあるのは俳句だけ

女性俳人にはなるべくおとなしくしていてくれって望みたいね（笑）。俳句というものをお稽古事の世界に引きずり込んでいくのが女性俳人ですよ。お稽古事のほうの世界へ引っ張っていく、それがいいとか悪いとかというのではなくて。

　ところが、俳句というものにはとかくお稽古事の世界に入りやすい歴史的な要素がある。お稽古事になると俳句の世界は居心地がよくなるということもあるんです。だから、お稽古事の世界に入ったからいけないということは言えないんじゃないかな。しかし、お稽古事にどんどん引きずり込んでいく傾向がありますね。

　俳句の歴史というものを見ていくと、芭蕉の時代はそういうことはなかったでしょう。お稽古事を避けようとしたのはやはり子規でしょう。別の意味で避けようとしたのは碧梧桐じゃないかと思うんです。それを虚子が女流俳句会を作って、お稽古事へ持って行っちゃったんだ。

　それに反対したのが波郷、草田男、楸邨の人間探求派だ。戦後において、金子兜太さんの前衛俳句派もやはりお稽古事から俳句を引き離そうとしていた。ところが、いまや兜太さんもすっかり妥協しちゃった（笑）。それで、いまやお稽古事俳句全盛になっちゃったですね。まあ、それが俳句本来の性格なのかもしれないとは思いますが。

高柳重信（左）と（昭和52年9月10日）

　鴫立庵の庵主は前は村山古郷さんがやっていたんです。鴫立庵は大磯町が全部費用を出しているから、庵主と言ったって何も用はない。そのかわり何もくれないけれどね。鴫立庵主の人事権というのは大磯町長が持っている。そのときの大磯町長は高島さんという人でした。何人かの候補者があったなかで、村山さんは住んでいるのが練馬で遠いが、草間さんは家が近いから草間さんがいいということだけですよ（笑）。

　連句は鴫立庵とは関係なく、東明雅さんと逗子の界隈でやっていました。おもしろいですよ。しかし、連句は極道の遊びだな。これは男の世界です。だから、お稽古事じゃない。私の会に女性はあまり入れないんだ。良家の子女は入れないということです。女性で入れるのは結婚に失敗したとか、そういうのだけだ（笑）。

　最初にも言いましたが、私のおやじは「馬酔木」の同人でした。それは秋桜子先生と知り合いだったからというだけで、虚子とも親しくて、虚子の句会にもずいぶん出ています。うちはおやじが若いころから投句マニアだったんです。おふくろと一緒に雑誌や新聞なんかに投句してました。「渋柿」や「ホトトギス」など、いろいろなところに出していました。おやじのほうのおじいさんが漢詩、俳句、短歌をやった人です。京都の人ですが松山にいました。内藤鳴雪と仲間です。母方のおじいさんが波多野承五郎といって籾山梓月さんに師事していました。だから、私には俳句の血が流れているんです。

私はもっとほかのもので偉くなりたかったんだけれど、なれなかった。最後に手の上に残っているのは俳句だけ、そういう感じだ。戯曲が書きたかったなあ。いまでも書きたいですね。それが散文、評論なんかを書くチャンスになっているんでしょう。

高柳重信との関係は、ただ単に彼が『俳句研究』の編集長で、会って、「今晩、飲まないか」「うん」なんて、それだけですよ。

最後に言っておきたいのは、俳人協会と現代俳句協会は対立しているように思っている人もいますけれど、現代俳句協会と対立しているような立場をとっていたのは、当時ケンカをしていた人たちであって、ぼくらは、さっきの話じゃないが閉鎖的かもしれないが、俳壇の争いにはわりあいに離れたところにいましたから、個人的に現代俳句協会の人に対して対立意識は何も持ってないんです。

その後、いまの俳人協会のメンバーではどうなのかなあ。現代俳句協会に対立意識を持っている人って、多いのかなあ。それとも、全然持ってない人が多いのか。どうなんでしょうねえ。

ま、無所属というのはいろいろな意味で安全パイなんです。主宰をしていないということですね。葬式のときに受付をやってくれる人さえいれば、それでいいんだ（笑）。

おわりに

インタビューの場所として草間先生が俳句文学館を指定されたのは、地下の書庫から古い「鶴」誌や、お話のなかに出てくる文献、さらに写真資料などをその場で見せていただける、そのためなのであった。お蔭で貴重な記録資料をたっぷりと拝見させていただく機会に恵まれ、感激するとともに、俳句文学館の底力を改めて知ることともなった。俳句文学館の存在を誇りに思う。

黒田杏子

（インタビュー＝平成10年11月16日）

草間時彦自選五十句

冬薔薇や賞与劣りし一詩人　『中年』（昭40刊）

秋鯖や上司罵るために酔ふ　『〃』

運動会授乳の母をはづかしがる　『〃』

えんぶりの笛恍惚と農夫が吹く　『〃』

スープ煮る腰高鍋の去年今年　『〃』

八つ手の實停年以後の人さまざま　『淡酒』（昭46刊）

とろけるまで鶏煮つつ八重ざくらかな　『〃』

鉄橋を夜汽車が通り鮭の番　『〃』

十二月十日鳴滝了徳寺
日だまりは婆が占めをり大根焚　『〃』

酔うて何かつぶやきし吾も除夜も更けぬ　『〃』

さうめんの淡き昼餉や街の音　『〃』

水洟や石に腰かけ日暮待つ　『〃』

花冷や嶺越えて来し熊野鯖　『桜山』（昭49刊）

きじやうゆの葉唐辛子を煮る香かな　『〃』

足もとはもうまつくらや秋の暮　『〃』

信州

水音もあんずの花の色をして　『〃』

山葡萄ひと日遊びて精充ちて　『〃』

庭先へ廻りてひとつ草の餅　『〃』

甚平や一誌持たねば仰がれず　『〃』

簗掛の水をなだめてゐたりけり　『朝粥』（昭54刊）

蒸鮨や新派観にゆく話など　『〃』

ときをりの汐の香の春隣かな　『〃』

白妙の湯気の釜揚うどんかな　『〃』

さくらしべ降る歳月の上にかな　『〃』

このところ働き過ぎの団扇かな　『夜咄』（昭54刊）

行年を膝のあたりで見失ふ　『〃』

寿福寺の大寒の落椿かな　『〃』

売れ残る魦（いさぎ）の凍ててしまひけり　『〃』

色慾もいまは大切柚子の花　『〃』

鱧食べて夜がまだ浅き橋の上　『〃』

冬至までひと日ひと日の日暮かな　『〃』

水割に始まる年酒宥されよ　『〃』

汝が髪の風と遊べる花野かな　〃

お寺まで湖見えかくれ春の道　〃

土用鰻息子を呼んで食はせけり　〃

身の程に気付きし秋の深さかな　〃

水仙や寝酒そのまま深酒に　『典座』（平4刊）

蜜柑咲く伊予路の旅を三日ほど　〃

花八つ手色の夕靄湧きにけり　〃

あたたかし脚組み替へて待つことも　〃

桔梗一枝狐がくはへ来りけり　〃

ありありと晩年が見え梅の花　『盆点前』（平10刊）

かりそめの膝くづしたる居待かな　〃

おじんにはおじんの流儀花茗荷　〃

佳き友は大方逝けり藪柑子　〃

年よりの惜みて使ふ日向水　〃

休肝日京人参の紅きかな　〃

煮てくれし冬至南瓜や納め句座　〃

夫婦老いどちらが先かなづな粥　〃

わが世はや終つてゐたる肩布団　〃

草間時彦略年譜

大正9（一九二〇）　東京市に生まれ、鎌倉に育つ。父の時光は鎌倉市長を務め、「馬酔木」同人。初代松山中学校長を務めた祖父の時福は「渋柿」派の俳人。

昭和15（一九四〇）20　肺結核のため、旧制武蔵高等学校を休学。小説や芝居に熱中。

昭和18（一九四三）23　武蔵高等学校を退学し、演劇関係の仕事に従事。石田波郷を知る。

昭和24（一九四九）29　俳句実作を開始。「馬酔木」に投句。水原秋桜子に師事。父の家で開かれた草間研究会で学ぶ。坂本田鶴子と結婚。

昭和26（一九五一）31　製薬の三共株式会社に就職。

昭和28（一九五三）33　「馬酔木」をやめ、「鶴」復刊に参加。石田波郷に師事。境涯俳句全盛の中、サラリーマン生活を詠み、石塚友二、小林康治らと学ぶ。

昭和30（一九五五）35　第二回「鶴」賞受賞。

昭和36（一九六一）41　現代俳句協会幹事に当選するも、協会分裂の後、俳人協会に移る。

昭和40（一九六五）45　第一句集『中年』刊。

昭和44（一九六九）49　波郷逝去。

昭和46（一九七一）51　第二句集『淡酒』刊。

昭和48（一九七三）53　評論集『伝統の終末』（永田書房）刊。

昭和49（一九七四）54　第三句集『桜山』（永田書房）刊。入門書『俳句十二か月』刊。

昭和50（一九七五）55　三共株式会社を退職。俳人協会事務局長として、俳句文学館の建設に携わる。

昭和51（一九七六）56　俳句文学館竣工。「鶴」同人を辞退し、以後無所属。

昭和53（一九七八）58　俳人協会理事長に就任。

昭和54（一九七九）59　第四句集『朝粥』（東京美術）刊。食べ物俳句が多くなる。

昭和56（一九八一）61　山本健吉らと編集に参加した講談社版『日本大歳時記』（全五冊）刊。『俳句十二か月』角川選書より復刊。

昭和57（一九八二）62　愛媛新聞「愛媛俳壇」選者となる。

昭和59（一九八四）64　俳論集『私説・現代俳句』（永田書房）刊。

昭和61（一九八六）66　第五句集『夜咄』（東京美術）刊。

平成3（一九九一）71　随筆集『食べもの俳句館』（角川書店）刊。

平成4（一九九二）72　俳人協会訪中団として、中国訪問。第六句集『典座』刊。花神コレクション『草間時彦』（花神社）刊。

平成5（一九九三）73　俳人協会理事長を退任、現在顧問。

平成8（一九九六）76　随筆集『旅・名句を求めて』（富士見書房）刊。

平成9（一九九七）77　評論集『近代俳句の流れ』（永田書房）刊。

平成10（一九九八）78　第七句集『盆点前』（永田書房）刊。

平成11（一九九九）79　『盆点前』で詩歌文学館賞受賞。随筆集『淡酒亭断片帖』（邑書林）刊。

平成15（二〇〇三）83　五月二十六日、死去。

第4章

金子兜太（かねことうた）

はじめに

金子先生のお話は、その場に身を置いてじかに伺ってまことにいきいきと起伏に富み愉快。という充足感のうちに終了したが、起こされたテープの原稿に小見出し等を入れ、完全に一人語りのスタイルに構成し直したパソコンの原稿をお送りすると、かなりの時間を経て送り返されたほぼ全頁にびっしりと直しが入っていた。訂正の文字は先生の常用される太字のサインペンで、余白を目いっぱい埋め尽くす感じのダイナミックなもの。どうなるものかと、おそるおそる読み込んでゆくと、一字一句に実に細やかな神経が配られていて、証言の臨場感がぐんと高まっている。さらに人名等の固有名詞ひとつの扱いにも細心の点検が尽くされていて感激を新たにする。全頁表装したいと思う躍動感のある筆蹟で直しの入った貴重な校正原稿を拝見させていただいた。

兜太先生が母上の強い反対にもかかわらず、魅力的な友人との出会いにより俳句を作るようになられた旧制高校二年の年、昭和十三年に私は生まれている。

黒田杏子

私を俳句に誘い込んだ自由人たち

私が俳句を眺めたのは子供のころからで、父親の伊昔紅がやってましたからね。親父は保守的な男でしたが不思議に子供のオレに対してこうあるべきだと言ったことはない。医者にならなくていいと言ったくらいだ。ただ、いきなりぶん殴られるということだね（笑）。それと、じいさんもそうだけれど（祖父の茅藏は『秩父音頭』の踊りをいまのかたちにした男）、うちは本業がだめで道楽が栄える家系でね。『秩父ばやし』（伊昔紅の句集名）の世界だ（笑）。

私が俳句を作るようになったのは昭和十三年（一九三八）、十九歳、旧制高校二年のときです。このとき、出沢珊太郎という一年先輩がおりまして、その人が俳句を作らないかと言ってくれて、最初の句会に引っ張りだしてくれた。ちょうど高校生の句会を出沢さんが自分で設営したんですな。英語の先生が二人いまして、当時は教授と言っていたけれど、その先生のお宅を月交代でお借りして、その先生もまじえて、ひとつ句会をやろうじゃないか、金子、おまえも行かんかということでした。

実は私は母親から「俳句なんか作っちゃいかん」と言われてまして、このエピソードはあっちこっちでずいぶんしゃべったり言ったりしていますが、そんなこともあって、（句会に行くのは）いやだと言ったんだ。そうしたら出沢が、「とにかく来てみて、様子を見てくれ」と言うので一緒に行った。そして、「句を作れ」と言う。「いや、オレは見に来たので、作りに来たんじゃないんだ」と言ったが、「まあ、来たんだから作れ」と言う。それじゃあと言って作ったのが〈白梅や老子無心の旅に住む〉です。水戸ですから常磐公園の白梅で、ちょうどその前に読んだ北原白秋の「老子」という詩がありまして、それの本歌取りをやったわけ。そうしたらそれが意外に評判がよかった。人間、ほめられると誰でもうれしいもので、すっかりいい気持ちになっちゃったというのがそもそもですね。

上海にて父と

そうしているうちに、二度、私を俳句のなかに深く入らせてくれる事情があったのです。

一つは、その出沢珊太郎というのが魅力的な人でした。SF作家星新一さんの義理の兄さんで、たいへんに才能があり、星新一さんより才能があると思うくらいです。行くところ可ならざるはなし。その人の魅力というのがありました。しかも自由人で、ほとんど学校にも行かないで酒を飲んでいる。バスケットボールの選手だからバスケットをやって、俳句を作って小説を書いて詩を書いて、ブラブラブラブラ。お母さんが本妻じゃない。赤坂の方ですから、東京へも帰らない。年中、水戸にいて、水戸でブラブラしていたんです。それが私から見るとたいへん魅力的な先輩だったということです。

それから、場所を貸してくれた英語の先生の二人ともが、英文学の先生でしたが、ともに飄々としたおもしろい人で、ちょうど十五年戦争のさなかでしたけれど、戦争には全然同調する気配を示さない。自分の好きなことだけやっている。そういう先生方でした。

その三人を私はいまでも自由人と呼んでいますし、そのときもそう呼んでいましたが、その人たちに触れたということ。俳句というものはこういう自由人が好きでやっているんだから、この文芸にはどこか魅力があるに違いないと思ったことが一つ。

旧制水戸高等学校俳句会。前列左端に兜太、その右吉田両耳先生、一人おいて長谷川朝暮先生

〈女人高邁〉のしづの女と、楸邨、草田男の魅力

いま一つは「成層圏」という雑誌があります。ずいぶん洒落た名前で、北九州の博多から出ていました。竹下しづの女の伜の竹下竜骨が編集者です。

竹下しづの女さんは「ホトトギス」の同人で、旦那さんが早く死んで、子供が五人いたのかな、それを図書館に勤めながら育てていたわけだ。そうしている間に「成層圏」発刊に踏みきる。昭和十二年（一九三七）春のことです。俳句は大正九年（一九二〇）に始めたが、中断して、昭和三年（一九二八）に再び「ホトトギス」に投句し同人になる。大正九年のとき一年目にして「ホトトギス」の巻頭になっちゃった。それが有名な〈短夜や乳ぜり泣く児を須可捨焉乎〉の一連の句です。

虚子が投句一年目の女性を巻頭にしちゃったんですよ。しかも、虚子はたぶん作者を知らなかったんでしょう。ああいうところは虚子という人はなかなかの、いい意味でも悪い意味でも商売人だと思いますね。そしてまた、見る目があったんですね。当時は巻頭になると赤飯を炊いて喜ぶというような時期でしょう。そのときに投句一年目の女性がぽーんと巻頭になった。そういう女性です。

その伜の竹下竜骨はちょうど九州大学、当時の九州帝大の農学部だな。しづの女さんがその竜骨に、全国の高校生、大学生、主として高校生を中心とした俳句雑誌を作ったらどうかとすすめた。当時、新興俳句がずっと盛り上がってきていて、いまほどじゃないですけれど、俳句の小さなブームの時期だったんです。それに便乗するという気持ちもあったんでしょう。竜骨にすすめて「成層圏」という、これは同人誌ですが、それを出させたわけです。

そうしているうちに、みんなの要求もあって、しづの女さんがそこの選を始めまして、学生以外でも投句する人が出てきました。

出沢さんはそういう点、はしっこい人だから、そういうものにすぐ目をつけまして、どんどん自分で参加していく。私が出沢さんに勧められて「成層圏」に参加したときは、出沢さんは「成層圏」のなかのチャンピオンの一人でした。そういう人です。すぐ目立つ人でしてね。それで私もそこに参加させてもらった。

そして、送ってきた「成層圏」を読むうちに、竹下しづの女さんの句に注目しました。それから、しづの女さんがちゃんと見ながら、この人の句を出しなさいと言って、もらってくる句があるのですが、その句の中心が中村草田男（なかむらくさたお）さんと加藤楸邨（かとうしゅうそん）さんです。いわゆる新興俳句の、当時、人生派、人間探求派と言われた、その人たちの句のなかで二人、ちゃんとしづの女さんは見ていたということです。だから私は、その「成層圏」でしづの女の句と草田男、楸邨の句を見た。

自由人によって誘い込まれて、いいなあと思っていた雰囲気のなかで、その三人の先輩の句を読んで、ああ、これなら俳句はやってもいいと思ったんです。

なぜかといったら、たとえばしづの女が当時、出した句で〈女人高邁（こうまい）芝青きゆゑ蟹は紅く〉があります。女性は高邁なものである。芝が青々としている。そこにいる蟹、これは芝が青いがゆえによけい赤い。まさに女性のような鮮明さだという。いまなら普通でしょうが、昭和前期の十五年戦争のさなかに一人の女性がそういう句を作るということは、治安維持法に引っ掛かってもおかしくないくらいなんですよ。そういう時期の句ですから、それを読んで驚いたのです。こんな句をぬけぬけと作る人がいるんだ、と。

つまり〈汗臭き鈍（のろ）の男の群に伍す〉などというのもあって、男尊女卑の時代に抵抗するだけの思想を持っている人だ。これは偉い。俳句はこういう毅然（きぜん）とした姿勢が出せるし、こういう思想も書き込めるものだ。こんな短いものだけれど、これができるということならオレは俳句を作ってもいいなと、こう思ったものでしたね、ええ。

それから草田男さんが、まだ『火の島』を出す前、第一句集『長子』のころですが、たとえば、〈蟾蜍長子家去る由もなし〉という句を発表しました。私も田舎の長男だが、親父の医者のあとを継がないで別なことをやるようになっている。どこか気持ちのなかで長子が家を捨てるということに対する慚愧（ざんき）の思いもあったのですね。

そういう思いがあったときに〈蟾蜍長子家去る由もなし〉という句を見て、家という制度のなかでつらい思いをしている長男という立場が身に沁みました。広い意味で近代的な個の確立というふうなもの、家の封建性への抵抗というのかな、そういう思念が書けている。なるほど、こういうものが書けるんだなと思って感心したのを覚えています。

楸邨先生の句では、たしかまだ隠岐に行く前の句でして、ちょうど春日部から東京へ出てくるころの句でしたが、〈屋上に見し朝焼のながからず〉があります。東京へたくさんの家族を抱えて出てきて、中年間近い歳で文理大の学生になって、経済的にも心情の上でもたいへんだったときです。そのときにこの句を詠んだ。深々とした孤独の思いというかなあ。こころに期するものがありながらも、どこか頼りない心情が書けているわけです。そういう心象が見えてくる。ああ、こういう心象風景も書けるんだなと思ってね。これだけ書けるんなら、こんな短いものだけれどやってみようかという気になった。それで私は俳句にのめり込むようになっていったわけです。

「土上」の嶋田青峰との最初で最後の出会い

そうしていたところ、改造社が『俳句研究』という本を昭和九年に出して、その第一回目の選者に中村草田男が据えられたわけです。私は草田男の句に注目していましたから、すぐ投句したら、偶然でしょうが私の句を特選に選んでくださった。そのときに一緒に特選をもらったのが成田千空で、これは千空の蛇笏賞受賞の祝いにそのことを申し述べました。私と千空が特選になったんですよ。

そのときの私の句を、「成層圏」の仲間たちは大した句じゃねえなんてだいぶけなしやがったけれど、自分じゃけっこういい句だと思って出したんだ（笑）。〈百日紅下宿に慣れぬ身を横たえ〉という句です。下宿屋で一人でごろんと転がっている。友達も来ない。下宿屋にはきれいな娘さんが二人いて、どっちと結婚したらいいかなんてそんなことを考えたり（笑）、九割が女性のことを考えていた時代です。そういうなかで〈百日紅〉の句を作りました。ちょうど夏休みで、帰ったばかりでした。その句を先生が採ってくれた。うれしかったですね。それでまた自信がついた。これは草田男さんならなじめると、そんな気持ちでございましたね。それが私の俳句に入ることを決定づけてくれた事件です。

その「成層圏」の学生たちの中心が福岡高校、姫路高校、山口高校、出沢さんの影響で水戸高校もけっこういました。そんなに広い範囲じゃなかったのですが、でも、それがそのまま大学生になって、昭和十四年（一九三九）東京で「成層圏」句会という俳句会をやるようになったわけです。私も出沢さんに連れられて水戸からそれに参加したことがありました。

東京の「成層圏」句会は、出沢さんが赤坂の出だから、いろいろ粋筋の知り合いが多い。赤坂見附にあります山の茶屋でやった。当時の学生はとてもあんなところで句会なんかできるようなものじゃなかったのですが、それを出沢さんの顔で借りて、そこでやっていたのです。そこへよく行きました。

その句会の様子はまた後から話すとしまして、そのとき同時に出沢さんが私を連れて行ってくれたのが、早稲田のほうにいた嶋田青峰さんのお宅でした。嶋田青峰さんは「土上」という雑誌を出しておられまして、そこへ私を連れていってくれたのです。

水戸高等学校時代。中列中央が兜太

出沢さんは青峰さんと親しげに話をしているので、前からの知り合いなんですかと聞くと、「うーん。何となく、このおじさんはオレと気が合うんだ」とか言ってね。そう言われてみると嶋田青峰という方は、早稲田大学の講師をしておられたのですが、何となく田舎のおじさんという感じ、土臭い感じでした。出沢さんという人も、非常に多才な方にもかかわらず、どこか土臭い人でした。お父さんの一さんの関係かな。そのへんが共通していたみたいですね。

いまでも忘れられないのですが、嶋田さんの家は小さな家で、二階家でしたが、その二階に上がったら座卓がある。その前に私と出沢さんで座っていたら、青峰さんが着物を着て現れまして、話してくれたんです。当時、糊はビンだか缶だかに入っていて、金属の丸い蓋をあけて、糊を指先ですくって貼ったものですね。昭和十三、四年ごろですから。その糊の缶が何もない座卓に置いてあるのです。

青峰さんはその糊の缶の蓋だけ持ってコツッコツッと缶に打ちつけながら話をしておられる。これを不思議に覚えていますね。ほかには何も出て来ないんだ。お茶も菓子も出てこない。ただ、コツッコツッと糊の蓋を缶に当てながら彼がぼそぼそとしゃべっていて、出沢さんがそれに応じているという風景です。そして、話し終わって帰ったということを覚えています。

私はそれをきっかけに「土上」に投句しましたら、これがまた青峰さんに優遇してもらって、だいぶいいところに出してもらうようになったのです。

ただ、それが青峰さんの見納めだったんだな、私にすると。というのは、そうしているうちに青峰さんは昭和十六年（一九四一）、例の治安維持法、俳句事件に引っ掛かって獄中の人となる。留置場の中で血を吐いて、家に戻されてきて、家で死ぬわけです。それで「土上」もだめになっちゃった。あの最後にお目にかかった青峰さんのその姿がいまでも頭に残っています。

「土上」という雑誌は戦後、大活躍した秋元不死男さん、あの方が当時、東京三というペンネームで大いに書いていました。論作両方ですね。そのほかにも嶋田洋一さんといって青峰さんの息子さんですが、この方も活躍してました。

私が「土上」という雑誌をサンちゃん（出沢さんのことを私はそう言ってましたが）に見せてもらったとき、まず、ああいい句だなと思ったのは、洋一さんの句で〈山脈に冬くる牛の斑ら濃き〉でした。群馬県の奥のほう、軽井沢に近いところに神津牧場という牧場があって、当時、牧場は珍しかったから、いろいろな人がみんなそこへ遊びに行ったものでした。私も一度、自転車で行ったことがあります。あの神津牧場での作です。山々が見える。遠山に冬が来る。牛の斑が鮮明になってくるのです。初冬の風景です。あれは印象的で、私などは青春の句だと思っているんだ。その句があったので、こういう清澄な作者もいるんだなあと思って感心したのを覚えています。そんなこともあったりして投句をしたわけです。

そう、そう。青峰さんの家へ行ったとき、庭に、青峰さんによく似て顎の尖ったようなカマキリみたいな顔をして、背の、当時とすれば高い、痩せた青年がいたんだよ。それが洋一さんだったな。庭で水撒きか何かやってました。洋一さんはその後、家の光協会にお勤めになって、そのときに一、二度お手紙で接したことがありますが、それだけになっております。私としちゃ、もっと接しておきたかった人だったですね。そういう出会いがありました。

創刊間もなくの「寒雷」で楸邨の選を受ける

さて、青峰さんは亡くなってしまった。私は昭和十五年に卒業して、東京へ出てきた。一年浪人しましたから十六年に大学へ入る。ちょうど太平洋戦争の年です。それまでの一年間は叔父の家にいました。その時期ですから、たしか昭和十五年だなあ、加藤楸邨さんが「寒雷」という雑誌を出すわけです。

楸邨さんはまだ文理大を卒業したころでしたね。後の東京教育大、いまの筑波大だ。もう年は三十五くらいでしょう。ちょっと見たらみっともねえような感じだったけれどね。でも、みんなからえらい信望があって、「寒雷」という雑誌を出す。それから間もなく、『寒雷』という句集も出した。いや、句集が先だったかな、自分の先生のことなのにみんな忘れちゃった。

とにかく「寒雷」が出た。青峰さんは亡くなっちゃったし、「成層圏」は「成層圏」で仲間意識でやってましたから、あまり「成層圏」に属しているということに特別な気分というものはなかったのです。それよりも先生に見ていてもらいたい。まだこっちは若いし、不安だからね。それで青峰さんが亡くなった後、楸邨さんのところに投句する。だから、「寒雷」の創刊間もなくの投句だったと思います。そしてずうーっと楸邨の選句を受けておりました。

それから、東京におりましたので、ときどき遊びに行くというふうなことになりました。下代田だったかな、戦争で焼けたところですが、そこにおられた。入り口あたりに欅の大木があったのを覚えています。

東京帝国大学２年生の頃

外国人が日本人の家のことをウサギ小屋と言うけれど、あれもまあウサギ小屋で、青峰さんの家もウサギ小屋で、いい俳人たちはウサギ小屋にいたんですな。しかし、入っていくと面はみんなウサギじゃなくて、変な顔をしている特異な動物の感じがしましたけれどね（笑）。よく遊びに行きました。

投句時代で思い出しますのは、私の句はもちろん、巻頭から十位ぐらいのところには何とか入れてもらうんですが、それほど先生は優遇しないんです。いちばん優遇していたのが田川飛旅子と沢木欣一の句だ。当時、和知喜八、久保田月鈴子、古沢太穂といった人たちもいたかな。原子公平や安東次男もぼつぼつ投句してましたね。牧ひでを、青池秀二や、編集もやっていた鎌倉鶴丘という、結核を患っていたから体も鶴みたいな人で、そういう人の句を優遇してましたね。特徴的だったのは、間もなく、清水清山、本田功、秋山牧車といった陸軍の軍人が加わってきたことですね。

女性はあまりいなかったなあ。やっぱり楸邨さんみたいな人でも男尊女卑の風があったのかな、あまり女性でいい人はいなかった。まあ、その後にぼつぼつ出てくるのが、亡くなった北海道の寺田京子さん、九州でいま一緒にやっている北原志満子さん、このお二人の句が目立ちましたね。知世子（楸邨夫人）もね。

森澄雄はたしかまだそのころ九州にいて、昭和十六年の「寒雷」第五号で巻頭をとったけれど、本格的には出してなかった。あれは戦後じゃないかな。陸軍で苦労して帰ってきてからだと思うんだけど。その森が目立たないんだ。あの人はいつまでたっても目立たなかった。というのは私と俳句が違うせいかなあ。いや、私も森もあまり優遇されてなかったんじゃないかなあ。そうだ、私とどっこいどっこいのがいま一人いた。牧ひでをだ。そんな感じでした。とにかく沢木欣一と田川飛旅子はえらい優遇されている、これは特徴的でしたね。

だから私は癪にさわって癪にさわって、先生の家に行くたんびに「なんで先生はオレの句を採らねえんだ」と言ったのを覚えてます。

楸邨という人は大きなパイプに紙巻きのタバコを差して、いつも口にくわえている。なくなるとすぐつぐ。のべつ幕なしにタバコを喫っていた人です。金もねえのによくタバコが喫えるなと思って感心したものです。タバコ屋から持ってきてたんじゃないかな（笑）。もっとも、痔の関係もあって、酒を飲まなかったから、その分をタバコにまわしていたのかな。

オレが沢木の悪口を言い出すと、そんなことに全然かまわないで、「ハハハハハハハハ、ありゃ大物です」なーんて言ってね。だから、もし楸邨が死んだら跡取りは沢木欣一じゃないかと思っていたね。それぐらいかわいがっていました。

田川飛旅子は大学を出て、当時、海軍技術士官でした。あの体つきでしょう。大きな体で、海軍の軍服が似合いましてね。奥さんと一緒によく楸邨のところに来てましたよ。立派なものでね。だから、楸邨先生は句がいいんじゃなくて、あの立派さに負けているんじゃねえかと、こう思ったものでしたけれどね。とにかく、二人が優遇されていた。それが非常に記憶に残っています。

大物楸邨

私はだんだん癪が高じてきまして、先生に話して、自分はどうも先生の選が納得できん、ちょっと寒雷集批判の文章を書かせてくれと言って二ページ書いたら、それを堂々と出してくれました。楸邨の選には抒情性が足りない、かさかさしてだめだとかいうような、かなりきついことを書いたのですが、あれを出してくれた。やはり楸邨というのは大物ですな。

私は俳句は実は中村草田男のほうがだんだん好きになっていたのですが、人間とするとやはり楸邨のほうが、自分が一生、ついていける人じゃないかと思うようになりました。戦争から帰ってきて、その思いが決定的になるわけです。だから、俳句は草田男さんに学んで、人間としての影響というのを楸邨さんから吸収してみたいと、もうそのころすでにそう思いました。大したやつだと思いました。とにかく、先生の選をまともに批判した文章を堂々と出してくれたんですからね。

　それから、郷里の秩父のことを書いた「狸の応召」だ。いまでも覚えてますけども、田舎の家の庭石の上に鉄製の大きな狸が飾ってあったんです。それも患者の家から持ってきたものですが（笑）、それをあのころ鉄製品の回収があったから（国に）持って行かれちゃった。何か妙に寂しいんだな。とくにこっちはまだ青年だから。その寂しい気持ちを田舎の親父の生活とからめながら書いた「狸の応召」という随筆を先生に見せたら、「これはおもしろい。出しましょう」と言って、出してくれた。それから私は郷里の皆野町の俳人たちの間で評判が高くなって、金子兜太というのはいい仕事をしているといって田舎の人からほめられたりしました。そんなふうなことがあって、妙な時代でした。懐かしいですね。

　そういう「寒雷」投句時代がありまして、とくに楸邨先生がそれから間もなく、後鳥羽院にひかれて隠岐においでになって百何句かを発表し、随筆もずいぶん書く。あの楸邨の隠岐行はわれわれ投句者にたいへんな影響を与えました。

　当時の楸邨は自分の先生だから水原秋桜子を非難はできなかったのでしょうけれども、「馬酔木」の作風、やや華麗な、やや甘い、それと「ホトトギス」の全体的に型にはまった雰囲気、その両方をにらんで、俳壇の「新古今的な風景」に批判的だった。後鳥羽院は隠岐においでになって、いわゆる隠岐の荒ぶる風土のなかで反「新古今」の世界を切り開いた。自分はこれを身をもって学びたいということですよ。それが私たちにとってはいいなあというわけでね。この野党精神がなければだめだと、そう思ったものです。

　だから、〈隠岐やいま木の芽をかこむ怒濤かな〉は、隠岐で詠んだ句のなかでいちばん先生のお気持ちが集約された句だと思うのです。後鳥羽院の御火葬跡に立っての句です。あの句がとても好きでね。いまでも私の胸のなかにそれがずっとありまして、この句を何とか自分のものにしたいと思いまして、先生に頼んで色紙に書いてもらって、いまでも額に入れて、ときどき出しては眺めております（この句はいま隠岐神社の境内に大きな句碑となって立っている）。

　弟子なんて先生から色紙を書いてもらうのはただでいいと思っていた時代ですけれど、さすがにそのときだけは、これは金を出さないといかんなと思って、若干の金を包んで持っていったのを覚えてますよ。そうしたら、先生がニヤニヤッとしたのをいまでも覚えていますね。そんなエピソードがあります。

戦前、戦中の草田男と草田男を囲む人々

かたや「成層圏」句会のほうも、私はずっと定期に出席しておりました。毎月毎月です。中心が出沢珊太郎です。出沢は浪人もせずに東大に入りまして、東京へ出まして、ずっと世話焼きをしておりました。指導の中心は中村草田男です。これは出沢といわず、「成層圏」の東京の連中の輿望で草田男さんを呼ぼうということで、呼んできたのです。ヨボウでヨボウなんて語呂合わせじゃないですよ（笑）。それで毎回来てました。

私が行ったときの顔触れでいまでも記憶に残ってますのは、堀徹という国文学者、この人の影響を私は非常に大きく受けております。私は「ほり・てつ」と愛称していた。三十四で夭折しております。喉頭結核でした。

それから、岡田海市。この大は法科の学生で、だいぶ年上でした。朝日新聞に入って、出版局長で辞めた人です。学生時代の彼の下宿に行くと、万年床の枕元に俳句の本、それ以外に何もない。法科の学生なのに法律の本が一冊もないんだ。あるのは枕元の俳句の本だけ。そういう生活をやっていた人です。あれでよく、朝日に入ったと思うんですけどね。不思議な時期だったんだな。そして、句会に出てくると、われわれを叱りつけてね。「そんな句を作っちゃだめだ、だめだ」って、私なんか年中叱られていた。

それから、川門清明というのがいましたね。これも戦後、草田男さんが「萬緑」を出してから、「萬緑」に属して、同人になっておりました。穏やかな方ですが、何か妙に印象に残るんです。農学部の学生でした。

そして、保坂春苺。橋本風車。吉田汀白。福田蓼汀さんが先輩の貫禄で来ていました。もう学生じゃなくて、背広姿で草田男さんの横にいつもいました。客員だったんです。そういう顔触れをいまでも思い出します。それと、ちょっと名前は忘れましたが、医者で、戦後に奥さんにお目にかかったのですが、草田男さんが座ると、福田さんが片方に、その方がもう片方に座りました。草田男さんの後輩に当たりまして、草田男さんとも親しかった人です。その横に岡田海市、堀徹がいたのを覚えています。

大事な人を忘れていました。香西照雄です。この人のコブダイ（瘤鯛）のような口もとが懐かしい。「成層圏」東京句会が出来たときの世話役はこの人でした。

まだいた。余寧金之助（本名瀬田貞二）です。戦後、児童文学者として顕著な仕事をした人ですが、草田男を親愛していました。どうも大事な人を忘れていけませんなあ。少しボケてきたかな。

一度来ただけで二度来なかったのが安東次男と原子公平と沢木欣一、この三人が顔を出したことがありました。しか

し、句も出さないで帰っちゃったのかなあ。「成層圏」の雰囲気は連中にはちょっと合わなかったかもしれませんね。

　顕著なエピソードとして覚えていますのは、右翼の学生が来まして、〈一刀を抜くや北方鷹舞へり〉の句を出したのです。ちょうどソビエトをにらんでいるわけですな。北方に鷹が舞っている。たしか何かのマークが鷹でしたね。一刀を抜いて、こいつをぶった切るぞというような激しい句を出したのです。そうしたら草田男が講評のときに、ぶるぶるぶるぶる体を震わせて、「私はこういう句は賛成できないッ」と、言ったのを覚えてますよ。その学生が反撥(はんぱつ)する、というひと幕もあって、たしか、それから学生は二、三回、来た。ところが草田男は来なくなっちゃった。出沢が行って説得したら、「あんな句を出すような学生が来るような句会はオレはもう行きたくない」と言ったとか。そういう点は感受性旺盛というんでしょうか。

　それというのも赤坂句会の始まるもっと以前に、こんなことがあったのです。出沢に連れられて水戸から東京へ出て来て、草田男の話を聞いたことがありました。新宿の武蔵野館という映画館の前の喫茶店、ヴェルテルといったかな、この二階で、草田男を囲んで「成層圏」の連中が話を聞いたことがあったんです。そこに出沢と出席してみたら、部屋の隅のところに見慣れない背広を着た人が一人いるんですな。なんか変な雰囲気だから途中で「あの方は誰か」と聞いたら、あれは警視庁の人だと横の人からそっと教えられた。要するに特高だったんです。

　そういうのがちゃんといて、草田男や楸邨というのはリベラリストとして治安維持法に引っ掛かるか引っ掛からないかの境目のところでにらまれていたんですな。当時、「ホトトギス」に批判的な人というか、要するに新興俳句や自由律俳句のなかの栗林一石路(くりばやしいっせきろ)とか橋本夢道(はしもとむどう)といった人たちはみんなそう見られていたんですが、草田男も、「人間探求派」とか「人生派」とか、奇妙なレッテルをつけられていたから、新興俳句寄りの、「危ない人物」と見られていたんじゃないかな。むろん「ホトトギス」に反対はしてなかったのですが。

　私はそれまで水戸という田舎にいたから、南京陥落といえば褌(ふんどし)一本で町を飛び回っていたような、そんなものでして、こっちはまだ戦争というとお祭りみたいな気分でいたんだよ。内心はそんじょそこらの学生並みに反戦だったんだが、酒は毎晩飲んでいたしね。それが、東京へ来てそういう雰囲気に出会ってアッと思ったことを覚えています。そのときに初めて、ああ、ずいぶん厳しいという実感を時代に対してもったものです。

　そういうこともあったから、草田男さんにしてみると、身に沁みていた。それがいまの〈一刀を抜くや北方鷹舞へり〉というやつが出てきたので苛々(いらいら)しちゃったんですね。たしか、二回目か三回目でお出でにならなくなっちゃった。

草田男さんが来られないから句会はおのずから解消というかたちになりまして、そうしているうちに出沢さんも陸軍にとられて応召してしまった。

さてそこで、もう解散ということになったのですが、そのときに出沢さんが、「金子、おまえ、あとをやってくれ」と言って行ったのです。若いし、義理堅い気持ちでいたものだから、それじゃあというので、昭和十七年（一九四二）の九月から幹事を引き受けました。そのまえに、館野喜久男（たてのきくお）がしばらくやっていたのを思い出します。付け加えていうと、雑誌「成層圏」そのものは十五号で、昭和十六年に廃刊になっています。草田男指導の句会だけが残ったのです。私は草田男居に何遍も行って草田男さんを説得したのを覚えています。一度など、来られると約束してくれたのに来なかったことがありました。「一刀」がよほどこたえたんですね。

赤坂じゃだめだから吟行会をやろうというので、石神井（しゃくじい）公園にみんなで集まろうとしたのですが、それも寸前になって来ないということになっちゃった。そのときはこっちが電話をして、「どうしてだッ！」とえらい詰問をしたことがあるのです。

これはずっと後の話になるのですが、草田男さんとの論争の後でも、草田男さんがそのときのことにこだわっていて、「金子という人は人に対して威圧的にものを言う人だ」というふうなことを言っておったと聞いております。これは「萬緑」のなかで私の評判が悪かったことの一つの理由にもなるんでしょうが、こちらは約束したのに来ないからねえ。みんな待っているんだ。それで詰問したのでしたがね。そんなエピソードがございました。

戦前はそういう雰囲気でした。

「寒雷」での交わり

「寒雷」に入ってからの沢木や原子との接触のことも言っておかないといかんですね。そっち側の接触では、さっきも言いましたように沢木を楸邨さんが非常に買っているしね。たまたま沢木と原子が同じ小石川の原町のアパートにいたんです。二人とも朝鮮半島育ちなものだから、大学に入るについてはお母さんと二人でアパートを借りていたわけです。同じアパートにいたものだから、私はよく遊びに行ったんです。

沢木というのは、いまの雰囲気とほとんど変わらない、不思議な男ですね。ヌーッとして、話がゆっくりで、妙に人気があるんですな。同じ学部の文学仲間がけっこう沢木の部屋にやってきて、沢木が真ん中にあんな調子でヌーッと座っていて、ほとんどしゃべらんですね。その周りに集まってみんながワアワアワアワアしゃべっている。そんな雰囲気がありました（笑）。

どう言ったらいいのか、大物というんでもないと思うんだけれど、そういうタイプがいますね。そいつがポンと座っているといろいろなものが収まってきて、そのくせ、その男は何も主導権をもっているわけでもないし。何もやらない。そういうタイプってあるんですね。よく言えば仏様なんです。悪く言えば阿呆。でも、沢木はどっちでもないですからな。

左から兜太、安東次男、原子公平（昭和42年）

とにかくよくわかりませんな。そう、無用の長物という感じでしょうか。そういうものなんです。沢木、とくに若いころは不思議な男でした。

私はそういう関係で、沢木としゃべるよりも原子としゃべるようになった。原子は能弁でして、いろいろな話をしてくれまして、教養も豊かでね。スタンダールがかれの卒論です。仏文ですから。スタンダールについての知識は彼からの受け売りです。

原子は姉さんが二人いたんだが、お母さんも含めてみんな品のいい美女だ。原子も立派な顔です。仲間がみんなで秩父に遊びに来たとき、うちのおふくろは変ンなものがぞろぞろ来ると思っていたらしいんだが、原子が来たときは「兜太、ああいう品のいい人がお前の友達にいたんかい。あの人は立派な顔をしている」と言ったのを覚えています。美男子ですよ、あれは。

戦争で小石川原町は全部焼けまして、その焼け跡に私が戦地から復員して行ってみたら、そのアパートだけ不思議に残ってました。便所の水が詰まっちゃっているので、大便をするとバケツに水を入れてもっていっちゃあ、それで流していたのをいまでも覚えている。不思議にああいう変なところを覚えているものですね（笑）。ほかのことはあまり覚えてないんです。

そして、そこに泊めてもらったりした。秩父の田舎から米をもっていったら、原子のお母さんに叱られてね。「こんな悪い米をもってきて何だッ。うちはもっといい米を食べている」って（笑）。

そんなときに原子公平が〈戦後の空へ青蔦死木の丈に充つ〉を作った。あれは戦後俳句の始まりのころの、しかも代表的な作品だと思います。『今日の俳句』を書かせてもらったときに、その句を冒頭に置いたのを覚えてます。ちょうど焼夷弾か爆撃でやられて、アパートのすぐ横に大きな欅の木が半分焼けて立っていたんです。それに早くも青蔦がずーっと上っていたんですね。原子が、生物の生命力はすごいものだ、だからいたずらに戦後を悲観的に扱うだけではだめなんだという言い方をしておったのを覚えています。

私は心理的に、いや、心理以上、友人という感じ、いちばん親しい感じをもつのが原子です。というのは原子からいろいろ教えられたということがあります。それも自然なかたちで。それから彼の批評力がしっかりしているんです。だから、私はずいぶん彼から自分の句についての反省をしています。文学的保護者といった感じですね。そのくせ、最近、ちょっと疎遠にしているんだ。だから、いずれ公に対談しようと思ってます。平畑静塔さんとの対談はずいぶん勉強になったな。このあたりで原子さんからゆっくり聞きたいと思うのです。

彼は歌人の篠弘さんと一緒で小学館に勤めていた。篠さんが上司で、その次長みたいなことをやってたときもありました。というのは（原子は）途中入社でしたから。

彼は仏文を出て岩波に入ったが、血気にはやって辞めてしまったんだ。というのも、菊地卓夫という同年の男が「寒雷」にいまして、この男は国文出身の人でしたが、この男が本屋さん（出版社）をやりたいというので原子を誘って二人で始めたんです。それが失敗したんだ。草田男の『来し方行方』を出した自文堂だ。それを一冊だして、二度目くらいでもう潰れちゃった。

しかし、そのときに二人いた女性の事務員さんと結婚した。原子も菊地も。だから、会社はダメだったが、いい奥さんをもらえたのが会社以上の収穫だったんですよ。

その会社が潰れちゃったものだから原子は小学館に入った。そのとき、たしか草田男さんの世話があるんです。原子が草田男を親愛していたし、草田男も原子をかわいがっていたから。原子は「萬緑」に属していた時期があるのかな。そのへんの機微はわかりません。そして、小学館に入ったあとで、原子が草田男批判をやったんじゃないですか。それが気に入らなくて、結局、「萬緑」も辞める。小学館との関係もあまりよくなくなって、それで伸びるべきものが伸びなくなった。そんな経緯だったと思います。

菊地はその後、教職について、どこかの校長先生をして、間もなく死にました。

「寒雷」の交わりとしてはそんなこともあったということです。

それから、これは楸邨先生もよく書いてましたが、安東次男ともよく飲んだ。電車がなくなってから大井町から線路を伝って楸邨先生の家まで「おーい、楸邨、このバカヤロウ」とか怒鳴りながら歩いていって、楸邨の家に泊めてもらったということもありました（笑）。みんな懐かしい思い出です。

安東次男との関係ですがケンカ仲がいいと自分では思うのです。かれはどう思っているか知らないがね。いつもツラを見ると癪にさわるし、アンツグもオレの顔を見ると何か一言文句が言いてェという関係でいながら、多少、えばりたい。あの男はえばりたいからね（笑）。こっちも「何を！」というのでケンカをするけれど、妙に親しみが底にある。そういうつきあい方で、これはつかず離れずですね。

師加藤楸邨と
（昭和26年夏・福島県土湯温泉）

彼が勤めを辞めて東京へ来て、文学に専念しましたね。あのときしばらく、俳句の世界、「寒雷」にいました。「風」にも属しまして、初めのころ、よく文章を書いていたが、やがてやめちゃって、あとしばらく、詩を書いたり評論を書いたりして、六〇年安保後に日本の古典、とくに芭蕉に戻ったという印象です。蕪村について書いた『澱河歌の周辺』で読売文学賞を受けたりしている。そして、晩年に楸邨に戻ってくる。ずいぶん楸邨のために役立っていますよ。連句や骨董品への楸邨さんの関心の高揚は、アンツグのおかげですよ。

オバQみたいな先生が好き

なんか、あのころのほうが主宰というのもそんなにいばらなかったような気がする。まあ、楸邨さんの人柄が大きいし、弟子がみなガラクタだったせいもあるのかなあ。いまの主宰は妙にいばるでしょう。いばる反面でサービスばかりしてね。誌面の半分くらい、自分で書いたり撫でたりしているんですね。主宰のあり方というようなことについても一つ論議になるんじゃないでしょうかね。とにかく、あのころの主

宰はもっとフランクで、何でも人の言うことを受け入れて、ある信頼を得ていた。作家的な魅力があったということでしょうか。

しかし、草田男も自分の結社ではあまり人材が残らなかったね。というのは統制が厳しいから。自分の気に入らないのはだめだし、句は全部直しちゃうし、いろいろな意味で非常に神経質なんじゃないですか、弟子の行動に。たとえば、磯貝碧蹄館なんて自分の雑誌を持てばすぐ睨まれるということでしょう。鍵和田秞子が雑誌を持ったのは草田男さんの死後ではないかな。成田千空は結局、雑誌を持たないでずっと草田男と行動を共にしてきた。

前列背広姿が中村草田男、その後ろに細見綾子、その左に鈴木六林男、左端兜太（昭和30年頃・大阪にて）

岡田海市さんもおもしろい人だけれど、句が地味すぎでした。あの人は勝ち気な人で、さっき言ったとおり、ぼくらにお説教するんです。そして、ぼくなんかがこんな調子の句を作ったでしょう。それに対して、よけい古典的になった。岡田さんの本当の姿よりもっと、あの人の場合は古典的ですわ。岡田さんなんか、草田男さんから離れて、私あたりを大いにぶっ叩いて、勝手に振る舞ったらおもしろかったんだがねえ。

これはあとからの草田男さんとの論争の話で出てくることですが、草田男という人は徹底して、あらゆる場面で彫り込み主義をやったんじゃないですか。俳句でも俳句性というものに対して自分を彫り込んでいく。雑誌経営でも徹底的にそのなかに彫り込んでいって、参加してくる人間の一人一人の句を全部自分の世界に引き入れてしまう。実際の考えとしては、自分とその作者を溶け合わせていく、融合させていくというかたちで作者を育てていく考えだったのですが、結果としては全部自分に同化させる方向に向かってしまった。そういう点、打ち込みの激しい、情熱的な人じゃないですか。あらゆる場面でそれが見えますね。

私たちがよく笑っていたのは、誓子(せいし)は法科で、草田男は文学部でしょう、この違いもあるかなということ。よく蔭口(かげぐち)をきいたものです。誓子という人は冷たくて、他人に君臨する。だから、放ったらかすんです。どうでもよいわけで、面倒なんか見ない。草田男は熱い人で、相手と一緒になろうとしながら全部、自分のほうに同化しちゃう。女性でそういう人がいるじゃないですか。旦那さんを愛するあまり、本当に愛して愛して愛して、旦那さんから嫌われちゃう。あまりしつっこく愛するから。草田男にはその感じがありますね。深情け。純情な指導者なんでしょうな。

私の場合は放ったらかされるということが大事です。あまり親身に世話をされるのは好きじゃないです。でも、誓子さんは話に聞くと氷山のかたまりのようだが、そういう人とはつきあうのがいやですね、冷たくて。そうじゃなくて、放ったらかしておいてもらって、何となくそこにボヤーッとオバQみたいにいる人（笑）、そういう人が私にとっては先生なんです。さきほども申した、「成層圏」のときの二人の英語の先生なんかがそうです。全然、われわれには干渉しないですから。それで、自分の勝手なことをやってボヤーッとしているわけです。終われば黙ってウイスキーを飲ませてくれたり。私はそういう人がいいんです。

楸邨さんがそういう人でした。全然偉ぶらなかった。それから、弟子を放ったらかしにした人だ。指導ということをまるでしない。「先生、この句、どうですか」なんて聞くと、面倒くさそうな顔をして相手にしねえんだ。「それ、君、いいじゃないか」なんて言ってね。それはいま、オレにも何か身についてきているね（笑）、先生の影響で。だから、オレもあまり後輩の句を直さない。放ったらかしだ。「こんなに先生のために尽くしたのに、何もしてくれないのはどういうわけだ」と、この前も叱られたけどね。

だから、楸邨先生がいちばんよかったですね。そう、オバQというのはいいですね。いつも影みたいにボヤーッといるんだよ。いまはその「ボヤーッ」がなかなかいないんだね。

「オレたちに選句をさせろ」とは無礼千万

戦後間もなく、原子、沢木、安東、菊地の四人が「寒雷」をやめました。というのは、これは先走った話になりますが、「寒雷」の同人で関本有漏路(せきもとうろじ)という人が神保町にいまして、紋や徽章(きしょう)のデザインの職人さんというか技工家というんでしょうか。そこへよく私たちは集まっていたんです。戦時中は原子公平といっしょに、「寒雷」の発行に尽くした人です。

いまでも思い出しますが、細見綾子(ほそみあやこ)さんが沢木と結婚して、金沢から上京してきて、そこに腰を落ち着けた。そのときに遊びに行ったら、羽織を着ないで着物だけ着て、きりーっと帯を締めて、階段の下のところにちーんと座っていたのを思い出します。ああいう純真素朴な姿というのはその前にも後にも見たことがないんです。結婚したばかりで、それもかなり年下の男と結婚してますから、いい意味の恥じらいがあったのかな。

細見綾子さんとは、その後かなり経って、私が神戸にいたころ丹波で会っています。正月に女房と子供を連れていって、彼女の家で過ごさせてもらったことがあります。そのときは普通のおばさんでね。なかなか魅力的なおばさんだった。

それよりももっと前、戦後間もなくで、「寒雷」の連中はよく関本のところに集まって、そこでいろいろな相談が行われたり、楸邨の悪口を言ったり、俳壇についての話し合いがあったり、そんな時期でした。草田男さんの、楸邨さんの戦時責任を追及した手紙が発表されたときなどは、大いに論じ合ったものでした。

私はいなかったのですが、その四人がここに集まって、どうも「寒雷」のいまの選、戦後の楸邨の選はよくない、われわれに選をさせるように申し入れようということになった。それは菊地が言い出したという話なんです。そしてまた正直なのが原子なんです。

それで、原子と菊地で楸邨のところに乗り込んだのです。そして、「オレたちに選句をさせろ」と言った。それはさすがに楸邨が怒った。それで二人ともやめるようになったのです。

そうしたら、沢木も安東も「オレもやめた」ということになった。安東はホレ、詩を書いたりすることに移りたい気があったから、いいきっかけでやめちゃった。沢木も「風」をやるという考え方があったから、それでやめたということもあるんでしょうけれどね。

その翌日か、当時、編集していた秋山牧車（元陸軍中佐）が、オレがいた日銀に飛び込んできて、会いたいと言うのです。そうしたら、「実はこれこれこうだ。あんたはどうする」と聞くから、四人で共謀しやがって、オレに話がない。まず、それが気に入らないわけだ。それから、オレにとってはいまやめる理由がないんだ。だから、「やめませんよ」と答えた。それで私は「寒雷」からの評価が高くなった（笑）。

そのかわり、その四人から憎まれたね。当然、行動するべきだと思ったやつが、しないということで。菊地とはその後、会っても話をしたことがないな。原子もしばらくは私をきつい顔で見てたな。沢木はあの調子でもって、憮然とした顔でオレを見下ろすという感じでいたし、アンツグはもうだめだったね。しばらく四人と私は冷たい関係だったです。

われわれの動きのなかに森澄雄は入ってこないんです。その事件は私が日銀に戻ってから間もなくです。昭和二十二年、本当に間もなくでした。だから、まだ森は長崎にいたんですな。森の行動で頭に残るのは、いつも青池秀二と一緒にいたということです。青池が兄貴分みたいにヌーッと立ってね。「寒雷」に残った私とはあまり行動をともにしなかった。

それから、牧ひでをが名古屋で自分の会社を始めてましたが、この人は全然関係なし。この人とは戦前から戦後にかけて親しくしていました。

だから、四人だけの行動です。ということは四人にしてもそれほど責任感はなくて、若気の至りといいながら、「選句をさせろ」とは無礼千万なことだ（笑）。まだ二十代ですからね。二十二年だと二十八歳です。みんな同年ですから。あれはおもしろい事件でしたよ。

「感性の化物」みたいにブラブラしていた時期

戦後、帰ってきたばかりのとき、オレと安東と沢木、原子、向こうが古沢太穂、たしか田川さんもいたと思うが、そういう対立関係で議論をしたことがありました。そのときもう古沢さんは生粋のコミュニストでした。古沢という人は戦前から、これも楸邨さんが大事にしていた人です。かれの抒情を愛していたみたいだな。それから和知喜八。これは木訥（ぼくとつ）な人柄が愛されてました。

久保田月鈴子は私の一年先輩です。この人はゴボウみたいな人です（笑）。そのゴボウみたいな資質を楸邨さんは愛していたな。久保田さんは非常に積極的な人だから、戦前はそれほど目立たなかったけれど、戦争から帰ってきてから「寒雷」にたいへん協力してますね、いろいろな運営面でも。それから、久保田さんがよく先生を叱っている風景を覚えています。それぐらい積極的な人でした。そういう方々の顔がずっと出てきます。

沢木欣一は陸軍で、たしか波郷と同じで中国東北地区、元満州のほうに行ったんだ。病弱だったということでも波郷に似ているのかな。というのは沢木は兵隊に行く前から結核を患っていたんだと思います。だから、しょぼしょぼ、とぼとぼと帰ってきたという感じがしますな。

そして、お父さんがいたから金沢のほうへ引っ込み、金沢大学のほうへ勤めるという関係になってきて、「風」が出てくる。それから細見との結婚ということになっていく。結局、彼の活動拠点が金沢に移ったことのなかに、やはり戦争の影響があるわけです。あの人のことだから恐らく反都会という気分があったんじゃないでしょうか。それで、お父さんもいたから引っ込んだ。そして「風」を出し、結婚し、やがて東京に出る。結果的にはプラスです。沢木はそういう点、運がいいんじゃないかなあ。

原子公平は足が悪いから、ずっと小石川の原町にいたわけです。さすがに若いですから、思想とは別に、戦争に行って戦いたいという気持ちはずいぶんあったようです。しかし足が悪いから出来ない。友達がどんどん征くから歯噛みをする思いがあったようです。それが戦後、さっき申し上げた〈戦後の空へ青蔦死木の丈に充つ〉という句になって、「命朽ちず」という積極的な思想に彼はなっていくわけです。絶えず燃えていた、戦いたいと思っていた、そういう積極的な気持ちですね。それを戦後もそのまま貫いたという感じがある。

「風」金沢大会にて。前列右から秋元不死男、大野林火、沢木欣一、その後ろ兜太、左の着物姿は細見綾子（昭和29年頃）

安東次男は海軍でした。掃海艇にいたのかな。主計の士官でね。これは普通に行って普通に帰ってきたという感じですな。帰ってきて三菱商事に勤めたんだけれど、すぐ辞めて、東京へ出てきて文学の世界に入っていったということです。一応俳句の世界に身をおいて、やがて詩と評論に向かう。いまは俳句に帰ってきた感じですがね。

田川さんは技術科士官で出て、順調に帰ってきて、その後、古河電池に勤めたのかな。あの人の場合も、古沢太穂なんかの考え方を支持するような面を見せていたのは、いかにも戦後という印象だな。

戦後、そういうかたちでしばらくみんな、革新的な考え方に傾いていたことは間違いないですね。

でも、戦争に行く前は反戦的な雰囲気はないんです。一人一人どうか知りませんが、少なくともオレ個人は戦争には反対だけれど、この戦争に負けたら民族は滅びるという考え方で、積極的に行かないかんと二段返しみたいに考えてましたから、結論的には積極的に参加したということです。

それと私の場合だと、ずっと「成層圏」「土上」「寒雷」の時代を通じて、どうもこ難しい理屈、国家論とかいうやつが嫌いでして、そういうことを一生懸命言う連中も嫌いでして、人間的に。それで、ますます反動的に、いい加減になって、私は第一句集の「あとがき」に「感性の化物」と書いておりますが、本当に「感性の化物」みたいに、ただブラブラブラブラしていたですね。触覚だけが敏感でね。

それには俳句が格好の道具だったということです。しかし、戦場で、主計科でいながら、たくさんの餓死者を出すという現場に立ち会ったものだから、餓死した人たち、私は非業の死者というのだが、その人たちに報いることを戦後はやらないかんと、こう考えて、そこから化物を解消して、身を引き締めて戦後の意志的な生き方を始めようとした、ということなんです。

だから、私なんか遊治郎（ゆうやろう）の最たるものでしたね。原子、沢木のいるアパートにブラーッと行って、連中の浴衣（ゆかた）を借りて浅草のほうに遊びに行って、三日間くらい帰ってこなかったとか、そういうことは平気でやってましたからね。ほとんど大学にも行かなかった。

私と同世代で俳句をやっていた連中の戦前の姿は、みんなかなりいい加減なものだったと思います。一種の文学青年といっていいんじゃないでしょうか。それが戦争で引き締まったということでしょうか。逆に言えば、むしろ反動的になる。私の場合は反動的になっちゃって、引き締まりすぎたという面があるわけです（笑）。

いちばん冷静にずっと動いていたのが古沢太穂じゃないかな。あの人はロシア文学をやっていたしね。

「成層圏」の人たちでは、堀徹という人は目が悪くて、戦争に行けなかった。でも、この人も戦争というものに対してはそんなに抵抗的じゃなかったですね。むしろ環境として受け止めていて自分のものを作り出し、文芸評論家としての仕事をしようと考えていた。反戦というより、こよなき刺激剤というか、そんな印象でした。それだけに逆に彼の内面は文学に燃えていたというか、そんな印象でした。

岡田さんは水戸高校の先輩ですが、寮祭のときにリベラリズムについての演説をぶったりしたのを覚えています。あの人なんかわりあいにはっきりしています。生涯を通じてのリベラリストですよ。

「成層圏」に集まった人たちもみんな、香西、余寧といった人も、内心では何か考えていたかもしれんけれど、一般的には普通の文学青年という感じでしたなあ。どうも文学青年が俳句の世界にいたというか。じゃ、小説を書けばいい、詩を書けばいいというけれど、そこまでもいかん。何となくデレデレッとしていたという感じです。

というのは、文学青年でいながら経済学をやったり法律学をやったり、そういう文学と関係のない世界をやっていた人もいるわけだから、そういう連中がみんなはけ口みたいに俳句に入っていた、根を掘っていけばみんな文学青年だということ、それは言えます。そんな集団だったような気がしますね、ええ。それが戦場でずいぶん洗脳されてくるわけです。

トラック島にて。海軍主計中尉の頃（昭和19年）

「非業の死者たち」に報いるために

さて、くりかえしになりますが、「おまえのいままで七十九年間の生涯の代表句は何だ」と問われたら、〈水脈の果炎天の墓碑を置きて去る〉という、トラック島から引き揚げるときの、あの句と答えます。

さっきも申し上げたように、私にとってはあのときの非業の死者、戦争に対する志も何もたないで引っ張って来られた大勢の兵隊や工員たちが、食い物がなくなって飢え死にする。しかもアメリカというのは神経質で、毎日やって来て爆撃したり銃撃したりする。それによって死ぬ。そういう人たちを見ていて、この人たちのために、つまりこういう人たちが出ないような世の中にしなければいけない、と考えるようになったんですね。「非業の死者に報いる」という言い方をする。反戦という考え方に繋がりますね。そういう考え方でずっと戦後をやってきたつもりです。

ところが、当初やろうとしたことが挫折したり十分にいかなかったりして、現在、俳句に来ているわけですが、私はこの俳句というものに結び付けたことは、自分のそのときの考え方と矛盾してない。むしろ考え方に沿っていると思ってます。そのこと、よかった、と思っているのです。

それはひとつには、俳句は大勢の人が作っている世界であるということ。しかも、そのことと合わせて、いまの時代になるとよけいそれが痛感されるんですが、俳句を作るということは十分に平和な行為です。俳句を宣伝の武器として戦争をするということはまずないわけだ。大勢の人が俳句を作っていられるこの平和な社会を好んでいるということに私も参加している。これは私が、戦争のない平和な社会をつくりたいと考えてきたことの、もちろん全面的じゃないけれど、かなりの充足になっていると思ってますよ。

口はばったく言えば、私は平和な世の中ということは草の根を大事にすることだと考えています。上っ面の人だけの平和なんてのはだめだ。その草の根を大事にするということ

は俳句をやることと密接にかかわっているわけです。これは私が俳句専念を決めたときにも考えていたことでもあります。

　俳句というのは日本語表現の根っこの部分でしょう。五七五がそうですね。日本語表現の根っこの部分に身を置いているということが、自分も草の根の一人だということに通じる。協力したり、励ましたりもできる。ときにはいい句を作って、刺激にもなれるわけだ。そういうことができて、いっしょに平和を大事にしているということは、〈水脈の果〉の句を作ったときに決意した自分の考え方と現在とそんなにずれてはいない。そう思ってます。

　前衛と言われた時期でも、自分だけ飛び上がった句を作ろうという考え方は実はなかったのでした。あの自由さ、思うままに作るということが、あの時代のみんなの心性の求めである、そう思って、そこに自信をもって、オレだけじゃないと思って、やったんですからね。ところが実はそうじゃなかったので、やや飛び上がったところから俳句を見ておったということはあとから反省するわけです。

長崎平和公園の原爆句碑。兜太の句は
〈彎曲し火傷し爆心地のマラソン〉
（昭和46年建立）

私の反逆にはちゃんと理がある

　戦前の私はデモクラティックでなくてデレデレティックなんです（笑）。どう見てもテメエ勝手な遊びをやっていたにすぎない。ただ、戦争は反対だ、いやだという気持ち。それがトラック島を経て、ややデモクラティックになった。自分に意志的なものを課して、というだけです。だけど、そのかたちで現在まで生きているということでまあ、よかった、と思っています。

　戦争から帰ってきて、まずいちばんよくないのが日本銀行ですよ（笑）。この中央銀行のなかは何だ。身分制で縛られていて、給料は身分で決まる。学閥がはびこっている。そういう非近代の世界に私は腹が立ったんですよ。これを直さなかったら、また戦争になる。日本の封建性、この戦争の温床をなんとかしたい、という単純率直な正義感ですね。若気の至りと言われてもしようがない。しかし懐かしいですよ。そこから私は行動が反逆的になったわけです。

「海程」新年会。正面右から兜太、隈治人、和知喜八、出沢珊太郎（昭和38年）

俳句の世界を見てもそうでしたね。はじめは社会性とか何とか、これが時代のみんなの要求だと思うから、自分がそれにぴったり合っていると思うから、張り切ってがんばっていったわけだ。

だけど、実際に六〇年安保後に、いわゆる結社制度が大幅に復活して、有季定型信仰から虚子崇拝が戻ってくるという状況になると、戦前の俳句の状況とあまり変わらなくなる。まさに桑原武夫の言う、制度面の問題ね。形式の問題については私は桑原説に反対だ。彼は韻文と散文の区別がついていないから。でも、制度面で結社制度に問題多しと言っていることは正しい。無反省にこれに戻ってしまっては元も子もなくなる。主宰がいて、主宰のまわりに片腕みたいな同人がいて、そいつらがみんなを監視して、会員がいて、会員なんてまるで馬みたいに調教されている（笑）。こんなかたちに戻るとすると、これは日本銀行とあまり変わらないじゃないか。これはいけない、ということなんです。

そういう制度的なもの、手放しの旧態依然の結社に対して私は抵抗感をもちましたね。だから、そこから生まれてくる俳句も何となくみんな胡乱に見えるわけ。

そのときに私が小林一茶に触れた。一茶は芸術的におもしろいものを作ると同時に、おのずから一般的になっているでしょう。一般性と芸術性の兼ね合いを一茶がおのずからやっている、あの「おのずからやっている」という世界がオレのなかに出来なきゃいかん。〈俳句の真人〉という言い方で他人様に伝わるかどうかわからないが、それになりたい、と思ったわけです。そうなると、結社制度に反対し、その制度のなかでいばっているような連中を蹴っ飛ばそうとする、そういう外からの抵抗的な意識は捨てたほうがいい。もっと俳句そのもの、制度そのもののなかでやろうとした、ということなんです。同人誌「海程」を結社誌にしたのにもその心意が含まれています。

　そこから柔らかくなった。いたずらに抵抗しなくなったんですよ。中にいて正すべきものは正しながら、一緒に楽しもう。楽しみながら自分でなければ出来ない俳句を作っていこう、という仏心に目覚めてきたわけだ。ふたりごころ。それまではひとりごころを突っ走っていた。越えなきゃならんならんと自分に言い聞かせていたわけだ。

　いや、八十を目前にして、やっとここまできたんですな。

一貫していた草田男の姿勢に感心する

　今度、調べ直してよくわかったのは中村草田男の俳句に対する姿勢ですが、桑原武夫の「第二芸術」に対する猛烈な反対をやりましたね、あれ以来、一貫してます。これに感心しているんです。その次に根源論争があったでしょう。あれに対する草田男の言い分もまったく同じです。そして、私に対する批判も、当時の前衛というものに対する批判も、まったく一貫してます、言い方はいろいろありますが。これにまず私は感心したということです。

　そういう点から見ると山本健吉の姿勢は、少なくとも原子公平や私との論争の範囲内のことですが、その後の山本健吉は知りませんが、威圧的、揶揄的ですね。つまり、批評家の色彩がかなり強い。社会性（俳句）のときのことですが、あの人が東京新聞に書いたことに対して原子とオレがうんと反撥した理由の一半にそれがある。あの文章は『山本健吉全集』に載っているのかな。

　赤城さかえが『戦後俳句論争史』（昭和四十三年刊、俳句研究社）のなかの「社会性論議の実態」でこのことは綿密に書いています。引用がたくさんありますから、山本健吉の言ったことがこれからもわかってきます。文芸評論と見てもいいもので、感心しました。実践的でね。「戦後俳句」を語る人の必読書の一つです。

　私にかかわって申せば、桑原武夫の「第二芸術」論への反論については私は直接にはかかわっていません。それから、これも不思議にそう思うのですが、私たちの世代はあまりあれに対する論評はしてないんじゃないですか。山口誓子、草田男の段階ですね。私たちはそれより若い。

　桑原武夫の「第二芸術」論は、韻文と散文の区別がついていないということは、私なんかも直感的にわかりましてね。これは詩論としてはだめだ。だけど、俳壇制度論、結社批判は正しい。こう受け取ったということです。それと、フランス文学を勉強した人が日本の封建制度の残滓をちょっと高みから批評しているわけだから、これは日本の保守的な立場の人から反撃を食うだろうという思いはあったね。それはありますが、そういう意味での賛否両論で、われわれはほとんど通過した。ただ、「第二芸術」論が刺激になっていたことは事実です。

赤城さかえの整理したものから見ると、当時、積極的に、記録すべき批評をしたのは、山口誓子、中村草田男、日野草城、西東三鬼、学者の潁原退蔵、そしてわが師加藤楸邨、それに秋元不死男。これだけですね。これが記録に値する反駁をしたということで、あげて反対です。

結論的にどういうことを言ったのかというと、「まあ、見てくれ。オレたちがやってみせるぞ」という、きわめて単純なことだった（笑）。そこから「根源論」が生まれてくる。そして、社会性論が生まれてくる。そういうかたちで具体的になってくるわけです。

「第二芸術」論反駁のなかで私にとって非常に印象的なのは、中村草田男が桑原武夫の言ったり書いたりしていることを「教授病だ」と言ったこと。これは有名な言葉です。どうも草田男という人は、ああいう主知主義的な、知識でものを言うということがとても嫌いなようだな。これは一貫してます。

「教授病なんかの言うことは問題外。ヨーロッパの文学を勉強した者が高みから見下ろすように、日本文芸の、しかも根っこの部分の文芸が語れるか。歴史を長く負った文芸が語れるか。いい加減なことを言うな」という調子が激しいですね。韻律ということを強調しているし。その点が印象的でした。

私個人は戦後復員というかたちで帰ってきて、実際に入っていくのは社会性論です。

いま一方の根源論は、誓子さんを中心とした「天狼」という雑誌が展開するわけですが、私は当時はほとんど馬耳東風という感じで、もう問題にしてなかったです。年寄りたちが何かを言っているなという感じだった。それが率直な印象でした。だから、根源論争自身を勉強するのは、その後、「造型俳句論」を書くようになってからです。そのときでも、いま考えるとそんなに十分に勉強してません。そんな状態でした。

わが「造型論」の始まり

社会性論については、これもご承知のとおりですが、まず『俳句』（角川書店刊）の当時の編集長の大野林火がこれを特集したのです。これが口火を切ったということで、あの当時もいまも変わらず、総合誌というものがこういうことについてかなり主導権をもつのですな。

それを受けて、金沢でもうすでに「風」という、当時、同人誌ですが、出していた沢木欣一がそれに呼応した。というのは沢木は大野林火とも個人的に親しいんですよ。そういう関係もあったんですが、「風」の同人に向かって、社会性についてのアンケートをやったんです。これが第二弾だと思います。

そのときに、特徴的な回答としては、これもよく知られていることですが、沢木欣一が「社会性とは社会主義的イデオロギーの周辺の文学、周辺の俳句」と、そういう言い方をしています。

これに対して山本健吉は「こういう言葉が出るんじゃないかと恐れていたことを言った。社会主義イデオロギーというのはいかん」と言って、沢木が「的」と入れたのにかかわらず、健吉が「社会主義イデオロギー」と「的」を抜かして東京新聞に書いた。これは赤城もちゃんと指摘していますが、大きな間違いなんです。特定のイデオロギーを言っているわけじゃないんだ。広い思想傾向なんで、当時、社会主義的イデオロギーというのがさまざまなかたちであるわけですからね。何もカール・マルクスの独占じゃない。いろいろな人が言っているわけだ。ま、沢木がそこまで勉強していたかどうかわかりませんけれど、とにかく「的」と言った。

山本健吉は昭和三十年三月九日付の東京新聞の「俳壇時評」で、「相も変らず左翼的、ないし擬似左翼的論議を聞かされるのが落ちである」との書き出しで、「社会性論」を批判し、四回にわたって書いた。それに反論した原子公平や私を相手に威圧的な文章を書いています。それにはそういう誤読も絡むわけです。それに山本さん自身の保守的な立場を強調しようとする考え方も根にあるわけです。

それから、アンケートに対して私は「社会性は態度の問題だ」と広い範囲で答えた。そうならないと文芸論にならないと思ったんですよ。社会主義的イデオロギーとか社会主義イデオロギーと言ったのではどうしても狭くなる。文芸の問題はそれを肉体化するところにはじまる。生なものじゃない。もっと広く、さまざまな考え方があり、それが生活のなかで消化されて態度として熟したものでなければならない。そして社会に積極的にかかわっていくということ、そうした日常性を態度としてもたなければいかんということで、私の場合はそのままイデオロギーを持ち込むことを全く拒絶していたんです。

そのときすでに私の場合は存在論的な考え方に立っていたと思ってます。ずっとその後、社会性から存在へという考え方に移っているわけですが、初期の段階でそう考えていた。私は存在論的であったと思うわけです、ええ。

その二つが大きなものじゃなかったですか、いろいろな考え方があったけれど。

それに対して誓子が「社会性は素材の問題だ」と言ったのです。ただ素材として扱えばいい、と。それはご自分が大正の終わりからずっとやってますからね。ドラム缶やストーブ、株式会社など新しい社会的素材を彼はどんどん取り入れてますから、それの経験をずっと延長したところで言ってい

るんです。

　それから、神田秀夫が、社会性なんてものは空気みたいなものだ、だれでも呼吸しているんだから、とくに取り立てていうほどのことではないと言うわけです。

新婚時代。右から皆子夫人、兜太、弟千侍
（昭和22年冬・浦和にて）

　それを言い換えたかたちで山本健吉が「社会性は感性の問題だ」とこれはさっきの東京新聞の文章にはっきり書いています。あとはどういう言葉を選択するか、あるいはこの形式をどう生かすかという問題だ。それ以上の、たとえば社会主義イデオロギーとか、そんなことを言うのは自分がいまいちばん恐れていることである。そういうことを言い出したら、これは俳句形式を破壊することになると、そういう言い方でしたね。誤解は別として、感性の問題だというのはいまでも正しいと思っているんですよ。

　ただ、そのときに私たち若い連中が反駁したのはどこか。いろいろな反駁があったが、一つ、積極的な反駁は、〈感性の質〉の問題が大事だということです。原子も私も。感性の問題ではあるんだけれど、感性と言ったのでは何でもいいということだ。犬がおしっこをしてもいい。猫がニャーと言ってもいいことになる。だから、何でもいい感性というのではだめだ。感性がどういう考えで支えられているか。この感性の質の問題だと、質ということをはっきり私たちは言ったわけです。

　この質が、問いただされないと、戦後のいまの状況のなかで書いたものが意味を成さなくなる。ただ、そこに橋がありますと言っただけでは、これも社会性かもしれんけれど、この橋が架かることによって人々が楽になりましたというところまで思想があって、それで橋がありますというふうに言われたときは表現が内容をもつのであって、その質を問わない感性なんてなんの意味もないと言ったのでした。そのことはちゃんと赤城が書いてます。

その「感性の質」と言ったときに、私は自分で責任を感じたのです。それは、俳句ではどういうふうにそれを書くのかという問題が残るじゃないですか。

これは大野林火からも言われましてね。「君、感性の質が大事だと言っていたけれど、いったい俳句でそれをどういうふうに表すんだい」と聞かれたことがあるんです。私もそれは大事だなとそのとき思った。いまだったら、「いや、書いたものでわかればいいので、何も方法なんか要らないんですよ」と言ったと思うんだけれど、そのときはまじめに受け止めた。

それでまず、どう書けばいいかという問題にこたえていかないといけない。その第一歩として、感性の質とはどういうことかと、具体的に俳句を吟味しておかないといかんということで、山口誓子の〈夏の河赤き鉄鎖のはし浸る〉という有名な俳句を取り上げて、これには思想がないと言ったわけです。つまり非常に優れた感覚はあるが、思想の質が鈍い。強いていえば虚無感だ、という論評をしたのはそれなんです。それが私の「造型論」の始まりだったのです。

それに対して、忘れもしない、西東三鬼が「その句に思想がないと言うことは、金子に睾丸（こうがん）がないということと同じだ。そんな暴論を吐いちゃいかん。これにはニヒリズムという思想があるんだ」と言ったのを覚えています。それはたしかにそうなんでしょうけれど、どうもしかし、ちょっとニヒリズムというのもこじつけですね、いまから思えば。「（誓子は）冷たい」ということ、それがあんがいニヒリズムという言葉を呼んでいたのかもしれません。

「創る自分」を設定してゆく

そこから私がさらに考えましたのは、受け止めたものをすぐ書く、感覚したものを書くという直接法の書き方では質までは書ききれん場合が多いだろう。そうなれば質までも書き込んでいくということをやる自分がいなくちゃいかん。それは、他者としての自分、創作する自分、創る主体としての自分というか、そういうものを別に設ける必要があるんじゃないか。だから、何か感覚し、思ったときに、それを消化しながら映像にまとめていくということ、平ったく言えば映像で俳句を作るという作業をやる。暗喩（あんゆ）たり得る映像ということですね。このためには「創る自分」というものを設けてやらないとできないんじゃないだろうか。

私は「造型俳句論」でもそのことを基本に置いて書きました。それまでの草田男や楸邨の俳句というのは直接反応だ。感覚したものをパッと書く、思ったことをスッと書くということでやってこられたが、そうじゃなくて、いっぺん「創る自分」が受け止めて、それを映像にまで構築して、暗喩をもとめて書くという状態にならなきゃいけないんじゃないかというので、私は「創る自分」というのを設定したのです。

それが当時、問題になりまして、国文学者栗山理一は、この設定が非常に大事である、ここに現代俳句の芽が見えてきたというようなことをちょっと書いておられて、『俳諧史』のなかでも最後に私のことを書いてくださった。しかし、私のことを書いたためにあれが文部大臣賞だか奨励賞だかにならなかったんだそうです（笑）。氏が私に冗談を込めて、「これで賞を外しちゃったよ」と苦笑いしていたのを覚えています。

ところで、栗山理一は国文学者でいながら現代俳句に対して非常に積極的な姿勢をとった方で、ああいう方がいないといけませんね。現代だと復本一郎ぐらいしか見えてこないんです。ほかの国文学の先生方ももっと現代俳句に対して発言してもらいたい。現代俳句に関心がないのか、無理をして無視をしようとしているのか、どうもわからない。異端邪説という感じで見ている目がありますな。これははっきり申し上げたいな。栗山という人を失ったことは大きい。

それから、俳句の世界に有季定型客観写生派、有季定型主観派、そして自己表現派があって、自己表現派のなかに私も入るという区分けをしているのですが、その主観派の連中、飯田龍太とか森澄雄といった人でも、あるていど「創る自分」の設定には関心をもっていたのではないかな。むろん私の勝手な推量だけれどね。でも、鷹羽狩行が「創る自分」なんてこのごろ言っているからね。そのうちに特許使用料をいただこうと思っています。

角川書店で作った『俳文学大辞典』のなかにも、このことがちゃんと記録として残されています。その後の私の「造型論」はほとんどネグられちゃったけれど、「創る自分」の設定だけはちゃんと書き留めてくださっている。

この「造型俳句六章」は『俳句』に六か月書いたものでして、当時の塚崎良雄編集長がすすめてくれました。塚崎はそういう点、非常に寛容で、当時のいわゆる前衛というものに対して大きく手を広げて、どんどんやらせてくれた人です。これは一回分として二十枚ぐらいは楽に書いていると思います。「であります」調で書いたから、はずみでうんと書けました。そのときに根源論などの勉強もしたんです。そんなことで私の「造型俳句論」ができあがっていくわけです。

そのプロセスについては草田男は何もかかわりありません。草田男がかかわってくるのは「造型俳句論」のところです。その「造型俳句論」が当時、わりあいに私たちの世代の自己表現指向の人たちから歓迎されたというか、彼らが肯定的に参考にしてくれたということでしょうか。それで受け入れられて、ある種の影響力を持ったということでしょうか。

「前衛」と称される俳句作品群の形成

そういうかたちでいわゆる「前衛」と称される俳句の一角ができてくるわけです。当時のレッテルでいけば前衛社会派の作品群がそこで形成されてくるわけです。

そして、いま一つ、前衛芸術派と言われた派がありまして、それは社会派と並立するかたちであったのですが、その芸術派の中心が高柳重信です。

たとえば、先輩では、富沢赤黄男、高屋窓秋、渡辺白泉、女性で三橋鷹女がそれに入るようです。高柳は鷹女が母で、赤黄男が父だと言ってますね。それから三橋敏雄や中村苑子。若手で私の記憶にあるのは寺田澄史で、あの人の句が妙に印象に残ってます。それから、いま群馬の土屋文明記念館でよい仕事をしている林桂の句も。非常に不幸な病気で死んだ、東京新聞の記者の折笠美秋、ああいう人が私の頭にありますね。そのほか、高柳と非常に親しくしていた赤尾兜子や永田耕衣も入りますし、一時期の橋閒石も芸術派に入ります。

富沢赤黄男

社会派はあまりはっきりしないが、何となくというのは原子公平、鈴木六林男、佐藤鬼房、林田紀音夫、堀葦男、島津亮、東川紀志男、立岩利夫、稲葉直、八木三日女。広い意味では伊丹三樹彦も入るんじゃないかしら。桂信子はもうそのときは伝承派だ。津田清子も誓子についているわけだから少し違う。うーん、そういうところかなあ。

広い意味で、いまあげた芸術派の人たちは「俳句評論」系で、社会派はバラバラにやっていたわけです。高柳というのはなかなかそういう点が政略家だから、「六人の会」を作ったりした。これは新興俳句を経験した同世代ということですが、そのなかに林田、佐藤、鈴木、三橋、赤尾、自分を入れている。林田はあまりかかわらなかったけれど、六林男、鬼房のその後の社会派との接触はちょっと微妙でしたね。芸術派との関係ももちながら両方という感じですから、私とはちょっと違う歩みをしていると思います。そんなかたちでできあがっていったわけです。

そして、草田男が私への文章に書いている言葉によりますと「抽象と造型」という言い方をしています。だから、

「おまえさん方、俳句で抽象をやる、俳句で造型をやるといっている連中はどうもけしからん」という言い方になるわけです。

そういうふうに二つにまとめていますが、抽象というのは最後に赤尾兜子がこれをはっきり言っておりまして、だいたい芸術派を総称していると見ていいんじゃないでしょうか。それから、造型というのが社会派とかなりに重なっていると見ていいと思います。ただ、六林男や鬼房、林田たちは別でしょう。独自の考えでやっています。

現代俳句協会、俳人協会の分裂劇

草田男が私たちへの文章を最初に書いたのが一九六一年（昭和三十六年）十二月四日付の朝日新聞です。このとき草田男はもう朝日俳壇の選者をしていまして、私たちに対する、つまり当時の四十代になったばかりの連中の行動を総まとめにして批判の文章を書いたわけです。

なぜ書いたのかという理由ですが、ちょうど昭和三十六年の暮れに、私たちよりひと回り上の世代、草田男、三鬼たちの世代が現代俳句協会から分かれて俳人協会を作った。その年の、その行動よりちょっと早い時期です。ですから、一種の先触れみたいな文章を草田男が朝日新聞に書いたのです。

なぜ分裂したのか、なぜ草田男がその先触れみたいにそういう文章を書いたかという事情を言っておきましょう。それはこういうことでした。昭和三十五年（一九六〇年）に例の安保闘争があって、その後古典帰りの雰囲気が文化全般に出てきていたわけです。革新の連中のなかでも分裂が生じたりしまして古典帰りの動きがあった。たとえば安東次男が芭蕉に入るという、あの時期です。

私の友だちの村上一郎がそうです。かれは当時、評判の評論家で、小説、短歌も書いていたが、共産党を離れジョン・ロックから始めて、イギリスの古典経験論を追求し、北一輝をたいへんに称揚したりして、三島由紀夫に親近感を示していた。三島の自刃後、ずいぶん後のことになるが、自分も頸部を日本刀で斬って自殺している。

そんなふうに六〇年安保を契機に、いわゆる革新的な文学者がかなりに変わったんです。あの時期、たいへんにドラマティックな変化があったんです。それは俳壇にもいち早く影響してます。とくに、私たち四十代初期の世代、いわゆる前衛と言われた連中の行動や作品を快く思っていなかった私たちより上の世代、その人たちがその雰囲気をいち早く受け入れたということが言えますね。

この三十六年に現代俳句協会賞の選考委員会があったんです。石田波郷、三鬼、草田男、秋元不死男、それに私や石原八束も選考委員でした。私は能村登四郎と一緒に賞をもらっていたし、東京へ帰ってきていたから、選者になったわけだ。原子公平、沢木欣一など、私たちの世代と私より一つ上の世代のなかから選考委員がたくさん出ていたわけです。ただし、龍太君はいなかったし、森澄雄も入っていなかったですが。

　そのとき、私たちは赤尾兜子を推した。波郷や三鬼たちは石川桂郎を推した。そのとき、石川が新人かどうかでもめ

村上一郎と（昭和45年頃）

て、それですったもんだして、最後は場所を移して、やったのですが、一票差で新人に非ずと決まるのです。そのカギを握ったのが原子公平です。遅れて出席した原子の票が新人ではないというほうに入ったために非新人票が一票ふえた。原子はそれで憎まれてね。石川が新人ではないと決まることによって、事実上、赤尾に決まったということで、あとの手続きはつけたりです。したがって、石川の非新人が決まったときを協会分裂のときと見て差し支えないのです。

　なお、決定前が九対九の同票だったわけだが、これは加倉井秋をが石川非新人のほうに入れたためにそうなったので、当然加倉井は新人説だろうと見ていた人たちに憎まれてしまった。読みが逆になったわけだからね。加倉井という人はいい人で、われわれとも親しいわけだ。かれは年が上だからオレたちを弟みたいに思っている。沢木と一緒に「風」でやっていたわけだ。だけども三鬼たちとも親しい。彼は迷ったらしいんだ。ああいう人で建築家だから、俳句はどっちがいいかとかという考えじゃなくて、親しい人に、親しい人にと考え方が傾くんだな。赤尾も若い弟分みたいな連中が推しているんだから、そっちを推してやろうと、そうなっちゃって、石川を落とす方に向かってしまったんだね。それでとうとう最終的に赤尾兜子を出す結果に同調することになってしまった。その一票で同票、そして原子で逆転という次第です。

　そうだ、その前に八束が、秋元不死男が嫌いだったんだ

な、東京三が。不死男も八束が嫌いだった。八束が不死男に対してぶっきらぼうな発言をしたんです。そうしたら波郷が怒った。「先輩に対して何だーッ」と言ってハアハアやっていた。彼はもう体を壊してまして、息がゼイゼイしてました。そのころから何となく悲壮感があった。こっちは若いから手加減なんかしない。言いたいことを言うやね。そういうことがよけい気に入らなかったんでしょう。結果的に石川が脱落したとき波郷は「もうあなた方と私たちとは一緒にはやれん。ここで袂を分かつ」と言って去った。

そのときに三鬼はもう癌の宣告を受けていた。青い顔をして私たちの世代のところまでちょっとあいさつに来て、波郷たちと一緒に引き揚げて行ったのを覚えてますよ。これが分裂劇の幕開けです。非常にドラマティックな瞬間でした。

その後で分裂があって、俳人協会が三十七年に発足するわけです。実際には三十六年十一月です。分裂といっても、現代俳句協会を作った人たちが、もう時世が変わったと言って出ちゃったわけで、その裏には角川源義がパトロンみたいなかたちでいて、それで有季定型というスローガンを掲げる俳人協会を作ったんです。

ところが、現代俳句協会はみんな自由に集まっていて、自由にものを言う世界だ。というのは、三鬼たちが創設時にそういうかたちを決めているわけだから、それをそのまま継承して現在に来ているということですが、だから現代俳句協会はスローガンがない。強いて聞かれれば「俳諧自由」です。しかし、あのときの三人、波郷、三鬼、不死男はみんな死んでしまったなあ。

草田男説批判の文章を書く

その直前の十二月四日付の朝日新聞に、草田男がわれわれを批判する文章を書いたのです。題は「俳壇時評」でした。そこで、八束と原子公平と私と三人で一緒になって朝日新聞に乗り込んだ。そして、「責任者に会いたい」と言ったところ、俳壇担当の門馬さんという人が、これは風格のある人でしたね、のこのこ出てきた。もう年配で、嘱託だったんじゃないかな。若造が三人、何しに来たというような調子で、傲然としているんだ。言いたいことがあるのか、というわけだ。八束とオレでキャッキャキャッキャ言った。そうしたら、「それだけ文句があるのなら、一遍、書いてごらん。この三人のうちのだれだ、書くのは」ときたから、こっちは肝を抜かれちゃってね（笑）。それからオレは門馬大人が好きになったよ。いまでもずっと好きだな。

それで、「誰が書くか」「金子君、書いてくれ」というので、オレが書くことになった。それが昭和三十六年（一九六一）十二月十九日付の朝日新聞に掲載された「現代俳句―中村草田男説批判」です。これは短い、新聞の文章です。だから、まず始まったのが朝日新聞紙上です。

要旨は、一、現代俳句協会への「中傷」については協会が答えるとした上で、季題を俳句の「内的条件」とする草田男説に対して「便法」なり、としたこと。二、「新風」は「第二の月並」、「なぞ解きあそび」としたことに対し、草田男句をあげてこれぞ月並と反論したこと。

そのあと、『俳句』の当時の塚崎編集長が、翌年の昭和三十七年一月号の『俳句』に書けと言ってきた。だから、十二月十九日の朝日新聞の文章を読んですぐ、私に書けと言ってきたんじゃないかな。私はせかされて、ずいぶん短時日で書かされたのを覚えているんだ。あのころはこっちも若かったからタッタカタッタカと草田男への手紙を書いたんだ。

せかされたということがわかるのは、それに対する私への手紙で、草田男が「何たるディレッタントだ」ということをまず書いていますが、そんな感じを持たせるように、私の文章、ちょっと解説的で薄っぺらだったね、いま読み返してみると。その次の反論のほうがコクがある。だから、これはそうとうせかされた手紙だったと思うな。もう時間がない、ともかく書けということだった。

また塚崎という人が強引な人でね。一日二日で書けと言うんだよ。当時、こっちも若いし、書きたくて書きたくてしようがない。『俳句』に載るってのはたいへんな喜びだったから、書きましょうというので書いた。私はその年の四月に「海程」を創刊しているんですが、四十二歳だった。もう元気、元気。余っちゃってってしようがない（笑）。あのころはわれながらいろいろなことをよくやってますね。

さて、そのときに私の書いた文章の論旨と、それに対する草田男の批判と両方を一緒にして、どういうことが論点になったかということを申し上げましょう。『草田男全集』の巻九に収録されているんです。「現代俳句の問題——往復書簡」、三三九ページだ（と言いながら『草田男全集』を開く）。

アレッ？　昭和三十七年一月号にオレの文章に対する反論が載っている。オレが書いたのが一月号だが、その反論が同じ号の一月号に出ているってわけだ。じゃ、オレの書いた文章をすぐ草田男に回して書かせたのかなあ。同時掲載だ。つまり、これは同時に載せたからインパクトがあったんでしょうな。

ともかく草田男のそれに対してすぐまた、私は反論を書いた。それが同年の三月号だ。こちらのほうが少しまとまって書いているが、草田男からの返事がないからこれで打ち切りになったんです。

「抽象や造型は悪しき主知主義だ」と草田男が批判

その論旨は、絞りますと、まず前衛という言葉の受け取り方が草田男と私と違っていたということです。両方とも前衛のモデルを第一次大戦後のフランス中心のアバンギャルドの運動に置いているわけですが、草田男は、既成文学、絵画が中心だが、それの危機意識に立って、技術破壊をする、そういう意気込みで立ち上がったのがアバンギャルドだ、前衛だ。おまえらはそれぐらいの覚悟があるか。俳句の技術破壊をして、その危機を解消する、それだけの覚悟があるのか。これをやる以上はそんなにいつまでも生きながらえるという考えじゃだめだ。そこで玉砕するくらいの気持ちじゃなきゃならんと、「玉砕」という言葉は使ってないが、趣旨としてはそういうことを書いた。

それに対して私は「一定の流派を指すのではなく、精神の状態について言われる」という当時の平凡社『国民百科事典』のアバンギャルドについての解説をあげて反論した。その「精神の状態」というものが日本の俳句の前衛の、当時、いろいろなジャンルで前衛と言われるものが出ていますが、ほぼ共通して言えることであって、危機意識をもって技術破壊を行うなんて、そんなラディカルなものじゃないんだ。まあ、強いて言えば兵隊さんのなかの最前列、隊の先頭というくらいのことであるという反論をした。この言い方は沢木欣一もしていました。これが一つのポイントでしたね。

それと、これはいちばん草田男説の中心になるんだけれど、さっき申し上げたように、草田男は、抽象、造型などというのは悪しきモダニズムである、欧米的近代主義に毒されている考え方であって、単純に言えば頭で表現を行うという、そういう考え方だ。悪しき主知主義である、というわけだね。それに対して、オレは違う、と草田男は言うのです。オレは俳句形式、定型形式と季題との総合である俳句性というものを徹底的に深めていく、これと取り組んでいくという姿勢であって、そういうところからしか本当の俳句は生まれてこないということをおまえらはわかってない、もっと勉強せいと、非常に単純化して言えば、そういうことでしたね。

繰り返せば、前衛と言われているおまえらのやっていることは抽象と造型という言葉で言われているが、これは言葉だけのことで悪しき主知主義である。欧米近代主義の表面的な受け入れに過ぎない。日本特有のこの詩では、そんなものからは何も出てこない。結局、おまえらの知的遊戯に終わるであろう。

それに対して、これから本当の俳句を考えて一生懸命やるんなら、俳句性を考えろ。俳句性とは何かというと、最短定型と季題との結合、融合からできあがっている世界であって、これを徹底的に掘り下げていって、草田男流の言い方をすれば、これと血みどろの格闘をして融合していくというふうなところからしか生まれてこないぞ。オレはそれをやってきている、おまえらはろくに季題も知りもせん、ろくに本も読んでおらん、何も知りもせんで抽象だ造型だと偉そうなことを言うが、そんなものからは何も出てこんぞ。伝統詩歌の世界はそんな単純なものじゃないぞと、それを言っているわけです。

　それを何遍も何遍も繰り返してまして、私からすると過度の強調を感じましたね。

　それと、そのなかでちょっと落とし穴があって、それが

中村草田男（右）と西東三鬼（昭和26年・松山にて）

晩年の草田男さんに結びつくんじゃないかといまになると思えるのは、五七五の最短定型というのは小さな小さなもので、こんなものじゃ何もできやしないんだと言うんですよ。自分でそう書いている。季題があるからこの小さな定型形式は生きるんだ、と。

　私などの認識だと、これも学生のころ草田男居に出沢珊太郎といくどか行ったとき、草田男が私たちに言ったのをいまでも覚えています。「金子君、季題は手段だよ。私は歳時記のなかの季題を一つか二つ引っ捕まえて散歩に出て二時間もすると、この季題を手掛かりにいくらでも句ができる。いいもんだよ」と言ったのを覚えているんです。だから、草田男にとっちゃ季題は手段だと思っていたんだ、題材の一つと。それがこの文章になったら、まるで季題宗なんだな（笑）。

　予想外のところに彼は深入りしすぎたんじゃないのかな。こんなに季題を強調するなんてオレも滑稽（こっけい）な感じがしたんだよ。勢いあまって、草田男は、次のように文章を結んでいたんです。

「私は決して守旧派ではなくて、強いていえばまさに〈守胎派〉とでもいうべきものに属する」

「そのもの自身が〈生きもの〉であって、永久に〈生きもの〉としての俳句をうみつづけてゆく伝統の〈母胎〉。それを私は終生を賭けて護りつづけてゆくでありましょう。さようなら」

私はこれへの反論で、「あんたは守胎派だといっているけれど、私は醜態派だと思う」と書いている（笑）。まあ、大先輩に向かってこんなことを書いたのは当時の私の若気の至りですよね。

それというのも彼があまりに季題を強調したから。そして、形式を軽んじているんです。桑原武夫への反論では、むしろ韻律を大事にしよう大事にしようと言っているわけでしょう。それがここでは、五七五なんてそう大したことはできない。そして、季題との融合でこの詩型は生きているんだという言い方になるからね。私はちょっとそこに矛盾を感じていたことは事実だ。

草田男の最晩年の『美田』以降の作品は全体に長目になったでしょう。定型形式だってリズムだって。草田男さんのお弟子さんのなかでも先生の晩年の句は品が悪くなったと言う人もいるくらいです。それは草田男のなかに何かやはり……。われわれに対する反論のなかから季題宗的なものがくっついちゃったのかもしれないな。宗教的な季題だ。そして一方では、その分形式を軽んじるというか、軽く見るという気分になったんじゃないかなあ。それが晩年に影響しているんじゃないか

と、いまにして思えてならんがなあ。

ま、そんなことが中心でした。

「何たるディレッタント」——草田男の指摘

東京新聞の時評のなかで山本健吉が「きみたちは季を無視しているが、季というのは一つの貴重な経験なんだということを忘れているんじゃないか。頭を冷やして出直せ」といった調子の、やや威圧的、揶揄的な文章を書いているんですが、草田男はそれを引用しているのです。

それがあったので私が思ったのですが、山本健吉は草田男ほどに、つまり季題教とでも言えるような、そういう体を張った俳句性という考え方にまでは行きついていなかったのではないかな。山本健吉はやはり評論家です。その違いがこのこと一つでもわかる感じがありました。

それと、これはいかにも草田男らしいんですが、草田男がわれわれに対して「同調者」という口汚い言い方をしているんです。古きを守ろう、有季定型を守ろうとする連中のなかに「情勢万能派」というのがいて、そいつらが仲間意識でこういう前衛たちをちやほやしている。これがいけない。これが彼らを付け上がらせているという言い方をして、情勢万能派ということを盛んに言うんです。

これは草田男らしいんだ。あの人がよく、俳壇雀から、自分が俳句界を主導していこうと思っているんじゃないかと言われた理由は、こういうところにあるのであって、情勢万

能派なんて指摘してカアカア騒ぐなんておかしいでしょう。「守旧派のなかの情勢万能派が前衛派を付け上がらせているんだ」という言い方。これはちょっと見苦しかったですね。私はそれを指摘して、おかしいんじゃないかと言っておきました。

その三つです。

だけど、中心は何といっても俳句性です。とくに季題への熱狂的な支持。これが特徴でした。

第一回目の同時掲載の私の文章に対して、草田男が「何たるディレッタントだ」と冒頭に書いていますが、草田男からそう言われるように、私のそのときの文章は一種の専門俳人の心意気というふうなもので書くのではなくて、かなりに解説的でしたね。問題提示的でありまして、その問題を熱っぽく相手にぶつけていくという文章じゃない。これはやはり急いだせいじゃないかな。そういう点では草田男の「何たるディレッタント」という指摘は当たっていると思います。

その分だけ逆に、草田男の反論はいかにも詩人のものだという感じがしました。非常に熱っぽい。くどいほど熱っぽい。宗教的雰囲気すら感じる。そういうものでした。それをいま改めて読み直して感じております。

そのこともあって、私の次の反論の文章は多少表現者らしいものであったと思っていますが、そんなことはどうでもいい。

その後、草田男のお嬢さんの弓子さんから「父親はこういう文章を書くとき、熱を込めて書くから、あと、たいへん疲れていた」ということを聞かされたんです。私は、そのときはお嬢さんの言われたことがよくわからなかったのですが、論争をいま読み直してみてよくわかりました。

草田男は本当に詩人らしい打ち込みでものを書く人だ、あるいは語る人だということでしょうね。だから、一つ書いたら、それだけで疲れてしまうというのもよくわかって、なるほどなあと思いました。だから、からかって言えば、よほどお疲れだったんでしょうが、こっちは若気の至りで、あなたの欠点をつかまえてくすぐってやろうと思っていたんですよ、ということになるが、とても言えませんわい。

始原の姿をとらえよ

いい機会なので、今回、ずっと当時の草田男のものを読み返してみたのです。そうしたら、草田男が、抽象や造型というのを悪しき主知主義であると言い、近代主義の悪いあらわれ方である、悪しきモダニズムであるという、その言い方がかなりに感情的であって、さっきも申し上げた「第二芸術」に対して桑原武夫を教授病だなんて罵(ののし)った、あの激情の発言が、あれ以来、一貫して変わらないのですわ。その姿にさらに私が感心したのは、例の「天狼」の根源論に対しても同じなんです。戦後の社会性論と根源論と二つの大きな論議があったが、その根源論に対しても草田男の姿勢が同じなんです。

草田男の文章から知って、いま自分の言葉のようにして使っている言葉があるのですが、ドイツ語で「ウル（原）」と言いますね。草田男に「原馬（ウルプフェルト）」というゲーテの言葉を借用した、いい文章があるんです。昭和二十五年一月号の「萬緑」に書いたものです。

原馬とゲーテが言っているのはアテネのアクロポリスのパルテノン神殿の東方破風の彫刻のなかにある馬の頸部です。いま大英博物館にある。ゲーテはその馬の頸部を見て、「この馬は、如何なる現実界の馬よりも馬らしい。如何なる馬よりも馬なのだ」というふうに受け取った。そして「馬の絵はたくさんあり馬の彫刻はたくさんある。われわれの日常での馬の認識はある。あるが、そんなものは馬じゃない。アテネ神殿にある、この馬、これこそまさに馬そのもの、つまりウルプフェルト（原馬）である」という。

これを草田男はさらに引き伸ばして、一つのものを徹底的に見ていくと、それの原姿、原始の姿が見えてくる。それをとらえなければいかん。「ホトトギス」の客観写生はあらかたがだめだが、本当に徹底していくなら原姿を獲ち取るということでなければならない、と彼は書いているのです。

ところが根源論を見ると、頭の中で根源ということを考えていて、ものを見定めていって原姿を獲ち取るという意味の根源ということをちっとも考えてないじゃないか。そんな根源論は観念であって、これも悪しき主知主義であると、こう言っているんです。だから、これは私たちに対する論法と同じです。

実は私はエロスの原（もと）ということを言うんです。「ウルエロス」って。それはどうもこの「原馬」が頭にあったんだな。ゲーテは「原植物（ウルプランツ）」なんて言葉もシラーの問いかけに答えて使ってますね。植物の原（もと）があると言うんだ。「根元現象」という言い方を草田男はしています。そういうのはものを徹底的に見ていけば掌握出来ると、こういうことですね。

そして、草田男は俳句性なんて言ったけれど、私は俳句性なんて言わないで最短定型と言っている。この最短定型と取り組んで、徹底的に自家薬籠（やくろう）中のものにしていくという姿勢をとっているわけだが、これは草田男が俳句性について語った語り口への共感と重なります。草田男が感銘した「ウル」に私も感応しているのです。

私はいま「産土（うぶすな）」ということを言っている。自分の生まれた原郷、山河、自然、天地。それへの傾倒ですね。全力をあげてそのなかへのめり込む。その始原への姿勢、そこから湧く想念をつかみ取って、その想念のなかで俳句を作る。そういう自分の姿勢は、草田男の俳句性への姿勢と十分に似ていることに気づきました。徹底的に相手にもぐり込む。相手の根っこを見ていく。霊ということを言うのもそこなんです。

当時、私は若くて気づかなかったけれど、こんなに草田男が純粋に打ち込んで俳句を作っていたことに驚くね。客観写生についても「ホトトギス」のなかでそんなところまで考えている人はほとんどいないんじゃないですか。

さらに、草田男が主宰誌の「萬緑」を出してから、昭和二十七年十二月から二十八年五月号まで六回にわたって書いた「ホフマン物語とピノキオ」という文章があります。これは孝橋謙二と論争になったものです。これも結局、草田男の近代芸術批判なんです。それに対して孝橋が嚙みつくわけです。

ご承知のように、もともと「ホフマン物語」という物語があって、それが歌劇になって、そこからさらにバレエが出てくるわけだ。草田男はそのバレエを見たらしいが、その経緯は彼は知らないらしい。そのバレエがどうも踊って踊って踊り抜いていくという流動感から出てくる興奮を失っていて、ただ、技術的にどう踊るかという技術的、主知的なはからいで「ホフマン物語」というバレエが組まれている。これではだめだ。総体としてのメロディというものがないという批評をしてます。これはいかにも「天狼」の根源俳句とか前衛とか言われる俳句と似ていると、そういう言い方です。

その文章のなかで彼が言ったおもしろい言葉がある。「自己と存在全般の全的生命の出会いの場、それがすべての詩人の出発点でなければならないはずだ」というのです。

草田男は、踊りに踊って流動感を出して、それがメロディを醸し出すというふうなものでなければならないはずだ、本当の芸術は。バレエをとってみてもね。ところがそうじゃなくて、リズムの細かな刻みだけであって、それがきわめて主知的な知的なはからいで作られた刻みであって、メロディにまで至っていないという言い方をします。

それに対して孝橋は、リズムとメロディなんて分けるのはおかしい。リズムが音楽で、リズムがすなわちメロディだと言う。だから、草田男、おまえは音楽理論を知らない。そこから来るおまえの俳句批判もおかしいのであって、主知的な、つまりリズムだけで作られているような俳句が多いと言っているけれど、リズムで作られているということが大事なんだ。それを主知的だの技術的だのと言うのはおかしい。俳句全体のメロディなんてことよりもリズムが完璧であればそれでいいという、そんな反論ですよ。そして新興俳句から前衛芸術派の弁護をやっているわけです。

ま、それは大したことじゃないけれど、要するに草田男の言っていることは一貫している、そして、われわれの批判にやって来る。そういうことでして、草田男というのはそういう点が偉いと思います。終生をそれで貫いたんじゃないですか。

ただ一つ、欠点といえば、さっきの最短定型に対してあまり厳格でなくなっていったんじゃないかという懸念です。それが晩年にきて自分のリズムを長いものにしてしまって、お弟子さんに言わせると品のないものにしてしまう結果になったということ。しかし、基本姿勢はみごとなものだと思います。賛成できます。

しかし、晩年とくに預言者のようなものになって、ご託宣をのべだして、人を指導するという姿勢に傾いたことは全く賛成できません。それがなかったらよかった。だけど、これほど熱狂的に一つの詩形式の本質と取り組もうとする人は預言者になっていくものなのかもしれないね。そういう感じもあります。

わが師楸邨と草田男の違い

わが師楸邨と比べてよく思うんだけれど、楸邨はそういう点、預言者的熱中じゃないですね。あの人も非常に熱心だけれど、自分のものをどう書くかということにひどく執着していたわけで、俳句形式ととことん裸になって取り組んでいくという姿勢じゃないですね。自分のものをどう俳句に書くかという姿勢です。俳句性と一緒になることはしない。だから晩年は骨董品なんかも覚えたり安東次男と連句で遊んだりしているうちに、だんだん自分の俳句もいい意味の趣味性を帯びてきてそれだけ一般性をもってきて、みんなから愛好された。その違いが出てくるんじゃないかな。

草田男は俳句との取り組みということにひどく霊的なエネルギーを発揮していった。だから、自分のものをもっと普通に出すという考え方がないんじゃないかな。そこがちょっと違うと思うんですよ。有季俳句護持でなく、自分を書いていくという楸邨みたいないわばもっと自己中心的な姿勢がとれていれば、また変わっていったのでしょうね。

楸邨は俳句より何より自分というものを攻めているわけでしょう。草田男は俳句の本質を攻めてそれと一体化しようとしている。皮肉なことに、草田男はアルチザン、芸術技術者の面を持つようになり、楸邨は徹底してアーチストになった。どっちもアーチストなのにね。だから、不思議な成り行きだと思うな。

楸邨は自分に執するが、草田男は俳句に執している。自分の状態については天性の感性が敏感に感受していたが、自分を攻めるといった執し方はしないで、ありのままだったと思う。ともかく俳句と自分との融合関係にこだわっていた。だから、俳句の世界に自分の気に入らないものがあらわれれば、えらいむきになって番犬のように飛びかかってくる。楸邨はそんなこと全然しない。放ったらかしている。その違いだと思う。

現代俳句協会が分裂したとき、楸邨が一度、波郷その他みな自分たちの同世代だからというので一緒に俳人協会に入ったんです。そうしたら、そこでわれわれ世代のこと、金子とか沢木たち、つまり自分の弟子たちのことを含めて盛んに非難していた。それを聞いて、自分の弟子が非難されたんじゃ自分はそういう協会におれんといって現代俳句協会に戻ってきたんです。それで終生、現代俳句協会にいてくれた。そういうことでした。そのことは、一度俳人協会に顔を出して、また現俳協に戻ってきた中島斌雄（なかじまたけお）の場合とは違うのです。

しかし、楸邨という人はどうも私には髪の毛一本くらい間を置いていた感じがあるんだ。うわーっと抱くという感じはなかったな。何か一本あるなという感じがあったんだ。だから、本当の意味でオレに対しては親しくなかったんじゃないかな。

日本銀行神戸支店時代
（昭和31年・大阪にて）

だけど、こいつは悪いやつではない、オレにとって役に立つことをしているという印象はいつもあったんじゃないかな。だから、朝日俳壇で一緒に選句をするようになってから、いろいろご相談も受けて、頼りにしていただいたけれど、それまではあまり、この先生はオレを頼りにしているという感じはなかったな、うん。

というのも、これは私が俳句という世界を見るときにひとつ、参考になっているんですけれど、楸邨は国文学の人でしょう。沢木もそうでしょう。原子は仏文、私が経済、森澄雄が経済でしょう。やはり違うんじゃないですかね、やっていた世界が。そうすると、どうしても軽い疎隔感が出るんじゃないかね。これはもうしようがないですね。

この俳句の世界では何とかいっても国文的雰囲気が根っ子にある。だから、国学院や各学校の国文学出の人が俳句の世界じゃ多いし、仕事もしているわけでしょう。そういう雰囲気があるんじゃないですかねえ。つまり、やや保守的な国文的雰囲気。これが俳句の世界じゃ根っ子の雰囲気ではないですか。

だから、草田男に対してみんなが何とかいう面、乗りきらん面があると言うのは、晩年だけの問題じゃなくて、あの人は独文の教養があること。卒業は国文学だけれど、その前が独文だったし、ニーチェだから。それがあの人の匂いになって出ていて、本当の意味で親しめないというところがあるんじゃないかしら。そんなふうなことも感じますね。もっとも草田男には国文学の雰囲気もしっかり浸み込んでいて、日・独渾融の文芸体質が、私などには魅力でもあり、こわさでもあったんですがね。それはともかく、欧米の雰囲気というやつは、俳句ではまだまだ異質ですよ。

　もし、欧米的雰囲気が、国文的和風と融け合いながら、十分に受容されるような俳句の世界になったら、これは大変質ですね。そして、金子兜太なんて芭蕉になるでしょう（笑）。第一芭蕉が草田男、第二芭蕉が金子兜太ということになりかねないやね。それはあと二百年後か三百年後かわからんが。俳人がいやでも、そういう守旧の国文的雰囲気というものから離れていく、あるいはそれが雰囲気をずいぶん薄めていったときです。それはときどき思います。文芸のもつ伝統体質と現文化状況との、いわばたたかいですね。

　いろいろ偉そうなことを言ってもだめなんですよ。この基本の、まあ美意識と申しましょうか、これが動かないかぎりは大勢は変わらない。草田男に対して乗らん気持ちがあるとすればそれですよ。私はよくわかります。国文的体質がずいぶんあるにもかかわらず、あの人をバタ臭く受け取る人のほうが多いはずです、今でも。とくに晩年はバタ臭い。宗教といってもキリスト教で、しかも、ヨハネのように預言者みたいになっちまいますでしょ。俳句救済者の面貌ですよ。ああいうところが、さっき言った草田男の純粋さでもあるんだけれど。

　変なことを喋ってしまったが、とにかく草田男と楸邨という二人の先輩俳人に接することが出来、その俳句をしゃぶることが出来たのは、私にとっては大収穫だったのです。作品は草田男が好きです。それには、日本があり、バタ臭さがある。その味の複雑さの魅力があります。若いときは、よけいにバタ臭さが嬉しかった。

　楸邨は日本の味で、晩年は預言者にならず、仏のようになっていった。草田男のように、一人屹立して俳句救済の預言を語ることをしないで、一人の柔和な日常を生きることをこととしていた。私は、その俳句にはひと味足りない飽き足りなさを初めから覚えながら、その人間の有り態に親しむことができた、ということです。

虚子を踏まえて虚子を出た草田男の中期の句集

　ところで、赤城さかえの言葉としておもしろかったのですが、赤城さかえが死んだのは昭和四十二年ですから、それまでの草田男しか見ていないのですが、赤城さかえはご承知のように中村草田男を多とした人です。彼の『草田男の犬』の論争では、草田男のもつリアリズム（現実主義）とシンボリズム（象徴主義）の融合、これを学ぶべきであって、俳句のあるべき姿はこれであると言って、〈壮行や深雪に犬のみ腰をおとし〉をあげています。それが彼の所属する共産党の人たちからたいへんな反撃を食って、象徴主義なんてことを言うのは反動であるとやっつけられたわけです。

左より兜太、堀葦男、桜井博道、久保田月鈴子、加藤知世子、森澄雄、間野郁史（昭和42年）

その赤城さかえがこういうことを言っているんです。「草田男というのは、虚子（きょし）の弟子である。そして、虚子の有季定型客観写生を学んで育った人だが、ついには客観写生の枠を越えて、有季定型リアリズムというものを作り上げた人だ。さらに象徴性までも加味した。そして、自分の俳句を作った」と。

これは非常にいい指摘だと思うし、私が俳句を作るときに現在ただいま役に立つのは、虚子が作ってくれた、少なくとも有季定型客観写生の世界、花鳥諷詠（えいふう）までは言わないが、これはいやでも応でも一つの下敷きだよ。どんな新しい時代性を言ったって、そうだ。ところが、大方の俳人はそのなかに入ってしまって、わずかに主観の灯をともす程度で終わってしまっている。

ところが草田男は、その主観の灯をともすどころじゃなくて、写生をリアリズムに切り替えていったということ。現実を主体的に深く書き取るというところまで草田男の俳句は行っている。ウルプフェルトまで睨（にら）んでいた。ここがわれわれの勉強すべき点だ。われわれもそこまで行けたら、ここに何か新しい美が獲得できるのではないか、新しい書き方が出てくるんじゃないかと思うのです。だから、草田男のプロセスは現代俳人にとっちゃ非常に参考になる。

ところが、赤城さかえが生きていた時代までの草田男はそれで来たけれど、その後ね、晩年にさっき言ったようなかたちで、季題の、私が見るところ過度信仰に陥り、俳句性だ、俳句の本質だということになっちゃって、さらに最晩年になると自分の情熱のままに俳句形式を伸ばしたり縮めたりするようなことにまでなってしまった。そういう逸脱が出て来た。これには、私たちの出現が大きな圧力になっていたことは事実だがね。桑原武夫でカッカし、私たちがのさばりはじめて(と草田男には映っていたのだ)、さらにカッカしたというわけだね。

だけど、その中間のところ、赤城さかえの言うことはオレにはよくわかるんだ。はじめから抽象だ、造型だなんて言って、新しい制作方法を自己表現の中心に持ち込むというかたちではなかなかいい俳句はできない。現実にわれわれ戦後派全部の仕事を見ても、虚子の有季定型客観写生に匹敵するような一つのかたちを作ってはいないんだ。金子兜太俳句だって、まだ一つのかたちにまでは到っていない。金子兜太にとっちゃかたちと思っているものも、俳壇的に見てかたちかどうかわからない。戦後俳句全体がまだかたちを作ってないと思うんですよ。自由という雰囲気は作ったけれどもね。だから、初心の人が俳句を作るときは、すぐ虚子の有季定型客観写生に来るわけですよ。ここを出発点にしてしまう。

だから、それを出発点としながら、客観写生というやり方をもっと次元の高いものにしていく。いわゆるリアリズムという世界にもっていく。そうすることによって、自己表現ということを実現していく道もあったわけで、草田男の中期の俳句はそれを実現していたんじゃないか。こう見るんですがね。

だから、いまわれわれが、楸邨の句は別として、草田男に絞って見れば、草田男の中期の『火の島』から『来し方行方』までの句は、いまの俳句の作り手にとって非常に勉強になる世界じゃないか。虚子を踏まえて、きちんと守りながら虚子を出た世界。この世界がいちばんオーソドックスな書き方じゃないか。現代的だ。私はそう思いますね。ま、私はここまで来ちゃったから自分の道を進みますがね。

実は私はいま、虚子を勉強しているのですが、私が虚子と違うと思っていることの一つは、私の場合は、大勢の人に自由に作ってもらう、指導しないということです。かくあるべしということを言いたくない、楸邨と同じように。虚子はけっこうご託宣が好きで、しかも上手で、かくあるべしの論が多いんじゃないですか。そこが違うんです。

そのことも含めて、私は虚子の保守性ということも考えているのですが、保守的なタイプの人は自分の考えたことをよしとして、すぐ人に持ち込む癖があるんじゃないですか。指導意識ですね。自分じゃそうは思ってないんだけれど、自分のもの以外に排除的であって、どうもほかは気に入らないといって自分を持ち込む。とくに少し新しく出て行こうなんてやつはけしからん、目障りだという気持ちになって、自分の考えで抑えていく。これは本能的にだけれど、あるのです。

たとえば「日常存問」という言い方がそれだ。私は「自然でおやりください」とまでは言うんだ、自分がそのつもりでいるから。だけども、「日常存問だよ、俳句は」なんて言ったときはご託宣に聞こえて、私は納得しない。そんなところまで言わんでいい。それは自分が会得することであって、虚子から言われて会得することではない。そういう考え方があります。

私は説教意識というのをむしろ憎む。いやなんです。自分の生い立ちから見ても、楸邨という先生を選んだことからも、自分の考え方を自分で固めるというのがすべてであって、それを人に持ち込む、オレの教えにしたがえという持ち込み方が最高によくないと思う。人に押しつけること、それから、人の考え方にすぐ随う姿勢をとること、その両方とも私は拒絶的です。自分で考えて、自分の世界を築く。これだけですべてだ。

私はいまは（俳句の）専門家だから、他人の句の鑑賞や添削をやる。やるけれど、一緒に楽しむということが私の基本なんです。楽しめる範囲でやる。だけど、虚子はそうじゃないでしょう。一緒に楽しむというよりは導くという考え方が強いと思う。その点、草田男がお弟子や他人の句を精力的に直すのは、虚子とは違うように思います。止むにやまれずやる、といった感じの情熱の行為が感じられて、虚子のような余裕がない。虚子は気軽に指導的なんで、何か知らぬが、保守体質の不気味さを感じるんだな。

一茶発見

私が前衛と言われていたとき、ひたすら自分だけを見て作っていたでしょう。伝達性というのを考えなかった。ところが、私の句が幸いに伝達性をある程度もてたのは、田舎ッぺだということだよ。だから、五七五にわりあい馴染んでいるわけだ。日本語の根本の土臭い韻律の世界とオレは生まれながらに馴染んできた。それが幸いした。『秩父音頭』の世界だ。だから、テメエじゃ勝手に作って、人なんかにわからなくてもいいと思って作っていても、ある程度以上に伝わっていた。これが当時のほかの前衛と違う点ではなかったかと思っています。私が俳句の世界で長生きできたのも、そのせいもあると思ってます。

だから、その点はいまでも大事に思ってますが、ただ意識的に、その伝達面をもっと豊富に取り入れなきゃいかんと思ったのが、一茶なんですよ。それも一茶のように、おのずからできないかん。意識的に、こうしたら伝わるだろうなんて、そんなのはだめだと思ったのです。俳句の本質である〈詩と衆〉のおのずからなる実現ということですな。

一茶にはいい句があるよ。〈けし提てケン嘩の中を通りけり〉なんて、おのずからできたんでしょうが、粋な感じで、庶民の味そのもので、とてもいい。おのずから伝達性のある世界、しかもおのずから中身のある世界。そして、国際性もある。いま、外国でいちばん親しまれているのは一茶です。R・H・ブライスが最も日本人的な俳人であると一茶のことを書いてます。生活派の日常句が土台だし、一茶の句作りの姿は非常に参考になるんです。

　私が一茶に出会ったのは四十代の終わりです。忘れもしません。河出書房のあとの新社が『日本の古典』二十五巻を出したんです。そのなかに小林一茶を入れたいというので、青木健という青年がやって来た。それがきっかけで勉強した。

父伊昔紅（右）の米寿祝賀会（昭和52年）

その最中の昭和四十五年十一月二十五日に三島由紀夫が自刃している。あれは非常にドラマティックな記憶でした。青木青年が興奮して跳び込んで来たことを覚えています。もちろん、学生のころから一茶には関心は十分あったのですが、実際、丁寧に調べたのはそのときです。

　そのころ、とくに私を刺激したのは、森澄雄と山本健吉、それと尾形仂（おがたつとむ）といった人たちが、一茶は品がないと言っていたことです。品とは何だ。ヒヒーンか。まさに原馬とは何かと尋ねたくなる。あれに腹が立ったんですよ。いまでも一茶の評価はまだまだ低いんじゃないですか。一茶研究ではいちばんしっかりしている、と私が思っている矢羽勝幸（やばかつゆき）が嘆いていたな。外国では一茶の評価は高いのにねえ。人間とその作品の見方が表面的で、妙に形式的なんだよ、日本では。とくに俳句では、と言おうか。

終生、草田男の句が好きだね

　あと、昭和四十年に出した『今日の俳句』のことにも触れたいが、止めます。戦後俳句のまとめのつもりでしたがね。ところで繰りかえしのひと言を。

　草田男が『火の島』から『来し方行方』あたりで見せてくれた、赤城流に言えば、象徴性に富む有季定型リアリズムの世界を大事にしながら、同時に草田男が情熱的に示した俳句との取り組みの姿勢。彼が彼なりの俳句性に示した姿勢。あの情熱を学びたい。

ただし、そのときにだね、わが師、楸邨のように自分を鍛えていく。あくまでも自己中心的に。つまり俳句などというものをどうするかではなくて、自分を鍛えていくという自己中心的な姿勢で情熱的に作っていきたい。まあ言ってみれば草田男と楸邨、この二人を合体するわけだ。

だから、草田男の継承とか何とかというよりも、自分に即して彼が一貫して考えていたウル（原のもの）を見極めていくという、その姿勢だ。

まったく別な言い方をすると、楸邨が自分を攻めて、攻めている自分の姿を俳句に書いていった。彼は俳句性がどうということよりも、自分の書きたい中身を考えていたね。そのことが私は大事だと思っているんです。だから、草田男のように俳句性と取り組んで、それをどうするかということ、そっちに傾きすぎないこと。これが一つです。

朝日俳壇の選者たちと。前列左から飴山實、兜太、後列左から稲畑汀子、川崎展宏（平成９年）

それから、自分を攻めている姿勢のなかで、草田男が徹底して、やや霊的な世界にまで入って、ものの原態を認めようとした努力、その姿勢を今度は自分を攻める姿勢のなかでつかんでいきたい。そこに私の場合では、産土というものが見えてきた。そういうことですね。

だから、青年時代に出会った二人の先生の総合と言ってもいいけれど。

というのは、楸邨先生の場合には、晩年、骨董趣味になったり猫を可愛がったりということに気楽になれるところがあって、ちょっと好々爺ふうだからね。同じ晩年になって、もう少し、奥のぎりぎりした句を作ってみたいとも思うんですよ。強いて言えば、奥がきつくて簡単な句をね。そう思っているんですよ。そこは草田男なんだな。だけど、草田男のような熱狂的な俳句性との取り組みはねえ。だいいち預言者はまっぴらおことわりだ。

金子光晴が死んだとき、お葬式に行ったら、斎場の隅のほうの椅子に頭を垂れて手帖を膝において、唸っているような感じの男がいるんです。草田男です。光晴に捧げる句が三句か四句できてますよ。そのときの草田男は美しかったな。

顔はシャルル・ボワイエそっくりだと言われていたんだが、全身の美しさがあったな。詩人です。すばらしい人でした。

草田男と私は十九歳違うんです。いま生きておられればちょうど九十八歳ですな。あの論争をやった昭和三十六、七年といえば、オレが四十二、三歳で、あの人が六十一、二だ。当時の文章を読むと、いまも喋ったように、けっこう長くて、熱を込めて書いてますね。書くのはたいへんだ。オレは草田男が好きで、彼も内心では私に好意的だったと思う。いま読み直してみてそうとう厳しいことを書いていますが、そのためだったと思う。

そんなわけで草田男とはとても縁が深い。オレが草田男の句が好きだということは終生、変わらないね。

おわりに

六十代に入った草田男、四十代になったばかりの兜太。どちらも表現者として体温が高い。情熱と知性、そのエネルギーは両者共に並みはずれたもの。ともかく草田男という作家が好きでたまらない兜太という作家の告白。貴重な記録である。

ずい分昔のことになる。先生が一茶研究に取り組まれ、確かな手応えをつかまれた頃、私はしばしば午前中の勤めをさぼって、朝日カルチャーセンター新宿の「金子講座」に出かけていた。先生の「一茶ノート」を手に取ってすみずみまで拝見させていただく機会に恵まれた。大学ノートのはじめから終わりまで、学習と研究、論考のデータとプロセスが克明に記されている。その緻密(ちみつ)さに圧倒され、先生五十代の情熱、古典への独自のわけ入り方に、信頼と畏敬を一層深めた。

黒田杏子

（インタビュー＝平成10年12月22日）

金子兜太自選五十句

蛾のまなこ赤光なれば海を恋う　『少年』（昭30刊）

富士を去る日焼けし腕の時計澄み　〃

曼珠沙華どれも腹出し秩父の子　〃

木曾のなあ木曾の炭馬並び糞(ま)る　〃

魚雷の丸胴蜥蜴這い廻りて去りぬ　〃

水脈の果(はて)炎天の墓碑を置きて去る　〃

朝日煙る手中(しゅちゅう)の蚕妻に示す　〃

暗闇の下山くちびるをぶ厚くし　〃

朝はじまる海へ突込む鷗の死　『金子兜太句集』（昭36刊）

銀行員等(ら)朝より螢光す烏賊のごとく　〃

彎曲し火傷(かしょう)し爆心地のマラソン　〃

華麗な墓原女陰あらわに村眠り　〃

粉屋が哭(な)く山を駈けおりてきた俺に　〃

黒い桜島折れた銃床海を走り　〃

果樹園がシャツ一枚の俺の孤島　『〃』

わが湖（うみ）あり日蔭真暗な虎があり　『〃』

どれも口美し晩夏のジャズ一団　『腕腕』（昭43刊）

霧の村石を投（ほう）らば父母散らん　『〃』

三日月がめそめそといる米の飯　『〃』

人体冷えて東北白い花盛り　『〃』

谷に鯉もみ合う夜の歓喜かな　『暗緑地誌』（昭40刊）

二十のテレビにスタートダッシュの黒人ばかり　『〃』

暗黒や関東平野に火事一つ　『〃』

海とどまりわれら流れてゆきしかな　『早春展墓』（昭49刊）

骨の鮭鴉もダケカンバも骨だ　『〃』

ぎらぎらの朝日子照らす自然かな　『狡童』（昭50刊）

日の夕べ天空を去る一狐かな　『〃』

わが世のあと百の月照る憂世かな　『〃』

霧に白鳥白鳥に霧というべきか　『旅次抄録』（昭52刊）

梅咲いて庭中に青鮫が来ている　『遊牧集』（昭56刊）

山国や空にただよう花火殻　『〃』

猪（しし）が来て空気を食べる春の峠　『〃』

抱けば熟れいて夭夭（ようよう）の桃肩に昴（すばる）　『詩經國風』（昭40刊）
夏の王駿馬三千頭と牝馬（めうま）　〃
主知的に透明に石鯛の肉め　〃
若狭乙女美（は）し美（は）しと鳴く冬の鳥　〃
牛蛙ぐわぐわ鳴くよぐわぐわ　『皆之』（昭61刊）
漓江（二句）
漓江どこまでも春の細道（ほそみち）を連れて　〃
大根の花に水牛の往き来　〃
夏の山国母いてわれを与太と言う　〃
冬眠の蝮のほかは寝息なし　〃

毛越寺飯（いい）に蠅くる嬉しさよ　『両神』（平7刊）
二階に漱石一階に子規秋の蜂　〃
存在や木菟に寄り添う木菟　〃
長生きの朧のなかの眼玉かな　〃
酒止めようかどの本能と遊ぼうか　〃
春落日しかし日暮を急がない　〃
梅雨の家老女を赤松が照らす　〃
ときに耕馬（モロッコ）を空に映して大地あり　〃
花合歓は粥（しゅく）花栗は飯（はん）のごとし　〃

金子兜太略年譜

大正8（一九一九）　九月二十三日、埼玉県に生まれる。父は俳人金子伊昔紅。

昭和12（一九三七）18　水戸高校文科乙類に入学。

昭和13（一九三八）19　一年先輩の出沢珊太郎の勧めで俳句を開始、句会に出席。全国学生俳句誌「成層圏」に参加。草田男、楸邨らの句に初めて会う。

昭和16（一九四一）22　「寒雷」に初投句。

昭和18（一九四三）24　東京帝大経済学部卒業。日本銀行に入行するも即退社。「寒雷」の合同句集『伐折羅』刊。

昭和19（一九四四）25　主計中尉に任官しトラック島赴任。

昭和21（一九四六）27　米軍捕虜となり、十一月帰国。

昭和22（一九四七）28　日本銀行に復職。塩谷皆子と結婚。沢木欣一の「風」に参加。

昭和30（一九五五）36　第一句集『少年』（風発行所）刊。

昭和31（一九五六）37　『少年』で現代俳句協会賞受賞。

昭和32（一九五七）38　朝日新聞阪神版俳句選者となる。

昭和36（一九六一）42　現代俳句協会分裂。中村草田男と論争。「造型」論を書く。第二句集『金子兜太句集』（風発行所）刊（平成8年、邑書林句集文庫に収録）。

昭和37（一九六二）43　同人誌「海程」を創刊。

昭和40（一九六五）46　『今日の俳句』（光文社）刊。

昭和43（一九六八）49　第三句集『蜿蜿』（三青社）刊。『俳句』十月号で金子兜太特集が組まれる。

昭和45（一九七〇）51　『定型の詩法』（海程社）刊。

昭和47（一九七二）53　評論集『定住漂泊』（春秋社）刊。第四句集『暗緑地誌』（牧羊社）刊。

昭和49（一九七四）55　日本銀行を定年退職。第五句集『早春展墓』（湯川書房）刊。

昭和50（一九七五）56　『金子兜太全句集』（立風書房）刊（未刊句集『生長』、第六句集『狡童』を含む）。

昭和52（一九七七）58　第七句集『旅次抄録』（構造社）刊。

昭和56（一九八一）62　第八句集『遊牧集』（蒼土舎）刊。

昭和57（一九八二）63　第九句集『猪羊集』（現代俳句協会）刊。

昭和58（一九八三）64　横山白虹死去により、現代俳句協会会長に就任。『一茶句集』（岩波書店）刊。

昭和60（一九八五）66　「海程」主宰となる。第十句集『詩經図風』（角川書店）刊。

昭和61（一九八六）67　朝日俳壇選者となる。第十一句集『皆之』（立風書房）刊。

昭和63（一九八八）69　紫綬褒章を受章。

平成1（一九八九）70　『現代俳句時記』（編著）刊。

平成4（一九九二）73　日中文化交流協会常任理事に就任。

平成5（一九九三）74　春陽堂俳句文庫『金子兜太』（春陽堂書店）刊。

平成7（一九九五）76　第十二句集『両神』（立風書房）刊。

平成8（一九九六）77　『両神』で詩歌文学館賞を受賞。

平成9（一九九七）78　NHK放送文化賞受賞。

平成13（二〇〇一）82　第一回現代俳句大賞受賞。第十三句集『東国抄』（花神社）刊。

平成30（二〇一八）98　二月二十日、死去。

第5章

成田千空（なりたせんくう）

はじめに

未完・非完の俳人、中村草田男と金子兜太についていきいきと愉快な証言をして下さった成田千空先生が五所川原から遠路上京されたのは四月十五日。東京は桜も散りはてて、初夏を想わせる陽気の日の午後であった。

「青森はね、雪降ってました。桜もまだまだですね。みちのくですね。私は口下手ですからね。うまくお話出来るかどうか。お役に立てるものかどうですか。まあ、ともかく何でも聞いてみて下さい。率直にお答えしますから……」

夕ごはんをご一緒させていただきながら、先生のお人柄に包まれて、私のほうから晩年の阿部なを、寺山修司の話、若い頃からの津軽・南部への旅、太宰治私論など大いに証言してしまった。

「黒田さん、あなた津軽人ですね。青森県人より青森県のすみずみを歩いておられるし、東北人の心をつかんでますね」とおっしゃって下さった。翌朝からの取材はこのノリで開始、地声による正調千空節を東京のホテルでたっぷり拝聴することが出来た。

黒田杏子

縦横、二つの選択――師を選び、同人誌を選ぶ

千空という私の雅号は変わった雅号ですので、ほかにないんじゃないかと思います。というのも、私の本名が力です。この、親からもらった名前が子供のころからずいぶん嫌いなんです。なんだって反発がありましてね。俳句を始めたときに、じゃ雅号をつけようって自分で思いましてチカラをもじったら千空で空っぽになったんです。これはおもしろかったですね。

その後、リルケの詩集を読んでましたら、そのなかに「千空」が出てきたんです。「薔薇の葩」という詩です。その一節、「花びらは大空のひかりを透さねばならぬ／千の空からこぼれおちる翳の一滴一滴をしずかに濾過しながら／すると空の火焔のなかに花粉をつけた雄蘂の束がゆらゆらともえあがるだろう」。いい詩ですねえ。ああ、リルケも「千の空」を使っているなあ。力が空っぽになってリルケに出会ったというわけです。

俳句との出会いということですが、十九歳のとき、働いていた東京の軍需工場で肺結核になりました。肺結核といえば当時の死病です。同じ時期に七人がこの病気を宣告されたのですが、生き残ったのは私一人なんです。死病ですから、いつどうなるかわからない。都落ちして家に帰ってきていま

したが、不安です。さて、これからどうしよう、どう生きればいいかということを考えざるをえないですね。それで、いろいろな本を読み始める習慣がつくわけです。それと俳句を始めるということが同時でした。太平洋戦争が始まったのが昭和十六年ですが、ほとんど同時に俳句を始めるのです。

詩もつくり小説らしきものも書きましたが、けっきょく俳句に執着しました。姉の亡夫が俳人でしたので俳句の本がいろいろあって、姉が病床に運んでくるわけです。正岡子規の『獺祭書屋俳話』『俳諧大要』などを熱心に読みました。『仰臥漫録』『墨汁一滴』『歌よみに与ふる書』などもおもしろく、子規が最初の出会いでした。

俳句を始めた19歳の頃（昭和16年）

荻原井泉水の本もいくつかあって、自由律俳句のことも知りました。姉の紹介で青森の高松玉麗という人の主宰する松濤社に入り、実作にとりかかりました。郷土主義の俳句結社でした。何か狭い感じがして一年でやめましたが、郷土への関心が芽ばえた気がします。

その後、青森俳句会という同人グループがありまして、これが「暖鳥」の前身ですが、ここに参加して揉まれました。改造社の『俳句研究』を購読して投句もしました。そのころ、投句者の金子兜太の〈富士を去る日焼けし腕の時計澄み〉という句に感心した覚えがあります。

それから二年くらいして、大野林火の『現代の秀句』に出会いました。いい本ですね。目から鱗が落ちるといいますか。現代俳句の世界を知るのです。水原秋桜子、山口誓子から人間探求派まで十三人。なかでも中村草田男の世界に惹かれました。『長子』『火の島』『萬緑』のころの作品です。俳句のための俳句ではなくて、人間性といいますか文学性といいますか、類のない現代俳句を知ったわけです。またそのころ、高浜虚子の『進むべき俳句の道』を古本屋で見つけて熟読しました。大正期の「ホトトギス」の主観を生かした写生俳句に注目しました。村上鬼城、飯田蛇笏、原石鼎、渡辺水巴、前田普羅などです。

青森俳句会は昭和十五年に結成されたんです。それまでの青森市内の小さい結社の垣根を取っ払って一つになろうじゃないかということで結成されたわけです。これは画期的なことではないですか。個性主義の集団で、「海流」という同人誌を出していました。みんなそれぞれの自己主張がありましてね。大方は学校の教師で、詩人もいましたし、絵かきも書家もいました。私はこのなかで自由に俳句ができたのです。吹田孤蓬、宮川翠雨、新岡青草、千葉菁実、西沢赤子、柿崎無為、福出空朗、福士行思ら主に三、四十代の同人たちでした。私は二十歳になったばかりでした。私と同世代は皆、戦場でした。

　結婚したばかりの孤蓬の新居に随時集まって夜おそくまで議論していました。酒なしです、孤蓬は京大時代に飯田鵬生氏（蛇笏長子）にすすめられて俳句を始めたそうで、大人物でした。

　太平洋戦争中で、自由な集会ができない時代ですから、特高に孤蓬が呼び出されたりしました。そこで彼は逆に俳句について講釈したそうです。津軽弁の話術のうまい人でした。一燈園の出身で、私はこの人から感化をうけています。

　昭和二十年七月二十八日の青森空襲の夜まで句会をやっていました。青森空襲で私は戦争の地獄を見てしまいました。「暖鳥」も「萬緑」も昭和二十一年の創刊です。草田男には俳句をはじめたころから注目していたということがありますので、朝日新聞に「『萬緑』創刊される」という広告が出た。珍しいことですよ。それで直ちに申し込んだ。私が第一号じゃないかなあ。俳句を自分がこれからやっていこうとする方向のなかで、師として草田男を選ぶ。それが決定的ですね。それぐらい草田男の世界を学ばなければいけないなという気持ちがありました。まず師を一人選ぶということ。これはだれにも言われたわけではなくて、自分で決定したということです。

　草田男と青森俳句会、この二つは私が自分で選択したわけです。これがどうも間違ってなかったんじゃないかなあと思いますね。縦の師系と横の自由な同人句会の討論というんですか、そういうかたちで行こうと思ってましたので。

　これは不遜かもしれませんが、草田男先生を神様とは考えていなかったんです。しかし、非常に優れた、すばらしい作家だと思っていました。草田男先生に評価された作品でも地方の同人誌に出すと批判を浴びることがある。地方の評価と中央の評価が違う。どっちがどうなのかというと最後は自分なんです。主体がこっちだからです。草田男先生の評価はむろん第一の目標ですが、こちらの意識と先生の解釈が時にはずれることがあります。

　で、これも不遜かもしれませんけど、句集を出したとき、先生が巻頭に選んだ句を落として、落選した句を入れたんです（笑）。そのくらいわがままで、自分本位といいますか。「萬緑」の先輩である香西照雄に怒られましたね。句集に入れる自選のためにあらためて見ますと、巻頭に選ばれたからって必ずしも自分で納得できるかというと、できないことがある。これは津軽の反骨かもしれません（笑）。

しかし、はじめて巻頭になったときはうれしかったなあ。昭和二十三年一月号でした。〈空蟬の脚のつめたきこのさみしさ〉〈炎ゆる砂地掠めしつばめ懐しや〉など五句で、三ページにわたる長文の先生の選評が、また的確でした。総合誌の月評子にはくさされましたけど。

「萬緑」に参加してみると文芸意識の高い人が多く、うれしかったのですが、遅刊続きで、ようやく出た号でした。余寧金之助、香西照雄、岡田海市、堀徹、川門清明、橋本風車、貞弘衛ら多士済々なのに、惜しむらくは遅刊続きでした。しかし、その時代の先生のエッセイと作品はきわめて良質のものでした。発行が軌道に乗ったのは北野民夫が編集を担当した昭和二十七年からでした。

雪、雪、雪、雪の津軽の風土

津軽の俳句風土についてですが、青森県には南部と津軽があります。南部はさておいて、津軽になりますと、最近、『津軽俳諧年表』という古文書が解明されたのです。それを見て驚きましたね。天明時代からすでに津軽に俳諧があるんです。文化文政になるとものすごく盛んになってくるということがありまして、津軽の俳諧はそういう流れのなかに根づいてきているのです。俳諧の素地がもうそこにあったんですね。南部では正統の俳諧が行われていました。今に続いております。

私が俳句を始めてすぐ、穎原退蔵博士の『俳諧史の研究』を読んだのですが、それには津軽の俳人はだれも視野に入ってないんです。これはどういうわけだろうってこだわっていたのですが、いろいろ読んでいますと、どうもみんな中央の模倣の俳句が多いのです。津軽にいながら津軽の俳句を作ってないんだなあ。当時の京風の句が多くて心外な感じがしたこと。それが伏線になっています。津軽の俳人はいかにあるべきかということが最初から芽を出していた。これが一つあるのです。

さっき、青森俳句会には会としての主張がないというようなことを言いましたが、実は大正から昭和にかけて臼田亜浪の流れがずっと入ってきている。そして青森俳句会のメンバーは「石楠」に参加している人が多かったのです。虚子の潮流に対する抵抗として亜浪の流れが出てきます。ですから、青森俳句会の主流は反「ホトトギス」派です。しかし、私は「石楠」には参加しませんでした。ただ、反「ホトトギス」的な出発がどうも自分のなかでしっくりくるなという感じはしています。深くは知らなかったままにです。

それで、いろいろな俳句を作るのですが、何年かたって、地方性ということばかりでなしに、風土としての句を考える

右端棟方志功、左端千空
（昭和35年夏・青森県五所川原市にて）

という考えがわりと早く出てきたのです。風土に対してどう俳句をとらえるかということ。しかし、風土というのは郷土色ではないのです。太宰治にしろ棟方志功にしろ、根本をなしているのは津軽の風土や津軽のエスプリなんです。直接主題にしていなくても、そこから出てくる表現というものがそうなってきている。津軽の人間の表現には抜き差しならない風土の影響があります。

それは雪ですねえ。津軽は雪国だという宿命が一つあります。雪の季節は十一月から四月までですから、半年間、雪なんです。雪、雪、雪、雪の半年間、その中で圧迫されているということ。それをどう超克するか。みんな雪の中で苦しみながら生きている。あるとき、四国の知人が津軽に遊びに来まして、「よくこんなところで生きてられますなあ」と言ってましたが（苦笑）、そこに生きていかなきゃいけないということがあります。

夏の太陽が照りつける時が短い。ですから、夏になるとねぶたというかたちで爆発するんです。あの爆発力はどこから来るかというと抑圧された屈折の中から。それが志功にも関係してくる。寺山修司もそうだと思います。

ねぶたが終わるとすぐに秋風が吹きます。秋風が吹くと冬の支度をしなければいけない。雪国の宿命というものが津軽の風土の大きな要素だろう。そういうことが一つ、津軽という風土の中にあるという思いがあります。記録によると元和元年から昭和十五年までの間に六十五回の飢饉があって、天明の大飢饉では餓死者が十五万人も出ている。原爆なみです。

寺山修司に大ショックを与えた
第一回萬緑賞受賞

「萬緑」に参加してから、私はずっと風土を主題とするような俳句を作ってきました。それが認められて昭和二十八年に第一回の萬緑賞をいただきました。当時、津軽では「萬緑」の会員が少なく、私は津軽で一人自分の俳句を探し求めていました。むろん無名です。東京の草田男先生の周辺には「俊才山のごとし」でした。東大俳句会や成層圏俳句会を指導してましたから優秀な連中はたくさんいるんですが、第一回萬緑賞の白羽の矢が関東平野と東北平野の空を飛び越えて北津軽の果てに来るんです。「萬緑」の連中も意外だったんじゃないかと思いますよ。いまに至ると、「さすがに草田男先生は先見の明がある」と言ってましたけど（笑）。

つまり、「萬緑」の第一回の受賞作はそういう津軽風土に根差したものだということです。そこでさっきの話に戻りますと、文化文政のころの津軽の何百人という俳人はついに中央の視野に入らなかった。私によって事実津軽の俳句が中央の視野に入ったということになるのではないかと思うわけです。

その当時、寺山修司という高校生が青森高校で俳句をやっていました。私は戦後は、青森俳句会から出ていた「暖鳥」の雑詠欄の選者をやっていたのです。すると寺山君たち高校生の俳句がわんさと押しかけてくるんですねえ。すごいバイタリティですよ。連中はだいたい毎日二十句ぐらい作るんだそうです。宮川翠雨という「暖鳥」の同人が寺山たちの高校の先生なんですが、そこに俳句をもっていくんだそうです。「君たち、いつ勉強しているんだ」と叱られるくらい、俳句の鬼みたいに行くという時代がありました。その寺山たちが「暖鳥」の私の選に突っ込んでくるのです。そういうふうに寺山と接触した時代がありましたね。

寺山修司は特異な俳句作家でした。一つは模倣の天才。人の作品を盗むという言い方はいかんが、換骨奪胎しますね。完全に自分の世界に引き込むんです。ああいう才能は大したものです。ですから、私が選者をしていたとき、「寺山の才能は大したもんだ。ただし模倣は気になる。気になるけど、人のまねのできないまねをしているということは認めざるをえないだろう。したがって、この作家は新しいイマジネーションの世界を開く萌芽（ほうが）になるだろう。注目すべき存在である」と寺山を評価しているんです。いまさらながら私の見方もまんざらでないなという感じがするのですが（笑）。

京武久美（きょうぶひさよし）という寺山の同級生がいまして、これが寺山に俳句を焚（た）きつけるのですが、その人と私は三年くらい前、青森県文芸協会が出している「文芸青森」という雑誌の「千空対談」という欄で対談したんです。そのとき初めて、京武から寺山のその当時の状況を聞いたのです。「昭和二十八年の

千空の第一回萬緑賞受賞を祝う「暖鳥」句会。前列左から４番目千空、その左吹田孤蓬、最後列右方貼り紙の前に寺山修司（昭和21年１月）

私の第一回の萬緑賞受賞はどういう影響がありましたか」とたずねたら、「いや、ショックもショック、大ショックだ。寺山にものすごいショックを与えた」と言う。というのは（寺山たちのは）高校生の俳句ですからね。それが、私が全国の草田男の萬緑賞の第一回選に入ってくるというのはものすごいショックであったということです。

ただし、寺山はそのことは一言も言ってませんよ。言わない人なんです。しかし、京武君との対談でそれがわかったのです。そういうことから寺山が発奮したということがあります。これも一つの「昭和の証言」ですけどね（笑）。

青森の俳句ルネッサンス

私自身はさほどの驚きはないんだけれど、寺山のみならず、第一回の萬緑賞受賞が青森県に与えた影響は大きいと思います。それをきっかけに八戸俳句会と青森俳句会が大きく活動を始めるんです。それから青森における俳句の文芸復興がここに起きてくるんです。

南部の八戸のほうはつねに津軽に対してひけめを感じている地なんです。昔からそうなんです。山背地帯ですので、なかなか米がとれない。「南部の殿様、粟飯稗飯、喉にからまる干菜汁」なんて津軽からバカにされているくらいです（笑）。だから、俳句の世界では「津軽を追い越せ」というスローガンが南部に生まれました。

その一つの証拠には、中心に村上しゆら、豊山千蔭、加藤憲曠らがおりまして、村上しゆらは本当は黒石ですから津軽の出身なんですが、八戸に移住して八戸俳句会の「北鈴」の編集をしている。そこで目標を作るんです。「角川俳句賞に応募せよ。角川俳句賞をもらったら津軽はすでに追い越してしまったことになる」と。津軽では角川俳句賞をどうもバカにしている（笑）。中央への反骨が強いんですね。応募する人はめったにいない。応募したとしても落選するでしょうが。

八戸の南部では大野林火門が多く、大野林火さんが焚きつけています。それで昭和三十四年に村上しゆらが第五回角川俳句賞受賞でしょう。これで津軽の人たちはショックを受けながら、「何するものぞ」みたいなのがありまして（笑）。八戸ではその後十五年の間に角川賞受賞作家が四人輩出するんですよ。木附沢麦青、米田一穂、加藤憲曠、河村静香。ですから、角川俳句賞が青森県の俳句ルネッサンスにすごい目標になったんです。角川賞をもらったらいっぱしの作家ですからね。

片方で、寺山たち高校生の俳句が盛んになってくる。昭和二十八年に全国学生俳句会議を組織し、俳句大会を主催して、成功させるんですから。全国高校生の俳誌「牧羊神」や上村忠郎の「青年俳句」が出ました。

もう一つは、私の結社賞をきっかけにして軒並みに賞をもらっちゃうんです。寒雷暖響賞、鶴賞、萬緑賞、あざみ賞、海程賞、その他中央の結社の賞が軒並みです。毎年、一人、二人ががんばるものですから、もらうのです。青森県にはそういう底力があるんじゃないですかねえ。角川賞ばかりでなしに結社賞受賞者が続出したという時代が青森県の俳句ルネッサンスの大きな証明になっています。最近、だめになりましたが。そういう時代が招来したってことが一つあります。

角川の『俳句』では昭和三十八年二月号に「日本の風土——青森の場合」という五十六ページにわたる特別記事を掲載しました。しかも、南部のほうは完全に風土性俳句を目標とする。ですから、一つには角川賞をもらうには風土俳句でないとだめだということです（笑）。

風土というのは大野林火が角川『俳句』の編集長になったとき、「中央の俳句に対して地方の俳句は興れ」と焚きつけるのです。そのためには地方の作家は地方を大事にすべきである。地方の生活をどうやってつくるかということによって日本全国の俳句を地方色と中央色に染めてしまう。そういういい仕事をしましたね。それからいろいろな地方歳時記が出てきたりするのです。

昭和三十五年に南部、八戸と津軽の作家の十八人の有志によって俳句研究会ができるのです。「森の会」です。それまで南部と津軽は政治、経済など、ケンカばかりしているが、俳句のほうではそこでがっちり交流するんです。気鋭の連中ですよ。村上しゆら、豊山千蔭、成田千空、加藤憲曠、米田一穂、新谷ひろし、徳才子青良、上村忠郎、竹鼻瑠璃男とか。そこでアンソロジーを三年間出します。これはちょっと結社と違ったかたちであります。これも一つの青森県の俳句の大きな業績だろうと思うのです。隠れていますがね。

　私なんか、八戸のいわゆる風土俳句に批判があるわけです。風土風土って、風土だけを売りものにしてどうなるんだ、もっと普遍的な俳句の世界があるだろうって。で、あるとき、アンソロジーにこう書いたことがあるんです。「われわれは風土に生きていることは間違いない。と同時に、現代に生きているんだ。現代に生々しく生きているということと風土に生きているということ、この二つの問題を俳句の世界で生かす必要があるだろう」と。その場合、一つの方向としては、現代と風土の問題を理論的に考えるということと、実作をどうするかということですが、それを提言したことがあります。

　ところで、青森県というところは政治家はだめなんです。だから盛岡まで新幹線は来るんですがこちらには来ない（笑）。そのかわり芸術家が多い。棟方志功、太宰治、阿部合成、松木満史、関野準一郎、常田健、葛西善蔵、石坂洋次郎、高橋竹山等々、枚挙にいとまがない。いろいろな人がいるんです。だけど芸術家は変わり者ですから、いくらがんばったってとても新幹線を引っ張るなんてことはできません（笑）。

草田男、青森に来る——一週間随行記

　昭和二十五年十一月、私は初めて草田男先生を訪ねて東京へ行っています。その前に太宰治を訪ねようとして失敗しましたからね。津軽に疎開中の太宰治と中村草田男は文学者として私が最も注目し、影響をうけた作家です。太宰治に会おうと思って行ったのですが、行ってみたら豪勢なんだな、家が。とっても敷居をまたげない。「このブルジョワめ！」って感じで、怒って帰りました（笑）。ですけれど、そのうちに彼が死んでしまう。だから、草田男先生も死なないうちに会わなきゃだめだと思って、行くのです。

　りんごの籠を一つぶらさげまして吉祥寺まで行きました。成蹊学園の寮に住んでおられました。そのとき初めて草田男先生に会ったのです。草田男先生は声が低いんですわ。私も声が高くないけれど、草田男は何を言っているかわからない。もそもそもそもそ、話をしている。

　太宰の話や俳句の話もしましたが、草田男先生から「『萬緑』に発表するだけでなしに、外にも出なきゃいかん」ということを言われました。「いや、ぼくは『萬緑』でいい。外へ出ていくなんてあまり好きじゃない」と言いました。つまり草田男の世界だけでいいんだということであったんです。しかし、外へ出ていけという意味は「萬緑」の内部だけで満足してはいけないという教えだと思います。

　その次の年、草田男は青森県に来るのです。

　昭和二十六年八月下旬に「東奥日報」の文化講演と俳句大会の選のために草田男が招かれるのです。青森県ではじめ

て中央の俳人が呼ばれたわけです。そのころは毎月の俳句雑誌に草田男の名前が出ないことはないんです。毎月、草田男、草田男、草田男って。そういう時代ですから、「草田男来（きた）る」ということになると三百人もの人が集まりました。空襲で焼け残った蓮華寺という寺がありまして、その寺の本堂に三百人がぎっしり集まって、草田男先生を迎えたんです。

　私は「東奥日報」の文化部の人と二人で八戸に迎えに行ったんです。不思議に妙なことを覚えているもんですね。草田男先生はチョコレート色の靴を履いているんですが、その靴紐が両方で少し違うんです（笑）。そして、大きいトランクをさげている。「先生、もちましょうか」と言うと、いいんだ、いいんだと手を振るんです。トランクの名札には「中村三千子（みちこ）」と書いてある。長女の三千子さんのトランクをもってきているんですね。中身は着替えでいっぱい詰まっているように思いました。しかし、おもしろいことには、一週間同行している間に草田男先生のワイシャツがだいぶ汚れてきたので「先生、お取り替えなさったらどうですか」と言うと、「どうせ汚れますよ」って言って着替えないんです（笑）。トランクは家族がもたせたので大事にもっているんですが、ひとつも取り替えない。そういう人です。

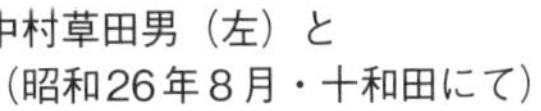
中村草田男（左）と
（昭和26年8月・十和田にて）

　草田男先生とは一週間、ずいぶん親しく回りました。数えてみましたら、八戸に行って、青森に行って、十和田に行って、浅虫に行って、大鰐（おおわに）に行って、板柳に行って、五所川原でしょう。七か所歩いているんです。汽車の便、バスの便もよくないんです。ですから、一日一か所という感じです。

　十和田の紹介された宿に行きますと、畳はふやけてぼこぼこしているんです。「こりゃ粗末だ。宿を替えましょう」と一人が言ったら、先生は「いや、これでいいんだ」と言うんです。俳人というのは、「蚤虱（のみしらみ）」（〈蚤虱馬の尿（しと）する枕もと〉は『おくのほそ道』の芭蕉（ばしょう）の句）じゃないけれど、どういうところでも泊まれるんだという感じの方ですね（笑）。私も実はそのほうがおもしろいと思ったのですが、同行者の一人の意見で、けっきょく最上等の宿に泊まりました。誰が宿賃を払ったのか覚えておりません。

その前夜、「暖鳥」で草田男を囲む句会があったんです。草田男という人を迎えて研究会をやろうというのは青森県では「暖鳥」しかないんです。三十人ほど集まって白熱した句会でした。でも、「目的とするところは中村草田男が青森県の俳句をどう作るかということだから、翌日の吟行の同行人数を制限すべきだ」と私が主張して、川口爽郎と新岡青草と私の三人が同行することにしました。

　そして、十和田に出発する前夜に「明日から私は先生と十和田で闘うつもりです」って宣戦布告するんです。私もずいぶん生意気だったんですね（笑）。それも何とか草田男に青森県の俳句を作らせたいという思いがありますから。でも、それが成功しましたですね。「津軽七十八句」という大作ができたのです。大きな収穫でした。

　この湖に想羽冷えて夏の鴛鴦　草田男
　夏の鴛鴦寂びつかれたる木が倒れ
　鴛鴦の湖二つづつ出て夏の星落つ
　野は林檎町はあかあか晩鴉に満つ
　西日の馬をしやくるな馬の首千切れる

　そして、草田男先生の俳句の作り方がずっとわかったんです。集中力がすごいんです。速いんです、歩き方が。日本人はだらだら歩きますが、欧米人はさっさと歩くでしょう。草田男はあれに輪をかけて速いんです。小走りでなければ私はついていけない。先生は足が短いんですが、手を振ってタッタッタッと歩くわけ（笑）。だけど、ある対象に来るとパッと止まってしまう。ここだと思うとパッと止まる。そして一時間くらい動かない。そこで句作を練るといいますか。そういう緩急自在の呼吸といいますか、それがすごいなと思ったわけですね。

　十和田では石ヶ戸を降りまして子ノ口まで二里半くらい、奥入瀬渓流ですね、そこを歩くんですが、その途中途中でそういうことがある。緩急自在です。あまりゆっくりすると終わりの船が発ってしまいますし、最終バスに間に合わないと宿屋に泊まれないですからと言っても、全然耳を貸さないんです（笑）。

　もう一つ、感心したことは、その当時はいまみたいに開けていませんから、原生林のなかに放牧された黒い牛が十頭くらい座っているんです。われわれが近づきますと、いっせいにモォーッと鳴いて立ち上がるんです。怖かったなあ。私たちが引き下がると、先生がぱっと一歩前に出るんです。そして、牛に対してヒューッと口笛を送るんです。牛がまたモォーッと鳴く。すごいもんだなあ。つまり愛しているんですね。私はあなたを愛しているんだよって表情で口笛を送ってやる。ですから、猛牛がいっせいにまた座ってしまう。ああいうことなんかも本当に動物を愛している人の行動で、恐れを知らないですね。

　あとから知ったことですが、生き物に対してすごい愛情をもっている方で、蝿であろうが蛆虫であろうが何であろうが生きとし生けるものは全部、俳句にしてますね。生き物や自然に対する気持ち、あれは本物なんです。とくべつ、猫を飼う、犬を飼うってことはないんだけれど、自然の生き物を愛している。草田男先生の自然に対する思い、生き物に対する思い、そこから俳句が出てきているんだなということです。

もう一つ。私は飲ん兵衛なんですが、酒を飲まないで我慢していたんです。同行の二人も飲まないし、草田男先生もたぶん酒を飲まないだろうって先入観がありましたので。でも、浅虫の宿に来ましたら、どうも酒が飲みたくなってきたので、町で安いウイスキーとサイダーを買ってきて割ったんです。そして、「先生、いかがですか」と聞いたら、いただきますと言ってコップに鼻を近づけて「ああ、いい匂いだあ」って（笑）。ものすごく酒が好きなんですね。喜んでくださいました。

「先生と闘いますよ」と言って十和田を一緒に歩いていった。その結果、私も三十句ほどできたんです。しかし、草田男先生の俳句を見ると、とてもじゃないけれど太刀打ちできない。しかし、句集に入れるとき十和田の作品を二十八句捨ててしまい、二句だけ入れたということがあります。〈ねんごろに飯食ふ齢地の霧〉〈妻を語る秋栗色の大きな眼〉、二句とも先生の印象です。ものの食べ方が非常にねんごろだということがありましてね。われわれはトウキビなんてハモニカみたいに食べるじゃないですか。でも先生は、それの一粒一粒を食べるというねんごろな食べ方をする人でした。飯もゆっくり食べる。ものの味を噛みしめるのです。それが俳句の作り方や考え方の中にも通じている感じで、学ぶものがいっぱいありました。

そのとき草田男先生は五十歳、私は三十歳。先生はずいぶんの年齢だなと思っていたのですが、いまになるとすごい若いんですね（笑）。若い出会いをしたな。脂が乗ってますからね。いい年齢の差です。

断片的ですが、そういうことが随行のなかで感じたことです。

「伝統をどう超克するか」で草田男と兜太が対立

前衛の問題ですが、あれは金子兜太が正面切ってやっていたんです。昭和三十三、四年ごろからですね。伝統俳句に対する一つの批判です。写生的俳句と、もう一つ、季題趣味的俳句といいますか。俳句の世界は類想の海みたいなもので、そういう俳句的世界のなかに自分の主体を生かす方法論を打ち出しました。諷詠するのではなく、詩として結晶するといいますか、造型するという理論が入ってきます。それは俳句だけに始まったのではなくて、詩論や画論とかにも導入してくる組み立てだと思います。

対象そのものとしてうたうのではなくて、対象のマチエールをうたう。花なら花というものをマチエールとしてとらえる。それを表現に定着するということですから、まったく季題趣味から離れてしまいます。季題ということから自由になろうという考えが初期のころからあります。

私はしかし、そういう論はわかりますが、マチエール論ということになれば草田男も同じなんです。伝統を重んじながら伝統をどう超克するか。これが草田男の主題です。というのは草田男は文学から出発しましたからね、俳句以前に。

マチエールというのは絵の世界で重んじられている材質感なのであって、材質感をどうとらえるかということになると、いわゆる諷詠と違いますね。把握のしかたがリアリスティックなところにいきます。兜太もそういうふうにマチエールとしてとらえていく。もう一つ、イメージがありますから、イメージの世界をどう形象するかということになってくる。

昭和三十三年の青森での萬緑全国大会のとき、草田男が「中庸ならぬ中庸の道」という話をしたんです。この話は俳句のかたちとしては基本的なものだと思います。「中庸」というのは、どっちつかずの中道ではなくて、右にも真実がある左にも真実があるという場合に全体としてどう進めるかであって、中庸のなかには右左が入っていて、しかも真ん中の道、正統の道だという。右にも左にもイデオロギーにも与しない。全部、生きている思想の問題です。

草田男という人は伝統のかたまりじゃないんです。つねにどう超克するかという考えがありますので、左に対する理解があるんです。というのは六〇年安保のデモに参加するのです、あの行動力のない人が。そういう日本の方向を決めていくという大事なことを、彼はイデオロギーとしてではなくて人間のありかたの問題としてとらえたんでしょうね。

昭和三十四年、京都での萬緑全国大会で私に講演してくれと言う。まだ三十八歳のときです。前衛俳句の盛んなときでしたので「前衛俳句について」という講演をしました。私は前衛についてはいちおう関心はありました。イメージのとらえ方の問題とか、そういうことは新しい発想法だなという感じがしました。ですけれど、私は無季の句は作らないのです。

前衛の俳句というのはモノを分析、展開するんです。作るのは自己ですから、どうしても分析する。分析して総合するときに、いちおう作品としてとらえるんだけれど存在感がないという感じです。意味はわかるんだけど、どうも存在感がない。なんでだろうか。

草田男理論は、ことばのなかに血が流れていなければいけない、魂が入ってないといけない、呼吸が入ってないといけないということでしょう。しかし、前衛にはそういう要素がなくて、意識的に構築されてしまう面がありますので、どうも存在感がない。

　兜太は別個なの。なぜかというと、さすがに彼は一句をまとめるときにデモニッシュなんです。内部から突き上げてくるものでとらえる。そこが兜太は草田男に似ている。草田男もデモニッシュにとらえるんです。そのデモニッシュにとらえるということが私にずいぶん影響を与えていると思います。ですから、前衛の連中のなかで兜太だけが実作のほうが理論を超えているなという感じがする。

青森を訪れた西東三鬼を囲んで。前列左より千空、三鬼、京武久美、吹田孤蓬（昭和32年）

　たとえば兜太の〈人体冷えて東北白い花盛り〉を見ても、できていますものね。香西照雄に言わせれば、なんだ、花冷えに過ぎないじゃないかということですが。「人体」とはその当時の前衛ふうですね。分解したみたいな。だから人間を人体としてモノとしてとらえる。そこで、「東北白い花盛り」ということになると、その花は桜じゃないですね。東北で桜が咲くころは林檎（りんご）も咲くだろうし梨の花も咲く。木蓮も辛夷（こぶし）も。東北には白い花が似合うという感じじゃないですか。東北というのは白い花が咲いているところだ。人体は山背（やませ）で冷え切ってしまっている。兜太はそういうことを一挙にとらえてデモニッシュなものを表現する。これは前衛俳句としては一つの成功した例じゃないかと私は思います。

　ただしかし、無季の俳句は理論的にはそうなるんでしょうが、私はとてもそういうことはだめだろう。短詩だけじゃないということが俳句の様式としてはっきりしていますね。季語と五七五という定型の中で俳句が成立しているということです。伝統派がそうなので、兜太氏はそれすら超えて行こうとするんですが。

　考えてみれば俳句というのは、芭蕉や子規の時代からずっと革命の歴史ですね。新傾向が出る、無季が出てくる、新興俳句が出てくる、社会性俳句が出てくるというふうに、アンチテーゼとして出てくるという流れが俳句の歴史のなかにあって、前衛俳句もまた同じなんです。伝統的に流れてきたものに対するアンチテーゼです。これは恐らく俳句の宿命です。

　というのは、俳句は短詩型であるためにマンネリになりやすい文芸なのであって、改革しようという人は避けて通れない。必ず改革する人が出てきます。しかし、改革したままじゃないですね。また回帰してくるのです。たとえば新興俳句だってそうでしょう。あれだけやってきて、西東三鬼にしろ秋元不死男にしろ平畑静塔にしろ、みんな伝統的な俳句に戻ってくる。いちおう革新はするんだけれど、革新そのまんまのかたちに行かないでアウフヘーベンするといいますか、豹変するかたちでくるんです。それが俳句の一つの特性だろう。

　ですから、そのときの前衛俳句の連中でもだいぶ季語を考えるようになってきています。兜太氏が歳時記まで作るくらい季語が大事だということです。季語って日本の大きな文化ですものね。それを否定する必要は一つもない。そういうもののなかに現代をどう生かすかという方法しかないんじゃないか。

　伝統の超克のしかたのなかで草田男と兜太が対立したんだと私はこう解釈しているんです。伝統をどう超克するか。これは不易流行なんです。草田男は理論統一したこととして押し通していきます。

兜太は草田男についていくべき人ではなかったかな

　私は兜太に対する関心はわりと早いころからあるんです。兜太は草田男と共通しているところがある。最初からそう思ってましたね。草田男にいちばん近いのは金子兜太と香西照雄だろうと思ってました。本当は兜太は草田男についていくべき人であったんじゃないかなと思いますね。

　ただ、あるとき兜太が幹事をやっている俳句会に草田男を呼んだのです。草田男は何時に行くということまではっきり約束していながら、待てど暮らせど来ないということがありました。兜太は自分が句会を受け持っているわけですから、約束した時間にきちっと来ないのは許せない。草田男という人はそういう面ではルーズなんです。そのためにずいぶん状況が変わってくるということがあったんじゃないかな。

　昭和三十三年に青森で萬緑大会をやったときも草田男は開会の時間に来ないんです。いや、青森には来ているんですが、大会が始まる時間に来ない。三十分待っても来ないんです。私は、いいから、始めようって言ったんだが、幹事の連中は、いや、待ってましょうやって、一時間ぐらい待っていたら、やっと来ました。時間に対してルーズな人ですね。それが許せないという感じがする人と、しようがないなと思う人がある。

兜太は許せないんじゃないかな。「あんなルーズな人は見たことがない。あれじゃとてもじゃないけれどついていけない」と話してました。草田男の俳句とは別個に、そういうものが兜太の常識性ですかね、それに触れるということがあったんだな。

話が前後しますが、草田男は松山の高校時代は俳句を軽蔑していたと言う。それは大きい問題だと思いますよ。ですけれど、彼は中学、高校のときに神経衰弱になりますね。大学でも神経衰弱になる。それを写生ということによってまず一つ克服します。そんなことができるのかと思いますがね。

私も実は神経衰弱になったことがあるんですが、その状態に陥ると居ても立ってもいられないですね。そんなときにどうするかというと、一つのものを黙って見ているとスッとなります。あれがつまり草田男の写生の根拠じゃないかと思います。いろいろな悩みの中にあって鬱病に陥っているときに、心を無にして一つの対象をじっと見ているとフッと落ち着いてくる。そういう体験があったんじゃないかと思うんです。

草田男先生の俳句の出発は自分の苦しみからの逃避なんです。ですから、初期の俳句は非常に逃避的です。そこからしだいしだいに自分の意識や目覚めとか自己表現としての俳句に移ってきますので、調子のなかに明らかに推移が見られます。草田男先生が写生一本であったのは一年か二年ぐらいじゃないかな。短いんです。短い期間に写生ということによって写生が身につき、しかも鬱病を克服していくみたいなところがあって、それが治ると俄然、自分の主題とか思想とかが頭をもたげてくる。そこから主観と写生の両方を生かしてくるということになります。

兜太との大論争のあと、「萬緑」は六か月休刊

草田男は学校ではものすごくおとなしい教師であったにもかかわらず、俳句の世界では非常に厳しく論争をしています。人間が一変してしまうのです。日野草城の「ミヤコ　ホテル」論争（昭和十一年）がありますね。あれは突き詰めて言えば人生の態度の問題としてとらえる。「ミヤコ　ホテル」は新婚生活の連作ですが、ああいう小唄みたいなもので新婚生活をとらえるなんて、それで芸術家と言えるのかということです。そこに許せないものが一つある。あれは草田男らしい一つの方向です。

草田男には〈妻抱かな春昼の砂利踏みて帰る〉があります。愛するとはどういうことなのか。肉体と精神、魂の問題で愛するということに行かないと成立しないんじゃないか。高村光太郎がそうですね。それに対して草田男は「ミヤコ

津軽を訪れた加藤楸邨夫妻と。左より加藤知世子、楸邨、千空、三上北人（昭和55年6月23日・小泊村にて）

ホテル」は許せないというまじめな考え方です。

戦後では加藤楸邨の戦争責任を問う論争がありました（昭和二十二年）。当時の楸邨は本当に苦しかったと思います。戦争に加担するといいますか……。本当はそういうことはなかった。土屋文明と大陸に渡って、そこをうたうんです。いい句がたくさんありますが、草田男には軍部の要請で行くということが許せないという感じでしょう。草田男だったら断るんでしょうね。

もう一つは、新興俳句の弾圧ほどではないにしても、草田男も弾圧を受けますね。発表を差し押さえられてしまう。昭和十八年、ついに「ホトトギス」に句が出なくなってしまう。作家が発表の場を失うんですよ。しかも圧迫によるものです。しかし戦後、五十句の大作を発表します。

新興俳句の論争のとき、新興俳句のなかにある、方向としての詩性は認められるとしても、手法として無季俳句の方向に流れてしまうことによって伝統を崩壊させてしまうという危惧が示された。論争するときの対象は、人はよしとするが、それがある時代の流れとして出てくると反発するよりないということでして、全部そうなんです。俳壇に対して影響を与えたと見た瞬間に火花を散らす、そういう方向がありますね。

全部、芸と文学の視座です。芸というのは俳句の制約された形式の伝統ですね。その形式の中で磨かれる芸です。俳句の要素としての芸の世界の中にある、伝統としてもっているものが芸でしょうね。文学というのは無制約の広い世界です。俳句という制約された世界のなかにひとつの芸が鍛えられる。その場合、五七五と季語というものが大きな要素だということがある。

無制約の文学の世界を制約された形式の世界のなかにどう生かすか。それが「芸と文学」だと思います。

ですから、そういう視点からのことだと思いますが、新興俳句の場合はどうも文学のほうはやっているけれど芸はやってないんじゃないか。だから、無季に流れてしまう。これが草田男の一つの考え方だと思います。

しかし、時がたってみると、また新興俳句の連中も芸と文学の方向に復帰してくるんです。そういう点で草田男という人は見通しているんですね。どういうふうに改革しようと、必ず回帰してくるという確信があったのではないですか。ですから、前衛との論争のときも、いつの間にか伝統のほうにずーっと大接近してくるという動向が見えてくるのです。兜太はしかし、最後までそれに対して自分の世界を通した。

兜太と論争した後に、草田男先生は「萬緑」の発行を六か月くらい休むんです。兜太は安全ですがね（笑）。そこに兜太と草田男の違いがある。だけど、それは証明されてないですよ。弓子さんの『わが父草田男』という本を読んでも出てこないです。ただはっきりしているのは鬱病にかかっちまっているということ。完全に自分の中に閉じこもって、交流がまったくなくなっちゃう。だから、家族としてはすごく困惑したと思います。以後、草田男は論争をやめてしまいます。

それまでの何回かの鬱病のときは医者に行かないのです。自分で治してしまう。これはえらいですね。それほどの超克をするんですが、最後のときはさすがに奥さんが二か月後に医者に連れていって、ようやく治る。だから、〈ラザロの感謝落花の下に昼熟睡み〉という自身の作がありますが、ああいうふうなのがよみがえってきたという喜びがあると思います。

中央の争いで地方の花園を荒らすな

昭和三十六年に俳人協会ができます。それまでは現代俳句協会があって、「萬緑」の会員は全部そこに入っていたのですが、前衛の問題と伝統俳句の対立から現代俳句賞の選定をめぐって内部分裂してしまう。それは当時、幹事長だった草田男先生もやりきれなかったと思います。そして、草田男先生はじめ、「萬緑」全員が俳人協会に入ってしまう。

いやあ、ここからの証言はつらいんだなあ。難しい。私の解釈では、当時、俳人協会は伝統を守る集団であり、現代俳句協会は無季容認というかたちです。

私は一方では「暖鳥」という超結社にいました。地方の俳句を俳壇をどうするのかということに対して考えていましたから、中央の協会あたりの分裂というものを地方にもってくるなと言うんです。そのころ、南部と津軽とで「森の会」が結成され、成果を挙げていて、角川賞受賞作家が続々出てくる。そういうことのなかで青森県俳壇はようやく文芸復興を果たして、風通しのいい俳壇になった。そういうときに俳人協会とか現代俳句協会という協会単位で支部をもってくると地方は壊れてしまう。「暖鳥」の内部分裂とか、県の俳壇が協会単位でもって分裂してしまうのはだめだろう。せっかく花が咲いた花園を荒らすなということです。

ですから、各県に俳人協会の支部、現代俳句協会の支部など、いろいろ支部ができるんですが、青森県はそれを必死になって防いできたんです。中央の争いを地方にもってくるなという意識がありましたから。

「萬緑」の内部では孤立した時期があったですね。「みんなが俳人協会に入っているのに、なぜ、萬緑賞受賞までした人が入らないのか」って。でも、協会というのはいろいろな主義主張の人が一つになってやるのが本当だろう。そこのところで討論したりする、そういう場であるべきだということを考えると、こうやって分裂したけれど、協会としてはまた一つに戻るべきものじゃないかなという考えが私にはありましたから、しばらく静観していましたが、ついにそうならなかったのです。

しかし最後には俳人協会に入りました。どうせ一つにならないのなら、草田男先生のおられる俳人協会のほうが……。だんだん私も年をとってきますので、せんのときみたいに骨っぽさがなくなってくる（笑）。妥協というわけじゃないけれど、伝統の中で伝統をどう超克するかという草田男流ですね。不易流行の世界です。それの現代版ですか。そういう方向の中で行くべきだろうということです。

私は「萬緑」も非常に大事ですけれど、地方の俳壇状況も大事にしたいんです。いまでもそうです。でも、どうも最近、地方がまただめになってきているのが残念です。せっかく盛り上がってきた青森俳壇です。天明のころからの歴史がありますから、「中央、何するものぞ」みたいな反骨でやっていきたいですね（笑）。

草田男先生の魂はふるさと松山の墓にあり

草田男に会ったのは全部で十回くらいでしょうね。ずっと津軽にいて大会のときしか行かないわけですから。大会では先生と会える絶好の機会だけれど、ろくに話もできないですよ。だから、大会もめったに行かなかったんですけど（笑）。

草田男俳句は現代俳句に本格的な文学をもたらしたということははっきりしています。草田男先生は俳句以前にすごい文学の世界を身につけ、俳句を文学として高める志向をもって俳人となった。それをずっと実践しました。一貫した主張で自分を通してきたのは立派です。

しかし、最後はやはり未完だなという感じです。という

のは、昭和三十八年以後の作品が句集になってないんです。句集を残したくない、出したくないという考えがあったんじゃないかな。そのころになりますと、草田男は作ったものすべてが自分の真実だという思いがあります。しかも、『長子』から脱皮して『火の島』があり、『火の島』を脱皮して『来し方行方』があるというかたちで、つねに脱皮していくという方向ですね。

「萬緑」全国大会にて中村草田男（右）と
（昭和55年6月・東京ホテル浦島）

第三存在というものを考えだしてくる。第一の存在がある。現象界などがそう。第二の存在が文学だと思います。この二つをどう止揚し、昇華するかが第三の存在だと思います。そして最後に象徴なんです。象徴というのが短詩型の最高の目標じゃないかという感じがあります。写実から入って象徴に達する。それが草田男の世界だと思います。

ですから、つねに脱皮していくというかたちがありますが、大きい課題とカオスをもっていますので、それが未完のかたちになるんじゃないかなあ。そういう点で草田男先生はついに自分の本当の目指している世界の中には到達できなかったのではないだろうか。

それはしかし、未完のエネルギーなんです。カオスの中の可能性にかけている。その意味では兜太もそうです、未完という感じがするのは。草田男は未完と言っているんじゃないんです。ヒカンです。いえ、悲観ではなくて「非完」です（笑）。

未完のエネルギーをもっているということは、つねに可能性をもっているということです。動いているんです。ムーブマンの世界です。俳句文芸というのはスタティックな静エネルギーの一つで、たとえば川端茅舎（かわばたぼうしゃ）の〈金剛の露ひとつぶや石の上〉は静的な世界ですね。スタティックな世界で

初めて松山の草田男の墓に参り蛇笏賞受章の報告をする（平成10年8月）

ワーッとまとまってくる。虚子も全部そうです。ところが、主観的な世界は動です。弾丸みたいに動いている。動の世界の中で俳句を超克することになります。つねに内部は動いている。動の世界をもっているという意味では二人とも本当に動いているなあという感じがします。だから、そういう点ではどうも金子と草田男は近いぞという感じがするんです。

草田男の世界は、しかし、まだまだ研究されなければならない。わからない点が多々あるんです。何を考えていたのか。一つは、カトリックのほうへ行ったことですが、それも果たして自分の意志で行ったのかどうかがわからない。生前、信仰とニヒリズムの世界の分水嶺を行っていると語っていました。

草田男以外の家族全部がカトリックでした。しかし、奥さんにいかに言われても最後までイエスと言えなかった。弓子さんの証言によれば、草田男は奥さんにしょっちゅうカトリックに入ることを希望されていたと言っていますね。しかし、ついにそれは行かない。死ぬ間際に初めて受洗するのです。状況から判断して、これは受洗したのはぎりぎりの決着だったと思います。しかし、そのほうが最後は安らかでいいんじゃないですか。みんなが眠ったところに行くんですからね。草田男が最後の最後まで入信しなかったというあたりがもっと研究されるんじゃないかな。

私は平成十年に蛇笏賞をもらいましたので、「萬緑」の大阪大会のあと松山に行って、初めて草田男の墓にお参りするんです。なんとしても蛇笏賞受賞を報告しなきゃいけないですから。五日市（いつかいち）のカトリック霊園のお墓のほうには何度かお参りしています。今度はどうしても故郷の松山のお墓のほうにお参りしたかった。草田男先生の本当の魂はふるさとにあるなという感じがするんです。行ってみると、あそこは浄土宗の墓地なんですね。十字架のある墓ではなくて、普通の墓に「中村草田男の墓」と書いてある。お父さんとお母さんの墓もありました。

草田男の中にはカトリックの墓と浄土宗の墓と両方がある。和魂洋才の人なんですね。それにしても二つの墓をもっているのは珍しいと言いますか、草田男らしいと言いますか。草田男は非常に深く西洋を研究しています。そういうヨーロッパと東洋という二つの要素を生かしている俳句ってないんじゃないですか。だから、未完になってくるということがあると思います。大きな混沌（こんとん）の世界に草田男先生は存在していました。

地方の〝カルチャー〟発見の毎日

私はいま、ＮＨＫの俳句教室なんかを月に八回やっているんです。青森、弘前、五所川原とありますが、まったくいままでの俳句の勉強のしかたとは違うんです。カルチャーというとバカにしますが、そんなにバカにできないもんじゃないかな。一つは、カルチャーにはちゃんと授業料を払って来るわけですから、一生懸命やる人が多いですね。

俳句教室ではみんな職業が違うんです。そこでの私の役目は何かというと、みんなの特色をひきだすということです。それで千空のまねする人は一人もないんですよ。感心しますね。もっと私の影響を受けてもいいんじゃないかな。私はずいぶん草田男の影響を受けましたけどね（笑）。カルチャーの会員がお互いに影響しあっているんです。私も影響を受けてますよ。というのは知らないことがいっぱいありますからね。

農業を五十年、六十年とやっている方の人生体験。そういう人から聞く話はおもしろいですね。たとえば案山子（かかし）の由来は何かと聞くと、もともとは腐った魚を焼いて、煙を上げることを言うんだと、すぐ答えてくれる。そのほか主婦とか、いろいろな職業があるじゃないですか。それで、トマトの切り方がどうとか漬物はどう漬けるんだとか、そういう話を引っ張り出すんです。すると、私はそういう漬け方はしないとか、ごちゃごちゃと討論になる。本当におもしろい。そういうものを引き出すのがカルチャーだろうと思いますよ。山本健吉ではありませんが、「諸君は食膳に上る肴（さかな）について、一々明確な知識を持っているか、庭木にやってくる鳥について、啼声を聞き分けることが出来るか、自然についておそろしく無知であることを反省したことがあるか」です。

さっき「文学と芸」と言いましたが、文学とは何かということを考えてみますと世界なんです。その人のもっている世界といいますか。私には俳句をやらない友達がたくさんあるわけです。農家もあるし大工さんもある。いろいろな人がいますが、話をしてみると、五十年、六十年とその道でやってきている人はそれぞれの世界をもっているんです。思想をもっているんです。哲学といいますか。それがその人の文学なんです。みんなそれぞれの世界をもっているということがはっきりしてきます。

そうすると、文学というのは文学者だけのものじゃないんだということでね。すべてのものに文学の世界をもっていますから。あとは自分の言葉でどう表現するかということだけです。そういうことを中心にすれば、なにも俳句らしい俳句じゃなくてもいい。自分の世界を自分のことばでどうとらえるか。しかし、俳句の骨法はちゃんと学びながら、そういう方向へもっていってますので、カルチャーは私自身、張り合いがありますし、勉強になるんです。毎日、張り切ってます。いやあ、これも津軽の反骨精神かもしれません（笑）。

おわりに

お若いとき結核を病まれ、明日を望めぬ日々を過ごされたなどと誰が想像できるだろう。千空という俳号も宇宙的だし、太宰・志功・寺山といった津軽のグローバルなアーティストの系譜に連なる逞(たく)ましい俳人だ。そして、私は成田千空氏をかの津軽の生んだ芸人高橋竹山と重ねずにはいられない。その昔、「竹山を聴け、竹山を見よ」とその人を教えてくれたのは永六輔(えいろくすけ)氏で、この人のすすめるものなら信頼して何でも観たり聴いたりしていた。

津軽じょんがらの太棹(ふとざお)の音も全身に沁(し)みたが、私は竹山の語りにしびれた。トークショーの天才草田男門の千空氏もまた語りの名人であった。津軽弁の語り口は床しく、どこの舞台でも十二分に独演トークショーのつとまる俳人である。「成田千空を聴く会」、それを、いつか私は東京でプロデュースしてみたいという願望を抱いた。

黒田杏子

（インタビュー＝平成11年4月15日）

成田千空自選五十句

大粒の雨降る青田母の故郷(くに)　『地霊』(昭51刊)
雪の上鶏あつまりてくらくなる　〃
をのこ子の小さきあぐら年新た　〃
香ぐはしき転生一顆蜜柑受く　〃
妻が病む夏俎板に微塵の疵　〃
蝶迅し潟干拓の大環に　〃
去年今年一と擦りに噴くマッチの火　〃
ハンカチをいちまい干して静かな空　〃
睫毛は蕊(しべ)かまくらの中あかあかと　〃
野は北へ牛ほどの藁焼き焦がし　〃
桃馥郁病む辺も風の通りみち　〃
仰向けに冬川流れ無一物　〃
密林のごとく雪降る火の捨て場　〃
混沌の夜の底ぢから佞武多引く　〃

犬一匹町も野中の吹雪ざま　『〃』

母子見え夜明けのやうに吹雪熄む　『〃』

病む母のひらがなことば露の音　『〃』

鷹ゆけり風があふれて野積み藁　『人日』（昭63刊）

雪しろの本流に入る水ゑくぼ　『〃』

父の日の橋に燈点る船のやう　『〃』

埴(はに)色(いろ)に枯れ永らへて柏(がさ)の葉は　『〃』

白鳥の黒豆粒の瞳を憐れむ　『〃』

蜥(かな)蜴(へび)の沢の隠れ身又光る　『〃』

雪後にて金環の眼の鯔あがる　『〃』

葦折れず氷面(ひも)解けがたし父祖の野は　『〃』

風三日銀一身の鮭届く　『〃』

紫陽花の紫紺をつくし竜飛岬　『〃』

ひかり降り雨ふる墾(はり)の赤かぶら　『〃』

穂田満たし空も流るる最上川　『〃』

ねむる子に北の春暁すみれ色　『〃』

おほぜいのそれぞれひとり法師蟬　『〃』

雪国にこの空の青餅の肌　『〃』

きさらぎの雪の羽毛を被(き)て妻よ　『天門』(平6刊)
八雲立ちとどろきわたる佞武多かな　『〃』
鯉ほどの唐黍をもぎ故郷なり　『〃』
百歳の彼方は雪の野づらかな　『〃』
早苗饗のあいやあいやと津軽唄　『〃』
腰太き南部日盛農婦かな　『〃』
ししうどや金剛不壊の嶺のかず　『〃』
墨磨すれば墨の声して十三夜　『白光』(平9刊)
寒中の紫蜆寸志とす　『〃』
雄(を)の馬のかぐろき股間わらび萌ゆ　『〃』
横顔は十に七つや花林檎　『〃』
昨日今日明日赤々と実玫瑰　『〃』
大熊手小熊手そして万の素手　『〃』
成人の日をくろがねのラッセル車　『〃』
風花のこそばゆく降る髪膚かな　『〃』
白光の天上天下那智の滝　『〃』
土偶みな寝に帰りたき秋の山　『〃』
妻老いて母の如しやとろろ汁　『〃』

成田千空略年譜

大正10（一九二一）　三月三十一日、青森市に生まれる。兄弟姉妹十二人の四男。当時、生家は農園と万屋経営。

昭和4（一九二九）8　祖父母につづき父伝吉逝去（45歳）。

昭和14（一九三七）18　青森県立青森工業学校機械科卒業。富士航空計器株式会社（東京）に入社。

昭和16（一九四一）20　肺結核のため帰郷。俳句を始める。「松濤社」の高松玉麗に師事。

昭和18（一九四三）22　「松濤社」をやめ、青森俳句会に参加。その後、大野林火『現代の秀句』で特に中村草田男に注目する。太宰治の小説に惹かれる。

昭和20（一九四五）24　七月二十八日、青森市空襲。

昭和21（一九四六）25　青森県北津軽郡飯詰村（現五所川原市飯詰）に移住。帰農生活に入る。姉の亡夫岡田晴秋（俳人）の蔵書耽読。青森俳句会から「暖鳥」創刊。同人となる。中村草田男主宰「萬緑」創刊とともに参加。

昭和23（一九四八）27　「萬緑」で中村草田男選の初巻頭。

昭和25（一九五〇）29　五所川原町（現市）に従弟と書店開業。十一月上京、中村草田男を訪ねる。

昭和26（一九五一）30　石塚市子と結婚。八月下旬、青森県を訪れた中村草田男と一週間行動を共にする。

昭和28（一九五三）32　第一回萬緑賞に選ばれる。「暖鳥」の選を担当。寺山修司らと接触する。

昭和34（一九五九）38　「萬緑」全国大会（京都）に於いて「前衛俳句について」の講演。

昭和35（一九六〇）39　津軽と南部、八戸の有志によって「森の会」結成。

昭和40（一九六五）44　来青の金子兜太、堀葦男らと十三潟吟行。句会を持ち討論する。

昭和45（一九七〇）49　戦後俳句作家シリーズ『成田千空句集』を海程戦後俳句の会から刊行。

昭和46（一九七一）50　母ナカ逝去（82歳）。

昭和51（一九七六）55　第一句集『地霊』（青森県文芸協会出版部）刊。

昭和58（一九八三）62　師中村草田男逝去。

昭和62（一九八七）66　第二十九回青森文化賞受賞。

昭和63（一九八八）67　第二句集『人日』（青森県文芸協会出版部）刊、これにより第二十八回俳人協会賞受賞。「萬緑」選者となる。

平成1（一九八九）68　第四十二回東奥賞（東奥日報）受賞。

平成6（一九九四）73　第三句集『天門』（青森県文芸協会出版部）刊。

平成9（一九九七）76　第四句集『白光』（角川書店）刊。

平成10（一九九八）77　句集『白光』により、第三十二回蛇笏賞受賞。萬緑全国大会（大阪）のあと、松山に中村草田男の墓を訪ねる。

平成12（二〇〇〇）79　第五句集『忘年』（花神社）刊。

平成13（二〇〇一）80　「萬緑」代表となる。

平成19（二〇〇七）86　十一月十七日、死去。

第6章

古館曹人（ふるたちそうじん）

はじめに

二十代の終わりに句作を再開出来たとき、さまざまな人に出会うことの出来る幸せを嚙みしめた。当時の私にとって、山口青邨を師と仰ぐ「夏草」という結社即ち俳句世界のすべてであった。そこで私は古舘曹人という先達に出会った。以来、出会いのもたらしてくれる幸運というものに私はずっと守られて生きてくることが出来た。

雑草園で青邨先生と対座するとき、私は大瀧に真向かう心地をしばしば覚えたが、兄弟子である曹人さんと行動すると、山気に満ちた凛烈な真清水のほとりに佇つ思いに包まれた。無駄口を利かない。言い訳をしない。泣き言を言わない。自慢をしない。噂話に関心を示さない。物欲を知らない。情深いが即断即決。公平無私。実力本位、差別意識なし。他人に寛容、已に峻厳。

いまは句作の筆を折り、小説に取り組む一番町の孤老となってしまわれた古舘六郎氏を眼中の人として、この後も私は歩んでゆく。

黒田杏子

父のこと、佐賀の〝唐津〟のこと

きょうはこういうものをもってきたんです。（高さ二十センチくらい、三・五等身くらいの土の人形を箱から取り出し、机の上に置きながら）これ、何だと思いますか。この話から始めましょう。

昭和初期、浜口雄幸という総理大臣がいましたね。国民からは非常に人気が高かった。ひげを生やしていてもあまりいかめしい顔じゃないから、私も子供のころ大好きだったんです。その浜口雄幸は昭和五年に東京駅で右翼の青年に狙撃されて、それがもとで翌年、亡くなります。それで、私はその事件を契機に粘土細工でこの人形を作って学校の展覧会に出品した。そうしたら入賞したんです。これがその作品です。

私がこの事件でよく覚えているのは、「おなら一発」という大きな見出しのついた号外が出たこと。浜口雄幸が狙撃された後、手術をして弾丸を取り出します。手術が成功して内臓の活動が回復すれば「おなら」が出るということで、全国民が「おなら」を待ったわけです。だから「おなら一発」だ。しかしその翌年、亡くなったのは残念でした。

私の作ったこの人形はよくできたというわけで、おやじが唐津の中里太郎右衛門の窯で焼いてくれました。というのも、おやじは唐津焼の研究家で、定年で会社を辞めてからずっと唐津焼の復興に当たった男でしたから。しかし私が不満なのは元のはもっと顔が大きくてよかったのに、釉薬をかけたら少し縮まってしまったこと。私の作品は浜口雄幸にもっとよく似ていたんですよ。

ところで、私のおやじは昭和五年に杵島炭礦を自ら引退します。高取家の社長さんがいて、おやじはその下の専務取締役だから、なにも五十五歳で辞めなくてもよかったんだけれど、古舘家は代々酒屋で、昔からずっと五十五歳の定年なんです。おやじは次男坊だけれど自分も五十五で辞めると言って、五十六歳の正月で辞めた。ちょうど浜口雄幸が狙撃されたあとおやじは勇退しています。

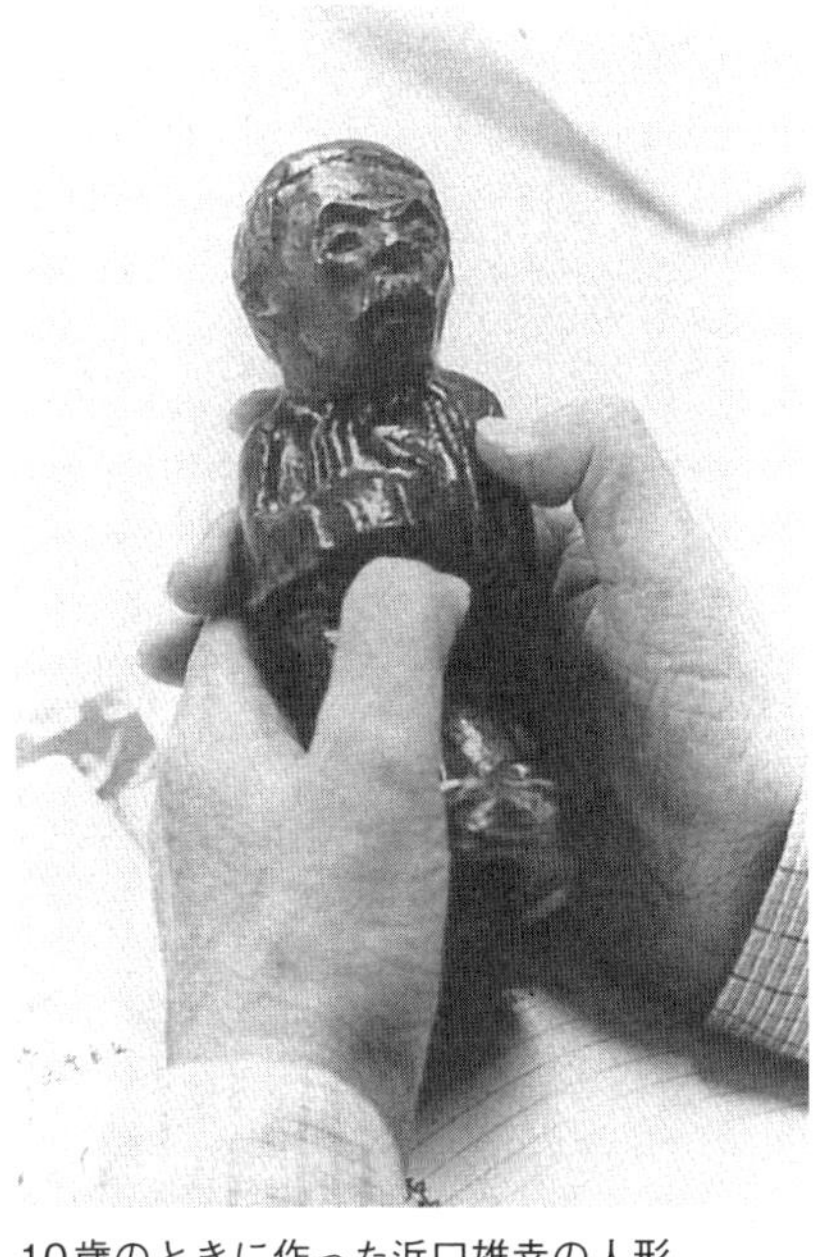
10歳のときに作った浜口雄幸の人形

そのとき私は十歳、小学校三年生のころです。こんど自分史をまとめたとき、浜口雄幸のこととおやじのことと自分のこと、この三つの年月を初めて一緒にできたのです。

浜口雄幸の狙撃事件が昭和五年（一九三〇）で、七年には五・一五事件が起きて、犬養毅が暗殺されます。十一年は二・二六事件で高橋是清などが殺されます。あのころ、こういう事件がずっと続くのです。

実は五・一五事件も二・二六事件も佐賀の軍人が起こした事件です。私が十歳から中学のころ。佐賀というところは血の気が多いのか、そういうときに立ち上がるんですね。父も私も佐賀県の男なものだから、それらの事件にたいへんに関心をもったのです。それ以前の記憶は、前の大正天皇が亡くなられたときとか、その四年後に昭和天皇の即位のお祝いがあるとか、そういうのを点々と覚えているけれど、昭和五年からは、それまで家にいなかったおやじが毎日うちにいるようになったのですから、おやじのそばでそれらの事件を一緒にずっと見てきたんです。

もう一つ説明しますと、佐賀県は佐賀市と唐津市に分かれています。唐津市のほうは北の玄界灘を向いているし、佐賀市は南の有明海のほうを向いて、互いに背を向けている。佐賀は鍋島藩の外様大名だが、唐津のほうは譜代大名の唐津藩で、全然違う。外様大名は、家臣がたくさんいる大藩で、そうとうな力をもってないと独立できませんが、唐津藩は小さな藩で、外様を監視するために藩ができているような感じ

唐津の自宅裏庭にて。後列右より長男均一、父九一、三男豊、左端六男六郎（曹人）前列右より長男夫婦の子圭一、妻英子、母かね、三女安子（昭和４年）

です。ちょうど県知事みたいなところがある。譜代大名のほうは老中や大老に昇進できるんです。江戸時代後期に老中になった水野忠邦は唐津藩から出た人です。唐津城主五代目でした。しかし、佐賀のほうは外様だから一切、そういうことはできない。白書院に入っても座る場所が違うわけです。唐津のほうが位は上だけど、佐賀のほうはすごい大藩です。

　だから、佐賀と唐津は非常に仲が悪い。いまでも唐津の人はできるだけ佐賀に行くまいとする（笑）。おやじもそれなものだから私も佐賀が嫌いで、私がバスケット選手のとき一度、佐賀に試合に行ったことがあるんですが、行ったのはそれ一回くらいです。明治時代に薩長土肥の肥前のために、佐賀と唐津をあわせてむりやり県を作ったから、そういうことになる。

　佐賀ということに対して私が偏見をもっている理由がもう一つあるんです。三島由紀夫は私より五つほど歳が下だけれど、私が戦場に行ったりして大学在学期間が長くなって三島由紀夫に近づいているんです。あるいは最後の年は三島由紀夫と机を並べているくらいです。三島由紀夫は体格検査で落ちたから軍隊に行ってないんです。

　私は三島由紀夫の小説をほとんど読んでいる。しかし、読まなかったのが一つある。それは『葉隠入門』です。いい本ですが、私が六十歳過ぎるまで読まずにいた。あるとき、佐賀から俳句の講演会をやってくれと言われて、学生時代以来初めて佐賀に行く。そのとき、あわてて三島由紀夫のこの『葉隠入門』を読んだ。芭蕉の時代、元禄時代に書かれた、山本常朝の『葉隠聞書』です。

　これはすごいもんですよ。「毎朝死ね」と書いてある。朝、武士が起きるとまず死ぬ覚悟を決めるんです。そうすると夜までずっと安泰に過ごせる。現代の経営者が経営に行き詰まったとき、「毎朝死ね」を実行することです。私は俳句をやりながら『葉隠入門』を勉強したわけです。

　父が杵島炭砿を勇退したあと唐津焼を復興するいきさつをお話ししますと、中里太郎右衛門という、いまの太郎右衛門のおやじさん、この人が当時唐津焼を作るんだけれど日用品程度で茶器に達していなかった。それじゃいかんというので父は、波多三河守という、秀吉の時代の人、当時の唐津藩主ですが、岸岳城に窯を築き、朝鮮（李朝）から百人の工匠をつれて来て焼かせた。その茶碗が奥高麗といって今日まで残っていますが、そういうものをおやじが発掘して有田の博物館にもっていったり太郎右衛門を助けたりして、唐津焼の復興に尽力したというわけです。

　おやじ自身は茶を点てなかったけれど、毎日、自宅で茶会をやりました。もっぱら家族だけの茶会を開いていました。おふくろが点てるんです。いま二冊の「古新亭茶日記」が残っています。古新亭とはおやじの雅号です。あれはこの茶会のことを長兄の均一が書いたものです。

　この兄は富安風生門下でしたが、病気をして唐津に帰ってきていた。家では毎日毎日茶を点てるので、その様子を自分で筆で書いていくんです。日にち、出席者、茶器や道具の名前などみんな書いてある。兄は建築家ですから、細筆できれいな茶碗の絵までかいています。戦争中、私が大学に行き、昭和十七年に母が亡くなることで「茶日記」は終わりになります。その間、陶器の専門家の小野賢一郎（蕪子）など当時の陶磁器の大家がおやじのところに来ているんです。

　おやじは昭和六年に会社を引退しますが、そのときにみんなが寄ってお祝いすることになったらしい。おやじは荻原井泉水について、自由律の俳句を作っていました。その日、〈けふよりは雀の来ない案山子かな〉、自分は引退した、きょうからは静かに余生を送ろうという、境涯の句のつもりで書いた。そうしたら、意外なことに、会社に残っている重役から「われわれは雀ですか」と聞かれて、おやじは頭を抱えて恥じ入ったそうです（笑）。「六郎、贈答句を作るのはいいけれど、こういうことがあるから用心しろよ」と言われたことを覚えています。

　おやじと一致するのが西郷隆盛です。西郷隆盛はいまでも九州では非常に人気が高い。おやじも西郷隆盛が好きだし、私も西郷隆盛が好き。そういう具合に自分史をずっと見ていくと、おやじと私の間ってぴったり同じなんです。これは親と子の関係ですごいところです。私とおやじとは四十六歳違うんですよ。私は九人兄弟の下から二番目ですから、おやじは私を孫みたいにかわいがったんです。父と私はそういう関係です。

　父と子は年代が違ってもそういうものを通して非常に深いつながりがある。そういうことがこの証言の準備をやるうちにだんだんわかってきましてね。おやじをもっと大事にしてやればよかったと思っています。

学徒出陣の日、のちに女房になる人には何も言わずに別れた

　私は小学校から優等生なんですよ（笑）。あるいは幼稚園からかもしれない。小学校から中学校までずっと全甲です。

第五高等学校時代

しかし昭和十二年、十七歳のとき、中学四年のときですか、模擬試験を初めて受けたら二十何番かに落下したのです。みなさんはおわかりだけれど、学校の勉強と受験勉強では勉強のしかたが違うんです。一方が学問なら、他方はクイズ。学校の勉強ばかりやっていたって模擬試験は問題の作り方が違うからだめですね。それが私はぼやーっとしていたものだから二十何番かになって、大ショックでした。それで中学四年のとき第五高等学校（現熊本大学）を受けたけれど見事に落第しました。

　翌年、めでたく合格、二十一歳まで五高で生活しました。ああいう高等学校は二度と生まれないでしょう。人格形成のために非常にいい学校生活でした。

　それでふっと気づいたのは、五高に入学したときは十八歳ですね。野球でいま有名な西武の松坂大輔君が十八歳ですね。私の五高時代の十八歳と松坂君を比較したら、私のほうが年をとっているようですよ（笑）、精神から何から。松阪君はすごいピッチャーだけれどかわいくてね。五高生はもう少しは大人でした。

　さて、五高を終わってから、どこでもいいんですが、大学に行くわけです。東大の法学部に行こうとして受験したのですがまた落第した。これも受験勉強しなきゃだめなんですね。五高の勉強だけしていたのではだめだ。その要領が私のなかにできないのと、クイズ式の受験勉強が大嫌いというのが一つあって、またそこで足踏みするわけです。

　そして昭和十七年、二十二歳のときに東大法学部にめでたく入学。山口青邨先生に東大ホトトギス会ではじめてお目にかかりました。先生がベルリン留学から帰還された直後のことでした。

　その秋、母が六十歳で亡くなります。母の葬儀に、おやじは学期試験の私に「帰ってくるな」という電報をくれたのですが、私は帰った。というのは大学には何年いてもいいから。そういう判断からですが、そうしたら運悪く、十八年に学徒出陣の動員令が下る。だからそれまで、大学には一年ちょっといただけです。

昭和十八年十二月一日に学徒出陣しました。そして久留米の連隊に入って三か月ぐらい基礎の訓練を経て、北京の経理学校へ行きます。九州と四国は全部、北京で学習することになってました。そこに一年ぐらいいたわけです。

経理学校を一年で出て、広島被服廠に行きます。被服廠とは軍服を作るところです。そこから博多の被服廠に行って、終戦を迎えるわけです。広島に爆弾が落とされる半年前に九州に転じたため、原爆にあわなかったんです。

その間のことを少しお話ししましょう。初めてここでお話しするんだけれど、徴兵検査を受けたときのこと。佐賀県の学徒も全県の市長も佐賀市に集まるんです。市長さんが担当になっている。徴兵検査は男性の前も後ろも検査するんです。そんな経験は初めてですよ。検査が終わって、いよいよ結果が知らされるとき、そこに唐津の市長さんが座っていた。その前に私が立ったら「古舘六郎。第三乙種合格」と宣告されたんです。「甲、第一乙、第二乙、丙、丁」という五段階ですが、戦争末期にはそれに第三乙がくっついた。第三乙は乙のいちばんビリで丙と同じくらいの虚弱体質です。三島由紀夫は不合格で戦争に行かなかったんですが。

そして、宣告した市長は突然どうしたわけか立っている私の顔をのぞきこんで、はらはらと涙を流したんです。あーっと思ったけれど、私は何のことかわからずにしばらくそのままにしていました。家に帰ってきて、親に聞くのも悪いので、兄弟で話し合ってみたら、その市長さんは唐津の元家老だそうです。父は唐津の酒屋の町人ですが、私の母は佐賀の武家の出です。明治の時代、町人と武家が結婚した最初のころです。そういうことで、その市長さんが私の顔を見ておそらく私の母のことが頭に浮かんだんじゃないか。だから、

五高赤煉瓦校舎前庭にて。左端曹人（昭和13年）

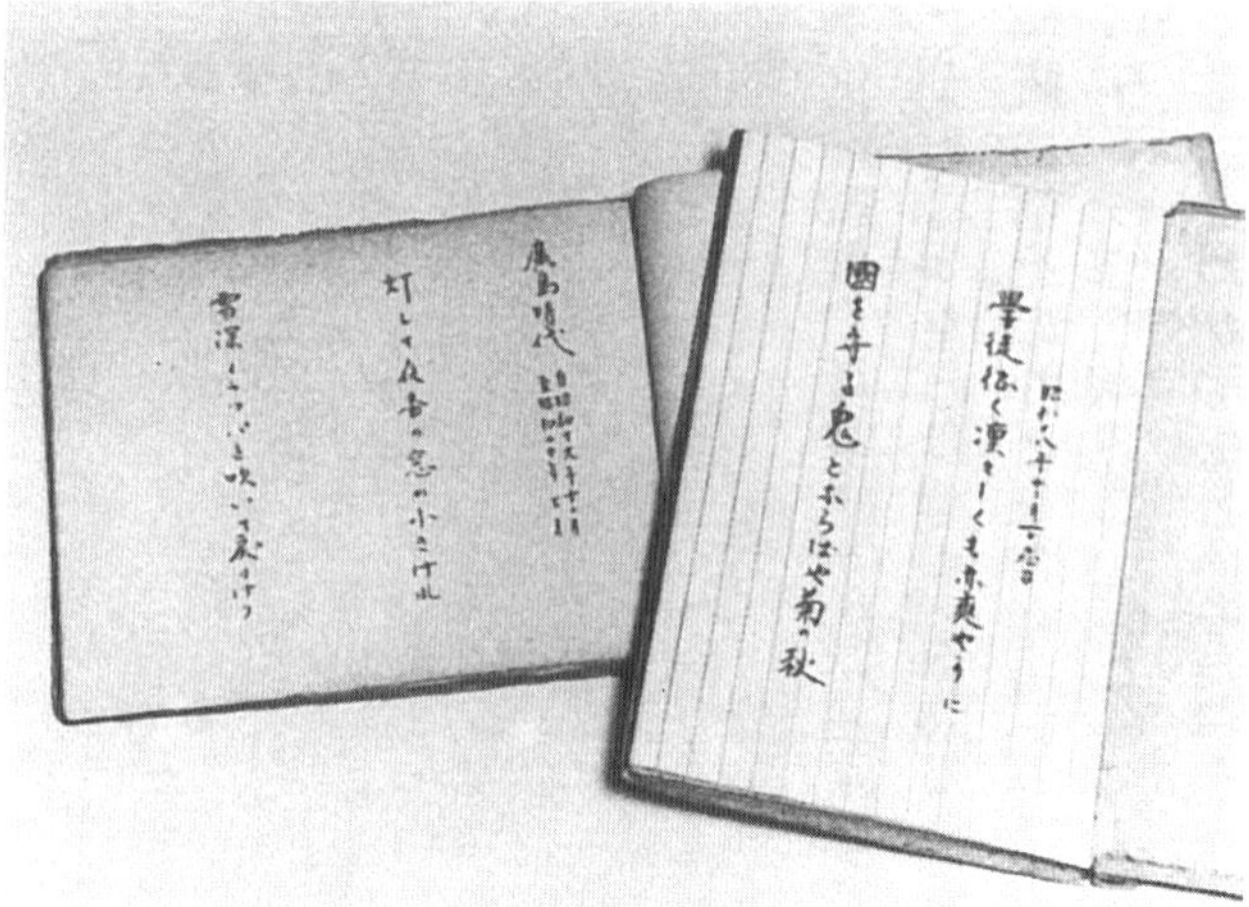

学生出陣時代の手作り句集「戦塵」「戎衣」

私を前にしたときホーッと涙が出てきたんじゃないかと思うんです。これは実際はどうか知らないが、その涙だけは本物でした。考えてみると、母は六十歳で亡くなったので、母と私が共有した年月は二十二年という短いものでした。

　もう一つ。昭和十八年十二月一日、学徒出陣のころです。

私は高等学校の先生の河瀬（かわせ）教授のところにいつも泊めて貰っておったのですが、そこに私の女房になる文代（ふみよ）がいました。河瀬教授の三女です。いよいよ学徒出陣になるというので家内が、いや、まだ家内じゃないわけですが、弟を連れて駅まで送りに来ました。しかし、ガダルカナルの死闘が終わって日本軍の敗戦がわれわれ大学生もすでによくわかってましたから、生きて帰るということは到底考えられなかった。だからそのとき、女房になる人に対して何も言えなかった。

　私の〈国を守る鬼とならばや菊の秋〉という、未熟で大仰な俳句があるんです。これも死の覚悟を詠んでいるという二十三歳の男子の心を理解してもらったらいいと思うんです。当時は本当にあきらめていました。生きて帰れない国のため、天皇のためとかじゃなくて、郷里の女子供を守る、これが男の任務だということがわかったというか、そういう気持ちでした。だから、私は「天皇陛下万歳」と言ったことがない。そういうことで、のちに女房になる人と駅頭で別れたのです。

　まだ、おもしろい話があるんです。兵営に行きますと内務班という部屋があります。軍曹が班長で別の部屋にいるのですが、「古舘一等兵、部屋に来い」と言われて班長の部屋に行ったら、「練兵休（れんぺいきゅう）とする。俳句を十句作れ」と命令したんですよ。私は青邨先生とかいろいろな人に「俳句はできません」という手紙を書いていたので、それを班長が見たんでしょうね。班長も私をかわいがってくれていたので一日一人だけ休みになった。しかし、それで俳句を作れと言われても、こっちは涙の出るほど感激していて句ができるはずがない。それでも、その休みの日に作った俳句が『ノサップ岬』に一句、残してあります。そういういい班長がいました。

北京から、今度は広島へ転勤になった。外地へ出る人が多かったけれど、私は偶然、広島に行くことになったわけです。このよろこびを郷里に何とか知らせようと思った。しかし、検閲もあって手紙にはそのことを表立って書くわけにいかん。そこで考えたのが「あした待たるるその宝船」という下の句です。これを手紙の最後に一つ入れた。それを見た妹が「ああ、兄さんが日本に帰ってくる」とわかったという話です。

広島被服廠時代。手前に陸軍見習士官の曹人

それはなぜかというと、歌舞伎の「松浦の太鼓」によるんです。「忠臣蔵」でおなじみの吉良邸のそばに住む松浦の殿様のところには俳句の其角が来て歌仙をやっている。大高源吾も俳句が好きでそこに来るんです。いよいよ、討ち入りのその時が来た。すると其角が殿様に向かって「大高源吾が帰り際に『あした待たるるその宝船』と妙なことを言ったが、どうも気にかかる」と言うわけです。これは先代の吉右衛門が得意でしたが、舞台の真っ正面に座っている吉右衛門の殿様はしばらく考えて、扇子でパーンと膝を叩く。そこに、山鹿流の陣太鼓がどんどんどんどんと鳴り出す。

「あした待たるるその宝船」は連句の下句です。あしたは討ち入りをするということを大高源吾が其角にそれとなく伝える。それを殿様は太鼓の音で察知する。これが「松浦の太鼓」の一場面です。妹も歌舞伎が大好きだったから手紙にそう書いたら、通じたわけです。「兄さんが帰ってくるぞ」って。

戦後、復学した東大で得たたいへんな宝物

終戦になって、また聴講生として東大に戻るんです。戻らなくてもいいんだけれど、実際はそれまでに私は一年半くらいしか学校に行っていない。二十単位か三十単位は取らなければ卒業できないんですが、十単位しか取っていないという東大生は私以外にいないのかも知れません。だから大学に

大学時代。東大農学部近くの下宿にて

戻ったのです。

とにかく大学に行って驚いたのは、大学の教授、とくに経済学部の教授で追放された人達が全部、復活していることです。たとえば大内兵衛という左翼の学者の外、戦後東大総長になる南原繁などそういう人がずらーっと揃っているんです。

時代がガラッと変わってました。まさにルネッサンスです。大内兵衛は財政学を講義するんだけれど、財政学ではなくてデモクラシーを熱を入れて講義するんです。あの左翼の人が。これは本当におもしろかった。そのとき「人民の人民による人民のための政治」を大内兵衛からじかに聞いたんです。これは私の宝です。

ほかにも末弘厳太郎という、元気のいい、法律の先生がいました。ある日、一人の学生を指さして、「おまえ、なぜペンで書いているか。やめろーっ」と怒鳴りつけたんです。みんなびっくりします。だって普通、講義の内容はペンで書いていくものでしょう。それが末弘厳太郎は「オレはおまえたちのために講義をしているんだ。おまえたちは明日のために書いているんだろう。それじゃいけない。私の話を聴いて、いま、ここで理解してくれ」ということを諄々と説くのです。ああ、やはり一流の学者は違うと思いましたね。すごい気力と熱意でした。いまの大学とはだいぶ違うでしょう。

南原繁は総長になったけれど、天皇誕生日にみんなを講堂に集めて「天皇は人間になられた。神様ではない。人間には責任がなければならんのだ」ということで「天皇責任論」を述べたのです。これは感激しましたね。若いわれわれは涙が出るほどでした。天皇に責任があると言ったのは南原繁が初めてではないかもしれんが、たいへん勇気が要ったでしょうね。

翌日、すぐ吉田茂が「曲学阿世」ということばで、南原はねじ曲げている学者だと非難したんです。しかし、そういう学者がいて、そのとおりにやっていれば日本はこんなにならなかったでしょう。

もう一つ、私の耳に残っているのが共産党の野坂参三の講演です。野坂が中国から帰ってくる、その日の日比谷公園はいっぱいな人で、木にまで登って見ている人がいましたよ。私も朝早くから起きて、数時間も群衆の中に立ちっぱなしでした。広場の真ん中を行列を作って野坂参三がやってきました。壇上に立って「愛される共産党」という演説をするんです。やさしい言葉で。徳田球一のほうはガンガンやっていたが、あの人は学者ですからね。学者の言葉で諄々と説きましたよ。「愛される共産党」という言葉は、この時ほど感銘したことはなく、新時代の到来を知りました。

金子兜太さんたちは終戦後、勤務先にすぐ帰っているが、私は大学に戻ったから会社に入ったのがずーっと遅れている。しかし、このとき、大学に戻ったということはたいへん幸せなことでした。これらの経験ができたのも社会に出ないで大学にとどまっていたからで、私はたいへんな宝物を得たということです。

さっき、私は小さいときは優秀だったと言いましたが、長ずるにつれ、こういうふうに落第ばかりしていくし、遊ぶことも遊んでいるものだから、歌舞伎の知識はすごいですよ。能村登四郎さんとも並ぶ（笑）。

私が見た歌舞伎は六代目と吉右衛門が主です。まず、六代目菊五郎は「羽根の禿」と「浮かれ坊主」を踊るんです。あんなに大きな人が「羽根の禿」で可憐な子供の踊りをする。それから舞台が廻って、後半は「浮かれ坊主」で赤褌に黒い衣をつけて剽軽な清元の踊りになるんだが、これが絶品でした。

また、初代吉右衛門は「一谷嫩軍記」で熊谷直実を演じるんですが、GHQの歌舞伎の禁止令が出ていまして、刀をもった芝居はすべてだめだった。しかし、やっとマッカーサーの許可が出て、これを演ったんです。最後の幕が引かれて、直実が衣と編み笠に杖をついて一人花道に残る。直実は息子を殺しているものですから、腰を落として編み笠を深くかぶり、仏門に入る合掌のしぐさをやるんです。ちょうどそのときは日本の軍隊が事実上、武装解除されているから、吉右衛門の演技はぴったりでした。そういうのが私の印象に強いですね。その他、六代目と新派の喜多村緑郎の「一本刀土俵入り」も一世一代のものでした。

「夢をつくれ」と言って亡くなった角川源義さん

昭和二十二年、私は基幹産業に入社します。太平洋炭礦です。私は経営者嫌いだったんです。会社に入って炭鉱の労働者と一緒にいると、労働者の気持ちは身分制の撤廃といって、自分たちが下積みにされたのを跳ね返そうという運動ですね。非常に純粋なものです。経営者のほうは経営者で、昔のまんま受け継いでいる。そこで両者に齟齬があるんです。それが私に非常によくわかった。

会社時代。40代の頃

そして私は、新憲法ができて労働基準法が変わってから採用された第一号の社員だった。そういうことで私は新しい世界に入った最初の人間ですよ。だから私は、炭鉱で憲法の講義をはじめ何もかもやったわけです。むしろ私は坑夫、いまは坑員と言いますが、その人たちとのつきあいが深いから、当時、経営者というのがばかばかしく見えてね。

一度、故郷に帰ってそのことをおやじに話したら、おやじがじーっと聞いていて、「六郎、おまえの言っているのはわかるけれど、経営者という仕事もおもしろいぞ」とこう言ったんです。それが私の頭の中にちょっと残っていた。

そして昭和三十一年、私が三十六歳のとき、労働組合運動で人より後れましたが、課長代理という経営者の一角に初めて入るんです。そしてそこで、炭労のロックアウトというものに出会う。これはストライキに対抗して会社が炭鉱の中を全部閉ざすわけです。坑内に入れない。むしろ会社のほうのストライキです。三池争議と同時で、釧路の炭鉱の争議もすごかったのですが、しかしその中で労使改善の芽が出てくる。これが私の経営者としての最初の仕事です。

長くなるので省きますが、アメリカの技法があって、そういうものを使って心の問題を解いていくのですが、経営者もそういうものにならっていくと……（省略）。いま日本に炭鉱は太平洋炭礦と九州の松島炭礦と二つだけしか残ってないですよ（現在はともに閉鎖）。

炭鉱も斜陽になるけれど、いちおう新しい転換を図っていこうということで、昭和四十七年に私は外遊します。そのときに会社を辞めることを心に決めます。これで私としては会社は終わり。コンサルタントでも何でもいい、新しい仕事につきたいというので外遊したが、戻ってきたら昭和四十八年の石油ショックでしょう。私はその処理をせざるを得ず、会社にとどまる。それでとうとう新しい仕事につくこともできないでズルズル、石油ショックのあおりを受けて時間を費やしていくのです。

ちょうどそのときに角川源義（かどかわげんよし）さんと会うんです。昭和五十年のことです。『俳句』の編集長だった大野林火（おおのりんか）さんに会うために角川書店を訪ねたとき、とんとんと階段を上がっていく人の後ろ姿を見たんです。それが若い源義さんでした。

二度目に会ったのは俳人協会で、青邨先生と私と二人いたときに源義さんが来て、そこでちょっと会ったことがあります。俳句文学館ができる前です。それだけの出会いでした。

そうしたらある日、釧路に行ったときのこと、八浪（やつなみ）という料亭があって、そこのきれいな女将（おかみ）さんが「古舘さん、この間、角川さんが見えましたよ。角川さんがあなたのことをほめてましたよ」と言う。何のために角川さんが来られたか、いまだに知らないんですが。それで、そのとき角川さんについて女将さんの話を聞いたんです。そういうことがちょっと頭にあった。

それから数か月たって、青邨先生から電話がかかってきた。「いま福田蓼汀（ふくだりょうてい）君がそばに来ている。曹人君、君を理事にしたいと協会のほうから言ってきているが、どうだ」と言うんです。当時、私は石油ショックのあおりの経営者としての忙しさもあって、俳人協会には全然興味がないから、「先生決めてください」と言って電話を切ったんです。先生もあまり賛成はしてなかったから、断ってくださるだろうと思ったら、そうではなくて、とうとう断りきれずに私が理事になったんです。

私が理事になって初めて、俳句文学館の建設のことでの集まりに行ったら、そこで角川さんが俳句文学館建設のいきさつをみんなに説明されているんですが、その角川さんの目に涙が光ったんだ。そして、言葉がぐーっと詰まったようになった。俳句文学館のことで一所懸命だったんでしょうね。それまで私は、俳人協会がどうなるかなんてあまり関心がなかったけれど、その角川さんの涙を見たとき、ああ、これはたいへんだと思ったですよ。角川さんと私とはそういう関係なの。

俳句文学館はすでにほぼできあがっていて、運営をどうするかというときに、角川さんが私を理事に呼んだんですね。しかし、私は何のために呼ばれたかもよくわからない。みんな角川さんのところで仕事をしているものだから、理事長たちは俳人協会のことはわからないんです。私もどうしていいかわからない。だから、角川さんのお宅へ絶えず行っては雑談して帰ってきた。

そういう人で、私に何をしろとは言わないんですよ。それで何かの参考になるだろうと思って私はひとりで講道館に行って、勉強をしてみたりした。

そうするうちに募金をやろうという提案があって、草間（くさま）時彦（ときひこ）、松崎鉄之介（まつざきてつのすけ）、有働亨（うどうとおる）の三人にはじめて相談した。募金は成功して、七千万円を集める予定が一億円を超えたんです。

そのとき角川さんはすでに病床にあったので、私が角川さんの入院先を訪ねました。しかし、「会えません」と言われたので、エレベーターのところに戻ろうとしたら、人が走ってきて「先生がお呼びです」と言う。あわてて病室に入ったら、角川さんは私を抱きかかえんばかりにして「いやあ、よかったなあ」と言うんですよ。お金が集まってよかったということです。それが角川さんとの最後のお別れだったですよ。

角川邸の古希の会。写真は故・角川源義、その後ろに照子夫人。帽子姿は草間時彦（左）と曹人（平成２年）

だから、角川さんとは二月に会って十月に亡くなられるまで九か月だけのおつきあいだった。私に何をせよと一言も言わない。ただ言われたのは「夢をつくれ」ということ。最後まで言ってました。「夢をつくってくれ。いいかげんにこちょこちょやるな」ということです。そればっかり言って死んだ人ですよ。すごい人だと思う。私にはあのたった九か月の印象がすごいんです。いまもここ（角川九段ビルの会議室）に出てくるような気がするなあ。本当にすばらしい人だったですよ。

そのときはもうすでに息子さんたちに仕事は譲るということにしていて、ご自分は文学館のことに精一杯だったときです。みごとなものだった。さすが、角川書店をここまでもってきたという人だけあって、やっぱり違うなあ。普通の社長さんとはたいへんな違いだ。

そのついで、と言うとおかしいが私は「塔の会」に入るんです。有働亨さんが私を誘ってくれた。それまで私は協会に来ているけれど、みな協会の仕事しか私に預けないんです。俳句のことは一切なし。考えてみたらそれまで「夏草」にずーっと籠の鳥みたいにしていて、結社以外の人にはほとんど会ったことがなかったので、ここから初めて外の人とつきあいがでてきます。

当時の「塔の会」の構成メンバーですが、中心が草間時彦、岸田稚魚、有働亨、林翔、細川加賀。あとは私より若い人でした。私はそこで新人として扱われていくわけです。いや、新人でもいいけれど、いろいろな議論が出て、おもしろかった。

一回目の句会のとき、〈冬の滝おのれの壁に響きけり〉の句を出したんです。そうしたら問題になった。反対から賛成からいろいろな議論が出た。その席を終わって表に出たら、林翔さんが私のそばに寄ってきて、「古舘さん、あなたの句はいいんですよ。みんながああ言って悪口を言ったけれど、決してあの句はそんなもんじゃない」と私を激励してくれたんです。

そういうことでこのとき、私は初めて俳壇の中に入っていった、デビューしたというわけです（笑）。そして、昭和五十五年に『砂の音』で第十九回俳人協会賞をもらった。それがちょうど六十歳のときでした。

だから、私の俳壇とのつきあいは角川さんから始まっているような気がするんだ。角川さんとの出会いから。すでに私のほうは会社は捨ててきているから、俳句だけになっていっている。そして青邨とはすでに俳句について具体的に話すこともなく、互いに違う道を歩いている、作句の上でね。むしろ虚子のあとを追おう、伝統を追おうとしているものだから、先生とは合わなくて、師弟としてのつきあいだけはしているけれど俳句は別で、そういうことで「塔の会」に入ってから結社外の俳人たちとつきあいが始まって、私の『砂の音』を作っていくんです。だから、私の処女句集は六十歳のときの『砂の音』と言ってもいいのかもしれないですね。なつかしいのは『ノサップ岬』（第一句集）だけれど。

角川さんに出会って、角川さんが行けと言ったわけではないんだけれど自然に私が俳壇の中に入っていったのはおもしろいことです。

青邨逝去後「夏草」終結、あとはなんにも残らなかった

青邨と私の関係ですが、青邨は私をつかまえたまま離しもしないという人ですね。ありがたいことはすごくありがたいけれど、だんだんそれが苦しくなっていくんです。

青邨という人は添削もしないが、どっちかというと虚子とか秋桜子みたいな玄人向きじゃない人ですけれど。しかしね、さらーっとしたところがあって。私はやっぱり好きですね。いい先生だった。

山口青邨米寿記念の琵琶湖周遊。左より斎藤夏風、青邨、いそ子夫人、曹人
（彦根の宿楽々園にて）撮影＝黒田杏子

この間、何かの雑誌で、「緩急のライバル」として青邨と風生を比較してみました。そのときよくわかったのは、風生のほうが緩で、青邨のほうが急ね。やはり厳しい。風生のほうは竈猫の句（何もかも知つてをるなり竈猫）みたいで、ああいう面は青邨にはない。しかし、俳句の基本はやはり、私も緩だと思うなあ。私の作品もそうとう急が多いけれど、だいぶあとのほうになってくると、いくらか緩もあったのかなと思う。作品は省略すればするほど急になるんです。そこのところがね。

青邨先生は昭和六十三年に亡くなります。九十六歳という長寿を保たれたわけだが、生前、先生の体をお風呂で流しているときにもわかった。九十近くの人なのに、先生の骨格はすごいんだもの。だから、先生は死ぬつもりじゃなかったんだね。百歳ぐらいまでは生きるつもりでやっておられたんじゃないでしょうか。

平成三年五月号をもって「夏草」は終結します。「結社一代論」というのは青邨から絶えず聞いていたことです。「ホトトギス」も一代でやめたほうがいい、あれは虚子のものだから。名前を変えてもいいんだ。ホトトギスじゃなくてウグイスとでもすりゃいい、と青邨は常に言っていた（笑）。

「夏草」についても、時々私が打診していたのよ。「私は先生の言われるようにするから、後継者としてだれかを指名したいと思われるのならそうしましょうよ」と言ったら、「いい人がいたらなあ」と言うだけ。青邨ははじめから後継者探しはしてなかったですね。ああいうところはしっかりしていた。「夏草」の終結が非常にスムースに行ったのは、それが私にわかっていたからです。

でも青邨はちゃんと、「夏草」同人の中から七人を夏草賞にしている。六十年間で七人にしか夏草賞を出さなかったという事実が結社の終結のときに非常に役に立ったね。この人たち受賞者に任せればよかった。私も夏草賞をもらっていたから、その代表というかたちで（終結を）リードできたのです。

しかし、私も新しい結社をおこすと言ったらだめでしたよ。もちろん私の中にその気がないからいいんだが、私の中にそういう気持ちがちょっとでもあったら、ああいう終結のかたちはできてこなかった。私に全くその気持ちがなかったから、希望者はみんなやってくださいと言えたんです。

先生は九十六歳と長く生きられたものだから、青邨そのものについての評論はわれわれはできなかったようなものですよ。生きておられる間はほめるばっかりで、批判するということはまずできなかった。

だから、青邨が亡くなってからあとのものは本物ですよ。『青邨俳句365日』は半年かかった。『青邨秘話』も。あれは本音です。あれもやはり青邨生存中には書けなかった。御恩ということだけでは評論できないですね。

私が俳句を本職にしようとしたきっかけは、虚子の『五百句』を徹底して勉強したことです。あれで「磨く」ということかな、それがわかった。これは青邨の門下時代にはわからなかった。教えてもらえなくてね。そういうことから入っていって、『砂の音』の次の『樹下石上』あたりからすこしずつ私の新しい俳句ができていくんです。

私自身は、いつも言っているけれど、虚子じゃなくて子規が革命家だという考え方をもっていまして、子規が「即興とノン・リーダー」を主張したが、虚子以降、それがなくなったの、もう一度、子規へ立ち戻りたいという気持ちをもっていました。

平成三年、ＢＳ衛星放送の「俳壇の宗匠たち」で私個人は実験ができたんです。みなさんには黙っていたけれど、家で写生して一時間で百句を作るんです。その日、二句だけ残す。そして二、三日たって、また百句作って二句残す。それを二、三回繰り返し、最後に全体から二句だけ残して「宗匠たち」の会に出るんです。そして、そこで自由な発想で俳句を作っていく。だから、もっていった二句はだめだとわかったら成功なんです。私はそういう実験の上、それで句作をやめるという決心がつきました。

句作の筆を折ったのが平成六年です。『繡線菊（しもつけ）』という句集を出す前です。筆を折った翌日、池袋の東武デパートの展覧会で円山応挙（まるやまおうきょ）の「人物正写惣本」の婦人の裸体のデッサンを見て、大発見をするんです。江戸中期に西洋のデッサンが日本に輸入され、それが浮世絵や円山応挙のデッサン（裸像）などで日本に紹介されて、蕪村（ぶそん）の俳句に明らかに西洋流のデッサンが見えるのです。子規はそこで「写生」を発見するのです。諏訪春雄（すわはるお）の『日本人と遠近法』（ちくま新書）、あれはいい本です。蕪村を子規が発見したのは遠近法だと思いますよ。遠近法を子規が知らぬまま蕪村をつかんだというか、そういう気がするんです。

昭和を生きてきて、いまいちばん心配なのは日本全体のあり方です

昭和二十八年に結成された「子午線」の活動はほんのちょっとの間で、短いんです。というのは、「子午線」は「夏草」に反抗してつくったんです。若手有力俳人の集まり。反乱軍だ。メンバーは高橋沐石、保坂春苺、橋本風車、有馬朗人、深見けん二、石原透、上田五千石、上井まさし。東大ホトトギス会の人と「萬緑」の人です。

　そうしたら青邨が「おまえ来い」って私を「夏草」の編集長に引っ張った。だから、「夏草」の連中はドーッと「夏草」に戻ってきた。そして「子午線」は沐石の本になった。あのときはしかし、珍しかったですよ。「子午線」と波多野爽波の「青」と楠本憲吉の「琅玕」グループ。東大と京大と慶応です。この三つがケンカばかりしていたけれど、それを一つにした。俳壇の一角だったのはたしかだったです。

　波郷という人よかったねえ。私の世代の人間は人間探求派の楸邨、草田男、波郷という人の影響を受けない人はいないし、みなこの三人を目標にしてがんばったんだ。

　一人一人違っていて、私にいちばん遠いのは楸邨さんだ。会ったことがないもの。手紙だけはきちっといただきました。たとえば私が句集を出すと、必ずその中から一句とって、それの批評をはがきに書いてくれた。そういうていねいな人だった。

　波郷には朝日新聞で私の『海峡』にすごい批評をしてもらったから、ある日、練馬のお宅を訪ねたんです。そうしたら奥さんもおられて、やさしく扱ってもらいましたよ。曼珠沙華が咲いていてね。あの人は朝日俳壇の選者になるでしょう。立子と草田男の三人で。波郷邸でのその席では虚子に関する話が多かった。草田男さんがどうの、立子さんがどうのとかね。自分たちの身内の「鶴」の話はほとんどされなかった。波郷という人は礼儀正しいし、みんなから好かれたですね。体が丈夫だったら、俳人協会はあの人の傘下だったでしょう。

　草田男さんはいい兄貴分だ。われわれの年代からみれば三人とも兄貴と言ったほうがいいですね。句会のとき、新人の私が火鉢のそばの草田男さんの近くに行ったら、私の俳句をほめてくれるんです。私の〈袋とるリンゴの中の汽車の中〉という変な俳句があるでしょう。あれがいいと言ってね。なごやかな句会でした。その座のなかに、さっき挙げた沐石とか風車とか、そういったような人が一緒だったですね。

　人間探求派のあの三人がいなくなってから、俳壇もばらばらになったんじゃないかなあ。

　俳壇というより、私がいちばん心配するのは日本全体のあり方です。こりゃあ、危機だね。絵も明治から大正までで、あとは終わりでしょう。歌舞伎に至ると、歌右衛門が病気で

だめで、あとはもう全然ダメ。落語も戦前から戦後にかけてがいちばんよかったですね。いまは小(こ)さんが残っているだけで落語も全滅です。なぜ落語が全滅かというと、これは俳句にもかかわるけれど、寄席がなくなったからです。あることはあるけれど商売にならんので、主だった人はテレビに出たり劇場に出たりして、やっている。そんなことで落語が維持できるはずがないですよ。落語というのは決まった小さな小屋でやるものなのです。寄席の芸です。

曹人の俳人協会賞受賞式。青邨を挟んで曹人と文代夫人（昭和54年）

　俳句も同じで、俳句も正岡子規は「ノン・リーダー、即興」ですよ。これが正岡子規の教えた俳句です。虚子になってからそれがなくなっていって、みな先生になった。いまは全員、先生。俳句が座でなくなった。これは危ない。やがて落語と同じようになりやせんかと心配です。

　そこへポッと石原慎太郎(いしはらしんたろう)が出てきた。本物が出てきたような気がするね。石原慎太郎が貸借対照表の話をするけれど、あれは傑作です。貸借対照表は私も会社に入ってから勉強したけれど、だれが作ったかしらんけれどすごいもんですよ。あれを省略してやっているのが官庁の経理です。だから、貸借対照表をしっかりした上で、東京都の財政を立て直すという彼は正しいのです。さすがに一橋大学出身だ。感心しているんです。

小説「波多三河守」を書きながらスーッといなくなりたい

　女房のお通夜のとき、私は長々とみんなに女房の紹介をしたんです。お通夜であれだけの演説をしたのは私だけかもしれない。女房の一生を語った。おやじの私のほうはみんなが知っているからいいけれど、女房のほうはだれも知らないわけですよ。ですから牧師の代りを増上寺（ぞうじょうじ）でつとめた訳です。

女房が死んでしばらくしてから、妹に「今後、どうしますか。養老院に行きますか」と聞かれたとき、びっくりしたな。言うほうも言うほうだ。養老院に行きますかって、そりゃ、ひどいよ。言い方もひどい。しかし、私は全くそういうことは考えてなかったんだ。女房が亡くなったあと、女房の遺品を親戚の女性を集めて全部、配りましたよ。家の中は女性に関係するものが半分以上占めてるね。それが全部なくなったから家の中がガラーンとなった。それが一つ。

蔵書もだんだん減らしていって、いまはもう青邨の本と身近の連衆の数人の句集だけで、あとは全部贈呈した。だから、いまは非常に身軽になった。

考えてみると私のライフスタイルは、横浜から東京の一番町までずーっと世間の方々の行き方に逆行というか、中心に向かって移転していったわけですよ。木造一戸建ての横浜の家は他人に譲っていまもあります。二番目は借り家だ。青山でマンション暮らしをした。そしていまの一番町のマンションに来たんです。つまりだんだん家が小さくなっていくわけです、金持ちじゃないですから（笑）。

いま、生活をどんどんシンプルにしているんです。肩書を捨てろ何を捨てろといつも言っているけれど、私は捨ててはいけないものを捨ててしまった。娘と女房ですよ。周縁から中央に行くということは住居即ち私の庵になっていくこと。私が死んでも女房がそこにいれば立派な庵ですよ。女性だから、それが生かせるの。しかし、その人を先に亡くして私がひとりになって残ったから、これはたいへんだ。その日からもうたいへん。

とにかく男というのは何も家庭の中でやってないものですね。女房が生きている間は銀行のキャッシュカードも私はもってなかったんだ。だから、自分でお金を下ろしたことがない（笑）。いつも女房が財布に入れてくれるものをもっていくだけでした。

生活はすべて女房がまかなってました。布団をかけるのも女房だったから、夜中に暑いからって自分で一枚脱いだりするのはいまでもなかなか難しい。それで風邪をひいている（笑）。一人になるまで、ガスの火を点（つ）けたこともなかった。だって、「男子、厨房に入るべからず」というのが頭の中にあるんですよ、いばっているわけじゃないけど。私は俳句では「自立」とか言ってきてるけれど、実生活では全然自立なんかしてなかったんですね（笑）。

食事も女房の出すものは文句なしにみんな食べましたよ。ただ引っ掛かるのは、私が唐津の出身だから東京の魚は食えないこと。水に浮いているような魚はとってもだめ。小さいときから生きたものしか食べてないでしょう。女房もなかなか献立を選ぶのがたいへんなようだった。

女房が死んで、姉と妹が訪れては、ときどき私に料理を作ってくれるんですが、その料理がまさにおふくろの味なんだ。家の料理。これは初めて発見した。

女房が死んでから、独り暮らしになった私は料理を覚えるために江上料理学院にも通ったんです。だから、私はいまコロッケなんかがうまいですよ（笑）。あれ、材料を丸めていくところが難しい。水気をとらないとだめなんです。そのへんのところがだんだんわかってきた。しかし、私が作る味はみんなおふくろの味です。姉と妹に伝わっていたおふくろの味だ。

私が料理学校に行くというので黒田さんからまっ黒い京都の一澤帆布のエプロンをいただきましたね。いまももってます。料理学校の先生にだいぶ激励されて、腕前もそうとうなところまでいった。しかし、ブリを一匹料理する手前でやめた。あれができてたらもっとすごかったんだが。

女房と違っていまの私の生活は機械化されているんです。女房がいたときは我が家には電子レンジもなかったんだ（笑）。それが今は皿洗い機を入れたし電子レンジも入れた。唐津から松露饅頭を送ってくるが、あれを電子レンジに入れると一分もかからずに焼きたてができる。男の独り暮らしの生活は全部、機械化されたんです。

それでねえ、私が炊事の洗うことに長けているということを一つ発見した（笑）。洗い物が好きなんだ。男というのは洗い物がいやだから放り投げるでしょう。でも、私はこんなに清潔好きかと自分で驚いたくらい、きれいに洗う。洗うのは平気ですよ。

掃除は月に二回、メイドさんに来てもらっているんです。女性が二人でやってくれる。短時間でちょっと高いですけれど、きれいに掃除してくれますよ。

ひとりだからってセコムの警報装置をつけたんです。しかし、これもよしあしで、あちこちですぐ警報機が鳴ったりカギをなくしたりで、もうたいへんなんです。それで、とうとう玄関のところだけにしてもらった。

そういうサービスを導入すれば、男ひとりでも十分にやっていけます。私はそういうかたちでなかなか便利な都会生活をいま送っています。『文藝春秋』五月号に江藤淳が奥さんを亡くした話を書いてありました。自分が入院する話もあった。それはそれでいいのですが、話がそこで終わっている。しかし、それから後がたいへんなんだ。江藤さん、その後、どうするんですかって質問したいくらいだ（笑）。

独り暮らしを始めたころは掛かってくる電話が頼りみたいだったね。電話が来ないかなあと思った。わかったのは、土日になると電話がパタッと止まること。周辺にサラリーマンが多いからでしょうね。みなきれいに休むんです。月曜になるとダーッとかかってくる。それで土日は歌舞伎を観にいくことにしたんです。

年賀状も数年前にやめました。老人だもの。私ももう八十ですよ。「これが私の最後の年賀状です」ということにしちゃった。だから、いただくのはだいぶ少なくなった。

平成九年に『木屋利右衛門』という小説を書いたけれど、あのときはいまよりも元気だったですね。夜、書くんだから。しかし、真夜中というのはいい時間だ。深夜は時間の切れ目がなくなるというのかな。四時間なら四時間が時を刻まないんです。まるで大海のように広々としている。その時間がいちばんいいから、小説家はそこをねらって（夜、書くことを）やっているんだというのがわかります。私も夜型になりました。

『木屋利右衛門』は堺と博多と唐津が材料なものだから、そこの人たちと仲良くなったのが一つの収穫ですよ。堺の昔の「大地図」が発端ですから、堺の市長から感謝状が来ました。先人顕彰事業に貢献したということで。その「大地図」は終戦後まで堺の八木三日女さんの蔵にあったんだ。いまは博物館に移されたから、今度、三日女さんに会ったら現物を見せてもらう約束をしました。

私のお墓は決まっているんです。芝（東京都港区）の増上寺の地下に仏壇があって、そこに女房と娘の分骨が納められているんです。しかし、私が死んだら古舘家の一角はなくなります。妹のところに位牌をもっていくのも迷惑でしょう。子供は一人娘でしたから、孫はもう名前が違っている。だから、そのときが来たら仏壇を終結して合葬することにしています。万霊塔というのがあって、そこに入れてもらってしまうのです。固有の墓は私ははじめから持つ気がない。そうしたら、私はこの世からきれいになくなって、形だけは森澄雄さんの好きな西行の「蹤跡なし」という言葉どおりになってくる。

いまはもうだいぶ身軽ですよ。身軽にすると心も身軽になります。いっぱいもっているからだめなんです。老人になればなるほど単純にしていったほうがいい。

いま二作目の「波多三河守」を書いているんですが、できあがるまでに、さあ、何年かかるか。書きながらスーッと居なくなりたい。そうなるといいなと思いますね。

おわりに

今回のインタビューは、証言者がよくよく存じ上げていたつもりの曹人さんであったために、かえってむずかしい面があった。

自分史を振り返ってみようということで、曹人さんから私の手許に膨大なデータが届けられた。

なんと四百字詰原稿用紙六百枚に及ぶ手書きのもの。

老い支度、死に支度を……などとおっしゃる方は多いが、これほど徹底してゆく人も少ないと思う。その上、いろいろと証言された内容を、ゲラの段階でどんどん消去していってしまわれる。

「兜太さんのように、私には俳句での論争などなかった。結局、何もなかった。折々に考えたこと、言いたかったことは、本にもなっているし、私なりの句作の実験は句集に収めてあるし……」と。

俳句を作る学生として出陣、戦場には身を置かれなかったが、生きて戻って、企業のなかで自己変革を持続した人。こういう俳人も存在するのだと改めて曹人さんを発見した。

黒田杏子

（インタビュー＝平成11年5月19日）

古舘曹人自選五十句

虫の戸を叩けば妻の灯がともる　『ノサップ岬』（昭33刊）

万灯は星を仰ぎて待てば来る　〃

蟷螂の一枚の屍のうすみどり　〃

昆布一丈爽やかに漁婦たもとなし　〃

灯台の裏窓一本の葱吊す　〃

海鞘をむく鬼畜の手して女なり　『海峡』（昭39刊）

苺つぶす舌を平に日本海　『能登の蛙』（昭46刊）

水仙のうしろ向きなる沖つ濤　『砂の音』（昭53刊）

鷺納め碧き月日を惜しみけり　〃

はたはたの夕日にもどる砂の上　〃

炉のあとに土の寄せある鹿火屋かな　〃

滝の壁鎧のごとく濡れにけり　〃

蜻蛉のあとさらさらと草の音　『樹下石上』（昭58刊）

紫陽花や甘えて鯉の裏返る　〃

一燈に二人はさびし蕪鮓　『〃』

鱒鮓や寒さのもどる星のいろ　『〃』

そちこちに縄垂れてゐる春障子　『〃』

鉾の稚児帝のごとく抱かれけり　『〃』

田植機を押してうしろを見せにけり　『〃』

山眠るひとつの庭に矮鶏と犬　『青亭』（平1刊）

舞ひもどるとうしみとんぼ梅雨の石　『〃』

椅子を得てしばらくきしむ旱星　『〃』

初萩のすでにとどきて石の上　『〃』

拗ねものの菅笠ふかく踊りけり　『〃』

やうやくに鴛鴦と定めし遠さかな　『〃』

京を出てすでに山陰線の枇杷　『〃』

新聞を跨いでとほる野分かな　『〃』

心太みじかき箸を使ひけり　『〃』

雨ながら十々里（とどり）が原の花きぶし　『〃』

榠櫨より柘榴に飛びし木の芽かな　『繡線菊』（平6刊）

十月の大徳寺麩を一つまみ　『〃』

どんどより雀の散りし山河かな　『〃』

畳から柱の立ちし大暑かな　『〃』
市ケ谷に虹の大きな人出かな　『〃』
芙蓉焚くいよいよ山の眠るとき　『〃』
山茱萸のそらいちめんに嵐かな　『〃』
をととひもきのふも壬生の花曇　『〃』
朝顔や大津百町濤の上　『〃』
実柘榴の幹のねぢるる祭かな　『〃』
十二ほど芙美子の戸まで時雨石　『〃』
うちとけて蝦蛄（しゃこ）の甘さも夜寒かな　『〃』

雁の声直哉の一間一間かな　『〃』
ありさうなところにいつも藪柑子　『〃』
泣くときも泣き止むときも梅の花　『〃』
繍線菊（しもつけ）やあの世へ詫びにゆくつもり　『〃』
魞解いて畳の上に濤の声　『〃』
鮞（はららご）に眼鏡外してなさけなし　『〃』
土下座して彼岸の篝焚きにけり　『〃』
余花にして明智が妻の墓二尺　『〃』
米粒に跼んで拾ふ朝曇　『〃』

古舘曹人略年譜

大正9（一九二〇）　六月六日、佐賀県杵島郡北方村に生まれ、すぐに唐津市に転居。六男三女の八番目。父九一は唐津の古舘酒蔵（太閤）の次男で、杵島炭礦の高取伊好に仕う。母かねは佐賀藩牛津の出。

昭和17（一九四二）22　唐津中学、五高を経て東大法学部入学。東大ホトトギス会に入会、「夏草」会員。母死去（60歳）。

昭和18（一九四三）23　学業半ばで学徒出陣。久留米四八聯隊、第三乙種。翌年経理部幹部候補生として北京に宿営。19年暮に経理学校卒。広島被服廠着任（見習士官）。20年被服廠の博多支店で敗戦。陸軍主計少尉。

昭和20（一九四五）25　前年に東大卒業の特別措置がとられていたが、聴講生として復学。

昭和21（一九四六）26　河瀬文代と結婚。翌年、太平洋炭砿に入社。北海道釧路に赴任。

昭和28（一九五三）33　同人誌「子午線」を結成。

昭和29（一九五四）34　青邨主宰は曹人を「夏草」の編集長に抜擢、深見けん二・石原透・本橋仁・斎藤夏風・向山隆峰などを雑草園に集め、「夏草二五〇号」記念事業を推進。

昭和33（一九五八）38　第一句集『ノサップ岬』刊。

昭和39（一九六四）44　第二句集『海峡』刊。朝日新聞で書評してくれた石田波郷をはじめて訪問。

昭和46（一九七一）51　第三句集『能登の蛙』刊。句材が内地に移る。

昭和47（一九七二）52　「生活産業」を主題に六・七月欧米視察。

昭和48（一九七三）53　太平洋興発（太平洋炭砿の親会社）の副社長に就任。

昭和50（一九七五）55　俳句文学館建設のため、俳人協会理事に就任。「塔の会」入会。

昭和53（一九七八）58　第四句集『砂の音』刊。

昭和55（一九八〇）60　『砂の音』で第十九回俳人協会賞受賞。

昭和56（一九八一）61　これ以降昭和60年代にかけて評論集・入門書を刊行。

昭和58（一九八三）63　第五句集『樹下石上』（角川書店）刊。

昭和63（一九八八）68　十二月十五日青邨逝去。師の「結社一代論」に従い、平成3年五月号「夏草」終刊。青邨百年祭を迎えて責任を果たす。

平成1（一九八九）69　第六句集『青亭』刊。

平成3（一九九一）71　『青邨俳句365日』（梅里書房）刊。

平成4（一九九二）72　二月十五日娘登志、七月十八日妻文代死去。

平成6（一九九四）74　第七句集『繡線菊』（角川書店）刊。老齢のため木曜会を退会し、俳句の筆を折る。

平成9（一九九七）77　小説『木屋利右衛門』刊。

平成11（一九九九）79　『日本海歳時記』（ふらんす堂）刊。

平成22（二〇一〇）90　十月二十八日、死去。

第7章

津田清子（つだきよこ）

はじめに

　津田清子という女性俳人の名前は、中学生のころから知っていた。親しくその謦咳（けいがい）に接し得たのは、十八年ほど前、俳人協会訪中団に参加して、シルクロードのウルムチ・トルファンへの旅に出かけた折であった。団体旅行であるから、自由行動の時間にも制限がある。火焔山のほとり塩湖の岸辺で、「私、ここに居たい。ここで死んでもいい」と怒ったように言い放ったこの人を、私は大好きになった。以来、大和（やまと）すみずみ吟遊をしばしば共にさせていただいている。また「鷹」同人であった故後藤綾子（ごとうあやこ）さんと私の交友にいつか津田さんも加わられ、この三名で無類に愉（たの）しい「三笑会（さんしょうかい）」という勉強句会をはじめてもいた。命名者は津田さんで荘子に拠（よ）る。何ものにも支配されない女俳諧師（はいかいし）三様の生き方を堪能（たんのう）しつつ競演しはじめたところで後藤さんが昇天した。

　津田さんは俳壇とのつき合いを最小限にされている。しかし、私には野の哲人とも称すべき戦後の生んだ傑作俳人のおひとりと思える。

黒田杏子

掘り出したジャガイモのようだった私

　私が短歌から俳句に切り替わったあたりの話から始めましょう。切り替えるつもりでも何でもなかったんです。堀内（ほりうち）薫（かおる）先生が「近くに橋本多佳子（はしもとたかこ）先生という俳句の先生で、とてもえらい先生がおられるから、ちょっとのぞきにいきましょう」と誘ってくださったからなんです。その俳句会の印象が非常に強くてね。短歌の会は若い娘さんが着飾って並んでいる。ところが俳句の会はゴツゴツした男の人ばかり、十四、五人いましたかね。へえ、俳句会っておじさんばっかりか、着物のことは何も気にならないから気楽でいいな、と思ったんです。それが「七曜」の創刊の初句会ですから、昭和二十三年一月です。

　そこで見てますと、あんたも句を出しなさいということですが、出そうとしても短歌の切れ端しかないんです。だから、はじめの五七五だけをちぎって出したんです。そうしたら、それがとってもよく受けましてね。ということは俳句的な切り取りでなしに短歌的な切り取りだから、それが俳句の人にすれば珍しかったんでしょう。多佳子先生もその句を採ってくださって、いいじゃないですかとほめてくださった。それで私、こんな短歌の切れ端でみんながいいと言ってくれるんだったら俳句ってやさしいなって思いましてね。いま思うとあれは本当に俳句になってなかったんですよ。あとから恥をかくんですが。

それに多佳子先生が、絵にかいたというよりも、神々しいというか人間ばなれした美しさなんです。短歌の会では先生が上におられて新参はいちばん下にいて小さくなっているんですが、多佳子先生は「清子さん、お茶汲みなんかしていると、いつまでもお茶汲みをせんといけませんから、そんなのしなくていいんですよ。私の横へいらっしゃい」とやさしくものを言ってくださるんです。そんなふうに親しく先生が引き立ててくださって、俳句会って気楽でいいところやなと思ったんです。

それからは短歌は一首も作れないで、季語のことも何も知らない無茶苦茶な俳句を作るようになったんです。私の家は百姓でしたから牛がいてまして、よし、今晩は牛の俳句を作ろうと決めると、牛で三十句ぐらい作るんです。その俳句をもって、三十分ぐらいの山道を歩いて多佳子先生のお家に行きました。先生、俳句を見てくださいって毎日毎日行くのですから、多佳子先生はとても困られましてね。でも、気長く親切に指導してくださったなと思います。

橋本多佳子

冬のお天気のいいときなんか、先生は肩掛けをして、ちょっと一緒に歩きましょうと言って菖蒲池の、その頃はまだそんなに家がたくさん建ってませんから、山道を一緒に歩いたんです。

先生の後ろからついて歩いてますと、カワセミが現れたりするんです。すると先生は立ち止まってじーっと見ておられる。そして、ときどき何かカシカシと書いておられる。何もない、あの池の水のどこが俳句になるのかなあ、私も何か書かないといけないかと思って「藻の上にトンボが止まっていた」とか、見たものを見たとおり書いていました。

それまで私は、短歌と同じく俳句も全部、頭で考えて作っていたのですが、多佳子先生について歩いているうちに、先生は「俳句はものを見なさい。見つけなさい」ということを身をもって教えてくださったのです。

そんなわけで、どこへ行くのも先生の後ろから腰巾着みたいについて歩いていました。先生も晩年は忙しくなられましたけれど、そのころは少しお暇だったんですかね。昭和二

いつも多佳子（左）について歩いていた（昭和30年頃）

十三年ですから私が二十八歳、先生は私よりも二十一年上ですから四十九歳くらい。それが「七曜」のはじめのときです。

先生って、お若くてきれいでしたよ。女の私から見ても本当にきれいな方でした。その後ろについて歩く私というのが掘り出したジャガイモみたいなんです（笑）。ですから似合ったんです。私がもし水もしたたる美人だったら先生は連れて歩かれないですよ。ですけれどゴツゴツしてまして、おしろいを塗っても全然肌につかないし、そういう顔をして先生の後ろからついて歩いてますから、先生もボディガードを連れてるみたいなつもりで気楽だったんやないかなと思います（笑）。

多佳子先生は高貴で貴族的で寄りつきがたいと、その頃の方はみんなおっしゃるんです。貴族的と言えばそうかもしれないんですけど、寄りつきがたくはなくて、いつも「先生、先生」とくっついて歩いていました。

多佳子先生って、主宰でございと威張っていらっしゃるのではなしに、子供たちを好きなように遊ばせて、遠いところから保護者が見ているような、はじめはそんな感じでした。結社というような殻がなかったですね。出入り自由というか。

「七曜」のはじめは多佳子先生と榎本冬一郎さんが二人で指導してくださったのですが、そのほかにも「天狼」の同人の先生がいつもいらしてました。だから、誰の雑誌かわからない。いちばん初めに誓子の句が出てくる。それから波止影夫、平畑静塔、西東三鬼の句がずらりと出てきまして、多佳子先生の句がたまに載ってないときがあるんです。文章も「根源俳句とは」「酷烈なる精神とは」「無季俳句とは」というのが出てきたりしまして。でも、それがいい文章なんです。勉強になりました。

自分でいいと思ったものをつかまえればいい

短歌は前川佐美雄（まえかわさみお）先生に教えてもらいました。いちばんはじめに短歌会に行ったとき、私の歌を先生が取り上げて「これは誰じゃ」とおっしゃったんです。小さくなって「はい、私です」と言ったら、「こんなものは短歌じゃなくて俳句だよ」と言われましてね。前川先生の評価には段階があって、一番下が「俳句」です。その次は『アララギ』です。その次は「江戸時代」です。それで私は「俳句」のような短歌は作らないようにって努力して作っていったんです。でも、いくら一生懸命に作っても「江戸時代」からちっとも抜けられない。

それで、前川先生のお宅へおうかがいして、「どうやって江戸時代から現代にもっていったらいいんですか」と尋ねますと、「ベッドで寝て、朝ごはんはパンと牛乳だ」とおっしゃるからびっくりしましてね。私のうちは百姓ですから、家の隣には牛小屋があって庭では鶏がコッココッコと走りまわっているんですよ。「先生、それは無理ですよ。そんな生活はできません」と言ったら、「君はバカだな」と叱られまして、「これを貸してやるから、わかるまで見てきなさい」とおっしゃって、分厚い西洋の画集を貸してくださいました。開けてみますと、ゴッホやゴーギャンの絵があって、絵の中で裸婦が寝てるんです。私は教育勅語で大きくなった世代で、裸で歩くとおまわりさんが縛りにくるぞといつも叱られてましたから、そもそも裸というものが罪のような感じでした。その画集を親の前で開くわけにもいきませんから、ひとりそーっと見てたんです（笑）。

その後も二、三回、画集を貸していただいて、やっとわかったんです。何がわかったかというと、それぞれの絵描きさんは自分が美だと思うところがみな違うということ。美の観点はみな違うんだということがわかりまして、あ、そうか、みんなが美しいと言うものを私が美しいと思わなくてもいい、自分でいいと思ったものをつかまえていいんだということがわかりました。それは前川先生のお蔭（かげ）です。

そのころからちょっと私の歌が変わってきて、先生の評価が「明治時代」になってきました。そんなところでバシッと切れてしまって俳句に移ったんです。そやから以前の俳句は何も知らない。自分の見つけたものが俳句だと思ってます。短歌の前川先生の教えという下地があって、もののつかみ方が全部自分流で、自分がいいと思ったものを俳句にする。だから、前川先生という方は俳句とは切り離せない恩人なんです。

誓子先生は正直詩派、津田清子は不正直詩派？

今度は誓子先生との出会いについてですが、毎日、多佳子先生に変な句を持って行くもんですから、多佳子先生は困られましてね。しかし先生のお偉いところは、この句はだめですとか悪いとか作り直しなさいとかは一切おっしゃらないこと。だけど、先生のお顔を見てますと、あれっ、これは俳句になってないのかなということがわかるんです。先生が考え込んで、苦悶してくおられますから。

その揚句多佳子先生が「あなたの俳句にはどうもわからないところがあります。誓子先生に見てもらってください」とおっしゃって、伊勢の鼓ケ浦海岸で療養しておられた誓子先生のところへ行くことになったんです。誓子先生はちょうど御自分の句の変動期だったんでしょうか。私のできそこないの俳句が先生のおめがねにかなったというか、無理に合わせてくださったのかもわからないのですが、何を書いても誓子先生が「ほうっ！」と言うてくださるから、なんだか俳句を作るのが楽しくなりましてね。私の目的は、いい俳句を作ろうではなくて、誓子先生をびっくりさせてやろう、どんなに驚かせてやろうかなと思いましてね。妙なものをいっぱい先生の前に並べたんです。

さっきも言ったように私は芭蕉さんの俳句も知らない。人の俳句は何も知らない。ジャングルのなかを一人で歩いてるみたいに俳句を作るのが楽しくてね。でも、「天狼」のはじめを見ますと、誓子先生はそのころ誰か遠星集からのし上がってこないかというので一生懸命に人探しをしておられたようで、私のことも温かい目で見て、引き上げてくださったんだなということはいまにしてつくづくわかります。

礼儀知らずというか失礼なこともいっぱいあるんです。第一句集『礼拝』の序文をお願いに上がったときでしたか、先生のお宅に行ったんです。そうしたら先生が新聞社から頼まれて南極の詩を作っておられました。先生は得々として見せてくださったんですが、それが失礼ながら、あまりおもしろくなくて、それで「先生、これ、正直な詩ですね」と言ったんです（笑）。そうしたら先生は「自分は正直詩派で、津田清子は不正直詩派だ」と断定されて、私の第一句集『礼拝』の序文にもそんなことを書いていらっしゃるんです。

名張川に泊まりがけで蛍狩りに行ったことがあるんです。いちばんの仕掛け人が私でした。鼓ケ浦の誓子先生もお誘いして来ていただいたんです。男性は誓子先生だけです。多佳子先生も引っ張り出して、橋本美代子さんと私とあと二、三人。うれしくてうれしくてしようがないから、一週間も前から蛍の句を作って待機していたんです。よーし、この句を出して先生をびっくりさせてやろうと思いましてね。ところが本番の句会には、私の句だけ、一句も採ってくださらない。

いちばん張り切っていたのにショックでね。なんで私の句だとわかるのかしら。どこが悪いのか。その日の蛍狩りのを遠星集に出そうと思っていたのに一句も採ってもらえない。

でも、それは蛍を当てにして頭で考えて先にみんな作ってあったんです。いまの私が考えても先に作ってある句って見抜けますよね。先生からそれはまるまる見え透いていたわけです。

悔しくて悲しくてしようがない。空っぽの気持ちで野道を歩いていますと、日暮どき田舎の駅の灯に蛾が真っ黒になるほどいっぱい集まっているんです。あの蛾たちは何を求めてあんなに死に物狂いで集まっているのかなと一時間ほど立って見てました。そこでできた句をそのまま遠星集に投句したんです。そうしたら巻頭になったんです。〈一途なる野の蛾に燈あり死ありけり〉がそれです。

ああ、俳句って心に魂胆があって作り上げた句ではなしに、心を空っぽにして新しいものを取り込まないといけないんだとそのとき教えられました。誓子先生の愛というか鞭とい（むち）うか。多佳子先生のそれも、じかに受けることができたのは幸せだったと思います。

私、誓子先生の前で泳いだことがあるんです。鼓ケ浦は海水浴場になっていて、広い広い海なんです。若いころ、どこでも泳げるようにいつも洋服の下に水着を着てたんです。小さい時分から男の子と一緒に村の溜（た）め池で泳いでましたからね。そんなわけで誓子先生に「私、この海で泳いでよろしいでしょうか」と尋ねますと、「うん、いいでしょう」と言われたので、泳いだのです。

鼓ケ浦の海は真っすぐな海岸線で、それを直角に沖へ向かって泳いでいったんです。平泳ぎでシューッと手を一回、搔（か）きますと六メートルくらいヒューッと進む。オリンピックの選手みたいなもんでね（笑）。私、泳ぐの上手になったなあと思って、自分で感心しながら泳いでいったんです。ところがふと後ろを見ますと、海岸で立っておられる誓子先生が親指くらいに小っちゃく見えました。本当は潮に流されて遥（はる）か沖まで出てしまったんです。もうあかんと思った途端ガブガブと海の水を飲んでしまいました。ああ、えらいことした、

「天狼」10周年大会。前列中央山口誓子、その後ろの和服姿の女性は右に山口波津女、左に橋本多佳子、その左清子（昭和33年・東京にて）

太平洋の真ん中へ来てしまったと思ってね（笑）。

今度は平泳ぎなんかで帰れないんです。クロールの出来損ないみたいなめちゃくちゃ泳ぎで必死で泳いでね。死に物狂いとはこのことです。半時間ほどかかって戻れたんです。

誓子先生はのんきなお顔で「遠くまで行きましたねえ」と言うておられる。なに言うてはるのん、私、死にかかってたのに。私が流されて消えてしまっても、誓子先生は「あ、津田さんが見えなくなった」なんて言って見てはるだけですよ、きっと（笑）。

山口誓子（昭和24年頃・鼓ケ浦にて）

晩年の先生はみなさんに神さまみたいに祀られておられたけれど、先生はもっと人間らしいつきあいをしたかったんやないかなと思います。神さまになったほうが楽ですけど、車で送り迎えされたり何でもしてもらえますからね。

でも、鼓ケ浦での先生は本当に裸の先生でした。いつもステテコ一つで出てこられました。そんな誓子先生に親しみを感じました。

昭和三十八年五月に多佳子先生が亡くなられて、「天狼」にも句を出さないでシュンとしていますと、誓子先生が「奈良で句会をするなら行ってあげますよ」と言ってくださったんです。それで右城暮石先生、堀内薫先生、古屋秀雄先生、丘本風彦さん、山中麦邨さん、宮里流史さんなど、奈良在住の七、八人に呼びかけて「集雲会」という句会を始めました。昭和四十二年十一月のことです。

バラックのような私の家に偉い先生がよく来てくださったなと思います。そのころの句は「竹動書屋」という小見出しで「天狼」昭和三十九年十二月号に載っています。〈応接間奈良の田舎の刈田見す〉という句なんかがそうです。

「集雲会」は九回くらい続きましたが、「いつも津田さんのところばかりでは気の毒やから奈良の文化会館でしよう」ということになったんです。それから三回ぐらいすると先生もお忙しくて来られなくなりました。それでも続けていたのですが、だんだん人が減りまして、しまいには古屋秀雄先生と私の二人だけになってしまいました。

そのとき古屋先生は「津田さん、一人になるまでしような」とおっしゃいました。二人ですから自分の句と違う句は古屋先生の句です。それでも、この句、いいよ、これはちょっと平凡だなとか言ってもらって、二人で話をして帰るんです。古屋先生は「いつまでも続けような」とおっしゃってくださったのですが、古屋先生の眼が悪くなられてやめました。

古屋先生の句は一元俳句ですから、東京の俳句と違うんです。〈綿虫の綿とれしもの汝は何〉のような、初期の「天狼」の根源俳句の標本みたいな句を作られました。自己宣伝をされない方で、俳誌もお弟子も持たれない、純粋に一個の俳人として世を終わられた方です。いい先生だったなといまでも思い出します。

右城暮石

有名になろうと思ったら俳句が卑しくなる

右城暮石先生は小さな山を隔てた在所にお住まいで、同じ富雄(とみお)村なんです、昔で言えば。私が多佳子先生にくっついて歩いている時分は、暮石先生も「運河」を始められた直後で、同じ「天狼」同人でもあまり往来はなかったのですが、多佳子先生が亡くなられてから、句を作りに行くときは清子さんも誘ってあげようと誘ってくださったりで、いい叔父(おじ)さんという感じでいろいろとアドバイスをしてくださいました。

その暮石先生が私に、「これは私の主義やけど、どこかから文章を頼まれたときは、こんなつまらないところと思わないで、どこから頼まれても書きなさい。だけど、有名になろうなんて夢にも思ってはいけません。有名になろうと思ったら俳句が卑しくなりますよ」と言われたんです。これは暮石先生から直接お聞きした言葉として生涯大事にしようと思うんです。そういうところが「荘子」の主張と重なって、ああ、そうかという感じで、暮石先生にも教えていただいたなと思います。

暮石先生の後ろにくっついて歩いていますと、虫とか草とか鳥とか、ものすごくよく知っていらっしゃるから、おもしろいものをいろいろ教えてくださるんです。その暮石先生に、邯鄲(かんたん)はどんな声で鳴いているんですかって聞いたことがあるんですが、じーっと聴いていて、いや、あれ、コオロギやなとかで、なかなか邯鄲に出会えませんでした。その邯鄲を宇陀の曾爾高原で黒田さんに教えてもらったのね（笑）。

暮石先生を東北へご案内したのは昭和五十八年十二月、暮石先生は八十歳になっておられたでしょうね。奥さんが亡くなられて二、三年ぐらいたってました。「ワシは東北へ行ったことがないから、清子さん、一度、連れて行ってくれ」と言われましたから、友達と二人で暮石先生をご案内しました。東北では佐藤鬼房さんがあちこち案内してくださって、鬼房さんのお世話になりました。

仙台で泊まったとき、夕ごはんを終わって、先生のお部屋まで送っていったら、「あっ、えらいこっちゃ。歯ァ忘れた」と言われるんです。入れ歯を抜いて食べたほうがおいしいと外されて、お膳のところに置いたままになっていました。それはたいへんというので賄いのところまで走って行ったんですけど、チリ紙に包んで置かれてあったので、お膳のものはゴミ捨て場に捨てられていました（笑）。それで残飯の中を引っ掻き回して探し当て、ていねいに洗ってチリ紙に包み直して、「先生、ありました。仲居さんがしまっておいてくれました」って何食わぬ顔をしてお届けしました（爆笑）。

帰りの飛行機でアルプスの上を飛んだら、槍ケ岳や北アルプスの雪嶺、縦走路まではっきり見えまして、こんなにはっきりとアルプスを見たのは初めてやと暮石先生にとても喜んでもらいました。

先年、高松での「俳句王国」の帰り、暮石先生をお訪ねしようというので、土讃線の大杉駅からタクシーで先生のお宅へ行ったんです。檜造りの、いいお家を建てられてましてね。行ったとき、先生はとても喜んでくださってね。子供のような喜びようで、近所の野道を案内してくださいました。二時間ほどして、「もうおいとまします」と言ったら、泣き出しそうな悲しい顔をされて「帰るのかあ」と言われました。「先生、また来ますよ」と言って別れたんですが、それが本当のお別れになりました。

この世に役に立たないものなんて何一つない

神田秀夫先生には『二人称』管見で文章をいただいたことがあるのです。だけど、お会いしたのは多佳子先生のお葬式のときが初めてです。「津田清子です」と言ってごあいさつしました。その頃は神田先生は頭の上に髪の毛があったんです（笑）。神田先生は五十そこそこでしたかね。

「沙羅」の終わりのころ、これという文章もないし、このままではマンネリになるから、何か一つしっかりした文章を書いていただく方を見つけようというので、以前、「天狼」によく書いておられた神田先生にお願いすることにしました。それで神田先生に「〇月〇日〇時ごろにおうかがいしたいと思いますが、どうでしょうか」という手紙を出しましたら、じゃ、まあ来てもいいでしょうということで、相模原のお宅に橋本美代子さんと二人で伺いました。多佳子先生のお葬式で会った神田先生の面影はなく、(頭が) ピッカピカなんです (笑)。へえ、神田先生ってこんなお年になられたのかと思ってびっくりしたんですが、向こうは向こうで「津田さんと美代子さんがあんなに髪の毛が白くなって頼みに来られた。かわいそうやから書いてあげなさい」と奥さんに言われて (笑)、「古句の横顔」を書いてくださることになったんです。

神田先生に一度、「圭」の新年の会でお話をしてもらったことがあるんです。その時、荘子の話が出てきたのです。それで、荘子を教えてくださいと言うと、新宿の朝日カルチャーで教えているからということで、奈良から日帰りで聴きに行きました。昭和五十九年一月からです。月に三回あるんです。二年ぐらい通いました。カルチャーが三時に終わったあと、一時間くらい、私と美代子さんにいろいろとお話をしてくださるんです。そのかわり、先生にはお酒を供えました (笑)。

神田秀夫

もっと荘子の話を詳しく教えてもらえるのかと思ったんですが、難しくてね、上っ面をススッという感じ。荘子が蝶の夢を見る話がありますね。荘子と蝶というのが頭にいつもくっついていて、きょうは蝶の話やと張り切って座ってますと、ここは神仙思想やからってヒョイと飛ばしていかれるんです。せっかく蝶を待っていたのに、あまり蝶のところに触れられない。しかし、荘子というものを先生に教えていただいて人生観が変わりました。荘子の思想が私のいまの生き方の原点になっています。

たとえば、死ぬということは生きている続きだというんです。死の世界から見ると生の世界は灰色で、生きるとはあんなに惨めなのかという。生も死も一つの輪のようにぐるぐる回っているから、生を喜ぶことも死を悲しむことも要らないというんです。

それから、荘子の混沌(こんとん)。これは四角、これは三角、これは丸い、これはよい、これは悪いと初めから決められたかたちのものなどない。みんな混沌としています。その混沌を認

句集『二人称』に収録した写真。奈良市学園の自宅近くの苗代（昭和43年）

めなかったら生きていけないということです。

「無用の用」ということにも感心しました。何にも役に立たないと思っているものが本当は役に立っていて、役に立つと思っているものはかたちだけのもので、かえって邪魔になることもある。

昔の人はお年寄りと一緒に住んでいました。おじいさんやおばあさんは何も役に立たないということではなく、年寄りの知恵というものが家の中にあったわけです。ところがいまはもう年寄りの知恵なんて要らない。年寄りというのは何も役に立たないから、お金のある人は有料養老院に、お金のない人もどこかの老人ホームにというふうに、そういうところに入れてしまうわけです。

年寄りには年寄りの生き方や知恵があって、それが混沌として一家を成している。子供は、おじいさんの知恵もおばあさんの知恵ももらって大きくなっていく。これまでの社会はそうだった。無用の用というのは大事なことなのですが、いまの社会では用のないものは片づけられてしまいます。この世の中に用のないものは本当は一つもないというのです。

「無用の用」という考え方には救いがあります。私なんか俳句の世界で何の役にも立たないけれども、黒田さんが取り上げてくださって、これも無用の用でしょうか。

失意落胆したときに荘子を読みますと、元気が出ます。貧乏があるから金持ちがある。背の高い人は背の低い人と比べるからで、背の高い人だけだったら高いか低いかわからない。比べるというようなものはみんな人間が作った考え方で、金持ちとか貧乏とか、バカとか悧巧とか、もともとそんなものなんてないんだ、みんなそれぞれ好きなように生きていいんだ。国家も大きくなっていくほど必要悪で、敵が攻めてくるといけないから軍備を固めなくてはいかんということになってくる。荘子の世界では隣の国の鶏（にわとり）の鳴き声がきこえるような近くにいても干渉しない。攻めていったりはしない。命をまっとうして生きてゆけばいいんだというところがあるんです。

古い時代の中国の詩に「撃壌歌」というのがあります。

日出而作　お日さまが出ると作き
日入而息　お日さまが沈むと休息する
鑿井而飲　井を鑿って飲み
耕田而食　田を耕して食べる
帝力于我何有哉　帝の力は我に于りて何か有らんや

支配者の存在さえ意識しないという太平の世を謳歌して民間の一老人が壌をたたいてうたった歌だと伝えられています。

私もいまの奈良県の知事さんがどういう人か知らないですけどね（笑）。

アフリカ、ナミブ砂漠への旅

平成五年十一月にナミブ砂漠に行ったのは荘子と関係ないことはないんです。朝日グラフの写真で知り合った芥川仁さんというカメラマンが誘ってくださって、行ってみたくなったんです。誘ってくださらなかったら砂漠へ行くなんてことはなかったですね。なにしろ私は、パリとかロンドンとかスイスとか、そんな有名なとこ、あまり行きたくないんですよ。

いままで行ったのはアラスカの氷河です。「天狼」の会で氷河だけを五つほど見る旅行があったんです。それなら行きたいと思って、ついて行ったんです。氷河が四キロほどの幅で海へ崩れ落ちる場面は台風ほどの波が来て船がグワーッと揺れて、ゾッとするほど怖い光景でした。氷河というものを本当に見せてもらったなと思います。

シルクロードには黒田さんたちと一緒に行きましたね。俳人協会でその旅行を計画してたから、私も連れて行ってもらえるかと聞いたら、あんたは年寄りやからもう一人誰かついてってもらいなさいと言われました。昭和五十八年だから私は六十二、三歳でした。いちばんの年寄りが大正七年生まれの松崎鉄之介さんだったかな。黒田さんがいちばん若かったね。おもしろい人やなと思ってました。

あのとき遠くに塩湖が見えましたが、もうちょっと近くまで行きたかったですね。帰りのときも途中で十分の休憩のとき、たった十分なんてけしからんと思って、遠くに見える火焔山に向かって走ったんです。十分間走って、帰ってくるのに十分かかりましたから、みんなから怒られました（笑）。

もう一つ怒られたのは万里の長城でです。三十分の休憩と言うんですが、望楼まで行くのに三十分かかりますから、三十分では帰ってこられない。でも、万里の長城なんて一生に一回、行けるかどうかわからないでしょう。それなのに上まで行けないなんて無茶苦茶なスケジュールですよ。それで私三十分でダーッと走って上まで行ったんです。みんなが下から、おーい、帰ってこいって叫んでましたね。あとで、アヒルの丸焼きの夕食に一時間遅れたって、えらい怒られました。それでも、望楼のとこまで行ったんです。まあ、あんなところへ行ったってしょうもなかったですけどね（笑）。

さて砂漠行きの話ですが、芥川さんは砂漠のことは何も教えてくれませんから、砂漠って寒いのか暑いのか、怖い猛獣がいるのかサソリがいるのか、何もわからない。ナミブ砂漠のことを書いてる本なんか探してもないんですよ。だから予備知識は何もなくて、恐る恐る芥川さんのあとをついて歩いたんです。ちなみに芥川さんのお母さんは私より一つ年下でまあ息子と歩いているようなものです。

砂漠というところでは人間は生きられないのかという感じがしましたが、でも、住んでる人もいました。あれは砂漠研究所の近くだったから、あるいはそこで仕事をもらって働いている人でしょうか。棒杭みたいなのを打ち並べて四角い囲いがしてあるんです。それ、家なんです。雨が降らないから屋根が要らない。赤ちゃんを抱いた女の人がいました。ヤギを何十匹も飼ってました。そのヤギたちを放すとメエメエ鳴いて砂漠へとんで行くんです。解放感の喜びでしょうか。水もないし草もないけれど、たしかに喜びの声を上げて走っていく。でも、あのヤギはまた帰ってくるようです。食べるものをもらうから帰ってくるのかな、と思います。

そこに住んでいる人とお話ししたいなと思いましたけど言葉が通じません。家といっても家財道具らしいものは何もないんです。雨季が来るころには引っ越しするのでしょう。しかし、そんな生活を見ていいなあと思いました。赤ちゃんにはお母さんがいるし、きっとお父さんが夕方帰ってくるんだと思います。

砂漠には二週間ほどいました。砂漠にいちばん近いスワコップムンドという町に宿をとっていました。毎朝、七時に食事をして、八時の出発です。ドライバーは芥川さんです。どこか知らないけど砂漠の真ん中へ行くんです。芥川さんは、津田さんの行きたいところに行きましょうと言ってくださるけれど、行きたいところというたって砂漠の真ん中ですからねえ（笑）。怖いから車の停めてある周辺を歩いているんです。芥川さんはカメラを持ってどこかへ撮りに行くんです。

ある日、夕焼を撮ろうというので夕方から出掛けたんです。砂漠は雲がないから、いい夕焼がなかなか撮れないんですが、そのときはとてもきれいな夕空でした。三つくらい向こうの砂山のてっぺんに三脚を立てて芥川さんが写真を撮っているのが見える。背丈が百九十センチくらいある人ですから、その姿がカマキリに見えるんです。あんな遠いところで撮ってるわと思って見ていたら、みるみるうちにカタッと日が暮れてしまいました。

月もないし、星といってもこちらの星と違うでしょう、南半球ですから。真っ暗な夜になってしまいました。真っ暗な砂山を三つほど越えて、芥川さんはどうして帰ってくるのか。鼻をつままれてもわからない暗闇です。私は車のそばにいるんですけど、車の知識がないからどこを押さえたらライトがつくのかわからない。うっかり変なところを押して車が走り出したら困りますしね。芥川さんが帰ってきてくれなかったら私はこの車と一緒に日干しになるのかなと思ってね。本当に怖かったのはそのときだけですが。

ハンドバッグの中を探したら小さな懐中電灯が一つありましたから、それをクルクルクルクルと三十分間ばかり、振り回していたんです。そうしたら、向こうからも小さな灯をクルクルと振ってオーイと声をかけてきました。その時、あーっ、助かったと思いましたね。私、一晩中、(クルクルクルクルと灯を振りながら) こんなことをして夜を明かさないとあかんのかと思いましたから (笑)。

去年のことですが、芥川さんから「津田さん、俳句に助けられる写真でも、写真に助けられる俳句でもなしに、お互いに競合するような写真句集を出しましょう」と言われたんです。「それじゃ出しましょう。あなたの写真に負けないような俳句を作るためもう一度砂漠へ行きたい」と言ったら、「僕もナミビアの写真をもう一度撮りたい」「じゃ、もう一度ナミビアに行きましょう」ということになって、実はこの(平成十一年) 六月二十二日から行くことになっていたのです。

ところが、芥川さんはナミビアという新興の国を撮りたいというし、私は砂漠に住んでいる人と話をしたいということで、行くところが北と南に離れてしまいました。その距離が千五百キロほどあるんです。それでは、こっちが済んだらあっちに行くというわけにもいかない。芥川さんは「ぼくは津田さんのほうについて行ってあげます」と言ってくださったけれど、前の旅行のときはまるまる私のお守り役でついてきてくださったので芥川さんにお守りばかりさせているわけにいかないから、私はもうやめとくわということになって、話はいい意味で決裂したんです。

私がもう少し若かったら、二人がタイアップして本を出せるようなチャンスを待つのですが、私のほうがそんなに先を長く考えられないから、残念ながらひとりで本を出してしまおう、砂漠も何もひっくるめた、『七重』以降の十年間の句集を出してしまおうと思ったのです。

『無方』の次はどこへ行く?

今度の句集は『無方』です。「無方」とは人間の言語や思考で方向づけることのできない無限定の世界、すなわち、とらわれなき生き方をするという荘子のことばです。神田先生が生きていらっしゃるときに、この次は「無方」という句集を出したいと言ったら、うん、そうかと先生も納得してくださったんです。でも、その次の句集は行くとこ、あれへん (笑)。

大和に生まれて、大和に育った私ですが、シルクロードの終着点は奈良ですから、砂漠ともつながっています。この句集にはそれらがみんな入っているんです。誓子先生は日付の順番で句集を出されますけれど、私は明日香が好きでときどき行きますから、日付順で明日香の句を入れますと、切れ切れに出てくるんです。それではまずい。それでいちばん初めに「砂漠」の句を置いて、その次は「旅の符」として、九州とか沖縄とかほうぼうへ行ったときの句を並べました。その次は奈良の周辺で作った句を「倭国逍」とし、最後にどこにも入らない句を春夏秋冬として括ったのです。ですから、みんなで五百句ばかりあります。

明日香取材旅行にて（昭和43年）

　ことし満七十九歳になりました。数え年八十です。早く百になりたい。でも、本当はあまり長生きしたくない。なぜって、この俳句の世界がドロドロの感じがしますから。

　この句集は私のわがまま勝手な句を並べていますので、大方は理解してもらえないと思うのです。でもひょっとして、ひょっとしたら三百年、五百年後のだれかが、津田清子という妙な俳人がいたんだなって見つけてくれるかもしれない。それを恃みにこの句集を出そうと思っています。

　だいたい私の句集名は漢字が多いのです。『礼拝』は誓子先生がつけてくださいました。〈礼拝に落葉踏む音遅れて着く〉から先生が採られたんです。

　第二句集の『二人称』は、五つほど句集の題名を書いて、どれにしましょうかと先生におたずねしましたら「二人称」に○をされた。『縦走』は自分で勝手につけたんです。そのころよく山へ行ってましたから。

　『葛ごろも』という句集の名前は神田先生がつけてくださったんです。荘子に「葛絺」ということばがあって、葛の繊維で織った粗末な衣という意味です。それを句集の名前にしたいと神田先生に言いますと、「バカもの！　誰にも読んでもらえないような難しい漢字を使うな」と叱られました。それで先生につけてもらったら「葛ごろも」になったんです。『七重』は自分でつけました。これは自分の墓のつもりです。

忘れもしません。平成二年三月二十三日、庭の白木蓮が花盛りでした。そのころはまだ鶲とつき合っておりまして、朝起きてすぐ二階のベランダに鶲の餌（固茹での卵の黄身のほぐしたもの）を置いて、階下へ降り、トンと坐ってストーブを点け、テレビを点けた瞬間ぐるぐると猛烈な勢いでテレビもストーブも天井も回り出したのです。「えらいことや、これはあかん」とすぐに姪に電話しました。姪とその息子がすぐ来てくれまして近くの病院へ行ったのですが、病院の対応がいまひとつ、こんな所へ入院させられてはおしまいだと、正午過ぎ病院から逃げて帰りました。

耳も聞こえるし、言葉も話せるのにひどい眩暈がして眼を開けると吐き気がするのです。

一日、二日おとなしく寝ているうちに、少しふらふらするものの歩けるようになりました。この時私は死の予告を感じました。次の波が来たとき必ず本番だと覚悟しました。それで『七重』を作らねばと思い立ちました。

七重は七重の塔で、梵語のstūpa（卒塔婆）のつもりです。それで章題も地、水、火、風、空としましたが、六年間の句なので一年分余りました。それで急遽「星の章」を加えたのです。発行日も私の命日、平成三年三月二十三日としました。それからまた生き延びてしまいましたが……。〈七十年一日沙羅の花一日〉はこのころの句です。

今度、『無方』という句集を出したら、次の句集はもう行くとこあれへんなあ（笑）。

「圭」は土となり十となり、やがて一となる

「沙羅」の始まりは昭和四十六年七月です。「沙羅」という名前は誓子先生がつけてくださいました。私が主宰ということです。誓子先生が「天狼」から選んでくださった同人が三十人、早蕨集という雑詠に出す人はたった十九人でした。それだけで出発したので、なかなか会員が百人にならなかった。五、六年かかったかな。というのも、よそで俳句を作っている人はいっさい誘わず、学校の同僚や昔の友達など俳句を作ってない人を誘っていましたから。

十周年のときに来てくださった人が百五十人くらいで、そのあたりからどんどん増えてきたんです。俳句って同人を増やさないと経営がなりたたない。会員の会費は月三百円でも千円出せば、誰でもみな同人になれるのです。そのうち会も十五年目になってきますと同人が二百人近く、会員が三百人近くなってきまして、雑誌の経営は楽なんですが、句を見

「沙羅」10周年記念の昭和56年10月号。
題字は山口誓子筆

ていますと、もう頭に血が上りそうなんです。こんなのを俳句やと思ってるのかってカッカッしてきて、句の選をするのがいやでいやで仕方ありません。

しかし同人になることは、みんなご機嫌です。同人に推薦するとき、「俳句がうまくなったからと違うんやで。『沙羅』の経営を助けるための同人ですよ」と引導を渡すのです。でもそんなことは忘れて、私は「沙羅」の同人やと胸を張るんですが、句の勉強はしないから俳句は堕ちるばかり。それで、これは一度、やめて解散しようと思いましてね。

やめるについては同人からも会員からもずいぶん反対されました。やめっぱなしというのはだめだと言うから、主宰なし、同人なしという「圭」を始めたんです。

「圭」という名前は神田先生がだいぶかかわっておられます。いろいろ考えた末、最後に『圭』はどうや。多佳子のニンベンをとったものや」とおっしゃるからね。ケイは清子のKにしてもええ。土二つ積んである土饅頭でもええ。「圭」の会員が半分になったら土にしたらええ。人が集まってこなかったら十でもええ。最後に自分だけになったら一という本を出したらええやないの。いくらでも分解できるから「圭」にしておこう、というので決めたんです。

「圭」は一年経つと全員解散です。一年ごとに契約を更新します。それの繰り返し。四月号が出たときに「入会します」という通知を送ってこなかったら、その人はもう会員ではない。会費は全員平等で二万円ですから、私も二万円出してます。一年分の会費を集めて会計係さんに預けておきます。そこから印刷代、発送料を出してもらいます。途中で死んだ人には二万円を香典にするんです。

いま「圭」は十三年の終わりです。十四期を募集して、おおかたお金は集まっています。俳句ができなくなったらやめたらいい、無理しないでよろしいって言うてるんです。やめて、三年ほどして入りたくなったら、また入ってきたらええやないのって。それで私の精神的負担は何もない。本当に楽ですよ。

「圭」は大会を一度もしたことがないんです。大会の裏方さんは自分の俳句を犠牲にして走り回ってますよ。あんなのを見ますと心が痛んで、何のための大会やと思うんです。褒美(ほうび)をもらったり賞をもらったりする人は華やかで喜びますけど、裏方さんがどんな苦労をしているかはだれも知らないでしょう。私は、俳句というのはもともと地味なものだと思ってるんです。

いつもみんなに、私が死んだら「圭」はやめなさいと言うてるんです。そして、私の生きてる間に誰かいい先生を見つけておきなさい。どっかへ行きたかったら行きなさい。そのかわり自選力をつけなさい。俳句のいちばんの欠点は先生に見てもらわないと俳句にならないと思ってること。そういう根性ではだめです。百人の人がだめだと言っても、この俳句は自分のために残さねばならんという俳句は残してええやないの。句集なんてそのためのもので、なにもほめてもらった句だけを句集に入れるんじゃない。自分のために句集を出すわけです。ですけど、そういう説は、なぜか世間に受け容れられないようです。

もっともっと自分というものを大事にしないといけない。一般に俳句は、何か見てきて、見たものを作るというような感じになっている。見るということは大事ですけど報告にならないようにね。隣で見ている人の目とは違う、自分の目でものを見てとらえたものでないと自分の俳句にならない。もっと自分というものを中心に置いて大事にしなさいと言うんですけど、なかなか……。見物している俳句が多いですね。それで自分で苦労して作ったんやと言うんですけど、いくら苦労して作っても、絵葉書に家を一つ付け加えるような、そんな俳句ではしようがないでしょ。

今度は魂で宇宙に行ってきます

いま振り返ってみると、私はいろいろな先生方にお目にかかれて幸せでした。

平畑静塔先生もはじめは取っつきにくい先生でした。三鬼先生のほうがずっとよく話しかけてくださるのですが、静塔先生はいつも憂鬱(ゆううつ)の標本みたいなお顔をしておられました。それが関東へ行かれてからガラッと人が変わられてね。「沙羅」の五周年のとき、静塔先生にお話をお願いしたいと初めて宇都宮へ行ったんです。静塔先生のお顔を見た瞬間、あんまりやさしい顔になっておられるのでびっくりしました。いままでは怒っておられるのか泣いておられるのかわからんような鬱陶(うっとう)しいお顔だったんです。それがもうにこにこして、なんといいおじいさんになられたものと思いましてね。お願いしたことも、うん、よしよしって、本当にやさしいんです。十周年のときもお話をしてもらいました。いいお話でした。

時代もよかったと思うんです。私が俳句を始めたころは俳句作りは男の人ばかりだったんです。いつのまにか女の人

左より平畑静塔、清子、宮里流史、小林栄子
（昭和51年・浄瑠璃寺）

がこんなに増えたということは、電化製品ができて、ご飯は電気釜が炊くし、掃除は掃除機がするし、家事から解放されたからでしょうけれど。

俳句が一般化して、みんなが楽しむものになった、それ自体はいいことですが、俳句の作り方でなしに、俳句とは何かという、そこに帰らないといけないと思うんです。何でもかでも俳句に作って、それで特選をとったら、うわあ、うれしいと喜ぶ。特選はそれはうれしいですけど、しかし、人の俳句を羨（うらや）んで、あの人、上手やとか……。

人の俳句なんて上手でもなんでもいい。自分自身の俳句を作らないといけないのに、俳句の外面ばかりにひかれている。そうではなくて、なぜ俳句かを考えたい。生きている現在を俳句にしなくてはならない。そうすると、「天狼」の酷烈なる精神、根源俳句精神、そういうところへ行くんやないかと思うのです。

三鬼さんの、酷烈なる精神というのは、表現が酷烈なのではなく、精神が厳しくないといけないということを言っておられます。

波止影夫さんは、根源というのは無季俳句だ、季があるとかないとかというんでなしに、「俳句の原点とは何か」を考えよと言われました。結局、俳句の原点とは個人です。個です。それをもっときわめないといけないと言う。だから、波止影夫という方は無季俳句精神ですがいい俳句を作っておられますよ。

短歌の前川先生からは、美というものは自分でつかむものだということを教えられました。それを今度は俳句のなかで実践しました。だから、人がどんな上手な俳句を作っていても、あまり気にならないんです。私は何を見つけようか。

私の目に引っ掛かるものは何か。いちばんはじめの出発がそういうところですから、自分のものを見つけたいことのほうが、いまでも大事。だから、人の行かない砂漠へ行ったんです。砂漠で何かに出会いたい。何かを見つけたい。砂漠の声をききたい気持ちでした。

　もう少し若かったら宇宙へ行きたいと思いますけどね。今度は魂で行ってきますわ（笑）。

おわりに

　小学校の教師をされていたことがあるからであろうか。津田さんは人を励ます天才である。二月堂のお水取にも何度かご一緒させていただいたが、ある年から、「私は歳だから徹夜はもうしない。あなたも日吉館で仮眠をとりつつ聴聞したらいい」と言われて、私を宿に連れて行かれた。玄関でかの女主人に大声で私を紹介して下さった言葉が忘れられない。

「おばちゃん、この人俳人だからね、よろしく。おばちゃん、この人はねえ、雑魚じゃないよ。鯨だからね。よろしくお見知り置き願います」

　この日から、日吉館の老女主人は私にとてもよくして下さった。「あんた鯨だから我慢してね」と言われ、入口近くの間の炬燵にどこやらの大学生のお兄さんたちと雑魚寝で泊めてもらったりもした。学生時代から日吉館には泊まっていたが、津田さんの紹介を得てからは、数時間の滞留でも連泊でもわが家のように居心地が自在になった。津田清子さんは大和の地母神である。

黒田杏子

（インタビュー＝平成11年6月16日）

津田清子自選五十句

虹二重神も恋愛したまへり　『礼拝』（昭34刊）

紫陽花剪るなほ美(は)しきものあらば剪る　『〃』

青田青し父帰るかと瞠るとき　『〃』

狡る休みせし吾をげんげ田に許す　『〃』

燈に遇ふは瀆(よご)るるごとし寒夜ゆく　『〃』

真処女や西瓜を嗅めば鋼(はがね)の香　『〃』

思ひがけなき燈に蛾の翅を使ひ果す　『〃』

刹那刹那に生く焚火には両手出し　『〃』

夜の卓智慧のごとくに胡桃の実　『〃』

蜘蛛飢ゑて樹と磔像を往来せる　『〃』

命綱たるみて海女の自在境　『〃』

ばつた跳ね島の端なること知らず　『〃』

海に還す水母の傷は海が医す　『〃』

冬越す蝶荒地は母のごとく痩す　『〃』

ぎりぎりの省略冬薔薇蕾残す　〃

清衡とんぼ秀衡とんぼ高夕日　『二人称』（昭48刊）

太陽の直射怺へて万年雪　〃

千里飛び来て白鳥の争へる　〃

降誕祭讃へて神を二人称　〃

雪の野を最上の幅でおし通す　〃

滅罪の寒の夕焼法華尼寺　〃

滝壺を流れ出て水無傷なり　『縦走』（昭57刊）

泳ぎ習ふ水に眼開くこともならふ　〃

露の地に十字架ゴールドラッシュ経て　〃

落葉して己れ培ふ椴松（とどまつ）よ　〃

木の葉散る別々に死が来るごとく　〃

ポケットの底抜けしまま卒業す　〃

月明るすぎて死ぬこと怖くなる　『葛ごろも』（昭63刊）

修二会賛五体投地を享け給へ　〃

オホーツクの霧歯舞（はぼまい）消し色丹（しこたん）消す　〃

蛙の声日本語中国語に通じ　〃

栗甘くわれら土蜘蛛族の裔　〃

熔鋼の火花を浴びて男壮(ざか)り　『七重』（平3刊）

冬濤の奔騰鯤を孵らしむ　『〃』

兜虫飛ぶ翅見えず迅さ見ゆ　『〃』

炭焼に智恵を授くる山の風　『〃』

栄螺にもふんどしがありほろ苦し　『〃』

枯れてゐるふりして枯木川べりに　『〃』

山桜ひたすら散つて己れ消す　『〃』

わが耳朶に光るは蝶の卵なり　『〃』

はじめに神砂漠を創り私す　『無方』（平11刊）

朝あり夕ありて砂漠は老けこむよ　『〃』

無方無時無距離砂漠の夜が明けて　『〃』

髑髏(されかうべ)磨く砂漠の月日かな　『〃』

砂漠戒第一条眼を瞑るべし　『〃』

唾すれば唾を甘しと吸ふ砂漠　『〃』

人間の枷を砂漠の何処で解く　『〃』

辛夷真白失ふものに気付かずに　『〃』

潮満ちて海鼠最も油断の時　『〃』

芽ぶく銀杏自分を変へてゆく勇気　『〃』

津田清子略年譜

大正9（一九二〇）　六月二十五日、奈良県に生まれる。

昭和12（一九三七）17　奈良育英高等女学校卒業。

昭和14（一九三九）19　奈良県女子師範学校本科第二部卒業。

昭和23（一九四八）28　「七曜」入会、橋本多佳子に師事。「天狼」遠星集に投句、誓子の選を受く。

昭和26（一九五一）31　天狼賞を受ける。

昭和27（一九五二）32　多佳子に伴われ信州へ四泊六日の旅。父、永眠。

昭和29（一九五四）34　多佳子に伴われ長崎、雲仙、阿蘇の旅。次兄昇、永眠。

昭和30（一九五五）35　「天狼」同人に推挙される。

昭和32（一九五七）37　筑摩書房『現代日本文学全集91・現代俳句集』に二七八句収録。

昭和34（一九五九）39　白馬岳登山。句集『礼拝』（近藤書店）刊。

昭和35（一九六〇）40　槍・燕、縦走。

昭和37（一九六二）42　私と弟を育ててくれた叔母、永眠。

昭和38（一九六三）43　師、多佳子逝去。「竹動書屋」成る。

昭和42（一九六七）47　第一回集雲会、誓子直接指導。

昭和46（一九七一）51　網走で流氷を見る。「沙羅」創刊、主宰。

昭和47（一九七二）52　よみうりアカデミー奈良、俳句教室講師。

昭和48（一九七三）53　句集『二人称』（牧羊社）刊。アラスカ行。

昭和49（一九七四）54　天狼スバル賞受賞（三回）。

昭和51（一九七六）56　小学校勤務退職。

昭和53（一九七八）58　有斐閣新書『わが愛する俳人第一集』共著。

昭和56（一九八一）61　「沙羅」十周年大会、平畑静塔氏の講演。

昭和57（一九八二）62　NHK奈良、FM放送「俳句コーナー」開始。句集『縦走』（牧羊社）刊。俳人協会『自註・津田清子集』刊。

昭和58（一九八三）63　中国西域旅行に参加（俳人協会）。右城暮石氏を案内して東北の旅。

昭和59（一九八四）64　新宿朝日カルチャー、神田秀夫「日中比較文学史」受講の為、月三回東上。

昭和60（一九八五）65　葛城山麓にて前川佐美雄先生に拝眉、一日同行。

昭和61（一九八六）66　「沙羅」終刊。「圭」創刊、会員代表。

昭和62（一九八七）67　NHK京都文化センター俳句講座・講師。

昭和63（一九八八）68　句集『葛ごろも』（編集工房ノア）刊。

平成3（一九九一）71　句集『七重』（編集工房ノア）刊。

平成4（一九九二）72　朝日新聞奈良版大和俳壇の選を担当。

平成5（一九九三）73　神田秀夫先生の葬。花神社『俳句・津田清子』刊。アフリカ・ナミブ砂漠へ旅す。

平成6（一九九四）74　山口誓子先生御逝去。

平成7（一九九五）75　阪神大震災。「永田耕衣大晩年の会」に出席。右城暮石先生御逝去。

平成8（一九九六）76　沖縄・慶良間の海に遊ぶ。堀内薫氏の葬。

平成9（一九九七）77　白神山地ブナ原生林へ。平畑静塔先生の葬。翌年にかけて左右白内障手術。

平成12（二〇〇〇）80　句集『無方』（編集工房ノア）で第三十四回蛇笏賞受賞。

平成27（二〇一五）94　五月五日、死去。

第8章

古沢(ふるさわ) 太穂(たいほ)

はじめに

お名前は昔から存じ上げていたし、作品も経歴もよくわかっているつもりでいた。

お目にかかったのは、今回の取材で三回目になる。最初は「濱」の記念大会の折、祝宴の卓で先生からお声をかけていただき、恐縮かつ光栄に思った。二度目は現代俳句協会五十周年の式典に招かれて伺った折、偶然、座席が並んでいてごあいさつ出来た。

今回は前日からホテルにご一緒の一泊どまりで、じっくりお話を伺うことが出来て、私の中の古沢太穂像がさらにくっきりと定着した。

病後ということをしばしば口になさったが、かなりお痩せになられたことを別とすれば、まことにお元気。爽快かつ洒脱なお人柄で、証言は明快、ユーモアたっぷり。聴きほれてあっという間に予定時間がとび去った。

「縦横自在」、いささかも教条的なところなど感じられない。いよいよ敬意を深めた。

黒田杏子

酒を飲み始めて八十年、十三歳から働く

ぼくの家は富山からちょっと離れたといいますか、軽便鉄道というのがありましたが、それで三十分くらいかかったでしょうか、わりあい富山に近いところの農村兼町で、その町もある程度の姿をもっているというところでした。富山近在の人が遊びに行くような町でしたから、ほかの町に比べると遊ぶところがわりあいに多かったんです。

そこでうちの父親が料理屋と芸妓置屋をやりまして、その長男として大正二年に生まれました。ぼくの上に姉が二人、妹が一人、弟が二人いて、三男三女の長男だったわけです。うちは二、三代、男が生まれなくて、ぼくが久しぶりに生まれた男なんです。ですから、大事にされて育ったんです。あまり大事にされすぎたせいか、体が弱くて病気がちな子供でした。

そのうちに父親が病気になりまして、一年以上、わりあい長く寝ていたんです。いまでいうと結核でしょうね。関東大震災が大正十二年九月一日ですが、その翌年、大正十三年の九月一日に四十九歳で亡くなったんです。ぼくが小学校五年生のときでした。

父親母親、兄弟六人を合わせて八人家族のうえに、普通でいっても七、八人の芸者さんと

見習いみたいな若い子を合わせると二十人近い大家族になるんです。しかし、それを維持していくのは難しいときだったろうと思うんです。

そういう関係で、父親が亡くなったのを契機にして商売も変わりました。しばらくは料理のほうを中心にやっていました。寒いところですから鍋焼うどんなどの注文が来ると、ぼくが運んでました。うどんの玉を富山まで汽車に乗って仕入れに行って、しょって帰ってきたり小学校五年のときから急に働きだしたんです。働くのはべつに嫌いじゃないから、そういうふうにして働いているうちにだんだん学校に行く時間がなくなりまして、小学校は五年生までで、六年生はやらなかったんです。

富山県の生家にて（３歳）

しかし、家族が多いし、商売もそううまくいくわけじゃない。東京や横浜へ出て一応成功している親戚もありましたし、母親の妹がこっちのほうにいたんですが、それが出て来ないかというようなことを言いまして、半ば夜逃げみたいにして……。そんなもんだろうと思うんですけどね。財産を処分して二、三年くらいは食べられるつもりで母親は出て来たんだけれど、そこは大都会を知らない女の浅はかさで、そうはうまく計算どおりにはいかなかったみたいです。

最初、東京へ出て来ました。学校は行かなかったけれど六年が終わるころの年頃になっていたわけです。どこか学校へ入りたいという気持ちで、まだその時分はいくらかカネがあったものですから、あちこちの学校を受けさせてくれました。だけど、入ってもじきにカネが続かなくなっちゃうわけです。これじゃだめだから、みんなで少しずつでも働こうというので、あちこちで住み込みの仕事を見つけて働きに行ったり。ですから、十三歳くらいから働いたということでしょうね。

働きながら夜学に行ったりして勉強したわけです。そのいちばん終わりに東京外国語学校専修科ロシア語科を修了して、出たとたんに喀血したんです。栄養不良の青年だったわけですから。

でも、そういう商売でしたから、酒だけは子供のときか

ガリ版刷りの第一句集『三十代』の扉。
中島斌雄筆による太穂似顔絵

ら強いんです。うちには酒はいくらでも置いてある。酒樽の下に大きい甕があって、お銚子に入れるときにたらたら垂れる酒がその甕に自然にたまるんです。柄杓が置いてあるから、喉が渇くと柄杓ですくって飲んだりしたね（笑）。ですから、もう八十年も飲んでるわけだ、ハハハ。

　結核になったのは昭和十三年ごろですか。二、三年、療養しているうちに、お医者さんたちの新しい療養のしかたとして取り入れられたのが作業療法です。戦争が激しくなって、ものが足りなくなってきたということともかかわっていたのかもしれませんが、畑を作るとか花を作るとか。患者がものを創作する、それも一つの作業療法だという考え方で、いろいろなもの、短歌だ俳句だ文章だとか集めて、それを雑誌にするということを、入院していた日本赤十字病院でやり始めたわけです。ぼくの病状はそう重くはなかったので、その編集の手伝いをしてくれというので、やってました。

　文章はわからなくはないけれど、短歌だ俳句だというものはあまりかかわったことがないので、何か雑誌をのぞいてみたいと思って、友達に短歌と俳句の雑誌を送ってもらったんです。短歌は「立春」という雑誌で、五島美代子さんの旦那の五島茂さんの雑誌だったような気がします。俳句は「馬酔木」を送ってくれました。

　短歌はあまり作りませんでしたが、俳句を作って、ちょうど療養所に「馬酔木」の会員がいまして、そういう人とも知り合いになったものですから、その人から投稿しろと言われたので投稿してボツになったり、一句ぐらい載っかったりで、作り始めたのです。

　その時分、かかわりのある療養所の人たちがずいぶん俳句をやっていて、そこでも雑誌を出していて、交流するということもいくらかおこってきたわけです。

　『三十代』というぼくのガリ版の第一句集、一冊だけ手元にありますが、それに「義兄馬場一政に捧ぐ」と書いてあります。その馬場くんは、ぼくが日赤の病院に入る前に一年ほど療養していた横浜療養所に入院していまして、「暖流」で俳句をやっていた人です。新興俳句にもかかわったなかなかいい作家でして、『俳句研究』の読者投稿欄で特選になったりするくらいでした。もともと転向した男なんです、全協関係の左翼活動をやりましてね。だから心の通じ合うところがあって、うちの家内はそれの妹なんです。それが縁で、あちこちの療養所で療養している作家とつながりができるようになっていった。これが俳句以前から俳句にかけてのことです。

俳句以前は本当に転々としてます。やらなかったのは坊さんと学校の先生ぐらいなもので（笑）、何でもやるということで、あっちへ転がりこっちへ転がりしながら、やってきたわけです。

しかし、そういうときでも変にひねくれるということはなかったですね。体をかけて働いていれば何とか食べられる。それまで三度三度はきっかり食べられなかったのが、療養所に入ったら三度の食事がちゃんと出るわけです。あ、これはもう絶対助かるという自信を持ちました。まあ、どこか抜けたところもあるというか、そういう性格なんでしょうね、ハハハ。

「寒雷」創刊号ではボツ、しかし第一期の同人ですよ

「馬酔木」をとって一年くらいたった時分ですか、昭和十五年の秋に加藤楸邨（かとうしゅうそん）先生が雑誌を出されるというので、「馬酔木」にたった一回、その広告が出たんです。広告というより記事でしょうね。それをたよりに「寒雷」へ申し込んだんです。ですから創刊号から参加しているんです。それなのにぼくの名前が載っかってない。ボツなんです。下手だったんですねえ。創刊号だからみんな載っけるのかなと思ったが、そうでもないんだな。いやあ、なかなか厳しい（苦笑）。そのときの巻頭が田川飛旅子（たがわひりょし）さんでした。

退院してから、小さい工場を作ってあちこちに移りましたが、最後に横浜の大空襲で焼けた工場は、田川さんが勤めている古河電池という会社が、いまの相鉄線の星川あたりにあって、そこと横浜駅のちょうど中間にあったんです。勤めるといっても病気をしたあとですから、あまり大きい工場にスッと入れない。でも、召集されても病気だというので非国民などと言われても兵隊には行かない。だから、最初は弟がかかわっていた機械部品のパッキンのセールスみたいなことで始めたのですが、ぼくはこっちから持ってきてあっちへ売って利益を得るという仕事はあまり好きじゃないんです。ものを作り出す、生産するという仕事をやりたいという気持ちを持ってましたから、だんだんに工場のかたちにしていったわけです。

ちょうどその時分に、横浜じゃ三菱横浜造船所が大きい中心的な会社ですが、そこに友達が勤めてまして、うちの工場を紹介してやるから来ないかと言われて、行きました。そして、だんだんそこの仕事もやらせてもらうようになりまし

た。ぼくはあまり商売人じゃないんですが、商売人じゃないところがかえってよかったらしくて、だんだんそこの会社の人たちとも友達になったりして、だからまあ、面倒をみてもらったということでしょうね。

昭和十七年十二月に「寒雷」の二周年記念で『伐折羅』という本を出すわけです。これは十八人の合同句集でして、金子兜太さん、田川さん、沢木欣一、原子公平、和知喜八などいろいろ出ています。最初はボツだったぼくですが、その後、かなり勉強をしたことはしたんです。だから、その時分ではそんな優秀な人たちの仲間に加えてもらえるようになったんでしょうね。

戦争が終わって、「寒雷」が復刊しまして、第一回の同人を推薦するというかたちが出てきた。そのときに田川さんとぼくと亡くなった渡辺朔の三人が初めて同人に推薦されたのです。創刊号の巻頭だった田川とボツだったぼくが一緒に同人になったということです。自慢するわけじゃないけれど。

田川さんはああいう謙虚な人だけれど、二人で酔っ払うとそれだけは言ってました。「森（澄雄）だとか金子だとかといったって、オレたちは最初の同人なんだ」って（笑）。よっぽどうれしかったんだろうね。

大野林火さんから受けた恩

療養所で俳句をやっていたとき、大野林火さんには添削をしてもらったりしてずいぶん世話になりましたので、退院してからお訪ねしたんです。林火さんが「濱」という雑誌をやる前です。自分の教えたような人たちが兵隊に行ったりして、身の回りにわりあい人が少ないわけです。そこにぼくが訪ねて行ったりしたものですから、喜んでくれまして、ちょいちょい出掛けて行って、句会の仲間にもしてもらったり、ずいぶん勉強させてもらいました。戦争中は林火先生のそばにいていちばん若かった一人じゃないですか、ぼくが。昭和十六年十二月八日も横浜石楠会の句会を一緒にやってまして、そこでアメリカとの開戦の知らせを聞いたということがあるんです。

戦後、林火さんは「濱」という雑誌を創刊された。ぼくは「寒雷」に参加してましたから、林火さんのほうへは行きませんでしたが、そのかわり、このことは林火さんもどこかに書いていますし何人かの人が書いていますが、「濱」という雑誌が出るときにかかわることですが……。

その前に、ぼくの知り合いのある印刷会社の社長が、戦後の紙の統制のときにぼくに紙を一連、譲ってくれたんです。「君はそういうことをやっているから、何かのときに紙が必要なことがあるだろうから、公定価格で譲ってやる」って、親切にね。一連ってかなりあるもんですよ。八畳の座敷をいろいろな材料の置き場にしていましたが、そこへ置いていたんです。

そんなとき林火さんが「濱」を出したいんだが紙がないので印刷屋さんがなかなか引き受けてくれないと言うから、じゃあ、ぼくが持っている紙をあげるから、それでやりなさいと言ってね。だから、最初の紙はぼくが差し上げたんです。林火さんにはいろいろ世話になりましたから、何か一つくらい恩返しをしたいと思って。

それと、林火さんは『高浜虚子』という本を書くために

大野林火（左）と（昭和30年頃）

戦争中東京駅前の丸ビルの「ホトトギス」発行所へ通われたりして勉強しておられた。そのうちに五十肩みたいなことで肩を痛めたりされて、なかなか通えないというときがあったんです。

うちの工場で働いていて「アララギ」をやっている若い人がいたのですが、それが毎日のように横浜の古本屋を歩くのが趣味で、あそこにこういう本があった、ここにこういう本があったとぼくに教えてくれるんです。あるとき、「ホトトギス」が何百冊とまとまって出たのをみつけて、それを買ってきたんです。ぼくが譲ってもらって、それをリヤカーに積んで行って林火さんにあげたことがあるんです。林火さんはそれを非常に喜んでました。林火さんが亡くなったあと、中戸川朝人さんと一緒にご自宅へ行ったことがあるんですが、あれはまだ大事にしまってあるなんて、奥さんが見せてくれました。

林火さんが『高浜虚子』を書き始めて、勉強されているときだから戦争の終わりころ、林火さんは県立商工実習学校の先生をやってましたけど、そこの教え子で体が弱くて兵隊に行けない上田君というのがいまして、あとで「濱」の同人にはなったのですが、彼とぼくと三人で潮来のほうへ旅行したことがあるんです。向こうに林火さんの知っている人がいて、お米は持ってこなくても食べられるから来ないかというので三人で行ったんです。疎開児童がいて心を打たれました。

その足で犬吠埼へ回り、銚子へ泊まることになったんです。そうしたら利根川の向こうで盆踊りをやっていておはやしの音が流れてくる。茨城県の波崎という町です。いまは橋ができていますが、そのころは巡航船で向こうへ渡るんです。上田君は宿にいましたが、珍しいので林火さんと二人でそれを見に行ったんです。向こうへ渡って見とれているうちに、帰りの巡航船がなくなっちゃった。弱っちゃってね（笑）。

盆踊りをやっているから夏です。野宿をしようじゃないかと言ったら、宿がとってあるからもったいないとか何とかこぼしてましたが、尋ねあてて、たった一軒あるという宿へ泊めてもらいました。ごはんなんか全然ない。宿の人が「スイカを冷やしてあるから、それを食べろ」と言って井戸から冷たいスイカを出してくれて、それを食べたのをいまでも覚えています。だから、そのときは宿賃を両方の宿屋へ払った（笑）。そんなふうに林火さんには非常に親しくしていただいたんです。

その旅では、虚子が〈加藤洲の大百姓の夜長かな〉を潮来近くで作ったとか、盆踊りをみて高野素十の〈づかづかと来て踊子にささやける〉の句など、いろいろなことを教えてくれました。そういうふうにして受けた恩というのはたいへんなものです。

秋元不死男の紹介で新俳句人連盟へ参加

新俳句人連盟の成り立ちは、戦争中に弾圧された新興俳句の人たち、それから栗林一石路、橋本夢道、横山林二とか「層雲」の一部の人たちがプロレタリア俳句運動というものを起こして除名されているわけだ。そういう人たちがいわゆる俳句事件などといったデッチあげで弾圧され、関西、東京、両方からかなりの人数が獄につながれたりしているわけです。戦後、そういう人たちがぼつぼつ寄り集まって消息を伝え合うようになって、ひとつ俳句の団体を作ろうじゃないかってことになった。それぞれが雑誌を出す力はないですからね。用紙の統制だとかいろいろ難しい問題もありましたし。

それで、昭和二十一年の五月に小石川後楽園の涵徳亭で設立大会をもつというかたちになるわけです。そのときの幹事長が栗林一石路で、幹事の中心になっていたのが秋元不死男（当時は東京三）さんで事務的なことを担当される。そういう出発だったと思うのです。

ぼくが参加したのは同じ年ですが、秋元さんに初めて会ったのは戦後のことです。秋元さんの家はぼくが入院していた赤十字のちょっと先で、ぼくが住んでいるのは磯子区ですが、磯子区と横浜の中心の中区の外れの接点になっているような、根岸の海岸でした。海苔が採れる海で、ぼくの家はそこから歩いても三十分くらいです。戦後、弾圧された作家が近所にいるというので、ぼくが秋元さんを訪ねていったんです。

　秋元さんは喜んでくれましてね。秋元さんは東京の御徒町(おかちまち)で大同社という印刷屋さんをしていました。ぼくも戦後ですから組合の人とも知り合いになっていまして、すぐ仕事になるかどうかはわからないけれど紹介してあげましょうと言って、秋元さんに二、三軒、紹介してあげたことがあるんです。そのうちの一つの組合くらいが仕事を出してくれたりしてね。

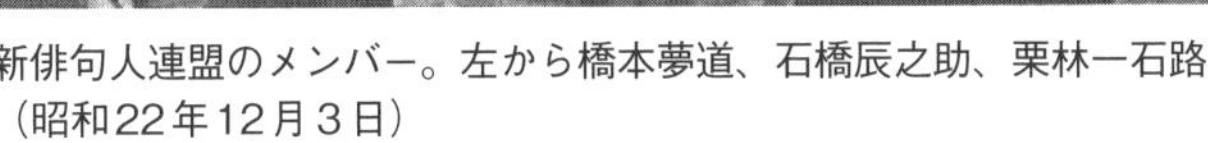

新俳句人連盟のメンバー。左から橋本夢道、石橋辰之助、栗林一石路、（昭和22年12月3日）

　そこへ行く途中にぼくのところの工場の事務所があったんです。桜木町のすぐそばにね。そこへ寄って一休みして、仕事を取りに行ったりして、一時頻繁に行き来するという状態がありまして、ぼくが誘われて新俳句人連盟に入り、祐天寺(ゆうてんじ)の句会にも行くというふうに、だんだんなっていったわけです。その時分、祐天寺の句会には栗林さん、夢道さんのような自由律の人もいれば、石橋辰之助(いしばしたつのすけ)、三谷昭(みたにあきら)といったような定型の人もいるという、五十人くらい集まるなかなか盛んな句会でした。ぼくは駆け出しですから恐る恐る行って、勉強させてもらったんです。二、三回、行きましたかね。

　ですから、ぼくが新俳句人連盟に参加したのは発足してわりあい早い時期なんです。発足したときは知りませんでしたが、すぐに雑誌の創刊号を見せてくれまして、わりあい早く連盟に参加したということです。だから、新俳句人連盟への推薦者は秋元さん、当時の東京三さんです。

　翌年の六月、銀座の日本印刷学会出版部というんですが、藤田初巳(ふじたはつみ)さんの関係で、そこで第二回総会がもたれるわけです。ちょうどその日に西東三鬼(さいとうさんき)さんが新俳句人連盟に加入したわけです。加入ほやほやなんだ。それで総会へ参加した。しかし、それがいわゆる新俳句人連盟の分裂総会なんです。

その前に、日本民主主義文化連盟という、新日本文学会とか新日本歌人協会とか、文学だけじゃなくていろいろな民主的文化団体が集まって作った組織があります。その担当幹事として出ていたのが古家榧夫さんです。その中で一つの決議として、「赤旗」の発刊のために各団体で五円ずつ寄付するということが決められ、新俳句人連盟も寄付しているわけです。それが総会の報告の会計決算に出ているから、そのことを取り上げて、もっと慎重でなければいけない、自分たちはそういうことには反対だ、連盟の幹事会には諮られてないとか、いろいろ論議が起こった。それを提議したのが西東三鬼です。

最後には、それでよかったか悪かったかを票決しようというので投票することになった。議長は湊楊一郎さんで、投票結果は賛成十五、反対十四、一人は白票でした。白票は秋元さんだったかな。十五対十四もいまとなると誰と誰だったか、双方十人くらいまではわかるんだけれど正確にはわからないんです。

そのとき、ぼくも総会に参加しているわけです。その総会に出た人間でいま生きているのは、ぼくと中台春嶺さん、あと一人二人いるかどうか。古川克巳さんはいたと思うんです。五、六人は生き残っていると思うんだけれど、もうそうとうな年の人たちなんでね。ぼくが八十六なんだから。でも、そのころはぼくも若手だったんですよ。古川なんかより若かったと思うんだが、彼もまだわりあい元気だからね。秋元さんはぼくより一回り上なんです。

ところで、いまは大正八年組とか七年組とか言うが、大正八年組は未年だな。あの時分は「俳壇の丑年生まれ」と言われたものです。石田波郷も丑年、ぼくも丑年なんです。ぼくたちの一世代上の秋元不死男とか、中村草田男さんも、瀧春一さんもたしかそうだと思ったが、なんか丑年が多いんです。だから、「丑年がいちばん有名な俳人が多い」なんて言った時期があったんです（笑）。

つぶれそうなところを立て直すのが古沢の仕事

票決の話に戻りますが、結果は十五対十四で、寄付したのは認めるというかたちになったんです。そして、それは反対だと言った人たちが脱退した。その脱退組に当日入会した西東三鬼がいるんだな。ヤツは入るだけ入って、会費は払ってないんだよ。橋本夢道は「西東三鬼は会費を払ってないじゃないか。貸しがあるはずだ」なんていつまでも言っていましたよ（笑）。

秋元さんは反対の立場だったと言ってよい人ですが、このとき自分はしばらく俳句を休むという休俳言をしたんです。三谷さん、西東三鬼など反対した人たちは脱会するわけです。抜けたのはほとんど新興俳句の人たちです。その中でたった一人、向こう側でも誤算だったのが石橋辰之助で、彼だけが残ったんです。

それから再建ということになるわけです。もちろん「赤旗」へ寄付したということは一つの問題点ではありますが、それ以上に、お互いに弾圧された人間ですからはじめは非常に懐かしがって、自由律も定型もそういうこととはかかわりなく同じ気持ちで何かをやろうということで集まって作ったけれど、しかし、定型と自由律は嚙み合わないところがあります。もちろん戦前も戦争中も近寄って何かをやろうということは試みられているんです。ですけれど、どこか水と油みたいなところがある。

それからまた、これはみんな憶測ですが、たとえば現代俳句協会を石田波郷と西東三鬼が一緒につくることをもうすでにお互いに考えていたとか、「天狼」を出発させようという動きもあるわけです。また占領軍による検閲のある時代で、戦中のような弾圧がないとは言えないという思いなどもあるわけです。そういうなかで三鬼さんはかなりなウェートを持っている、そういうことがあるんです。どこまでが正しかったのかよくわかりませんけれどね。

そのあと三谷さんの書いたものを読むと、一票の差で負けたのは自分たちの狙い通りだとあるんです。というのは、自分たちが勝ってしまえば片方の連中はやめていく。せっかく出た雑誌だが、その発行関係のかかわりは逆に栗林とか夢道のほうに強いわけです。そうすると、自分たちは勝っても機関誌を出す力はない。だから予定通り負けた、これでよかったんだということを何回も書いているわけです。

それよりもぼくは、定型と自由律、どこか一緒にやりにくい問題って大きかったんじゃないかと思うんです。それと定型の中でも古家榧夫、芝子丁種は「人民俳句」という雑誌を出そうということを計画して、それは実現しませんでしたが、そういう急進派が何人かいたわけです。でも、頭だけの俳句の急進派はやはり行き過ぎだ、みんなに根をおろさない運動のしかたというものは間違いだろうとぼくは考えてます。そういう人たちもいて、もっと文学的な仕事を進めようという新興俳句系統の人たちと一緒に仕事はしにくいという空気はたしかにあった。ですから、それが根において連盟の分裂という問題とかかわっていると思いますけどね。

赤城さかえ君やぼくが連盟で活動したのはもちろん民主的な俳句運動を進める拠点としてですが、長い歴史を持つ定型にはその性格の深い究明や作品の豊かな積み重ねがある。定型の規制を外した自由律は一面積極的でも歴史が浅い。ただ一石路や夢道、あるいは尾崎放哉や種田山頭火にしても人に親しまれる作品は、長律短律を含めて秀れた韻律と一緒に生きている。そこに共感し合える詩の一つの方法があること

前列中央に赤城さかえ、左に夫人、その間に太穂

を考えていたし、それは連盟が現在もかかえている大きな問題でしょう。

　ですけれど、ぼくは参加してまだそんなに長い時間じゃないし、「馬酔木」にいたりして、楸邨先生も「馬酔木」の人ですから、石橋さんがいて一緒に仕事ができるということはぼくにはうれしかったですね。秋元さんとも知り合いだけれど、それよりも石橋辰之助のほうが身近だという感じはありました。

　その連盟の分裂がもとになって機関誌の発行もなかなかスムースにいかないわけです。その後、石橋さんが委員長になって、じきに亡くなってしまう。昭和二十三年のことで、石橋さんは三十九歳でしたからねえ。

　その時分、ぼくは神奈川県で職場俳句協議会を作ったりして、勤労者の文学運動というようなものを進め始めているときで、新俳句人連盟の常任幹事に推されるわけです。しかし、そういうなかでますます連盟は細っていく。地方の組織が脱落するといいますか、たとえば北海道の細谷源二さんが「北方俳句人」をやっていたのですが、そういう人も抜けていき、あちこちの新興俳句関係の人たちが抜けていくんです。佐藤鬼房さんはわりあい早くからいました。あの人はかなり長く、遅くまでいました。原子公平もわりあい長くいたんじゃないかな。その時分は若い人がまだだいぶいました。

　分裂後の編集長は嶋田洋一さん、嶋田青峰の息子ですが、彼もやめていくんです。その後、編集を手伝っていたぼくが編集長になりました。橋本郁夫が書記長をやっていたのですが、彼の会社である程度お金を出して、そこから何冊か雑誌を出したんです。

　昭和二十五年八月の二十三号までは橋本郁夫の十二月書房で活版で出していました。二年くらいはポツポツでも出せたんですが、そのへんで発行することができなくなってくるわけです。それまで新興俳句系の人たちが抜けていっても、職場の労働者作家は参加してくるというかたちがありましたが、それもレッドパージが起きて、そういう人たちは生きることが精一杯という状態になっていくわけです。そこが一種のどん底状態みたいなもので、一年に二回か三回、それこそガリ版で出す。そういうふうになっていくのです。

ぼくが連盟の委員長になったのは昭和三十年、四十二歳のときです。いちばんに考えたことは、まず機関誌を活版化したいということ。ガリ版の機関誌ではだめなんです。そして、だんだん月刊にしたいということです。一年に二冊くらいから始めるという出発のしかたをしました。

横浜市磯子の自宅前にて夫人、長男、二男と（昭和30年代）

連盟のいちばんの支えになって働く人たちがもっと力を持ってこなければ、連盟は本当の意味で根を持って立ち直らないものだと考えてましたから、いちばん簡単に言えば労働者階級がもっと力を持ってくる時代を「作る」ということとあわせてやらなきゃだめだという考えなんです。

ぼくは委員長（のちに会員制）を二十何年やりましたが、はじめのうちは半分は遊んでいるようなものです。何もやることはないんだから。まだ若かったし、俳句の勉強はそれぞれみんなで一生懸命にやるけれど、連盟の運動自体は慌てないで進めようという気持ちでいたわけです。だから、最初のうちは一年に二冊、次の年は三冊にし、四冊にしということで、月刊にするまで十五、六年かかりました。月刊になったのは昭和四十六年です。

だから、ほかの団体でもそうですけれど、「つぶれそうなところを立て直すのは古沢の仕事だ」って言うのがいましてね（笑）。

松川事件や内灘闘争を積極的に支援

昭和二十四年に松川事件が起こります。いまの人はそんなに知らないかもわかりませんが、下山、三鷹、松川事件は国鉄三大事件と言われる事件です。私の句に〈冬夜人なか訴うことの溢るるを〉というのがありますが、その救援運動が昭和二十八年の仙台高裁二審判決を境にして全国的に広がるわけです。

今年はその五十周年記念の年だが、松川事件とは、松川と金谷川という東北本線の駅の間で夜行列車が転覆し、運転していた三人が死亡します。それは乗客は乗ってない旅客列車です、夜中に動かした車輌ですからね。事故後、すぐに自民党政府の増田官房長官が、これは三鷹その他の事件と思想的底流において同じものだと発表するという手早さ。そして、レッドパージなんかともかかわっていますが、百万人の労働者を職場から追い出すドッジプランという、アメリカの日本統治計画の中で進められている経済政策があって、政治工作といいますか、国鉄の福島の組合が中心になっている幹部が十人、東芝松川工場の労働組合運動をやっている連中が十人、両方から十人ずつ引っ張って、列車転覆の共同謀議が行われたとして起訴をした。人員整理闘争を行っていた国鉄および東芝松川工場の組合員の共同謀議だというわけです。一審判決死刑、無期各五人というこの裁判は、最初は赤間(あかま)というチンピラがかった元国鉄の二十歳前の若者を捕まえて、脅かして自白させるというかたちから始まっているわけです。

その裁判はじきに自由法曹団の優れた弁護士の人たちが担当してくれるようになった。岡林辰雄先生や大塚一男弁護士が中心になって被告の家族会を作らせて闘いの心を統一したり、労働組合とか良心的な文学者たちに、自分たちは何もやってないんだと訴えるようにと勧めたので、そういう手紙や文集が編まれて全国に送られた。それで、松川の被告を守ろうという運動が全国に広がっていきます。俳句を作っている相当年配の男女の方から松川にかかわったという声を、今でもよくきかされます。

そういうとき、広津和郎(ひろつかずお)先生が宇野浩二(うのこうじ)さんと一緒に公判を傍聴されたのです。そして、ああいう目の澄んだ人たちが悪いことをするわけがないということを宇野浩二が書いています。広津先生は最後まで裁判闘争の大きな支えとなられたわけです。

だいたい東芝関係は神奈川県が抱えていますから、東芝の鶴見工場から派遣されている人が団長の杉浦三郎さんはじめ被告団の中心になっている。そういう人たちがいるから神奈川で救援活動を統一してもっと大きくやろうということになって、飛鳥田一雄(あすかたいちお)さんが会長、ぼくが副会長になって、県の松対協（松川事件対策協議会）が出発するわけです。それから国家賠償裁判までの十数年間闘いが続いたわけです。東京の会長はその時分は佐多稲子(さたいねこ)さんです。だから、横浜へも来てもらったが、昭和三十八年に佐多さんが『女の宿』という本で女流文学賞を受賞されたとき、ぼくはお祝いに出席しているんですよ。

　とにかく、自分の生活のこともやらなきゃならないし、働きながらですからね、忙しいですよ。うちで家族一緒に夕飯を食べるなんてめったになかったですね。それでもまあ、わりあい酒も飲んだし（笑）。この時分はみんなが飛び回ってたもんなんだよ。

　内灘の闘争もありますね。これは朝鮮戦争のときですから昭和二十八年です。日本で作った砲弾が向こうで実際に役に立つかどうかということを試すわけです。そのとき、あちこちの砂丘が試射場の候補にあげられ、最後に選ばれたのが内灘です。あそこは日本の三大砂丘の一つという大きい砂丘ですから。サンフランシスコ平和条約後のもっとも大きな基地闘争がその内灘試射場反対闘争で、全国的な支援のなかで行われたのです。

　七月の終わりころ、組織的に言えば日本共産党の神奈川県委員会と相談したりしながら、実情を調べる役割を兼ねて応援の一人として出掛けていったわけです。石川県の党県委員会とも連絡をとったんだけれど、うまくつながりがつけられなくて、金沢の、その時分は沢木欣一さんと細見綾子さんがいましたから、あれは茅舎賞の次の年かな、訪ねていったんです。沢木は、ちょうど高等学校の先生たちの研修をするために能登に出張していて、いなかった。しようがないから、歯医者で俳人の黒田桜の園という人がいたことを思い出した。彼は「馬酔木」や「寒雷」の作家で、知り合いといえば知り合いですから、訪ねて行ったらキョトンとしてましたが、一晩泊めてもらって、次の日に内灘へ行ったわけです。カンパのお金が乏しいなかだから、たいへんありがたかった。

　内灘は学生ばっかりでしたね。学生たちと一緒に隅っこの筵敷きのところに寝かせてもらって、レポーターをやったり、村の外れの権現の森に座り込んでいる漁師のおばちゃんたちを応援に行ったり。とにかく三十分以上も砂丘の砲弾の飛ぶ下を毎日歩くわけです。本当に暑いさなかでした。

　村自体が賛成派と反対派に分かれていて、ここを埋め立てて使わせるから賛成しろとか、いろいろ切り崩し工作がた

松川事件救援色紙展にて飛鳥田一雄（左）と（昭和35年頃）

くさんあるわけです。村の人たちは常に揺れ動いているというなかで闘われているわけですから、最初に宿泊した集落から消防団のホースで水をかけられて追い出されるという経験もしました。いろいろなことをやりながら一週間、少しは手伝いをして、内灘から金沢へまた引き上げてきました。

沢木のところへ寄ったら、今度は沢木がいまして、一晩休んでいけというわけで、彼に銭湯へ連れて行ってもらったりして、細見さんにも世話になったんです。ありがたいことでした。

賞はもらえるときにもらっておけ

昭和二十三年に第一回の茅舎賞をもらったのは山本健吉さんの奥さんの石橋秀野さんです。亡くなってからだね、もらったのは。『桜濃く』という句集です。ぼくがもらいそこなったのが第二回で、昭和二十七年ですから、第一回から少し年代がたっているんです。茅舎賞とは今の現代俳句協会賞のことです。最初は茅舎賞といったんですが、第三回から現代俳句協会賞と名前が変わります。

第二回の選者は中村草田男、石田波郷、秋元不死男、山本健吉、安住敦、山口誓子、加藤楸邨、中島斌雄で、「協会員から推薦された受賞候補者十八名に対し一九四九年から五一年に至る間の自選作品三十句の提出を求め、審査委員八名に回付し、首位、次位、三位を選定してもらうという方法で選考を進め、次表のような集計となった」と『現代俳句協会五十年史』にあります。

この結果で言いますと、十人の候補者が残って、そのうち点数が多かった細見綾子さんとぼくと岩田昌寿（波郷門下でぼくの友人でもある）の三名に絞って決選投票になり、最終的に細見綾子受賞が決まったんです。ぼくと岩田昌寿は一票差くらいで次点になったということです。ぼくを候補に推薦してくれたのは秋元不死男です。ところが秋元さんはぼくに投票しないで細見さんに入れた。それはひどいじゃないかと言って笑ったことがあったんです（笑）。

だけど、考えてみると、ぼくより細見さんのほうがうまいです。細見さんの受賞対象句集は『冬薔薇』でした。〈硝子器を清潔にしてさくら時〉〈鶏頭を三尺離れもの思ふ〉のような句があって、さわやかな、きっちりした、いい作品でした。

その前の時分から飛鳥田一雄と知り合いになりました。彼はうちの近所にいてわりあい親しかったんです。町の文化運動をやったりしながら、いろいろつき合いがあったわけです。その彼が初めて選挙に出た。神奈川県の県会議員の補欠選挙がありまして、社会党から出て落選したんです。当選は一人ですからね。ちょうどぼくも茅舎賞に落選したときだから、彼のところに行って「オレも落選したんだ、おまえもか」って大笑いして、二人で酒を飲んだことがあります（笑）。

飛鳥田さんはそのだいぶ後だが、横浜市長選挙に社会党と共産党の革新統一候補で出て、当選したんです。後に日本社会党の委員長になりました。

私の仲間に才能のある作家で岩間清志という青年がいたんですが、昭和四十八年、まだ若いのにくも膜下出血で急逝しましてね。その時分の作品をまとめたのが『捲かるる鷗』という句集です。彼への追悼です。ぼくは先輩や仲間の本は何冊も編集したりしているのですが、自分の句集はなかなか作れないんだ、せわしくて。ですから、それが三冊目か四冊目の句集じゃないですか。それで第十二回多喜二・百合子賞をもらいました。昭和五十五年のことです。

ぼくより前に、橋本夢道さんが亡くなったときに第七回多喜二・百合子賞をもらわれているのです。それからもずいぶんたちますが、いままで俳句でもらったのは夢道さんとぼくだけなんです。江口渙さんももらっているが、あの人は『わけしいのちの歌』という歌集でもらった。ちなみに第一回受賞は松田解子さんの『おりん口伝』という長編です。この時の賞金五十万円は後で連盟事務所を作るとき寄付してしまいました。

昭和五十八年に第三十二回横浜文化賞をもらった対象も俳句なんです。多喜二・百合子賞は出どこがはっきりしているからいいんですが、横浜文化賞というようなものをもらっていいのかどうかかなり考えたんです。それで楸邨先生に話をしたら、「賞というものはもらえるときにもらっておかないと、あとでなかなかもらえないもんだから、もらっておきなさい」と言われました。たしかにそうで、それから後はもう何ももらったことはないですね（笑）。

横浜文化賞は横浜市が出すんです。俳句でもらったのは林火さんと秋元さんで、飛鳥田さんが市長になってから。それ以外には俳句でもらったのはぼくだけなんです。ぼくは飛鳥田が市長をやめた翌年にもらったが、それからだって、もう十六年くらいなんですよ。

俳句欄の選もやり将棋観戦記も書く

『「待った」をした頃、将棋八十一話』という文春文庫の随筆集（文藝春秋編、一九八八年刊）にも書いてありますが、だいたい雪国は室内遊戯が盛んなんです。ことにぼくの家は料理屋で芸妓置屋ですから、みんな花がるたをやっていて、町の博打好きの連中も来て、わりあい大きい金を賭けてやるということもありました。

うちのじいさん、父親の父ですが、よく遊びに来まして、百姓なんですが下手な将棋をぼくに教えてくれた。将棋はおもしろいから、子供のころからやっていたが、父親が死んでこっちに出てきてから、そんな暇はなかったわけですよ。だけど、やはり好きだったんでしょうね。新聞の将棋欄を読んだり、詰め将棋を自分でやってみたり、これはお金が要りませんからそういうことをずっとやっていたんです。

そのエッセイにも書いてありますが、その当時、ベストセラーになった木村義雄名人の『将棋大観』という本がありまして、この本がなかなかいい定跡本でしたから、それで自分なりに勉強したんです。そうしたら働いている先で将棋を指すと相手がみんな負けちゃう。古沢は将棋が強いということになった。

ある時期、金子金五郎という、私の将棋の師と仰ぐ人で理論的な将棋を日本の将棋界で拓いた先生ですが、その先生が西銀座に将棋道場を開いたんです。「将棋研究」という雑誌の読者指導の日があってそこへ出掛けていったり、その時分、あとで名人になった塚田正夫という人がまだ三段でしたが、そういう先生に教わったり、坂口允彦という将棋連盟の会長になった人で、九段で亡くなりましたけれど、若手の三段で、そういう連中に教わったんです。俳句でも将棋でもぼくは本当にいい先生に教わった。

角川源義さんも将棋が好きで、六段くらいになられた。それでもいまの角川書店の社長の歴彦さんから見れば小手先であしらわれるでしょう（笑）。歴彦さんはプロの世界を覗いた人だから、やはり強いはずですよ。

源義さんが、出版社としての商売をもっと盛んにすると言いますか、小売書店の店先のいいところへ自分のところの本を置いてもらうためにか、いろいろ接待したりするんです。そういうときにぼくに手伝ってくれと言われて、二回くらい、源義さんと一緒にそういう人たちの将棋の相手をしたんです（笑）。みんな将棋が好きな人が多いんです。だけど、そんなに強くはないんだ。弱い人はぼくが飛車だとか角とか落としてね。亡くなった源義さんも当時はぼくが大駒一枚落とすくらいの力だったでしょう。それでぼくに勝てるか勝てないか、そういう力でした。

昭和二十七年、神奈川新聞が俳句欄を初めて作ったとき、文化部の担当の記者がぼくに選をやってくれないかと言うから、その時分はまだそれほどの力はなかったと思うんですが、投稿してくる人が一週間にせいぜい十人かそこらですから、それじゃあ見ましょうかというので三年くらいやりましたかね。

昭和二十八年に神奈川新聞は将棋欄も作ったのですが、それも文化部の担当なんです。片方の短歌の先生が囲碁の上手な人なので、囲碁の観戦記を併せて書くということになったんだ（笑）。それで、担当の記者が、太穂さんは将棋が強いから観戦記を書いてくれないかと言ってきた。だからはじめは両方をやってたんです。俳句の選も将棋観戦記もね。観戦記のほうは忙しい。出かけて行って、見なきゃならないからね。それは三年くらいやりました。その後またプロ棋戦の

「寒雷」50周年記念祝賀会。右より田川飛旅子、加藤楸邨、熊谷愛子、太穂（平成２年10月21日）

「新人王戦」をだいぶ書いて、二百局くらい観戦記を書いたでしょうね。

ところで、分裂した新俳句人連盟とケンカしていても、秋元さんとぼくは横浜俳話会を一緒に作ったりして個人的には仲がいいんです。西東三鬼とケンカしていても、横浜へ来ると秋元さんと三人で酒を飲んだりして仲はいい。おもしろいもんだ。そういうことで、秋元さんが失業して困っているから、「じゃ、ぼくが将棋欄をやって、あんたに俳句欄を譲る。いくらか金になるだろう」というので譲ったんです。そのころは新聞も大きくなってきましたし、投稿者も増えてきて、新聞社でももう少し金が出せるという状態になってきた。だから、秋元さんもいくらかは潤ったわけです。

秋元さんの息子の近史君は日本テレビで「シャボン玉ホリデー」のプロデューサーを長くやりました。彼は明治大学へ行っていたのですが、明大時代、夏休みになるとうちの工場でアルバイトをしていたんです。本当に家ぐるみでつき合っていたという時代ですから、秋元さんが困るのはいくらか見かねるところがある。少しでもプラスになればというので、そういうことをしてあげたことがあるんです。

ぼくは言ってみればその日稼ぎだとしてもいわば自営業だから、たまには将棋も習いに行くなんてことができるわけだが、食べられるか食べられないかのなかで習いに行くわけだから、一生懸命、習いますよ。勉強のしかたが違う。ハハハハハ。

俳句だってそうで、さっきの「寒雷」創刊号で巻頭だった田川さんとの比較の話じゃないですが、そういう時期には人の三倍くらいは勉強したつもりだ。だから、田川さんにいくらか追いつけて、こういうふうに一緒に同人に推されるようになったんだという話を今の人たちにしますよ。

ロシア語を教えに行ったこともあるんです。戦後、田川さんが組合の委員をやったりして、ああいう人だから文化担当で、ロシア語の講座をやりたいというので、組合の希望者を集めてロシア語入門講座をやったんです。最初は二十人くらい集まってくるんですが、そのうち三回くらいやるとたいてい七、八人になっちゃう。いや、七、八人いればいいほうですよ。最後は技術関係の人だけ。技術関係の人は勉強家が多いし、また必要性があるということもあるんですがね。古河電池、古河電工、あわせて三年くらいやったんじゃないですかね。

田川さんは古河電池製作所ですが、工学博士号をもらって、そのお祝いをやったことがあります。あの人はたいへんな勉強家ですよ。毎朝、東京の中野から電車に乗って、横浜駅で乗り換えて星川まで通う。電車で読もうと思って本をたくさん抱えて持って来るんです。だから、田川さんの何とかバッグは有名だった。だけど、持って歩くだけでちっとも読めないなんて言ってるんだ（笑）。

ぼくが誘うと、月に一回か二回は野毛（のげ）に来て一緒に酒を飲むんです。酔っ払うと、さっきも言ったように「オレたちは第一期の同人だから」なんて自慢するんだ（笑）。「寒雷」では一番の親友だったね。

やさしい言葉を生かして深いものを出したい

なぜ「道標」という雑誌を作ったかというと、一つは神奈川県職場俳句協議会という、職場の「俳句サークル」をつなげて協議体を作って、もっとみんなで交流しながら勉強するという組織を作ったわけです。それが二年ほどたったらレッドパージで活動家が職場から追われちゃった。それでやむを得ず解散して、有志で同人雑誌を作るというかたちにしていったんです。

最初のうちは年に三冊とか、そういう出し方しかしてないんだ。ですけれど、その時分、たとえば中島斌雄さんが朝日新聞から出された俳句の本に、社会的な何かを持って活動している雑誌は片一方に「風」があり、片一方に「道標」があると書いておられる。ですから、一応そういう感じで世の中の人は見ておられたと思います。

もっともその中島さんも年をとるにしたがって考え方が変わってきたみたいで、現代俳句協会賞の選考委員を一緒にやってましたが、最後に会ったころは、「道標」というのは俳壇の特殊雑誌だって言ってましたから、君のやっていることは俳壇的にはあまりまともじゃないって考えに変わってきたんじゃないかなって聞いてましたけどね。

「道標」が同人誌から結社誌になったのは四十七年です。

横浜に「沙羅」、これは最初は「さぼてん」という名前でしたが、そういう雑誌がありまして、ぼくはそれの選者を頼まれてやっていたんです。だんだんに人数も増えてきたんですけれど、両方をやるのはぼくにとっては忙しいし、たいへんなんです。みんなに相談したら一緒になってもいいということで、べつにぼくが主宰になるために合併したわけじゃないんですけどね。

「道標」400号記念祝賀会。この日、諸角せつ子（右）に主催が譲られた。左は来賓の和知喜八（平成10年5月31日）

片岡紫々夫（かたおかししお）とか諸角（もろずみ）せつ子（こ）はその時分から「道標」の同人だったのですが、いまの「顔」という雑誌を彼らが始めまして、諸角さんのところが発行所だったんです。「顔」もやり、「道標」の同人でもあったんだけれど、二つをやるのは無理だから「顔」を二人で一生懸命やりなさいと言ったんだけれど、カネを払うだけだって「道標」じゃ助かるだろうから、オレたちは同人でいるということで、ずっといたんです。

そういう人たちが合併のときに、この際に古沢の主宰雑誌にしたほうがいいと提案したんです。みなさんも賛成してくれて、ぼくが主宰者になった。主宰者になるには年はわりあいとっているんです。だけど、それからもわりあい長生きしちゃったから、だいぶ長くなりました。去年、主宰は諸角さんに譲りました。病気をしたからね。もっとも病気をしなくても、もうそろそろいい潮時だとは思っていたんです。

昭和三十一年に伊香保（いかほ）で「寒雷」の第四回全国大会をやったとき、「俳句における対話と独白」、モノローグとダイアローグという話をしたんです。まだ赤城さかえ君が生きている時分でした。「ほかの偉い先生を呼んでくるのもいいけれど、『寒雷』にもいい人がいるんだから」とぼくが先生に言ったら、「じゃ、君が最初にやれ」というのでやむを得ずやったんです。翌年かに兜太さんが神戸から出てきて造型論をやったと思います。ぼくは理論家じゃないですから、あまりうまい話はできないんですが、それでも一生懸命勉強して、誰がどういうようなことを言っているというところくらいは調べたりして、そういうことを半分は紹介するというかたちで話したんです。

そのときもこういうことをいちばん考えていたんです。風土というものはただあるんじゃない。歴史を負っているものだ。それは人間だけじゃないかもわかりません。もっと人間以前からの、たとえばホモ・サピエンスという人類になる前からの歴史を負っているかもわからないけれど、まずさしあたり人類というものが発生以後のことを考えても、いろいろな社会が発展していく中で人間はどんなふうに苦労し闘い生きてきたか。そういうものを負っているのが風土なんだということ。

沢木君も早くから社会性とは風土の問題だと言っています。しかし、近ごろの俳句はそういうことと何のかかわりもないみたいな……。優れた感性の作家は生まれてきて、それだけ豊かになっていると思うんですよ。それはまた大事な問題だと思うし、いいと思うんですけれど、日本だとか世界だとか平和だとかいうものにもう少し心を及ぼしながら、そのなかに喜びや悲しみや、俳諧といったようなもの、笑いとかおかしみとか、そういうものを心に置いて、もっと追求してもらいたいなという気持ちはありますね。

ま、たいへんなことですが、それが本当の社会性というものではないかな。ギスギスしないで、昔から俳諧は俗談平話を貴ぶんですから、やさしい言葉で、みんながすぐ馴染(なじ)めるようなやさしさを持ちながら表現を開いていくということですね。

新興俳句の功もあるけれど、そういう点での開き方は足りないんじゃないですか。だから、みんな頭はいいけれど難しいと思うんですよ。私の俳句は自然流というのですか、もう少しやさしくて、庶民的な言葉といいますか、そういうものを生かしながら、どうして深いものが出せないのか、出したいもんだなと考えているんです。

こういう問題があるんですよ。思想というものの方向がありますね。だけど、思想の方向が正しいからすべてがいいなんて考え方は全然間違っている。思想の方向があるいは歪(ゆが)んでいても、そこに、ある厚みを持っている思想だと、これはまたそれなりの力を持っているんです。常にどういう方向であろうが、ものの考え方というものは厚みを重ねるものでないと説得力もなければ影響力もないというものなんです。方向が正しいからすべて正しいなんて、そんなことはあり得ないんです。

私もこの八月一日で八十六歳です。先に死んでいく人間の話を聞いておいていただくというのはありがたいんです。ぼくなども楸邨先生にはある時期しょっちゅう会っていたみたいだけれど、何をしゃべってきたのか、ちっとも記憶がないんです。一般的には全国大会ではもちろん、句会でも先生のそばに行って話すなんて、なかなかできないですよ。だから、黒田さんのような人がいろいろな人から生の話を聞き出しておいてくれる、この企画はみんなが喜んでいるんじゃないですか。

おわりに

横浜から、ナップザックにつめて、この日のために背負ってきて下さった資料は宝の山。とりわけ、第一句集『三十代』を手にとらせていただいたときは感動した。この句集、加藤楸邨先生の序文とも、花神コレクション『古沢太穂集』にそっくり収録されてはいるが、その初版本を目の当たりにすると、当時の状況がありありと全身に伝わってくる。

この一冊、まるごとガリ版刷り。紙はザラザラ、判型も小ぶり、薄っぺらなものだ。しかし貴い一冊。私は一晩お借りして、その「気」をいただいた。句集というものの原型がここにある。師弟の魂のかたちが凝縮している。こんなすばらしい、宝石のような第一句集から出発され、長く、太く、手応えのある人生を歩んでこられた古沢太穂という俳人に、愉快で、たっぷりと喰い足りる時間を与えられた一九九九年の夏は、私にとって忘れがたいものとなった。

黒田杏子

（インタビュー＝平成11年7月27日）

古沢太穂自選五十句

病めば遅足秋刀魚のあかき目にも見られ　『古沢太穂句集』（昭30刊）

虹立てり誰もながくは振りかえらず　〃

貧交や横顔にある秋の暮　〃

英霊にはやうすあおき木蔭かな　〃

ジャズ現（うつ）つ紙屑を燃す霜の上　『三十代』（昭25刊）

飢ふかしコンクリートの崖干潟へ乗る　〃

ロシヤ映画みてきて冬のにんじん太し　〃

外は飛雪帰る風呂敷かたく結ぶ　〃

啄木忌春田へ灯す君らの寮　〃

やつにも注（つ）げよ北風（きた）が吹きあぐ縄のれん　『古沢太穂句集』（昭30刊）

夜空涯なし星・薔薇・同志明日を期し　〃

子も手うつ冬夜北ぐにの魚（うお）とる歌　〃

巣燕仰ぐ金髪汝（なれ）も日本の子　〃

ひたに闘いまた薔薇の季（とき）相逢うも　〃

白蓮（しろはす）白（しろ）シャツ彼我ひるがえり内灘へ　〃

赤とんぼころがり昼寝の漁婦に試射砲音　〃

砂丘ただ炎ゆ異国の轍のふかく荒く　〃

ビキニ以後も界隈を守（も）る梅雨の裸灯　〃

みたび原爆は許すまじ学帽の白覆い　〃

提灯デモの灯腕と出て揺れ屹立つ夜　『火雲（ひぐも）』（昭57刊）

かかる八月熱いもの食べ空を鞭　〃

吹雪の海越すチーズ一塊をポケットに　〃

青年海猫（ごめ）へパン投ぐ雪がつどうデッキ　〃

吹雪く日ぐれは車窓へ寄り寝行商婦　〃

涯しなかりし獄と流氷無音に寝る　〃

観光夜景のため暗い丘浦上忌　〃

梅雨さとき葭党地下の日の森に　〃

森の梅雨音青年市川正一らの死の前　〃

本漁ればいつも青春肩さむし　〃

九月ひとに火雲火の翳来て悼む　〃

痩せし夢道置ききて築地銀座は汗　『捲かるる鷗』（昭54刊）

喪の十一月河強風に捲かるる鷗　〃

いくども砂照るビキニ忌後(ご)の風紋　『〃』

千鳥も老いも夜明けの素足九十九里　『〃』

石狩孤村地吹雪の子のはぐれ星　『〃』

氷海の涯しらしらと今日の雁　『〃』

日の奥にユエがひらけて桃ひらく　『〃』

蜂飼いのアカシヤいま花日本海　『〃』

怒濤まで四五枚の田が冬の旅　『〃』

十一面さまや餅花手ちぎりに　『〃』

唇(くち)ほのと仏芋の歯ごぼうの葉　『〃』

われら朝寒〝ガラスのうさぎ像〟眼伏せ　『〃』

恵庭(えにわ)野は雪きみが碑へ膝没し　『〃』

渡り鳥自転車駆りてパート主婦　『うしろ手』(平7刊)

トマホークへ素手若草のおおう臀　『〃』

デモを映し冷凍魚らの眼ビキニデー　『〃』

梅雨富士の音ひそむとて風や天　『〃』

あめっこ市林火に買いたき咳あめも　『〃』

冬あおき光(ひか)老いたれば眼の世界　『〃』

霜の土昭和無辜(むこ)の死詰めて逝く　『〃』

古沢太穂略年譜

大正2（一九一三） 八月一日、富山県に生まれる。三男三女の長男。本名太保。家業は料理屋兼芸妓置屋。

大正13（一九二四）11 父岳三、49歳で病没。翌年一家離郷し東京から横浜へ。

昭和13（一九三八）25 働きながら東京外語専修科ロシア語科修了直後喀血、以後五年間療養生活。

昭和15（一九四〇）27 「馬酔木」購読。十月「寒雷」創刊とともに加藤楸邨に師事。その間大野林火に添削指導を受く。

昭和17（一九四二）29 退院して弟と機械部品の小工場を設立。馬酔木系療養俳人と勉強雑誌「藤」（後に「椎」と改題）を発刊。「寒雷」作家18人の合同句集『伐折羅』に参加。

昭和19（一九四四）31 馬場寿枝子と結婚。

昭和20（一九四五）32 横浜大空襲により工場罹災。

昭和21（一九四六）33 飛鳥田一雄らと地域文化会を作り活動。赤城さかえ、小林康治、清水基吉、岩田昌寿、岸田稚魚らと同人誌「沙羅」を発刊。東京三（秋元不死男）の推薦で新俳句人連盟に加入。

昭和23（一九四八）35 神奈川県職場俳句協議会を組織。

昭和25（一九五〇）37 第一句集『三十代』（孔版印刷）刊。

昭和26（一九五一）38 レッドパージの影響で協議会解散。同人誌「道標」創刊。

昭和28（一九五三）40 内灘試射場反対闘争に参加。

昭和29（一九五四）41 神奈川県松川事件対策協議会を結成。一九六三年被告全員無罪、国賠裁判までの十五年間副会長。

昭和30（一九五五）42 『古沢太穂句集』（現代書房）刊。新俳句人連盟委員長。

昭和43（一九六八）55 赤城さかえの遺稿『戦後俳句論争史』を編纂出版。

昭和44（一九六九）56 『定本石橋辰之助全句集』を千鶴枝未亡人と編む。ソ日協会との文化交流にてウクライナ方面を視察。

昭和47（一九七二）59 「沙羅」と合併し「道標」を月刊主宰誌とする。

昭和53（一九七八）65 『栗林一石路句集』を編纂、解説。

昭和55（一九八〇）67 前年の句集『捲かるる鷗』（新日本出版社）により第十二回「多喜二・百合子賞」受賞。

昭和57（一九八二）69 句集『火雲』（現代俳句協会）刊。

昭和58（一九八三）70 増補版『捲かるる鷗』を出版。第三十二回横浜文化賞受賞。

昭和61（一九八六）73 新俳句人連盟会長を辞し顧問。

平成1（一九八九）76 日本将棋連盟より四段の允許を受く。

平成7（一九九五）82 句集『うしろ手』（新俳句人連盟）刊。

平成12（二〇〇〇）86 三月二日、死去。

第9章

沢木欣一（さわききんいち）

はじめに

「風」という同人誌が生まれていなかったなら……。戦後の俳壇はさびしいものだったと思う。沢木欣一という作家の人生観、芸術観、自然観がその創刊号に凝縮している。

沢木先生のお話は病院で取材させていただいた。新宿南口の賑(にぎ)わいを抜けて、先生の個室にたどりつく。庵のような空間だ。花びんにはいつも花が活(い)けかえられ、ベッドに起き上がれば、そのまま原稿を書いたり、読書、選句の出来るテーブルが設置されている。

室温調節のよいこの空間で、先生は学生のように若々しく過ごしておられた。酸素ボンベを使われるとのことで心配していたが、事前の打ち合わせ、本番の取材、さらに撮影、ビデオ収録と何度もお邪魔しているうちに、ここは先生にとって最高の避暑地、思索と創作の空間なのだということがわかってきて、嬉(うれ)しくもなってきた。細見綾子(ほそみあやこ)先生のことを語られる折など、先生の表情は一層若やいで青年のよう。そのポーズにチェーン・スモーカー万歳とも思った。

黒田杏子

外地の小・中学校を出て、憧れの日本へ

こんなことを話の枕にしたいんです。ことしの三月に九州の別府で「風」の同人総会がありました。風邪がまだしっかり治ってなかったので冒険でしたけれど、ぜひ行きたいということで無理をして行ったわけです。

それというのも、ぼくが生まれて一年足らずのとき、宇佐八幡のある宇佐に行ったことがあります。というのは、そのころ私の父親が宇佐中学の国語の教師をしていたものですから、単身赴任していたところに、ぼくの母親が赤ん坊の私を連れて宇佐へ行ったわけです。

今度、行ってみてびっくりしたんだけれど、宇佐八幡宮は明治神宮や伊勢神宮に匹敵するくらいの、こんもりと茂った荘厳なところでした。父親は宇佐の宮司さんの立派なお屋敷の裏の離れを借りて住んでいたという。そこがまだあるかと思って尋ねたが、もうありませんということでした。

宇佐中学にも行きました。宇佐中学の百年祭だということでした。校舎はみんな新しくなっていますが、校庭に一本、大きな桜の木がありました。その木は私の父親がいたころより前にあったと思われるから、父親もそれを仰いでいたんじゃないかな。そう思って見上げました。

まだ小さい赤ん坊だったぼくを連れて、たまに夫婦で別

府温泉に入りに行ったなんて母親が言ってましたので、別府温泉にも入ってきました。

この春はいいことをしました。ことし十月六日で満八十歳になりますが、年をとると自分のルーツをたどるというか、そういう気持ちになりますね。行ってよかった。

父親は宇佐に行って、それから朝鮮のソウル（当時は京城）の学校に転任するんです。それから私は小学校から中学校を出るまでずーっといて、北朝鮮の元山中学というところを卒業しているんです。

外地にいると日本本土に対して憧れが強くなります。両親から「日本の自然はいい」なんて話を聞きますから、憧れて憧れて、中学校を出たら向こうの学校へ行こうというので金沢の学校へ行ったんです。

それが昭和十四年のことだから、浪人して金沢の第四高等学校に入ったというわけです。三年間みっちりと金沢です。寮には入らないで下宿していました。金沢には犀川と浅野川という二つの川が平行して流れていますが、私は犀川のほとり、桜橋のほとりにある二階家に間借りしていました。戸を開けると、すぐ犀川が見え、寝ていると犀川のせせらぎの音が聞こえてくる。向こうには医王山が目の当たりに見える。景色は非常にいいわけです。そういうのを見ていると自然に俳句でもやろうかという気になりましてね。

その前に、高等学校に入ってから何でもやろうというので、朔太郎ばりの詩を書いたり、短編みたいなものを書いたりするんだけれど、どうもうまくいかないものだから、俳句をやってみました。

最初は水原秋桜子の「馬酔木」に投句したんです。「馬酔木」という雑誌はスマートというか美術的というか、表紙を見てもいい絵かきさんがかいているんです。曾宮一念だったかな。宇都宮書店という大きい本屋で「馬酔木」を見て、きれいな雑誌があるなってことで買ってきて、投句しました。そうしたら、なかなか載らない。厳選でね。十回出したら半分、五回ぐらいしか載らない。いまの俳句雑誌と違って非常に厳しかった。俳句というのはなかなか厳しいなと思った。

金沢には古くから俳句をやっている人で黒田桜の園と中西舗土がいて、ぼくらよりは先輩ですが、そういう人たちと知り合って、俳句を教えてもらったというか、作ったら見せて、〇をつけてもらったりした。そういうことなんです。

「馬酔木」では楸邨、波郷がバリバリの新人で、たいへん魅力があったわけです。「ホトトギス」では草田男、その三人が若い者の理想だったんです。

それで昭和十五年に「寒雷」が出たので、句を出したら、楸邨先生はいいところにバーンと出してくれたりして、金子兜太君もこの「証言・昭和の俳句」（第四章）で先に話していたけれど、ぼくは最初から非常に恵まれてたね（笑）。

昭和十七年に東大に入りますが、途中で兵隊に出されたからね。入った年で思い出すのは初めて空襲があったことです。そのときは東大の構内にいたんですけれど、時計台の上を飛行機がスーッと低空で行きました。はじめは何だかわがらなかった。あとでウワーッと騒いだくらいで、どこの飛行機かもわからない。そういうことがありました。そこらへんから怪しくなったねえ。もうその前からおかしいんだけれど。

中村草田男さんに会ったのも東大のときです。金子君が「証言・昭和の俳句」（前出）で「成層圏」句会のことをそうとう詳しく話している。ずいぶん綿密に正確に話しているから感心した。ぼくは「成層圏」句会にそんなに出なかったけれど、草田男さんに会ったときの印象では、草田男さんは非常に疲れていたという感じです。いろいろなことがあったんでしょうけどね。

草田男さんが作った句は、〈汚れると汚れざるとの夏の蝶〉〈富士秋天墓は小さく死は易し〉です。いまでもありありと覚えています。まさしく時代を表しているね。金子君の話にも出ていますが、赤坂の山の茶屋で句会をやったんです。喫茶店ぐらいはまだやってましたが、世の中はそうとう暗い。みんな沈んで、草田男はえらい疲れているなということがぼくの印象に残っているんです。

楸邨さんのところにはときどきお邪魔したり、飯田橋からちょっと行ったところに小さい出版の事務所があって、そこへ行って「寒雷」の校正を手伝ったくらいです。

青春の梁山泊、千家荘時代

ぼくが学生時代にいたのは千家荘というアパートです。小石川原町、酒井忠正侯爵のお屋敷の横にあって、そこからもう少し上がっていくと小石川植物園です。東洋大学の裏の静かなところにありました。

その当時では高級アパートなんです。立派というかモダンというか、ぼくの部屋だって、そこらへんのアパートみたいに畳敷きじゃないんだ。洋間だ。ちゃんと家具が付いている。

二階建てで、部屋は上下三十くらいあったかな。私の部屋とは別に、私の部屋に属している炊事場みたいなのがあるんだ。廊下のすぐ向こう側にドアがあって、その中に入ると炊事場なんだ。そういうものがあるから普通のアパートとは違うでしょう。廊下には絨毯が敷いてあるし、いま考えたらそうとうなものでしょう。

だから、借り賃もそうとう高かったよ。学生の分際で入れるようなところじゃないんだが、まあ、親が出してくれるし、兵隊に行ったらどうなるかわからんから、そのくらいいいだろうなんて、こっちは甘えたような気持ちでいた。

原子公平君は中学校の同級生です。原子君はお父さんが亡くなってから、お母さんが東京に出てきて一緒に千家荘でずーっと暮らしていたわけです。その部屋はそうとう広かったから、そこがわれわれ学生のたまり場みたいでね。金子君も安東次男も、誰それかれそれ、何かがあるとそこに集まるものだから、原子君のお母さんにとってはずいぶん迷惑だったと思うが、よくしてもらったね。楸邨さんも一回か二回、来たことがあるんじゃないかな。

外人、ドイツ人の何やら有名な人がいたね。学者でノーベル賞を受賞した朝永振一郎もいた。東大の先生だった。偉い人ばっかり。それに、銀座のバーのマダムもいた。

だから、みんな来るんだよ、おもしろかったねえ。金子君も素朴だから、来いと言ったらすぐ来て、どこか出掛けるからといって、ぼくの着物を着て出掛けたり（笑）。それもこの「証言・昭和の俳句」（前出）で、彼も話してただろう。

戦後は荒れ果ててだめになった。持ち主には爆撃を受けて壊れたところを直すお金がないし。だいぶあとで行ってみたら、千家荘はなくなって、でっかい建物ができていた。

そうだ。能勢朝次先生は植物園の近くにおられて、楸邨先生との関係で、遊びに来いなんて言ってくださったから、能勢先生の家をちょっとのぞいたことがあります。ぼくらは学生で遠慮がないから、歓迎されたね、うん、うん。ずいぶん大事にされたねえ。あのころのことを考えるとだれでも拝みたくなるくらいだ。

細見綾子との出会い、結婚

こんなことを言うのは恥ずかしいんだけれど、昭和十七年に細見綾子に初めて会っているんです。ぼくの友達の泉君と分校君が四高の同級生なんですが、四高のときからこの二人はわれわれと何人かで俳句をやっていたんです。その後、二人は京大に行って、関西の女流俳人で細見綾子という人がいるというので訪ねて行ったらしい。それで知り合いになって、ぼくが京都に遊びに行ったら会わせると言うんだ。ぼくはまあ、興味はあったけれど……。

そのとき細見綾子は伊丹に部屋を借りて、姪と一緒にそこにいて、ときどき丹波に帰ったりしてました。伊丹と丹波は近いですから。

それで秋、いやもう冬かな、訪ねて行ったら、紅葉の名所の箕面というところに連れて行ってくれたんです。

あそこの紅葉は全山、びっしり紅葉というか、それが散って地面を埋めているんだけれど、小川も埋まらんばかりに紅葉が散り敷いているので、こんなところがよく日本にあるなとびっくりしたんです。いまでもその景色はイメージとして浮かびます。

東大の友達で和歌山県の新宮の人がいて、そこに遊びに来ないかというので、休みに新宮まで行ったことがあるんです。新宮というところが珍しくてね。熊野や瀞八丁にも行きました。そのときの帰りに細見綾子と奈良で会ったんだな。細見綾子は日本女子大を卒業した後も、東京にはときどき出てきてたんですね、友達がいるものだから。それで東京でも会ったんです。ぼくのいた千家荘に来たこともある。「東大赤門前で待ち合わせて会いましょう。晩は池之端の何やらの料理屋でご馳走します」というので、無縁坂を下りて上野の不忍池のほうへ行った。いまは変なところになっているが昔は有名な料理屋があったんだ。高級料理屋じゃないんだけれどね。そこで晩ごはんをご馳走になった。こっちはお金がないから、ああ、シメタと思ってね(笑)。

関西へ行っても、ぼくらはろくに知らないから、どっか連れて行ってもらったりしたことがあるね。ちょうど細見綾子と一緒に俳句をやっていた人で、奈良の博物館の横の茶店の主人の古屋秀雄さんによく案内していただきました。

そのころ、歌人の前川佐美雄さんが奈良にいたから、そこにも連れて行ってくれたんです。細見綾子も一緒に前川佐美雄のところにお邪魔してね。前川さんはだいぶたってから湘南の茅ヶ崎のほうに出て来られ、角川書店の会によく出て来られたじゃないですか。こっちで会のときに会ったら、ぼくのことも名前までよく覚えておられた。恥ずかしかったねえ。

ぼくが兵隊に行くというので、大阪へ(会いに)行ったら、伊勢に連れて行くというんだ。あそこからは簡単に行けますから、行って、お参りして、二見浦で焼き蛤を食べたのを覚えているよ、ハッハッハッハ。戦争中ですが、そういうことがありました。

最初から結婚するとかって気はなかったねえ、ホントに。だって、そんなのはデートに当たらんだろう。結婚しようという気になったのは戦後ですよ。それまでは全然そんな気はなかったね。

細見綾子と結婚したのは昭和二十二年に職を得てからです。二階借りして、階段を下りたら台所があるようなところで、彼女も苦労したわ。いちいち鍋を持って下りて、また上がったり。子供は生まれるし。それこそ「手鍋提げても」だ。

夏休みになると赤ん坊を連れて、ぼくも一緒だけれど、丹波に帰るために敦賀から舞鶴のほうを通って福知山のほうへ出るわけだ。それが鈍行でね。敦賀を通って、田舎の何もないところを通って、舞鶴で乗り換え、福知山に出て、福知山でまた乗り換えるという具合だから、朝出ても夕方暗くなるころにやっと丹波に着くんだ。敦賀は空襲を受けているから何もなかったね。駅前は焼け野原でした。

丹波に行けば米のご飯が十分食べられた。山奥だからそんなに戦争の影響も受けてないんだ。親戚で兵隊に行ったりという人は多かったけれど。小さい畑にゴボウを蒔いたり、何かを作ったりして、それができたときはうれしかったね。

「倦鳥」では細見綾子と右城暮石と古屋秀雄は三羽烏みたいに言われていたんだ。松瀬青々は若い後妻さんをもらったんだけれど、その人が細見綾子の女学校での友達なんです。松瀬は城崎温泉が好きで、しょっちゅう行っていたが、細見のいる丹波はその途中だから、ときどき降りて滞在したことがある。

金沢時代の欣一と細見綾子（昭和24年10月）

丹波に松瀬青々がしょっちゅう来るもんだから、「倦鳥」で俳句をやっている人が多かった。細見はその一人なんだ。だから、特別というわけじゃない。丹波には「倦鳥」の勢力が大いにあったね。

細見の実家のある丹波氷上郡芦田村からもう少し峠を越えていくと、但馬国になる。だから芦田村は丹波と但馬の境の山奥です。昔からの街道筋です。だから、道も昔からわりあいによかった。山奥なのに戦前から舗装されていたね。

細見の実家はたいしたことはないんだが丹波の山林地主だった。いまはそんなことはないが、昔は材木がよかったから、お金が要るときはちょっと山へ行って木を伐れば生活費ぐらい出たらしいんだ。先祖のお陰で暮らしていたわけだ。

田圃は農地改革で全部没収されたが、山は没収されなかった。ところが、加賀平野とか富山平野は山なんかないからね。だから、ぼくは沢木の分家だが、本家は昭和恐慌だとか何とかいろいろ重なって没落して、家屋敷は何もなくなった。

細見綾子とは俳句の話なんかしたことがない。めいめい勝手。句を見せろと言ったこともないしね。わりあいそういう点は気が楽だったね。だから、思い思いにやっていた。細見綾子は「風」にいても「風」の影響というか、社会性なら社会性の影響なんてほとんどないと言ってもいいくらいです。

だけども句をよく見たら、影響はやはりある、とこのごろぼくは思う。

金沢に来てから作ったような句は、その前のに比べると生活実感というものが濃くなっていると思う。それまでは、家には手伝いのおばさんか誰かが来ていて、自分で食事なんか作ったことはなかっただろう。それが、金沢に来て、えらい苦労をしたから、かえってよかったんじゃないかなと思っている、ハハハ。

泉君と分校君がいなかったら細見綾子には会わなかっただろうなあ。

戦地で受け取った第一句集『雪白』

兵隊に行ったのが昭和十八年十一月です。第一句集の『雪白(ゆきしろ)』は形見みたいなもので、原稿を細見綾子に渡したら出してくれたということです。句集を出すつもりはあったんかなあ。どうかわからんけれど、それまでの作品をともかくみんな書き抜いて置いていった。

そうしたら翌年、大阪で出してくれた。『雪白』という、こんな小っちゃい句集ですが、装丁は細見綾子がやったので、凝(こ)っている。限定版で、刷ったのが二、三百でしょう。

ぼくは兵隊に行ったが、胸が悪いものだから牡丹江(ぼたんこう)陸軍病院に入院して寝ているときに『雪白』を送ってきて、ああ、こんなのが出たのかあ、よくぞ出してくれたって、何だか夢心地だった。

ところで、『雪白』はぼく、持ってなかったんだけれど、ことしになってから古本屋の目録に出ていたんです。それと『塩田』も目録に出ていたんです。それで古本屋に電話をかけて、その二つを早速、買いました。一冊三万円だ（笑）。

兵隊は金沢の山砲隊(さんぽうたい)に入りましたが、四、五日いて、すぐ満州の牡丹江にやられたんです。朝鮮国境からそんな遠いところじゃないんだけれど、ソ満国境には近いところで、ともかく零下十五度だから、そこで熱を出して胸にきまして、陸軍病院に入退院を繰り返すという全然だめな兵隊でした。その後、違った部隊にやられたりしました。

それはソ満国境のところで、崖(がけ)の下を黒竜江の支流が流れていて、その向こうがソ連領になる。そういうところにもいたね。だから、こっちから見ると向こうの兵隊が歩いているのが見えるんだ。雪は降るし、スキーで行ったりしたことがあるけどね。

そのときに、ちょっと降りて行けば、川は凍っているし、すぐ渡れるでしょう。だから、ソ連に逃げようと思えば逃げられるなと思った。だけども、そういうところはわが輩の慎重なところで（笑）、いろいろなケースを考えたんだ。そんなことをするのは大損だ。向こうへ行ったってバンとやられるかもしれない。実際に行ったとしても、あっちで捕まえられて、堀古蝶(ほりこちょう)さんがそうだが、抑留されて何年も向こうにいるなんてことになったら、体の弱いぼくのことだから、きっと死んでいただろう。そんなことをしなくてよかったなとあとで思う。笑い話だけれど、そういうことなんですよ。

終戦の年、四月に関東軍が全部南下し、朝鮮、沖縄、台湾とかにやられたわけです。関東軍は空っぽになった。もうわかってたんだろうね。ソ連が攻めてきて、みんな取られるということを。だから、南下、南下で、どんどん、軍人の家族もみんな引っ切りなしに汽車で送っていった。釜山(プサン)まで来るとアメリカの潜水艦がいるから海が渡れない。輸送船は必ずやられるからね。

釜山で終戦で、翌日、すぐにソウルにやられた。ソウルでは朝鮮独立で大いに意気が上がっている。日本人がたくさんいますから、われわれ兵隊は剣付き鉄砲をもってソウルの町の橋のところなんかで警戒していた。だけどもそれも収まって、アメリカ軍の「ソウルから何十キロ外へ出ろ」なんて命令で遠くに行って、そこにしばらくいて、そして復員ということで私は佐世保に上がりました。

佐世保に上がって、まず飯盒(はんごう)で米のご飯を炊いて食べて、それが非常にうまかったなあ（笑）。船の中ではご飯は炊けないし、パン一切れをくれるくらいでしたから。

佐世保の港から佐世保の駅までは遠いんです。リュックサックを背負って歩いたんだけれど、ちょうど十月だったから秋祭りで、小さい神社に紺色の幟(のぼり)が立っている。それを見たら、ああ、ここが日本だなという実感があって、非常に印象的だった。涙がどっと湧いて流れた。それまでは必死だったから。

それから汽車で、山陽線で来て、その途中朝方、広島を通った。車窓から見ると焼け野原になっていることがわかって、びっくりしました。大阪へ行って、そのまま金沢へ帰ろうかと思ったけれど、いやあ、ここまで来たからというので、大阪で降りて福知山線に乗り換えて、細見の実家のある丹波に行ったわけです。

すると丹波は、いやしいことを言うけれどちゃんとお米のご飯も食べられる（笑）。四、五日いたかね。それから向こうに帰りましたよ。

ぼくはついているというか、意外に悪運が強いというか、つくづくそう思います。あのころは国民皆兵で、昭和十九、二十年ぐらいは、四十五歳までみんな男は兵隊にやられていたからね。

ぼくが学校にいたのは一年半です。まだ卒業してないのに、だいぶたってから卒業証書を送ってきたよ。兵隊に行ったという、その時の事情でね。その後、復学したいという気はあるんです。だけどお金はないし、東京に一、二度出てきてみても焼け野が原で、飢えた民ばかりだからねえ。とてもこれはだめだというのであきらめて、金沢にずっといるようになってしまったわけだ。

東京に出て来たとき、闇市がほうぼうにあったことを思い出しますよ。東京に来て、何でもいいから職業につきたい。つかないと食っていけない。朝日新聞で社員を募集していたから試験を受けようかと思ったこともあるんだが、そんなところを受けなくてよかった。受けたらたいてい通っているんじゃないかな。そうしたら記者になって、たいした者にはなってないと思うよ（笑）。ぼくの友達で朝日新聞の重役ぐらいになったのがいるけどね。

金沢でも勤めんとだめだから、父親の友達で師範学校の校長をしている人がいて、「沢木の坊やは遊んでいるそうだが」なんて言ってくれたから、いやいや行ってみたんだ。師範学校といっても女子師範だから女の子ばかりだ。女の子のそんな学校に行くのはいやだったけれど、しようがないから行きました。そのうちに合併して、新制金沢大学として男女一緒になったがね。

「風」創刊、千五百部たちまち売り切れ

「風」の創刊は昭和二十一年五月です。そのときは仕事は何もしてなかったです。食えないから、金沢の金持ちの坊やの家庭教師なんかを頼まれて、やったりしていたんです。

黒田桜の園、中西舗土さんがぼくよりだいぶ年上で、社会人で、中西さんは銀行員だったんだけれど、戦後は新聞社に勤めるようになって、印刷屋なんかをよく知っているということと、金沢は戦災で焼けなかったから、軍隊が紙なんかをたくさん持っていて、ダワダワに物資放出で紙が手に入ったんです。東京ではとうてい考えられないことです。それで、明治印刷という、古い、北陸一くらいの印刷所の社長を知っていて、「いつでもやるから、やりなさい」と言ってくれたので、それなら若い者を集めてやろうかというので始めたんです。金沢だから出すことができたんですね。

読売新聞に広告を出したんだ。全国から購読の申し込みが来て、創刊号は千五百部出したが、たちまち売り切れ。このころはみんな活字に飢えてましたし、珍しいしね。

それから発行部数はだんだんと減っていったんだ。社会性俳句のいちばん盛んなころは三百くらいになったんじゃないかな。どういうわけだろう。やはり時代かな。社会性なんて言ったら共産党みたいに思われたんじゃないかねえ。これはちょっと分析する必要があるね。ぼくも不思議だと思う。われわれは社会性というのには魅力を感じるでしょう。でも、一般の俳句愛好家にはどぎつく聞こえたんじゃないかねえ。だから、いい経験ですね。

「風」は最初は同人誌で、昭和二十六年まで、原子公平や何人か、後には金子兜太も含めて、五、六人の回り持ちで選をしていたんだ。八月号は誰それで三人ぐらいの選、九月号

は誰々で三人というふうにね。それは民主的でいいんだけれど、これは実情に即さないというか。というのは、ある人には句がたくさん来るんだが、ある人は十通ぐらいしか来ないとか、そういうことで、はっきりしてしまう。これではだめだ、ものにならないよ。それがわかった。だけども、その回り持ちの選はだいぶ続けました。

昭和二十六年から思い切ってぼくの単選にしたんです。そのときに、短いことわりみたいな文章を書いた。「句を作る目標として、よくものを見て、写生をして作れ」ということをそこで言ってます。そこで歴然と主宰誌になったのです。

細見綾子の選はない。ずっと発行人だ。いまもそうなっているんじゃないかな。

前列右より西東三鬼、秋山牧車、後列右より安東次男、欣一、榎本冬一郎（昭和24年夏・大阪市郊外にて）

それでも会員は増えないけれど、徐々に増えてはいきました。二十六年はまだ金沢にいたからなあ。社会性の「能登塩田」とか、ああいう時代は部数は出ないで、三十年終わりごろから増えていったんかね。なかなかやりにくくて合併号を出したり何だりしましたよ。

昭和二十八年ごろ、西東三鬼（さいとうさんき）さんがぼくらを「天狼」に入れたかったんだね、強烈な勧誘があった。名前だけでもというので同人になったが、ぼくは句を出さなかったね。細見綾子も出さなかったんじゃないかな。何周年記念大会みたいなのには出たけどね。そのときの写真があります。

三鬼さんがどういうわけかぼくらを贔屓（ひいき）にしてくれてね。あの人は、言ったら悪いけれど人嫌いというか、好きな人は好きだけれど嫌いとなったらとことん嫌いで、非常に好き嫌いが激しい人だ。しかし、どういうわけか気に入られて、ぼくらにはよくしてくださいました。ぼくなんかは実害がないと思ったのかもしれない。俳壇でもいろいろ人の出入りが激しいからねえ。チョロチョロするような人もいるし、うーん。そういう点では、こっちはのんびりしているもんだから(笑)。

「風」の初期にかかわった俳人たち

飴山實（あめやまみのる）君は「風」にはじめからかかわっていたな。あれ

「風」５周年大会。前列左より深田久弥、欣一、石川桂郎、黒田桜の園、細見綾子（昭和26年・金沢にて）

はぼくの弟みたいなもので、まだ四高の学生だった。ぼくの家によく来たね。カーキ色の服を着ていたよ。黒の詰め襟なんてないんだから。情けないことにね。

川口重美という人がいて、山口高等学校を出て、東大の建築科、千葉に東大第二工学部というのがあったんだが、そこに来ていた。これは秀才で、頭のいい、切れる人物だった。彼は初期の「風」に投句してました。昭和二十二、三年ごろの「風」に句がたくさん出ている。まあ、何というか、おおげさに言えば句が天才的なんだ。われわれはまねのできないような、写生は写生なんだけれど飛躍した句で、バンバンと自分の言いたいことを言うような句で、嘱望された。いま見ても句はおかしくないと思う。そういう人が長くやっていればどうなっているかはわからん。いまは平凡になっているかもしれんね。しかし、その時代においてはすばらしかった。

体もいいし、すっきりとした美男子なんだ。女の人にもてでもてて、それで身を滅ぼしたというか、簡単に言えば。どこかの未亡人と仲良くなって、自分の家は山口にあるんだけれど、そこに帰れなくなってもたもたしているうちに、千葉県までその女の人が来て、一緒に住んだりしてた。そのころぼくは金沢にいたが、山口に帰る前に金沢に寄ると言ってきたから、会いたかったんだけれど、彼は寄らないで帰った。

そうしたらまもなく、その未亡人と心中だ。女の人は生き残って、だいぶあとまで生きていた。ちょっと人柄は違うけれど、太宰治だね。戦後まもなくは学生の自殺が多かったよ、よくできるような人の。

鈴木六林男、佐藤鬼房さんが参加したのはかなり後のことです。昭和三十年近くだね。これについてはあるいは三鬼さんが間に立っていたかもしれん。

社会性俳句の中心的存在となる

社会性俳句を作るからといって激しくもないんじゃないかね。結局、文芸上のことであって、実際の活動じゃないですから、と言うと甘い話なんだけどね。みんなおとなしいんじゃないですか。デモに参加して、どこかぶち壊したり何だりとか、そういう人は恐らくいなかったんじゃないかね。

「風」の創刊号を見ても社会性みたいなことは出ているよ。社会性ということばは言ってないでしょうがね。ぼくのなかで社会性というのがはっきりした形をとったのは昭和二十八年の内灘闘争のときです。あのとき、古沢太穂君が朝早く訪ねて来たんだ。誰が来たかと思ったよ（笑）。ぼくはその日はよそに行ったが、翌日、金沢大学の学生と何人かで内灘に見に行ったけど。

そのとき句を作って『俳句』に出してるよ。〈鉄板路隙間夏草天に噴き〉がその一句だ。砂丘だから歩くとめり込むでしょう。だから、ずーっと鉄板を敷いているんだ。鉄板そのものじゃなくて鎖みたいなものをね。その上をものを運んで行くんだ。山砲ぐらいの小さい大砲を百メートル向こうくらいの丘に向かって撃つんだよ。素朴な大砲で、弾が飛ぶのが見えるくらいだ。それが内灘闘争だ。しかしこれは基地闘争の始まりでした。漁師のおかみさんたちがこっちのほうに集まって、筵旗を立ててワイワイと反対をやっているわけだ。非常に素朴な基地闘争のさきがけです。そういうのを実際に見たのはいまになってみると貴重だね。その後、基地闘争は砂川とか沖縄とかいろいろあるから。

内灘は『塩田』の前ですから、そこらへんから社会性の意識は上がっているわけです。

香西照雄と一緒に広島に行ったこともある。内灘の後昭和三十年になる前でしょうから、まだ復興は全然してなかった。〈苜蓿や義肢のヒロシマ人憩ふ〉という句を作った。そういうような人がたくさんいたよ。まだ何も建ってなかったな。

能登へ行って句を作ったのは、当時、『俳句』の編集長だった大野林火さんが、夏休みになるから、ぼくと能村登四郎ともう一人、句を作りに行けと言われて、能登へ行ったんです。みんな学校の先生だったから夏休みはちょうど具合がよかった。

ぼくはその前もちょいちょい能登へは行ってますが、塩田には初めて行きました。能登に塩田があることは不勉強で知らなかったので、見て、びっくりした。あんな北に塩田があるなんて。その感激ですね。塩は人間の必須のもの、根源のものだからね。

そのころは能登の端のほうの海岸にずーっと塩田があり

〈塩田に百日筋目つけ通し〉の句碑除幕式
（昭和41年11月3日・石川県輪島市曾々木海岸）

ました。もうすでに盛んではなかったですが、実地にそこに行って、一晩泊まった。

だいたいが北陸は暑いが、能登がいちばん暑いくらいじゃないですか。そういう炎天下で、朝早くから昼間は海水を……。あそこは原始的で山椒太夫式なんだ。桶を天秤棒で担いで、渚まで行って、そこで海水を汲んで、担いで、ちょっと上って、平たいところにもってきて、それを撒くわけです。まんべんなく撒くんだから重労働です。塩田労働がいちばんひどいらしいですね。普通の労働者の何倍かきついらしい。

小屋があって、海水を鉄の釜で煮詰めていくんだ。一晩、誰かが火を燃やす。そういう作業をずーっと見ていた。朝早く見ると、みごとに真っ白な塩ができている。これがまた感激なんだね。

それでようやく句を作ったんです。〈塩田に百日筋目つけ通し〉。「塩田」は無季語だけれど季語にしてもいいなというつもりはありましたね。「夏百日で何やら」という昔からの作業歌もあるんです。

『俳句』昭和三十年十月号に「能登塩田」二十五句を発表しました。句集『塩田』を上梓したのは翌三十一年三月、三十七歳のときのことです。

楸邨先生の魅力

楸邨先生は金沢一中を出ておられるんです。お父さんは鉄道員をなさっていて、お母さんは金沢の方です。学校を出られてから、松任で小学校の先生をされたのです。

あるとき楸邨先生と松任に行ったことがあります。先生は昔を思い出されたんでしょうか、何とも懐かしいというか、こっちで見ていて涙が出るような感じでした。そういうことがあるし、どういうわけか、こっちは出来の悪い、いい加減な人物なのに、いろいろな場合によく扱っていただきました。だから戦前においては、俳句の上でいちばん、ご恩になったのは楸邨先生ですね。生き方が非常にまじめで、金子君の感じ方とはまた違うかもしれんけれど、神経の細かい方だったと思うのです。金子君はそういうことは言ってないみたいだけれど、人はそれぞれ違いますから、Aの人はこう、Bの人はこうと、ちゃんとできた人です。

　金子君とも一致するけれど、君はどうしたらいいとか、細かいことをおっしゃらなかったことは確かです。だけど、勝手なことをやってだめになる人がいるが個性が伸びる人もいるということで、そういう意味では立派な、スケールの大きな先生というか、いい意味の教師だったんじゃないかと思いますね。天性の教師。

　だから、みんな「寒雷」に集まった。そしていま、それぞれ自分で雑誌を持ってやっているわけです。楸邨さんの周辺からいちばん、私を除けたら、いい仕事をする人が出ているんじゃないでしょうかね。草田男さんはそれに比べると、金子君の話にもあるけれど、そういう点は少し違っていた。個性が強すぎるんかねえ。純粋というか、狭いというか。

　だけども楸邨先生は、ぼくが年をとってからこういうことを言っても失礼にならないと思いますけれども、先生というよりも兄貴分のような気がしますね。

　ずいぶん思い出は多いんですけれど、いま思い浮かんだのは、ぼくがまだ学生のころ、一緒に金沢に行って、松任に行って、その後、親不知（おやしらず）で降りて海を眺め、小西甚一（こにしじんいち）と新潟で待ち合わせて佐渡に行くことになったんです。もう一人、楸邨さんの友達で、のちに文理大の先生になった人、『新古今』の権威の峯村文人（みねむらふみと）さんだが、その人も一緒だった。佐渡で二泊ぐらいして、島を一回りしました。そのとき楸邨さんも句を作っておられるし、わが輩も二十句ぐらい作っているんだ。

〈天の川柱のごとく見て眠る〉。出雲崎に泊まった。あそこは「銀河序」のあるところですからね。昔は寂しいところで、外に出てみると真っ暗な空に銀河が横たわっているのが見えましたよ。銀河の位置は変わるんですね。本土のほうから佐渡島のほうに向かって見えたので、「柱のごとく」と作ったんです。写生です。その句はぼくもわりあいに印象が深いんです。いい旅をさせていただいて、おもしろかった。

　楸邨さんは、あのころの風潮か、非常に軍人が嫌いでね、軍国主義が。徴兵検査のころだったから、隣の立派な部屋に軍人が、徴兵司令官というのかな、大佐くらい、それが泊まっているんだ。それが芸者を呼んでワイワイやっている。ぼくらは貧乏な部屋に泊まっているのに。われわれも若いから「何事だッ。きょう、徴兵検査をやった司令官がふざけてやがる」なんてね。楸邨さんも憤慨して、こっちに出て楸邨さんと声を合わせて怒鳴ってやった。「なんだーッ！」なんて言ってね（笑）。

だけどもまた楸邨さんはその後、正直なことを言えば、軍人の清水清山という中将がいて、そういう人にテコ入れされたり、秋山牧車、本田功という人がいて、大本営参謀で、みんな偉いんだが、そういう人と仲良くなった。だから、戦争中も、その後も、そういう人たちの恩恵をこうむった。

そういう点は気に入らないものだから、戦後、ぼくらが「寒雷」をやめるとかやめないとかという話になった。金子君の話にも出ていたね。それはそういうことなんです。

戦後すぐ、楸邨さんは労働組合で赤旗を持って行列している写真が新聞に出たりしていたよ。「なんだ、あれは」ということでね。

そういう点では草田男とか波郷ははっきりしている。それをいいとか悪いとかは言えませんけれどね。

「そういうこともあるし、責任があるんだから、この際、一度、選者を降りたらどうか」って言ったんだね。ちょっと謹慎して、またやったらどうかということだな。そんな無礼なことをよく言ったな（笑）。「オレたちに選をさせろ」と言ったと金子君は話しているが、楸邨さんにちょっと謹慎してもらう間、困るから、そうなるかもしれない、くらいのことなんだよ。はじめからそんなことは言わんだろうな。青年たちとしては楸邨さんにもっと潔癖であってもらいたかったということで、なにもこっちがシャシャリ出て、ということではない。

秋山牧車は楸邨さんのために家まで売ったとか、そういうことを聞きます。それだけ楸邨さんという人は魅力があるんですね。

その前だって、ぼくのよく知っている「寒雷」の人で、お医者さんで、楸邨さんに家を買ったりしてあげた人がいるんだから、あの人のためならばという気にさせる莫大な魅力があるんだね、みなさんがそういう気になるのは。

文部省へ転任、東京時代の幕開け

昭和三十一年から東京時代が始まります。一九五六年からいまに至るわけですから四十数年前になるね。

東京に来る経緯ですが、ぼくはいつもあまり行動的じゃないんだよ。だけど、細見綾子が金沢はもう飽きたんだね。金沢にいつまでもいる気はない、東京へ出たいんだって。それが強いから。

それよりもっと前に、名古屋大学からどうかという話がありました。高木市之助という有名な国文学の先生がいて、その先生がどういうわけか出来が悪いのにぼくに「名古屋大学に来ないか」と言ってくださった。ぼくは行ってもいいな

「風」10周年記念大会。前列左より堀葦男、加倉井秋を、佐藤鬼房、金子皆子、金子兜太、一人おいて細見綾子、欣一、田川飛旅子（昭和31年11月・金沢市北国会館）

と思ったんだ。だから家内の細見綾子にそう言ったら、「とんでもない！」って一蹴された。あれは実行力があるからね（笑）。

「風」の一員の加倉井秋をさんが前から、「東京に出て来い、出て来い」と言ってくれてました。あの人の住まいは武蔵境だから、「近くにいい土地があるから、ここに来いよ」って、向こうでどんどん進めてくれた。それで着々と進んだが、ぼくはあまり乗り気じゃなかったんだ。金沢に一生いてもいいぐらいに思っているんだ。こっちは退嬰的だからね。細見綾子はそんなら先に行くよ、ぐらいの調子なんです（笑）。

ぼくは金沢大学で教えていて、東京での職のメドがつかない。恩師の久松潜一先生にそのことを言ったら、わりあいに早く、文部省に行けということになって、いや、まったく何というか、お蔭様でということで来たんですけどね。

自分で言うのも変だが、ぼくは消極的だから、どこかに入りたいなんて思っていても言わないし、久松先生の命令みたいなもので、「おまえ、今度どこへ行け」って言われると、「はい、そうですか」って、そういうことなんです。

久松先生は大学のときの主任教授でね。若いときには日本女子大に出ていたんです。細見綾子もちょっとだけ習っているんです。だから名前ぐらい覚えていて、それでよくしてくださったわけなんだ。だから、文部省に行くときだって不意に久松先生からの話でね。そうしたら金沢大学の人たちがびっくりした。ああいう地方の大学にいると文部省が偉いところに見えるわけだ。

だから、抜擢されて東京に出て来て、東京での生活が始まった。俗に言えばそういうことです。その十年間はいまから考えるとなかなか。以前はこの時代は無意味だったように思うけれど、文部省に十年いてよかったなといまでは思います。視野が広くなったね。

ところが役目は文部省教科書調査官だからね。エライんだよ（笑）。そのころは文部省が引き締めを行ったわけだ。教科書に変な記述があるからということでチェックを強化した。そのいちばん初めにぼくが任官された。全国の大学の先生を二、三十人集めたわけだが、行ってみたら、ぼくがいちばん若かった。

初めて文部省に行ったら、文部省のなかに知っている人がたくさんいて、「君は共産党と言われているのに、よく文部省にもぐりこんだな」なんて、初日にそう言われてね。「このバカ！」と思った。ぼくが社会性俳句を標榜し『塩田』という句集を出していたからでしょう。

そのときの課長が、あとで文化庁長官になった人で、八高出で、同じ年代なので親切に面倒を見てくれた。それで勤まったのです。

教科書でも、時代の風潮というのが反映されますね。戦後、ローマ字教育が盛んになりました。あれは、アメリカの占領政策だね。アメリカの方針で「ローマ字の教科書を作れ。それも検定に入れろ」と言うので、ぼくは反対したんだ。「ローマ字の教科書なんか作らなくてもいい」と何回も強烈に、偉い人の会議のときに言ってやった。ローマ字が好きな先生が国語力を高めるために学校でやるのはいいよ。それが必要な面もないわけではないからね。結局、ローマ字の教科書は実現しなかった。ぼくのせいでもないんだろうけれど。

文部省には十年間いたわけだが、分かれ目は昭和三十五年の安保のときだ。文部省には組合もあるが、そんなものは弱いし、そんなのに出るわけにはいかないから、虎ノ門のアメリカ大使館の横あたりに立ってずっと見ていたら、ものすごいデモだったね。樺美智子さんが亡くなった。

あれは岸信介さんが総理大臣の時代か。いまから考えると、岸はよくがんばったと思うね。あれつぶれていたら、その後どうなったか。組合やら何やらが勢力を持ってね。そうすると日本の復興もそうとう遅れたんじゃないですか。岸が強引にあそこでやったから、かえってよかったんじゃないかという気がします。

ぼくは国語、漢文の教科書を見ているんだが、あのときは社会科、歴史の教科書が問題だった。国語のほうだって問題にすべきものはいくらでもあったわけだ。ぼくが十年いる間には、国語の教科書は、誤植や何やら雑なものは不合格にしたけれど、イデオロギーの面でだめだからということは一度もなかった。というか、しなかった。ぼくのせいでもないかもしれないけれど。国語だってそれはないことはないんだよ。あっただろうけれど引っかけなかったということかね、偉そうに言えば。それははっきり言ってもいいと思う。

そのとき委員会というものができた。形式的なものだが、ここで決めるわけです。それまで委員会はなかったから、ぼくは若造だったけれど委員を決めんならん。それで、考えろと言われて、委員会のメンバーをぼくが人選しました。

山本健吉。英米文学で石川欣一というリベラリスト。俳句のほうでは『鶉衣』などの研究の、学習院の岩田九郎、もうお年寄りでした。次田潤もいたが、やはり年でした。作家では上林暁さん。文藝春秋の池島信平さんにも頼みに行ったんだ。あの人は忙しいのに、まじめに出てくれた。幅の広い、視野の広い人だったね。そういう人たちにぼくが委員をお願いした。だから、国語のほうは、自慢じゃないけれど、ずっと十年、そういうことで楽しかったね。

俳句文学館建設への協力

ここらへんで現代俳句協会と俳人協会の分裂というか対立に触れましょう。ぼくらのグループ、大正八、九年組は、もう少し年配の人から見るといつも組んでいるように思われた。そう言われるのも無理はないかもしれんが、ことごとに強引に自分たちのいいようにやるというような偏見を持っているわけだ。秋元不死男さんとか、もう一世代上の人たちがね。そこで現代俳句協会賞選考のときに悶着になって、「こんな協会は退く」と言って一世代上の人たちがやめたんだ。草田男、波郷がいちばん強硬だったかもしれない。そこで分裂した。

その後、ぼくと三谷昭、楠本憲吉、加倉井秋をの四人は、そんなふうにもつれて、分裂したから、しばらくどっちにも属さないでいようといって、何年間かどちらにも入らない時代があるんです。三、四年はどこにも属してないと思うね。つまり無所属だったわけだ。

その時代、楠本憲吉君はまだ「灘萬」をやっていたから、ときどき「灘萬」あたりに寄って、何人かまわりの人がいるから、それで句会を何回かやったような記憶があります。そういうところには細見綾子も出ているだろう。

その後、角川書店初代社長の角川源義やみんなに強烈に「俳人協会に入れ、入れ」と言われたので入ったわけだ。

俳句文学館は角川源義が駆けずり回って、田中角栄に会ったり何だり強烈に運動してできたわけだ。あれができたあとくらいにぼくが俳人協会に入ったのかな。昭和四十九年十二月二十六日に起工式があった。寒い日だったと思うんだが、鍬入れでは水原秋桜子先生が鍬を持ってやられた。そこにぼくは立ち会っているから、そのときは俳人協会に入って

俳句文学館竣工式で高柳重信（右）と
（昭和51年3月28日）

いたね。その前、文学館を建てるということで、文化庁はカネを出す、補助をするということなんだが、それだけポッコリじゃなくて、まず俳人はお金を集めなさいと言うので、みんなは苦労したわけだ。角川は五千万円出すと言っていて、実際にはそんなに出せなかったけれど、ずいぶん苦労していたね。

ぼくらも貧乏なんだけれど、ぼくは百万円、細見綾子も百万円寄付したよ。俳句文学館のプレートに名前だけ出ています。あそこのプレートには三十人くらいしか名前が出てないね。「風」としては出さなかったんです。あのときの百万円はたいへんなものだ。よくぞ出せた。すごいよ。考えられないね。まさか一万円じゃないだろうな（笑）。まあ、一万円ではプレートに名前が出ないだろうから、やっぱり百万円だったんだろうな。当時としては大金だったんだろう。

俳壇全体ではたいして集まらなかったけれど、「ともかくこれだけ集めた」と言って文化庁にもっていったら、「うん」と言ってくれて、文部省も金を出して俳句文学館ができたんです。

俳句文学館があるので非常に助かるよね。あれがもし、ないと考えたら、俳人協会なんてどうなっているかわからないね。あそこの図書館が何よりだ。はじめ、ぼくは図書委員長みたいな役で、多少古本屋で本を買ったり、あるいは亡くなった方のところに行って、お願いして寄付してもらったり、それで何とか格好がついたようなわけです。

このごろ俳句は、とくに世界性というか国際性というか、外国人も日本に来たら、フランス人の文学者みたいな人でも、まず俳句はということになるでしょう。そのとき、文学館があるから行って、ああ、なるほどということになるじゃないですか。非常によかったなと思いますね。

（「イタリアのイアロッチさんが持っていた本も全部預って、あそこに収めてますよ」という黒田杏子の発言を聞いて）ああ、イアロッチをご存じですか。イアロッチとよく歩いたけれどな。

あの人もいろいろあるねえ。日本に留学していたローマ大学出の才媛で、東京芸大に外人教師として出てもらった。非常に頭のいい、バリバリの、美人ですね。彼女は日本の東大医学部出の医者と結婚したんだ。はじめのうちは仲良く歩いていたけれどね。婿さんの家がケチなのか、何もお金を出さないんだって。どういうんだろうねえ。ぼくらだったら、外国から来ているんだし、よく面倒見てあげたいと思うでしょう。そうじゃなくて、金持ちなのに何もお金をくれない。両親が外国人の嫁は気に入らないのかな。

あきらめて、二人の子供を連れてローマに帰ったんだ。イタリアに帰るとき、ぼくと別れるときにイアロッチが泣いて泣いてねえ。困ったことを思い出す。子供ももう大きくなっただろうなあ。大人になっただろうねえ。

向こうでイタリア語の俳句概説書みたいなのを自分で一冊出して、俳句のためにずいぶん努めています。イアロッチの親御さんが東京に出てきたとき、東京会館で会ったことがあるけれどね。お母さんは向こう流の、ひざまずいてあいさつをしてくれたよ。

俳人協会会長に就任したのは昭和六十二年です。そんなものにならなけりゃよかったなあ。ハハハ。ぼくなんか出る幕じゃないんだけれど、それまで副会長をさせられていたもんだから。

会長に就任したときに、名誉教授ということで芸大のほうをやめています。六十八歳のときです。

東京芸大で二十年、その間、明大にも勤める

話はちょっと戻るけど、文部省での十年間の後、東京芸大の助教授になります。ぼくの前は横沢三郎さんで、東京女子大の先生から芸大の先生になってたんだ。小宮豊隆さんの弟子だ。東北大学を出て、小宮さんの秘書みたいにしていたんだ。その人が亡くなって席が空いたので、やはり久松先生からお話があって芸大に行ったんです。

芸大で教えていたのは国語国文学です。あそこに邦楽科があるんです。美術のほうは昔から国語なんかを教えているわけ。だから一つだけ、国語というポストが昔から、明治時代からあるわけです。有名な人が歴代、教授になっているんだ。近藤忠義も先生になっていたことがあるんじゃないかな。その前も有名な偉い先生が長くいたり、大正時代には俳人で俳論家の大須賀乙字も芸大の先生だったことがあるんです。

戦後、たしかに小宮豊隆が学長になったことがあるね。その時代に横沢さんが入ったんだ。そのだいぶ後にぼくが入った。

ああいう学校は専門家ばかりという学校で、一般教養の国語というので気楽でした。だけど、昔は学生だったが、いまは三味線とか何だとかで人間国宝になっているような偉い

人もいるよ。

芸大にはちょうど二十年いました。いや、六十七歳が定年ですが、人がいなくて一年間、残ってくれと言われたから、二十一年いたね。ぼくの後任に大岡信君が行きました。ああいう学校だから、いて、気持ちがよかったです。

「風」の西垣脩さんという、臼田亜浪系、「石楠」系の人ですが、あの人の息子さんが西垣通さんといって秀才です。先端を行ってるんでしょう。西村公鳳さんが古い時代からの「石楠」の方だ。西垣さんは頭のいい人です。その人が、文部省時代に明治大学に夜間講師で来いということで、一週間のうちの何曜日かの夜、行っていました。和泉校舎は昼間も行ったことがあるけどね。

明治大学はなかなかいい学校だと思うね。出た人がいろいろの方面で活躍していて、ともかくファイトがあるんだ。明治大学出の人って、何かやろうといったら一生懸命やるね、うん、うん。

明治大学の講師は夜間が主だったから、芸大と並行してずーっとやったね。だから、わが輩は怠け者のように見えるけれど、実によく働いたよ（笑）。

ぼくは非常に消極的な人物なんだ。しかし、自分では怠け者のように思っているけれど、わりあい勤勉なんだ。勤労精神はいいんだ。自分で小物だと思うよ。悠々とやるなんて、そういうんじゃないんだ。わりあい几帳面というか、将来のことも考えたり何なりして石橋を叩いて渡るほうだね。自分でいやな性質だと思う。

その後、宮仕えをやめておよそ十年。俳人協会会長やら何やら。そして現在に至ります。

いまも印象に残る文学者たち

文学者で、影響されてはいないかもしれないけれど、ある時代に好きで、よく読んだ人のことを話します。戦前では中野重治と保田與重郎です。それを言いたかった。

中野重治さんは福井の人で、四高出だ。はじめ、この人は短歌をやっていたから、著書に『歌のわかれ』があって、ああいうのを高等学校の時代に読んで親しみを感じていたわけだ。戦争中に『斎藤茂吉ノオト』を書いたでしょう。あれは名著だと思う。あれも一生懸命読みました。

中野さんとは交流というほどはないんです。戦後ですが、たまに電話くらいもらうけれどね。中野さんは大野林火さんと四高のとき、同クラスか同期なんだよ。だから、中野さんからぼくのところに電話がかかってきて、「大野君はこのごろ元気ですか」なんて、そういう調子でね。だいぶ前に一度、『俳句』に中野さんとプロレタリア作家の窪川鶴次郎さんと深田久弥さんとぼくと、これはみんな北陸組、金沢組と言ってもいいが、四人で座談会をやっています。

『斎藤茂吉ノオト』は茂吉のことを非常によく理解して書いているでしょう。その中に、さかのぼったら茂吉は子規から大いに吸収しているから、子規のことが出てくる。子規の見方なんかを上手に中野さんは書いていて、子規の偉さはこの本を読んでから、あ、なるほどなとわかったと言ってもいいくらいです。

中野さんは詩もたくさん書いているし、根本は抒情的な人ですね。親不知で作った詩があるでしょう。ああいうのはいいねえ。イデオロギーとか何とかは全然除けて。

それと戦前は、保田與重郎が好きだった。人気があったよ。日本浪曼派。『日本の橋』はいま読んでも名著だと思う。宇治川に架かっている橋だろうな。手紙をもらったりした。会ったことはないけど。しかし、戦後の保田與重郎は違う。だめになったね、あとが。

戦後では、敵対関係みたいなときもあったけれど山本健吉さんとの交渉は多いね。敵対関係というのは、いっつもこっちをやっつけていたじゃないか。社会性俳句のときなんかも。でも、何かぼくは山本健吉さんからもらっているものが多いと思います。

それと上林暁さんの人柄というか、ああいう私小説が意外に好きなんだ。

明治時代からいうと自然主義の徳田秋声、金沢の人だ。中村光夫は「日本の自然主義なんかなってない」って、いつも自然主義をやっつけていたけれど、ぼくはそうは思わないよ。明治以後の文学の一つの軸だと思うね。徳田秋声は愛読書だ。戦争が盛んなのに、そういうものにこだわらんで、自伝みたいな長いものを書いています。金沢のことも出てくるし、徳田秋声はなかなかおもしろい。

これも中村光夫はやっつけるけれど、田山花袋だって、ぼくは好きだよ。『田舎教師』は名作だ。克明に土地に密着して書いているでしょう。いまでも『田舎教師』は文庫で出ているから、病院に持って来て、また読んでみたいですね。

それから、ぼくは遠藤周作が好きなんだ。ほとんど読んでる。しかし、滑稽なもの、「狐狸庵」シリーズだったか、ああいうものは読んでない。遠藤周作は戦後の作家としては一つの軸じゃないかなあ。

遠藤周作の少し先輩で安岡章太郎も好きだね。

変わっているけれど『楢山節考』の深沢七郎も好きだね。

こうあげていくと、ぼくは非常に狭い守備範囲ですね。ぼく自身、小説を書きたいと思ったときもありました。だけど、短編みたいなものを書いても甘くてだめなんだ。世の中を知らないから、それこそ坊ちゃんの甘い、いい気なものになってしまって、全然ダメ。狭いし、頭にいろいろなことを思っていたって臆病だから、女性にどうこうなんていったって成り立たないからね。つまらんことを言うけど（笑）。

そうとう人生経験が要るから、小説を書くのはだめだ。

深田久弥さんとはよく気が合った。深田久弥さんは石川県の大聖寺の人なんです。いまは加賀市に入っているかな。芭蕉が『おくのほそ道』で行ったところです。奥さんは中村光夫の姉で、勝手に一緒になったというようなことで、中村光夫とは仲が悪い。あとでよくなったかもしれないけれど。深田久弥さんが戦後、何年間か金沢に住んでいたんです。この人は鎌倉で虚子と一緒に俳句をやっていたから、洒落た、あっさりした句を作るんです。『深田久弥句集』が出ています。ぼくらが読んでもおかしくない、ちゃんとした句集です。素人の遊びじゃないですよ。

室生犀星は嫌いでも好きでもないね、ちょっと体臭が強すぎて。いいものもあります。金沢にああいう人がいるんだ。庭をいじったり何だり徹底的にやるような人がね。あれは金沢の一つの傾向でしょう。うん、うん。

それから、わりあいに関係があって、俳句も作ったりした杉森久英さん。杉森さんのお嬢さんが東京女子大で仏文の先生をやっています。東大出の頭のいい人ね。俳句をやると言っていたがやめた。頭のいい人はあまり俳句は向かないようだねえ（笑）。ぼくらの句会で不忍句会というのがあって、上野の文化会館でいまも続いているけれど、そこにあの人は何回か来たけれど点が入らないんだ。それで俳句はパッとやめた。いまはダンス評論をやっていて、そっちのベテランだ。そういう評論家としては一番でしょう。

四高のときのドイツ語の先生で、秋山英夫という人がいます。主任でした。ずいぶんお世話になっているんです。文学のことなど教えてもらいました。この人はニーチェの専門家なんです。東京へ出て学習院の先生を定年まで、ずーっと長いことされました。何年か前に亡くなりました。いい仕事をされています。

四高ではぼくはドイツ語を主にやっていたが、伊藤武雄先生にも習いました。先生は独文学者の優秀な人で岩波文庫のケラーの『緑のハインリヒ』などの訳者です。

R・H・ブライスという、後には学習院の先生になって皇太子（今上天皇）を教えた人ですが、その人が初めて日本に来て、四高の外人講師になったんです。ところが戦争中ですから、英米人は非常にマークされていて、いつも憂鬱な顔していたねえ。その後、すぐ、ああいう人たちは軽井沢に集められて、軟禁されたでしょう。俳句の専門家みたいな人でした。ちょっと話したことがあるんですが、もう少し、いろいろ聞いておけばよかったといまごろ思ってるんです。

いま考えると、このころの高等学校はレベルが高かった。戦後、学制改革で新制大学になったけれど、旧制高等学校をなくしたということは日本の国家国民にとってたいへんなマイナスだったんじゃないか。そういうことを最近言う人がいるけれど、ぼくはつくづくそう思います。

印象が強いのは昭和四十五年に三島由紀夫が市谷の自衛隊で自決したときのことだ。あのときは明治大学で聞いたな。ぼくはいやあな気持ちがしてね。号外が出て、みんな知っているんだ。あのとき何かしゃべったな、ぼくは。

最近、江藤淳が亡くなったのにもびっくりしたねえ。「妻と私」という文章でもしっかりしていたでしょう。いくら愛妻だって次元が違うと思うけど。大正八、九年組とは強さが違うのかな。生きているということはたいへん貴重なことで、何ともかんとも言いがたい。自分で生きているというよりも神様に生かされているというようなことでしょう。だから、命は粗末にできないよ。悪いと思う、そんな（自殺する）のは。

文学者は自殺するけれど、俳人は自殺しないね。それと長生きが多い（笑）。これは何かあるかもしれない。俳句を始めると人生観と自然観が変わって精神の持ちかたが変わるのかもしれない。江藤さんのような評論家だったら机に座ってものを書くから、人とは接しないが、俳人はそういうわけにいかないということがありますからね。

能登、沖縄、大和というトライアングル

今回のこの企画にあたって自選五十句を出してみたら、自分の作品のなかで大きな位置を占める三つのポイントがあることに気づいたんです。それは能登、沖縄、大和という三角点です。場というか、能登、沖縄、大和の三つが私の守備範囲で、そこに根をおろしているというか。

自分でもおもしろいと思うんだが、能登と沖縄は全然関係ないですね。風土も違うし文化も違う。だけど、こっちの独断的主観だが、何か似ているようなところがある。どちらも岬です。能登の珠洲岬は断崖で、遥か下に海がある。沖縄の辺戸岬も断崖です。植生も全然違うんだけれど何か似ている。それで非常に魅力を感じるものだから、強引に能登と沖縄と結びつけるということになるわけです。

大和というのは日本の原郷のようなところですから、当然、出てくるわけです。ぼくの傾向として、いろいろなものがあるでしょうけれど、原始時代を憧れるというか、原始あるいは原初というか、それに魅力を感じるんです。野蛮なのかもしれないが、箱庭のような京都より、もっと荒々しい、もっと古い、古代以前のもの、そういうものに惹かれるんです。

ぼくは朝鮮半島で育っているからね。朝鮮半島の自然風土は日本とは全然違って、禿げ山で荒々しいですよ。気候も寒いしね。南のほうは日本と似ているけれど、それにしても全然違う。そういうところから日本をいつも憧れて見ていたわけだ。だから原点は大和というか。で、大和の古いものと沖縄と合うところがあります。沖縄にはまだ古代が残ってい

沖縄本島最北端の辺戸岬に建つ欣一の句碑
〈夕月夜みやらびの歯の波寄する〉

るようなところがあるから、沖縄に行って日本の古代を発見するということも言えるわけです。

そういう点でぼくは沖縄に非常に魅力を感じて、沖縄に四十日間いて、三百句から作った。昭和四十三年です。あれは沖縄の小学校や中学校、高等学校の先生方の講習会があったんだ。日本から文部省が何人かを派遣して、その一員としてぼくも行けということになって、行ったんです。午前中から午後二時ぐらいまでは講習会です。向こうの教育委員会も厳しいんだ。その後、句を作りに回ったんだ。

沖縄に行く前から、沖縄に関する本をうんと読んだし、ノートをとって行って、向こうでまたノートをとって、帰って五年ほどたってからまとめたのが『沖縄吟遊集』です。あれははじめから、沖縄でこうやってみようって企画したものだ。はっきりした意図があるんです。

第十一句集『交響』の帯文に「俳句における場の重視。能登と沖縄と大和の交響が大膽かつ鮮鋭に共鳴する。原始と現代の断絶を埋めむとする」と誰かが書いてくれていますが、この「原始と現代の断絶を埋めむとする」が気に入ってるんだ。この句集は能登と沖縄の句が多い。いままでとはちょっと変わった雰囲気です。

ぼくはいつも一生懸命働いているんだよ。非常に勤勉。われながら哀れなぐらい勤勉。いやになるぐらい勤勉だね。いまになって思うと勤勉すぎるというか、やはり貧乏性なんだろうなあ（笑）。

遍路に出て、小我を捨てる

昭和五十四年春、還暦を前にして遍路に出たんです。一つの区切りです。これまで自分がやってきた稚いこと、つまらないこともいろいろやってきているから、遍路に出て、歩きながら考えてみたいなという気持ちでしょうね。

　遍路に行くんならば観光じゃないんだからというので、一番札所の鳴門の霊山寺から始まって、山沿いの道を行くわけなんだけれど、十番の切幡寺まで歩きました。

　一緒に行ったのは、いま芸大の音楽部学部長をしている斎藤一郎という、フランス語の先生です。まだ若いのに一緒に行くと言うからねえ。いま考えたらよく行ってくれたと思う。

　鳴門から歩きだした。道は舗装されていて楽なんです。遍路の装束に着替え、それまでの洋服は預けて、歩くでしょう。そうすると、すかすかするというか、みんな捨てたという感じになるんだ。捨てたというのは小さな我を捨てるということだろうねえ、偉そうに言えば。そうすると、悟りじゃないけど気持ちがいいんです、非常に。

還暦を前に四国遍路（昭和54年3月29日）

　季節もよかったし、歩いていくと桃畑に桃が咲いていたり。そういう具合で極楽を歩いているような気にもなるんです。ここが極楽じゃないかって。四国は日光の明るさが違いますね。こっちと比べると。とくに北陸とは違う。昔は業病と呼ばれる病に罹った人が「遍路に行け」と言われて北陸あたりから出されたらしいがね。
　遍路に行ってみたら、まるきり極楽を歩いているような気分で、よかったですね。そこが一つの区切りになって、あとあとは多少影響しているんじゃないかと思うくらいです。
　ところが細見綾子は「遍路に行く」と言うといやがってね。ああいうのがいやなんだ。明朗闊達、割り切れて、スカッとするようなものが好きでね。陰々として宗教的な暗さみたいなものは嫌いなんだ。だから、遍路に出るのは反対されたけれど、行ってよかったですわ。
　遍路さんで歩いていると、あちらの人は、おばさんが自転車に乗って追いかけて来て、食べ物をくださったりして、それをいただいてね。お接待ですか。これはいいことをしたと思うよ。なんかふざけたようなつもりだったんだけれど。ぼくのそれまでの生活を考えると、よく遍路に出たなあと思います。

引いていって残るもの、それが俳句

ぼくの考えているようなことをちょっと言います。俳句の本質というか構造というか、そういうものはいったい何か。これはだれでも一口には言えないでしょうが、強引にぼくの考えるところでは、二つの要素がある。

まず、抒情と認識。これは別のものだと思う。抒情は情を抒べるということです。それは荒っぽく言えば短歌というか和歌、日本文学の伝統としての和歌です。俳諧、俳句は情に対して知的な働きの結果、生まれるものだと思うんです。

だから、俳句というものは認識、抒情もなかに含めて知的作用が重きをなす文学じゃないか。知性がなけりゃだめなんだが、知性といったってぶら下がっているわけじゃない。いつものを見たり何だりして、一つの花でも一つの草でもよく見る。形、姿、色、硬さ柔らかさとか、普通の人よりもしっかり見る。見るという作用が大事だ。俳句はいろいろな文芸のなかでそれで成り立っているんだと思います。

ところが、いまはそういうことを重んじて句を作っている人が少なくなったというか流れてしまってねえ。即物具象じゃなくて、流れたような何を言っているかわからないようなことばを集めて、わざとわかりにくくする。何かそういう、わざと具象を消すような方向にいまの俳句の傾向はなっているんじゃないかと思う。これはぼくなんかから見ると憂うべきもので、これからの俳句がどうなっていくか心配ですね。

流れるといえば、ダリの絵で、時計が溶けて、こっちに垂れ下がった絵がありますね。『記憶の固執（柔らかい時計）』。あれはまだ止まっているからいいんだけれど、時計が溶けてどこかに行ってしまう。俳句もそういうことにならないかと思う。つまり即物具象の具象的なものが消えてしまうわけです。ところが俳句の場合は具象を大事にしなければならない。具象で成り立っている。

それと、ものがここにあるという場を大事にする、草なら草が生えている。木の花が咲いている場合、地面から生えているわけなんだから、どういう土地なのか。ぼくは現場ということばが好きなんだ。場ですね、しかも現場。俳句の場合は何の文芸よりももっと現場を大事にして、そこに根をおろさないと生まれないんじゃないかと思うわけです。

芭蕉の時代から虚実論があります。これは支考がいちばん言っているんです。虚と実といった場合、実を大事にすべきだ。虚もいいけれど実があって虚があるんだということ。そういうことです、最近思うことは。

もう一つは、俳句は捨てる文学だということです。プラスマイナス、あるいは正とか負とかで言えば、負でありマイナスの文芸だということ。ことばは弱いかもしれないし、いやに思う人がいるかもしれませんが、積み上げて加えていくものではない。足し算ではなくて引き算というか、そういうものじゃないか。引いていって何かが残る。残らなければだめなんでね。何とも言えないものが残るんじゃないか。そういうものが核というか本質というか、微々たるものでも確固たるはっきりしたものをつかめたら、これはもうバンザイじゃないかと思うわけです。

そうするとわれわれ、自分なら自分が主観を持っている、いい意味の我を持っているね。我は大事なものです。神様にいただいたものでしょう。それぞれ違った我を持っているわけです。その我を本当に生かすためには、我にもいろいろ段階があって、小さい我をできるだけ捨てていかないといけない。小我を捨てる。俳句を本当にやっておればそういうふうになるんじゃないか。さきほど、俳句をやると長生きをするという話に出ていたけどね。

まだ貯金があるから、あと一冊は句集を出したい

ぼくはここのところ、何年か前から、いろいろなところに行っています。四国の松山、一遍上人の生まれたお寺、宝厳寺に何回も行っているんです。坂を上って行きますね。あそこの木像はなかなかすばらしい。漁網を着ているんです。あれを見て、そうとう強い人だと思うね。足を見るとすごいんだ。遊行上人で、長野県の佐久で踊り念仏を始めたという。踊り念仏とは、いまで言えば若者が集まって騒ぐじゃないですか、それに類したもんだろう。コンサートみたいな興奮を誘います。勇躍念仏ですか。芒のところでやるのが芒念仏。あれはダイナミックだね。

それと一昨年かな、京都のホテルで「風」の同人会をやったんだけれど、そのあと加茂川のほう、六波羅蜜寺に行ったんです。初めてです。あそこの空也上人の仏像には感激したね。空也上人の口から念仏が出ている。あれは教科書にたいてい写真が出ているでしょう。一度見たいと思っていたんです。あれは仏教に帰依する思いが具体的に口から出るわけだ。みなことばに具体しているわけです。〈から鮭も空也の痩も寒の内〉という芭蕉の句があります。

蓮如上人、これは豪傑だから政治的にも悪行を重ねているだろうが、浄土真宗を確固たるものにした人です。蓮如は石川県と福井県の境の、大聖寺から行くところですが、そこにも何回か行っているものだから蓮如の偉さを思います。蓮如の「御文」がありますね。あれは日本語として最高じゃないか。一般庶民にわかりやすく、なだらかに、やわらかく、あたたかくできた文章で、日本語の一つの極致じゃないかと思うくらいです。

ぼくなんかはそうでもないけれど、北陸の人は蓮如さん、蓮如さんといって、蓮如さんを慕う人がいまでも多いんです。

だから、蓮如さんの日にお寺に参ったり、山に行って、そこで弁当を食べたり、いまでも盛んです。一種の春先の野遊びの一環だろう。あれ、沖縄では海辺に出るんだね。

何年か前、誰だったか、厚い立派な聖書を持ってきた人がいるんだ。ぼくは聖書なんてろくに読んだことはないんだが、少し元気になったら、わからなくてもいいから始めから終わりまで読んでみようという気があります。だけども特定の宗教には入りたくない。だから冷ややかなんですけどね。

細見綾子は宗教はあまり好きじゃなかった。〈女身仏に春剝落のつづきをり〉と伎芸天を詠んではいるが、あれは宗教的なものではなくて美的な感受性だ。無神論者というわけでもないだろうが、いわゆる既成宗教に入ることは嫌いだった。それでも、ちゃんとしきたりにしたがって、お盆に丹波に帰ればお寺に参ったりはしますけれど。

えらい宗教的な話になってきましたね。ぼくは宗教的なことには無知なんですよ。

もう一人。良寛(りょうかん)さんがいる。良寛が若いとき、放浪して岡山の玉島にいたことがありますが、そのお寺の円通寺も行きました。ああいうところにねえ。不思議な人だなあ。良寛さんは好きだねえ。ぼくの字は良寛くずれだ。良寛のまねをしたんだから。良寛の般若心経の写経をしたことがある。

良寛さんは晩年は島崎というところにおられたわけですが、そうとう離れた長岡に若い尼さんがいて、良寛をたびたび訪ねてきた。もちろん歩いてです。あの当時、あそこまで行くのはたいへんですよ。なんかそこに感情的に気に入っていたんじゃないか、普通の関係じゃなかったんじゃないかとすら思うくらいです。あの尼さんは一冊和歌集を出しているでしょう。歌のうまい下手にかかわらず、昔も女の人でたいした人がいるんだなということを思いますね。

そろそろぼくの話も終わりになってきました。なんというか、滑稽というか笑い、いろいろなものに滑稽さを感じるのは年をとって強くなった気がするんです。何かを見て滑稽さを感じる、いい意味でね。十月六日には八十歳です。第十一句集『交響』が出ました。でも、まだ貯金があるから、もう一冊出さないといけないね。特別作品「綾子の手」は、『俳句』で三回の集中連載だったんだが、細見綾子が亡くなった直後のことだったから、がんばりが利いたねえ。ぼくは怠け者だと思っていたが、がんばり屋なんだなあ。

（「先生の八十歳以降の人生で、良寛さんを訪ねて来たみたいなステキな女性が訪ねて来る時代が訪れますよ」という黒田杏子の発言に対して）いまでもたくさん訪ねて来てくれますけどね、ハッハッハ。

おわりに

二ヶ月分の長時間にわたる取材は病院内で完了。この間に先生は終始ダンディズムを貫かれた。個室脇のちょっとしたロビー風スペース。テレビと新聞があり、灰皿スタンド付きの大きなテーブル。飲み物は自動販売機の缶のお茶。

沢木先生の頭脳は冴(さ)えわたり、お話は口述筆記に備えられたようによどみなく、無駄がない。記憶力のすごさ、整理された正確な内容。それでいてまことに静謐(せいひつ)な時間。

しかし、語られる内容は人間的で情熱あふれるもの。沢木欣一・細見綾子という一組にして独立した二人の俳人が共有し、共棲してこられた長い歳月。お二人に共通しているのは知性である。知識人として第一級の男女。一廻りちがいの未歳生まれの夫妻。充実の最新句集『交響』に引き続き近く刊行される句集名が『綾子の手』と伺って、思わず私は涙ぐんでしまった。静かに窓外のうろこ雲に眼を遊ばせつつ諄々と語り継がれる先生は八十代に入られ、いよいよ華やぐ豊饒の句境を示されるのだ。

黒田杏子

（インタビュー＝平成11年8月11日）

沢木欣一自選五十句

雪晴れに足袋干すひとり静かなる　『雪白』（昭19刊）

図書館の窓荒園に雪降れり　〃

世の寒さ鳰（にほ）の潜るを視て足りぬ　〃

梨売りの頬照らし過ぐ市電の燈　〃

四高卒業金沢を去る
雪しろの溢るゝごとく去りにけり　〃

出雲崎
天の川柱のごとく見て眠る　〃

浜木綿の兵発つ駅に観たりけり　〃

枕木に一寒燈が照らせる場　〃

金木犀風の行手に石の塀　〃

ペーチカに蓬燃やせば蓬の香　『塩田』（昭31刊）

復員後、丹波に細見綾子を訪ふ
南天の実に惨たりし日を憶ふ　〃

梅雨の土かゞやきて這ふ蛆一つ　〃

短夜の飢ゑそのまゝに寝てしまふ　〃

西瓜の赤封じこめたるガラス函　〃

炎天や地に分配の塩こぼれ　『〃』

出征旗まきつけ案山子（かかし）立ち腐れ　『〃』

内灘基地となる
鉄板路隙間夏草天に噴き　『〃』

苜蓿（もくしゅく）や義肢のヒロシマ人（びと）憩ふ　『〃』

能登塩田
塩田に百日筋目つけ通し　『〃』

塩田夫日焼け極まり青ざめぬ　『〃』

長崎爆心地にて
七夕竹弔旗のごとし原爆地　『地聲』（昭48刊）

デモの年汗に腐りし腕時計　『〃』

判決に麦藁帽の母泣けり　『〃』

良寛の乞食（こつじき）のみち田植かな　『〃』

群羊の一頭として初日受く　『〃』

万燈籠　二月四日　奈良春日神社にて
万燈のまたゝき合ひて春立てり　『〃』

蜻蛉を翅ごと呑めり燕の子　『赤富士』（昭49刊）

父の忌の町に出初めし蛍烏賊　『〃』

赤富士の胸乳ゆたかに麦の秋　『〃』

馬繋（まつなぎ）にて砂取り節を聞く
砂取節うたへば応ふ磯鵯　『〃』

沖縄
金網に青芝あればすべて基地　『沖縄吟遊集』（昭49刊）

炎天やをすめすの綱大まぐはひ　『〃』

夕月夜乙女(みやらび)の歯の波寄する　『〃』

盆踊汗(あせ)水(みず)節(ぶし)といふ曲も　『〃』

豊年を甘世(あまよ)と呼べり島人は　『〃』

当麻寺
塔二つ鶏頭枯れて立つ如し　『二上挽歌』(昭51刊)

能登恋し雪ふる音のあすなろう　『〃』

高野山
落下傘部隊の墓や苔の花　『〃』

芸大構内
くわりんの実教材につき盗るべからず　『〃』

雀の巣あるらし原爆ドームのなか　『遍歴』(昭58刊)

げんげ田に沈みて遍路冥利かな　『〃』

畦豆の葉に秋風や氷上(ひかみ)郡　『往還』(昭61刊)

昭和終り平成となりし日、瓢湖にて
八雲わけ大白鳥の行方かな　『白鳥』(平7刊)

ひきがへるバベルバブルと鳴き合へり　『交響』(平11刊)

戦争の砂漠が写り蜆汁　『〃』

旅の人能登のこのわたいらんかいね　『〃』

辺戸岬
弓張りの湾春潮の交響す　『〃』

卯波嚙む岩相似たり辺戸と能登　『〃』

ひめゆりにクルスと鳥居卒塔婆も　『〃』

遠野なる河童の皿の氷かな　未収録

沢木欣一略年譜

大正8（一九一九）　十月六日、富山市生まれ。父茂正は富山中学国語教師・歌人。母園も教師。小・中学は朝鮮で、元山中学卒業。

昭和14（一九三九）20　第四高等学校（金沢）入学。「馬酔木」に初めて投句。

昭和15（一九四〇）21　十月、「寒雷」創刊、投句。加藤楸邨に師事。

昭和17（一九四二）23　東京帝国大学国語・国文科入学。伊丹に住んでいた細見綾子と初めて会う。

昭和18（一九四三）24　十一月、在学途中で金沢山砲隊に入営、すぐに満州牡丹江へ。出征前、細見綾子に『雪白』の原稿を託す。

昭和19（一九四四）25　三月、句集『雪白』（青陵社）刊。

昭和20（一九四五）26　八月、終戦を釜山で迎え、十月復員。

昭和21（一九四六）27　五月、金沢市で「風」創刊。

昭和22（一九四七）28　十一月、細見綾子と結婚。

昭和25（一九五〇）31　六月、長男太郎生まれる。八月、金沢大学法文学部専任講師となる。

昭和30（一九五五）36　夏、能登曾々木で「能登塩田」二十五句を作り『俳句』に発表。

昭和31（一九五六）37　句集『塩田』刊。東京都武蔵野市境に住宅完成移転。十月、文部省教科書調査官となる。

昭和41（一九六六）47　文部省を退き、東京芸術大学に転任。

昭和43（一九六八）49　七月より約四十日間沖縄本島に滞在。

昭和45（一九七〇）51　四月、東京芸大教授。

昭和49（一九七四）55　二月、書き下ろし句集『沖縄吟遊集』（牧羊社）刊。八月、句集『赤富士』（牧羊社）刊。

昭和51（一九七六）57　句集『二上挽歌』（永田書房）刊。

昭和55（一九八〇）61　八月、沖縄辺戸岬に「みやらび句碑」建つ。

昭和57（一九八二）63　十月、俳人協会訪中団長として訪中。

昭和62（一九八七）68　二月、俳人協会会長に推挙される。三月、東京芸大定年退職、名誉教授となる。十一月、親善俳句訪米団長としてサンフランシスコへ。

昭和63（一九八八）69　俳人協会訪中団長として北京・西安・上海へ。

平成2（一九九〇）71　十月、日独俳句大会の俳人協会団長としてフランクフルトへ。

平成5（一九九三）74　二月、俳人協会会長を辞任、顧問に。十一月、勲三等旭日中綬章を受章。

平成7（一九九五）76　句集『眼前』（角川書店）で北上詩歌文学館賞受賞。

平成8（一九九六）77　自伝『昭和俳句の青春』（角川書店）で俳人協会評論賞受賞。句集『白鳥』（角川書店）で蛇笏賞受賞。

平成9（一九九七）78　九月六日、細見綾子死去。『俳句』十二月号から翌年二月号まで特別作品「綾子の手」を短期集中連載。

平成11（一九九九）80　三月、別府にて「風」同人総会に出席、宇佐八幡宮を拝す。六月、句集『交響』（角川書店）刊。

平成12（二〇〇〇）81　句集『綾子の手』（角川書店）刊。

平成13（二〇〇一）82　沢木欣一編『子規・写生―没後百年』（角川書店）刊。十一月五日、死去。

第10章

佐藤鬼房（さとうおにふさ）

はじめに

鬼房先生はお目にかかるたびにお若くなられる。そんな印象のなかで取材に応じていただいた。一泊のご上京、ご長女の山田美穂さんがつき添って、こまごまと心を配って下さる。

これまで何度もお目に掛かっているが、何と言っても忘れがたいのは、「夏草木曜会」のメンバーで松島に観月句会に出かけた折、私たちのその雨月の句座にゴム長靴を履いて鬼房先生があらわれ、深夜に及ぶ句会と合評会に参加下さったことだ。

「おばんですぅ」という先生の声と車軸を流すばかりの雨音がいまも耳に残っている。

それからもうひとつ、「おくのほそ道」三百年の前年、雑誌『太陽』の特集取材でみちのくを訪ねた折、松島・塩竈・釜石・登米・中尊寺・毛越寺（もうつうじ）とご一緒して下さったが、その道々で聞かせて下さった佐藤鬼房「芭蕉論」である。あの日から十五年が経過している。当時と比べていま、先生はずっとずっとお幸せそうだ。インタビューは秋の日のゆたかな時間のなかで経過した。

黒田杏子

多喜二の『蟹工船』を読む多感な少年時代

まあ私は、普通、俳句に入ってくる人の生い立ちとは違いまして、父親は岩手のほうの山の中の岩泉から釜石へ出て来て、母親は母親で親に連れられて北上の中央部から田地田畑を失って逃げて来たというかたちで、釜石で一緒になった。その子供ですから、名の知れた系図とか、そういうものはまったくないわけです。大正八年、一九一九年ですが、三月二十日、お彼岸なんです。その日に釜石に生まれたということです。

どちらも若い親でして、母親は戸籍の上では二十歳で生んだらしいが、実際は十九ぐらいのときの子供なんです。長男ですから、ある程度、恵まれてはいたようです。大正十年に釜石市で鉱山ストライキがありまして、ようやく労働組合ができたり、民主主義なんてのが意識にのぼるころでしたから、それのあおりを食って塩竈（しおがま）に移住して来るわけです。

父親はべつに何もできる男じゃないので、仲仕だの雑業みたいな仕事をやって、そのうち急性脳炎で死んでしまいます。二十九歳です。私が小学校に入るちょっと前なんです。兄弟は、一人は死にましたが、三人おったわけです。みんな田舎へ分散させて預けるという話もあったらしいんですけれど。向こうの言葉で「こぼろ」と言うんです。私の大好きな言葉でして、母性愛みたいな、何というのかな、ちょっと説明しにくいんですが、子供を離さないんです。その気持ちはよくわかります。子供を離さないために母親もだいぶ苦労したんじゃないかと思います。

何とかかんとか小学校に入って、卒業したのが昭和八年です。すぐ、地元の製氷関係の組合に就職しました。いわゆるお茶注ぎ、給仕ですよ。十円かそこらをもらって、夜は補習学校に通いました。補習学校といっても夜間ですから、ぶっ続けで二時間、勉強させられる。夏休みもなくて、二年間、勉強するわけです。たいがい商業簿記と英語と国語と算数、だいたい旧制中学の三年生程度のところを二年がかりで教わるわけです。実業の授業ですから商業簿記、経理、ああいうものはちょっと厳しいんですが、あとはもうどうでもいい。トコロテン方式で卒業できるというわけです。

たまたまそのころですね。これは言っておいてもいいと思うんですが、小学校の高学年のころ、昭和八年からー年にかけて、長野に教員赤化事件が起こったんです。これが宮城県にも波及して、そういう教師が学校に一人二人いるわけです。課外授業のなかで小林多喜二の『蟹工船』とか細井和喜蔵の『女工哀史』とか、ああいうものを解説されて、生まれもそうだし、とても感じやすいものですからそれなりに。そういうのが下地にあるような感じです。あとあとまでそれが非常に生活のなかに響いてくるんです。

それはそれとして、多感な少年ですから、何か少しは勉強しなきゃいけないなあと思って、外国にあこがれたり、知り合いの人が横浜の税関にいるって聞いて、「あんなのは簡単な試験で採用されるよ」なんて言われ勉強を始めたのですが、もちろんとてもダメでね。ところが、たまたま神田の古書店に注文した国語の学習参考書のなかに俳句雑誌の「句と評論」が紛れ込んでいた。これが昭和九年の終わりのことです。

俳句は勤め先に「石楠」系の会員が五、六人いたんです。組合ですから、各会社から出向して来る役員がいるわけです。理事とか監事とか。その人たちがけっこう楽しんで俳句をやっていました。だから、ちらっとは見てたんですが、私はそれよりも散文が好きなものだから、新聞に投稿したりして喜んだりしてたんです。

そういうときに「句と評論」が来ました。ちょうどその年代は新興俳句に入ってましたから、とても新鮮な感じで、ひとつやってみようかなと思って投句しました。渡辺白泉が同人になったばかりのころで、こちらも心臓を強くして、見てくれませんかって手紙を出しましたら、喜んで見てくださった。便箋で四、五枚くらい、こうでなければいけない、ああやればいいと指導してくださる。ただで見てくださった。そんなこともありました。

そのうち、昭和十三年一月、「句と評論」は別の雑誌「広場」になるために終刊になるんです。それに呼ばれましたけれど、お金もないし力もありませんので、行かなかったんです。戦後知ったことだけれど、同じ時期に「句と評論」に三橋敏雄がいたんです。三橋はその後、「京大俳句」に入り、まだ十六か十七ぐらいで戦火想望俳句を作って、あれで有名になったわけです。誓子とかが非常に評価したね。私はもうどうってことなしに終わりますが。

十八歳で上京するも失意のうちに帰郷

　ただ、昭和十二年に十八歳で上京しているんです。無茶な話ですがねえ。「句と評論」のかたわら、青木月斗系の長谷川天更が主宰をする「東南風」という雑誌がありまして、それが『俳句研究』の広告に出たものだから、見本を取り寄せて、感想文みたいなのを書いて送ったら、四冊目のときに同人にしてくれたので、いい気になっていたわけです。それで上京するようになるんです。

　上京したからって何も力があるわけじゃない。ただもう苦労しっぱなしなんです。いまでも印象に残っているのは、小石川に東大の植物園がありますね。あそこの前は、いまは小さい印刷屋がいっぱいありますが、その当時は道路の向こう側に大きい印刷所があっただけで、こちらのほうはブリキ屋さんだの何だの、雑多な家ばかりなんです。徳永直の『太陽のない街』で有名ですが……。そこの間借りのまた間借りをやったりして、日本電気の本社の臨時工になって働いていたんです。そこでずっと暮らせばよかったんでしょうけれど、三田四国町のほうに移ったり神田のほうに移ったり、あと、どうしようもなくて九月に帰っちゃうわけです。帰ってよかったと思うんですよ。このときと兵隊に行った間だけ塩竈を離れたわけです。それ以後はずっと塩竈です。

　大谷忠一郎という人が白河におりまして、酒造屋の若主人ですが、萩原朔太郎の門下なんです。冨山房の『昭和詩鈔』（昭和十五年刊）では、朔太郎にだいぶ目をかけられて、非常に優遇されるんです。ほかの名のある詩人よりも。あとでわかったことだけれど、ちょうどそのころ、大谷忠一郎の妹が朔太郎と一年くらい結婚しているんです。年齢差と性格の違いで、すぐに離別しますが。そういう華やかな大谷さんの時代だったものですから、「詩人界」という雑誌を東京から出していた、金持ちだったし。私も詩が好きだったから、そこのコンクールで賞をもらったりしてました。詩なんて本当は私のようなのが作るものでもないんですが、そこで盛岡の盛合聡と仙台出身の山田野理夫と親しくなったのはとてもプラスになりました。山田野理夫はいまでも元気で東京におるはずです。安西冬衛の全集を編纂しているんです。詩人というより歴史物に詳しい人ですが、なかなかの男です。

　仙台では青木月斗系の保原犀州の句会がありましてそれ

にも出たんです。この人は岡本圭岳系じゃないかな。長谷川天更も岡本圭岳に兄事した人です。そんな関係もありまして保原犀州の句会に出たりしたんです。

これは東京に出る前の話ですが、大垣に「新樹」という雑誌がありまして、そこに投句してみないかと長谷川天更に言われた。これは圭岳さんが選者で、高橋金窗さんが編集をやっていたんです。それで、ちょっとの間、そこにお世話になったり、いまは「同人」の主宰は有馬朗人さんのお母さんの有馬壽子さんですが、その前あたりに金窗さんが選者だが主宰だかをしてました。菅裸馬さんもやってましたね。ああいう人たちは私から見ると仰ぎ見るような実業家であり、立派な校長なのですけれど、親しいし懐かしいんです。金窗さんは戦後もしばらくお元気で、岩国に移られていたので、お手紙を出したら、とても懐かしがられました。金窗さんが亡くなったのは残念です。一度もお会いしてないんです。それだけにね。

「東南風」主宰の長谷川天更（左）と（昭和12年11月浅草にて）

保原さんの句会に出たことが、戦後、「駒草」とつき合う一つの橋渡しになるわけですが、その前に兵隊に行きました。

戦場で鈴木六林男と知り合う

兵隊っていうのは誰だって好きなやつはいないんだけれど。とくに私は輜重隊でしょう。あとで輜重兵科はなくなるんですが、昔は陸軍輜重兵科一等兵とか何とかってわけです。

北朝鮮の、加藤清正が籠城したところで、鏡城というところですが、あそこに輜重の第十八聯隊がありまして、私はそこに入営します。そして、そのうちの半数が中国へ渡ります。中国のあちこちで前線と後方との輸送の仕事をやっているときに鈴木六林男が来るわけです。第二次大戦が始まるちょっと前、すれすれのところです。昭和十六年十二月だったでしょうか。よく戦場を歩けるものだと思ったら、やっぱり鈴木は歩兵なんですよ（笑）。歩兵なんて消耗品だなんてよく言われたんですが、私らとまるっきり違う。よくも来た

特殊戦車隊庶務係軍曹の頃（昭和18年）

なあという感じです。

彼の友達の三人ばかりが「東南風」の同人になっていて、鈴木六林男が戦地から友人へ送った俳句を、これはもったいないといって「東南風」に載せたわけです。それを私は戦場で見ているんです。三句だったか、なかなかいい俳句でね。それで手紙を出したんです。あれ、けっこう戦場の鈴木のところに届いているんですね。軍事郵便で。

だから鈴木は私のいる部隊を知っている。彼は私みたいな方向音痴とは違うからね。鈴木一等兵が麻薬中毒患者の軍曹だか曹長を従者みたいにして、脱走のようなかたちでやってきた。脱走というか遅れたんです。本当はフィリピンへ行かなければならないのに、本人はそんなのはおかまいなしに、こっちに来た。厳しく言えば戦場離脱です。でも、どういうわけだか、処罰もされないで、よく私のところに訪ねて来たと思って驚いているんです。南京の光華門外です。

私のところへ来た電話がおもしろいんです。「いまこういうところに鈴木大尉という人がいるが、佐藤、会いにいくか」というんです。私は下士官に任官したばかりで、とてもそれどころじゃない。なかなか補充が来ないから、うちには初年兵がいない。私らがいちばん下なんです。だから「遠慮する」と言ったら、向こうから連絡があって、訪ねて来るという。会ってみたら、大尉じゃなくて一等兵なんだ（笑）。そして、三十分くらいでしょうか、話をしたんです。あれは一つの感激です。

戦中というのは、詩をやるとにらまれるけれど、俳句は案外にらまれないね。それでも、日野草城（ひのそうじょう）の「旗艦（きかん）」から来た筑紫耿次郎（つくしきょうじろう）、村井恵史（むらいけいし）、それに私の三人に拘引状が出て、長谷川天吏を特高が訊問（じんもん）するわけです。でも、三人とも戦地へ行っているというので追及を免れるわけ。というのも、天吏さんそのものが生地のブローカーをやっていたんだけれど、それをやめて軍需工場の下請けを始めるんです。頭の回転がいいね。だから、特高にはとても心証がいい。それで逃れたという感じです。

そのとき私は巍太郎（ぎたろう）といったんです。私も新興俳句ですが、なんと十八歳ぐらいのときに書いた「プロレタリア恋愛論」が引っ掛かっている。二ページぐらいの、読んでもつまらないもんですよ。だけど、俳句の傾向が無季認容だから。無季認容というといやでもおうでもみんな引っ掛かったからね。

平畑静塔（ひらはたせいとう）さんなんか気の毒です。最後まで見習士官で、帰るころになってやっと少尉に任官される。引っ掛かるとあんなものなんですよ。私も引っ掛かったらずうっと一等兵で終わりです。だから、わりと恵まれているんじゃないかなとは思うんですが。

昭和二十年八月十五日には、きちっと天皇の詔勅を聞かされました。戦争に負けたという情報はすでに豪洲のほうから入っていた。だから準備はしていたんです。ちょうどスンバワというところにいました。兵器はみんな返納して、自衛用の鉄砲を五、六挺もらって自主的な捕虜生活に入るから、こんな楽なことはない。いま言うと怒られましょうが、輸送隊ですから、かなり隠匿したのもありました（笑）。タバコなんてドラム缶へ入れて地下に隠したり、オランダと豪洲の連合だといったって監視しているのはそんなにおりませんから、わりあいのんびりしてました。捕虜生活であんなでたらめなのはないわね。

だけど捕虜規定を守らないと国際法違反になりますからね、規則は守った。ちゃんと食べ物はこれだけと決まっているけれど、隠れて現地民といくらでもタバコと交換してね。ジャワというところは蘭領インドシナだったのを日本軍が上陸して解放し、スカルノを傀儡（かいらい）とはいえ大統領にしたわけですから、あそこの土地柄が親日的なんです。そういうこともあって、わりと楽でした。

それから一年もたたないですね。五月には帰ってくるわけですから。ちょうど私も肺炎を起こして病気をしておりましたから、リバティ型の小型の輸送船に乗って、名古屋に上陸するわけです。あとは静岡、仙台の国立病院に入院して、もう大丈夫だというので帰ってきました。もっともこちらも帰りたいしね。うちへ帰るわけです。鈴木たちとは連絡がとれてましたから、すぐに「青天」に参加するわけです。戦後の二十一年六月ですね。それからぼつぼつ作句が始まります。

第三回現代俳句協会賞受賞の余波

昭和二十二年に秋元不死男（あきもとふじお）さん、そのころは東京三（ひがしきょうぞう）と言ってましたが、その紹介で新俳句人連盟の会員にならせてもらったんですが、会員になるとすぐに分裂するんです。西東三鬼（さいとうさんき）がぶち壊したというんですが、「赤旗」に五円の寄付を続けてよいかどうかの投票で、十四対十五で負けたほうが脱退する。あれ、勝つと残らないといけないから負けるようにしたんだそうだけれど。秋元さんは、申し訳ないといって

句集『名もなき日夜』（昭和26年刊）限定120部のうち、30部の奥付に貼付した顔写真

一年間、休俳宣言をやるんです。それから名前を秋元不死男に変えるんです。東京三の前、「土上」のころは地平線（ちへいせん）という名前です。戦争中に誓子の『黄旗』を一冊にまとめて出したときのは東京三だったな。あれ、名前を引っ繰り返すとキョウサントウと読めますからね。よく引っ掛からなかったな。

私は秋元さんにすすめられて新俳句人連盟に入ったわけだから、分裂後はどういうふうにしたらいいか、手紙を出したんです。そうしたら、たまたまそこに三鬼がいたらしいんです。そして手紙をもらったんです。かなりカッコいい脱退のいきさつが書いてあるわけですが、そんなのは私にはどうでもいい。三鬼は「君の手紙を読んだ。君の判断で好きなようにやれ」と書いてくださったので、私は残るわけです。かなりあとまで残ったのは「天狼」系では私一人ぐらいじゃないですか。

私は「馬酔木」では山岳俳句の石橋辰之助（いしばしたつのすけ）が好きだったんです。高屋窓秋（たかやそうしゅう）さんも好きだった。私が残ったら、新俳句人連盟の委員長になった石橋さんは本当に感激してくれた。私はそんなに力があるわけでも何でもない。ただの会員なんだけれど、うれしくなっちゃって。でも、石橋辰之助さんはすぐに亡くなるんです。三十九歳でした。そして、古沢太穂（ふるさわたいほ）さんがそのあと委員長になります。

太穂が委員長になってからも私はしばらくいました。ただ、会費を納められないものだから、何か書いては会費をただにしてもらった。みんなに助けてもらいましたね。普通だったら、いつまでももそもそして新俳句人連盟にいないはずなんですけれど。

やめるきっかけは、あそこでも分派活動みたいなのがあったから。私は新日本文学会にも入ったんです。あれを設立したのは小田切秀雄（おだぎりひでお）さん、荒正人（あらまさと）さんたちですが、共産系と近代文学系とが競り合って、うまくいかなくなったことがあるんです。ああ、これはもうだめだと思って、新日本文学会もやめて、新俳句人連盟とも疎遠になってしまうんです。

ある意味では、文学論争に巻き込まれたというかたちです。
　でも新日本文学会に入ったからといって、ただ会員になって、そういう人たちの書いたものを読んでいただけですからね。しかし、ありがたいことに新日本文学会の大西巨人さんが、『神聖喜劇』という長編のなかで革新系の連中、二、三人くらいの句を引用していて、そのなかに私の戦場の作品も入れてくれてます。

　第三回の現代俳句協会賞受賞（昭和二十九年）は、当然、桂信子さんがもらわなきゃいけなかったんだ。いまでこそ現代俳句協会新人賞は別にできましたが、最初のころは新人顕彰の賞だったものですから、作品は未完成であっても将来性がなきゃいけないということで、中島斌雄さんが第二回の投票で私のところに入れてくれたので四対三になったんですけれど、実際はとてもとても桂さんには及びもつかないんです。

　選考のやりとりの中で、中村草田男さんが言うのは妥当で、文学意識だけでは成り立つものじゃないと思うしね。大野林火さんからは自選力が足りないとかって言われたが、これも当然の話です。いまでも特集号などが出て、協会賞が活字になるととても恥ずかしい。でも、あれはあれなりに私はやったと思っているんです。

　三鬼は直接選考の場に参加しないで投票だけです。いいことを言ってますよ。「ずっと見ていてチェックしたら、桂信子より鬼房のほうにいいのが一句多い。だから、鬼房を推す」というんだ。極めて単純なんです。何とも恥ずかしい話です。

　ただ、三十五歳で受賞したのは、翌年受賞した野澤節子と私しかいないんです。いま、夏石番矢なんて若いのがもらってますが、彼は三十代ではあるけれど三十五より上ですからね。

　現代俳句協会賞の授賞式は芝の郵政会館でやったんです。最初に見えたのが森澄雄と高柳重信です。彼らがいちばん割の合わない下仕事をやっていたわけです。森澄雄なんて、俳句ができないできないって言いながら、知らない間にたくさんいい句を作る。これにはもう前からカブトを脱いでいます。

　ずっとさかのぼりますが、私が協会賞をもらう以前に、森澄雄は夏休みに東北旅行に一回来ているんです。青池秀二という「寒雷」の編集長と二人でね。塩竈でも句会をやったりして、遊んで行ってるから、森澄雄とはそのころから親しかったんです。もともと「寒雷」は私をねらっていたらしいんだけれど、新興俳句出身者はみんな「寒雷」をよく思っていませんでした。冷飯を食わされたってわけだ。草田男ほどではないけれど。だから、「寒雷」には抵抗があったんです。

　私はそういうことに抵抗はないし、どちらかというと人

国立宮城療養所入院患者句会の慰問指導。前列右から二人目鬼房
三人目藤村多加夫（昭和30年）

間派ですから。加藤楸邨の句も好きだったし。だから、私が「天狼」の同人になったときに、楸邨の奥さんの知世子さんが「お父さん、見なさい。鬼房さん、もう『天狼』に行ったわよ」って言われたとか。参加をすすめられたとしても、私が「寒雷」に行くはずもないんだけれど。とにかく、「寒雷」の仲間とは親しくしていたんです。

　これは大事なことなのですが、私の授賞式の帰りに「現代俳句の会」を何人かで作っているんです。神田秀夫さん、私、高柳重信、楠本憲吉がいました。それを提唱したのは高柳です。授賞式の懇親会が終わってからわざわざ別席を設けて、誰と誰に呼びかけようといって、そこでだいたいの案が決まった。でも、石原八束と飯田龍太は外しちゃった。あとはめぼしい人にはだいたい声をかけた。もっとも全部が入ってきたわけじゃないけれどね。津田清子も入っている。

　これは協会などとは全然関係ないんです。とくに俳壇的に活動するんじゃなくて、年に一回、アンソロジーを出そうということでね。二冊目を私が編集してますが、これで会は自然消滅です。あれもひとつの勉強になりました。「現代俳句の会」は私が協会賞をもらった付録みたいなものとして記念になりますね。

　ただ、いまでも申し訳ないなと思うのは、高柳もちょっと威張るところがありまして、楠本憲吉は生意気盛りの論客なんです。それで「君はまだ俳句はだめだから評論のほうを書きなさい」って言われ、楠本憲吉は「昭和俳壇史」を書いているんです。でも俳句作品は載せてもらえない。それを私の前で言うことはないんだよね。クスケンはとてもいい青年ですが私のことをいやがっているんだ。ほとんど親しくしてもらえなかったのは、そのせいじゃないかなあ（笑）。

第一集ではほかに「イロニイ叙説」（神田）、第二集に新顔として赤城さかえが作品のほかに「リアリズムと階級性」を書いています。

孝橋謙二や永田耕衣との論争

孝橋謙二さんとは抒情の問題と人間性の問題で論争をやっているんです。「天狼」に端を発したものです。誓子の俳句を私が何とかかんとか言ったらしいんだ。私はまだ同人じゃありませんから、好きなことを言えるわけだ。それに対して言葉尻をとらえて何か言ってきたんです。孝橋さんは与謝野晶子の一番末娘と結婚しているんです。

ちょうどスターリンが死んだ年です。そういうニュースが入ってきたので、〈友ら護岸の岩組む午前スターリン死す〉という俳句を作ったんですが、なんぼ考えたってこれはスターリンの哀悼にならないはずなんだ。それなのに孝橋さんは「鬼房の思想からいったらこれはスターリンへの哀悼だ」と言うんだ。ひん曲げちゃうんだよね。なんぼ私が社会的リアリズムだの何だのと言っていたからって、そういうふうに言われたって困るんだ。こっちは雪解けの解放感覚を言っているわけだまあ、たいした句ではありませんが、問題作だと思ってたんですよ。

その論争の掩護射撃を鈴木六林男がしてくれたり金子兜太がしてくれたり。最初は「天狼」で、それから『俳句研究』に移っていって、最後が「萬緑」にいっています。だから「萬緑」を調べるといちばんの締めくくりがわかります。すごいことを書いてあるんだ。私のことを持ち上げたんだかこき下ろしたんだか、孝橋はかなりえらい書き方なの。これはもうすでに抒情論だの人間性だのの主題から外れている。「萬緑」にこれの反論を書いてくれという。でも、お断りして、それで終わりなわけです。

まあ、その後いろいろな話がありまして、これは私と関係がないんだが、孝橋さんは「天狼」をやめて「萬緑」に行きます。その「萬緑」もすぐやめて、高柳の「俳句評論」に入るわけです。ところが例のとおりだから煙たがられて追い出されるんです。そういうことがありました。孝橋さんはいまでもお元気なんじゃないでしょうか。

永田耕衣さんとも論争があったんです。昭和二十八年ごろです。これも私が同人になる前です。私も悪いんだけれど元気にまかせて「永田耕衣の俳句ってのは装飾的で、ものほしそうだ」ということを書いたものだから、怒るのは当たり前だと思うんだけどね（笑）。すぐに、佐藤鬼房がこんなことを書いているって二ページくらい「天狼」に反論を書いているんです。

それで、それの言い訳を一ページばかり書いて出したら、誓子が編集をやっていたんですが、「これじゃだめだから、

永田耕衣

別にきちっと書きなさい。ページはいくらでも提供する」と言われて「永田耕衣ノート」を書いたんです。三十枚くらいのものです。昭和二十八年の十二月と翌年の二月にまたがって掲載されています。

これに波止影夫さんが反論したり、鈴木六林男も書いたり、もう反論がすごいんです。波止さんはあれは佐藤鬼房の作文だと言う。そう言われても返答のしようがないんだが、とにかく永田耕衣さんを弁護しているわけだ。観念論でも私のと違うんです。

日本の古い美術はだいたい装飾的なんです。私はそのことを言っているのであって、これは私のおふくろの出身地の水沢に森田多里という美術評論家がいるんですが、この人の影響をわりと多く受けてますから、そういうことは孫引きみたいなのですが、やったりした。だから、私の言っていることは、ことばはいやなような書き方をしているけれど、そう間違いではないいんだよね。

そういう論争があちこち移っている間に、永田さんは、それに対しての反論はなかったけれど、「天狼」に嫌気がさしてかやめていくわけです。それが原因ではないと思うけれど、いまでも引っ掛かっているんですよ。だって、あの人は「鶴」に戻って、その後、兵庫県から「琴座」を出すわけですが、何冊目かに本人から私のところに「何か書いてくれ」と言ってきたから驚いた。「実はこういうことがありましたが」と言ったら、「そんなことは忘れた」って言う。忘れたというよりも、そういうことは気にかけてないという意味だと思います。

永田さんの年譜にはっきり書いてあるんですよ。「ある明確な事情により『天狼』を退会」って。その「明確な事情」がわからない。だから、誓子が永田耕衣を追い出すダシに私を使ったのかなという心配もあるわけ。だって、誓子は編集後記に「評論は真っ正面から堂々と佐藤鬼房のように書くべきだ」と書いているんですから。

まあ、耕衣さんは俳壇よりも、文人とかほかの連中から熱く支持された人で、あの人はあの人で大成した人だと思ってます。

阿部みどり女の「駒草」と「東北俳壇」のこと

阿部みどり女さんが昭和七年に創刊した「駒草」は不思議な雑誌で、今の主宰の蓬田紀枝子さんにうかがってハッと思ったのですが、私が記憶したのとだいぶ違うんです。「駒草」は東京から出していたんですが、昭和十九年に「駒草」を廃刊にして、娘さんの多美子さんの主人、一力五郎さんが河北新報の社長をやっていたものですから、こちらの仙台に疎開してくるわけです。

戦後になって、私がわかるのは、河北新報の選はみどり女さんがずっと変わらずやってましたが、第二次の「駒草」は阿部みどり女主宰として出たんじゃないんです。河北新報が編集から発行からいっさいをやった。みどり女さんは金もないから、そのほうがいいというので俳句総合雑誌みたいなかたちで出したんでしょうね。それで、最初は山口青邨や草田男も選者をやったのを覚えています。あとは草城とみどり女が二本立てで選をやっているんです。

さっき保原犀州さんのことを言いましたが、あの人は河北新報の社員なんです。あとで逸鶴という名前に変わります。復員後、あいさつに行ったら、こういう雑誌を編集しているんだって「駒草」を見せてくれた。みどり女さんの句会は別にあるわけね。私は紹介されてその句会に行くわけです。

その保原さんは二十三年に亡くなる。一力さんもそういうことには素人だからどうしようもないわけですよ。それで、これは「駒草」に返したほうがいいだろう、お金は多少は援助する、というかたちで、純粋にみどり女主宰の「駒草」に戻ったのは保原逸鶴さんが亡くなってからです。

みどり女さんは、結社は結社として厳しくしなければいけない、だらだらとしていられないからって、弟子には厳しいんです。でも、外部の人たち、とくに私にはやさしくしてくれた。なぜだかわかりませんがね。何かあると呼んでくださったりして、驚くことに、私の無季俳句もほめているんだよね。偏見がなかったというか、幅広くて、包容力があった。〈ゆうべ子が駈け星になる荒岬〉の句は「冬岬」とすれば（季語があるから）間違いないんだ。イメージとすれば初冬のころなんでね。それはそれでいいんですが、みどり女さんはその句を文章にしてまでほめてくれているんです。〈母の日の太陽液化して沈む〉は太陽がちらちらと液体状にかって沈んでいくという句です。これは「母の日」だから有季です。それはいいんですが、太陽が液化して沈むという感覚、具象をイメージに変えていく、そういうところはみどり女さんなりにわかるんですね。あの年になって偉いなと思ってます。

もう一つ、「東北俳壇」というのがありまして、これは会員制度の超結社です。いちおう東北全部が対象の会ですが、山形、青森、岩手ぐらいはいましたけれど、そんなに遠くの会員はいない。それの主だった人は「雲母」系の須ケ原樗子といって、いまの「滝」の主宰、菅原鬨也のお父さんです。その人と永野孫柳さん。この方は何といったって著名な松山の、子規とゆかりの深い野間叟柳の孫ですが、あと二、三人。だいたい「雲母」と「石楠」の系統の人が多かったね。ほかの人たちはみんな「駒草」のほうへ吸収されていったりするんです。

言い落としましたが、孫柳さんは「第二芸術」論の桑原武夫に句の資料を提供した人で、東北大学の理学部教授です。

この会はあくまでも会員制だから、厳しくもないし、私も一回くらい、編集の手伝いをしたことがあります。安斎桜磈子に句をお願いしたら、桜磈子さんがとても喜んで、五句でいいのに十句だか送ってきて、スペースがなくて困ったことがあったんです。とてもいい思い出です。

ここに無着成恭もいました。山形に帰っていて、そこから投句していたんです。化仙紙みたいなノートをちぎって便箋にし手紙をくれました。私はついに会えないですれ違いになってしまったのですが。「東北俳壇」は昭和二十二年にできますが、十七号くらいで終わっていますから、そのときには彼は山形に帰ってます。学生のとき、ちょっとの間、いたわけだから、そのときにやっていたんだ。もちろん山びこ学校が有名になる前ですよ。その後、明星学園に行って、あのあたりは俳句をやらないんだけれど、いつの間にか、鷹羽狩行さんのところの客員になっているんです。ずっと後です。

「東北俳壇」がつぶれるというのも、だんだん落ち着いてくるとそれだけではうまくないということもあって、永野孫柳さんも、もともと「俳句饗宴」というのをやっていたわけですから、それを本格的に始めます。三人で共選をやっていたのに、須ケ原樗子さんだけでやってしまったり、それだけほかの人が積極的じゃないからなんでしょうけれどね。「鬼房先生、そのころの様子はわかりませんか」って息子の鬨也に聞かれるけれど……。須ケ原樗子は仙台市の交通局に勤めていたんです。そして労働組合から、市会議員に立ったりして政治のほうに行くんです。そのあと、しばらく俳句をやめてしまう。そしてまた、「雲母」に復帰するんだけれど。

三鬼と弟子たち

一つだけ残念に思うのは、これははっきり書いてありますので、言ったってどうってことない、秘話でも何でもないんです。桜楓社の『西東三鬼』という本に出ています。沢木欣一が担当したが、なかなか本が出ないものだから、鈴木六林男にも半分任せたわけだ。そこで鈴木が書いていることなんだけれど、これはもうショックでした。

今野志げ男（彧男）という青年がいたんです。これが大連から士官学校を受けに来た。そのときに終戦になったわけだ。

両親の実家が仙台の郊外の愛子にあって、そこの親戚の家に住んで、親の引き揚げを待っていた。その間、食わなきゃいけないから仙台で駅弁売りをやっていた。たまたま私が「雷光」というプリント雑誌を仙台の書店に置いてもらったんです。それを買った者がいる。そのなかの一人が今野志げ男なんです。そして、私のところに訪ねてきた。地下足袋をはいた好青年でした。それから私に兄事するわけです。

早くから店頭に「寒雷」と「初雁」が出ていたから、それで（俳句を）知っていたでしょうし、興味もあったんでしょうね。「雷光」は三鬼が会員の選をやっていて、今野志げ男に投句をすすめたら、第一回目は二句でしたが、二回目のときは巻頭なんだ。三回目にまた巻頭になった。素質があるんだね。私もうれしいし、同人にならないかと聞いたら、なると言うので、知田行という名前で何号目かに同人になるわけです。

三鬼の句として有名な〈穴掘りの脳天が見え雪ちらつく〉が発表されたとき、この句はぼくの俳句だって知田行が六林男に言うわけです。三鬼は投稿からたまたまそれを自分の句にしてしまったんだね。先の桜楓社の『西東三鬼』鑑賞篇に沢木がこの句を採り上げています。いかにも三鬼らしい句だからね。知田行はもうそのときには参議院の速記係の採用試験に合格したから、東京で参議院の官舎住まいなんです。

彼から手紙が来たけれど、そのことは一切言わない。私に迷惑をかけないようにってことだな。ただ、言ってきたのは、「演劇がおもしろいから演劇研究会に入りました」ということです。宇野重吉、滝沢修だの、いわゆる民芸系の研究グループで、本人は俳優志望ではないんですが、鑑賞会みたいなのですかね、あれがおもしろいからといって、そっちに入った。それで俳句はビシッとやめたんです。だけど、昔、一緒にやったんだから、いつかは会って、俳句の話が出なくても消息くらいは知りたいなと思っているうちに、だんだん疎遠になった。

私には一言も言わないんだが、鈴木六林男と二人の間ではそうとうやり取りがあったらしい。それは桜楓社の本のなかに詳しく書いてある。これでびっくりしたんです。六林男は『雷光』の同人のなかには、とくに地方にいる同人は三鬼に直接見てもらってたんだろうから、そこのところで擦り替わったんじゃないかと思う。しかし、三鬼はガンとして言うことを聞かないから、これは三鬼の句にする」と断定するわけだ。地方にいるのは私くらいだったのですが、私は三鬼に見てもらうというよりも同人十把一からげで、十句なり二十句なりを一緒くたに見てもらうんで、個人指導なんてしてもらってない。そこで知田行の申し立ては成り立たないわけです。知田行にすればあれは本人の句だから、三鬼の句というのは抹殺すればいいんでしょうけれど。

「雷光」は「天狼」系を離脱するために解散して「梟の

「梟」創刊（昭和26年7月）当時の同人たち。前列左より井沢唯夫、立岩利夫、八木三日女、外池鑑子、後列左より東川紀志夫、鈴木六林男、島津亮、丘本風彦（他に澁谷道、浜中薫香、鬼房がいた）

会」になるわけです。三鬼をおっ放り出しちゃうわけだ。でも、雑誌の上ではつながりはあります。

三鬼という人は弟子にいろいろ問題のある人ではあったね。中村丘という男は警察官だけれど、ある問題で自殺してますからね。そのこともはっきり書いてある。

三鬼は直接間接にしろ、自分の息のかかった弟子を二人死なせているってことね。私は三鬼の弟子ではあるけれど、このことはしっかり胸におさめています。

「雷光」が「天狼」系をやめるときに、一升瓶だか何だかを持って島津亮だの何だの若い連中が三鬼のところに押しかけて、離別みたいなことを言うわけです。三鬼のところを破門というのはおかしいが、弟子でも何でもない、いや弟子にしてもらわなきゃ困る、だけども、指導者ではない、「天狼」系はやめるんだって。それで意見が合わなくて。

そのことを又聞きして、「うらやましいな。あんたたちは弟子なんだ。オレも弟子と言っていいのか」って聞いたら、三鬼は「鬼房、あれはファンだよ」と言ったって。だから、私も腹に据えかねて、あとで鈴木に会ったときに言ったら、「そんなこと、言った覚えねえよ」と言うんだけれどね。ま、いろいろありますよ。三鬼は「鬼房に会うにはぼくのほうから行かなきゃ会えないんだわなあ」なんてね。

三鬼が死ぬ一年前、昭和三十六年の「河」の大会に角川源義さんにくっついて、やって来たんです。源義さんと一緒に多賀城や松島をぐるっと回ってます。私だけ塩竈の港でお別れするわけですが、あれが最後の男の別れになったわけだ。〈男の別れ貝殻山の冷ゆる夏〉はそのときの句です。ちょうど七夕のときです。ちゃんと「佐藤鬼房と行を分かつ」という前書きがあるんです。

西東三鬼還暦祝賀会。手前左より大野林火、石田波郷、その後方に鬼房（昭和35年6月）

私のところにはこの短冊一枚だけあるんです。私がもらったんじゃなくて、石井白楼という、小さな町工場のおやじさんですが、その人が賞品にもらったらしいんだけれど、「これは鬼房さんの持つべきものだから」と言って、わざわざ送ってくれたんです。保存が悪いからすすけてだいぶ傷んでいますが。三鬼の書いたものはそれ一枚と、あと手紙なんかはみんな、掘っ建て小屋だから雨に濡らしてだめにしました。

三鬼の死ぬ二十日ほど前、葉山に見舞ったとき、お世話になった人に色紙を書くんだといって三谷昭さんに背中を支えられて、二枚書き、鬼房と鈴木が来たんだと言い、句集に署名してくれるわけです。三鬼のものはそれだけです。

三鬼のことっていろいろありますけれど、何といっても先生ですから、あまり……。

いま三鬼賞を出していますが、あの選者は六林男、三橋敏雄、私の三人です。三鬼の中には三橋的なものもあるし、六林男的なもの、鬼房的なものもあるでしょう。鈴木は理性がありますね。私はだめなんです。最初は怖がって動かないけれど突っ走ったら誰にも止められない。飯田龍太がはっきり言ってましたね、三橋はいわゆる海洋型で融通がきくと。

鬼房は「鬼の貫之」の鬼貫につながる

私は字が下手なものですから、色紙短冊を頼まれてもろくに書けないわけですよ。それで胆嚢を手術した四十二、三歳のころ、書店に書道の名作選集があって、中国の板碑なんかを榊莫山がカッコよく臨書してたんですが、そんなので勉強しました。その選集に添削してくれるという付録がついて

鬼房の句と書

あったので、ついでだからと思って出したら、けっこう返ってくるんです。金もとらないしね。そんなことをやっているうちに、山径社ができて、通信の会員を募っているから入りませんかって連絡が来たんです。莫山本人からじゃなくて、そこのトップの人から。それで入ったが、泥沼と同じ、麻薬と同じです。夢中になった（笑）。送るのは月に一回だが、練習をしていると半紙一締二千枚が瞬く間になくなってしまうんだから、金もかかる。あんなのに熱中していた時代があったの、不思議な気がします。

　でも莫山は東京とあまり関係ないんです。赤尾兜子が大阪で毎日新聞の学芸部長をやっていたから、莫山と格別親しくて。あの人は教わったというよりも見てもらった程度なんでしょう。もともと兜子は筋のいい男だからね。京大の経済を出て、また外語大学に入り直すというなかなかの努力家ではあるんだ。あれは高柳と親しかったな。

　それから「六人の会」を作る話ですが、昭和四十六年。赤尾、林田紀音夫、私、三橋、高柳、六林男。分けてみると、厳密ではないけれど草城系が高柳、林田、兜子。草城系というよりは富沢赤黄男系だね。私と鈴木、三橋は三鬼ですね。「六人の会」も高柳の発案なんです。高柳はぼく一人になってもやると言っていたくらいだが死んでしまうし、赤尾も死んでしまう。あと四人で一回ぐらいやったけれど、自然消滅します。

　賞を出したんですが、あたりを逆なでするようなことがあってはいけない、「六人の会」は作品募集だけに限定しようということで、それも色紙をあげるだけだから簡単です。でも、六人の色紙をもらった人はたいへんだ。受賞者は名の通った連中がかなりありますよ。飯名陽子さんは大喜びだった。桑原三郎もそう。あれも一つのいい仕事だと思うけれど、「六人の会」で推薦しただけだから、あとあとまで面倒を見られないからね。

　いいかげんに話しくたびれてきたけれど、俳号のことも言っておきましょうか。鬼山房ってちょっと名乗ったことがあるんです。なぜ、その名前をやめたかというと、『迷路』を書いた野上弥生子は鬼女山房というんです。あれがあったので私はやめちゃったんだ。あの人のこともわりと好きだったから。

左より鬼房、三鬼夫人の堀田きく枝、三鬼次男の斎藤直樹
（昭和53年1月31日・泉大津にて）

　詩を書いていたときの名前は巍太郎です。俳号だって砂子巍太郎になったり、いろいろあったんですけれど、巍太郎から鬼房になるのは波郷編集の「現代俳句」の五月号に私の「虜愁記」（第一句集『名もなき日夜』収載）が載ったときです。あれが発表になってから変わるわけです。だから、「雷光」のときは鬼房です。

　鬼房はあくまでも上島鬼貫の鬼です。あれは風変わりな人物ですね。平泉の衣川に泉三郎忠衡という三男坊がいるんです。芭蕉が勇義忠孝の士だと言ったね。泉という名を持っているが、大阪の和泉に縁があるわけではない。彼が義経をかばったということで兄貴に殺される。彼には経治七歳と経衡四歳の二子が居て、それを乳母が伊丹にかくまって育てる。なんとまあ、鬼貫自伝で、自分はその経治の末裔だと書いている。

　それだったら佐藤鬼房だって、うちのおふくろは衣川の隣の出身だから縁があるわいと思ってね。それで鬼房となったんだけれど、あえてキボウと言わないことね。だいたいキボウといえば鬼城であり三鬼であり、直接つながっちゃっていいんですけどね。

だけど、あえて鬼貫につながったというのは、あの人は芭蕉より七年くらい前の貞享二年、二十五歳のときに「誠のほかに俳諧なし」ということを言って開眼しているでしょう。しかも、鬼貫という名前は鬼の貫之から出ているんです。「われは鬼の貫之だ」と言っている。鬼房の房は宗房という芭蕉の幼名だしね。まあ、勝手なことをこじつけた。

よく私のことをキボウと言う人がいるけれど、正式にはキボウと言ってもらいたくないんです。でも懐かしいんですよ、幼名だから。田舎の年寄りはキー坊、キー坊って呼ぶわけ。子供たちはキッコちゃん、キッコちゃんって言っていたな。キッコかキー坊なんだ。だから、オニではだめなんだよね。でも、いざ俳句となるとちょっと。

鬼貫が「鬼の貫之」を言い出すなんて、あれも変わってるね。何人扶持かの侍ではあったのに町人になるでしょう。でも、何とかして侍になりたい。どこだかの御側用人のところに行って、使ってくれって、刀を置いて腹を切るまねをやるわけだ。

私がいちばん感銘しているのは、生涯、俳席を設けなかったってこと。だから六十までがんばっていたわけね。この精神的な支えってだいぶあります。点料（謝礼）はとらないんです。友達づき合いはやったけれど弟子を作らなかったってこと。そういうことに惚れちゃってね。多少はつながりがあるだろうと思って。

近世の俳人では、芭蕉は別として丈草と鬼貫が好きですね。でも、鬼貫の俳句がうまいとは思わないけれど。庶民的な俳句を作ってました。丈草という人は病弱ですがね、生い立ちにも魅かれるんです。寂しそうな人だけれど、夢のような句を作っているでしょう。〈大はらや蝶のでゝ舞ふ朧月〉なんて、あれは現代俳句です。鬼房俳句ですよ（笑）。私の〈あてもなく雪形の蝶探しに行く〉に発想が似てます。中世的だ。

「小熊座」創刊は年貢の納め時のつもりだったが……

昭和六十年で定年になってから「小熊座」をやります。やるつもりは全然なかったんです。ただ、言われてしまうと年貢の納め時だと思ってね（笑）。私の悪い癖なんだが、主宰者というのは指導者であって作家ではないという思いが昔っからあったんだ。だから、私も年貢の納め時で、これからは作家としてじゃなくて指導者としてやっていこうと思った。

でも、結社を持って指導者になっても、みんなそれなりに勉強しているから、やっぱり立派なもんですね。もっともそうでないのもいるかもしれないけれど（笑）。弟子たちに教えるけれど、自分も弟子から教わっているんだよ。私はそういうことはありませんので、あきらめて、ああ、年貢の納め時だというわけで、まあ、言われるままに始めました。

調子いいんですよ、家に来たのも。「先生、これだけ出しますから、あとは何とかなるでしょう」なんていうので「小熊座」を出したら、その男の会社がつぶれちゃっていなくなってしまった（笑）。

「天狼」30周年のあと、大阪にて。左より鈴木六林男、三橋敏雄、高屋窓秋、赤尾兜子、鬼房、林田紀音夫（昭和53年1月）

「小熊座」にはあっちこっちから参加しているけれど、何だろうね。「鷹」からも来ているし、角川さんの息のかかった石巻あたりからも来ています。関西からも多くなりました。思いがけなく「雲母」系から、つまはじきされたのが来ますしね。

「惟然覚書」を書いた沢木美子さんはいい仕事をしました。関市の職員なんですけれど、よく書いたと思う。あれで根を詰めたから肺炎を起こした。やっとこのごろ治ったようです。今度、句集を出すというから、「雲母」系を追い出されたと思わないで、「雲母」の人たちとも親しくして勉強していかなきゃだめだってことを序文に書いたんです。

私はそういうつらい思いをいっぱい背負い込んで来ましたから、ことごとに和の精神を大事にするというか、文学としてこれだと思うのは譲らないけれど、人と人とのつき合いというのは大事にしなきゃいけない。むしろ師弟関係というより永遠のライバルというんですか。そこからいうと誓子なんて弟子を食い殺したとか、あれも一つの行き方だよね。「万骨枯る」か（笑）。

「小熊座」を出してから十五年、諦めて、教える立場になって教師みたいにやろうかなと思ったが、結社をやればやったなりに、教えている間にこっちが逆に教わるようなことが多くて、あれからだいぶ句集を出しています。

六十六歳で「小熊座」を創刊して、七十一歳で河北文化賞、『半跏坐』で詩歌文学館賞をもらってますし、七十四歳には『瀬頭』で蛇笏賞をもらってますから、考えてみると少しはいい仕事をやっててんだよね（笑）。雑誌を持ったことで弟子から励まされることが多いんじゃないでしょうかね。結果的にはよかったんじゃないかと思います。

おわりに

「私なんか話すこともなくて……」「話し方が上手じゃないからねえ」とおっしゃりつつ、その場に居合わせたすべての人間の心をギュッとつかんでしまわれる。

自選五十句の朗読も鬼房先生ご自身の声で聴くと、作品の存在感が際立ってくる。朗読がまことに演劇的なのだ。映像とあわせて、収録ビデオテープは貴重なものになる。

鬼房先生の書には独特の魅力がある。いつであったか、「昔、榊莫山の通信指導を受けていた時期があってね」とおっしゃった。今回、その莫山門としての作品がカードになったものを、お嬢さんが私にも一組下さった。改めてその墨の美学に感銘を受けた。

縁あって、私も莫山先生には親しくしていただき、お目にかかる機会も多い。近く伊賀上野のお宅に伺うので、俳人佐藤鬼房の書について、じっくりとお話を聞かせていただこうと考えている。つくづく大正八年組は強靱（きょうじん）だと感じ入る。

黒田杏子

（インタビュー＝平成11年10月23日）

佐藤鬼房自選五十句

毛皮はぐ日中桜満開に　『名もなき日夜』（昭26刊）

切株があり愚直の斧があり　〃

胸ふかく鶴は栖めりきKao Kaoと　〃

青年へ愛なき冬木日曇る　『夜の崖』（昭30刊）

縄とびの寒暮いたみし馬車通る　〃

鶺鴒の一瞬われに岩のこる　〃

怒りの詩沼は氷りて厚さ増す　〃

冬山が抱く没日よ魚売る母　〃

齢来て娶るや寒き夜の崖　〃

馬の目に雪ふり湾をひたぬらす　『海溝』（昭51刊）

女児の手に海の小石も睡りたる　〃

悪霊のごと花びらは掬ふべし　〃

月光とあり死ぬならばシベリヤで　『地楡』（昭51刊）

赤光の星になりたい穀潰し　〃

陰に生(な)る麦尊けれ青山河　『〃』

ひばり野に父なる額うちわられ　『〃』

鳥食(とりばみ)のわが呼吸音油照り　『鳥食』（昭52刊）

跳ぶ幼女水かげろふの向岸　『〃』

生きてまぐはふきさらぎの望の月　『朝の日』（昭55刊）

艮(うしとら)に怺へこらへて雷雨の木　『〃』

もし泣くとすれば火男(ひょっとこ)頬かむり　『潮海』（昭58刊）

なぜポオの詩なのか朝の蛍籠　『〃』

新月や蛸壺に目が生える頃　『何處へ』（昭59刊）

綾取の橋が崩れる雪催　『〃』

蟹と老人詩は毒をもて創るべし　『〃』

雪兎雪被(き)て見えずなりにけり　『半跏坐』（平1刊）

松島の雨月や会ふも別るるも　『〃』

山住の怖きは冬の真昼時　『〃』

壮麗の残党であれ遠山火　『〃』

半跏坐の内なる吾や五月(さつき)闇　『〃』

蝦蟇(がま)よわれ混沌として存へん　『〃』

寒暮光瀬頭の渦衰へず　『瀬頭』（平4刊）

みちのくは底知れぬ国大熊(おやぢ)生く　『〃』
みちのくのここは日溜り雪溜り　『〃』
やませ来るいたちのやうにしなやかに　『〃』
除夜の湯に有り難くなりそこねたる　『〃』
残る虫暗闇を食ひちぎりゐる　『〃』
羽化のわれならずや虹を消しゐるは　『霜の聲』(平7刊)
縄文の漁(すなどり)が見ゆ藻屑の火　『〃』
老衰で死ぬ刺青の牡丹かな　『〃』
秘仏とは女体(にょたい)なるべし稲の花　『〃』

海嶺(かいりょう)はわが栖なり霜の聲　『〃』
帰りなん春曙の胎内へ　『枯峠』(平10刊)
時絶つて白根葵に口づける　『〃』
松の蜜舐め光体の少年なり　『〃』
鳥寄せの口笛かすか枯峠　『〃』
あてもなく雪形の蝶探しに行く　『〃』
北冥ニ魚有リ盲(メシ)ヒ死齢越ユ　『〃』
恋に死ぬことが出来るか枯柏　『〃』
観念の死を見届けよ青氷湖　『〃』

佐藤鬼房略年譜

大正8（一九一九） 三月二十日、岩手県釜石に生まれる。父善太郎、母トキエの長男（戸籍記載は父の生地岩手県岩泉町向町）。

大正10（一九二一）2 宮城県塩竈に移住。

大正14（一九二五）6 二月十一日、父急性脳炎で病死。享年二十九。四月、塩竈町尋常小学校に入学。弟勇（四男）生まれる。

昭和8（一九三三）14 塩竈町高等小学校卒業。塩竈町製氷共同組合に就職。町立商業補習学校（夜間二年制）に入学。

昭和10（一九三五）16 三月、商業補習学校卒業。この年「句と評論」を知り、昭和十三年終刊まで投句。

昭和11（一九三六）17 月斗系長谷川天更の「東南風（いなさ）」を知り、四号より同人となる。

昭和12（一九三七）18 夏、上京し下谷に住む。

昭和13（一九三八）19 一月、小石川植物園前に間借り、日本電気本社の臨時工として通勤。三月、三田四国町、七月に神田へ転居。九月、失意帰郷。

昭和14（一九三九）20 大谷忠一郎（朔太郎門）らの「詩人界」新人賞受賞。この頃、盛合聡（盛岡）、山田野理夫（仙台）と交遊。七月、徴兵検査、第一乙種。月斗系保原犀州句会に出席。

昭和15（一九四〇）21 一月、現役編入、朝鮮咸鏡北道鏡城の輜重兵第十八聯隊自動車中隊に入営。一期検閲後、中国の南京・漢口等を転々。第二次大戦突入

〜〜〜

〜〜〜 後は、台湾を経てジャワ島にて主に兵站業務に従事。

昭和19（一九四四）25 この間「詩と詩人」「琥珀」同人。

昭和21（一九四六）27 捕虜生活を経て五月、スンバワ島より名古屋に上陸し復員。静岡・仙台国立病院を経て帰家。「青天」に参加。十一月、早坂ふじゑと結婚。

昭和22（一九四七）28 「新俳句人連盟」に加入（分裂後も在籍）。「東北俳壇」に参加。

昭和23（一九四八）29 「雷光」創刊同人。

昭和26（一九五一）32 六月、句集『名もなき日夜』（梟の会）刊。

昭和29（一九五四）35 第三回現代俳句協会賞受賞。

昭和30（一九五五）36 一月、「天狼」同人となる。

昭和37（一九六二）43 西東三鬼死去。宿痾の胆嚢（たんのう）切除。「頂点」に参加。

昭和60（一九八五）66 五月、「小熊座」創刊主宰。

昭和61（一九八六）67 胃・膵臓（すいぞう）・脾臓手術。

平成2（一九九〇）71 第三十九回河北文化賞受賞。『半跏坐』（紅書房）で第五回詩歌文学館賞受賞。

平成4（一九九二）73 地域文化功労者として文部大臣表彰を受く。

平成5（一九九三）74 『瀬頭』（紅書房）で第二十七回蛇笏賞受賞。

平成10（一九九八）79 句集『枯峠』（紅書房）刊。

平成13（二〇〇一）82 『佐藤鬼房全句集』（邑書林）、句集『愛痛きまで』（邑書林）刊。

平成14（二〇〇二）82 一月十九日、死去。

第11章

中村苑子(なかむらそのこ)

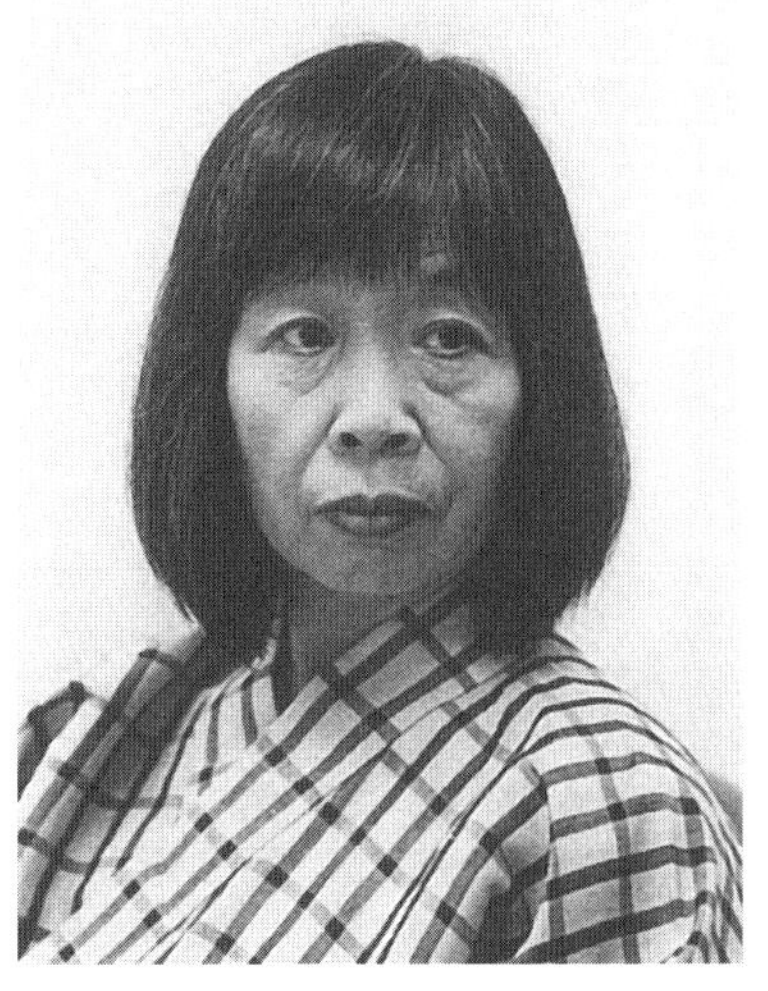

はじめに

ずい分昔のこと、中村苑子先生に私は手紙を書いた。『水妖詞館』をお頒け下さいと。ほどなく見事な筆蹟の封書が届いた。「手許に一冊もなくなってしまいました。何卒お許し下さい」。

以来、私は中村苑子という俳人の動向に注目して過ごしてきた。先生から著作の恵送のみならず、身に余る励ましの言葉に満ちたお手紙もたびたびいただいてきた。めったにお目にかかることはなかったが、まるごとの自分があるがままに理解いただける方と思えて、一方的にファンを以って任じていた。ある日突然「花隠れ」の意志決定を告げられ、そのセレモニーの実行担当者となるべく求められた。ささやかな私の人生の中で、もっとも光栄ある役割を与えられた体験と感謝している。

高柳重信という人はすばらしい女性に遭遇したものだと思う。重信・苑子の出会いがなければ、俳壇の風景は殺風景なものだったろう。私の場合、中村苑子という人を介して、高柳重信という人を知り学んできたのだと改めて思う。

黒田杏子

小説家を志し、家出をする

早くに父が亡くなりましたが、私は三人姉妹の次女なので家を継ぐこともないから、自分の好きなことをやりたいと思いましてね。もともと文学少女で、女学生時代に「令女界」「若草」などに投稿してまして、何度か当選したものですから、小説家になりたいという気持ちがだんだん強くなっていました。

女学校を卒業しましてから、母にそれを言いましたら、とんでもないと言うんです。母は父が亡くなりましてから伊豆の実家で女塾を開いて近辺の子女たちを養成していましたが、私をその後継者にと思ったらしいんです。ですから、このまま家にいたらこの田舎で一生を終わらなければならない、これはたいへんだと思いまして家出をしました。

そして東京へ出てきたんです。でも、下宿を見つけるのがたいへんでした。当てもなく神楽坂の小路を入っていきましたら、ある素人下宿に「女の人に限ります」という貼り紙がしてあって、入りましたら感じのいいおばさんが出てきて、家出をしてきたとは言えないものですから、「受験勉強に来たんですけれど貸していただけますか」と聞いてみたら、あっけないほど簡単に承諾されて、そこのお二階を借りることになったんです。そして小説の勉強を始めたわけです。

どこへ出す当てもない小説を毎日書いていたのですが、ある日、読売新聞の日曜版で短篇小説を募集していたので応募してみたんです。そうしましたら、思いがけなく一等に当選した。そして十円送ってきました。家出してきましたから手元も十分でなかったのでうれしかった。そのころの十円というのは、言ってみれば箱根の富士屋ホテルあたりに一泊して、まだ余るくらいのお金だったわけ。それでもう有頂天になって、小説家の登竜門をくぐったような気持ちになったんです。

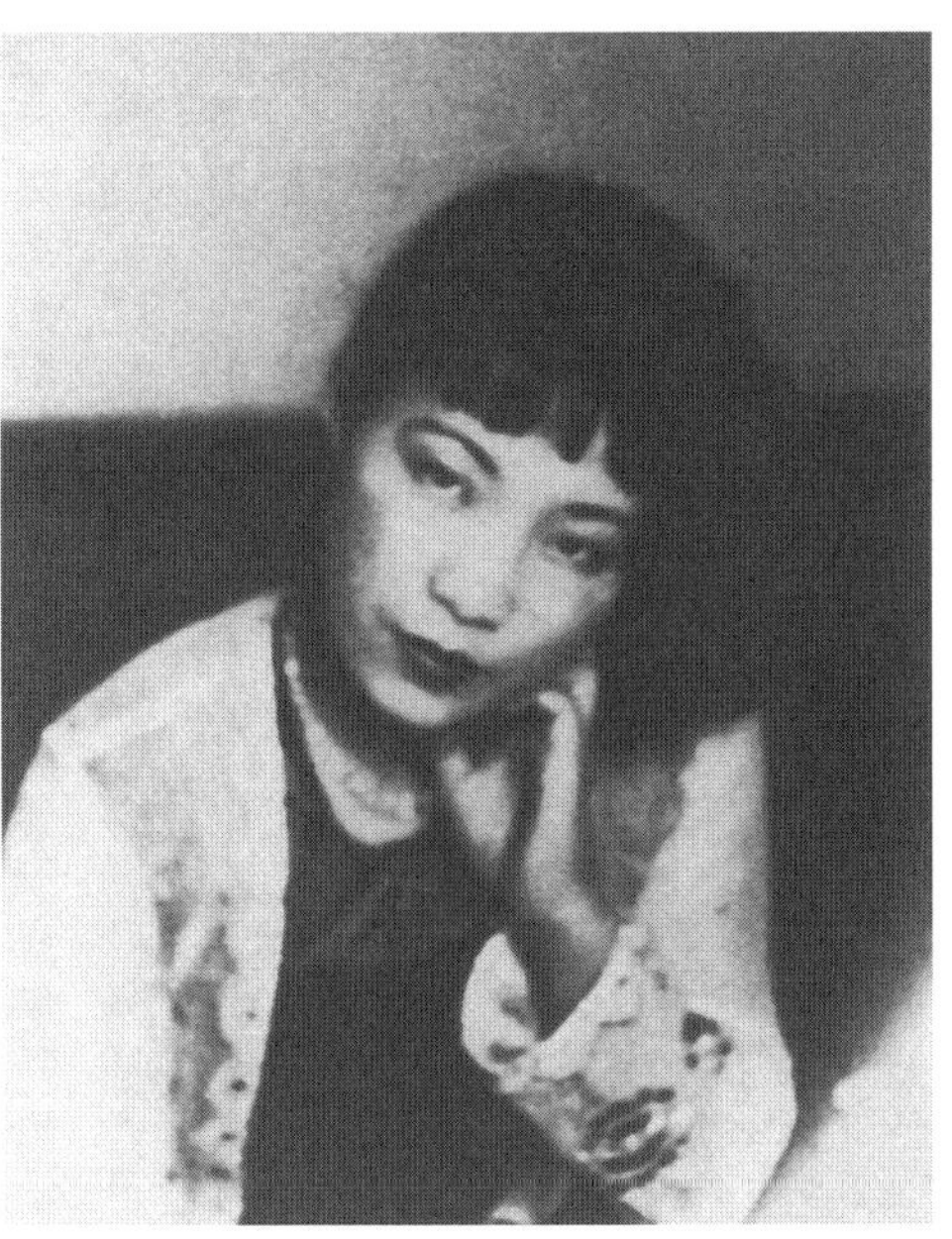

18歳の頃（昭和6年8月）

そうしましたら、匿名で応募したんですけれど、どういうわけかうちにわかってしまいました。ある日、外から帰ってきてガラッと玄関の格子をあけましたら、そこの土間に叔父(おじ)が立っている。父が亡くなってから、父の弟が後見人みたいになっていたんです。びっくり仰天して、逃げ出そうと思ったんですけれども、その叔父というのが非常に私をかわいがってくれてまして、私のすべてを承知しているような叔父だったんです。言ってみれば小さい富士山くらいの威容があったわけですよ。それであきらめて、家へ連れ戻されたわけ。

どうして家出したんだと叔父が聞くものですから、小説家になりたいが、それには国文学を勉強しなくてはいけないので女子大に入りたい、だけど母に反対されたと言いましたら、任せろというわけ。それで叔父が母を説得してくれまして日本女子大に入れたわけです。

でも、女学校を卒業してからちょっと間があったものですから、みなさんの勉強に追いつかない。それで猛勉強を始めました。全寮制だったので寄宿舎に入っていましたが、夜は時間が来たら消灯されますから、廊下の暗い電球の下で「文章読本」などを読んで小説の勉強をしていたわけです。

そのうちに体の変調に気づきました。熱っぽくて何をするにもだるくて横になりたくて、寝汗をかいて夜中に私がなんべんも起きては汗を拭(ふ)いているものですから、寮生たちが心配して医務室へ連れて行ってくれたんです。診察を受けましたら肺浸潤だという。伝染病ですからたちまち舎監に叔父が呼ばれて、治るまでしばらく休学ということになったのですが、事実上の退学ですよね。それですっかり挫折しちゃいました。もう生きている甲斐がないと思った。

志賀高原のサナトリウムに入れられて、そこで療養しました。そのあと清瀬の東京療養所へ移りました。そのうち少しよくなったものですから、自宅療養ということで東京の姉の嫁ぎ先に移り、やっと自由になったものですから早速小説の同人誌に参加しました。

そのなかでは「創作紀元」がいちばんしっかりした同人誌で、メンバーとして大江満雄、山之口貘とか、少し名前の出ている人もいたのですが、それがだんだん立ち行かなくなり、しまいに私が費用を出して続けていたわけです。私がいちばん年少だったものですから、みなさんにかわいがっていただきました。

その同人のなかに文藝春秋に勤めていた人がいたので、文藝春秋の社員の方たちとも親しくなったんです。そのころ、文藝春秋社には俳句クラブがありまして、そこで佐佐木茂索さんという、編集者でしたが俳句もなさっていた方とか、桔梗 千苑子さんと知り合い、中山義秀、横光利一さんたちとも親しくなったわけです。

ある日、外から帰ってきましたら、お客様が来ていて、私を一と目見て帰られた。それが結婚した中村孝のお兄さんだったんです。

中村孝は中日新聞の記者でした。外務省詰めだったものですから、いつも家にいません。私は病気は完全に治っていなかったので、結婚してからも子供ができてからも療養中で、みんなに大事にされたんです。家のことはお姑さんや姪がやってくれるのをいいことに、私は家事は一切やらずに同人雑誌に夢中になっていました。

ある日、神田の三省堂で「俳苑叢刊」というシリーズ本を見たんです、東（三橋）鷹女の第一句集の『向日葵』でしたけれど、その内容を見て驚いた。それまで俳句というのは学校で習っただけで、芭蕉や蕪村、一茶ぐらいは知っていましたけれど、いわゆる現代俳句などは知らなかったわけですから、これが俳句か、俳句でこんなことが言えるのかと本当にショックを受けました。

でも、それが普通とはかけはなれた俳句で、たとえば〈ひるがほに電流かよひゐはせぬか〉とかですから、当時、少しこの感覚は病的じゃないかと思い、俳句をやろうなどはそのときは思わなかった。小説家になりたい希望が先でしたからね。

戦死した夫の遺品から出てきた句帳

戦争も末期の昭和十九年に主人が報道班員としてフィリピンに派遣されましたが、報道班員ですから命に危険があるとは夢にも思わず、帰ってくるものだとばかり思っていましたら、ある日、戦死の報が入った。新聞社ですから戦死したときの状況が詳しく知らされてきたわけです。それを読みまして、胸のつぶれる思いでした。そして、いままで自分が同人誌などをやっていい気になっていたというのがいっぺんに吹き飛んでしまって、現実に引き戻されたというか、母親として妻として、なんて自分はいたらなかったんだろうと思い知ったんです。

ある日、小説家の石坂洋次郎（いしざかようじろう）さんから「ご主人の遺品を預かっているから取りに来てくれ」と連絡があったんです。それで下北沢のお宅に伺いました。遺品は全部軍艦に積まれましたから爆撃されて届かなかったんですが、石坂洋次郎さんが句帳と従軍日誌を持って来てくださってたんです。

その句帳を見て初めて、主人が村山古郷（むらやまこきょう）さんの「東炎」に所属していたことがわかった。それまで主人が俳句をしていたなんてことは全く知らなかったんです。とにかく自分のことばっかり考えていたんですね、私って。従軍日誌にも胸を打たれました。句帳の中に句稿がはさまれていたんです。投句しようと思ったんでしょうね。

それで村山古郷さんのところに、「お世話になりました。主人は戦死しました」ってお知らせして、その句稿をお送りしたんです。そうしましたら村山さんからていねいなご返事をいただき、「ご主人の意志を継いで俳句をおやりになりませんか」というお誘いと同時に、古郷さんの妹さんの遺句集『桃花帖』が同封されていました。でも、まだ戦時中でしたし、俳句をやる決心はつかなかったんです。

でも、俳句にちょっと興味は持ちました。主人が戦死したということを何とか俳句で表現したいと思ったんでしょうか。五句ばかり書いて、「鶴」という石田波郷（いしだはきょう）さんの雑誌に、石橋秀野（いしばしひでの）さんの選句欄があり、そこへ投句してみましたら思いがけなく入りまして、それから三回出しましたら三回とも入選したんです。

私はそのころ代々木上原に住んでおりましたが、その上原に鬼頭文子（きとうふみこ）さん、あとでは小池（こいけ）文子さんですが、お住みになってらした。その方から、うちで「鶴」の句会をやっておりますので、おいでになりませんかというお誘いをいただいたのです。

そのころ、なぜ鬼頭さんの私宅で「鶴」の句会をやっていたかと言いますと、当時は言論統制が非常に厳しくて、五、六人の集会でも届けなければいけなかったんです。そうしないと特高が来て阻害されるの。でも、私は主人の戦死したこ

戦死した夫中村孝、子供と自宅の庭で（昭和９年７月）

とを俳句に書いただけですから、お誘いが来てびっくり仰天しまして、それっきり「鶴」への投句をやめちゃったんです。

やがて終戦になると、外地からいろいろな方が引き揚げてらした。もちろん戦争未亡人もいっぱいいました。そのころ、新宿の武蔵野館という映画館のあとの焼け跡に小高い瓦礫の山ができて、みなさん、そこに上がっては演説してらしたけれど、ある日、そこを通りかかりましたら、引揚者の方が自分たちの窮状を縷々、訴えているの。当時、なぜか引揚者の方には政府から補助金も出ましたし、わりに面倒を見ました。けれど戦争未亡人は、政府がＧＨＱ（連合国最高司令官総司令部）に遠慮してましたから放っておかれたわけですよ。

引揚者の演説を聞いているうちに私は腹立たしくなって、その方の演説が終わると同時に、瓦礫の演壇に駆け上がってしまった。私は元来人前でものをしゃべるなんてことは嫌いだったのですけど、そのときは「こんなバカな戦争をして、親を亡くし、子供を亡くした私たち戦争未亡人を日本人として政府は放っておけるのか」って一所懸命しゃべったんです。そしてフッと前を見ましたら、前にいらした方が拍手をしていらっしゃる。それが目に入ったとたんに我に返って恥ずかしくなり、演壇を降りて物陰に来て冷や汗を拭いていたんです。

ややあって振り向いたら、女の人が四人くらい立っていて私にお辞儀をするの。やや年かさの人から、子供を連れた人、少女くらいの人もいました。そして「いまのお話を聞いていて、あなたは私たちの力になってくださる方だと思ったので、来ました」と言う。でも、その方たちは引揚者で戦争未亡人じゃないんですよ。引き揚げてきたけれど、だれも助けてくれないので、お寺に泊まったりしていたそうです。

四人のなかでいちばん年下の少女のような人は、夏なのに首に包帯をグルグル巻いているんですどうしたのかと聞いたら、満州（現在の中国東北部）から引き揚げてきたけれど、匪賊に追いかけられて、みんな自刃した。両親も死んでしまった。自分も喉を突こうとしたんだけれど突ききれなかったと言う。見たら、ためらい傷といいますか首は傷だらけなんです。

私は途方に暮れてしまいましたが、あんな演説をしちゃった以上、逃げることはできませんし、それにこの方たちも同じ戦争被害者なのだから、面倒を見るのが私の責任のような感じがしたわけです。

それで、行くところがないと言うものですから、その四人を連れて来て、うちで面倒を見てあげたりしたんです。物資のないときでしょう。うちもそんなに余裕があるわけじゃなかったんですけど。でも、その方たちはまことに気持ちのいい方で、家の掃除をしたり、少ない材料を何とか工面して食事の支度をしてくれたり、私の子供の面倒も見てくれたりしたものですから、一所懸命に職探しをして、どうやらみんな納めたんです。

終戦直後はいろいろなことがありました。こっちは戦争未亡人ですから、GIとパンパンが腕を組んで歩いているのを見るなんて耐えられない。おまけにその後をチョコレート欲しさに日本の子供たちがいっぱいついて歩いているわけですよ。あの様相って、忘れられませんね。戦争体験者にとっては屈辱の経験です。戦争はいかに理不尽なものかってこと。

話せば長くなりますから略しますが、そんなこともありまして、それまでは自閉症みたいに人嫌いだった私が、敗戦を境に性格が一変したような感じでした。ものごとに少し積極的になって強くなったわけです。

「文学をやるなら短いものを」と林芙美子の言葉

当時、俳句雑誌は本屋さんで売ってまして、「鶴」と一緒に「馬酔木」も本屋さんで立ち読みをしていましたから、ある時「馬酔木」に投句してみたんです。そうしましたら水原秋桜子選に一句だけ入った。それでちょっとおもしろくなって、日野草城の「青玄」という雑誌にも投句してみたの。でも、またお誘いをいただいたら困っちゃうから、三樹美子という偽名を使いました。昭和二十二年のことです。そうしましたら草城審査の「微風集」というのに三句載ったわけです。それで俳句を書こうかなって思いました。主人に戦死されて、小説家を志していたのがちょっと後ろめたくなっていたんです。そして、衣鉢を継ぐという意志は全然なかったんですけれど、俳句をやってみようかなとふっと思ったわけなの。

そのきっかけというのが、同人誌をやっていますときに、林芙美子を知っているから紹介してあげる、という文学青年が仲間にいたわけです。林芙美子は当時、『放浪記』を出しまして、名前が出はじめたときです。私は、あまり林芙美子は好きではなかったんですが、連れて行っていただいた。新宿の外れの下落合というところでしたかしら。行きましたら、夏のことだったんですけれど、林芙美子はなぜか海水着を着て出てらした。海水着といっても、いまのセパレーツのようなあれじゃなくて、袖も半分くらいあるものでしたが、ちょっと異様に思った覚えがあります。

その文学青年が「この人は小説家になりたいんだそうです」って紹介してくれたら、林芙美子は私をつくづくと眺めて「小説家になるには体力が要ります。あなたは見たところ蒲柳の質だから小説はちょっと無理だ。どうしても文学をやりたいならば短いものにしたらどうですか」とおっしゃった。短いものって何だろうなって考えたんですけどね。

その時はそれで終わったんですが、あとになって考えてみますと、短いものって俳句だと、どこか頭の隅にあったのかもしれませんね。それで小説を書くのが後ろめたくなったときに、俳句に行ったんじゃないかと思うんですよ。

そんなこともありまして、どこか俳句の結社に入ろうと思いました。昭和二十四年ごろかしら、西神田クラブで「馬酔木」の句会がありましたので行ってみましたら、七十人ぐらい集まっていらっしゃる。そのときに私の句を篠田悌二郎さんと中村金鈴さん、秋桜子先生と三人の方が採ってくださった。

最後に秋桜子先生がみなさんの句稿をもって批評をなさるわけです。そうしたら厠を詠んだ句が出てきたんですが、秋桜子先生は「どんなによくできていても私は厠の句は採らないよ」とおっしゃった。

ですがそのころ私は本屋さんで「春燈」を見ていて会員の瀬川鮎女さんという方、いまでもお名前を覚えているんですが、いい俳句を書く方でした。その方の〈泣きに行く秋草さしてある厠〉という句に感心していた、ちょうどそのときだったんです。

こんなにきれいな、厠の句があるのに、なぜ秋桜子先生は厠の句は採らないとおっしゃるのかしら。水原秋桜子って方は美しい句を書かれるじゃないですか。「きれい寂び」と言われるほど。そういう方の美学なんだから、お気持ちはわかるんですけれど、私は「馬酔木」には入れないなんて、生意気にも思ったわけです。そして「馬酔木」への投句もやめました。

それで「春燈」に入ってみようかなって思いました。久保田万太郎先生が文学者ということもあってここがいいと思ったこともあるし、「春燈」という雑誌がそのころ、安住敦さんの編集でしたけれど、実にきれいな雑誌でして、ほかの俳句雑誌とはひと味違ってあか抜けていましたの。

それでまず入るよりもちょっとのぞいてみようという気持ちから、銀座裏に長谷川春草さんの奥さんの湖代さんがやってらした小料理屋「はせ川」がありまして、そこは前に文藝春秋の方たちに連れて行っていただいた覚えがあるものですから、そこの二階で「春燈」の婦人句会をやっていることがわかったので、誰の紹介もなしに、ある日、一人で出掛けて行ったんです。

　婦人句会だから女流ばかりかと思いましたら、安住敦、大場白水郎、小寺健吉、岡田八千代、鈴木真砂女、稲垣きくのさんという方たちがずらーっと並んでいらっしゃる。

　床の間には半紙に書かれた席題が貼り出されていました。「新涼」「曼珠沙華」、そこまではいいんですが、その次に「月一切」と書いてある。私は俳句の勉強をしたことがないものですから、ほかのはわかっても「月一切」がわからない。一切って何のことだろう、聞くわけにもいかず、まあまあと思いまして、〈月一切灯さぬ船の漕ぎ上る〉なんていう句を出しました（笑）。

　そうしたら、「これねえ、ちょっと知らせてさしあげたらどうなの？」なんてささやきが聞こえる。どうも私のことらしいなと思ったんです。やがて句稿が回ってきましたら、岡田八千代さんがそれを「名月や」って添削して採ってくださって、それが私のところに廻って来たんです。恥ずかしいと同時に、ありがたくって、紹介もなしに来た者にこうしてくださったんだと、とても感激しました。この時の〈新涼や飛び石深き家を訪へり〉のほうはたくさん点をいただきました。あれは、二十四年秋でしたね、そして「春燈」に入れていただいたんです。

〝異色のりんご〟とよばれた「春燈」時代

「春燈」は久保田先生の関係で梨園の方たち、劇壇の方たちとか、花柳章太郎など、新派の俳句をなさる方々などもおおぜいいらっしゃるので、とても華やかな雰囲気の楽しいところでした。

　そうして二年ほどたった二十六年の秋のはじめごろ、『俳句研究』（当時は目黒書店系列から刊行）から二十句の原稿依頼が私の手元に届いたんです。まだ入ったばかりなのに安住先生が私を推薦してくださったんだと思いまして、その原稿依頼状を持って先生のところに伺ったんです。

　そうしたら安住先生は、顔色を変えるほどびっくりなさって、「ちょっと待て。しばらく家で待機しててくれ。あとで連絡するから」と言われたんです。何だかわからないけれどとにかく家で待っていましたら、その間に安住先生は『俳句研究』の編集長である石川桂郎さんのところに聞きにいらしたらしいんです。私は桂郎さんなんて何も知りませんでね。ほどなく先生から、「二十句、送りなさい。ただ、郵便でなくて直接持って行きなさい」と言われました。

　それで「薔薇を剪る」という題をつけた二十句を目黒書店の桂郎さんのところに届けました。日本橋のほうで、木造のギシギシ鳴るような階段を上がっていきましたら、たった

石川桂郎

一人、石川桂郎さんがいらして、私の句稿を引ったくるようにして取って、あの大きな目でじーっとお読みになっている。それを見て、芥川龍之介によく似ている人だなと思いました。やがて読み終えて顔を上げると、私のほうを見てニコッと笑ったんです。それで、ああ、これは及第したんだなと思いました。

昭和二十六年十二月号、忘れもしません、そのころ『俳句研究』のカットを書いてらしたのが高橋忠弥さんで、そのカットが見開き二ページの作品の下段を飾っていました。私と「馬酔木」の馬場移公子さんと二人だけでした。それを見ましたら、うれしかったんですけれど、プレッシャーというんですか、これはたいへんなことになったと思いました。「春燈」の人たちも驚いて、「俳句をやって二年もたたないうちに総合誌に二十句が載るなんて破格のことだよ」とかっておっしゃった。「春燈」の方たちって有名な方がずいぶんいらしたのですが、まことにみなさんいい方で、私はそれでいびられたりいじめられたりすることはなかったですね。みんな喜んでくださった。ただ、あだなをつけられました。〝異色のりんご〟というのよ（笑）。変わった子が入ってきたと思われたんでしょうね。

皆さんがかわいがってくださったものだから、女の方ばかり集めて、昭和二十七年に「紫苑」という「春燈」の機関誌を出しました。印刷屋さんに頼むとお金がかかりますでしょう。だから、自分で印刷しようと思い、いまのようにワープロなんてありませんでしたから、ガリ版、孔版ですが、それを習うために神保町の研究所に通いました。そしてエッチングなども覚えまして、色刷りの表紙を書き、新人の私が発行者ではおこがましいので、先輩の女性の名前にして、十号まで続けました。

ところで、『俳句研究』に二十句が出たためか、翌年に創刊された角川書店の『俳句』からも原稿依頼が来る、朝日新聞とか『新潮』とかからも作品ばかりでなく文章も頼まれるので、これは俳句の勉強をしないことにはたいへんだと思って、古典の勉強を始めたわけです。芭蕉以前から始めました。それこそ脇目もふらずに系統的に俳句史の勉強をしたわけです。

その結果、私は正統の作家たちよりも、いわゆる異色というか、傍系の作家の作品のほうがおもしろかった。言ってみればお座敷じゃない人の、濡れ縁のある離れかなんかの主みたいな感じの渡辺白泉、木下夕爾とか、長谷川素逝などという人の句が好きだったですね。だいたい私の性質が、表通りよりも裏通りの飾り窓をのぞいているほうが好きなたちでしたから、そうなったんだと思うんです（笑）。

飯田蛇笏、前田普羅、原石鼎とか、もちろん虚子もたくさんの本を買い込んで読みました。

話は前後しますけれど、花柳章太郎の「吹矢会」のことをお話ししましょう。これは真砂女さんの自叙伝にも出てきますけれど「吹矢会」というのは、主流の俳句雑誌の女流の方を集めて作った会で、「春燈」から真砂女、稲垣きくの、そして、私の三人が呼ばれたの。どうして花柳章太郎がそういう会を作ったのかというと、花柳章太郎は女形でしょう。素人の女の人の身のこなしを勉強したい。ウソかホントかわかりませんが、そんな評判がたっていました。章太郎は真砂女さんのお召物をデッサンしたりしていましたよ。

章太郎は絵を描きますから、そこで成績優秀な人には扇面や小さな屏風に絵を描いて、それを賞品になさるんです。それが欲しくって一所懸命通いましたね。いくつか私もいただきました。

その会のお世話をしていたのが高柳黄卯木という、あとで高柳重信のお父さんだとわかった人なんです。黄卯木という人は俳句がうまかった。大場白水郎さんの弟子でしたが、何か見るとたちどころに五、六句詠みまして、それがなかなか上手でした。

「春燈」は本当にいい空気でしたね。

文学座で万太郎が指導をしていらっしゃる舞台稽古を見て嘱目吟をするとか、そういう楽しい会ばかりで、俳句の勉強をするのにこんなに楽しくていいのかと思ったほどでした。

ですから、「春燈」を去るなんてことは全然考えていなかったんですけれど……。

万太郎の掌と、敦の教え

「春燈」の事実上の主宰者である安住先生は、久保田先生の陰でずいぶん苦労なさったと思います。上には気の疲れる久保田先生、下にはこんな風変わりな女弟子を抱えてたいへんだったと思いますよ（笑）。でも、ご自分の私的な悩み事も私にお話しくださったし、先生と弟子というよりも、もっと親しい感じでした。

万太郎が安住敦の〈啄木忌いくたび職を替へても貧〉を〈替へてもや〉に直したということは、安住先生は弟子の私たちに自分の経験したこととして身をもって教えてくださいました。感心しましたねえ。ほんとにいい先生でした。

久保田万太郎

久保田先生は年に一回の新年句会にしかお見えにならない。そこで批評しながら、「もっと皆さん切れ字を使いなさい。たとえばこの句、私ならこうします」って、具体的におっしゃる。文学者ですから言葉にはきびしかった。だから、年に一回ですけれど、ずいぶんいろいろなことを教えられ、勉強になりました。

久保田先生は私のことをはじめは男だと思ったらしく、上野の韻松亭の新年句会だったと思うんですが、「エンシ（苑子）はどこだ、エンシはどこに居る」って大きな声を出されたので、誰かが私を先生の前に連れて行ってくださったの。そこで初めてエンシが女だとおわかりになった（笑）。そして、分厚い、大きな手を出されて握手してくださった。あたたかい手で、そのときの感触、しばらく忘れませんでした。

「鎌倉文庫」でのこと

鎌倉文庫のことを少しお話ししておきましょう。

高見順夫人の秋子さんのお兄さまと私の主人が新聞社でご一緒だったものですから、高見順がお聞きになったのでしょう。昭和十九年に主人が戦死して呆然としていた私を、気がまぎれるであろうからと、鎌倉文庫会計係にご推挙くださったんです。

鎌倉文庫は久米正雄、川端康成、高見順、中山義秀の四人で設立された貸本屋さんです。なぜそういう事業をなさったかというと、戦争中で、みなさんが精神的にも肉体的にも飢餓状態で、心がすさみがちなので、こういう時こそ文学が必要なのだとおっしゃって、鎌倉在住の文士方に呼びかけて蔵書を出していただき、それで貸本屋を始められたのです。

それは豪華な貸本屋さんでした。まず「鎌倉文庫」っていう看板は久米正雄の自筆です。そして書棚に並んでいるのは、夏目家から出された『草枕』や『吾輩は猫である』の署名入りの初版本、永井荷風の『ふらんす物語』や『濹東綺譚』も初版本、そのほか、北原白秋の『邪宗門』『桐の花』。飾りケースのなかには竹久夢二の「宵待草」十八葉の絵や、与謝野晶子の短冊、芥川龍之介の自筆の生原稿などが、無造作に置かれている。

そういうものを貸し出されるんですが、貸本料は微々たるもので、月末に計算して、蔵書を提供してくださった先生方に還元すると、何ほどの収入ではありませんでした。私はその帳簿係をしていたんです。

鎌倉文庫の場所は鎌倉八幡宮に行く段葛の手前の道で、元おもちゃ屋さんのご主人が先生方の志に感動して貸してくださったわけね。五、六軒先で清水崑さんが、似顔絵の小店を出しておられて、私も描いていただきました。

私はそのころ藤沢にありました秋子夫人のお兄さまのおうちに疎開しておりましたから、江ノ電で鎌倉に通いました。

四人の先生方は空襲下を毎日交替で、鎌倉文庫に通われました。三月のある日、川端先生が「これ、持って帰れますか」とおっしゃって君子蘭の鉢をくださったの。びっくりしました。その日は私の誕生日でしたので。手文庫の立派な物をいただいたり、「白樺」や「新思潮」という昔の貴重な雑誌をくださったり、川端先生にはいちばんかわいがっていただいたのに、私、川端先生がいちばん怖かった。怖い、という感情、あれ不思議ですね。

富沢赤黄男も、私には色紙をくださるし、有名な女流の句集を惜しげもなくくださった。そんなに目をかけてくださったのに、やっぱり赤黄男も怖かった。

でも、みなさんが「怖い」という鷹女は全然怖くなかったし、西東三鬼さんとか秋元不死男さんも全然怖くない。だから、怖いというのは偉いからというんじゃなくて、何でしょうね、一種の畏敬かしら。

中山義秀に会ったのはそこが初めてじゃないんです。まだ中山義秀が名前が出ないころ、銀座裏にアパートを借りてらした。ちょうど『厚物咲』を書いていらっしゃるときで、原稿用紙がうずたかく積んであるんですけれど、一字も書いてなくて真っ白なの。そして、ちょっとつき合えって言って外へ出て、タクシーを呼んで私を乗せると、行き先も言わないで「どこでもいいから三十分ばかり走ってくれ」と運転手に言って、そのあいだ一言も口を利かなかった。よほど書けなくて苦心してらしたんだと思う。

そんな経験があるので、鎌倉文庫でお会いしたときが初めてじゃないんですけれど、紹介されたとき、私は初めてのごあいさつをした。向こうはすでに偉い方ですし、私も結婚して名前も変わっています。中山義秀のお当番のとき、私が事務をとっていますと、なんとなく私を見ている視線がよくわかるんです。やがてそばへいらして、「中村さんにはお姉さんか妹さんがいらっしゃいますか」と聞くので、「はい。両方おります」って（笑）。でもそれきり何もおっしゃらなかった。どこかで見たことがあるとお思いになったんでしょうね、きっと。

中山義秀はそのころ、真杉静枝さんとご一緒に極楽寺に住んでらしたんです。その真杉静枝さんがなぜか私をかわいがってくださって、「中山がね、あなたが私に似ていると言うの」、「あなたにはこのほうが似合うわ」とおっしゃって、私の髪を白いリボンで結んでくださったりした。

高見順先生のお当番のとき、先生は正面に座ってらして、私は横にいるんですが、いきなり上がり框を裸足で飛び降りられて外へ駆け出して行かれたんです。何事だと思いましたら、やがて本を一冊持って帰ってらした。「万引きですよ。さっきからどうもおかしいと思って見ていたんです」とおっしゃった。それを聞いて、私、やっぱり作家の目って怖いなって思った。何もかも見透していらっしゃる。

明日をも知れない空襲下のことですから、大切な帳簿やお金はお当番の先生が毎日お持ち帰りになられていましたが、久米先生のお当番のとき、私がお店を閉めて、裏口から表に廻って来ましたら、ステッキを奥さまの肩に当てていられる。びっくりして馳け寄った私の手から、帳簿の風呂敷包みをステッキに通すと「鈴ケ森ですよ」と笑って八幡宮のほうに歩いていらっしゃる（笑）。袴の裾をくくられて仙人のような久米先生と、小柄な奥さまが、駕籠ならぬ風呂敷包みを担いで八幡宮の赤い鳥居をくぐっていかれる姿は、さながら一幅の絵でした。そして久米先生は、小柄な奥さまのほうに包みがずれないように結び目を片手で押さえていられる。

戦時中のことですから、みなさん時間がおありになって、林房雄、中村光夫、吉屋信子さんなどみなさんお店にお寄りになり、奥のお部屋でお茶など召し上がるのですが、ある日、川端先生のお当番の時、奥の部屋で林房雄と中山義秀の二人でお酒盛りが始まったんです。そのうちにお酒が過ぎて議論が白熱し、大きな声がしてきまして、しまいにはドスンなんて音がするの。お客様が来ているお店のほうにも聞こえてくるんです。そうしましたら川端先生がいきなり立ち上がって、その部屋の境障子のところに仁王様みたいに立ちはだかって、「きょうはこれでしまいます」と言って、お客様を帰し、いつも裏口から帰る私に、「表からお帰りなさい」とおっしゃった。

明くる日、さぞかし部屋は狼藉になっているだろうと思い、早く出て来ましたら、きれいに片付いているんです。きっと川端先生だな、と思いました。それというのも私が途中で空襲に遭い、お店を開ける時間に遅れたことがあるんです。走って来ましたら、鎌倉文庫の前の小川のそばで川端先生が屈んでいらっしゃる。何をなさっているんだろうと思い、走り寄ったら、なんと前日の灰皿を洗ってらっしゃるの。そんな体験がいくつもありましたから、楽しい反面、いろいろなことを教えられました。

そのうちに、島木健作さんが病院で亡くなられたとの知らせが入って四人の先生方が病院に駆けつけて行かれました。

やがて文庫の前の街道を四人の先生が担架の四隅を持たれてご遺骸を運んで来られた。外へ出て、ご遺骸に手を合わせた私は、四人の先生方の凍ったような表情に、ハッと胸を衝かれました。夏なのにあたりも凍ったような気がしました。背筋を慄然としたものが走り、鎌倉文庫にかかわって癒されていた戦争への憤りがふたたび胸に燃え上がってきたんです。

島木健作さんも結核で入院していらしたんですけれど、やはり栄養失調で亡くなられた。これも戦争の犠牲ですよ。その後裁判所の判事がヤミ物資を拒んで配給だけで餓死したという話もありました。

終戦になり、鎌倉文庫の使命は終わりましたので、お店は閉じて、日本橋に新たに鎌倉文庫という名の出版社ができましたが、今はそれもありません。そして四人の先生方も真杉静枝さんも、みんなこの世に訣別されている。私だけが生き残って……。でも、どこにも記録されず、一片の紹介もされなかった四人の先生方が戦争中の人々に与えた精神的な救済を、美しい物語として私は死ぬまで心に温めていたい、と思っています。

「俳句評論」発行のいきさつ

私はそのころ「女性俳句」の編集を手伝っていました。「女性俳句」のはじめのころの印刷を請け負っていたのは高柳重信の火曜印刷です。

どうしてかと言いますと、殿村菟絲子さんの『繪硝子』という第一句集は、名義は石田波郷の竹頭社になっていますが、印刷は高柳のところでした。ですから殿村さんと高柳は親しかったのですね。それで「女性俳句」創刊のときに、どこに印刷を頼もうかということになって、殿村さんが火曜印刷を指名したんです。

そして私も「女性俳句」の編集をするようになりましたから、高柳重信と会うことになったわけです。ですから、高柳は私が編集技術を持っていることを、このときに知ったわけです。

やがて昭和三十二年のある日、高柳が「安住敦のところに連れて行ってくれ」と言うわけ。「連れて行ってくれとおっしゃっても、安住敦はあなたの昔の先生じゃないですか」って言ったんです。「琥珀」を安住敦が出していたころ、高柳は句を出していましたからね。だから、「ご自分でいらしたらどうですか」と言ったら、「いや、どうしても一緒に行ってくれ」と言うんです。それで何だかわかりませんけれど、とにかく安住先生のお宅へ一緒に行きました。

そうしましたら、そこで高柳が、私はそれまで全然何も聞いていなかったんですけど、「俳句評論」を出そうと思うと言いだした。あの人もずっと同人誌を、出しては潰してきて、富沢赤黄男を擁して「薔薇」を五年ほど出していたころです。高柳という人は、一度こうと思ったら、必ず実現せずにはあきらめないたちで、「薔薇」は昭和二十七年に出たん

安住敦

ですが、それを一年間、三橋鷹女のところに送り続けて、その間、何回も要請に行き、とうとう二十八年に「薔薇」に入ることを承諾させたといういきさつがあるんです。

「薔薇」には毎号のように高柳の辛辣な、俳壇を弾劾する評論が載って評判になっていましたから、鷹女が「薔薇」に入ることを聞いた加倉井秋をさんが心配して「何もよりによって、高柳君のところに行かなくても」と、おっしゃったそうです。加倉井さんは吉祥寺の鷹女さんのお家を設計、建築なさった方ですから、本気でアドバイスされたと思うんですよ。

高柳は安住先生に「俳句評論」は「薔薇」の発展的解消で出す新雑誌で、普通の同人誌じゃない、俳壇を総合する大きな同人誌だって一所懸命に述べていました。あの人は早稲田の弁論部にいましたから弁舌は巧みです。縷々安住先生にそのことを説明しているの。

私も初めて聞く構想の雑誌ですから、おもしろがって聞いていたんです。そしたら、いきなり「ついては、この雑誌はいままでの同人誌とは違って、ぼく一人ではできないので、中村苑子をいただきたい」と言うんです。私はびっくり仰天しました。安住先生もハッと私の顔をごらんになった。先生は、私が何も知らないで高柳重信を同道して来たとは思われなかったと思うんですよ。二人の間で黙契みたいなものができていて、そして訪ねて来たんじゃないかとお思いになったと私は思ったんですが、高柳はぺらぺらしゃべってますから、口を挟む余地がない。

少し考えていらした安住先生は、「よし。わかった。中村苑子を『薔薇』に入れたいというなら、ぼくは断る。だけど、いま聞いた『俳句評論』の理想にはぼくも賛成だ。もしそこに三橋鷹女が『薔薇』から行くというのならば、これは中村苑子のためだから、ぼくは賛成する」とおっしゃったんですよ。

そうしましたら高柳は、敷いていた座布団をとって、「先生、ありがとうございます」って平伏したの。「初めて『先生』と言ったね」って安住先生は笑って、それで、いままで緊張していた空気が急にほぐれて、二人で昔の話を懐かしそうに始めたわけです。高柳は今度はあぐらをかいちゃってね（笑）。

でも、私はどうしたらいいのか、「春燈」は居心地がいいですから、やめたくないわけですよ。だけど、鷹女と一緒に新雑誌でやれるという喜びが私の頭を支配しちゃった。それで八年間在籍していた「春燈」をやめて、「俳句評論」の発行所を引き受けたというわけです。あとで考えるとうまくやられたという感じがするんですけれどね。

そのころ、大岡信（おおおかまこと）さん、佐佐木幸綱（ささきゆきつな）さん、詩人の吉岡実（よしおかみのる）さんなどがよくうちへいらしてましたが、大岡さんにお酒の席上で、高柳が「春燈」から私を引き抜いたいきさつを話したんじゃないかと思います。私があとで句集『花隠れ』（平成八年刊）を出したときに、大岡信さんが跋文（ばつぶん）を書いてくださったんですが、そのなかに「略奪」という言葉が入ってますでしょう。あれを読んで、高柳が言ったんだなとあとで思いました。まさに〝略奪〟ですよ（笑）。

三橋鷹女（左）、右に苑子（昭和35年頃）

しかしこれも私の運命だ、運命というのはこういうふうに、あるとき、川の流れのように変わっていくもんだなと思いました。それで私は異論を唱えなかったの。なにしろ、三橋鷹女と一緒という魅力は、私にとって何物にも代えがたかった。

安住先生のところからの帰りは、来たときとはまるで違って高柳は意気揚々と歩いているんです。私がふと後ろを振り返りましたら、安住先生は門のそばの大きなポストに手をかけて見送っていらっしゃる。それが目に入りましたら急に、そばの高柳が憎らしくなった（笑）。そして、「俳句評論」を昭和三十三年三月に発行することになったんです。

「俳句評論」の発行所はまるで梁山泊

いよいよ「俳句評論」が始まり、代々木上原の私の家が発行所になりました。皆さんがよく集まる家でしてね。梁山泊（りょうざんぱく）と名前をつけたのは三谷昭（みたにあきら）さんです。梁山泊ならいいんですけれど、高柳は「ここは往来だな」って（笑）。

「俳句評論」の発行所となった苑子私宅にて高柳重信と（昭和35年夏）

三谷昭さんは一升瓶をさげて来ると三日はお帰りにならない。夜が明けては、また飲む。また夕方になる。そんなことをして三日は経つ。お電話はお宅にかけられないし、かかってもこないの。

三鬼さんはそのころ、きく枝夫人と葉山に住んでいらして、東京に出られて終電がなくなると、うちを宿になさる。うちといっても私の私宅ではあるけれど、「俳句評論」の発行所ですから。だけど、そのころ高柳は一緒にいませんからね。埼玉県の戸田にいました。

三鬼さんは深夜、突然、やっていらっしゃる。うちにソファベッドがありましてね。三鬼さんはベッドでないと駄目でしたから、そのソファベッドをご自分でベッドに直すと、お洋服にブラシをかけて、ちゃんとハンガーに吊るされる。まめな方でしたよ。

三鬼さんはよそで、中村苑子のところに泊まってるんだとかおっしゃるし、私もまた平気でそう言いますでしょ。それが沢木欣一（さわききんいち）さんの耳に入ったらしくて、沢木さんは謹厳な方ですから、「中村苑子は未亡人で独りでいるんだ。そういうところへ泊まっちゃいかん」って三鬼さんにおっしゃったそうです。

三鬼さんは、私のところへ来る前は東京のどこに泊まっていられたのか、転々と泊まってらしたんじゃないでしょうか。それできく枝夫人が「泊まるなら苑子さんのところにしてくれ」とおっしゃったと言うの。だから、沢木さんにそう言われると、三鬼さんは「ぼくじゃないよ。うちのやつが苑子さんのところにしてくれと言うからだよ」とかっておっしゃる。本当なのか嘘なのか、私のことを慮（おもんぱか）ってそう言ってくださったのかなとも思いましただけれど、「ああ、そうですか。信用されてうれしいのか、悲しいのかしらね」って答えておきました（笑）。

三鬼さんは朝、お起きになると、まずコーヒーなんです。コーヒーは私がお淹れしてベッドのそばに持って行くわけね。そうすると「ぼくが朝食を作る」と言って、器用に玉子焼きを作られるの。卵を二個、片手でパンと割って、スープの素を一つポンと入れてかき回して、裏返すときにフライパンの柄をポンと叩くとひっくりかえる。本職よ。卵を上手に焼くにはまず、フライパンをきれいにしておくことと、焼いたあとのフライパンに油を引いてきれいにお掃除もなさる。外地で独身生活を長くしてらしたからじゃないかしら。出掛けられる前に、口笛を吹きながら、ご自分で靴も磨いていらっしゃるのよ。

西東三鬼

ある日、三鬼さんにコーヒーを淹れていたときに、私の姉が突然来ましたの。三鬼さんは女流俳人が来たと思われたのか、「こんにちは」って愛想よく言ったので、姉はびっくりして、黙って隣の部屋に入って襖を閉めちゃった。三鬼さんはバツが悪そうに、私に片目をつぶると出て行かれましたが、出てきた姉が私に「何よ、いまの満州浪人みたいな人」だって（笑）。姉にしては上出来な表現でした。

おもしろかったので後日、それ全部高柳に話したんです。そうしたら高柳が「これからは、三鬼が来たらぼくに電話しろ」と言うの。三鬼さんがいらっしゃるのは深夜ですよ。それでも電話しろと言うものですから、ある夜、電話しましたら、戸田からタクシーを飛ばしてきましたの、あの人。そして三鬼さんに、このときとばかりに俳句の議論を吹っかけて眠らせないわけですよ。三鬼さんは閉口して「わかったよ。君はちょっとうるさいよ」って（笑）。それ以来、いらっしゃるのが前のように頻繁じゃなくなりましたが、私がなぜ高柳を呼んだのかと思われたでしょうね。

高柳は朝、目が覚めるとウイスキー、朝食まで一仕事をして、朝食のあとウイスキー。誰か来ますと、またウイスキー。そういう生活をしてましたから、楠本憲吉さんが心配されてね。これは体にいいんだとかいって、スッポンの生き血を持って来てくださるのですが、ああいうのは高柳は飲まないんです。みなさん心配してくださったのですが、ついに四十年に大喀血してしまった。

それまで小さな喀血はしていたのですけれど、そのたびに売薬ですませていて、医者にかからないんです。医者にかかったら強制的に病院に入れられます。結核菌のキャリアですから。

けれども、大喀血では薬だと治まらない。でも、知らない医者に体をいじられるのはいやだと言いますから、平畑静塔さんの宇都宮病院は精神病院なんですけれど、患者を入れる内科の病棟があるそうなので、平畑さんにわけを話して入院させました。

そうしましたら、高柳重信がとうとう頭がおかしくなって精神病院に入れられたそうだって、日ごろ高柳に論破されていた人たちが宣伝しましたから、俳壇中に噂が広がって、本気に心配された方々からお見舞状をいただいて、私はお返事を書くのに大いそがしでした。

半年あまり過ぎて、本当はまだ退院できないんですけれど、平畑さんに無理を言って「今度飲んだら必ず死にますよ」と刻印を押されて帰って来ましたのが昭和四十二年。平畑さんのことばを忠実に守って、ビールも一滴も飲みませんでしたから、だんだん体力が戻ってきました。

それを見て翌年の四十三年に、三谷昭さんが『俳句研究』が遅刊で息絶え絶えだから、高柳に編集してもらって遅刊を取り戻そうと西川社長を伴って家に来られ、四月から『俳句研究』の編集長として着任したのですけれど、高柳は一度も出社せずに（もっとも、会社というほどのものはありませんでした）、自宅を編集室にして接客などもしていましたから、私は前にも増して多忙な日常を送ることになりました。

俳句界の隠れた貢献者たち

話は別になりますが、昭和三十六年という年は現代俳句協会が分裂した年です。その当時、高柳も私も幹事をしていました。分裂の端緒というのは、草間時彦さんが『俳句』（平成十一年四月号）のこの欄でおっしゃっていたので思い出したのですが、そのころの幹事長は石原八束さんでした。草間さんは「俳人協会は金がないから事務所もないが、現代俳句協会は八束が提供している」とおっしゃってますでしょ。そのとおりで、石原さんが関係していたみすず書房の事務所を使わせていただいていました。そして、石原さんが幹事のみなさんに食事をおごってらした。そのときはまだ分裂前でしたから、詳細はあとで三谷昭さんから聞いた話です。

三谷さんが、特定の人にごちそうになったり、事務所の恩義を被ったりするのはいけないから、これはやめようと言われた。だけど事務所があるわけじゃありませんから、郵政会館の一室を借りたり、あっちこっちに移動していました。もちろん食事もやめて……。しかし、幹事会はどこでも開けますけれど、事務万端はそういきませんから、幹事の自宅を回り持ちしてやっていました。うちでも、「秋」の猿山木魂さんのお家とか田川飛旅子さんのところなども使わせていただきました。

　協会のアンソロジーも二年に一回、出ていましたけれど、その発送は上原の私の家ではできませんから、神谷印刷の二階を借りたりして。高柳が暑い最中、上半身裸になって一所懸命包装などしている写真があります。

　昭和五十年に藤田湘子さんが現代俳句協会の幹事長になられ、横山白虹会長と相談され神田の第二万水ビルに初めて協会事務所が出来ました。五十六年に久保田月鈴子さんが幹事長となられ、徐々に増えてくる会員に対応するため、いろいろ努力され、事務的にも仕事がしやすくなりました。それでも少しも威張ったりなさらない方でした。あまり人に知られないことですけれど、こういうふうに尽力してくださった方のことはどこかで言っておきたい。あの方のお陰で現代俳句協会の事務的な基盤はできたと、私は思っています。

「詩歌殿」

　これもお話ししておきたいのですが、四十八年に堀井春一郎さんが「季刊俳句」をお出しになった。これを堀井さんが意図されたもとは、富沢赤黄男が昔出した「詩歌殿」です。

　「詩歌殿」というのは、昭和二十四年に赤黄男が遠大な理想を掲げて、短歌、詩、俳句の短詩型だけの一流の作家を集めて出した総合誌でした。

　まず詩人の堀口大学、小野十三郎、安西冬衛、北園克衛、稲垣足穂、菱山修三たち。評論は西脇順三郎。歌人は前田夕暮、生方たつゑ、木俣修とか。俳句のほうでは飯田蛇笏、大野林火、加藤楸邨、高屋窓秋、臼田亜浪、阿波野青畝。

　こういう方たちに原稿料が払えるほど、赤黄男はそんなにお金持ちじゃありません。どこからお金が出たかというと水谷砕壺です。赤黄男は「太陽系」も出していましたが、それも水谷砕壺さんの援助でした。昔、芭蕉のころ、スポンサー的な存在の俳諧師の事業家がいろいろいましたでしょ。それだと思います、水谷砕壺さんって。水谷さんがいらっしゃらなかったら、「旗艦」も続かなかっただろうし「詩歌殿」も出せなかったと思います。赤黄男は水谷さんにとても感謝していました。

堀井さんは、その「詩歌殿」と、石田波郷が出された「現代俳句」の二つを参考にして、「季刊俳句」をお出しになった。だけどスポンサーがいませんからご苦労なさったと思います。噂によれば、あの方は焼き物に凝ってらして、いわゆる名器をいろいろ所蔵していられたのを、一つ売り、二つ売りして雑誌を続けられたと聞きました。そのうちに病気になられて、ついに四号で終わりましたが……。

はじめは中央書院という、村上文昭さんのところで出していたんですけれど、印刷費なんかの関係でしょうか、三号から友人の深夜叢書社に変わりました。

その前年の四十九年に堀井さんが「現代俳句七人展」というのを山形市の大沼デパートで企画なさったの。山形新聞、山形放送が後援してくださった。平清水七右衛門窯で俳句の陶板を焼いて、それを展示即売したんです。そのメンバーは金子兜太、阿部完市、加倉井秋を、三橋敏雄、藤田湘子、高柳、私の七人です。

ところが私は陶板なんて書くの初めてでしょ。そんなところで展示するなんてのもおこがましいと思ったわけですよ。そして自分のだけが売れ残ったらどうしようと思ったら、その会期中、居ても立ってもいられない。それで、いつも和服を着ているんですけれど、洋服を着て、ベレー帽を被って、黒メガネをかけて変装をして、高柳にも何も言わないで上野駅から列車に飛び乗って山形へ行ったんです。

大沼デパートへ行って、会場をそうっとのぞいてみたら、私の陶板にどれも赤紙が貼ってあるの。あらっ、と思って、驚いて眺めていましたら、「あ、中村先生じゃありませんか」って役員の方に見つかっちゃった。私じゃないみたいな格好をして変装しているのにどうしてわかったのかしら(笑)。私のを買ってくださったのは、あとでわかったんですが、一枚は山形新聞の社長さん、あとは知らない方でした。

堀井さんは、焼き物を売ってまでも雑誌を出そうとした理想家肌の精神の持ち主で、それに私は感心しました。堀井さんが編集者として目があると思ったのは、まだ若く有名でもなかった攝津幸彦を発見したり、つげ義春もまだ無名でしたが、表紙に絵を描かせたりしてしています。攝津君をあのころに認めたということは烱眼だと思いますよ。高柳と清水昶さんと佐佐木幸綱さんとの、なぜ短詩型に行ったかという鼎談や、中井英夫の「俳句の訪れ」というエッセイも珍しく、やはり堀井春一郎も俳句界にとって隠れた貢献者だと思います。

「俳句評論」の終刊

昭和四十九年に第二回の俳句評論年間優秀賞をいただき

ました。
俳句で賞というものをいただいた最初です。ですが、あんまり毎日が忙しくて私は過労になり、病院に行きましたら、すい臓が悪いと言われました。以前、結核をやっていますから、ちょっと無理をすると微熱が出るからだで「俳句評論」その他の仕事をしていましたから、その無理がたたって、すい臓に腫瘍ができたわけです。これで私は終わりだと思いましたから、昭和五十年に句集『水妖詞館』を最初で最後のつもりで出しました。

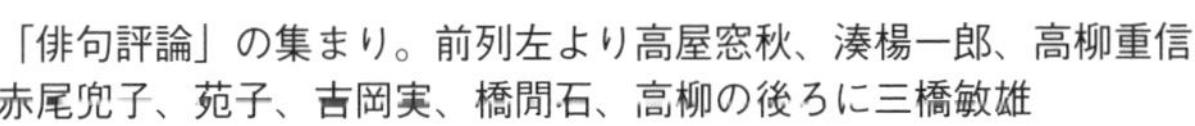

「俳句評論」の集まり。前列左より高屋窓秋、湊楊一郎、高柳重信、赤尾兜子、苑子、吉岡実、橋閒石、高柳の後ろに三橋敏雄

六十二歳で第一句集を出したわけですよ。昭和十七年から俳句らしきものを書き始め、二十四年に「春燈」に入って、あとは、高柳と「俳句評論」に身を粉にして……（苦笑）。

でも、「俳句評論」を創刊した高柳の理想が……。あの人の言い方だと「俳句も俳壇も沈滞しているから、ここで目覚ましい作家を出したい」ということで、これに私も賛同して。同人誌の使命というのは、そこから一人でも優秀な作家が出れば、それで役目は終わるわけで、けじめはそのつもりでした。それで、はじめの十年間は一所懸命、熱を込めて尽力しましたけれど、どうも高柳の作家としてのアクが強すぎるというのか、みんな才能があるんですが、どうも作家として育っていかない。

それに富沢赤黄男は「自分の文学を広めるためには政治性は必要悪だよ」と力説して、高柳はそれを実行しましたが、しかし弟分たちはみんな、「俳壇、大嫌い」なんです。自分の好きな世界に閉じこもってね。いい作品を書くんですよ、みんな。だけど俳壇づき合いなど一切しない。

あのころ、「俳句評論」の新人として目覚ましかったのは加藤郁乎さん。少しあとで折笠美秋。しかし、永田耕衣さ

現代俳句協会賞受賞の際の懇親会。重信（左）、横山白虹会長と（昭和50年10月19日）

んも橋閒石さんも「俳句評論」が土台になって出た方ですから、同人誌としての役目は果たせたと私は思っています。

　高柳が『俳句研究』の編集長になってからは、『俳句研究』のほうがずっと幅も広いし、浸透力もあるし。だから、あの人にとってはもう「俳句評論」は要らなくなったんです。


　それで十周年のときに、私もたいへんだろうから、やめようということで関西へ行ったんです。鷹女さんはそういうときは、いいとも悪いともおっしゃらない方だから。関西で同人会を開いて永田耕衣さんの意向を聞きましたら、「なんでこんないい雑誌をやめるのか」とおっしゃる。橋さんもそんな意見でした。それでまた続けることになったのです。

「俳句評論」が十年たったとき、三橋敏雄さんも船から上がって来られたから、もう十年でよかったんですよ。だけど、そういうわけであと十年続いた。あとの十年は実りがなかったと私は思いますけれどね。

「俳句評論」に期待するものがなくなったとき、残るのは自分しかなかった。それが病気になりましたでしょう。それで『水妖詞館』を出したのですけれど、死なないで、現代俳句協会賞をいただいちゃった。これから自分の世界を広げようとここで初めて思ったわけ。人の世話はもうおしまいにして、命を大事にと思ったんです。だけど、「俳句評論」はやめるわけにいかなかった。

　ですから高柳が死んで自然消滅みたいに……、と言ってもはじめはみなさんの反対にあいました。それで東京、関西、中部と同人会を開いて、同人のみなさんに集まっていただいて、私は正直に考えを述べました。あとを続けても、高柳の生存のときと同じような「俳句評論」が続くとは思えません。誰か新しい人がやればその人のカラーになるでしょう。そうすると高柳の意図と違ってきますから、「俳句評論」はここでやめます。みなさんがお出しになるのでしたら、いくつでも、お出しになってけっこうですが、「俳句評論」という名前は使わないでください。それだけお願いしますと言いました。同名では高柳が泣きます。

和田悟朗さんが第一に賛成してくださって、それから賛成してくださった方が大部分でした。それで終刊にできたんです。ですから私の独断ではなくて、同人の意向です。

雑誌の創刊はやさしいのですが、終刊にするときは問題ですね。辛いものです。だいたい、俳句の雑誌はお花や何かの家元制度と違って主宰か、代表一代のものだと思いますね。当時、強力に反対だった人たちも何年かたつうちに、「中村さんのあの決断は正解でしたね」と言ってくれました。

人間の原始は「水」と思った

私が『水妖詞館』という、高柳にも反対されたのに、あえて妙な題名をつけたのには訳がありましてね。というのは、初めに結婚した夫が戦死したでしょう。その遺骨を、佐渡の出身ですから、親戚の両津のお寺に納めたんです。十七年忌が過ぎたころ、遠いのでなかなかお墓参りができないし東京へ移したいと思って、お寺さんの了解を得て、お墓を掘り返したんです。骨壺が出て来ましたが、その中には骨が何もなくて、薄い黄色い水が底のほうに少し溜まっている。びっくりしました。人間というのは水でできているんだってつくづく思った。

あまり私が驚いたものですから、読経していた住職さんが「人間は土の中で水に返って、水もやがて土に染みて無になる。人生は輪廻です」とおっしゃった。人間ってはかないものだと思いましたね。それで『水妖詞館』という名前をつけた。だから高柳が反対しても、押し切って、その題名で出しちゃったわけです。

実はあとで、このことを聖書協会で出していた「あけぼの」という雑誌に書いたのです。そうしましたら、北海道の知らない女の方からお手紙が来ました。それによると、「私の別れた夫は遺骨になって私の許に帰ってきましたが、骨壺を開けてみましたら水でした。夫は私に、骨になった自分を見られたくないので水になったのだと思い、誰にも言えず、長いあいだ心のしこりになっていましたのが、お話でわかり、ほっと気が晴れました」と、お礼の手紙なのです。女って、かなしいことを考えるものですね。でも、人助けになったのなら、書いてよかったと思いました。

平成五年に第四句集の『吟遊』を出しましたが、私は、本当は「中村苑子歳時記」というのを出したかったわけ。で、ちょっと構成してみたんです。だけど私は、そんなにたくさん句ができるほうじゃないでしょう。だから、一冊の歳時記

昭和58年7月8日、高柳重信急逝。ショックで寝込み、そのため通夜と葬儀を2回ずつ行う（7月10日・荻窪の源泉寺にて）

は無理でしたし、項目も片寄る。それで、句集にして、歳時記ふうの構成にしたんです。それが思いがけなく、蛇笏賞と詩歌文学館賞のダブル受賞ということになりました。

私はもともと賞なんて目標にしたことは一つもありません。現代俳句協会賞をいただいた『水妖詞館』も、墓碑銘のつもりで出したのですし、女流賞だって単独の句集じゃありませんからね。そんなこと夢にも思わなかった。だいたい俳句で名前が出るなんておかしいの。小説家が挫折しちゃったんで、林芙美子から「やるなら短いものにしなさい」と言われて、その呪縛(じゅばく)にかかって俳句を書いてきたようなものですから（笑）。

「花隠れ」とその後の日々

『花隠れ』も私が自発的に出そうと思ったんじゃないんですよ。花神社の社長と、大岡信さんの間でそんな相談になったみたいです。しかし、編集は自分でしてます。「春燈」時代の句が未発表になっていて、これは残しておいたほうがいいんじゃないかと思ったのです。それで編集してみたら、「春燈」時代の句と、現在の『花隠れ』の句、つまり『吟遊』を出したあとの句とがつながるんですよ。橋渡しになっている。こりゃいけない、こうなったら、もう句集は出すまいと思ったんです。

それともう一つは、言いにくいんだけれど、総合誌で女流特集をやりますでしょう。あれが身を切られるほどいやだったの。写真が出てコメントが出ますでしょ。なんか芝居の顔見世みたいな感じがしてね。そして、私がたくさんいい俳句ができればいいんですけど、こちらの雑誌も女流特集、あちらも女流特集、そしてお正月号となると六つも七つも総合誌からの依頼が一緒になる。長年やってますから技術はまあまあですよね。だから、不本意ながら技術で書いた句や自分の気に入らない句も混ぜるわけですよ。そうすると、なんと技術で書いた句がほめられて、私が苦心した句はわからな

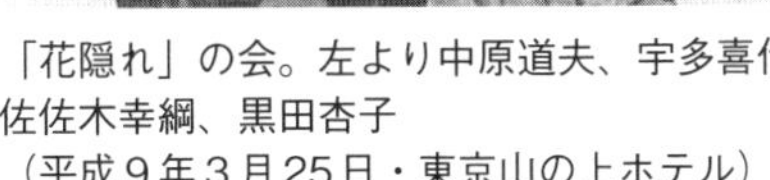

「花隠れ」の会。左より中原道夫、宇多喜代子、高橋睦郎、苑子、佐佐木幸綱、黒田杏子
（平成９年３月25日・東京山の上ホテル）

いと言われて、だめなのね。

　それと、私の俳句っていうのは全部、「われ」が主体です。だいたい俳句ってのは「われ」の発掘だと思います。それが『吟遊』でほとんど探ってしまって、あと残っているのは私の海の底に沈んでいるもの、過去のものだけです。輝かしい未来なんて、もう年齢的に期待できなかった。

　だから、好きな人物の俳句を書こうと思って、西行（さいぎょう）とか利休（りきゅう）を、俳句で書いてみたいって「花隠れ」の会で思わず口にして、それでもう総合誌に俳句の発表はしません、俳壇にも姿を現しません、ただ、文章は書きますって言ったこと、あのときは正直、その気持ちでした。

　「花隠れ」をしてから一年半ほど、私は生き生きしてたの。これからは自分の好きな時間に好きなテーマで好きな俳句を書けると思ったんです。そして取り掛かってみたら、西行は難しい。前からわかっていたことですが、読めば読むほど混沌として、何句か書いたけれど皮相的でモノにならないわけですよ。あの生涯を俳句で書こうなんてどだい、俳句形式を無視していることですからね。でも、宣言しちゃったから、あとに引けないじゃないですか。

　前に歌人の馬場（ばば）あき子（こ）さんから「それは文章もお入れになったほうがいいんじゃないかしら」と言われましたけれど、まさにそのとおりだった（苦笑）。そして、このごろになって鬱勃（うっぼつ）としているんですよ（黒田杏子の「ご自分の俳句が書き

右に高柳重信、左に苑子の墓。家族と
（昭和61年4月・富士霊園）

たいんでしょ?」との問いかけに笑いながらうなずく。）

　実はここで白状しますけれど、俳句を書いたの。去年の一月一日から一日一句で書いていたんです。そして、これを句日記みたいにして発表しようかなあなんて漠然と思っていたんです。

　そうしたら鷹羽狩行さんから「一日一句」の句集『俳日記』が送られてきたじゃないですか。あれ、大ショックでした。あの方の一日一句は同じ季語は二度と使わないという掟を守って、季語が全部違う一年なんです。これは私のよりも一段上手で、私はそこまで考えつかなかった。だから私のは季語が重複しているのがあります。これですっかりいやになっちゃってそれきり放っぽっちゃった。あれはまったくショックでした。鷹羽さんがうらめしい（笑）。

　鬱勃として俳句が書きたくなるというのは、やっぱり私は俳句が好きなんだな、俳人なんだなと改めて思ったわ。三橋敏雄さんが「俳句を粗製乱造するのはいやだ」と言って発表を断って、しばらく休筆中でしょう。でも、このごろうずうずしてきたとかってお弟子さんにおっしゃったというのが耳に入ってきて、ああ、やっぱりあの方も、と思いました。俳人というのは業か何か知らないけれど、もうそこから逃れられない、これは俳句の魔力だなと改めて思った。俳人はみんな俳句という魔物の虜になっているんですよ（笑）。

　三橋鷹女の銅像が出身地の成田に建ちました（平成十一年一月十九日除幕式）ので、頼まれて講演に行ってきました。成田といっても、市の目抜き通りの場所ですし、銅像なぞ鷹女がいちばん嫌うことですから、私ははじめ反対だったのですが、出来てみましたら、意外につつましやかで親しみの湧く像でした。しかし、人間の運なんて不思議なものですね。つい最近まで、成田の人たちは鷹女のこと、何一つ知らなかったんですよ。生まれて、幼稚園から小学校、女学校と、お嫁にゆくまでずーっと住んでいた土地の人ですけれどね。それがあるときから、急に喧伝されるようになって……。もっとも私も、事あるごとにいろいろ書いてきましたけれど。鷹女が生まれてちょうど百年になりますが、百年目に顕彰されることもあるんですね。俳句というのは寿命の長い詩型です。

富士霊園の私のお墓の隣に高柳のお墓を作って、墓碑銘を「わが盡忠は俳句かな」としましたし、福山の平家谷には〈日が落ちて山脈といふ言葉かな〉という高柳の句碑を建てましたから、もうこれで、いつ死んでもいいんです。

高柳の〈日が落ちて〉の句碑のそばには木下夕爾の〈入日いま大きく赤し山つつじ〉の句碑があります。木下夕爾と私は「春燈」にいたころから文通していましたし、高柳は「琥珀」に投句していましたが、「琥珀」は安住敦の牙城でした。安住先生が亡くなったのが昭和六十三年の七月八日で、高柳が死んだのが五十八年の七月八日で、命日が同じです。高柳が七回忌のとき、安住先生は一周忌でした。

その他、偶然にしては、いろいろと符合しすぎると、私は迷信深くはないけれど、特定の人間同士を繋ぐ目に見えない糸、橋本多佳子さんがお書きになっていた運命の赤い糸のことをつくづく思うときがあります。

おわりに

すぐれた表現者は話術もすぐれている。戦中、いや戦前から戦後という乱世をくぐりぬけてきたこの作家は何よりも志を大切にしてきた人だ。頭のてっぺんから白足袋のつま先まで個性的なおしゃれを貫いている。そして、たいへんな読書人であると同時にどこか演歌的な要素をひそませているのも面白い。ともかく偏見というものから完全に自由。決断力に満ちた意志と行動の人。だから「花隠れ」を決行されたのちも私たちの企画する超協会、超結社、超地域、超ジャンルの男女によるたのしいメンバーの集まりにお出いただくことが可能。中村さんが加わると、パッとその座が華やぐ。男であれ女であれ、新人旧人を問わずひとりひとりの仕事と活動をよく見守っていて下さる稀有の大先達。だから私たちは中村さんをいつまでも囲んでいたいのだ。

思うに、この人ほど自分の持ち時間を見きわめて、たっぷりとゆたかに使い切っている人も少ない。言訳や愚痴から全く自由なのはその故にであろう。

黒田杏子

（インタビュー＝平成11年10月13日）

中村苑子自選五十句

貌が棲む芒の中の捨て鏡　『水妖詞館』（昭50刊）
鈴が鳴るいつも日暮れの水の中　〃
おんおんと氷河を辷る乳母車　〃
人妻に春の喇叭が遠く鳴る　〃
夕べ著莪見下ろされゐて露こぼす　〃
桃の木や童子童女が鈴生りに　〃
春の日やあの世この世と馬車を駆り　〃
凧なにもて死なむあがるべし　〃
死後の春先づ長箸がゆき交ひて　〃
昨日から木となり春の丘に立つ　〃
汐木積み水の匂ひのもの焚ける　〃
海の中にも都の在るや桃洗ふ　〃
黄泉に来てまだ髪梳くは寂しけれ　〃
翁かの桃の遊びをせむと言ふ　〃

枯萩の白き骨もて火を創る　『花狩』（昭51刊）

桃のなか別の昔が夕焼けて　「〃」

春山の色に消えたる箒売り　「〃」

言霊（ことだま）も花も絶えたる木を愛す　「〃」

すれ違ふ春の峠の樽と樽　「〃」

蟬の穴覗く故郷を見尽して　「〃」

わが墓を止り木とせよ春の鳥　『四季物語』（昭54刊）

水底は卯月明かりや鷗の死　「〃」

胎内の水音聴いてゐる立夏　「〃」

落石か我か墜ちゆく青峠　「〃」

五六人沖の満月へと泳ぐ　「〃」

天上もわが来し方も秋なりき　「〃」

枯野光わが往く先をわれ歩く　「〃」

麗かや野に死に真似の遊びして　『吟遊』（平5刊）

死に侍るは誰か鵺（ぬえ）かや春の闇　「〃」

余命とは暮春に似たり遠眼鏡　「〃」

父母遥か我もはるかや春の海　「〃」

花篝火篝湖北まだ暮れず　「〃」

影と往き影のみ帰る花の崖　『〃』

帰らざればわが空席に散るさくら　『〃』

梁（うつばり）に紐垂れてをりさくらの夜　『〃』

炎天下貌失なひて戻りけり　『〃』

飲食（おんじき）のあと白繭を見にゆかむ　『〃』

するすると紐伸びてくる月の闇　『〃』

他界にて裾をおろせば籾ひとつ　『〃』

俗名と戒名睦む小春かな　『〃』

うしろ手に閉めし障子の内と外　『〃』

死が見ゆるとや満開の花仰ぐ　『花隠れ』（平8刊）

炎昼をどこまで鎖引き摺って　『〃』

むかし吾（あ）を縛りし男（を）の子凌霄花　『〃』

白鳥を少女がなぶる涼しさよ　『〃』

玫瑰や裏口に立つ見知らぬ子　『〃』

生前も死後も泉へ水飲みに　『〃』

膝抱いて影と居るなり十三夜　『〃』

少年美（は）し雪夜の火事に昂りて　『〃』

音なく白く重く冷たく雪降る闇　『〃』

中村苑子略年譜

大正2（一九一三）　三月二十五日、静岡県伊豆（母の実家）に生まれる。父、永山貢、母、磯の次女。七歳まで東京千代田区一番町に居住。父が亡くなって伊豆に移住。

昭和4（一九二九）16　小説家を志すも、母に反対され、家出。東京神楽坂に下宿して小説を書き、読売日曜版の短篇小説に応募して当選。賞金十円也。発覚して家に連れ戻される。

昭和6（一九三一）18　日本女子大国文学科に入学したが、肺結核になり一年半で中退。志賀高原で療養。文芸誌「創作紀元」に参加。大江満雄、山之口貘と知り合う。

昭和7（一九三二）19　菊池寛の文藝春秋社編「邸下選」の佐佐木茂索、桔梗千苑子の知遇を得、横光利一、中山義秀を識る。中日新聞記者、中村孝（佐渡出身）と結婚。

昭和19（一九四四）31　報道班員として比島に赴いた夫、戦死。夫は村山古郷の「東炎」所属。鎌倉文士の設立した「鎌倉文庫」に勤務。

昭和24（一九四九）36　「鶴」の石橋秀野選の入選を機に、俳句に興味を覚え、「春燈」に参加。

昭和26（一九五一）38　『俳句研究』より二十句の依頼状飛来。

昭和27（一九五二）39　機関誌「紫苑」を創刊。十号まで継続。

昭和29（一九五四）41　花柳章太郎の「吹矢会」に招かれ、高柳黄卯木（重信の父）を識る。

昭和32（一九五七）44　高柳重信の要請により在籍八年の「春燈」を辞し「俳句評論」の発行責任者となる。翌年三月「俳句評論」創刊。

昭和40（一九六五）52　高柳重信、大喀血して入院。『定本富澤赤黄男全集』（俳句評論社）刊。

昭和49（一九七四）61　「俳句評論」年間優秀賞を受く。「現代俳句七人展」に参加。

昭和50（一九七五）62　第一句集『水妖詞館』（俳句評論社）を自家出版。これにより現代俳句協会賞を受賞。随筆集『青岬』（共著）刊。

昭和51（一九七六）63　句集『花狩』（コーベブックス）刊、吉岡実氏と高柳の編纂。

昭和54（一九七九）66　『中村苑子句集』（立風書房）刊。現代俳句女流賞受賞。

昭和58（一九八三）70　七月八日高柳急逝。「俳句評論」二十五周年で終刊。折笠美秋の『虎嘯記』（俳句評論社）刊。産経俳句教室、西武俳句教室の講師就任。

昭和60（一九八五）72　『高柳重信全集』（立風書房）全三巻を編集刊行。

昭和61（一九八六）73　富士霊園の中村苑子の墓の隣りに高柳の墓を建立。墓碑銘〈わが盡忠は俳句かな〉

平成1（一九八九）76　福山市外の寺に高柳の句碑を建立。

平成2（一九九〇）77　『俳句の現在13』（三一書房）に「非時の花」を収録。

平成5（一九九三）80　七月、句集『吟遊』（角川書店）刊。これにより翌年第九回詩歌文学館賞、第二十八回蛇笏賞をダブル受賞。

平成6（一九九四）81　随筆集『俳句自在』（角川書店）を出版。

平成8（一九九六）83　『白鳥の歌』（ふらんす堂）、『花隠れ』（花神社）刊。

平成9（一九九七）84　三月、「花隠れの会」を開催。俳壇からの引退を表明。

平成13（二〇〇一）87　一月五日、死去。

第12章

深見(ふかみ)けん二(じ)

はじめに

年輪を加えるたびに活力も増す人がいる。女性では瀬戸内寂聴さん、男性では永六輔さんというお二人が、私にとってのそういうタイプの人の代表者である。しかし、考えてみれば、このお二人、三十年前もずば抜けてエネルギッシュに仕事をしておられた。

深見けん二さんも年毎に活力を増す。近年の活躍ぶりと仕事は思うだに胸がすく。

虚子門として知られるが、学生時代からの山口青邨門でもあって、古舘曹人さんと共に私にとって、かけがえのない兄弟子、長年こまやかな指導をいただいてきた。昭和五十年頃、雑草園初句会で同席、初対面の印象は現在のこの方からは想像できない。俳句というものから一歩も二歩も退いて佇んでいる人と思えた。この日を機に勉強句会、鍛練吟行会とご一緒する過程で、「この人は虚子の長逝に際し、殉死したのだ」という結論を得て、私なりに深く納得すると同時に、敬意を深めていった。

今回は縦横に語って下さって嬉しかった。

黒田杏子

幸運なスタート

私は虚子先生、青邨先生という二人の先生に俳句を学んで今日まで来ているわけです。自分の体験のなかで昭和の俳句とどうかかわってきたかということをお話ししてみたいと思います。

自分の体験ということになりますと、私が俳句とかかわる以前に、私の人間という問題がありまして、どうしても父と母、家庭ということがあります。それを簡単にお話しします。

私の父の俊三郎は明治十七年十月に愛知県岡崎に生まれております。苦労をして明治四十三年、京都大学採鉱冶金学科を出ました。青邨先生と同じ鉱山分野です。その年に、久原房之助が社長をやっていた久原鉱業（後の日本鉱業）に入りました。大正七年には福島県にある高玉鉱山の所長として赴任しております。そこで大正十一年に私が生まれたわけです。昭和五年に東京に転勤になります。私が八歳のときです。それからはずっと東京に住んでおります。

日中戦争中、父は本社の仕事から再び高玉鉱山の所長に赴任しました。その後昭和十五年から二十年という戦争のいちばん激しいときに、技術者だった父が人事部長をやり、戦争で多くの人を海外の事業所に派遣するという仕事に携わりました。これは父にとっては非常に心の重荷であったと思います。戦後は病気がちで、二十五年から約五年、病床につき、三十一年に亡くなりましたが人望のある人でした。父からの影響は十分に生かせませんでしたが、私にとって父は大きな存在でした。

母の新子は明治三十二年三月に生まれました。黒田杏子さんゆかりの栃木県黒羽の出身です。旧家育ちの人でした。高玉に父が初めて赴任したすぐ後に結婚しました。平成二年七月に九十一歳で亡くなります。

私の戦争体験は大学のときに勤労動員で各地の工場を回ったということだけで、生死の間をさまようということはなかったんです。しかし終戦のときは肋膜で、病床のなかで迎え、それからまもなく卒業しています。その後、五年間、大学の金森研究室に残り、二十五年に父の勤めた会社（日本鉱業）に入りました。大学に残っている間、俳句をかなり自由にさせてもらえました。それはいまにして思うと幸運なことでした。ほかの方のような戦争の生々しい体験というものがなかったということは、私の俳句生活にとってある意味ではプラスであり、ある意味のマイナスだったかもしれません。

父俊三郎、母新子と（大正11、2年頃）

私の俳句入門は昭和十六年です。母の女学校時代から親しくしていました幸喜美さん、小鼓の宗家、幸祥光氏の奥さんですが、この方は虚子の門下です。虚子先生は能が好きでしたから、この方がよくうちに来ていて、私は第一高等学校の三年ですが、俳句をちょっとやっていたので、どうせやるなら虚子先生のところに行ったらいいと勧められ、昭和十六年十月三十一日に大崎会に行きました。幹事が「夏草」の山本薊花さんです。このとき虚子選に一句入りました。〈一筋の煙動かず紅葉山〉です。

そこに深川正一郎先生がいまして、ちょうど兵役から帰ってきていて新進作家として活躍されていました。〈三田といへば慶應義塾春の星〉などの句があります。幸さんと一緒に師事し、手をとって教えを受けました。俳句では最初に接した方だったので、私にはかなり大きな影響があったのではないかと思います。

俳句を始めてほどない大学入学の頃

次に、十七年十月から東京大学の草樹会に出席しました。草樹会は水原秋桜子さんらが虚子先生と話をして東大関係の人を集めて成立した東大俳句会で、後に名称が変わった会です。高野素十、富安風生など著名な作家がいました。

その経緯については昭和三十九年に出た『草樹会詠草』の序文に青邨先生が詳しく書いておられます。これは貴重な文献です。青邨先生が名づけた「ホトトギス」の四S時代に登場する秋桜子、素十、山口誓子の三人の作家のほかに、中村草田男さんもおり、「ホトトギス」雑詠で、大正末期から第二次大戦が始まるまでの間、この会の作家が活躍しました。その意味から草樹会は俳壇史上にも大きな位置を占めております。それがどんな経緯でできたかを緻密なデータをもとにしてていねいに書かれている。さすがに青邨先生です。

私が草樹会に入った昭和十七年は、青邨先生、風生、福田蓼汀、京極杞陽、吉井莫生、佐藤漾人、こういう方たちがいました。続いて青邨先生の指導する東大ホトトギス会という学生やOBを中心にした会に入りました。そこで古舘曹人さんに会っています。

こうやってお話ししておりますと、私が俳句を始められたということはラッキーであるし、戦争に行かなくて東京にいたために素晴らしい師、先輩に出会えたということにもなるんですから、同時代の他の方とくらべると複雑な心境にもなりますが、私個人としては幸せな俳句のスタートを切ったと思います。

虚子編『新歳時記』などを読破

その当時、私がいちばんよく読んだ本は虚子編の『新歳時記』です。昭和九年十一月が初版です。一月から十二月までの月別に季題を配列しています。私が使ったのは昭和十五年に改訂されたものですが、十一年に虚子がヨーロッパに旅行をした後に海外の四季感を頭において改訂したものです。とくにそのころは南方に行っていた人が多いので「熱帯季題」を取り入れています。この熱帯季題は、現在も市販されている戦後の二十六年の増訂版では削除になりましたが、その当時としてはとりあげられた季題がみな実在したものでした。つまりこの歳時記が誕生したときと、私がそこに生活したときと生活感が重なっている。ですから、すべての例句が素直に読めるし、実際いい句が掲載されていました。

　これは出版される前の年に具体的な準備をしているんです。昭和八年改造社版の『俳諧歳時記』五冊本が出ていますが、冬と春の二冊が虚子編で、冬は青邨先生、春は風生さんが虚子先生の下でまとめを担当しています。この編集の経験が一つのベースになっています。ちょうど三省堂から一冊本としての歳時記編集の依頼があり、出来たのが虚子編『新歳時記』なので、松藤夏山その他いいスタッフがいました。全国の同人読者からも各地の気象、行事などたくさんのデータを集めています。何よりもすごいのは、この歳時記を作る前に「ホトトギス」の『雑詠全集』を季題別にして刊行していることです。大正、昭和の「ホトトギス」全盛期の雑詠を季題別にした中から例句を選んだのが、『新歳時記』なんです。季題別にして例句を選ぶか選ばないかは、たいへんな違いがあります。いずれにしてもこの歳時記は非常に完備されたものです。このことは昭和五十年代に入って「ホトトギス」一千号記念に当たって改訂版を出す仕事に私自身携わったときに初めてよくわかりました。

　句集『五百句』も読みました。「ホトトギス」の五百号が昭和十三年四月号でしたが、すでに戦争に入っていたために記念式典ができなくて、記念行事の一環として作った虚子の昭和十年までの句から五百句を選んだ句集です。

　「ホトトギス」五百号記念の一つとして「ホトトギス」の膨大な雑詠全集（昭和十二年九月号まで）ができていたので、そこからさらに虚子が昭和十三年から十七年まで四年かけて再選し『ホトトギス雑詠選集』（改造社刊）を作りました。これも貴重な句集で、私が俳句を始めたころ刊行されました。かなり厚い本ですが、これも読みました。雑詠選で採った句が全体の一〇パーセントなのに、それをさらに約六パーセントにしたわけですから、結果的に雑詠に投句したものから〇・六パーセントの句が選ばれた。いま名句といわれるもののかなりの句がこのなかに入っています。この選集の句が虚子編『新歳時記』の例句に改訂、増訂の際加えられています。

　もちろん、『雪国』という青邨先生の第二句集、これはいちばん読みました。もう一つは、当時、三省堂から「俳苑叢刊」が出ていまして、それで星野立子、中村汀女、松本たかし、日野草城、大野林火、西東三鬼、石田波郷など、読みたい作家のあらゆる句集が手軽に読めました。

　ほかにも古本屋を探しますと、昭和年代の俳誌「ホトトギス」がバラ積みにしてあったので、これをずいぶん買って読みました。主に読んだのは雑詠の巻頭句と雑詠句評会の記事です。

一方、秋桜子さんの『現代俳句論』や画論『安井曾太郎』を読みました。これもよかったと思います。

虚子から直接の教えを受けた研究座談会

　戦後の話に移ります。それまでももちろん虚子先生とは句会でお目にかかっていますが、身近で教えを受けるようになったのが昭和二十二年、「新人会」ができたことによります。この会は上野泰という人が中心でした。上野さんは虚子先生の六女、章子さんのお婿さんです。ほかに清崎敏郎、湯浅桃邑、真下ますじなど十一人に限りまして、昭和二十二年一月の日曜日、丸ビルの「ホトトギス」発行所で、電熱器で暖をとりながら句会をやったということから出発しています。ますじさんは虚子先生の長女、真砂子さんのお婿さんですから親戚関係ですし、立子先生も私たち若者をかわいがってくれましたから、虚子先生と親しくすることができました。この句会は毎月やりました。先生が出席したのは何回かで、普段はあとで選をしていただいたのですが、昭和二十四年に「新人会」だけで三日間、泊まりがけで虚子の指導を受ける夏行が、泰さん、立子先生の斡旋で行われました。「新人会」のメンバーのほかに藤松遊子、今井千鶴子など四人が入っています。私が「玉藻」に記事を書きましたが、この会に参加したことで、句会に臨む態度と考え方が出来たような気がします。いま私が俳句とは何かと考えるときに結論として書いていることとほとんど同じようなことを書いています。平凡な表現に深い心を湛える句、それは授かる句で、それが理想であり目標だと書いています。

　このころの「ホトトギス」雑詠は虚子選で、青邨先生、素十、立子など大ベテランの人がいるなかで若者も一緒に雑詠欄に句を出すと、若い人の句を思い切って虚子先生が巻頭に採られるので、若いうちから巻頭を意識しながら雑詠に出すという雰囲気がありました。そこからは何人かの新人が出ました。

　句会と講演の会はベテランがやるのですが、若い人に講演させ、それを戦後のページ数の極めて少ない「ホトトギス」に、よいものはそのまま載せるんです。私が最初に講演をしたのは二十三年十一月で、題目は「写生を中心として」です。昭和二十四年三月号の「ホトトギス」に載っております。雑詠でも〈青林檎旅情慰むべくもなく〉が次席になっています。ですから、これが一つの自分の本格的な俳句のスタートのような感じもしています。

　「ホトトギス」でみんなが言うところの虚子の下での夏の稽古会ですが、これが二十五年から始まりました。関西で、当時リーダーだった波多野爽波さんのところで活躍した大峯あきら、千原草之などがいますが、その人たちと合同で毎年やることになりました。だいたい一泊です。場所は、鎌倉から山中湖の虚子山廬、その後は千葉県の鹿野山で行われました。このとき虚子に直接指導を受けたことは当時の「ホトトギス」の若者にとっては非常に大きなことでした。爽波さんとは戦時中から一緒に吟行したりしてもおり、亡くなるまでの永い交友で多くの刺戟を受けました。また、稲畑汀子さんも高浜汀子として参加しています。

私にとってそれ以上に大きかったのが研究座談会です。昭和二十九年から始まります。その場で虚子から俳句の基本的なものを叩き込まれたという感じがします。

虚子先生は二十六年に軽いエンボリーを起こされて、昭和二十七年に「ホトトギス」の雑詠を長男の高浜年尾に譲られます。その後、次女の星野立子主宰の「玉藻」に非常に力を入れて、そこで戦後の活躍をされます。そのとき、たまたま編集を手伝っていたのが今井千鶴子さんです。千鶴子さんは虚子から「寝ても覚めても新しい編集のことを考えろ」と言われまして、その一つの案が、若い人たちに座談会をさせてみようということです。

「新人会」にて。着物姿は虚子、左端けん二
（昭和26、7年頃・山中湖の虚子山廬）

このメンバーとして五人が選ばれました。上野泰、清崎敏郎、藤松遊子、桃邑、私です。当時の「ホトトギス」以外の俳壇のことについても、たとえば根源論、写生などを取り上げています。写生というと短歌のほうの「実相観入」という斎藤茂吉の考え方もありましたから、そういうものを取り上げながらやっていきました。

五人だけでやって「玉藻」に連載しましたが、一年近くたったところで虚子が「正月に虚子庵でやろう」というのです。ずっと様子を見てたんでしょうね。そして、これならというのでご自分も加わったのです。

この座談会がスタートとしてから虚子から私のところにしょっちゅうハガキが来ました。座談会は研究座談会と名づけるとか、虚子が加わってからは間に合わないからなるべく早く私のところに各人が手を入れた原稿をよこせとか、次はどうするとか、簡単なことですが、そういうことによって私たちを座談会へと燃え上がらせていくんです。虚子の新しい企画、たとえば雑詠句評会にしても武蔵野探勝にしても、肝

研究座談会での虚子と星野立子（昭和33年・虚子庵俳小屋）

心なことをやるときの虚子のものに対する態度は、あとで考えてみると思い当たる節が非常にあります。それが体験できたことはありがたかったことです。

座談会では具体的な作品をあげ、それをどんなふうに虚子先生は考えるかということを述べてくださったわけです。

午前十時半ごろから始め、夕方の四時半ごろまで続きます。一日がかりですから、お昼には浅葉屋というウナギ屋がありまして、そこの海老天が出るんです。そして小さなガラスのコップに日本酒がちょっと（笑）。そしてまた午後が始まります。この会議室（角川九段ビル会議室）のようなところで、しかも出席者は立子先生を入れて七人でしょう。一、二度は虚子以外は清崎さんと私だけということがありました。そうすると虚子とはもっと近いですね。そういうところで諄々と説かれたものですから非常に印象が強いんです。

清崎さんはすでに国文学でいろいろなことを知ってます。芭蕉についても子規のことについても、一通りマスターした上で聞いていますから、終わりころにはだんだん自分の信念にまでなってきたんだと思います。だけど、こっちは素人ですから純粋に聞いているだけです。だから、肝心なところになると、もう一歩、聞いてないんです（苦笑）。

繰り返し巻き返し「花鳥諷詠、客観写生」

この研究座談会で虚子から私たちは具体的に作品を通して俳句とはこういうものだということを教えていただきました。結論を言えば、「俳句とは花鳥諷詠であり、客観写生というのが方法なんだ」ということを繰り返し巻き返し、話していただいたと思います。

この記録のごく一部が『俳句への道』（岩波文庫）に入っています。これはいまにして思えば実に貴重なものです。これを見ますと、虚子が当時、「ホトトギス」内部だけではなくて外の俳壇でどういうことが起きていたのかということも、われわれ若手の発言を通してちゃんと吸収しているわけです。

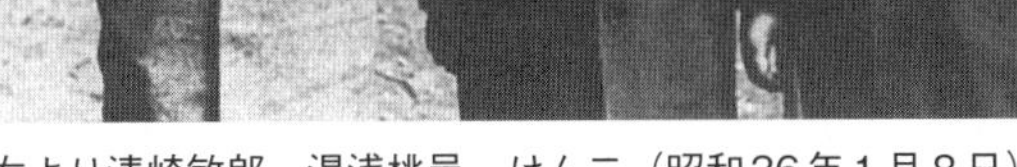
右より清崎敏郎、湯浅桃邑、けん二（昭和36年1月8日）

最晩年に朝日新聞に「虚子俳話」を連載しましたが、あの発言の背景にはこれがあるんです。具象性や単純化が足りぬとかということを見るためには、こういうディスカッションが必要だった。それと同時に、立場を越えて、いいものはいいと言った。そのことを強く感じますね。

　秋元不死男さんが角川書店の『俳句』の月評にそれを取り上げてくれましたが、たとえば「西東三鬼の〈水枕ガバリと寒い海がある〉はいいよと言っている。自分としては虚子からそういうふうにほめられるとは思わなかった」とあります。もちろん、その会では不死男さんの句についても取り上げました。

　おもしろいことには、「この座談会で興味を覚えたのは『平凡』と『陳腐』のけじめをわきまえ、平凡のよさがわからなければならないという発言だ」と、そして「若い清崎敏郎や深見けん二たちにわかっていて私にわからないのは、まだ非凡のよさがわからぬから、平凡のよさがわからぬのかと考えた。平凡のよさがわかったらありもしない才能にはかない望みをかけている私などはどんなに救われるだろうかと思った。まだ大人になれないか」なんて書いてあります。

　こういうことも不死男さんが書いているんです。

「（『玉藻』の）雑詠の巻頭句のなかに〈それとなく子にひややかな父なりし〉という句が出ている。『ひややか』は『秋冷』に違いないが、かような使い方をしてもよろしいのであろうか」とあります。これは立子が選んだものですが、虚子の考えている季題観には心理的なものを表すときにも「ひややか」は使っていいという広い考えがあるんです。歴史を大事にするということと同時に、写生から得たものを含めて非常に幅広い季題観というものをもっているので、季題というものがあくまで中心だが、その季題がよく利いていればいい、という風に、片っぽづけをしない考え方です。

一度季題を決めたら、一つの約束としてその背景を考えながら自由に使っていこうという考えがあるのです。しかしそのなかに、越えてはいけない一線もあるということ。そういった季題観というものが基本になっています。

花鳥諷詠というものはあくまで季題の文学だ、俳句とシノニム（同意語）だということを繰り返し言われるわけですが、俳句は季題の文学だということだけではすまされないものがある。座談会では「花鳥と言わないと味がないとか詩的でない」とかという発言がありますが、それは芭蕉の風雅論と基本的には一つになっていると思います。

そして最晩年の「虚子俳話」で、芭蕉の〈古池や蛙飛び込む水の音〉に対して、これは四季の循環のなかにおける陽春の現象の発見感動を詠んだということがいまになって初めてわかった、芭蕉も「造化を友とし、造化に帰る」と言っていたじゃないかということを改めて言っているのです。

芭蕉の考え方への共感は虚子が大正のはじめに書いた『俳句は斯く解し斯く味ふ』のなかにまず出てくるわけです。芭蕉の『幻住庵記』をあげて、少しも気どらず自分の心をそのままに書いたという境地が非常に大事だ、造化と親しむことが大事だということをそのときから言っているのですが、最後の「虚子俳話」でまたそう言っているわけです。

ということは、花鳥諷詠というものを、芭蕉が求めた日本人の美的な考え方、日本の美意識というものを俳句という短い詩にとり入れ、しかも季題というものを四季の循環という大きな宇宙に還元して、これを花鳥と呼んだ。そうでなければ自分の俳句観が出ない。諷詠は調べにのせて賛美して詠むということですが、そういう自然に対する畏敬の気持ちがなかったら、虚子のこの花鳥諷詠というものはないわけです。

「ホトトギス」の歴史のなかで虚子がどの時代にこの考え方を得たかというと、やはり大正時代だと思うのです。ご存じのように大正二年から雑詠を再開しました。そこに最初に登場してくるのが村上鬼城（むらかみきじょう）、飯田蛇笏（いいだだこつ）という人たちです。『進むべき俳句の道』を書き終わるのが大正七年ごろですが、その少し前から客観の尊重、客観写生ということを強く言っています。

次の時代の四Sに至るまでを一般には「平坦なる客観写生時代」というけれど、あそこで虚子が自分の門下と一緒に、俳句とはどういうものか、主観だけを言っていたのでは俳句という詩型をつぶすという強い信念で、自分も試行錯誤しながら、そして弟子たちにも試行錯誤させながら、字余りの句が横行するということを経て、そこのところでたまたま機が熟して、大正の末から何年かのなかで、いわゆる四Sの人たちが出てきた。そこのところで、表面が客観的であるけれど客観主観が渾然として一つになったものが客観写生の行き着く道だとしたのでした。

そのあとで、さて、俳句とはいかなるものかということに戻ったときに、昭和三年に花鳥諷詠ということを言い出したわけですね。

そして、虚子はその後、ずっとそれを主張してきました。新興俳句については、ご承知のように虚子先生のまわりにはいろいろな人がいますから、どういうものを作っているのかよくわかっているわけです。私たちの座談会のころになると、戦後の最も新しい句集について全俳壇がどういう動きをしているかをわきまえて、そのうえで最後に「私の生涯は短い。しかし、花鳥諷詠という一語を残し得たことは私の誇りとする」ということを書いています（「玉藻」二十九年十月、岩波文庫『俳句への道』一三四ページ）。

そのあとでも私たちに繰り返し巻き返し、花鳥諷詠ということを言って、最後までその考えを叩き込もうとしたということは、すべての裏づけをもった上での話であるし、さらにその前を考えると、虚子が「ホトトギス」に雑詠を募集する前には小説の世界に遊んでいます。そういう広い文学のなかで文芸、広い詩の世界のなかで俳句というものを考えたときにどうあるべきか。そういう全体からの考え方なのです。それと俳壇で自分が選をし、自分が作句し、文学体験を経た上での花鳥諷詠、客観写生であるということをわきまえないと、ただ言葉だけになってしまうと思うのです。

信仰しなければ本物にならない

昭和二十九年に東西の若者の集まる稽古会が鹿野山の神野寺で開かれたとき、虚子先生が〈明易や花鳥諷詠南無阿弥陀〉の句を出された。句の解釈については虚子自身この句は何がどうしたというのではないですよ、信仰を表しただけのものですよと言っていますが、研究座談会の席上で私は一生懸命、この句の鑑賞をして、「先生は花鳥諷詠と南無阿弥陀を同じにお考えですね」と申しましたら、「はい。私はそう考えています。あなたたちはどうですか」とすぐ来たわけです。それなものですから「もちろん私もそう考えています」と言ったら、「それはあやしいなあ」と言われた（笑）。そして「信仰しなければほんとのものになりませんね」とも言われたのです。

別のところで、「文学において信仰という言葉は使いたくない」と言っています。しかし信念とだけも言えないんです。最後になると「私が花鳥諷詠ということを言ったが、それは

虚子（左）と（昭和30年頃・虚子庵）

もう信仰に近いものだ。信仰するかたちでなければ右顧左眄（うこさべん）してどうにもならんですよ」ということを明快に言われましたね。

　そういうところは私自身が直接、その場でうかがっているものだから、それ以来、〈明易や〉の句は私が「俳句とは」ということを考えるときにいつもテーマになっているのです。その席にいた何人かもみんなそうなっています。

　しかし、虚子という人は一面ではこういうことも言っているんです。「花鳥諷詠というものを唱えたときにはそれほどのものとは思わなかった」と。「ホトトギス」のなかにも反対する人がいるし、ご存知のように、これには青邨先生も当時から批判的でしたからね。花鳥諷詠というのは「ホトトギス」の俳句を表すにはあまりにも古い。人にも誤解されやすい。もっと「ホトトギス」は進んでいるんだということも含めて、標語としてはつまらぬと青邨先生は反対しています。

だけど、虚子は「世の中に花鳥諷詠に対する反対論が起こるたびに花鳥諷詠という言葉が光を増してきた。そして力強い言葉になってきた」と言っています。

　別なときに「俳句は真ではなくて美だ」ということも言っています。リアリズム的な意味で事実というもの、そのなかにおける真実と自己の真実というものを求めていくなかには真実感合、実相観入という考えがありますね。その方たちは決して美を忘れているわけではないんだけれど、芸術の究極はあくまでも美だというのが虚子の信念ですね。それは花鳥諷詠のなかに含まれている。これもまた大変に大事なところではないかと思います。

　何よりも虚子という人は、四季の運行の大きな循環のなかでは人間というのは非常に小さい存在だということを若い

高野素十

ときから実感しているんです。それは一般的には多くの人の死に直面したこと、自分の娘さんを亡くしたことからだということになってはいますが、あらゆる意味において若いときからそういう死生観を持っていたと思います。それをどう乗り越えるかを常に考えておられた、というよりも直面していたんでしょうね。そうなると、人間の存在は非常に大きいけれど、しかし宇宙の大に比べたら非常に小さいものだ。小さな人間はそのなかに生かされているものだということです。そのなかで自らを恃むというのが虚子の人生観、俳句観だったと思います。

この座談会のとき、そして私がこの時代に受けたものとして大きいなと思ったひとつに、次のようなことがあります。私が先生のところに行って、現代の作家は次に誰を取り上げましょうかとうかがったら、「草田男君あたりがいいんじゃないか。あれは半分味方で……」ということも言われました（笑）。あるとき草田男さんがその座談会にたまたま来たんです。そのときは楠本憲吉（くすもとけんきち）さんの〈寒雲の片々たれば仰がる〉を取り上げたのですが、虚子先生は草田男さんに、この句の「たれば」をどう思いますかと、もう詰問のようにして聞くんです。自分の考えが生（なま）なままで出たものはいい俳句ではないんじゃないかという考えが強いわけです。だけど虚子先生はあの方の才能を買っていましたから、そういう作家がどういうふうになるか非常に興味を持っていたと思います。

当時の若者はみな草田男さんの影響を受けていますが、私自身としてはみなさんとは別のかたちで受けています。というのは虚子という人のフィルターを通してのことですから。私も直接、草田男の俳論をずいぶん読みました。「二重性の世界」というものについては、やはり難解に行くところは私としても賛成できなかった。だけども、あのバイタリティーは魅力的です。ただ、若いころの影響とすると、私にとっては草田男の句よりも、誓子の句に惹かれたところがあるかと思います。それは別な意味で俳句性というものを誓子という人が持っていたんでしょうけれど、しかし、だんだん、いまは誓子さんの俳句に賛成できないところもありますけれどね、私としては。

それから、やはり立子という人の影響は強かったと思います。当時、立子、素十という二人の作家が「ホトトギス」では活躍していました。たとえば湯浅桃邑や清崎敏郎という人は素十の影響を受けています。私は、才能もないのに立子という人に惹かれました。だけど、後になって、やはり素十を尊重するようになっていますね。

虚子を聞き、虚子を見る

一人一人の名前は全部あげられませんが、二十一回の研究座談会で取り上げた作家は、当時のベテランから現在、活躍中の俳人まで、たとえば沢木欣一、古沢太穂、桂信子、細見綾子さんなど、総数にしますと六十人余りです。「ホトトギス」内外の当時の作家をほとんど含んでいます。

戦後俳壇のいろいろな動きが出たピークの時代ですからね。そのなかには当然、社会性俳句もあります。沢木さんの『塩田』の句もわれわれは取り上げました。先生は「『塩田』は夏となるべき季題だろう、これは写生だな」ということを言っておられます。細見さんの句は「われわれに近い」という発言もあります。能村登四郎さんの『合掌部落』は具象化が十分でない、子供を詠んだ句は異存がない、と言っています。具象化ができてなくて主観が生に出たものについては虚子先生はどうしても賛成しなかったという点があります。

この時代、私が別に続けていたことの一つに「夏草」の月評を書いたことがあります。そのなかでは草田男さんの『新しい俳句の作り方』、不死男さんの『俳句入門』、例の「もの説」ですね、ああいうふうなものについて書いているんです。それを受けて不死男さんの句についても虚子先生に聞いています。〈冷されて牛の貫禄しづかなり〉は「貫禄」ということばに虚子先生は抵抗を示しました。そのかわり〈苗代や一杆先に艦浮ぶ〉がおもしろいと言っています。

このころ、平畑静塔の「俳人格」が評判になりました。「虚子によってはじめて作られた俳句は一パーセントを残してすべて精神空白だ。その一パーセントは俳句性というものだ」と。ところが、その一パーセントこそ、虚子の大きなところで、その一パーセントが実は九九パーセントではなかったかということ、独特の見方ですね。その一パーセントとは何かというと四季の運行に任せた人生観です。それは近代性と著しく反するものです。自我とね。そういうことを考えると、おもしろいなと思うのと同時に、虚子先生は、当時のそれをご覧になって、私たちの意見を聞いたり、「俳人格」を読んで、「あれはおもしろいじゃないか。自分の一面をちゃんと書いている」と言っておられます。

飯田龍太さんの『百戸の谿』については「やはり親父さん譲りだな」という話をしています。波郷の句については「ここまで言わなくてもいいだろう」って。というのは『惜命』の句を取り上げたものですから。「しかし、この人はやはり俳句というものをよく知っている」と話されています。佐藤鬼房（さとうおにふさ）さんのことは「この人は真摯な取り組みをしているのがよくわかる」と言っています。こんなふうに、当時、活躍した俳人はほとんど取り上げていますね。

この座談会の記録を改めて読み返しますと、句に対してはっきりした判定をされると同時に、作家の人物そのものがどうかということを見抜く力はすごいなと思います。

その座談会以外にも先生のところに一人で行きまして、図々しくも私の聞き書きを作ってあります。そうですね、七、八回、行ったでしょうか。そこでの発言で座談会全体について話をするうえでも大事なところが二、三あります。たとえば「花鳥諷詠ということと写生ということは違いますよ。写生は方法だ」と。別なところでは、客観写生を態度の面で説かれていますから、そこでは花鳥諷詠と一つになっていますが。また「俳句は短いから何げなく叙するということは、平凡なことばで深い味わいが出るということで力があるのだが、それればかりではない。複雑にもよいものがある」とも言われています。

それから、「客観写生というのはどこまでも広げられますね」と言いますね。そうすると「広げてもかまいません。それは、生まれた作品に重点を置くべきだ。また、本来の客観写生ということは狭いけれど、それゆえにかえって力強いものであると考えている」とも言っておられます。

このへん、客観という名を写生に付したのは、虚子自身、指導のためだとも言っているし、俳壇ではほとんど指導のためだと言っていますが、虚子の『句日記』を見てみますと、虚子は作り出すときに実に簡単に目についた客観的なものの描写から入っています。心だけを出すことからは入っていません。必ずスケッチから入っています。そして大きく飛躍する。

そういうことから考えると、客観写生ということを虚子が言ったのは単なる指導のためだけではない。また「自分はもともと主観が強い。自分のためにも客観と言うんだ」と言われたことは直接聞いていますので、必ずしも指導のためだけに言ったのではないと思います。

こんなことも言われました。「季題が主になっているものでも、また季題が軽く用いられている場合でも、それが有効に働いていればどちらでもよい」。作品本位ということですね。

「草田男の言う文学は近代文学なのです。俳句には西洋の近代というものはありませんよ。これは根底から間違っているのです。少数はあるかもしれませんが多数は違うのです。しかし、草田男の言う近代はないかもしれませんが、われわれ祖先の文芸一般の文学はあるのです。文学は範囲の広いもので、草田男の言うようなものではありません。季題に人生観が左右されるのは当然でしょう」という言葉もあります。

これは一人で聞いていますから、ここでの発言だけをとって虚子をはかってはいけないんだけれど、でも、貴重な生の声ですよ。根本のところをついている。

（虚子は）一般に受け取られているよりずっと、幅が広いというところについてですが、後年、私がやった虚子の研究と、もう一つ虚子の選による「ホトトギス」雑詠史、この二つを合わせて見ることで虚子の俳句に対する考え方が私にはいちばんわかったように思います。そして、花鳥諷詠の実践者であるということはそのなかにいちばんはっきりと表れていると思います。

いま申し上げたようなことを、そのときどきに私としては具体的に虚子の口から聞き、先生も座談会の原稿には、私にハガキを寄越したりなどまでして必ず目を通されていました。原稿には自分で朱を入れています。虚子が亡くなったあとに出た二、三回の分にはそれはないですが、それ以外のまとめのほとんどがそうです。それだけ虚子という人は慎重だったですね。楸邨と波郷、草田男の句を取り上げると言ったときには、「若い人たちが来て、今度、こういうものをやりますと言っている。別な立場の者が他の俳句をいろいろ言うのは無益なことかもしれないけれど、こういうことになった」と、わざわざ「玉藻」に一ページ割いて述べてあります。ともかく虚子は細心の注意を払っています。

私なりにこういった体験を通して、もう一度、虚子の作品と「ホトトギス」の歴史を読むと、はっきりそこから見えてくるものがあって、それは何気なく見たときとはちょっと違うところがあるかなあという気がします。ただ聞いていただけでは、おそらく自分の俳句観としては納得がいかなかったし、虚子というものへの本当の理解はいかなかったかもしれない。受け売りだけになったかもしれない。ですから私は、人から聞いた話を聞いた話で大切にするのですが、原典にぜひ当たってくれ、虚子の俳句を実際に自分なりに読み、虚子の書いたものを読み、そして虚子というものを考えてくれと、いつも必ず人には言います。特に私の結社「花鳥来」の人には、繰り返し巻き返し言います。人の言われたことや引用を鵜呑みにして虚子を考えたのでは虚子というものは見えないと思います。

ですから、中岡毅雄さんにしても岸本尚毅さんにしても、虚子にまったく会ったことのない人たちが虚子のものを読みこんで書く虚子論は、核心のところをついています。人から聞いたり、一部だけを読んで虚子をあれこれいう人がいるのは困ったことだと思います。

虚子からの自立

そんなことをしているうちに私も第一句集の『父子唱和』を昭和三十一年十一月に出させていただきました。古舘曹人さんが企画してくれたもので、青邨先生から実に懇切なありがたい序文をいただいています。そのことは私にとっては何よりの幸せだと思って、今回の［花神現代俳句］の句集『深見けん二』に載せさせていただいたわけです。

しかし昭和三十四年に虚子先生が亡くなります。ここで私としては力が抜けたことは事実です。青邨先生がおられるんだから、そんなことはおかしいと思うんだけれど、おもしろいですね。そのあと二、三年は「ホトトギス」雑詠にも投句しているし、実作もしています。三十六年にヨーロッパに行って、当時の『俳句研究』に作品を出したりもしていますけれど、だんだん実作から遠ざかります。

「木曜会」メンバーと。中列左から古舘曹人、黒田杏子、けん二、斎藤夏風（昭和60年）

昭和五十二年に日本鉱業を定年になりました。そのときに私に最も大きな影響を与えたのが勉強句会の「木曜会」だと思います。なんとか俳句をもう一度と思っていたところに、「木曜会」という「夏草」の燃えるような研究会があったんです。古舘曹人さんが中心で、黒田杏子さん、斎藤（さいとう）夏風（かふう）さんたち十人くらいで、本格的な連衆句会をやりました。月二回、夜六時から九時まで。無我夢中でやりましたね。メンバー全員の情熱がともかく、ものすごく沸いているところへ、私が帰り新参で加わったものですから、ものの見事に跳ね飛ばされました（苦笑）。当時、私の句なんてどうにもならんって何度も曹人さんからは面と向かって言われたわけです。私は何でも「虚子、虚子」ですから。曹人さんは自分ではそのころから虚子の研究をやり始めているのに、私に対しては友情をもって「虚子一辺倒じゃだめだ。虚子から自立しろ」ということを勧められましたね。

そのころ杏子さんが中心になってやっていた「夏草」の「紅粉（べに）花の会」という、仕事を持った女性だけの勉強会にも一年間、ゲストに呼んでいただいた。あのころ私は「リハビリ」の時代ですからこの会でも非常に励まされました（笑）。ありがたいことだと思っています。

曹人さんにはまた、「生活を変えないで俳句が変わるものか。ライフスタイルを変えろ」とお得意のセリフを言われました。具体的には太極拳と書道をやれということです。そのときから私はいまに至るまで楊名時太極拳を続けています。岡村カナヱ先生という立派な方に出逢えました。また多くの方の御縁を得ました。これは私の健康の上ではありがたいことだと思っています。今は楊名時先生に毎週直接お目にかかり、いろいろ示唆を受けています。太極は無極といって大きな宇宙です。自分の中にも小さな宇宙がある。その大きな宇宙と小さな宇宙が一つになるというのが太極拳の基本で、これはまったく「花鳥諷詠」の精神と同じです。

その後、俳人協会との関連もできます。私が入ったのは昭和四十四年の「夏草」からの推薦です。三十六年に創立されたとき、秋元不死男さんは私に対して関心を持っていてくださったのですが、不死男さんの推薦を受けながらも入らなかったということがあります。

私が俳句に復帰するころから、協会賞の予選委員とか新人賞の選考とか、ずいぶん長いこと、やらせてもらいました。俳人協会埼玉支部が六十三年にできたとき、草間時彦さんと岡田日郎さんとの推薦ですが、埼玉支部の世話人代表のようなことをしたり、「武蔵野吟行案内」をまとめたり、平成四年には協会賞をもらいます。

そういうことで、「ホトトギス」や「夏草」だけではなくて、広く俳壇の方々とこのときから本格的に交流することができたと思います。

そういういろいろな関係ができていくなかで、「ホトトギス」のほうでも虚子編の『新歳時記』は古くなったから改訂しようという話が出ました。それで、あらためて虚子編『新歳時記』の序というものを読んだのです。

季題の取捨、四季の区別、季の決定、季題の排列、解説、例句、の六項目が明快、簡潔に書かれていて、びっくりしました。

四季の区分ということについては、いろいろなものを検討したうえで陰陽五行説による立春、立秋などを季の始めとする分け方をとっている。季を決定するのも、文学的な意味からどっちに分けるということが中心であって、事実に必ずしも拘泥していないときがある。だから矛盾していることもあるが、やはり詩として、伝統的にそういうものはどう扱われてきたかということを考えればこういうふうにするとはっきりしています。そして、何と言っても例句がそれまでの「ホトトギス」大正、昭和初期の集大成になっている。

そういうことからしますと、これから「ホトトギス」のなかでこれを改訂して新しいものができるだろうかと考えると、みんなギブアップです。解説を書き直し新仮名にして、例句を入れ替えて、新しいものは別途に作るということになりました。

　稲畑汀子主宰は無理をしてでも毎月の会議に出ました。昭和六十一年にいまの『ホトトギス新歳時記』ができるのですが、それまでに六、七年かけているんです。

句集『花鳥来』による俳人協会賞受賞。右に龍子夫人、左に黒田杏子（平成４年）

　ただ、虚子という人は「歳時記は改編しなければならない」ということを言っていますので、虚子自身でそれが実現できなかったことに問題が残っているだろうとは思っています。

　もう一つ私が携わったのは「ホトトギス」の創刊百年記念行事です。千二百号が平成八年十月でしたが、汀子主宰の下で準備委員会を七、八名で数年前から毎月やっているんです。いろいろな企画を立てました。具体的なものとして、小学館から『ホトトギス巻頭句集』『ホトトギス雑詠句評会抄』『名作文学集』の三冊が出ました。岩波書店からは『虚子五句集』が出ました。

　ほかに、汀子主宰が「ホトトギス」の百年を十に区切りまして、その時代時代について「ホトトギス」以外の人と対談をして、「ホトトギス」の歴史を検証しようという話がありました。『ホトトギス俳句百年史』です。これには私は千鶴子さんと一緒にアシスタントとして毎回出席しました。ゲストは山下一海（やましたかずみ）さん、高橋睦郎（たかはしむつお）さん、川崎展宏（かわさきてんこう）さん、若い人では岸本尚毅さん、小澤實（おざわみのる）さんなど約十人に来てもらいました。

　しかし、その座談だけでは尽くせないから、私が『「ホトトギス」雑詠史概要』を書きました。これはだいたい十年ごとのものですが、四百字詰原稿用紙にして一回三十枚くらい。

対談のあとに「ホトトギス」には九回連載されました。その虚子選の部分は私の評論集『虚子の天地』に入れてあります。

雑詠史というものは一言で言えば「伝統の革新」です。伝統というものは革新なしにはないのです。それを虚子という人は実際にやったと強く感じます。

いま現在、名句の鑑賞ということで取り上げられる、大正を含めて昭和の初期の句はだいたいこの時代にできたものです。そしてそれは虚子が雑詠に選んだものがかなりの部分を占めている。これは大きなものです。草間さんもこの「証言・昭和の俳句」(第3章)でそれに触れておられますが、自分が虚子から直接習ったときに感じたものをあとでもう一回検証して、その流れを汲んでいくときに、虚子がどういうかたちで人を導いたか、どのへんまで花鳥諷詠客観写生を広げて感じられたかを、その時代時代を背景に実感として感じていることが私の支えとなっていると思います。

「虚子は大きな人」と言われた青邨先生

もう一つ。青邨先生のことですが、虚子先生の信頼は厚かった。また、それに報いるというお気持ちが青邨先生にはありました。ですから日本伝統俳句協会ができるまで、亡くなる二年前でしたか、「ホトトギス」の同人会長をずっと務めておられました。私は毎年の虚子忌に青邨先生のお供をするということで……。しかし、先生はお元気で「私は供なんか要らん」ということで、たしかにその当時の写真を見ると私のほうが痩せていましたから(笑)。青邨先生が最後の虚子忌に出たのが昭和六十年だと思います。亡くなったのが六十三年ですから最晩年まで出ておられます。ほとんど欠かしていません。そして、かなりの数の虚子忌の句も作っています。青邨先生は虚子という人に対して本当に師事された方です。

虚子先生の下にはまず、写生文から入っていますが、写生文であそこまで書けた人はいないのではないでしょうか。最後まで青邨先生が汀子主宰の「ホトトギス」の「山会」にずっと出席して指導をしておられました。

青邨先生が虚子に対して直言した「どこか実のある話」や、その後の「俳句の近代性」という講演録を再読しますと、虚子に対して心服しておられると同時に、ご自分の立場というものにまた毅然としたところがあるわけです。これは先生の評論「複雑さの克服」に代表されるような、まさに近代性を中心にしたものです。しかし、そこで青邨先生はあくまで季題というものと写生というものを貫かれていますから、根底ではお二人は同じだけれど、それはまた私にとって虚子という人を学ぶ上でもありがたいことだと思います。

青邨先生を一方でできるだけ読んだり、書いたりしますと、今度はそれがうまく跳ね返って虚子の研究になってくるんです。青邨先生は私に「(虚子は）あんな大きい人ですから、あなた、なかなかたいへんですよ」って体を震わせて言われましたが、そういうことが私にはとてもよかった。

虚子忌に山口青邨（左）と（昭和60年・鎌倉市寿福寺）

虚子の根っこ

虚子は戦争の影響を受けなかったということについて、一部誤解をされているところがあるんです。虚子には戦争に勝ったという喜びを詠んだ俳句が一部ありますが、それは新聞社に求められて作ったものです。虚子にとっても戦争はたいへん厳しい時代でした。いろいろな意味で影響を受けた句があるんです。つまり戦争がなければできなかったと思われる句がたくさんあります。

ただ、そのなかで実際に残った句が小諸(こもろ)での〈山国の蝶を荒しと思はずや〉などのような戦争と無関係のような句が名句としては残るわけです。戦争を直接詠んだもの、戦争の影響で暗い気持ちが表面に出ているような句は残らないというところがあるために、そういうことになるのですが、やはり虚子という人には戦争の影響が強かったと思いますよ。

ほかの作家でもそれはあるんじゃないですか。誓子、素逝(そせい)、戦後の秋桜子でもそうですが、その人たちがどういう俳句を作っているかというと、追い詰められたなかでその人の代表的な作風のものを作っています。たとえば秋桜子さんの〈冬菊のまとふはおのがひかりのみ〉は終戦後の庭の小菊を見て作っているわけです。誓子さんの〈海に出て木枯帰るところなし〉〈蟋蟀が深き地中を覗き込む〉など、それは心象的に暗さが入っているかと言うかもしれないが、全体的に見ると必ずしも戦争に対しての自分をどうするということではなくて、そのときの心象なり、追い詰められたなかでのまことの美を追求したものです。それと同じことを虚子は小諸でやっていたんだと思うのです。

虚子の身辺の人がどんどん応召していく。家族に死者が出なかったですから、それだけの救いはあったかも知れませんが、そういうなかで虚子という人は決して戦争に無関心だったとは言えない。花鳥諷詠という俳句の本質は戦争によって何も影響を受けない、どんな時代でも四季の運行にしたがって自分の心を詠む、そういうことは戦争があったからどうだということにはならないという信念でやっていたのです。

昭和十七年に〈一切の行蔵寒にある思ひ〉、昭和十八年に〈寒鯉の一擲したる力かな〉という句がありますが、戦時下でなかったらこういう句はできなかったのではないか。追い詰められたなかで、どんなかたちにしろ、なお自らを恃すということがなければできなかったのではないか。そんな句がいくつもあります。

ですから虚子の場合、『五百句』の次にあげる句集は何かと言われたら、私はどうしても『小諸百句』と言いたい。小諸に疎開したことは虚子の一つの選択でしたね。小諸の人は虚子がどんな偉い人か知らないんです。農家の人がやって来て縁先で話し込んだり。虚子がそんな生な風土に触れたのは初めてなんじゃないですか。虚子という人はそのころはもう大御所でしたし、生活も豊かになってましたから。

虚子の生活が豊かになったのは昭和十年過ぎからです。それまでは厳しいですよ。九人の子供たちを俳句だけで育てるのは本当にたいへんだったと思います。日比谷公園で浮浪者のような人から「あなた、何をやってるんですか」と聞かれたとき、「俳句を作っている。これは私の職業です」と答えたと、赤星水竹居著の『虚子俳話録』に出ています。

大正二年の〈春風や闘志いだきて丘に立つ〉の句を見ると俳壇への復帰は華々しい出発のように思うけれど、あのころの虚子の状態といったら体調は悪くて神経がやられて、しょっちゅう寝込んだりしているんです。「ホトトギス」を休刊もしています。そういうなかでだんだん自信を持ってきて立ち直っていくんです。

雑詠を再開する前のこともおもしろいですよ。一回、明治四十一年に雑詠を作ったが、あまりうまくいかないので、そのままになっていて、しばらく小説に専念するでしょう。大正二年に俳壇に戻ったとき、雑詠を募集する前の消息を見ると、果たして集まるだろうかって、おっかなびっくりやっているような感じです。それがだんだん集まってきたので虚子はどんどん闘志を燃やしていくんです。そういう過程を見ると非常に人間的でおもしろいですね。

虚子の根っこを見るためには大正時代の虚子を一回よく見ておかないと虚子を語れないという気が強いんです。なぜかと言うと、このあたり、つまり俳壇復帰と、『進むべき俳句の道』の第一次黄金時代から、大正末から昭和初めの「四S時代」の間の大正中期がいちばん苦労した時期だから。俳句の上でその人がどこでいちばん苦労したかを見ないで、そのあとのものだけからでは、本当の発見はできないと思うんです。

さあ、こんなことでですね、きょうの私の話が果たして「昭和の証言」になったでしょうか。

おわりに

このシリーズにご登場下さる方々はそれぞれに、準備に時間をかけて下さってありがたい。

年譜と証言をじっくり検証してみると、深見けん二という人は、昭和三十四年四月八日の虚子の死に遭遇して以来、句作からは何歩か退いたとはいえ、一貫して虚子のことについて、休む間もなく調べ、学び、書いてこられたことに気づく。民間の企業に勤めていながら、作品研究、歳時記の改訂、年譜の検討、文章、小説、句評の読み直し……。その作業は膨大なものになる。虚子門であると同時に立子門でもあって、立子という人のことについても、虚子に対すると同様、調べ、記録し、よく書いてこられた。

理系の人らしいやり方で、データを重視し、記録をきちんと整理して分析してゆかれる情熱のその炎の源は、きわめて若い時代に、円熟を極めた虚子という先達に直接学び得た時間の濃密さにあるのだということを、今回は改めて確認させていただけたように思う。

黒田杏子

（インタビュー＝平成11年11月12日）

深見けん二自選五十句

凍雲に一筋届く煙あり　『父子唱和』（昭31刊）

氷柱垂れ同じ構への社宅訪ふ　〃

焼跡の天の広さよ仏生会　〃

月を見てをりたる父の諭すこと　〃

とまりたる蝶のくらりと風を受け　〃

青林檎旅情慰むべくもなく　〃

鶏頭のかむりの紅の初々し　〃

ガラス戸に額を当てて短き日　〃

離愁とは郭公が今鳴いてゐる　〃

鴨流れゐるや湖流るるや　〃

吾子の口菠薐草のみどり染め　〃

父の魂失せ芍薬の上に蟻　『雪の花』（昭52刊）

日々勤め晩夏陸橋人に従き　〃

おそく来て若者一人さくら鍋　〃

小春日の母の心に父住める　『〃』

覚めて又同じ枯野のハイウエイ　『〃』

二た昔とも昨日とも高虚子忌　『星辰』(昭58刊)

かまつかのゆるみそめたる紅の張り　『〃』

夕月の光を加ふ松納　『〃』

かな〱や森は鋼のくらさ持ち　『〃』

草に音立てゝ雨来る秋燕　『〃』

ものの芽のほぐるる先の光りをり　『花鳥来』(平3刊)

秋雨にすぐ潦八重の墓　『〃』

花の色白さを濃しといふべかり　『〃』

行き違ふ手提の中の供養菊　『〃』

人はみななにかにはげみ初桜　『〃』

椿寿忌やわが青春の稽古会　『〃』

ちちははも神田の生れ神輿舁く　『〃』

獺祭忌悪人虚子を敬ひて　『〃』

雨かしら雪かしらなど桜餅　『〃』

日のさしてをりて秋めく庭の草　『〃』

枯菊を焚きて焔に花の色　『〃』

囀の一羽なれどもよくひびき　『〃』
一片の落花のあとの夕桜　『〃』
きらめきて萍紅葉はじまりし　『〃』
芦の花ここにも沼の暮しあり　『〃』
供養針にも夕影といへるもの　『余光』（平11刊）
盆の花かかへて歩く畳かな　『〃』
浅野川ほとりの宿も注連の内　『〃』
声揃へたる白鳥の同じかほ　『〃』
石一つ堰きて綾なす秋の水　『〃』
凍蝶のそのまま月の夜となりし　『〃』
まつすぐに落花一片幹つたふ　『〃』
薄氷（うすらひ）の吹かれて端の重なれる　『〃』
蜻蛉生る池塘（ちとう）の水の昏きより　『〃』
母の忌の花火いくつも上りけり　『〃』
重なりて花にも色の濃きところ　『〃』
玲瓏とわが町わたる冬至の日　『〃』
まづ拝む窓の遠富士初稽古　『〃』
師の墓のうしろの石に涼みけり　『〃』

深見けん二略年譜

大正11（一九二二）　三月五日、福島県高玉鉱山に生まれる。父俊三郎、母新子の次男。

昭和5（一九三〇）8　父転勤により東京に移住。

昭和16（一九四一）19　幸喜美（こうきみ）の紹介で高浜虚子に師事。深川正一郎の指導を受ける。

昭和17（一九四二）20　東京大学第二工学部に入学。草樹会に出席。山口青邨門下となり、東大ホトトギス会に出席、古舘曹人を知る。

昭和20（一九四五）23　金森研究室の一員として勤労動員。肋膜炎病臥中終戦。九月卒業。

昭和22（一九四七）25　上野泰、清崎敏郎、湯浅桃邑、真下ますじ等とホトトギス新人会結成。

昭和24（一九四九）27　「ホトトギス」雑詠次席。「写生を中心として」の講演も載る。

昭和25（一九五〇）28　日本鉱業㈱入社、研究開発部門。

昭和28（一九五三）31　甲野龍子と結婚。「夏草」同人。

昭和29（一九五四）32　「玉藻」研究座談会の席上、虚子より、虚子の俳句観の面授を受ける。泰、敏郎、桃邑、藤松遊子と虚子没年まで。又「夏草」誌上に、俳誌月評書き始む。

昭和31（一九五六）34　父死去71歳。第一句集『父子唱和』（夏草叢書）刊。序文山口青邨。

昭和34（一九五九）37　「ホトトギス」同人。四月八日、高浜虚子師逝去。

昭和52（一九七七）55　日本鉱業㈱定年。連衆句会「木曜会」に出席研鑽。古舘曹人、斎藤夏風、黒田杏子らと合評の妙味を知る。

昭和53（一九七八）56　以後俳人協会賞選考に関わる。

昭和58（一九八三）61　退職。楊名時（ようめいじ）太極拳入門。

昭和61（一九八六）64　稲畑汀子編『ホトトギス新歳時記』刊。それまで数年間編集委員。

昭和63（一九八八）66　俳人協会埼玉支部発足、世話人代表。十二月十五日、山口青邨師逝去。

平成1（一九八九）67　今井千鶴子、藤松遊子と「珊」（季刊）創刊。一年前の自選三十句発表。

平成2（一九九〇）68　母死去91歳。

平成3（一九九一）69　「夏草」終刊に当たり、「花鳥来」（季刊）創刊主宰。

平成4（一九九二）70　句集『花鳥来』（角川書店）により俳人協会賞受賞。『俳句』一月号より合評鼎談。

平成6（一九九四）72　「ホトトギス」創刊百年準備委員として企画、実行を担当、「ホトトギス」雑詠史を「ホトトギス」に九回連載。

平成8（一九九六）74　評論集『虚子の天地』（蝸牛社）刊。

平成11（一九九九）77　［花神現代俳句］『深見けん二』（『花鳥来』以後の第五句集『余光』を含む）刊。NHK俳壇選者となる。

令和3（二〇二一）99　九月十五日、死去。

第13章

三橋敏雄（みつはしとしお）

はじめに

大正九年以来われ在り雲に鳥　敏雄

二〇〇〇年のことし三橋敏雄傘寿八十歳。西東三鬼は一九〇〇年生まれ故、生誕百年。師弟の年齢差は永遠に変わらない。

鈴木真砂女先生の銀座「卯波」を会場に長らく続いている（現在は「鷹」発行所に移っている）月曜会の、私は創立以来の句会幹事。藤田湘子先生と共に基幹メンバーでいらっしゃる三橋先生と、月に一度は欠かさず句座を共にさせていただくという得がたい時間に恵まれてきた。

生成りのコットンパンツ、渋目の色合いのアロハシャツ、砂色のしなしなとしたスエードのショルダーバッグ、エッとおどろく愉快な柄の靴下。スタイリストは孝子夫人と推察されるが、ラフでカジュアル、大人っぽい。そんなトーンのおしゃれがこの先生ほどピタリとくる俳人もいない。

句会にははるばる小田原から定刻にご出席。席題八句に真剣に取り組む。合評で私達をうならせ、均等割の会費を支払われ、最終新幹線こだまの時間ぎりぎりまでおつき合い下さる。先生の七十代をこの句座を通じて、ゆくりなくもごく身近に眺めさせていただいてきた私だが、この日はなぜかひどく緊張して、落ちつくことがなかなか出来なかった。

黒田杏子

新撰組にゆかりの八王子に生まれる

私は東京の西のほう、八王子というところで大正九年に生まれました。この八王子というところいま特徴と言ってもとりたててないんです。大正天皇、皇后両陛下の御陵があり、最近では昭和天皇の御陵が加わりましたが、ほかに目ぼしいものはない。

あのへんは南多摩郡、北多摩郡、西多摩郡、併せて三多摩と言っていますが、幕末のころ、いわゆる新撰組の連中がかなり輩出したところで、近藤勇、土方歳三なんてみんな、私の生まれたところからそう遠くないところにいた。新撰組は説明するまでもなくいろいろと有名ですが、いま名前をあげた二人もそうですが、俳句をやっている。いわゆる月並俳句ですが、風土的に俳句が盛んなところだったということはさかのぼって調べるとわかります。

うちの親父の親父ですから祖父に当たる人が身の丈、六尺というんですから、一メートル八〇。私よりちょっと高い。うちの親父は小柄でして、私はいまでは珍しくないが大きいほうなので、隔世遺伝かと思います。あのへんは剣道が盛んなところで、だから新撰組の隊士みたいなのが輩出したんだと思いますけれど、流儀は天然理心流です。これは実戦用ですから、剣道と言わないでヤットウと言っていましたが、その祖父がヤットウの名手、十代の初めごろにすでにかなりの遣い手だったらしいんです。三橋時次郎新助という二人前の名前を名乗っていた。それで新撰組に応募したらしいんですけれど、子供はだめだといって受からなかった。その息子の、私の父親が見様見真似で俳句をやっていた。

　私が小学校に上がったころ、そういう親父の月並俳句、自分じゃ月並とは言ってませんでしたが、俳句仲間が集まって持ち回りで句会をやる。当時は句会のことを運座と言っていました。そういう句会の席で私が手伝いをさせられた。いまのようにボールペンや鉛筆という筆記用具じゃなくて、当時は紙を切った小短冊、硯、墨、筆、そういうものを用意するわけです。十人集まれば十個ずつ用意する。その役目が子供のぼくに命じられまして、お客さんである句の仲間が来る前に並べ、会が終わると片づけるということをやってましたから、俳句も何もしないうちに句会の様子を見て知っていた。

　ただ、その句会はいつも荒れ気味で、だいたいほめ合いませんからすぐケンカになっちゃう。子供心に見ててあまり感心したもんじゃないなと思ったこともあります。

　親父は月並の俳句をやってたんですが、大正末期から、昭和になるにつれて月並俳句というのはどうもあまり感心しないということがわかってきたんでしょうね。それで八王子の「ホトトギス」系末端の「下萌吟社」というところに入って、本元の「ホトトギス」に投句を始めたのが昭和初期。這々子と号して熱心に投句していたんですけれど、ほとんど抜けない。いつも落選です。言い換えれば下手だったんでしょうね。私の記憶では一句ずつ、二回、虚子選に入選したことがありますが、その一つを覚えているので、この際申し上げます。〈庫裡の前彼岸桜の見頃なる〉。

　私は俳句のほうには興味をそそられませんでしたが、当時、通学していた小学校の岡部軍治校長先生が歌人だということがわかりまして、どういう歌を作っているのかな、なんて思った。しかし、読むチャンスもないし、どういうところに発表しているのかわかりません。担任の先生に聞いたところ、北原白秋の高弟でペンネームは若林牧春、だということです。北原白秋については短歌よりも先に、いろいろな点で子供でも知っていましたし、ああ、そうか、と思いました。

　それで先生のそのまた先生の北原白秋の歌集『花樫』を町の本屋さんで見つけて買ってきました。改造文庫の一冊三十銭くらいの安い本ですから、お小遣いで買えたんだと思います。

　北原白秋だけでなくて、同じ棚に並んでおりました斎藤茂吉の『朝の螢』、釈迢空の『海やまのあひだ』、ほかにも、いろいろあって、そういう歌集を片っ端から読みました。日常の言葉と違う、雅やかな言葉がそこにはあるんです。まだ完全な鑑賞はできないまでも、こういう言葉の世界があるんだなという興味を子供心にもって短歌の読者を続けていたわけです。俳句のほうは一顧だにしない。

しかし、親父が「ホトトギス」をとっておりましたので、「ホトトギス」という俳句雑誌は家にあった。だから開いて見たことはあっても、俳句よりも短歌のほうに関心があった。それが私の小学校時代です。

昭和七年のことだと思うのですが、その前後を通じて「ホトトギス」で武蔵野探勝吟行が頻繁に行われた時期がありまして、計百回くらいやっているらしいですが、昭和七年に八王子付近に三回、虚子一行が来ているんです。記事を見ますと「ホトトギス」のお偉方の句会で末端の参加者の名前は全然出ていない。あるいはそうした探勝吟行とはちがう名目だったのかも知れませんが、あるとき大虚子先生が来るというので地方の小さな句会ながら、うちの親父も仲間と一緒に出かけて行ったんでしょうね。私もそのあとをくっついて行った。多摩川のほとり、そのころの関戸というところだったと思います。虚子一行はハイヤーだか自家用車だが何台かで来て、そこに降りて、散策、吟行を始めた。そのとき、あれが虚子だなんて言って指さされて、私も眺めた。虚子は恰幅(かっぷく)はいいけれど小柄な方というのが印象でした。それだけで、別にそれ以上のことは覚えていません。

ただ、昭和七年に虚子を見ている、「ホトトギス」も見ていた。見たというだけですが。

以上、申し上げたようなところが私と俳句の最初のかかわりだった、と言いましょうか、原体験です。

東京堂書店入社、社内俳句会に参加する

家業というか、うちの仕事は機屋(はたや)だった。織物業ですね。だいたい八王子というところは絹織物の産地で、そっちの方面の仕事、織物に関係する何かの商売をやっている家が多かった。親父も最初はどこかの機屋に勤めながら勉強して、あとで独立したんですけれど。昭和四年ごろに世界的な経済恐慌が起きた。その世界恐慌のあおりで家業が傾いたんだと思っていたんですが、どうも世界恐慌の始まる前にポシャっているようでして、大正末期ですね。

私は次男坊なんです。長男と三男は生まれてすぐ死んでしまう。一人だけ男の子として残ったものですから、かなりかわいがられて甘やかされたところがございます。甘えん坊だったんでしょうな、親父でもおふくろでもどこかへ出かけるときはいつもついて行くような子供でした。でも、ついて行ったために虚子を見たというチャンスを得たわけですが。

家業が傾いてからは厳しい生活に追い込まれました。それまではわりあい楽な生活だったんですが、尋常小学校卒業後の、いわゆる進学の望みは断たれた。それで高等小学校に行ったわけです。その前は小学校の先生になろうというつもりでいたんですが、それもまた断念しまして、あとどうなる

か、しかし、別に落ち込まずに成り行きまかせでいた。

いよいよ高等小学校卒業という時期が昭和十年に来ました。そして、東京堂書店へ入社します。東京堂書店はいまでも神田神保町のすずらん通りにございますね。あそこは東京堂書店の小売部で、本元の卸部が昔は神田錦町にあったのが九段下に移りまして、いわゆる書籍雑誌大売捌店、取次店ですね、そこで少年店員を募集してました。東京から関東地方と中部地方全体、そういうところの高等小学校の校長に推薦の依頼状が来たらしい。もっとも推薦されたからってそのまま入れるわけじゃなくて試験を受けました。私はそれに合格

句作を始めた昭和10年夏

して東京堂に入社したわけです。いまのトーハンの前身です。

いまの神田一ツ橋の学士会館の横にけっこう大きな寄宿舎がありまして、昼間は仕事、夜は東京堂が創設した実践商業学校で学び、帰ってきて寝るという生活です。東京堂はクラブ活動が盛んで、いろいろなクラブがありました。短歌、俳句、自由詩、映画、写真、絵画の会など。スポーツ関係では体操、テニス等々。そのどれかに所属するわけですが、私のところに誘いがあったのが俳句の会です。それで、それまでは関心というほどの関心はなかったが俳句の会に入った。

昭和十年五月十二日、日は特定できますが、日曜日に東京堂の会議室で句会がありました。そのとき初めて正式の句会に出たのです。当日の句の一つが、〈窓越しに四角な空の五月晴〉です。会議室の窓が四角で、外に空が見えたんです。どうってことない嘱目ズバリの句です。席題はたしか「五月晴」でした。五月といっても旧暦と新暦で違うんですけれど、席題が「五月晴」ですから、そういう句を作ったところがわりあい好評で入選した。それで俳句の泥沼に足を突っ込むことになるわけですが、最初に全ボツになっていたら俳句はやめていたかもしれない。

そのときの東京堂の部長クラスで開原朝吉(かいはらあさきち)、号して冬草という人がいまの「水明」、当時、長谷川(はせがわ)かな女(じょ)の門下で、幹部同人でいたんです。その人が一応、指導者でしたが、すでに俳句革新を標榜(ひょうぼう)する、いわゆる新興俳句運動が全国的に

盛んになっておりまして、「野茨」俳句会と称していた東京堂のその句会も新興俳句の影響下にありました。小さな俳句の会でしたが、そこに集まっているメンバーはそれぞれ、新興俳句系統の各雑誌への投句者がほとんどで、伝統的な俳句を作る人は少なかった。それだけに活気があっておもしろかった。私も勧められて、早いとこどこかの雑誌に投句しろというので、「馬酔木」に投句を始めたわけです。ところがなかなか載らない。

最初のころ、有季とか無季とかにはあまりこだわらずに作っていましたから、意識して作ったんじゃない無季俳句なども投句してたんじゃないかと思います。それじゃ載らないのは当然でね。それでも昭和十一年の十月号に、まず最初に活字になった。これは水原秋桜子選で載ってます。続けてまた一句、というふうに入選はするんですが、なにしろ一生懸命作って投句しているのに載るのは一句だけですから、あまりおもしろくない。やめたァというわけでやめる。同時にまたほかにも新興俳句系統の雑誌がいくつかありましたから、そういうところに変名で出したり。「句と評論」には本名ですが、あとは全部、変名で出しましたね。ばらまき作戦だ（笑）。しかしこれもなかなか、一句か二句しか載らない。

それでいやになっちゃいまして、何かいい手はないかと考えて自分で雑誌を出すことにしたわけです。自分で雑誌を出すんですから、十何でも二十句でも全部自分の句を載せれば載るわけです。自分でガリ版で刷りまして、せいぜい二十部ぐらいですが、それを、この人だと思う意中の人に向けて送るんですが、まったく反響がない。反響がないとその雑誌をやめるんです。廃刊。そしてまた次の雑誌を出す。創刊号なら読んでくれるだろうと……。「合歓」「鷹」「朝」とか、いまそういう名を使っている立派な雑誌の創刊号は、私が全部やっているわけです（笑）。

白泉、三鬼の句に魅せられる

そんなことをやっているうちに、昭和十二年ですね、「句と評論」の渡辺白泉の句が好きだったので、白泉のところに送った自分の雑誌に初めて反響があった。そのときほめられた句は〈労働祭赤旗巻かれ棒赤し〉。実はその前年の昭和十一年に二・二六事件がございまして、その年の五月一日はメーデーが禁止になった。そういう情勢じゃないということです。メーデーという言葉もだめで、労働祭という日本語にして使ってました。その年にメーデーが禁止されたので、あえてメーデーの句をいくつか作った、その中の一つです。

このとき以前の労働祭は、赤旗を広げて行進しますと検束逮捕されちゃう。だから、当時のデモンストレーションの行列に持って行く赤旗は、旗を竿に巻いた真っ赤な棒で、それが〈赤旗巻かれ棒赤し〉です。当時はそれで、それなりにリアリティーがあったんです。ところがいまになりますと、メーデーの行進が無事終わって解散、どこかそのへんの飲み屋で一杯やっているその横に立て掛けてある状態が、「赤旗巻かれ棒赤し」ということになるんです。そういうふうに解釈されても正解で、しようがないんですけれど……。

この句はいわば社会性俳句です。社会性俳句は社会的なもともとの現象がなくなると一緒になくなっちゃうんです。私が現実に体験したこととはちがってきて、〈赤旗巻かれ〉が飲み屋で休んでいることになってしまう。社会性俳句というのはそういう面からも難しいと思った一例になりますね。

私の投句活動は半年くらいでやめちゃって、自分の雑誌を出すということをやった。それより先にほうぼうに投句していたと言いましたが、それがなぜできたかというと、東京堂の小売部の店頭には委託販売のかたちで、全国の有力な俳句、短歌、詩の雑誌、あらゆるジャンルの雑誌が平積みで並べてあった。だから居ながらにして見ることができたんです。一冊ぐらい借りてきて読んで、また返したってわからない。それでこれぞと思う俳誌に投句しているうちに、なかでも西東三鬼、渡辺白泉はおもしろいなと目についた。

ところが白泉とか三鬼にいたしましても、昭和十年の段階では一誌の主宰者でもなし、選句もやってない。所属誌の同人クラスではありましたが、自由に発表している一個人にすぎない。その句を見て私は、自分の気に入った人を心の師として選んだわけです。そういう具合に、私が俳句を始めた一、二年の間に、白泉と三鬼を発見したものの、入門したいとか教えてもらいたいとかという気はあってもその手だてはない。そこで送りつけた自分の雑誌に対してまず反響があったのが、先に申し上げた白泉でした。

渡辺白泉は三省堂の出版部に勤めていて、私の仕事場が神田ですから。歩いてすぐの所。そこでお礼かたがた行って、自己紹介をして、今後、いろいろと教えてくださいみたいなことを言ったんです。そのときの白泉はまだ二十三、四、ぼくが十六ぐらいですか。だから白泉も困ったでしょうね。こんなのが来て弟子入りされたってね。それでもちょこちょこ行きました。

白泉の自宅が渋谷の金王町、いまの、東急文化会館の裏のほうにありまして、木造二階建てのしもた屋ですけれど、かなり古い家に住んでましたね。二階に白泉の部屋があるのですが、まあ、とにかくたいへんな蔵書だ。床が歪（ゆが）んでしまって、唐紙（からかみ）なんか引っ張ると外れちゃうんです。白泉は読書家でもあるし、いろいろなことをよく知っている人でした。

白泉は当時、「句と評論」という雑誌にいたんですが、仲間を誘って「風」という雑誌を昭和十二年四月に創刊しています。その前後に私がよく訪ねて行った。そうしたら、「君はわれわれのやっている俳句の雑誌に来い」というわけです。「風」といっても沢木欣一（さわききんいち）が戦後に始めた「風」よりもずっと前の「風」ですよ。四月創刊で八月号からぼくは参加を許された。同人には小沢青柚子、東京堂の句会で兄事していた渡辺保夫もおりました。その時点から、私の俳句は晴れて自選発表ということになるわけです。

「風」の同人になったときは昭和十二年ですから、いまでいうと十六歳何か月です。いちばん若いわけ。いちばん若いけれども、とくに若いというのではなくて、まわりに付き合っている十代の俳句少年がけっこういた。句会でも大半が十代から二十代のはじめくらいで、三十を越えた人はおじさんみたいな感じでしたね。当時はみんな若かった。昭和十二年の段階で、白泉は二十四歳、三鬼のほうがちょっとおじさんで三十七歳。三鬼と仲がよかった石田波郷だって二十四歳。で、波郷は三鬼のことを「三鬼老、三鬼老」って言うんです。「老」は尊敬の意味も若干含んでるようですが、ちょっと冷やかしも入っている。

実際、全体が若いから、三十代以上の人は「老」と言いたくなるようなおじさんです。新興俳句の連中の末端が若かったということと、一方、主力を占めていた「ホトトギス」の方もみんな若い。両方とも若かったということで、いまのような老人俳壇とは違うんです。まあ、当時、若かった連中がだんだん年をとって、残っているのがみな年寄りだからダメだとは言えませんが、当時は若かった。

神田神保町の付近は、「馬酔木」の発行所が小川町にありまして、昭和十年に高屋窓秋が編集長をやめたあと石田波郷が、十二年には加藤楸邨が詰めている。三崎町には御大の水原秋桜子。また三省堂には白泉、阿部筲人とか藤田初巳がいる。東京堂にもけっこう俳人がいる。岩波書店には西島麦南、明治大学には道部臥牛がいる。本郷には素人社書屋があって、社長の金子杜鵑花ほか三谷昭、幡谷東吾などがいる。秋葉原には西東三鬼の勤め先の共立病院があった。映画館の神田日活には石橋辰之助が、十一年に新宿の帝都座に転勤するまで勤めていた。

そういう俳人たちが歩いて行けるたまり場が神田のランチョンというビアホール、あるいはきゃんどる（戦後移転）という喫茶店でした。だから、何月何日に定例句会だなんて言わなくても、ちょっとお茶を飲みに行ったりすると、必ず誰か関係の俳人がいるという、俳壇のメッカみたいな感じのする場所だったということも、私にとっていい環境だったと言えるかもしれません。

そんななかで、さきほど言ったように白泉との縁ができて通っているうちに、ある日、「これから西東三鬼の家を訪ねる、一緒に行こう」と誘われた。私が西東三鬼を見たのはもっと前、十二年のきゃんどるでのことですが、大森の三鬼の家を正式に訪問したのは、このとき、十三年の六月でした。

そのとき三鬼の前で白泉から「君はこれから三鬼の弟子になれ」と言われ、私は見捨てられちゃったわけです。白泉はぼくの面倒を見切れないと思ったんでしょうが、三鬼は、じゃあ引き受けたとも何とも言わない。でも私は紹介されたから頭を下げて、よろしくお願いしますと言って帰ってきた。

三鬼の部下として働く

ところが翌年、十四年になりまして、説明が難しいんですが、書籍雑誌の取次店の統合の問題が少し出てきたんです。昭和十二年からまた戦争が始まってましして、全部の取次店を統合縮小して一つにしようということです。そんな話があって、そろそろどこか身の振り方を考えたほうがいいんじゃないか。もちろん戦争が終わればまた復帰してもらいたいが、いまはどこか行き先がある人は行けという空気が流れた。

出版業は言論の抑圧がはげしくなった時代で、雑誌も削除を命じられたり、発売禁止にされる書籍がどんどん出て来るんです。東京堂は大取次店ですから、入ってきた本を全部、何ページから何ページまで削除しろなんて命令が来る。こっちはそういう作業に取り掛かる。そのページを破く。ついでにそれをポケットに入れてそっと持って帰ったりしましたけれど。険悪な時代でした。

そこで私は、さて、どうしようかと思って、西東三鬼の動静を探ったら、歯医者をやめて会社勤めをしているということを聞いたんです。現在の日本橋、高島屋の真裏の昭和通りに面した会社でした。間口が三間くらいの二階建て、あまり大きな構えの会社じゃないんですが、そこに行きました。そして、「ここで使ってください」と言ったんです。三鬼先生のもとで働きたい」と言ったんです。三鬼は「おまえはちゃんとした職業があるんだから何もそんな必要はない。ダメだ」と最初は言ってたんですが、まあ、そう言わずにと押しかけたようなかたちになりました。

そこは小さいながら貿易商でございまして、紀屋（きや）という名前です。貿易商ですけれど、時代は戦時下ですから活発じゃない。会社の主要商品はペイント類の輸入販売です。アメリカから輸入して売るという仕事をやっていたんですが、輸入の商品も来なくなって、次第に何でも扱いの雑貨屋みたいになっちゃった。

だいたい「三鬼の勤めた会社の商売はいい加減で、ブローカーじみた仕事をしていた」と言われているんです。そのほうが三鬼に似合うからそう言うのかもしれませんが、紀屋は歴とした会社で別にいい加減じゃない。創業者はのちの会社再建の名人と言われた早川種三（はやかわたねぞう）。社長はのちの日本山岳会会長の三田幸夫（みたゆきお）で、この方と三鬼はシンガポール時代に相識の機会を得た。その関係で入った会社です。ただ、売る商品がなくなっちゃっているわけです。各取引先はおおむね大きな軍需工場です。

三鬼の友人に清水昇子（しみずしょうし）という人物がいまして、三鬼と同

運転免許取得のために撮影したもの
（昭和14年）

い年ですが、深川の木場で会社を持っていまして、いわゆる一般家具設計士、家具関係、ファニチャー関係の設計士で、テーブル、工場での作業台、製品を包む木箱とか、木を材料にする仕事のできる人だったんです。その人の仲介があって、三鬼は得意先を分けてもらった。そして、大きな軍需工場の作業台とか木箱とかロッカー類の注文を取ってきて納める。あとはバケツ百個と言われたらバケツをという具合に、何でも言われたとおりのものを納めるわけです。なかで大仕事だったのは、大きな軍需工場の遮光暗幕の設備工事を請負って納めたこと。

　納めると言ったって、当時は統制ですから、材料の材木だって布地だって許可がなければ使えない。だけど軍需工場の注文だから、許可をもらえば特別に配給される。そういう許可をもらいに陸軍、海軍のしかるべきところに行くんです。そうすると、その分に間に合うだけの材料が許可になって下げ渡される。これを加工して納めていたんです。

　三鬼はそういう商売はもちろん好きじゃない。好きじゃないから怠けちゃう。あるとき、もういやになったんでしょうね。「ぼくは月のうち半分は俳句に専念したい」と言うので、「あとの半月はどうなんですか」と聞いたら、「遊んで暮らしたい。きみ、あと全部頼むよ」と全権委任されるようなかたちで、もう仕事をする気がないようでしたね。

　その前に三鬼に言われて自動車の運転免許をとっていたので、会社の車を使って、もちろん会社の仕事が本来ですけれども、そのひまには三鬼を乗せていろいろなところへ行った。つまりアッシーだな（笑）。お抱え運転手として三鬼の行くところにはいやでも私も行っちゃうわけです。そんなことで三鬼のつき合っている多くの俳人仲間たちに、このころじかに会っているんです。

　三鬼のアッシーをやっているうちに、事業のほうもぼくが主力になってやっていくようになります。三鬼は得意先の接待はうまいというか好きで、まだあったキャバレーなんか使う。一方、商品を納めると見返りに、早く言えば賄賂（わいろ）ですが、付け届けをしなくちゃいけない。その相手に渡すべき金、リベートを三鬼がどうも渡してないことがわかってきた。私が御用聞きに行くとちょっと違うんだね、雰囲気が。どうもリベートが届いてない感じなんです。それで「三鬼さん（リベートを）渡さなかったでしょう」と言ったら、「うん。ああいうくだらない者には渡す必要がない」なんて言ってね。それはみんな三鬼の交際費とか何かに使うわけですよ。それはそれでいいんだけれど……。これはまずいわけです。

とにかく、かなり儲かったんですよ、当時は。けっこう注文が来て、景気そのものは悪くはなかった。私の給料にしても悪くなかったですね。

三鬼のところに弟子入りし、部下になったんですが、では俳句の面でどういう点を三鬼に師事したのか教わったのかというと、そういう関係とは少し違う。私の場合は、渡辺白泉についてもそうですが、師事しても教わったという気はあまりない。というのは、当時の新興俳句ははじめは有季定型から始まったんですけれど、だんだん無季俳句の推進が新興俳句運動の主流を占めるようになって、新興俳句と無季俳句とはほとんどシノニムになってくるわけです。

でも、無季俳句にはよい先例が乏しいから、教えたり教わったりできない。それぞれ自分が編み出すというか手探りで作らなくちゃならない。だから、年齢的あるいは経歴の面での先輩後輩の序列はあるでしょうけれど、こと無季俳句については先輩も後輩もないんです。マニュアルがないんですから。

白泉は昭和八年に二十歳で、三鬼は同年に三十三歳で俳句を始めています。私が昭和十年に十五歳で始めてますから、三鬼とは年齢は二十歳違いますが俳歴からいうと二年しか違わない。だいたい同時期に句作を始めている。そのうち私の無季俳句が山口誓子にほめられたりして新興俳壇にデビューしたようなかたちになりましたから、三鬼はそれを見ていて、どう思ったかわかりませんが、改めて弟子として教えるというような気持ちにはならなかったと思います。こちらもまた教わるという態度と少し違うんです。

私はいい句を作る三鬼という人物に親しんでいるのであって、教えてもらおうとは思ってないわけですよ。とにかく今までにないような面白い句を作る、そういう人物の側近にいるということ自体の充実感が素晴らしかった。それ以外になんで一緒にいたのかと言われるとわからない。

青春彷徨時代、神田から新宿、銀座へ

ところで、先にも言いましたが、神田神保町付近を中心とする俳人のたまり場が神田から新宿に移っていく。これはどうしてかというと、当時「馬酔木」の新進作家で三羽烏とうたわれた、高屋窓秋、石田波郷、石橋辰之助、そのなかの石橋辰之助という方は神田日活の照明部の主任をやっていた。

神田日活の二軒か三軒おいて隣にランチョンというビアホールがあって、そこがたまり場だったんですが、その近くにいて、たまり場の主人公みたいな役目をしていた石橋辰之助が神田日活から新宿、伊勢丹デパートの前あたりの、やはり日活系の映画館、帝都座に転勤したんです。それに伴って、今度は新宿に新しいたまり場ができた。帝都座の地下にモナミというバーがありまして、そこのバーテンの石山なにがしが誰か俳句仲間の友達だったようで、そこに行くとだれかしら俳人がいるといった場所だったですね。

もう一つ、映画館の武蔵野館に向かって右手のすぐ横に喫茶店がありまして、ラムールといったかな、近くにエリゼという店があり、どちらも詩人とか演劇関係の人がよく来るところで、かなり俳人のたまり場になってましたね。波郷も神保町のランチョンによく行ってたのが、新宿のほうに移ってきました。そのへんが夜な夜な遊ぶ場所になっちゃうわけです。そして、ムーラン・ルージュの楽屋との縁も生まれた。波郷だって当時、二十五にもならないでしょう。そのころを青春彷徨時代と彼自身が年譜に書いてますが、年齢が年齢ですからね。その時分、黙ってチーンとして何もしないような石部金吉じゃなかった。そうとうよく遊んだ。

そういう遊ぶほうのお師匠さんに年齢的にも先輩の三鬼がいた。それで仲良くなったふしがある。三鬼は無季俳句をやっている。波郷は無季俳句は認めない。俳句に対する考え方は違うけれど、交遊はまた別で、よく連れ立って行動してましたね。

新宿と同時に、もう一つのたまり場だったのが銀座一丁目の、後の鈴木真砂女がおかみの卯波、あそこは並木通りの端っこですが、その卯波を出て、お稲荷さんのある左斜め前くらいのところに峠というバーがありまして、ママとその娘とでやっていた。そこの娘さんに三鬼がちょっと恋心を抱いたらしい。頻繁に通うわけです。

そのうちに私は三鬼から、そのお店の酒を用意しろと言われて、商売の儲けの分、本当は誰かに渡すべき金をお酒に替えてバーに並べるわけです。三鬼関係の俳人で、そこに来て酒を飲む人はただにする。当時、金持ちはあまりいなかったですから、そういうのが来て、飲む。石田波郷とか石川桂郎とか、のちのちの「鶴」の幹部になったような連中や渡辺白泉もね、寄って来まして、侃々諤々やっている。ちなみにこのバーの娘さんが、三鬼の〈湖畔亭にヘヤピンこぼれ雷匂ふ〉一連の句にでてくる女性です。当時、私と同い年くらい。三鬼はプラトニックラブだと言ってましたがね。

そのころは例句会に出なくたって、新宿の帝都座の地下のモナミか京橋の峠に行くと誰かに会えるわけです。そこは俳句を作ったり批評し合ったりする場ではないんですが、おのずからそういう雰囲気になっていて、かなりいい話が風発していた。べつに記録はありませんが、横で聞いているだけでおもしろかった。

中国との戦争は泥沼状態を呈しているわけですが、そういう重い空気のなかで、この一画だけは話題が違っていて雰囲気がいいんです。具体的にはそこにいた人にしかわからないと思いますが、みなそこで渦中の人になっている、そのことに非常に存在感があってね。誰も打ち沈んで暗い顔なんかしてないんですから、そこだけの場面からは、全然戦時下とは思えないんです。そういう一種の救済の中心に三鬼がいた。

ところで、いま私は「三鬼、三鬼」と呼び捨てにしているようですが、昔、最初は三鬼先生、白泉先生なんて言ってたんです。でも、「先生と呼ぶのはやめてくれ。俳号で言うときは呼び捨てでいい。そうじゃなければ、さんづけくらいでいい」と言うので、やめました。先生と呼ぶなということは師弟意識を嫌ったからじゃないですか。ですから、当時は西東さんか三鬼さんと呼んでましたね。

しかし、本当は何かにつけて先生ですよ。それを禁止されちゃいまして、「いつごろから先生って言ったらいいんですか」と聞いたら、「人生七十古来稀で古希を過ぎたら先生と言われてもいいなあ」なんて言ってました。じゃ、そのうちゆっくりなんて思っているうちに、ご本人は七十を越えるどころか、六十ちょっとで死んじゃいましたから、正式に先生と呼ぶ機会がなくなっちゃった。

「京大俳句」が一斉検挙で壊滅

一緒の会社にいて、三鬼のいわば公私にわたるいろいろな手伝いをやっているうちに、昭和十五年の二月に「京大俳句」事件と言われていますが、官憲による俳句に対する弾圧が始まった。以降三回にわたって一斉検挙があるわけです。私が「京大俳句」に招かれて参加したのが昭和十四年一月からですから、それから一年ちょっとで弾圧されて雑誌はなくなった。

その弾圧事件が起きた最初は、誰かが急に、先ほど言ったたまり場などに顔を見せなくなるんです。どうしたのかなと思うけれど、逮捕に関する新聞報道などは一切ないから、わからない。

それ以前にも、われわれの新興俳句関係だけじゃないと思いますが、集会をして何か相談をすると、思想警察、当時の特別高等警察に目をつけられる。

各俳句雑誌には毎月、句会の予定日が掲載されてまして、その日にやってる分にはかまわないんでしょうけれど、勝手な日に自由に集まると監視の目が厳しくなるんです。地下活動じゃないから、雑誌を出すと所轄の警察に必ず届ける。そこに載っている句会にふらっと特高が現れる。別に身分を隠してるわけじゃなくて、「みなさん、お盛んですね」とか何とか言って冷やかしのようにやって来るから、「あなたも一句、出しなさいよ」とか言うくらいで、こっちには警戒心なんてないんです。だけど、向こうの本当の意図はわかりません。「京大俳句」事件が起きる前の十三年ごろ、もうすでにそういうことがありましたね。われわれがやっていた小さな句会にも特高が来た。

　監視されてたんでしょうけれど、別に悪いことをしていると思っていないので、事件になるなんて考えていなかったところ、「京大俳句」の事件が起きたので、みんなびっくりしたわけです。そして、引っ掛かるとすれば治安維持法違反しかないということがだんだんわかってきた。治安維持法違反は最高が死刑で、ものすごく怖い法律です。

「京大俳句」は京都帝大の学内誌だったのが最初で、平畑静塔が中心になって昭和八年に創刊しました。学内誌であったのが、昭和十年ごろには京大にまったく関係のない人も招き入れて、学外に開放された。三鬼をはじめ、十二、三年には高屋窓秋、石橋辰之助など「馬酔木」から来た人も加わっている。そして新興俳句運動の主力誌の一つになるわけです。それも無季俳句推進の強力なよりどころになった。

　同じ新興俳句でも「馬酔木」は有季定型を守るほうです。のちのち「馬酔木」はわれわれは新興俳句じゃないというようになりましたが、歴史的には有季定型俳句としての新興俳句は「馬酔木」が先鞭をつけたものです。そこから派生した無季俳句が、おいおい新興俳句と同じ意味を持たされるようになりましたが、もともとは有季と無季とを合わせて新興俳句だったわけです。それが有季墨守の「馬酔木」一誌に対して、京都の「京大俳句」、九州の「天の川」、大阪の「旗艦」、東京の「句と評論」「土上」といった具合に無季俳句を推進する勢力がだんだん増えるにしたがって、そっちだけが新興俳句のように言われるようになりました。

　なかでも「京大俳句」がいちばん尖鋭だったということが、当局が目をつける理由になったと思います。また、京大というところのそれまでの歴史といいますか、昭和八年の滝川事件とか、昭和十二年の世界文化グループ事件とか、それ以前に弾圧されているわけです。で、次に俳句の番、「京大俳句」は昭和十五年に一斉検挙で壊滅するわけです。

三鬼逮捕される

「京大俳句」の一斉検挙は関西方面の第一次、東京方面の第二次と続いた。しかし、西東三鬼はいちばん先に逮捕されそうなのにどうしたことか残されている。本人もどうして来ないんだろうと不思議がっていたほどでしたが、新聞報道もないので、実際の様子を知るために京都に行ったりしてました。あれは京都の特高がやったことですからね。そういう方面に詳しい弁護士の俳人で「句と評論」の湊楊一郎、この方と一緒に京都に行った。そこでわかったのは「治安維持法違反に決まっている。たいへんなことだ」ということでしたが、わかっただけで、それ以上、何の手立てもないわけです。成り行きに任せるしかね。

昭和十五年の二月と五月に一斉検挙が続いて、八月にいよいよ三鬼が逮捕されます。

その前に、秘話があります。当時の改造社から出ていた『俳句研究』の編集長石橋貞吉、のちの山本健吉とその奥さんの石橋秀野と、まだ独身だった石田波郷と三鬼と私というメンバーで、八月二十九日だったと思いますが、葉山の森戸海岸に海水浴という名目で出かけた。

葉山には「馬酔木」の投句者だった吉田北舟子の家がありまして、北舟子は神田の「馬酔木」発行所の前あたりに店を持っていた。言い出しっぺはどうも波郷らしいのですが、彼の葉山の家を借りようと考えたんでしょうね。それでいま言ったメンバーともう一人いたんですが、いま、どうも名前が思い出せない。俳人としてはそんなに有名じゃなく、刑法関係に詳しい人じゃなかったかと思うんです。角張った顔の人でね。四十歳くらいでしたか。そういう連中と行った。私は石橋夫妻の旅館の設営をしたりして、その日のうちに帰ってきましたが。

そして、二十九日に葉山から三鬼と一緒に帰途についた波郷は、その晩大森の三鬼の家に泊まるんです。翌日の朝、波郷は「(お金が)スッカラカンになっちゃったから、ちょっと金策に行ってくる」と言って出掛けたらしい。当てにしたのは田中午次郎で、これは後日、三鬼から聞いたことです。その翌日の三十一日の朝、三鬼は逮捕される。波郷がそのまま泊まっていたとしたら、どうなったか。

三鬼、波郷、山本健吉という方々が葉山に海水浴に行った理由は何かというと、俳壇に初めての検挙が相次いでいるということに対する何らかの対策を練るためだということはおのずからわかりました。謎の人物が一人いたんですが、それは法律関係の弁護士かとも思われます。そのときの結論がどういうふうになったかはわかりませんが、「京大俳句」関係で最後に検挙されたのは三鬼。その三鬼逮捕直前に葉山会談があった。

そのころ山本健吉がやっていた『俳句研究』は「京大俳句」事件が起こる前からあまり新興俳句のことは書き立てるな、危ないという噂が少しずつあったようで、そういう警戒信号が灯っていたんじゃないかと思います。そこで伝統的な俳句のほうに編集方針を移すべきだと思ったのかどうか。そういうときに山本健吉がやっていたのは、有季定型の石田波郷、加藤楸邨、中村草田男というところ、それに加えて松本たかし、川端茅舎ですか、そのへんに集中的に原稿依頼して、載せる。それとともに、新興俳句のほうのめぼしい人への原稿依頼は控えめになっちゃうんです。それが葉山森戸会談のあと、より一層そういう空気になっていったということです。

そんなわけで、当時から私は山本健吉とは面識どころじゃなく知っていた。また、それより先の昭和十三年十一月号には『俳句研究』から初めて私に作品の原稿依頼がありました。年齢的にはいちばん若かったでしょうね、十七、八ですから。一ページに八句で、原稿料、三円五十銭もらった覚えがあります。当時も『俳句研究』の原稿料は多くないと言われていたんですが、それでも三円五十銭ですからね。それで第一書房から出ていた堀口大学訳の『月下の一群』、革装のいい本を古本屋で買いました。

思い出はいろいろと尽きませんが弾圧事件を介在させて俳壇の空気がガラッと変わってしまう。無季俳句なんて堂々とは発表できなくなる。師事していた白泉も三鬼も捕まったという状態では、句会は残党とやってましたけれど、作品発表はやめにしました。

白泉らとの勉強句会

翌十六年二月にこんどは東京の新興俳句系の雑誌に対して一斉検挙が始まります。「句と評論」の後身だった「広場」、嶋田青峰の「土上」、ここには東京三のちの秋元不死男がいた。自由律のプロレタリア俳句を名乗っていた栗林一石路、橋本夢道ほかの一派、そういうグループといま言った新興俳句グループ、これがやられた。

前年にやられた白泉はすでに起訴猶予で帰ってきています。三鬼もそう。しかし、執筆禁止になって保護観察中では書けない。でも発表しなきゃいいわけです。帰ってきた人たちを囲んでまた句会をやろうということになった。三鬼は俳句のことを口にしなくなっていましたが——。白泉は古典に詳しい人でしてね。この際、古典俳句にさかのぼってきちんと勉強しなおそうと言った。古いことを知らないで新しいことをやるのはだめだってのは当たり前。私の場合は新しがりから始めたから、古いものといってもせいぜい親父の持っていた「ホトトギス」を見たことがあるくらいで、片鱗しか知らない。まず「ホトトギス」を読み直そうということで、読み、欠号は随分ありましたけれどずっとさかのぼって読む。

さらに古典俳句のテキストにしたのは勝峰晋風編『日本俳書大系』全十七巻です。あれを回し読みして、自分が気に入った句を五十句、次の句会までに書き抜いてくるとか、おもしろいと思った句の短い鑑賞文を書いてくるとか、そういう句会です。そういう研究を兼ねた句会で、いまみたいに何句ずつか出して互選するという句会じゃない。

あと、文体模写をしました。芭蕉や蕪村や一茶の俳句の文体模写とかね。

即吟の勉強の仕方としては、一晩に三百句作る。どんどん早く作るわけです。西鶴に負けないようになんてね。「大矢数」ですよ。それをやってるうちに、いい悪いを問わなければ、あらゆる俳句の型を会得できるようになる。だから即吟の練習も必要で、やってみるとそれはそれでおもしろい。二分に一句作って、それを十時間ぐらいやると約三百句になる。そういうことも一回じゃなくて、けっこうやりました。

召集令状を受け丸刈りに（昭和18年7月）

やっているうちに極端なことを言えば、弾圧事件がなくても新興俳句の命脈はそれほど長くはなかったんじゃないかという結論に達したことがありました。

　やっぱり新興俳句の実作を眺めると、どこか幼いんだなあ。純粋な面もあるけれど、大人が読むに堪えないんだ。いまの俳句だってそうだけれど、ちょっとしたセンスがあって、やると、それはそれでまとまるんです。だけど、その作者が六十になり七十になって、しみじみ見直して思うとなると、読むに堪えなくなる。そういう具合に見えてくるようになる境目がおもしろいと思う。

　言い換えると、そういう若いキザなチャラチャラした句が最初になければだめですね。そして、どのあたりからか、体験して初めて大人が読むに堪える句に到達する。それには先に思いきり軽薄な句を作っておいたほうがいい。突然、最高の句なんかできない。いちばん軽薄なところから始めて、途中でそれをはずかしいと思うようになって、ちがう道を求める。そのうち何となく、ああ、こういうかたちでは俳句はおもしろくないとわかってくるその繰り返し、最終的には大人が読むに堪えるか堪えないかですよ。

　いまの私は、大人の目を通して何かうなずけるところがある句が目標です。だけど、そればかりやっていると進まないのでキザな句もほしい。いま若い人も少しずつ出てきてますから、そういう人たちに大いに羽目を外したことをやってもらって……、そのうちに自分でいやになりますよ。そんなところに期待しますね。自分の体験を顧みて、若いときにどこかで暴れてきて、あと落ち着く。それが自然でいいんですよ。

話を戻しますと、別に発表機関を持たないでそういう勉強に徹した研究句会をやっているうちに、戦時中のことで、その仲間から、まず阿部青鞋（あべせいあい）が出征。小沢青柚子が出征。続いて渡辺白泉も出征、私にも召集令状が来た。全員、召集令状でいなくなっちゃったからこの俳句会は自然消滅しましたね。

以上、先輩にも敬称なしでしゃべりました。おゆるしを。

戦後のスタートは運輸省所属の練習船事務長

戦争中の句会は、メンバーが次々に召集令状を受けて出征してしまい、それに伴って自然消滅というかたちで終わりになりました。そして敗戦を迎えるわけです。私は海軍に応召、一等水兵から始まって負けたときには水兵長でしたが、敗戦を期に一階級進級して二等兵曹、これは陸軍で言えば兵長です。海軍から復員したところ、さてといって勤めるところがない。もともと応召するまで勤めていた清水昇子経営の会社は三月十日の空襲で焼けてなくなっていました。

考えているうちに、昭和二十一年の二月、運輸省の付属機関だった航海訓練所から、商船大学ならびに商船高等学校の実習生を教育する練習船の事務長の募集があったので、それに応募したわけです。東京駅の前の、いまはなくなった運輸省ビルで試験を受けました。三人採用するのに応募者は十人くらいしかいなかったね。そして受かっちゃったんで、船に乗ることになりました。その時分は将来の見通しが自分自身きちんとできてませんでしたから、とりあえず腰掛けでもいいというつもりだった。

いわゆる永代通りを永代橋を渡って真っすぐ行った江東区のはずれにあった東京造船所に船が浮いてまして、いや、下見に行ったときは沈んでたな（笑）、沈んでる船の事務長というのもおかしな話ですが、空襲でやられて、半分沈んでるんです。それを引き揚げて修繕した。それに乗って、まず日本一周したわけです。その途中で神戸に寄港したとき、昭和十七年の暮れに別れたままの西東三鬼を訪ね再会することになります。

そのころの船の仕事は、単に実習教育の航海をしているだけじゃなくて、旧満州や中国からの在外邦人の引き揚げ輸送をしたりしているうちに、昭和二十五年に朝鮮戦争が始まると、当時は日本は被占領国ですから、日本の船は全部、船舶運営会というアメリカの管理下にあって、その命令で、おまえの船はどこそこへ行けと言われると、はいと言って行かなくちゃならない。朝鮮戦争が始まり、避難民があふれている。当時、引き揚げ輸送のため佐世保を基地にしていましたが、そこからまず釜山(プサン)に向かったわけです。

米軍の仁川(インチョン)逆上陸のあと、まだまもないとき、戦艦ミズーリと一緒に行ったことがありました。玄界灘(げんかいなだ)から黄海にかけて平穏な海だったのですが、夜間、走っているうちにすごいガブリが来てローリングが激しくなった。何だろうと思ったら、降伏文書を調印した、当時としては世界最大級の戦艦ミズーリが横をウワーッと行くわけです。波が来ますから、乗っていた帆船海王丸なんてのは揺れっぱなしでした。

そんなふうにして、仁川に入港した。われわれの船は実習生を佐世保に残して少数の乗組員だけ。これにお客を目いっぱい押し込んで積むと千人ぐらいになるかな。向こうの避難民のうち健康な男性を選別して日本に連れて来て、富士山麓のあたりで兵隊に仕立てるわけです。軍服を着せて、今度は釜山に連れて行く。こういうことは世間には隠していて新聞などには出ない。そして、これを断ったら、おまえはクビだということになる、よほど辞めようかと思ったけれども、ついつい、そういうのも見ておきたいような気もして、そういうところがおかしいんですけれど、辞めずに乗っていたわけです。朝鮮戦争の片鱗(へんりん)を体験した。

海軍一等水兵の頃（昭和19年）

その後、厚生省の管轄する外地での戦没者の遺骨収集ですが、ニューギニアからガダルカナル方面を回って、ここぞという所を目標にして遺骨を探す。われわれの練習船はそういう仕事にも従事した。

昭和三十年まではそんなふうに船の方で忙しかったものですから、俳句の仕事は熱中できない。俳句関係の雑誌は持って行って読んでますから俳壇の様子はわかるんですが、海から遠く眺めるという感じで、作品発表はしなくなった。でも、ひそかに連句などを、いわゆる独吟を船中でやってました。まったく俳句と縁を切ったわけではありませんが、この間、いわゆる俳壇とは七、八年、縁が切れています。

しかし、日本に帰って来ますと、神戸にも商船大学があって、船は神戸によく入りますから、そのつど三鬼を頻繁に訪ねるようになります。

パプアニューギニアでの戦没者遺骨収集。左端に敏雄（昭和30年）

三鬼と神戸で再会、以来、「同行二人」

昭和二十一年十月に三鬼と丸四年ぶりかで会ったわけです。三鬼は「俳愚伝」「神戸」「続神戸」などの自伝めいた文章にあるように神戸に行ってからの生活は非常におもしろいんです。あの文章を見ると眉唾（まゆつば）みたいなところもあるけれど、あれにそっくりな生活を送っていた。俳句は弾圧を受けてから敗戦までほとんど作らなかったらしいですね。

三鬼は最初に私が行ったころには、有名な三鬼館と称した洋館に住んでいました。三鬼は家主から二階建ての洋館を借りているんですが、一階部分を水道工事屋さんに又貸ししていて、本人は二階のまたさらに一部みたいなところに住んでました。自伝の中に出てくる波子という人、本名は政子といいましたが、その人と同棲していたころでした。「政」は嫌いだといって、ふだんでもナミコと呼んでいましたね。先年、事故で死んだ太地喜和子にちょっと似た魅力的な人で、ミノムシを飼っていることが文章になっています。私もその場を訪問しています。

話が戦前に戻りますが、三鬼は昭和十七年の十二月に家族を捨てて東京から逃げたようなかたちでいなくなった。私はその直前、三鬼が設立した南方商会という会社を手伝っていましたが、三鬼が行った先の神戸じゃなくて姫路の近くにあった軍需工場の購買部にコネがあって、そことの商売関係があれば、ある程度の生活はできる。三鬼はそういう経済的な見通しがあって出掛けたので、無目的に行ったわけじゃないんです。その一方、「神戸」「続神戸」に書かれているような生活を送ることになりますが、なぜ家族を捨てていったか、について当時の私には本当のところわからなかった。

　三鬼の女性関係もいろいろあったけれど、大方それは本妻さんにも知られていて、「うちの三鬼はそういう病気なのよ」なんて半分認めているような感じのわりあい大らかな奥さんで、別にキリキリはしてませんでしたね。キリキリはしてませんが、三鬼が捕まったときに「遊び好きだからお仕置きしてください」とか何とか言ったらしいんだ。これは横で聞いていた人がいたわけじゃないから本当かどうかわかりませんが、そんなに深刻がるという感じの奥さんじゃなかったね。すでに長男の太郎さんがいて小学生、三鬼もたいへんかわいがっていました。

　神戸へ行っちゃったいきさつがわかったのは最近で、四、五年前くらいです。三鬼の両親は早く死んでいるんですが、昭和十七年にその大法要が出生地の津山で行われたときの記念写真が、出てきたんです。それを見ると、三鬼の長兄は当時の大日本航空の副総裁まで行っていたかな、次兄も社会的な地位は高いんです。そういう兄貴や親族連中が全部いるのに、三鬼だけ記念写真に写ってない。そういうたいへんな節目の行事のときに、三鬼が加わってないということは何なのか。

昭和17年、42歳の西東三鬼。
南方商会の頃

　そのことからふと思ったんですが、三鬼がいなくなったあとの家族はそのまま平穏に生活しているわけです。三鬼からお金を送ってくるとかそういうことはないんだけれど、あとあと聞くとどうも、三鬼の長兄で斎藤武夫という方が「オレがおまえの家族の面倒を見るから、どっかへ行っちまえ」とでも言ったようです。早く言えば勘当同然になった。なぜそうなったかというと、弟の三鬼が当時で言うところのアカ、共産主義思想を持っているために逮捕されたとなると、たとえ釈放になっても親族にはたいへんな迷惑がかかるわけです。だから勘当というかたちをとらされたんでしょうね。

　三鬼の出身地の岡山県津山は司法関係の偉い人が出ています。当時の平沼騏一郎という内閣総理大臣は津山出身です。だから、「京大俳句」事件のときだってそういうほうに手を回せば三鬼は助かったかもしれないけれども、縁故を求めて自分の逮捕を免れるということは一切しないようにしてくれと三鬼は言ってました。捕まることは覚悟でしていた。そのために勘当同然になったんでしょうね。

これまたそのころの話ですが、東京の青山に長兄の家があって、ときどき私も三鬼の使いで行きました。三鬼もかわいいし、家族もみんなかわいかったんでしょうね。この長兄は三鬼より二十歳年上なんです。私は三鬼より二十年下でしたが。ま、その長兄の庇護の下に子供のときからずーっと育ったような三鬼です。

前列中央に西東三鬼、左に敏雄（昭和31年頃）

戦後になって昭和二十八年の十一月、長兄が死んだ直後に朝日新聞に清水崑が描いた三鬼の似顔絵が載ったわけです。有力俳人、ときの人といったところでしょう。その前日か前々日に長兄が死んでるんです。俳句なんか全然認めない、三鬼の行動をいつも苦々しく思っていた兄さんですが、「兄にはこれだけは見てもらいたかった。ほかはだめだが、俳句ではこのくらい有名なんだ。一家を成したという証拠にこれを見てもらいたかった」と三鬼は嘆いてました。

三鬼は私と仕事を一緒にやっていたときからそうでしたが、俳句の話はほとんどしない。たまに見せてくれたりしますよ。「これ、どうかい」なんて言うけれど、俳句を教える、また習得するための師弟関係というのではないんです。もっと違う、全人格的なものです。三鬼の全人格というのは決して人の模範になるようなものじゃなくて、むしろこういうことはやらない方がいいという見本のようなことをやってみせてくれるけれども、何ともいえない人間味、豊かさがあった。権威とか権力とか政治というものに対して恐れないというか平気というか。そういう豪胆な精神を持っている反面、繊細な面もあって、それは作品が示しているとおりです。重々しい句はないかもしれないけれど、それまでになかったいろいろな新風を編み出しているわけで、それだけで魅力があるわけです。その上、まあ、一個の人間としたらそれはおもしろい存在だ。けれども、あまり評価の高いものにはならないね。当時のこれはという俳人たち全体がそうでした。一種の無頼性があるんです。これが現在の俳壇にはなくなっちゃっている。

三鬼はあまり飲ん兵衛でもないし、ふだんの挙措動作など、だらしなくないですよ。おしゃれで、きちっとしている。だけどもどこか、当時の戦時体制下ではちょっと容れられないというかダメなんだね。そのダメなところが、見ていると魅力になるわけで、そのへんをリアルに話すのは難しい。そういった人がそばにいるので、戦雲暗い時代にあってもそこがひとつのオアシスというか、ほのぼのとしているところがあったんです。

俳句を除いたいろいろな教養とかから言ったら完全に三鬼は師、私は弟子の身分です。ただ、俳句ということになると同じようなところから始めているので、その部分では師弟というよりも競合精神が勝っている。だから俳句の師弟ではないけれども、全人的な師弟関係ではあるんだ。微妙なところです。三鬼だって私には俳句の話になると年齢を越えて何となく遠慮する。

後年になりますが、昭和三十五年の『俳句研究』十二月号で、連載中の「師弟対談」というタイトルの、ある回に載ったことがあるんです。もちろん私は弟子の立場でいろいろしゃべっていたんですが、三鬼はそのときに「同行二人」という言葉を使ってくれたわけです。これは私としては光栄なことです。お互いにたいへんなお大師様だ（笑）。ちょっとうれしかった覚えがありますね。

三鬼主宰の新誌創刊を断念

私が戦後初めて三鬼を訪ねて行ったのと前後して、石田波郷がやはり神戸の三鬼を訪ねている。波郷は故郷の松山に帰る途中、行きも帰りも神戸で降りて三鬼を訪ねているわけです。波郷は病気が小康状態にあったときなのかなあ。久しぶりで会った三鬼と波郷、そこでもともと仲の良かった二人のあいだで、何か「ご相談」があったらしい。

三鬼は昔、新興俳句が弾圧されたときのよりどころであった「天香」という雑誌と同じようなものをまた作ろうと思った。「天香」は早く言えば新興俳句の総合誌でした。第二号までは弾圧で逮捕された三谷昭が編集を担当していて、第三号でおしまいになったんですが、この号の編集や割り付けをやったのが波郷で、三鬼はそういう技術を持っていない。横で見てたようなものです。そのくらい親密だった波郷と久しぶりに会って、もう一回、「天香」に相当する雑誌を出したいというのが最初の考えだったことはたしかです。この話は当時の三鬼から直接聞いています。

それで、帰りがけの波郷と一緒に東京に三鬼が出て来る。昭和二十二年です。そのとき、二人で九十九里浜に遊んでいるんだ。そこでいろいろな構想が次々と沸き起こってきたんでしょう。のちにできる現代俳句協会の構想もどうも九十九里浜あたり、そのときはまだ「天狼」の創刊は一つの目標ではなかった。それよりも先ほど言った、弾圧でつぶされた「天香」の、名称は違うにしても復刊というか、そういう腹案が三鬼にはあったようです。

当時、総合誌の『現代俳句』は波郷が、『俳句研究』は神田秀夫が編集長をやっていて、二人の総合誌の編集長に三鬼が加わっていろいろと構想を練ったわけですから、現代俳句協会の出発はどちらかというと俳句総合誌の編集長の構想なんです。そういう三人が集まって相談しているうちに最初の「天香」復刊の構想とは違って現代俳句協会の構想が固まる。同時期に三鬼は中国から復員してきた平畑静塔と相談しているうちに、大阪俳句懇話会と言いましたか、関西方面の有力俳人の集合体ができる。一方、同じ静塔、三鬼は、奈良にいた橋本多佳子を加えた句会を、例の奈良の日吉館に参集してやっていた。そこでまた新しい構想が持ち上がった。山口誓子を擁立して雑誌を出そうということです。

先に「天香」を復刊させようとした三鬼の最初の構想は、結果的に現代俳句協会の創立と「天狼」の創刊という具合に、二つのかたちをとって実現したわけです。

現代俳句協会ができたのが二十二年の九月で、翌二十三年一月号をもって「天狼」が創刊されました。相次いでよりどころができる。私はこの「天狼」に三鬼から投句しろと言われました。山口誓子選です。当時の選は誓子流ですけれど晩年の誓子の選と違って、生き生きとした、いい選をしているんです。そこにかなり多くの新人連中が投句を始めた。入選率もたいへん低くて、落選のほうが多かったらしいですね。

私は選を受けて作品を発表するという手段を前々からあまり好まないところがありました。いい句は自分でわかるんだから、なにも選句してもらわなくたっていい。これはかなり思い上がった考えですが、そういう考えを持っていた。私自身、誰か先生について、その選句を経て次第に認められるという通常の出発とは少し違った経歴を持っていた面もあって、三鬼の「投句しろ」という勧めに応じなかったわけです。「天狼」への投句には参加せずに、その下部組織の、やはり三鬼指導誌「激浪」という小さな雑誌には創刊号から一、二回、自選句を出していますが。

応じなかったもう一つの理由として三鬼を主宰にして、私が編集長をやって、雑誌を出したかった。これは年来の希望としてあったわけですが、当時、紙がない時代で、なかなか実現困難なのです。「天狼」だって紙がないので発行が難しくて、鈴木六林男の「青天」という雑誌の紙の権利をもらって出したということです。「天狼」の創刊号は「青天改題天狼」となっています。

私は元の勤め先の関係もあって、紙をもっている友人を知ってましたから、小さい片々たる雑誌だったら出せる。当時は厚い雑誌なんかありませんからね。せいぜい多くて一台三十二ページくらいの薄さの本ならば出せるというので企画したんですが、三鬼に断られちゃった。実現するようなら船の方はやめるつもりでした。

「天狼」の当初の同人はほとんど全部、三鬼と年齢の近い人がなっています。そういう同人たちは言ってみれば、もとの新興俳句の残党みたいなのが大半で、主宰者誓子の号令の下に団結しているのではなくて、一騎当千というか、それぞれ独白の意見を持っている人ばかりでしたから結集力が弱いんです。

東京に東京「天狼」支部句会がありました。指導的な立場にある東京方面在住の同人は、それぞれ思い思いの発言をする。そこで出句に対する評価が割れるわけです。私も一、二回、出たことがありますが、この支部句会はやがて秋元不死男指導の「氷海」に収斂（しゅうれん）していきます。

「天狼」同人になった連中は私より少なくとも十歳ぐらい上のところからで、私や鈴木六林男、佐藤鬼房（さとうおにふさ）、そのへんの二十代なかばの年齢層にあるわれわれはまだみそっかす扱いなんです。これから「天狼」に投句して雑詠欄で出て来いということなんでしょうが、私はそんなことはいやだ、それよりも先に言ったように三鬼主宰の雑誌を出したいと思っていたが、三鬼から断られた。

そして三鬼は「天狼」の初代編集長になるんです。言い換えると山口誓子の番頭になった。私が三鬼の番頭になろうと思ったのに、その先生が誓子の番頭になっちゃった。それでおしまい。同時に私は自作品の発表を少し休もうと決意した。以降、昭和三十年まで、俳句は作るけれども発表しないという時期が続きます。

「戦後は女流」の現代俳句協会設立

昭和二十二年九月に現代俳句協会が設立され、まず新人顕彰のための茅舎賞と功労を表彰する子規賞が創設された。しかし、子規賞はこれまでだれにも授けられていない。茅舎賞の最初の受賞者は昭和二十三年度の石橋秀野、この人は山本健吉の夫人で、前年の二十二年に亡くなられた。第二回が昭和二十七年度の細見綾子（ほそみあやこ）と、女流、女流と来るわけです。

なぜ女流が最初のうち、茅舎賞の対象になったか、これは裏話になりますが、現代俳句協会の設立に参画した波郷、三鬼、神田秀夫、なかでもとくに波郷と三鬼の間で、戦後の俳句は女流が大いに興ってもらわなくちゃならない、そのためには女流に先に賞を差し上げて、女流俳句の勃興をプッシュしようという相談があったようです。そんなことを三鬼が言っていたときがありますよ。「戦後はどうしても女流だ」って。それまでは女流がほんとに少ないんですから、そう考えるのは当然です。当時だって石橋秀野、細見綾子、そういう人たちに並ぶすぐれた男の俳人だっていたわけですが、

現代俳句協会大会の打ち合わせ。左から金子兜太、榎本冬一郎、敏雄、鈴木詮子、後ろ姿は石原八束大会委員長

女流の受賞者が続いたのは、選考に当たる側にそういう暗黙の意図があったような気がします。

茅舎賞の名称は第三回から現代俳句協会賞になりました。ここで初めて男性の佐藤鬼房が受賞。このとき桂信子は一票差で次点。それまで女、女と来て、三人目もいま少しで女となるところだった。その後ずっと桂信子はこの賞にどうしたことか縁がありませんね。第四回は野澤節子。そうこうするうちに、四十年ごろになると全俳壇的に俳句人口が男性よりも女性のほうが多くなるくらいの勢いになってきた。波郷、三鬼の意図した効果は十分に上がったわけです。

それから後、現代俳句協会にはいろいろとごたごたがあって、三十六年の分裂事件、俳人協会の誕生とかいろいろあります。そういうところは私は直接タッチしてませんから詳しくは知らないけれど、三鬼から聞いたかぎりでは現代俳句協会の分裂は、有季と無季の問題とか、受賞者が前衛派に片寄っているとかいった俳句観の違いが直接の原因ではないこともだんだんわかってきますね。もっと低次元の感情の対立からだったようです。

人間が集まれば仲のいいのと悪いのとができるのは当たり前で、何となく仲が悪くなっちゃったんですね。西東三鬼とか波郷とか、昔からの幹事連中と、途中から出てきて新しく幹事になった金子兜太、石原八束、原子公平などの当時の若手との間に溝ができるんです。幹事会の席上で年上でもある先輩を君づけで呼ぶ者もいたそうです。だから現代俳句協会の実権を若い人に譲って分かれよう。ただし、原始会員だった幹事連中は協会内で元老院のようなかたちで引っ込もう、という気になったらしい。はじめはそんな気持ちだったのがエスカレートした結果、完全に分裂しちゃったんです。

そのいきさつはどうであっても、俳句表現者のそれぞれ主体である作者としては、協会がどうなったって、人間関係以外には影響はない。分裂して二つなり三つなりあるのは逆にいいと思うんだ。一本だったら独り善がりになる。

三鬼の死後に第一句集『まぼろしの鱶』を出版

昭和三十年に私が句作再開を決意したのは、三鬼が当時、「断崖」という主宰誌を持っていて、この会員活動の主力は関西でしたが、神戸や大阪に入港するたびに、その句会に顔を出し、おのずから新しい俳句仲間ができたからです。

そのころまでずっと昔から全国的に結核が蔓延していて、死病として恐れられていたんです。そのため全国各所に療養所があって、そこでは不思議に俳句の会ができていた。会員はみな療養者で、作る俳句は療養俳句と言われていた。たまたまそのトップにいたのが石田波郷です。その影響下に全国的に療養俳句がはやった。そこから育った俳人は現在でも少なくない。

そういう療養俳句の一拠点となった療養所、有隣病院が東京の世田谷にあって、そこを中心に「断崖」の支部ができた。大高弘達がまとめ役。しかし、そこには指導者がいない。それで三鬼が私に向かって、「今度、東京支部ができたけれど、しかるべき指導者がいないから、おまえ、暇があったときにちょっと行って見てやってくれないか」と言われた。すでに「断崖」同人だった私は暇をみて東京支部に通うようになった。私の俳句の再開にそこで拍車がかかった。

そうこうしているうちに、これまで大阪の寝屋川に住んでいた三鬼が三十一年九月、神奈川県の葉山に転居して来て、角川書店の『俳句』の編集長になるわけです。

それ以前に角川源義社長は大阪に三鬼を訪ねて、泊まり込んだりしています。三鬼と源義はどこか気持ちが合ったんでしょうね。それで引っ張ってきたものの、三鬼は企画力はあるが、割付けをはじめ実務的な技術はあまり持ち合わせていない。そのためか、十か月くらいで編集長は辞めさせられちゃいます。その後は無職ですから手元不如意だったんですが、そこは何となく、違う面で稼いでもいた。

そのときに、前回の話で出た葉山の森戸海岸近くに一軒借りて住むわけです。三十一、二年のことで家賃が三万円でした。これは高い。同じ三万円出せば東京の世田谷区とか杉並区あたり、角川書店に通勤するにも便利なところでもっといい家が借りられる。でも住むのに葉山はたしかにいい。三鬼は海が見えるところが好きなわけです。そこはかねて葉山の住人吉田北舟子の家のすぐ近くなので、北舟子が三鬼の借家を斡旋したというふうに思っている人が多いのですが、実際は弟子の一人で葉山住まいの千賀清子という人が探してくれた家です。そこが三鬼の終焉の地になりました。

そのころまで、私は何かにつけて三鬼にくっついて行動していました。船乗りですから、いないときが多いんだけれど、いるときはほとんど一緒にいる機会が多かったですね。

そうやっているうちに三鬼が急に胃癌になって、誰もそんなことになると思わなかったとき、六十一歳で死んでしまうんですから、いま考えたって若いですよ。発病するまでは本当に元気だった。

葉山海岸で西東三鬼（左）と（昭和36年）撮影＝大高弘達

それだけにポクッと逝かれると大きな空白が生まれました。「断崖」を私に継げと言う人もいましたが、弟子たちは三鬼の弟子であって、私の弟子じゃない。その前に、病中の三鬼から「断崖」は一代限りにしてくれと言われていたんです。そんな具合で「断崖」という雑誌の組織は、三鬼没後、追悼号を出して終刊となりました。

自分の句集編集の計画も、句作を再開してからあまり年数が経っていないので、戦中の初期作品を中心に、とりあえず一本にしよう、三鬼に序文をもらおうかなと思っているうちに、三鬼は倒れた。そういう時期でしたから結局、もらえなかった。

三鬼に死なれて気落ちしたせいか、この句集の編集はその後はかどりませんでしたが、ようやく昭和四十一年四月一日、三鬼の祥月命日付けで、第一句集『まぼろしの鱶』を作ってみたけれど、内容はあまり自分で納得できない、どうも満足できないというところから心を入れ替え、第二の出発が始まるわけです。最初の出発と言いますか、新人としてデビューしたのは昭和十三年に山口誓子に激賞されたいわゆる戦火想望俳句によってですが、あとずっと弾圧されたこともあって俳壇に出るチャンスがなかった。

高柳重信との交友

三鬼は昭和三十七年四月一日に死にましたが、同じ年のそれより少し早い三月七日に、富沢赤黄男が死んでいます。この赤黄男に高柳重信が私淑というか師事していまして、戦後、昭和二十七年に赤黄男を擁して雑誌「薔薇」を出す。この「薔薇」を発展的に解消して、三十三年に創刊したのが「俳句評論」です。重信が尊敬していた赤黄男が死ぬ。私の師事していた三鬼が相次いで死ぬ。

それ以前から、重信とは私が東京にいるときにはよく飲み歩いてました。だいたい俳句関係の会合のあとの二次会、三次会では一緒でしたね。重信が「俳句評論」という雑誌を出す計画を、飲み会で会っているうちに聞いて参加を誘われましたが、まだ三鬼が元気なころで、なま返事をしていたわけです。「俳句評論」に正式に加わったのは昭和四十年です。

加わるきっかけを申しますと、私は結婚はバツイチなんですが、三十五年に現在の妻おたか(孝子夫人)、現在の妻というと本人は怒りますが、彼女に会って、いろいろないきさつでめぐりめぐって三十九年に結婚することになりまして、周旋屋が渋谷の上原にいいアパートがあると言うので行ってみたら、一軒おいて中村苑子と重信が住んでいる家なんだ。びっくりしましたね。それで、こんなところに来たんじゃたいへん、何がたいへんかわかりませんが、イヤだと言って、少し離れた別のところを借りたんです。だから、もともと親しかった重信のところに歩いて行ける近所に住むことになっちゃった。一緒に銭湯に行ったりしてね。

それでわれわれ二人はちょくちょくお邪魔して、苑子、重信のご両人と余計親しくなった。

お苑さんもたいへんだったと思いますよ。あそこは家が道路みたいなもんで、俳人仲間ばかりじゃなく、いろんなのがひっきりなしに出入りするから、いちいち全部さばいていたらくたびれちゃう。それも上品なおとなしいのじゃなくて、飲ん兵衛が多い。重信はどこか鷹揚だったけど、そういう面では苑子さんも苦労している。「俳句評論」の発行人として経済的な援助負担もあったろうし、反面いいこともなかったことはないにしろ、生活環境としては、たいへん厳しかったのではと思います。五十八年に重信が死んだあと、「俳句評論」のいわゆる残党とつき合って、またそれを続けるという気が起きなくなったのはよくわかります。のちのち「俳句評論」離れみたいな行動をとりますが、この気持ちもわかります。

またまた話がそれちゃったけれど、そういう具合で、「俳句評論」を介して高柳重信とのつき合いが深まり、最後までつき合ったという感じです。

彼は自分より先輩と思う人には礼を尽くす、昔風なんで

大成丸上甲板で、結婚する前の孝子夫人と（昭和36年頃）

す。私は彼より二つ上だから、何となく先輩扱いをしてくれる。私も彼は病弱でもあったからわりあい気をつかっていた。私の俳句も認めてくれるし、私もまた彼の俳句について私なりの感想を言うと、かなりいい線で納得するので、私との間に激論はなかったね。いや、やったこともありますがね。そんないろいろなことがあって、わりあいいい関係が生まれたわけです。お互いの俳句は最初から作風は違うけれど、おのずから相互影響ができて、私としてはたいへんありがたいと思っています。

　昭和四十六年十一月のことでしたか、名古屋での「俳句評論」全国俳句大会のあとの流れで有志一行と飛騨高山（ひだたかやま）に足をのばしたことがあるんです。あのへんを回って、二、三日して帰ってきた。

　その後、飛騨高山で取材して作った句をそれぞれ見せ合ったら、下五の「みことかな」がそっくり同じなんです。重信のが〈飛騨の／美し朝霧／朴葉焦がしの／みことかな〉で始まる十余句、私のが〈風干しの肝吊る秋のみことかな〉ほか三句。その間、句の話はまったくしてなかったのに、交換して見せ合ったら下五文字が偶然、同じだったのでアッと思った。彼のほうが数も多いし、その一連はちゃんと整ってますから、私のほうは下りることにしました。

　そのうち、いま言った私の句は下五を〈峠かな〉にして発表しています。かなり近いところで何かをとらえていたんだな。発想とか決着点がどこか似てくる、そういう人のそばにいると危ないんですよ。下手をすると呑み込まれるんです。影響を受けるのはいいんだけれど、影響が過ぎると食われちゃう。食われないで生き残って、食うほうに回るのはたいへんなことで、俳句を作るんだったら食われないように食えということになるかと思います。心酔のしかたもどこかでうまくやらないと、てのひらの上から出られなくなる。
私が何かのときに、ある俳人の作風を批評したんです、「残念ながら先生のてのひらの上から出られないでいる」って。それを読んだ私の友人が「てのひらの上に乗っただけで大したもんだ」って（笑）。

白泉の抗議の手紙

先に、昭和十五年の八月、葉山の森戸海岸へ三鬼、波郷、石橋夫妻と海水浴に行った話をしましたが、そのころはすでに「京大俳句」に対する弾圧が始まっていたわけですが、前年の十四年の『俳句研究』八月号にはいわゆる人間探求派という名称の起こりとなった座談会〈新しき俳句の課題〉とか、前々年の十三年の同誌八月号には〈戦争俳句その他〉といったいい企画の座談会が載っている。石橋貞吉（のちの山本健吉）編集長のときです。

座談会〈戦争俳句その他〉の出席者は中村草田男、西東三鬼、石橋辰之助、加藤楸邨、渡辺白泉、佐々木有風の六名で、そこでは戦場を想像して作るいわゆる戦火想望俳句、そういう題材本位の作り物はだめだと批判されているんです。される側の三鬼、辰之助、白泉はそれぞれ反発してますが、なかで白泉は実際にそこに参加していないフィクションの表現でもリアリティーを持てばそれでいいんだ、言ってみれば想像力を重んじるということを縷々しゃべったらしいんですが、座談会の記事では大部分消されちゃった。

そこで当時の石橋貞吉編集長に抗議の手紙を出した。その手紙をヤマケンさん（かげでは山本健吉さんを失礼にもこのように呼んでいた）はずっと持っていたらしい。というのは昭和五十年十一月、石川桂郎が死んだとき、町田の青柳寺でのお葬式に私も出席しました。控えの間にいるとき隣りに座られたヤマケンさんとの間で白泉の話になり、「白泉の抗議の長い手紙を持っている」とおっしゃった。「これは文献としておもしろい。ぜひどこかに発表してください」と私は言いました。そうしたら「うん」とうなずいて、べつに拒否はされなかったんだけれど、そのままになっちゃった。昭和十三年から何十年もたっているわけですが白泉の抗議の手紙を覚えているということは、その内容が低次元のものでないことをうかがわせます。まだどこかにあるんじゃないかな。見たいですね。

波郷と楸邨のこと、弾圧事件にからまる話ですが、しておきます。波郷が句集『鶴の眼』を出したのは十四年八月で、これに寄せた横光利一の序文は、波郷の「古への美と競ひ立たうと希ふ」精神を指摘してます。いわゆる新興俳句がそれまで遮二無二新風を求めていったのに、波郷は古への美と競うというかたちで古典を重視する姿勢をとりはじめた。当時、三鬼と波郷の間にどういう話があったか、詳しいことはわかりませんが、あれだけ交遊を深めていた際のことです。雰囲気として、いわゆる伝統的な俳句を作っていたらば体制順応、新興俳句とくに無季俳句は反体制的と見られる危険性がなんとなく察知されるような時期に、三鬼は波郷のそういう姿勢をよしとしたのではないかと思います。

波郷は、たとえば〈夜涼の坂英霊車来る如何にせん〉みたいな、英霊となって遺骨が帰ってきたのに礼をしようかしまいかという、かなり思想性の濃い句をそれまで作っていた。それが次の「風切」時代はちがってきますね。

私は西東三鬼門の第一号と三鬼に認知されましたが、第二号が斎藤玄で、昔は斎藤三樹雄といってました。私は戦前、三鬼の家を訪ねて来た、まだ学生だった斎藤玄に会ってます。この斎藤玄に対して三鬼は「君は今後、波郷のところに行ったほうがいい」と言った。新興無季俳句の行く末を考えると伝統的な作風のほうが安全だろうというので送り込んだ様子もないことはない。彼はそういうこともあって波郷の弟子になってしまった。

当時の「鶴」で波郷は新興俳句表現の散文的傾向を批判し、韻文精神の徹底を鼓吹しますが、この散文的傾向というのはリアリズム表現と表裏の関係にあるもので、リアリズムと言ったら危ない。古典に戻ればいいわけです。かの吉岡禅寺洞の「天の川」だって、新興俳句離れを掲げた記事を書いている。楸邨の〈寒雷やびりりびりりと真夜の玻璃〉だって、時代の暗い面を敏感にとらえた句です。そういうところをやっていると、体制からにらまれる、ということが、弾圧による逮捕者が実際に出たのでわかる。みんな警戒するわけです。

楸邨の場合は、弾圧の最中に雑誌「寒雷」を出した。他の新興俳句系誌が弾圧の対象になっているときに厚い雑誌を出せたことについて、軍部と結託したとか、いろいろと楸邨を批判する人もいますが、「寒雷」があったために楸邨門がのちのちまで生き延びた。弟子として成長を遂げたのが兜太とか森澄雄、ほかにも大勢いますね。もし「寒雷」がなければ進歩的な俳人の命脈は一切絶えてしまうおそれがあった。楸邨がたとえば〈都塵抄〉あたりの社会性がかった俳句の系列から外れて、いわば突然と言ってもいいように後鳥羽院に行くわけですよ。隠岐に行ったのは昭和十六年。芭蕉が書いた〈歌に実ありて悲しびをそふる〉は後鳥羽院の言葉でしょう。これを引用して後鳥羽院と言ってれば弾圧の対象にならないわけだな。弾圧が始まった時期を考えると保身をはかるのは当たり前。当時、逮捕されるのがいかに恐ろしいかですよ。楸邨の真意はもちろんもっと純粋なものだったでしょうがね。

ただ、保身の影が全く見えないわけじゃない。しかし、べつに軽蔑することではなく、そういう苦難の時代だったということを歴史的に押さえて考えたいですね。

戦争と俳句

私が俳句を始めた昭和十年には満州事変は終わっていましたが、昭和十二年に始まった日中戦争からあと、二十年の太平洋戦争の敗戦まで、私の俳句の初期時代は、どっぷりと戦争に明け暮れていた時代です。友達にもかなり優秀な俳人もいないわけではなかったのですが、一緒にやっていた俳句少年、あるいは青年だった友達が、因果なことに全部、戦死や戦病死しちゃっている。だから、戦争を憎まずにはいられない。おまけに弾圧で新興俳句の指向したいわば新風の目標が断たれてしまい、継ぐ人もいなくなっちゃった。歴史の上で、もし、は通用しませんが、これがそうじゃなくて続いていれば、どうなったか。いずれにせよ、その後、生き残りの私の句を、戦死したり戦病死した友達が現在読んでくれるとしたらどう思うかと常に考える。生きていれば見せるわけで、そういう友達が読むに堪える句かどうかを考えるから、どうしても戦争に関係した恨みの句がときどき出来ちゃう。

戦争は憎むべきもの、反対するべきものに決まってますけれど、〈あやまちはくりかへします秋の暮〉じゃないけれど、何年かたって被害をこうむった過去の体験者がいなくなれば、また始まりますね。いずれにせよ、昭和のまちがった戦争の記憶が世間的に近ごろめっきり風化してしまった観がありますが、少なくとも体験者としては生きているうちに、戦争体験の真実の一端なりとせめて俳句に言い残しておきたい。単に戦争反対という言い方じゃなく、ずしりと来るような戦争俳句をね。

話を昔に戻しますが、当時、私は戦場に行っていないのに、なんでわざわざ戦火想望俳句といったものを作ったのか。日中戦争が始まったころ私は十七歳余でしょう。あと一、二年したら兵隊にとられて、いやでも戦場に行かされるに決まっていました。そういう自分の行くところをなぜ想像してはいけないのか。行ったら死が待っている。行ってから作るんじゃ間に合わない。行ったら多分死んじゃうんだから、行く前に一所懸命に想像して作った。戦場に行ってないのに安全地帯でのうのうと作るのは不謹慎だ、という批評にはうなずけなかった。私が戦死する場所はどうなっているかを想像して書いているわけです。これをいけないと言うのは、言うほうがおかしい。その結果、作品は山口誓子に激賞されましたが無季句だったこともあって望外のよろこびでした。これは、その後も無季でなければ言えない世界を折にふれて追求する原点になっています。

次の句集に「乞う、ご期待」

第一句集の『まぼろしの鱶』を出したのは昭和四十一年で、俳句を始めたのは昭和十年だから、三十年間の作品から自選している。しかし、それにしてはきわめて重量感に乏しい。この第一句集を出したあと、四十二年度の現代俳句協会賞をいただいた。この賞は誰のも句集が対象じゃない。私の場合、昭和三十八年から四十一年までの自選作品五十句が対象になったものですが、どうも本人としてはおもしろくない。納得するだけの価値が乏しいように思えた。そこで改めて受賞にふさわしい句を作りたいものだと考えたわけです。

　これは三鬼没後のことで、三鬼が生きていて元気なころは、私は三鬼の側近でウロチョロしているだけで何となく満ち足りていた。俳壇的な野心といったものは本当のところさらさらなかった。それが三鬼に死なれてみると、ポカッと穴があいたように自分を見失った。その上、いま言ったように第一句集を出したものの、自分ながら貧しいと思ったこととあわせて、これではいけないって開きなおり、これまでとは何か違うことをやりたいという気になったわけです。これを一応句集のかたちにしたのが昭和四十八年刊の第二句集『眞神』です。

　この句集はあえて言えば自信があった。いまになれば私の評価はまた違っていますが、当時としてはこれくらいなら現代俳句協会賞をもらってもいいなあ、という気持ちでした。

　昭和六十三年刊の『疊の上』はぼくとしてはあまり評価していない。後半の収録作品は住んでいた八王子の土地と家をなくしちゃった時期に作ったものなんだ。私自身の人生の上でもたいへんなショッキングな事態が進行中なのに、よくも俳句を悠然と作ってたもんだと言う人がいるんだよ、わざわざ私に向かってね（苦笑）。なくした土地家屋は、あの時分の評価で約一億円。いわゆる地上げ屋対策に困り果てていたとき、そっちのほうに詳しいという男がやってきてまかせてくれと言う。これが昔の大野林火（おおのりんか）門の俳人だというので信用して、家土地の売却と買い替えの権限を委任したのがまちがい、全額横領された。弁護士を代理人に立てて交渉してもらいましたが、本人は返すというだけで実際は一円も返さない（この男はその後、病気で急死した）。

　そんなこともあって、『疊の上』収録作品ができた期間は心情的に非常に苦しいときだった。でも、それはあまり見えないようになってます。少し恨みがましい句も入っていて、句集全体としてはまだ自分として納得してない。むしろあまり評判にならない『鷓鴣』がおもしろいんじゃないか。ちょっと違う観点があると思うんですが。

　でも句集『疊の上』で蛇笏賞をいただいたのはありがたかった。あれは山本健吉が生きているともらえなかったと思いますね。あの方は、虚子とはまたちがった守旧派で新興俳句とか前衛俳句とかは嫌いなんだから。亡くなってから風向きがガラッと変わった。その後、もと新興俳句関係の人が次々賞をとるようになるでしょう。でも、山本健吉のいいところは「新興俳句は嫌いだ、新しがりはキライ」とちゃんと言うからね。斎藤玄が蛇笏賞をもらったとき、あれも最初は新興俳句の出です。私に山本健吉が言いましたよ。「斎藤玄も死期が迫るにしたがってよくなるねえ」って。だから「私も死期が迫らなければだめですか」って聞いたら、「うーん」なんて言ってた（笑）。

既刊句集としては、いまのところ最後の『しだらでん』ですが、あれは前句集『疊の上』で蛇笏賞をいただいたこともあって、総合誌からとくにたくさん注文があるようになった時期の句が中心になっています。全部載せるとなると無理をして惰性で作った句も少なくないので調和がとれない。それで句集未採録の句がまだ七、八百あるんじゃないですか。そこからまた作ろうと思えば、二冊くらい句集ができるんですが、もうひとつ納得できるものがないので困っているわけです。そこで、昨年の一月から作品の発表をやめて自己調整をはかっています。といって、いい句に恵まれるとはかぎりませんが。「乞う、ご期待」は次の句集、いや次の次の句集くらいになりましょうか。ともかく山本健吉説によると死期が迫らないとダメらしい。困りますね。

おわりに

一年半、十八ヶ月にわたるシリーズ連載の最終回を三橋敏雄先生の証言を以って締めくくらせていただく。ありがたくインタビュアー冥利に尽きる。

先生の時間感覚、人生観は長らく船に乗って、海の上に暮らされた人の生活感覚なのではないだろうか。句会であれ、宴会であれ、俳句大会などの選者控室、ＮＨＫの番組収録のスタジオ……。ご一緒させていただくあらゆる場面で、例外なく、〈時間が拡大してゆく〉のである。

あわてることはない。こせこせすることはない。無理はしないでよい。きりきりすることはない。人生は短い。だからゆっくり。そんなメッセージがやわらかな微笑とともに、後進の私たちに惜しみなく発せられていることを感じる。敏雄先生の居られる座は、だからとても心地よいのである。もっともっと、ご一緒に居させていただきたいと心から希うのである。そして何より、作品に対する先生の態度にいささかも曖昧な点はない。そこにこそ私たちは最大の敬意を抱くのである。

黒田杏子

（インタビュー＝平成12年2月25日）

三橋敏雄自選五十句

かもめ来よ天金の書をひらくたび　『太古』（昭16刊）

少年ありピカソの青のなかに病む　『〃』

寒蟬やわが色黒き妹達　『まぼろしの鱶』（昭41刊）

いつせいに柱の燃ゆる都かな　『〃』

新聞紙すつくと立ちて飛ぶ場末　『〃』

海山に線香そびえ夏の盛り　『〃』

世界中一本杉の中は夜　『〃』

昭和衰へ馬の音する夕かな　『眞神』（昭48刊）

鉄を食ふ鉄バクテリア鉄の中　『〃』

渡り鳥目二つ飛んでおびただし　『〃』

日にいちど入る日は沈み信天翁　『〃』

母を捨て犢鼻褌（たふさぎ）つよくやはらかき　『〃』

たましひのまはりの山の蒼さかな　『〃』

撫で殺す何をはじめの野分かな　『〃』

絶滅のかの狼を連れ歩く　『〃』

晩春の肉は舌よりはじまるか　『〃』

蟬の殻流れて山を離れゆく　『〃』

緋縮緬噛み出す簞笥とはの秋　『〃』

戦歿の友のみ若し霜柱　『〃』

鈴に入る玉こそよけれ春のくれ　『〃』

夏百夜はだけて白き母の恩　『〃』

撫でて在る目のたま久し大旦　『〃』

むささびや大きくなりし夜の山　『青の中』（昭52刊）

尿尽きてまた湧く日日や梅の花　『鷓鴣』（昭54刊）

いくたびも日落つる秋の帝かな　『〃』

老い皺を撫づれば浪かわれは海　『〃』

鷓鴣は逝き家の中まで石河原　『〃』

夜枕の蕎麦殻すさぶ郡かな　『〃』

行かぬ道あまりに多し春の国　『〃』

四方山の紅葉疲れを昭和びと　『〃』

かたちなき空美しや天瓜粉　『〃』

手をあげて此世の友は来りけり　『巡禮』（昭54刊）

顔押し当つる枕の中も銀河かな　〃

裏富士は鷗を知らず魂まつり　〃

あの家の中は老女や春げしき　『長濤』（昭57刊）

ぢかに触る髪膚僂し天の川　〃

長濤を以て音なし夏の海　〃

戦争と畳の上の団扇かな　『疊の上』（昭63刊）

汽車よりも汽船長生き春の沖　〃

山山の傷は縦傷夏来る　〃

戦争にたかる無数の蠅しづか　〃

あやまちはくりかへします秋の暮　〃

山高く水低く在り渡り鳥　〃

海へ去る水はるかなり金魚玉　〃

大正九年以来われ在り雲に鳥　〃

家毎に地球の人や天の川　〃

山国の空に山ある山桜　〃

当日集合全国戦没者之生霊　『しだらでん』（平8刊）

みづから遺る石斧石鏃しだらでん　〃

土は土に隠れて深し冬日向　〃

三橋敏雄略年譜

大正9（一九二〇）　十一月八日、当時の東京府八王子市に生まれる。父儀平、母セイの次男。長男と三男は嬰児期に死ぬ。家業は絹織物業。父は昭和初期の「ホトトギス」投句者。

昭和10（一九三五）15　先に家業傾き進学を諦める。八王子市立尋常高等小学校高等科卒業。四月、東京九段下の書籍雑誌大手取次店・東京堂（現トーハンの前身）に採用され、昼間は就労。夜間、実践商業学校に学ぶ。五月、社内の「野茨（のばら）」俳句会に参加。

昭和11（一九三六）16　「馬酔木」十月号に一句初入選。

昭和12（一九三七）17　「句と評論」同人の渡辺白泉の作品に魅せられて私淑。白泉らの同人誌「風」第三号（八月号）より同人。自選句発表を許される。七月、日中戦争勃発。

昭和13（一九三八）18　「風」第七号（四月号）に〈戦争〉と題する無季五十七句発表。山口誓子の激賞を受ける。六月、白泉とともに西東三鬼を訪問、白泉より三鬼師事を慫慂される。

昭和14（一九三九）19　「京大俳句」二月号から自選句発表の準会員。四月、東京堂退職。三鬼在職の貿易商社紀屋に入社。三鬼のただ一人の部下として働く。普通自動車免許取得。

昭和15（一九四〇）20　二月、「京大俳句」会員。直後、弾圧を受け終刊。五月、徴兵検査、第一乙種。

昭和16（一九四一）21　六月、『現代名俳句集』に「太古」三橋敏雄集。以後、作品発表中断。古典俳諧の勉強開始。十二月、太平洋戦争突入。

昭和17（一九四二）22　四月、紀屋退職。三鬼創設の南方商会を手伝う。十二月、三鬼神戸へ去る。

昭和18（一九四三）23　七月、応召。横須賀海兵団入団、水兵。

昭和21（一九四六）26　運輸省航海訓練所に採用され、以降、昭和四十七年まで練習船事務長。

昭和23（一九四八）28　「天狼」一月号創刊。これに投句者として参加する気なく、作句中止を決意。

昭和30（一九五五）35　『俳句』九月号に〈熱帯戦跡行〉四十句発表。作句再開。「断崖」に発表。

昭和36（一九六一）41　現代俳句協会会員となる。

昭和37（一九六二）42　一月、「天狼」同人。三鬼の推薦によるもので、希望していなかったが遺言のようにきく。四月一日、三鬼死す。

昭和38（一九六三）43　同人誌「面」創刊に参画。

昭和39（一九六四）44　十月、庄野孝子と結婚。

昭和40（一九六五）45　「俳句評論」同人。高柳重信と親昵。

昭和42（一九六七）47　第十四回現代俳句協会賞受賞。

昭和61（一九八六）66　「壚坶（ローム）」（不定期刊）創刊。監修に当たる。

平成1（一九八九）69　句集『疊の上』（立風書房）で第二十三回蛇笏賞受賞。

平成13（二〇〇一）81　十二月一日、死去。

あとがき

十三人のすぐれた先達の「気」をこの身に浴び続けた厖大な時間、ありがたいことでした。

貴重な証言を残されて、この世を旅立たれた方々、古沢太穂先生、中村苑子先生に続いて、沢木欣一先生、三橋敏雄先生、そして今年に入って佐藤鬼房先生が急逝されました。文字通りご遺言となってしまいました回を含めて、このたび角川選書に加えられることを機に、先生方の全ての証言をつぶさに読み返してみました。同時に、私自身の取材ノート、メモ、先生方からのお手紙その他、もれなく目を通してみました。どの先生もお心をこめて、全力を傾けてお話し下さいました。いまその折々のシーンが胸によみがえってきて、涙ぐましくなります。どなたもユーモアのセンスにあふれておられました。長寿、ロングランの人生の秘訣は、とびきりのユーモリストであることだ、と記した私のメモが出てきました。ご苦労をされたこと、大変で困難な経過を語られるときも、ほほ笑みと共にその事実と内容が表現力ゆたかに語られています。最年長の中村苑子先生から最年少の深見けん二先生まで、どなたの発言も戦争と深くかかわっておられます。

昭和十三年生まれ。東京から疎開した栃木県で、昭和二十年に小学校に入学、大学を卒業したのは昭和三十六年。いわゆる安保世代の私は、学徒出陣世代である大正八年、九年生まれの俳人の方々の動向に学生時代から注目してきました。今回、ゆくりなくもその世代を中心とする代表的な作家の方々に親しくたっぷりとお話が伺えて、ありがたく、心が満たされました。

まえがきにも記しましたが、この企画は『俳句』の海野編集長の決断からスタートしています。企画検討の段階で、私は理想の限りを申し述べつつも、連載が実現するとは実のところ信じられませんでした。広告会社に定年まで在籍し、そのほとんどの期間をプランナーとして過ごしました私は、もしこの企画が『俳句』で実現されなくとも、何人かの俳人に自力でインタビューし、独力で本にしたいなどという考えも一方で抱いておりました。『俳句』での連載が現実のものになっただけでなく、角川選書として出版されるのは夢のようです。『俳句』編集部の岩藤忍さんにもお世話になりました。

最終ランナーをつとめられた三橋先生のご発言、「戦争は憎むべきもの、反対するべきものに決まってますけれど、〈あやまちはくりかへします秋の暮〉じゃないけれど、何年かたって被害をこうむった過去の体験者がいなくなれば、また始まりますね。いずれにせよ、昭和のまちがった戦争の記憶が世間的に近ごろめっきり風化してしまった観がありますが、少なくとも体験者としては生きているうちに、戦争体験の真実の一端なりとせめて俳句に言い残しておきたい。単に戦争反対という言い方じゃなく、ずしりと来るような戦争俳句をね」のように、私はひとりの聞き手、証言の引き出し役を担当できたこの十三人の巨人の発言集が風化してゆくことを惜しみます。ここに収められた言葉は「未来への予言」、やさしい語り口で述べられた未来へのメッセージです。二十世紀の末に俳人によって語られたかけがえのない予言集が地球上の多くの人々と出会うことを希っております。

平成十四年二月

黒田杏子

第 II 部

西東三鬼の影——作家主義への展望

五十嵐 秀彦
一九五六年生・俳句集団「itak」代表

平成半ばの14年に刊行された本書が今回新装版として再出版されることとは、今現在という状況において当時とは別な意味を持っているのに違いない。

私が札幌のNHK文化センターで俳句講座を持つ機会を得たとき、戦前の秋桜子の「ホトトギス」離脱から現在までを作家中心に見直す講座をやってみよう考えた。準備をしていて気がついたのは、実に多くの俳人が昭和15年前後の新興俳句弾圧の時代の影響を受けているということだった。「句と評論」「京大俳句」などの雑誌で展開された新しい俳句の動きが当時の俳句青年たちをひきつけていたこと。それが弾圧を受け、沈黙を余儀なくされての戦争と敗戦。戦後になると俳人たちが一気に活動を再開し百家争鳴の中から俳句の多様性を生み出し今日につながっていること。これが重要なテーマになると考えたが、その時代についての資料は多くはなく、現代俳句協会青年部が平成30年に刊行した『新興俳句アンソロジー』（ふらんす堂）と、本書『証言・昭和の俳句』の2作を基本資料として利用することにした。本書に収載された俳人たちの生年を見ると大正2年から大正11年生まれ。一方で聞き手の黒田杏子は昭和13年生まれなので、取材を受ける側にとっては娘のような彼女と話すのは愉しかったことだろう。それぞれがみな縦横に自身と時代とを饒舌に語る。どれも今となっては貴重な記録であり面白いのだが、私には三橋敏雄の章がとりわけ読みごたえがあった。というのも彼が語ると、西東三鬼が生き生きと動き出したからだ。

西東三鬼。戦後俳句を揺さぶった一種の怪人だ。賛否あるかとは思うが、しかし三鬼は大きな影響を今の俳句の世界に残している。『証言・昭和の俳句』の面白さは、現在の俳句の源流となった時代をその当事者自身が語っているところにある。そこに俳句の現在を読み解く鍵があるのだ。

三橋敏雄の証言

三橋敏雄の章では新興俳句誕生とその時代が生々しく語られていて、本書の最終章にふさわしい。敏雄も当時の若手俳人に多く見られたように「馬酔木」に投句をするが、なかなか選に入らず、その後離れる。渡辺白泉や三鬼のいた「句と評論」にはその自由な雰囲気にひかれ投句を続けた。白泉は自分を師と見てつきまとう敏雄に手を焼いてしまい、敏雄を三鬼のところに連れていって、「君はこれから三鬼の弟子になれ」と押し付けてしまう。当時三鬼は歯科医を辞めて貿易商で働いており、敏雄もそこの社員になってしまう。そのあたりの述懐は実に面白い。しまいに三鬼は「ぼくは月のうち半分は俳句に専念したい」あとの半月は「遊んで暮らしたい。きみ、あと全部頼むよ」などと言い出す。戦時の東京での出来事とは思えない奇妙なやり取りに三鬼も敏雄もなんと自由な精神の持ち主だったのかと驚かされる。彼はこうも言っている。〈私はいい句を作る三鬼という人物に親しんでいるのであって、教えてもらおうとは思ってないわけです〉。

三橋敏雄がここで特に西東三鬼について多くのことを語っているのは、当時の若手俳人たちが何を模索していたのか考える材料を与えてくれる。

戦後になって山口誓子をかつぎ「天狼」を立ち上げた三鬼だが、敏雄はそれに応じなかった。〈私は選を受けて作品を発表するという手段を前々からあまり好まないところがありました〉。この思いが終始彼の文芸活動を貫いていたようだ。さらに、三鬼が仕掛けて作り上げた現代俳句協会が昭和36年に分裂し俳人協会が生まれたことについても〈俳句表現者のそれぞれ主体である作者としては、協会がどうなったって、人間関係以外には影響はない〉と言っている。

鈴木六林男の証言

鈴木六林男。この人も俳句を始めたころの状況は敏雄、鬼房、兜太たちと同じであった。「京大俳句」で選を受けたのが三鬼との出会いとなる。戦後、三鬼から山口誓子をかついで「天狼」を出すことを聞かされる。当時、桑原武夫の「第二芸術」論に対抗しようとする俳人たちの気運もあり、六林男は「天狼」が新しい自由な同人誌を目指すことに共感し合流の決断をした。その後、誓子によって方針転換がなされ誓子個人の主宰誌となったことへの彼の不満が熱っぽく語られている。そんな事件の裏にも三鬼の存在があり、喧嘩別れしてもよいほどであったが、六林男は三鬼と「ウマが合った」と言う。「ズボラな性格」も含め彼を敬愛していた。だからこそ、昭和54年の小堺昭三の『密告』で三鬼がスパイと描かれていたことには強い反発を示し、名誉回復のための訴訟を起こすことになる。足掛け5年の裁判で勝訴を勝ち取るまでの人々の動きなどを見ても、癖の強い寝技師のように思われがちな西東三鬼がいかに後輩俳人たちに愛されていたかわかる。

中村苑子の証言

中村苑子は13人中で古沢太穂と並ぶ最年長者ではあるが、俳句を始めたのが昭和24年36歳の時と遅いことから、戦後まもない時期の若々しい反逆時代の最中に飛び込むことになった。ともに生きた高柳重信のこと、「俳句評論」のこと、そこに連なった俳人たちのことが語られる。中でも、重信が苑子を「俳句評論」の発行責任者とするため「春燈」の安住敦のところに二人で訪れる場面などは、嫁にくれと女の父のもとに行く男さながらの様子で語られており、重信の「俳句評論」に賭ける思いと、苑子への思いの両方が伝わってくる良い文章となっている。そして、ここでも三鬼が登場するのだ。発行所とはいいながら彼女の自宅であり、女ひとり居の家に夜になると三鬼がやってきて勝手に泊まっていくのだ。高柳重信がそれを知り、苑子に三鬼が来たら連絡しろと指示し三鬼の「下心」を妨害する様子など、きわどい話なのにいかにも楽しげに語られており、ちょっとした映画のシーンのようなのは面白い。

佐藤鬼房の証言

佐藤鬼房の俳句との出会いもまた「句と評論」であった。戦中に南京で鈴木六林男との不思議な出会いを経て、終戦後は六林男の「青天」に合流した。その後は「天狼」同人として活動。鬼房は誓子より三鬼を師ととらえていたようだ。

鬼房という俳号の由来として江戸期の上島鬼貫をあげてこの人物について〈私がいちばん感銘しているのは、生涯、俳席を設けなかったってこと。だから六十までがんばっていたわけね。この精神的な支えってだいぶあります。点料（謝礼）はとらないんです。友達づき合いはやったけれど弟子を作らなかったってこと。そういうことに惚れちゃってね〉と語っている。ここにもまた個としての強さから文芸を為そうとする意気込みがうかがえる。

金子兜太の証言

金子兜太の章が本書中で最も頁数が多い。次々と話題を繋ぎ、しゃべりにしゃべった様子だ。その内容は自分のことというよりは、徹頭徹尾時代そのもの。後半には草田男論を掘り下げるという具合になっており、論文風に整理すれば昭和俳句史ともなり俳句文学論ともなるものだ。

私がここまで挙げてきた人々は三鬼とのかかわりの強い人々だったが、兜太は少し立ち位置が違っている。彼が楸邨の「寒雷」に属していたからなのかもしれない。けれど三橋敏雄や佐藤鬼房と同様に、三鬼が俳壇で政治的に動きながらも芯として持っていた自由な作家精神は共有していたし、むしろ誰よりも強い作家精神の持ち主でもあった。

〈あの自由さ、思うままに作るということが、あの時代のみんなの心性の求めである、そう思って、そこに自信をもって、オレだけじゃないと思って、やったんですからね〉

〈実際に六〇年安保後に、いわゆる結社制度が大幅に復活して、有季定型信仰から虚子崇拝が戻ってくるという状況になると、戦前の俳句の状況とあまり変わらなくなる。（中略）無反省にこれに戻ってしまっては元も子もなくなる〉

ただ、結社そのものには否定的ではなく、むしろ〈外からの抵抗的な意識は捨てたほうがいい。もっと俳句そのもの、制度そのもののなかでやろうとした〉。それが「海程」の結社化という形になったのだろう。結社の意味を考え、悩みながら試行錯誤していたひとりだった。

西東三鬼の「証言」

ここでやはり本書の隠れた登場人物である西東三鬼につ

いて考えたい。三橋敏雄、鈴木六林男、佐藤鬼房の章、あるいは中村苑子の章においても、この俳壇の怪人の姿が常に時代の仕掛人として印象深く浮き上がってくる。本書の14人目が西東三鬼なのではないかと思うほどだ。組織を作っては壊すということを繰り返し、最後まで俳壇の台風の眼であり続けた男だった。三鬼にとって組織はスクラップ&ビルドの対象であり、全て経過にすぎなかった。そこには組織に頼らない強い作家意識があったとも思う。三鬼の作家意識は、白泉や窓秋、阿部青鞋などの「句と評論」や「風」の俳人たちに共通しており、秋桜子の「ホトトギス」離脱に始まる新興俳句運動を形づくっていく意識であった。この時期が、作家中心の俳句界を創る最初の機会だったが、昭和15年の弾圧によって沈黙させられてしまう。第2の機会が敗戦後に訪れる。誓子の「天狼」、楸邨の「寒雷」に、新興俳句時代に芽生えた意識の継承者が集合する。機を見て敏な西東三鬼が活発に動き現代俳句協会が結成される。しかし、兜太が言っているように、戦後の開放的な気運も60年安保以降、結社返りの動きに転じる中で、伝統派も革新派も結社の中にまとめられていった。

「結社の時代」から「作家主義の時代」へ

非「ホトトギス」から始まった作家志向の流れは、見奇妙な、そして皮肉なことながら「結社の時代」を作り出すことになった。金子兜太はまさにその流れを作家精神の結社化として生きた。対照的に、三橋敏雄はあくまでも作家精神そのものに忠実であろうとし、独自の立場を守り続けた。

「結社の時代」と呼ばれるようになると、その後の世代はまず結社ありきを当然のこととして受け入れるようになる。兜太の「組織の中で変えてゆく」という意気込みも全体の中で形式化し、結社は旧態依然なものに立ち返ってしまった。

昭和のあとの平成という時代は、「結社の時代」の全盛、爛熟、衰退の時代ともなったのである。それは結社が権威のピラミッドを作り上げたことによって求心力を強めたことから小さな村社会化し、その「村」がそのまま高齢化したことから衰弱の症状を呈していると言ってもいいだろう。しかし、その間も三橋敏雄、池田澄子、柿本多映といった作家精神の持ち主たちが独自の活動を続けてきた。今、若い俳人たちが再び独立した表現者として動き出しているのは、新興俳句運動から戦後の俳句文芸運動を貫いていた作家精神への回帰の兆候のように私には思えてならない。

結社ありき、ではなかった時代に奮闘し挫折し再起した人々の生々しい地声に満ちた本書『証言・昭和の俳句』の再出版は、現状の俳壇にあきたらない若手俳人たちにとってのバイブルになるだろう。ここに収められた13人の語り部、その声の中で生き生きと動き出す多くの俳人たちの若き日の姿は、ポスト「結社の時代」の現在において、大きな指針となるはずだ。

無私と自由と

井口 時男
一九五三年生・文芸評論家

二〇一五年に初めての句集を出したのが縁で黒田杏子さんから声をかけられ、最晩年の金子兜太に引き合わせてもらい、亡き兜太を顕彰する雑誌「兜太 TOTA」（藤原書店）の編集委員末席に名を連ねることになったいきさつは、『金子兜太 俳句を生きた表現者』（藤原書店刊）の冒頭に書いたとおりだ。「兜太 TOTA」編集会議では、投稿句の「選句」などという「おほけなく」も楽しい経験もできた。

藤原書店での会議はたいてい人待ちの間をつなぐ黒田さんの自在な座談から始まった。藤原良雄社長も座談に加わったりすると話題も多岐に分れ、私は中座してタバコを吸いに出たりしたのだが、いざ本題に入ると、黒田さんの進行は実にてきぱきとあざやかなのだった。その企画力にも候補者人選力にも驚いたが、とりわけ、執筆候補やパネリスト候補に名の挙がった人たちにその場で次々電話して即座に承諾を得てしまうのには目を見張った。電話の向こうの声はほとんど聞こえないが、黒田さんの明るいハイ・トーンの口調から察するに、みんなためらうことなくうれしげに引き受けているらしいのだ。

そういうとき、感嘆しながらつくづく思ったのだった。黒田さんに頼まれたら誰もイヤとは言えないのだ、と。もっとも、私自身はイヤと言いたくなるような依頼をされたこともないので、半ばちかく軽口めいた感想だが、半ば以上は本気である。

あるとき会議の帰り道で私がそう口にしたら、編集委員のどなただったか、その通りだと笑って同意してくれたから、私だけの感想ではなさそうだ。

なにしろ「編集主幹」黒田さんを含めた編集委員六人に兜太主宰誌の関係者はおらず、無所属の私以外の五人はみんな俳人協会の会員だというのである。まったく大胆な人選だ。

俳句界の内情にうとい私だって、無季容認の現代俳句協会と有季定型遵守の俳人協会の二大組織があって、金子兜太は現代俳句協会の会長を務めた経歴があり、さかのぼれば兜太は現代俳句協会から俳人協会が分離独立した際の「事件」の中心にいた一人だった、というぐらいのことは知っていたのだ。編集委員の中には声をかけられて迷ったけれどもイヤと言えずに引き受けた人もいたのではないか、などとひそかに——面と向かって聞くのははばかられた——推測（臆測？）したこともあった。

思えば、そもそも黒田さん自身が俳人協会に所属しながら晩年の金子兜太にずっと寄り添い、「反戦平和の語り部」としての兜太を「プロデュース」しつづけてきたのだった。そのことで陰湿な嫌がらせも受けてきたらしいと仄聞もした。結社や組織という「内輪」の力学（庇護と抑圧、選別と排除）に踢蹐しない「公明正大」で「自由」な精神なしにあり得ない活動だ。これぞ真の「俳諧自由」というべきだろう。（実のところ私は、俳人たちがたまに口にする「俳諧自由」をあまり信用していない。それは時に「奴隷の自由」に似て響く。）

あるとき、電話をもらったついでに、冗談めかしてじかに聞いてみた。

黒田さんに頼まれると誰もイヤとは言えないみたいなんですよ、どうしてでしょう？

笑いを含んだしばしの間をおいて、実に簡明な回答。

私は自分のために何かを頼んだことはないのよ、と。

言われて当方、即座に納得した。そうか、この人の依頼はいつも「人のため」、依頼されている相手（たとえばこの私）も含めた「人のため」なのだ、それがわかるから、誰もイヤとは言えない、どころか、イヤと思わないのだ、と深く深く納得したのだった。

現に金子兜太プロデュースなどは、金子兜太という「人のため」であり、かつ、それが「世のため」、この現代日本社会を生きる「人々のため」、という思いがあったればこその活動だったはずだ。

「世のため人のため」と言えば少々大げさだし紋切型めいてしまうが、根底は、「私」というものを二の次三の次にする「無私」の精神だ。あの「公明正大」にして「自由」な活動を支えているのもこの「無私」の精神にちがいない。

――以上、長い前置きをしてしまったが、本書こそ、黒田さんが「世のため人のため」に「無私」の精神で作った最初の書物だったろう、と思ったのだ。本書「まえがき」にいう「昭和史を俳句から眺めた未来への遺産となる記録」である。

単行本『語る兜太』などに金子兜太一人語りの形式で収録されている文章も、多くは黒田さんが聞き役、話の引き出し役を務めたうえで、自分の言葉を消してリライトした文章だということは聞いていたが、その原型は本書だったということも、あらためて知った。

黒田さんは自在にして愉快な座談家でもあるのだが、同時に、自分を消して聞き役に徹することのできる人でもある。その黒田さんがインタビュアーとしての自分の言葉を消してしまったのが本書なのだ。まさしく「無私」。おかげで読者は、まるで俳人たちのなまの語りにじかに接しているような気持ちになれる。各自の個性的な語り口調が見事に書き分けられて紙上に再現されているからだ。

もちろん録音データあればこそできたのだろうが、それだけではない。語りそのままと文章化された語りはまるで別のものだ。相手の語りのリズムに同調できる良き「耳」と再現構成する良き「文章力」なしにはできない仕事である。少なくとも、「私心」だらけの上に「耳」も良くないこの私などには決してできない。私は人の言葉も間接話法風に自分の文体でくるんでしまいたいたちなのだ。

さて、リハビリがてらの散歩からゆくりなく始まった私の俳句は、師もなく友もなく、独り楽しむだけの玩具みたいなもの。ゆえに第一句集も『天來の獨樂』。

そういう私にとって、本書の「証言者」たちが実に多くの人名を挙げて各自の来歴を語っているのが、ちょっと別世界を覗くようで、興味深かった。なるほど俳句は「座の文学」、趣味を共有する社交の文学、人脈の文学だったか、と今さらながらに思ったのだ。

俳句に限らず、詩や短歌でも同人活動や結社活動が中心になるが、それでも俳句ほどではあるまいと思う。

小説の世界で私が思い出すのは瀧井孝作の「新人の文章ぐらいだ。その一回目で瀧井は自分の新人時代の文章修行を回想しつつ、荻原井泉水から志賀直哉まで世話になった先人たちの名を多数挙げていて、それがおのずと、人名の系列が構成する文学共同体への謝意の表明になっている、といった性質の文章だった。私はそれを、文章修行が徒弟制だった時代の証言として読んだのである。師に献身的に奉仕すれば恩恵として書く機会が与えられる、という御恩と奉公の世界だ。

そして、瀧井孝作は俳句から出発した人なのだった。

それで私は、いささかへそ曲がりに、本書の証言者たちのうるわしき交友の回想も、つまりは結社中心の「中世職人組合的」(桑原武夫「第二芸術」)な徒弟制の名残ではないか、徒弟制ならうるわしき社交の背後には不自由極まる共同体の抑圧と排除も権力関係も隠れているのではないか、などと勘繰った次第だ。

実際、俳句的人間関係は水平軸の友人(同人)関係と垂直軸の師弟関係に大別され、師は「先生」と呼ばれる。本書冒頭の桂信子の証言も、「とってもハンサムで若くて」という「草城先生」「誓子先生」の回想から始まっている。

実は私自身、高校教師十年、大学教師二十年、長いこと「先生」と呼ばれる仕事をしてきて、生徒や学生から「先生」と呼ばれる甘美な(隠微な?)喜びを十分味わってきた。

しかし、日本語の「先生」はやっかいだ。それは一面で教員を指すただの職業名みたいなものでもあるが、同時に敬称を超えた「尊称」でもあり、倫理道徳的な美名の陰に権力関係や利害関係さえ隠している。(現に政治家だって「先生」だ。)むかし、田舎に帰ると小中学校の同級生から酔って「先生様」などと絡まれたことがあったが、権力などとはまるで無縁に生きている彼らの皮肉は、「先生」なるものの偽善性欺瞞性をちゃんと見抜いていたのだ。

それで、高校勤務時代には、組合活動の一環として、年長年少を問わず同僚間で「先生」と呼び合うことはやめよう、互いの敬称は「さん」で十分じゃないか、と提唱し、賛同を得て実践普及させたのだった。大学勤務時代にも、たいして出勤もしなかったので公式の提唱はせぬままだったが、不言実行、プライベートでも会議でも、年長年少を問わず同僚は「さん」づけで通して、おのずから組織内の慣習として定着するに至ったのだった。（たぶんみんな内心で「先生」の居心地悪さを感じていたのだろう。）ささやかながら我流の「民主化」運動である。

だから、津田清子の証言冒頭、「堀内薫先生が『近くに橋本多佳子先生という俳句の先生で、とてもえらい先生がおられるから、ちょっとのぞきにいきましょう』と誘ってくださった」には、失礼ながら、思わず吹き出しそうになった。ある時代、ある文化の中を生きてきた女性のあたりまえな発言なのだろうが、短い一文中に「先生」が四回。こんな文章、読んだことがない。

しかし、津田が語るそれは昭和二十三年の出来事。その津田清子が、それから半世紀余りを過ぎてインタビューを受けている「いま」、「自選力をつけなさい。俳句のいちばんの欠点は先生に見てもらわないと俳句にならないと思ってること。そういう根性ではだめです。百人の人がだめだと言っても、この俳句は自分のために残さねばならんという俳句は残してええやないの。句集なんてそのためのもので……自分のために句集を出すわけです」と語るのだ。

この颯爽たる変貌。戦後の女性の自立――のみならず俳人そのものの自立――の成果がここにある、と読んで私は感動したのだった。表現者が自立しない文学などあり得まい。

ところで、三橋敏雄によれば、西東三鬼は「先生」と呼ばれるのを嫌って、「さん」づけでよい、と言ったそうだ。我が意を得たり。さすが「自由人」西東三鬼。

しかし、佐藤鬼房は、その三鬼が自分宛に投句してきた青年の作品を「横領簒奪」してしまったというショッキングな証言をしている。（その句〈穴掘りの脳天が見え雪ちらつく〉は私の好きな句でもあった。）青年はそれっきり俳句をやめて沈黙したという。徒弟制的師弟関係の裏面に貼り付いている陰湿な権力の「悪行」だ。

この問題の内情をかなり深く知っていたらしい鈴木六林男は、鷹羽狩行、沢木欣一、山本健吉といった戦後俳壇の権力者たちの陰険な「悪行」ぶりを忌憚なく指摘しているが、三鬼については、新興俳句弾圧事件に関わっての三鬼の雪冤に尽力した経緯のみ語って、この黒いエピソードには触れていない。（鬼房が言及している『西東三鬼』の該当箇所の率直な証言でも、鈴木はなお微妙に口ごもっていると私は感じた。）

先ほど引いた津田清子は、引用部につづけて、「ですけど、そういう説は、なぜか世間に受け入れられないようです」と付け加えていたのだった。それから二十年になる。

『証言・昭和の俳句』上・下巻　再読

――過去は未来

宇多喜代子

一九三五年生・「草樹」会員代表

　昭和のはじめに生まれ昭和を丸々生きてきた私は、明治生まれの祖父母、大正生まれの父母と長くともに暮らしてきた。祖父は日露戦争に出兵してなにがしかの軍功をあげ、祖母は育った長州の萩で、海から聞こえる日本海海戦のドーンドーンという音を聴き、浜辺に打ち上げられたバルチック艦隊の兵士の遺体を戸板に乗せて、近くの寺に運んでゆくのを見ていた。

　父は昭和十二年に出征し、日中事変、太平洋戦争の間を中国大陸で過ごし、残された母と私は銃後の母、銃後の小国民としてまことに健気に辛酸をともにしてきた。多くの出征兵士を見送り、生きる命を奪われた多くの戦死者を出迎えた。内地もまた戦場であったのだ。

　私が大好きだった親戚の青年は、「一粒でいい、米の飯が食いたい」と言い残して戦火の異土に果てた。祖父や父が無事に帰還したということはただただ幸運であったということに過ぎず、私の家族は「昭和」という時代とともにそれぞれが、健気に生きてきた。

　昭和二十年八月十五日、この日以来、だれも戦場に行くこともなく、日本がどこかの国と戦うという日を過ごしたこともない。

　こんな我が家の歴史は、日本の歴史の中の砂粒ほどのものでしかないが、その時、その時を生きた多くの人間たちの砂粒ほどの体験や出来事が積み重なってできたのが、後世に残る日本の歴史となる。残すべきは正史でなくてはならず、それを語った人、書き残した人の真実の声でなくてはならない。

　私やわが家族がそれぞれに体験した時代の出来事、時代の感情、時代の気分、これを追想するとき強く思うのは、「過去は未来」だということである。過去の始末を軽んじたところに人が不幸にならぬような未来はないということだ。これは辛うじて焼夷弾の直撃をまぬがれ、敗戦という八月十五日を経て、戦後民主主義一期生として世の中というところで生きてきた私が不断に抱きつづけてきた強い思念である。遺言とは、こんな思いであるのだろうと思う。

　平成十二年十一月号の「俳句」に、黒田杏子が聞き手をつとめた「証言・昭和の俳句」が始まったとき、第一回の証言者に選ばれた桂信子が、いままでこんなふうに日野草城先生のことや私の俳句にまつわることをちゃんと聞いて下さった方はなかった、ありがたい、と感無量の表情で述懐していたことを思い出す。私にして、毎月の「俳句」の発売日がどんなに待ち遠しかったことか。「俳句」を手にすると、いかにわくわくしつつ先輩俳人たちの話を聞く頁を繰ったことか。読むというより字を耳で聞いていたのである。

さらに、証言者十三人の話が上・下巻の単行本となったときにも、桂信子が、同じ時代を過ごしてきた方ばかりで、どなたの証言を聞いても、俳句が今日まですいすいと容易く命脈を保って生き延びたものでないことがよくわかります、黒田さんはよくなさったと感慨深げに言っていた。

毎回の黒田杏子の黒子ぶりは徹底しており、証言者の声を「ひとり語り」にした構成にも工夫があって読みやすく思われた。

単行本のあとがきに、黒田杏子が、アンカーをつとめた三橋敏雄の言葉を引いて、こう書いている。

最終ランナーをつとめられた三橋先生のご発言、『戦争は憎むべきもの、反対するべきものに決まってますけれど、〈あやまちはくりかへします秋の暮〉じゃないけれど、何年かたって被害をこうむった過去の体験者がいなくなれば、また始まりますね。いずれにせよ、昭和のまちがった戦争の記憶が世間的に近ごろめっきり風化してしまった感がありますが、少なくとも体験者としては生きているうちに、戦争体験の真実の一端なりとせめて俳句に言い残しておきたい。単に戦争反対という言い方じゃなく、ずしりとくるような戦争俳句をね』のように、私はひとりの聞き手、証言の引き出し役を担当できたこの十三人の巨人の発言集が風化してゆくことを惜しみます。ここに収められた言葉は「未来への予言」、やさしい語り口で述べられた未来へのメッセージです。

（三橋敏雄の証言・黒田杏子のあとがき）

ここに引かれた三橋敏雄の発言と同じく、いずれの発言も「未来への予言」であり「過去は未来」であるということである。各氏の発言は社会や俳句に関する「個人」のもの、いわば砂粒ほどの思念でありながら、この体験者の重なりが近代から現代の「戦争」もしくは「戦争と俳句」にかかわる「史」の一頁として残ってゆく。

人を殺傷し、物を破壊する戦争という、勝者敗者の誰一人として倖せになることのない愚行を、人はなぜ繰り返す、命ある人間として、なにを手放してはならぬのか、誰を守らねばならぬのか。十三人の声を聞いていると、あらためてこんなことを考えさせられるのである。体験者の声こそが、「戦争はんたーい」の掛け声やスローガンからは伝わらない肉声の強みなのである。

金子兜太が語る加藤楸邨と中村草田男にも熱がこもって

おり、その人物と作品を「はなしことば」であますことなく伝えていて説得力があった。とにかく「人間楸邨」と「俳句草田男」が大好きだということに終始する熱気である。

そんな熱のこもった声からやや離れたところに、こんな声があり、これが戦争を思うときの金子兜太と、後年の句業に繋がるところになっているように思われるのだ。

俳句を作るということは十分に平和な行為です。俳句を宣伝の武器として戦争をするということはまずないわけだ。大勢の人が俳句を作っていられるこの平和な社会を好んでいるということに私も参加している。これは私が、戦争のない平和な社会をつくりたいと考えてきたことの、もちろん全面的じゃないけれど、かなり充足になっていると思ってますよ。

口はばったく言えば、私は平和な世の中ということは草の根を大事にすることだと考えます。（中略）

俳句というのは日本語表現の根っこの部分でしょう。五七五がそうですね。日本語表現の根っこの部分に身を置いているということが、自分も草の根の一人だということに通じる。

協力したり励ましたりもできる。ときにはいい句を作って、刺激にもなれるわけだ。そういうことができて、いっしょに平和を大事にしているということは〈水脈の果〉の句を作ったときに決意した自分の考え方と現在とそんなにずれてはいない。そう思ってます。

（金子兜太の証言より）

〈水脈の果〉は金子兜太が戦地トラック島から引き揚げるときの、戦地で命を落とした「非業の死者たち」を思っての句。

水脈の果炎天の墓碑を置きて去る　金子兜太

である。

このように、証言者十三人たちは、青春期にみな大なりに小なりの戦争被害を受けている人ばかりであり、話す言葉の一つ一つに体験者ならではの苦渋と、戦後の俳句人生の歩みがうかがえるのである。

いま一つ、妙に納得したのが、たとえば西東三鬼や山口誓子、また「天狼」誕生の経緯など、同時代の人物や出来事に関しても、鈴木六林男、佐藤鬼房、三橋敏雄の三人の語り手では見る角度が少しずつ違い、少しずつニュアンスが違う、ということである。三人の話を聞いてわかったことは、西東三鬼という人がいかに「周囲を困らせ」いかに「周囲に愛されたか」ということである。その違いも含めて人物なり、出来事なりを重ねてゆくと、そこに人間臭い西東三鬼や山口誓子やさまざまな出来事が見えてきたりするのだ。

いま一つ、この企画で、今まで知りたいと思いつつ知る術がなかったことのいくつかを知ることが出来たが、その一つに「俳句文学館」の出来るまでの経緯があった。

調べもので「百人町」の「俳句文学館」に行くたびに、「俳句」というお金儲けにもならないもののために、誰がどういう手立てで、都心の一等地にこれほどのものを建ててくれたのか、不思議なことだと思っていたのだ。

いつのことだったか、場所はどこだったのか、澤好摩や若い人たちといっしょにいた時のこと、高柳重信から、今度「俳句文学館」というのが出来ることになった。これはとても大事なことで、君たちもかならず恩恵を被るようになる。資金のかかることだから、たとえ僅かでも基金を出してほしい、といわれたことがあった。

成程と思った私は、その日、カーディガンを買うつもりだった幾ばくかの金子をそちらに回し、カーディガンを諦めた。幾年かのちに「俳句文学館」は完成し、その後、今に至るまで、何かといえば「百人町」に行き大いに勉強させてもらっている。この百人町に俳句文学館が建った経緯を知ることが出来たのは、証言者が草間時彦のときであった。

土地は角川源義の寄付、建物は国からの補助金二億円、それと俳人たちの寄付金その他。時の総理大臣田中角栄のところへ、水原秋櫻子、富安風生、角川源義、安住敦らが陳情にいき、総理大臣の「ヨッシャ」の一声で二億円を取り付けたという経緯である。当時の俳人たちも基金に奔走したようで、高柳重信の「かならず恩恵を受けることになる」もここに繋がっていたのだと思い知った。

「俳句」誌の「証言・昭和の俳句」でこのことを知ったとき、俳句のために「ヨッシャ」で資金援助の大方を出してくれた宰相の気前と、先人たちの俳句資料保存への熱意を心底ありがたく思った。いずれも今これが出来るかといえばたぶん出来ない。

奇しくも「ヨッシャ」の田中角栄が言った言葉で忘れられない一言がある。「為政者が先の戦争の体験者である限り、次の戦争は起こらない」である。ということは、体験者がいなくなった時〈あやまちはくりかへします〉になるかもしれないということであろう。なんとなく、戦争がしやすくなりつつある気配無きにしも非ずの今、どうぞこの後も、孫や子の身が健やかであれと思う。

証言者個々の、俳人としての俳句そのものに対する証言、師系のこと、入門時のこと、などについての証言が大事なことはいうまでもないが、たとえば「俳句文学館」建設のようなハードなこと、俳句と俳句にかかわる人の動き、俳人たちの離合集散など、証言者たちの耳目のとらえた「昭和」という時代の俳句、その俳句への志のバトンが、戦なき次の世、次の世につつがなく続くようにと祈るばかりである。

戦争とエロスの地鳴り ——三橋敏雄

恩田侑布子
一九五六年生・「樸」代表

I　白帆をあげて

死んでも颯爽としている人がいます。その方はいつも、音もなく襖を引いて鴨居につくような長身を現しました。箱根湯本の住吉旅館です。句会の中心は日本最後の絵師といわれる平賀敬さんでした。太筆で清記してくれるのは弟子の美濃さん。模造紙にしたたるほどの濃墨で書かれた全句が壁のぐるりに貼り回され、ふしぎな運座が始まります。一升瓶を枕に、さっきまで大イビキをかいていた面々もむっくり起きて、ほめるもけなすも遠慮はありません。〈柚子満載四トントラック横転す　愚雨〉こと敬さんに、〈こら空を剝がすな空の裏も空　陶四郎〉こと種村季弘さんが目を細めます。〈コンドーム四トントラック驀進す〉と茶々を入れる人も。にこやかな敬さんは赤鼻のトナカイの異名を持っていました。酒焼けした苺鼻がかつては絶世の美男だったそう。杯盤狼藉です。そこへ風のようにやって来る人。

「よッ。三橋さん、待ってました」

空気が締まり明るくなります。ブリキの彫刻家、秋山祐徳太子さんがいそいそと取りもちます。「酔眼朦朧湯煙句会」で三橋敏雄はただひとりのゲストでした。座の中心照明が無頼の美術家たちなら、空気をやわらげる間接照明は独文学者の種さんと池内紀さんでした。編集者に画廊主。気体で酔うわたしも平気で混ぜてもらっていました。

「男が男にほれるって、あのひとのことだ」と、三橋さんはいわれていました。「海の貴婦人海王丸に長く乗っていたんだ」と教えてくれるひともいました。清水に寄港したときに仰いだ白帆がよみがえりました。

II　たましいの蒼さ

三橋敏雄は二十三歳で海軍に応召。戦後は五十二歳まで、航海練習船の事務長をします。「沖から見る日本列島は美しかったが、常に波浪に隠れ易く、あわれであつた」と『まぼろしの鱶』に記しています。その俳句世界は陸と海との複眼の思想に裏打ちされています。

かもめ来よ天金の書をひらくたび　『太古』

死の國の遠き櫻の爆發よ　『まぼろしの鱶』

「かもめ来よ」は十七歳作。白の革表紙に天金のクラシカルな装幀は少年の憧れの一書です。ひらくたび書のかもめも翼をひろげ青空のかもめの飛来を待ちます。書物を彷徨する十代の精神が宇宙的伸びやかさでくっきりと造形された青春俳句の金字塔です。「死の國の」は、青海原の洋上から見はるかした日本の十五年戦争。波間にまざまざと甦るのは、赤紙一枚で靖国の桜の下で会おうとの洗脳のもと、人生を何ほども生きぬうちに南の島で白骨と化していった死の爆発です。

長濤を以て音なし夏の海　『長濤』

轟沈といふ語ありたり山紅葉　『しだらでん』

「長濤を」は、敗戦日本の夏の海を無惨な輝きで封印します。大いなる波濤がいまや崩れる、残響――。現（うつつ）よりも色濃い幻聴の鎮魂です。「轟沈」は一種の強迫観念でしょう。昭和元禄のほとぼりも冷め、まのあたりにする山紅葉の絢爛は一瞬にして同世代の戦友の断末魔を呼びおこします。大日本帝国海軍の艦艇三五〇〇余隻の末期に、いま山も谷も阿鼻叫喚と化すのです。

三橋は十六歳で日中戦争、二十歳で徴兵検査、二十三歳で応召と、戦争の重圧のなかでも「新興俳句即社会性俳句也」という批判精神を密かに堅持しました。戦後も死ぬまで声なき犠牲者を悼みました。「轟沈」はその壮絶なる熟成です。

家産が傾き進学の夢が絶たれても独学を続けた三橋の俳句の肉体には毅然とした品位があります。

鬼やんま長途のはじめ日當れり　『眞神』

たましひのまはりの山の蒼さかな　〃

絶滅のかの狼を連れ歩く　〃

暗闇を殴りつつ行く五月かな　『長濤』

齢のみ自己新記録冬に入る　『しだらでん』

「酔眼」の二次会です。上戸の傍にいると肌がアルコールを吸っていい気分になるわたしはたわごとをぬかしました。

「俳句のつくり方を教えてください」

「いやだね」

一言のもとに撥ねつけられました。

「俳句をどう書くか、いままで長いこと一生懸命やってきたんだ。ひとに教えると損しちゃう。ソンなことはしません」

なんと。如来に秘密のにぎりこぶしなしっていうじゃん。胸のうちで反発しました。ケチー、と本気で思いました。三十代のわが幼さに、いまは呆（あき）れるしかありません。

III　無季の可能性を追って

本書、『証言・昭和の俳句』は、学徒出陣世代の俳人十三名が八十を迎えて俳句と生涯を振り返っています。その饒舌なこと。聞き手でもありプランナーでもある黒田杏子のふところの広さに、みなのびのびと気持ちよく遊べたのでしょう。時代の証言は自己を暴露します。一個の俳句遍歴譚にとどまらず、戦争の世紀を生きた時代認識が問われます。なんらかの謦咳に接し得た半数の俳人のなかで論作ともに膝を打ったのは三橋敏雄でした。新興俳句と無季俳句の戦前戦後の変容を衝く証言にも鋭さがあります。白泉の門を敲いて三鬼を紹介され弟子になったが、「こと無季俳句については先輩も後輩もないいんです。マニュアルがないんですから」といいます。

無季には作法書がない。三橋との会話がにわかによみがえりました。酔眼の二次会で最近作を尋ねられたのです。

「〈擁きあふ肌という牢花ひひらぎ〉。なども」

「まだ、甘いな」

「きびしいんですね。どこが、ですか」

「季語だよ」

「そう？　動きますか」

「そういうことじゃない。擁きあふ肌という牢、まではいい。無季にすべきだ。さらに句が大きくなる」

贅言を弄しない海の男の潔さ。無季の可能性に微笑まれた意味を、三十年近く反芻して来ました。「有季定型は油断すれば予定調和になる。季語に足をとられるな。無季でなければ言えない世界がある。遠くを目指せ」。こう仰しゃりたかったのではありますまいか。季語を愛すれば愛するほど、精神と社会の破調にも無季会いたいと思います。作者の本願であった超季の三絶を挙げましょう。

昭和哀へ馬の音する夕かな　『眞神』

鉄を食ふ鉄バクテリア鉄の中　〃

手をあげて此世の友は来りけり　『巡礼』

「昭和」の夕暮れの彼方から響いてくる馬蹄の幻聴は三橋の生の原型だと川名大は評します（『挑発する俳句　癒す俳句』）。季節は巡っても戦争を循環させてはなりません。民主主義は国民が担う努力を怠るスキから衰えます。いつのまにか鉄バクテリアが「鉄を食ふ」ように。「手をあげて此世の友は」よおっ、とやって来ます。高度経済成長の繁栄に忘れ去られていった戦死者。国家の掲げる美名のもとに虐殺された同世代の戦死者は指一本動かせません。軍帽のかげから、あの日のまなざしを送ってくれるだけ。

Ⅳ　戦争の世紀を引き受けて

なにかの拍子、三橋に「楸邨山脈は大きいですねえ」とつぶやいたら、さっと、目の色が変わりました。

「楸邨は戦争中、急に後鳥羽院へ行ったからね」

「〈隠岐やいま木の芽をかこむ怒濤かな〉ですね」

「弟子に軍部の顔利きがいたんだ。世の中はどこも物資窮乏。俳誌に使える紙なんかない。三鬼やわたしのいた「京大俳句」は弾圧に遭った。「寒雷」には紙がたくさんあって印刷もできる。若い人が集まるわけだ」

三橋の胸の底には、白泉や三鬼と芸術の熱に燃えた戦時下の青春が滾り火照っていました。情熱を注いだ俳句の発表を弾圧と獄死の恐怖によって途絶された重苦しさが、いまも眼の奥にありありと沈殿しているのをわたしは見ました。

本書の「三橋敏雄自選五十句」に、没後の『定本三橋敏雄全句集』（鬣の会）も総覧し、俳句表現史上に戦争の世紀を刻印した秀句を挙げます。それは俳句による戦争体験の昇華と昭和の反省に生涯をかけた高潔なたましいのみちのりです。

海山に線香そびえ夏の盛り　『まぼろしの鱶』

手をあげて此世の友は来りけり　『巡礼』
戦争と畳の上の団扇かな　『畳の上』
死に消えてひろごる君や夏の空　〃
戦争にたかる無数の蠅しづか　『しだらでん』
おびただしき人魂明り花盛　〃
当日集合全国戦没者之生霊　〃
秋の字に永久に棲む火やきのこ雲　〃
立ちあがる直射日光被爆者忌　〃
英霊いつまで直立不動炎天下　〃
先づ手もて拭く顔の汗被爆者忌　〃

三橋がイデオローグの平板に陥らず文学の成熟を遂げたのは、エロス的人間の足元から俳句を立ち上げ得たからです。

緋縮緬噛み出す箪笥とはの秋　『眞神』
鈴に入る玉こそよけれ春のくれ　〃
押しゆるむ眞夏の古きあぶらゑのぐ　『巡礼』
純白の水泡(みなわ)を潜きとはに陥つ　〃
螢火のほかはへびの目ねずみの目　『長濤』
海に出てしばらく赤し雪解川　〃
海へ去る水はるかなり金魚玉　『畳の上』
累代の母戀しやな晝寝覺　〃

「純白の」は、戦友の満たされぬエロスに捧げた美と無惨の渾然一体とした供物です。自我による造型ではなく、エロスの地鳴りがする地べたから戦争の非人道性を衝きました。

V　無頼と青天

三橋は三鬼との関係を俳句の師弟とは次元の違う全人格的なもので、その無頼性の魅力をいいます。「酔眼朦朧」に足を運んでくれたわけが腹落ちしました。無頼は不良ではありません。名利にたましいを売り渡さない精神の自由主義です。現代美術に身を賭す面々が、俳句を無心に楽しみ高揚し合う場を三橋もこころから愛してくれていたのです。

『全句集』の最終頁には息を呑みました。平賀敬さんへの悼句の隣に辞世が寄り添うように並んでいたのでした。

満月の怺へがたなく入りしはや
山に金太郎野に金次郎予は昼寝

三橋の俳句は一切の徒党性から自由です。それは〈累代の母恋しやな昼寝覚〉のはるかなエロス的時間軸をもち、八百万(やおよろず)の神々とともに〈絶滅のかの狼を連れ歩く〉狂おしい挑戦の連続でした。〈押しゆるむ眞夏の古きあぶらゑのぐ〉のふかいアクメの底から戦争の愚昧と悲惨を照射したのです。

戦争と畳の上の団扇かな

究竟(くっきょう)の俳句です。畳にはらばい寝ころがり母の乳房をまさぐった日々。夏の夜は団扇をあおいでやわらかな風をいつまでも送ってくれたものでした。とある夕暮、馬蹄が聞こえ、軍靴が畳の縁(へり)を踏みにじり、団欒を蹴散らすまでは。

団扇はいま白い帆船となって宇宙風をはらみ、わたしたちとともにたましいの蒼海を航行します。

女性俳人ではなく、俳人として
——連帯の絆

神野紗希
一九八三年生・俳人

『証言・昭和の俳句』に収められた俳人13名のうち、女性は桂信子・津田清子・中村苑子の3名だ。男女二元論で論じることと自体の是非が問われる昨今だが、彼女たちの証言には、当時の女性たちが置かれていた状況と、それゆえのシスターフッド＝女性同士の連帯が垣間見える。

そもそも、俳句はながらく男性の文芸とみなされてきた。

封建社会にあって女性が男性に伍して活動することは難しく、「座の文学」である俳諧の特質そのものが女性の参加を拒むものであり、このことが女流俳人の少なかった理由であるとされている。（越後敬子「明治の女流俳人」／奥田勲・編『日本文学　女性へのまなざし』風間書房）

その後、大正5年に高浜虚子が「ホトトギス」に女性限定の雑詠欄を設け、長谷川かな女や杉田久女、竹下しづの女といった女性たちが登場し、さらに4T（中村汀女、橋本多佳子、星野立子、三橋鷹女）ら個性あふれる作家たちが後に続く。本著に収録された3名はみな大正生まれ。女性俳句の萌芽を継ぎ、たくましく昭和の俳壇を切り拓いた世代だ。

「そのころ、女の人で俳句を詠む人なんていなかった」（桂信子 p.15）「句会に女性っていないんです。いつでも句会というと男の人の句会ということになっていたんです。ことに「旗艦」は女性は育たないという不文律みたいなものがあって、句会報を見ますと男性の名前ばかりが載っている」（同 p.17）「短歌の会は若い娘さんが着飾って並んでいる。ところが俳句の会はゴツゴツした男の人ばかり、十四、五人いましたかね。へえ、俳句会っておじさんばっかりか、着物のことは何も気にならないから気楽でいいな、と思ったんです」（津田清子 p.220）「小説家になりたいが、それには国文学を勉強しなくてはいけないので女子大に入りたい、だけど母に反対された」（中村苑子 p.337）

女性が俳句を作る、文学を志すという道が、いかに稀有な選択であったか。そんな彼女たちにとって、俳句を始め、続ける過程で、同性の先輩俳人の存在は大きかった。

桂信子はある日、阪急百貨店の店頭に並んだ俳誌のうち、新興俳句系の「旗艦」に目を奪われる。日野草城主宰のモダンな雑誌で、その号の巻頭を飾っていたのは、女性である藤木清子だった。「早速それを買って帰りました、もう、ここに決めたって」（桂信子 p.15）。俳誌全体の活力に惹かれたのはもちろん、俳句に打ちこむ女性が少ない時代に、女性が正当に評価されていた誌面にも、きっと信頼を覚えたはずだ。実際、信子も、男性ばかりの神戸句会に時々参加する藤木清子のことを「お会いできたのはいま思ったら本当にありがたかった」（同 p.17）と振り返る。

藤木清子は「旗艦」の創刊同人で〈ひとりゐて刃物のごとき昼とおもふ〉〈しろい晝しろい手紙がこつんと来ぬ〉といった新感覚の句を作った。どちらの句も「昼」の質感がテーマだ。「刃物」の硬さ鋭さや「しろい」色彩と結びつけ、孤独な昼の時間を感覚的に表現した。清子が昭和16年を最後に筆を折り消息不明になったのは、再婚にあたって俳句をやめなければならなかったからだと、信子は証言している。

「藤木さんの再婚が決まったのは40年でした。嫁ぎ先は阪神間の旅館でしたが、俳句をきっぱりやめるのが結婚の条件とのこと。神生さん（「旗艦」同人の神生彩史：神野注）は「結婚なんかするな」と反対しました。でも藤木さんは「女の心は男の人には分からないのよ」となぞめいた言葉を残し、去っていきました」（「草苑」２００４年1月号）

藤木清子もまた、たぐいまれなる感性を持ちながら、女であるがゆえに俳句から遠ざからざるをえなかった。のちに信子が語らねば、そして信子の弟子の宇多喜代子が足跡をたどり『藤木清子全句集』（沖積舎）をまとめなければ、その名は俳句史に埋もれていた可能性が高い。

一方、短歌を先に始めていた津田清子が近所に住む橋本多佳子の句会に初めて参加したのは、昭和23年のこと。多佳子の結社「七曜」が創刊された初句会だった。多佳子は、清子に「お茶汲みなんかしていると、いつまでもお茶汲みをせんといけませんから、そんなのしなくていいんですよ。私の横へいらっしゃい」（p.221）とやさしく引き立ててくれたという。お茶汲みは女の仕事という性差別的な価値観が当たり前だった時代に、役割を押し付けない多佳子の扱いは、句会の席での性差を軽やかに無化している。

そういえば宇多喜代子も、昭和45年に桂信子の立ち上げた結社「草苑」の第一回目の句会に参加したことを、「会場でどの人が桂信子か分からない（略）真ん丸な顔をして、お茶とお菓子を配る人がいたんです。お手伝いの人かなと思っていたのですが、いよいよ句会が始まったら、それが桂信子だった」（『第一句集を語る』角川書店）と振り返っていた。信子や多佳子の親しい態度は、まだ俳句の現場で肩身の狭かった若い女性の力を、のびのびと引き出しただろう。

それから津田清子は、山道を歩いて多佳子の家へ毎日通い、俳句を見てもらって指導を受け、創作に打ちこんだ。「多佳子先生って、主宰でございと威張っていらっしゃるのではなしに、子供たちを好きなように遊ばせて、遠いところから保護者が見ているような（略）結社というような殻がなかったですね。出入り自由」（津田清子 p.222）。

中村苑子が現代俳句にはじめて触れたのは、三橋鷹女の第一句集『向日葵』だった。「俳句というのは学校で習っただけで、芭蕉や蕪村、一茶ぐらいは知っていましたけれど、いわゆる現代俳句などは知らなかったわけですから、これが俳句か、俳句でこんなことが言えるのかと本当にショックを受けました」（中村苑子 p.338）。

その教科書的俳句とかけはなれた例として挙げられたのが〈ひるがほに電流かよひゐはせぬか　鷹女〉だ。なまぬるい淀んだ夏の真昼、微光を湛えて咲く昼顔に、電流が通っていたとしたら。鷹女の奇想により、昼顔の輪郭は一気にみなぎり、触れればびりりと感電する緊張感を帯びた。虚へひらけてゆく感覚は、苑子の〈貌が棲む芒の中の捨て鏡〉をはじめとする幻想世界の迫力ともつながってゆく。

のちに苑子は、高柳重信のはからいもあり、憧れの鷹女とともに同人誌「俳句評論」に所属することに。「鷹女と一緒に新雑誌でやれるという喜びが私の頭を支配しちゃった。それで八年間在籍していた「春燈」をやめて、「俳句評論」の発行所を引き受けたというわけです」（同 p.351）。

こうした女性たちの連帯は、直接的な師事や私淑にとどまらない。たとえば「女が始めたものだから三か月たったらつぶれるやろと言われた」（桂信子 p.35）という「女性俳句」は、昭和30年に始まった女性俳人の集まりだ。平成11年３月まで、半世紀近く、女性俳人の交流と研鑽の場として役目を果たした。この「女性俳句」の会の特徴のひとつは「会長とか、役員を置かない」こと。発起人と編集員のみで、個人参加でフラットに関わり合える体制をとった。ヒエラルキーを作らない姿勢は、多佳子や信子の指導姿勢とも通い合う。中村苑子も、この「女性俳句」の雑誌の編集を手伝っていた。その縁で、印刷所を引き受けていた高柳重信と知り合い、のちに「俳句評論」へ展開してゆくこととなる。

信子はこの会で、だいたいの「女流と言われる」俳人に会うことができ、主宰誌を出すか迷ったときには、仲間がアドバイスをくれた。「細見綾子さんが、「あなたいったい何をぐずぐずしているの。みんなが応援するわよ」って列車の中で言うてくださって、ありがたいなと思いました」「北九州の現代俳句協会の大会で中村苑子さんに会ったとき、「草苑」を出したんだから、こういう会やもっとほうぼうへ出ないかんと彼女に言われて、なるほどと思って、そうしました」（桂信子 p.35）。歴然と性差のある世界で、苦労を理解する同性の仲間から背中を押されることは、大いに力となっただろう。彼女たちはおのおのの場所に立脚しながら、その底では固く連帯し、互いに創作への心を燃やし続けてきた。

と、ここまで「女性」であることに焦点をあててきたが、一方で、彼女たちは俳句を通してことさら「女」であることを表現したいわけではない。ただ、俳人として、自分の道を追求してきただけだ。

「造物主の、自然にあるそのものを詠うべきだと思います。作品には命がこもってないとね。永遠のものがあると思うんですよ、消えないものが」(桂信子 p.38)、「俳句が一般化して、みんなが楽しむものになった、それ自体はいいことですが、俳句の作り方でなしに、俳句とは何かという、そこに帰らないといけない」(津田清子 p.238)、「総合誌で女流特集をやりますでしょう。あれが身を切られるほどいやだったの。写真が出てコメントが出ますでしょ。なんか芝居の顔見世みたいな感じがしてね」(中村苑子 p.360)。

女性としてまなざされることは、ときとして偏見を呼び、さらには作家自身を「女流俳句」「女性俳句」という小さな枠組みに押し込めてしまう。彼女たちは、女だから俳句を詠んだのではない。己のうちから湧き上がる表現への情熱に、人生を投じてきただけだ。インタビューの言葉のすみずみにゆきわたる俳句への愛が、性別を超えた、俳人としての矜持を物語る。

「女性俳人」ではなく「俳人」として立てる土壌をプライドをもって築き上げたのは、まさに信子や清子や苑子らの世代だった。インタビュアーの黒田杏子は、そのことを意識していたからこそ、「女性」以外の要素を深く掘り下げた。もちろん、困難な時代に新たな道を切り拓いてきた、当の女性の生の言葉を書き残したことは、貴重な記録である。抑圧される側の声は、聞こえない、表に出ない。だからこそ、女性が肌で感じてきた出来事をアクチュアルに語った証言は尊い。と同時に、杏子は、彼女たちがただ俳人として昭和を生き抜いてきたことを、高らかに記述してみせた。

「証言・昭和の俳句」連載の記念すべき第一回に選んだのは、男性俳人ではなく、桂信子だった。女性俳句「も」あるよね、と傍流に切り分けるのではなく、まずは桂信子が「昭和の俳句」の口火を切るのにふさわしい俳人だという宣言である。津田清子の回の「はじめに」では、後藤綾子と清子と杏子の三名ではじめた勉強句会に触れ、「何ものにも支配されない女俳諧師三様の生き方を堪能」したと振り返った。あえて「女」と書くことにより、場によっては性差ゆえに支配される可能性もあることを示唆している。その上で、清子を「野の哲人とも称すべき戦後の生んだ傑作俳人」と女性俳句の枠を超えて位置づけた。高柳重信に付随する形で語られることも多い中村苑子についても「重信・苑子の出会いがなければ、俳壇の風景は殺風景なものだったろう。私の場合、中村苑子という人を介して、高柳重信という人を知り学んできたのだ」(「はじめに」)と反転させ、苑子あっての重信なのだと印象づけた。

語る俳人の矜持と、語らせる俳人の矜持と。そこには「ガラスの天井」を突き抜けてきた者たちの信頼と連帯が輝いている。

戦時下の青春と俳句

坂本宮尾
一九四五年生・「パピルス」主宰

『証言昭和の俳句』が刊行されて二十年が過ぎた。改めて読み返せば、昭和という元号で括られた歳月が、以前よりはっきりした輪郭をもって立ち現れる。その激動の六十数年を俯瞰すると、江戸時代、明治時代と同様に、歴史上の一時代として、「昭和時代」という呼称で（私にはまだ耳慣れないのだが）呼びたくなる。この時期、軍国主義のもとで満州事変、日中戦争、太平洋戦争へと戦線が拡大し、一九四五年の敗戦を機に民主主義へと大きく転換したが、特徴付けるキーワードは、「戦争」であったと思う。

学徒出陣世代の十三名の俳人

本書に登場するのは、学徒出陣世代を中心とする俳人十三名である。学徒出陣世代という用語もすでに日常的には目にしなくなったが、それは若き日を死と背中合わせで、人生には限りがあることをたえず意識しながら過ごした世代ということだ。戦場に身を置いたにせよ、銃後にあったにせよ、戦争に直面した体験が人生に影響を及ぼしたのである。

黒田杏子氏という優れた聞き手を得て、十三名が彼らの人生と俳句のドラマを紡ぎ出す。それぞれの立場からの証言で、新興俳句の弾圧、戦後の「天狼」「風」などの新しい俳誌創刊、現代俳句協会と俳人協会の分裂の内情、俳句文学館建設など、昭和俳壇の重要な出来事が立体的に映し出される。

彼らは自身の人生を語ると同時に、師や先輩、仲間の句業のよき語り部の役割も果たしている。証言からは、一つ上の世代、例えば山口誓子、西東三鬼、中村草田男、加藤楸邨、石田波郷、渡辺白泉、日野草城、橋本多佳子、細見綾子、高柳重信、角川源義などの姿も見えてくる。その意味で本書は学徒出陣の世代とそれ以前の世代をカバーしていることになる。

証言からは、人びとが俳句をめぐって複雑に集合し離散する様子、激しい論争を展開する様が浮かび、濃密な人間関係があったことが窺われる。ほどよい距離感を保つ人付き合いが好まれる現在から見ると、ここに描かれる人間模様は、やはり昭和時代のものであったと思う。

特筆すべき本書の特色は、「語り」という手法で表現されていることだ。資料を読んで知っている俳句史上の出来事も、当事者の口を通して語られることで、血が通ったエピソードとなって立ち上がる。かつて杉田久女、竹下しづの女の評伝をまとめた折に私が実感したのは、ものの真相、あるいは人物の実像に近づくには、正確な事実の把握が不可欠であるが、同時に、出来事に付随する現場や人物にまつわるディテールも劣らず重要ということであった。当事者の生の声は、些事と思われるような雑談も含め、大きな力を秘めている。インタビューは文字化されてはいるが、もとは会話体であり、そこには各自の語り口の特徴や、会話特有の冗談や脱線なども含まれていて、まさに情報の宝庫の感がある。例えば兜太が一口で語る人物描写は、人物像を鮮明に伝える。語りには文字で綴った文章にはない表現のニュアンスや、言外の意味があってイメージを膨らませてくれる。当事者が語る生きた証言を集めた本書を読む醍醐味がそこにある。

本書でとくに忘れ難い場面は、佐藤鬼房と鈴木六林男の中国大陸での初めての対面である。鬼房が戦地で目にした六林男の句に感心して軍事郵便を出したところ、受け取った六林男がわざわざ南京まで訪ねて来たという。歩兵であった六林男が戦場を歩いてやって来た、と含羞を含んで淡々と述懐する鬼房のことばに、戦場という空間が不思議なリアリティをもって迫ってきた。自分の句を褒めてくれた、まだ見ぬ俳人に向かって戦場を歩きつづける一等兵の姿が彷彿とし、一途な俳句への思いが見えた。戦場というぎりぎりの場で今を生きる証として俳句を書き、その句を読み手が受け止めたのである。俳句を縁とする一期一会の出会いである。鬼房の「あれは一つの感激です」ということばが強く心に残った。

さらに興味深かったのは、本書のあちこちで言及される西東三鬼の八面六臂の活躍である。三鬼の名著『神戸・続神戸・俳愚伝』を思い出しながら本書を読んだ。証言者によって三鬼像は異なる側面を見せるのだが、人と人をつなぎ、新奇なことを目論み、波乱を起こしながら人生を目一杯楽しんだ三鬼という人物の、やんちゃな愛らしさを再確認した。三鬼の人となりを知れば、彼に振り回されながらも寄り添った三橋敏雄の不器用なまでの純情が、納得できた。三鬼と敏雄の間には、深く人間的な共鳴があったのであろう。また没後にノンフィクション作品でスパイ扱いされた三鬼の汚名を雪ぎ、新興俳句が俳句史から抹消されないために、死者の名誉回復という困難な裁判を起こした六林男の男気も理解した。

第六章に登場する古舘曹人は、昭和十七年に東大ホトトギス会で「夏草」主宰の山口青邨に師事し、翌年末に学徒出陣した。すでに戦局は悪く、生きて帰れるとは思っていなかったというが、北京の経理学校を経て、九州で終戦を迎えた。その後、炭鉱という当時の基幹産業に入社して経営を担い、やがて石油ショックの処理をすることになる。

曹人の無欲さは、『葉隠』の唐津の出身であったことと関連するのかもしれないが、それよりも青年期の戦争体験とエネルギー革命の渦中に身を置いたことに起因するのではないかと思う。師、青邨が亡くなると、彼はもっとも信頼されていた弟子であり、会員の信望も厚かったにもかかわらず「夏草」の後継者になることをしなかった。青邨が唱える「結社一代論」に従って、「夏草」を円滑に終刊へと導いたのである。青邨が生前選んでいた七人の弟子が新しい俳誌を創刊するように道を開き、会員がそれぞれ新しい所属に落ち着いたことを見届けると、彼自身は静かに俳句の筆を折った。俳句結社という文芸集団運営の一つの理想的なあり方を実践した。西行の「蹤跡なし」ということばのとおりに、無欲を貫いた彼の人生の美学は、清冽であると思う。

前途有為の若者たちが集った「成層圏」

金子兜太はトラック島からの復員後、前衛的な俳句と造型俳句論の提唱など、実作と理論の両面でめざましい活動をした。〈水脈の果（はて）炎天の墓碑を置きて去る〉と詠んだ兜太は、戦時に南の島で非業の死を遂げた兵士や工員を弔い、死者に報いるために反戦を訴え、九十八歳の最晩年まで現役俳人として影響力をもつ発信を続けた。驚嘆すべき生涯であった。

いっぽうで、同じ時期に生を享けながら、戦争を生き延びることができなかった前途有望な若き俳人たちの存在も忘れることができない。兜太は旧制水戸高校在学中に、初めて学生俳句同人誌「成層圏」に投句した。これが彼の息の長い俳句活動の出発点となった。兜太以外にも「成層圏」を創作の場、また精神の拠り所とした戦中の学生たちが多数いた。「成層圏」には、戦争を背景としたドラマが詰まっている。

ここで「成層圏」と、その創刊と存続に心血を注いだ発行人の竹下龍骨について記すことにしたい。「成層圏」といえば、香西照雄、出沢珊太郎、岡田海市、堀徹、川門清明など、東京の会員の動向に注目が集まり、九州の会員には光が当てられていないように思う。

竹下龍骨（本名、吉信（よしのぶ））は〈短夜や乳ぜり泣く児を須可捨焉乎（すてつちまをか）〉で知られた竹下しづの女の長男で、母に内緒で中学時代から俳句を作っていた。彼は旧制福岡高校の同級生とともに昭和十二年に「高校学生俳句連盟」（その後「学生俳句連盟」と改称）を結成し、機関誌「成層圏」を創刊。構成員は、姫路、山口、水戸、第六、第七の旧制高校と、九州、東京、京都、東北の帝国大学、同志社の学生と卒業生という知的エリート層であったことが、この俳誌の特徴である。

学生の俳誌らしく「成層圏」は、「万葉に劣らぬ俳句の創造」と「厳密なる科学的批判精神の獲得」という高い創刊理念を掲げていた。通常の結社誌のように主宰者の選を仰ぐ形態ではなく、あくまでも学生主体の創造活動である。兜太は、しづの女が龍骨に勧めて「成層圏」を始めさせたとしているが、気骨ある龍骨の俳論や意欲的な活動を知れば、しづの女ではなく、むしろ彼の主導で始めた活動と推測できる。

「成層圏」は季刊俳誌として昭和十二年四月から十六年五月まで十五冊が刊行された。粗末なわら半紙の小冊子であったが、戦時を生きる若者の思いが率直に表現されている貴重な資料である。どれほどの部数が発行されたかは不明であるが、現在、原本が全巻揃っているのは、北上市の日本現代詩歌文学館と福岡市総合図書館だけで、東京の俳句文学館にはコピーが収蔵されている。

しづの女は創刊号から指導に当たり、草田男が参加したのは創刊から二年後である。香西照雄の尽力で東大生を中心に草田男を指導者とする成層圏東京句会が発足した。戦後にこの句会は草田男主宰の「萬緑」創刊につながった。

逼迫した時代を生きる若者にとって、簡潔な俳句という形式は格好の自己表現手段となった。句友は互いの下宿を行き来し、夜を徹して飲み、議論をして青春を謳歌した。誌上には各地の句会報が載り、京都帝大の平松小いとゞの作品が四巻一号、二号に掲載されている。彼は中支で戦没した。

指導者の草田男は第二句集『火の島』を刊行し、声価が高まり、しづの女は生涯で唯一の句集『颯』を上梓した。最盛期には「成層圏」会員は五十人ほどで、注目される俳誌になりつつあった。けれども戦争の拡大とともに言論への統制が強まり、京大俳句事件の後に、福岡においても出版物の検閲が厳しくなり、「成層圏」発行人の龍骨が福岡市警察から始末書の提出を求められ、「成層圏」廃刊が命じられた。「成層圏」終刊後も成層圏東京句会は継続していたが、兜太が昭和十八年に東大を繰り上げ卒業すると、自然休会となった。

「成層圏」の発行に粉骨砕身した竹下龍骨は、卒業を控えて病に倒れ、入院する。彼は九州帝大農学部で林学の研究に打ち込む有望な学徒であり、鋭い感覚の句を詠んだ。

銀皿に小鳥の声を盛つて来る　龍骨　（「成層圏」創刊号）
冬の灯を点し人語のごと汽笛　（「成層圏」三巻一号）
カーネーション赤し髪解く看護の母　（「成層圏」四巻一号）
回診あり二月青空窓の上部　（「成層圏」四巻一号）

戦況は悪化し、福岡は空襲で焼けて、龍骨は医薬もない状況で終戦の直前、昭和二十年八月五日に結核で亡くなった。〈子といくは亡き夫（つま）といく月真澄〉と詠んだ母、しづの女にとって計り知れない打撃であった。

香西照雄は「成層圏」時代を「我々は卒業したら殆んど皆戦地へ征くことになっていた。我々は短いかもしれぬ人生の意義を俳句や文学を通じて探求していたのかもしれない」（「『成層圏』と竹下しづの女」、「俳句研究」昭和36年1月号）と回顧した。香西のことばは、戦時下に生きる「成層圏」会員の思いを総括しているが、同時に本書の学徒出陣世代の俳人の心情を代弁するものでもあろう。

平成という国内に戦争がなかった時代を隔てて昭和をふり返れば、重い雲に覆われた時代にも感じられる。そのような状況であったにもかかわらず、あるいは、あったからこそ、と言うべきかもしれないが、明日の命もわからない状況の人びとは、俳句という小さな詩に生きる意味を探そうと情熱を燃やした。十三名の証言から伝わるその真摯な姿勢に、思わず襟を正すのである。

「証言・昭和の俳句」

下重 暁子
一九三六年生・作家

昭和の俳句を考える時、避けては通れないのが、いわゆる戦争俳句である。私は敗戦時に小学校（国民学校）の三年生であり学校から集団疎開が当り前の中、結核療養中だったので、知りあいを辿って奈良県の信貴山という信仰の山の参道に面した老舗旅館に縁故疎開をしていた。

父は陸軍の職業軍人であり、本人は絵描き志望だったが、代々軍人の家系で長男のため諦めざるを得なかった。

戦後は公職追放であり、そんな中にいたから、いやでも戦争に直面せざるを得なかった。

得に有名な渡辺白泉の句にはショックを受けた。

戦争が廊下の奥に立つてゐた

夏の海水兵ひとり紛失す

繃帯を巻かれ巨大な兵となる

あの頃、戦争は日常だった。

その戦争に人格を与えて廊下の奥に立たせる。この無季の俳句の訴えるものの強さに圧倒された。

戦争を句にする時、無季の方が訴えるものが直截(さい)になる。

繃帯を巻かれ巨大な兵となる

戦場へ手ゆき足ゆき胴ゆけり

白泉は東京生まれの慶大卒、「馬酔木」に投句したことを始めとし、「句と評論」などに参加し「京大俳句弾圧事件」で検挙されている。

大学を出て三省堂の編集者になるが、昭和十九年水兵として招集され、監視艦隊母艦に勤務した。

夏の海水兵ひとり紛失す

まるで物が紛失したかのような人間性のない言葉。兵隊は物であり人ですらない。その戦争の非人間性を見事に皮肉っている。

そして間もなく敗戦。

玉音を理解せし者前に出よ

鶏たちにカンナは見えぬかもしれぬ

昭和天皇の敗戦を告げる玉音放送は、抑揚のみ残り、全く意味が分からなかった。疎開先で、母は兄と私をラジオの前に坐らせた。自らは青いしゅす地で作ったよそゆきのもんぺに着がえていた。

その後母に呼ばれ、進駐軍（アメリカの占領軍）が来たら、真っ先に軍人の妻や娘が襲われるかもしれぬので、その時は五右衛門風呂に隠れ、「これを飲むのよ」といわれた白い薬包。後に聞いたら青酸カリだったと教えられた。「誇りを守って死ね」という教えだったのだろう。

敗戦後もと居た家の前庭に掘った防空壕のそばにカンナが咲いていた。

青空の下の朱が妙に生々しかった。

京大俳句弾圧事件では多くの俳人達が弾圧を受けた。中には無季の句を作った、新興俳句グループに属するだけで捕えられ、獄中で死んだ人もいる。

平畑静塔は和歌山県生れ、京大卒で「京大俳句弾圧事件」に連座した俳人である。

徐々に徐々に月下の俘虜として進む

死にて生きてかなぶんぶんが高く去る

藁塚に一つの強き棒挿さる

「生きて虜囚の辱めを受けず」と教育を受けていても、敗戦後、南方北方で俘虜たちは生きのびた。

生きているのか死んでいるのか、かなぶんぶんが高く去る。モンゴルのウランバートルの日本人墓地を訪れた時、小さな青いブリキの墓標が無数に立ち並ぶ中へ一歩踏み入れた。とたんにいっせいにバッタが飛び立ち歩みを進めるにつれ数は無数になった。キチキチキチと音たてながらそれは亡き人達の魂としか思えなかった。

太平洋戦争末期、広島長崎に原爆が落とされ、本土決戦も噂され始める。

てんと虫一兵われの死なざりし

東京生まれの安住敦は上陸してきたアメリカ軍の戦車に向かって突入する自爆訓練の日々。

その他に京大俳句に属していた大物の俳人としては西東

三鬼がいる。

おそるべき君等の乳房夏来る

新興俳句の旗手であろう。この句は敗戦の翌年に作られ、戦後の解放感に満ちている。彼も又、「京大俳句」に属し治安維持法違反で逮捕された。

秋元不死男も京大俳句弾圧事件で投獄された。新興俳句は生活や行動から句を詠み時代が投影されている。

それが、思想的にアカ、共産主義につながるというあらぬ疑いをかけられ特高につかまり、二年は帰宅出来なかった。

無季＝無政府主義者とは何というひどさか。面会に来た妻とも数分しか会えなかった。

獄凍てぬ妻きてわれに礼をなす

世にいう「京大俳句事件」は新興俳句を作っているというだけで投獄され、この事件をきっかけとして、新興俳句運動は政府の弾圧によってつぶされてしまった。

もう一つ忘れてならないのは、原民喜による原爆の俳句である。

原民喜の俳号は「杞憂」、広島で原爆に会っている。

水をのみ死にゆく少女蟬の声

人の肩に爪立てて死す夏の月

梯子にゐる屍もあり雲の峰

季語が入る事でこの場合は風景の哀しさが際立つ。衝撃が大きいだけかえって静かですらある。

高柳重信は、早大俳句研究会から新興俳句の影響の中で作句した。

軍鼓鳴り／荒涼と／秋の／痣となる

私の好きな永田耕衣は、高柳重信の「俳句評論」の同人である。

京大俳句弾圧事件をきっかけに、新興俳句は勢いを失っていったが、それがなければ、その後もひろがっていっただろうか。俳句も短歌も詩も、時代や時の政治とは無縁ではなく、大勢としては伝統俳句の場にもどされざるをえなかったのだろうか。

決してそうばかりとは言えない。細々とではあるが、それは生き続けた。

例えば京大俳句で渡辺白泉、西東三鬼に師事し、戦後も新興俳句の継承者として活躍した、三橋敏雄。

手をあげて此世の友は来りけり

戦争にたかる無数の蠅しづか

あやまちはくりかへします秋の暮

社会批判の目を最後まで失ってはいけない。しかも「あやまちはくりかへします」は広島原爆慰霊碑の「あやまちはくりかえしませぬから」を見事に皮肉っている。

鈴木六林男の句も又戦争に召集され南方からやっとの事で帰還する。

遺品あり岩波文庫『阿部一族』

南方をはじめ戦争で命を絶たれた若者への思いなどから社会派詩人として目ざめてゆく。

戦中・戦後の痛ましい事件やすさまじい体験を経てやがて到達したのが金子兜太の出現である。

「兜太の出現は一つの事件であった」と私は拙著『この一句——108人の俳人たち』の中で言っているが、ここに来て子規、虚子と引き継がれた俳句が大きく変る。

社会派から前衛俳句へと……。

彎曲し火傷し爆心地のマラソン

原爆許すまじ蟹かつかつと瓦礫あゆむ

墓地も焼跡蟬肉片のごと樹々に

といった原爆の句を始めとし人間探求派といわれるように怒りと優しさを人間の大きさの中に秘めて、独特の反骨精神は死ぬまで健在だった。

水脈の果炎天の墓碑を置きて去る

南方のトラック島の生き残りとして復員した時の有名な句である。

その思いは死の直前まで続けた東京新聞の選句「平和の俳句」にて、いとうせいこう、黒田杏子の選句に今に至るまで引き継がれている。

グランドホテルのまぼろし

関悦史
一九六九年生・「翻車魚」同人

この本の主役はほぼ西東三鬼なのではないか。

無論、やがてこの本にまとめられるはずの連載が始まった頃にはとうに世を去っていた西東三鬼が直接インタヴューに答えたりするはずはないが、インタヴューを受けた十三人の俳人は、しばしば自身が師事または兄事した先行俳人たちとのかかわりや、その言行に言及し、追懐の念をよせ、あらためて彼らへの敬意を確認し、場合によっては批判の目を向けたりもする。

その先行俳人として幾度も名前があがるのがたとえば山口誓子であり、中村草田男、加藤楸邨であり、ときに高柳重信であり、俳句文学館創設に尽力した角川源義である。そのなかでもとりわけ印象深くあらわれるのが西東三鬼なのだ。彼らすでに直接話を聞けるはずもなくなっていた物故者たちも、複数のインタヴューにさまざまな方向から繰り返し語られることで、生者と同等の、あるいはそれ以上の存在感をもって本書のなかを徘徊し、そのなまなましい息吹きをわれわれの前にあらわすことになったのである。

「グランドホテル方式」と呼ばれる映画の作り方がある。それはホテルのような大勢の人間の群れ集まる場所を舞台にして物語を展開させるもので、この方式では特定の一人二人を主人公にする必要もなく、人々の出入りとそれに伴う出会いや別れを連鎖的に描くことができる。場所そのものが主役になるともいえる。

『証言・昭和の俳句』をひさびさに読みなおして、あたかもそうした群像劇に立ちあわされ、巻き込まれていく感覚を味わった。私が本書の旧版をはじめて読んだのは二〇〇二年、当時の私はまだ自作句など発表はおろか投句すらほぼしておらず、先行き自分が句を作りつづけていくことになるかどうかについても特に見通しのない存在だったが、にもかかわらず巻を措く能わざる感興を覚えたのは、その感覚があったればこそであろう。これは一人の作家のインタヴューからは出てこない効果である。複数人の証言がまとめられなければ、この「場」は立ち上がってこない。

ではその舞台となる「ホテル」に当たる場はどこなのかといえば、それは書名が指し示しているとおり「昭和」、ことにその前半の時空なのである。

『証言・昭和の俳句』なるごく簡素な書名は、単に昭和時代の俳句について語られた本であるという意味にだけ受け取られかねないのだが、ここで語られているべき・語られている最も重要なトピックのひとつが新興俳句弾圧事件であり、その事件を引き起こしたのが先の戦争と戦時体制であることを思えば、「証言」されるべき「昭和の俳句」とは、時代状況との軋轢に巻き込まれたものとしての俳句、及び俳人の人生の謂にほかならない。

である以上、新興俳句、社会性俳句、前衛俳句の作家の収録比率が高くなるのは当然のこととなる。ことに没後、当人の知らぬところでスパイの疑いをかけられた西東三鬼の名誉を回復すべく法廷闘争を行った鈴木六林男がその顚末を語っているのだから、三鬼のキャラ立ちが際立ってよくなってしまうのは無理もない。

その裁判に合わせて、当時の『俳句』編集長鈴木豊一が『西東三鬼読本』を出してくれたので印税を裁判費用にあてられたといった胸の熱くなるようなエピソードもさることながら、語りによって作られた本ゆえに立ちあらわれる、ひとつのストーリーに収斂することのない細かい話題の数々が興味深い。

鈴木六林男の章でいえば三鬼の〈廣島や卵食ふ時口ひらく〉の句が占領軍の検閲を通ってしまった理由として出てくる珍妙な読解。

「原子爆弾が落とされた広島には三十年間、草木も生えないと言われた。予想外の惨状やったから広島の報道をすることを占領軍が嫌いました。それが、鶏が元気に卵を生んで、それをまた食っているやつがおると詠む。これは被害は大したことがないという宣伝に使えるということで、フリーでパスしたんです」

同じ三鬼の〈昇降機しづかに雷の夜を昇る〉が、このケースとは正反対に、国情不安のなかの共産主義思想の高揚と解釈されて弾圧の口実にされたことと思い合わせるとき、三鬼その人の喜劇俳優じみた風貌のためもあって、ドタバタ喜劇じみた印象が生じもする。

しかし一方それだけになおさら、テキストに不動にして固有の意味があると信じてみせる解釈学的アプローチを、時の権力が恣意的におしつけてくることの不気味さも身に迫ってくるとつい口走りたくなる気もするのだが、喜劇悲劇どちらとも取れる、というより同時にどちらでもある事態が次々起こるのが現実なのであろう。喜劇なら喜劇、悲劇なら悲劇とどちらか一方に解釈を収斂させてしまう身振りがおのずから検閲官の独断的解釈に似通ってきてしまう以上、この曖昧さをそのまま抱えつづけることが、ことにこの本を読む際に要請される倫理というものなのかもしれない。

本書から映画の「グランドホテル方式」を連想したのは、桂信子がトップバッターに据えられていることも少なからず影響しているようである。桂信子は晩年にホテル住まいをしていた時期があるし、師事したのは「ミヤコホテル」で知られる日野草城であった。
その桂信子の章では聴覚、触覚に関する話が面白かった。近畿車輛の受付として働いていた若き日の桂信子は、足音でその社員が出世するか否かを聞き分けられたという。

「会社員の人でも出世する人としない人とがありますが、その階段を上がる足音で私、わかるんですよ（笑）、姿を見ないでもね。いえ、それは本当。階段の上がり方で、これは誰だとわかる。部長級の人が上がってくるとかってね。足癖ってあるでしょう。出世する人の上がり方は違うんです。足への体重のかけ方が左右平等で安定して上がってくる。ドタバタドタバタって上がってくる人は出世しないいんですよ。情緒不安定（笑）」

べつだん超能力じみた話ではなく、どちらかといえば運動神経に結びつく能力のようで、武道やスポーツ、舞踊などに長じた人であれば、似たような識別は比較的容易なことなのだろう。
インタヴューの終わりに、八十の長寿を寿ぐ会でも「タッタタッタッと」檀から降りた、今でも歩くことに不安がないと話していることとあわせて見ても、この辺の話は桂信子の運動能力や風姿を思い浮かばせはするものの、さしたる意味もない孤立的な話題と見えなくもないのだが、しかしここからインタヴュー序盤で語られた初対面時の日野草城の話題に立ち戻ってみると、これが俳句に対する評価や嗜好とストレートに繋がってくるのである。
師・草城との初めての句会で草城に採られた桂信子の句は〈短夜の畳に厚きあしのうら〉というものであった。

「いま思いますと、この作品は触感の句でしょう。「厚き」ですから。それまではあまり触感の句がなかったですね。触感の句は、草城先生が初めてそこのところを開拓されたと思います（中略）ところが、虚子をずっと見たら触感の句なんてないです。客観性を言われてたから、目で見たもの、それも離れて見たものを詠うでしょう」

初めての師との句会で自句が採られた喜びを語るうちに、自分や草城と虚子の表現上の差と、そこから見た俳句史的なステージの違いにまで一度に触れていて、これが「タッタタッ」と響き合うあたりは、対談での発話ならではの、無意識的なものの浮上と構造化ともいうべき妙味だろう。
無意識的なものといえば、佐藤鬼房が秋元不死男の旧俳号「東京三」に触れて「あれ、名前を引っ繰り返すとキョウサントウと読めますからね。よく引っ掛からなかったな」とアナグラム的な話題をぽろりと漏らしていたが、これは確かに私も気づかずに来てしまっていた。知っている人は知っている類のことだったのだろうか。

意味の多義性、曖昧性は俳句自体にとっても重要な要素だが、佐藤鬼房の場合、それが作者を戸惑わせる形で顕著にあらわれたのはスターリンの訃に際して詠んだ〈友ら護岸の岩組む午前スターリン死す〉であったという。

「なんぼ考えたってこれはスターリンの哀悼にならないはずなんだ。それなのに孝橋さんは「鬼房の思想からいったらこれはスターリンへの哀悼だ」と言うんだ。ひん曲げちゃうんだよね。なんぼ私が社会的リアリズムだの何だのと言っていたからって、そういうふうに言われたって困るんだ。こっちは雪解けの解放感覚を言っているわけだまあ、たいした句ではありませんが、問題作だと思ってたんですよ」

とはいうものの現在この句を見て作者のスターリンへの評価が如何なるものかは判別しようがない。

この句から窺われるのは重厚な空白感が不意に生じた感覚とでも呼ぶべきものだけであり、それを体現している点においては、この句は成功している。誰でも知っているはずの史的ビッグイベントを扱いながら、作者の思い以外のもののみが残った謎の断片と句が化してしまうのは、時代背景が共有できているか否かとは別の話であり、ここに「昭和」と「俳句」の裂け目のひとつが露出している。

似たようなケースに三橋敏雄の戦火想望俳句がある。

なぜ行ってもいない戦場を空想で詠んだのか。

「行ってから作るんじゃ間に合わない。行ったら多分死んじゃうんだから、行く前に一所懸命に想像して作った（中略）これをいけないと言うのは、言うほうがおかしい」

これも現在から見て制作動機を理解するのには洞察力を要するケースではあるものの、この種の批判も後年、事情がわからなくなってから生じたわけではない。

この種の、固定した解釈とテクストの多義性との相克は、現在の俳句でもいくらでも発生しうるが、佐藤鬼房や三橋敏雄のケースにおいては、その食い違いのなかにも作者固有の人生と歴史との交点が癒着しつつ潜んでいる。言い換えれば、ここでは俳句が近代文学としてふるまっているのである。

本書にその発話が収められた俳句作家は十三人中十二人がすでに他界した。現在、当時のような意味での「歴史」はなく、存命中の俳人で同種の本を作っても、個人の人生がばらばらに浮遊するだけだろう。

グランドホテルは消えた。

その間際の光芒として本書は残されたのである。

鬼房余滴

高野ムツオ
一九四七年生・「小熊座」主宰

私にとって金子兜太、佐藤鬼房の二人は謦咳に接して学ぶことが多かった師であるが、今回は身近で俳人の生き方まで身を以て教えてくれた鬼房について、字数が許す限り、エピソードなどを交えて記してみたい。たよりない記憶によるものなので、心もとない話が多いが、鬼房という俳人を知る上で、少しでも参考になればと願う。

鬼房のライバルと言えば鈴木六林男というのが通説であろう。だが、鬼房に私が直接聞いた限りではそうではないようだ。鬼房との雑談の折、「ライバルは誰ですか」という私のぶしつけな質問に応えて、名を上げたのは高柳重信である。親友は金子兜太で、弟分は三橋敏雄とも付け加えた。「六林男は」と促したなら、「あれは親し過ぎてね」と言葉を濁した。独断だが、六林男とは二卵性双子のような関係ではなかったか。仲のよい分、喧嘩もする。兜太が親友なのは距離感が程よいのだそうだ。同じ戦後の社会性俳句の代表俳人でありながらも、人間探求派の加藤楸邨門下と新興俳句の山口誓子門下との共通性と相違性のせいだろう。

鬼房が初学の頃、もっとも刺激を受けたのは六歳年上の渡辺白泉である。他には「石楠」の飛鳥田孋無公。〈霧はれて湖におどろく寒さかな〉の句に出会い「ああ、すばらしいなあ」と思ったと「小熊座」の一九九二年（平成四年）五月号の「佐藤鬼房の世界」というインタビューで語っている。インタビュアーは私である。以下の記述はこのインタビューに拠るところが大きい。白泉の作品には一九三四年（昭和九年）終わりに偶々手にした「句と評論」で接する。さらに取り寄せた同誌に載っていた白泉の俳句に感銘を受け手紙を出したのがきっかけで通信指導も受けている。敏雄の話では白泉は弟子を持つのが嫌いで、自分の指導を三鬼に押しつけたのだそうだ。それで敏雄は仕方なく三鬼の弟子になったと語っている。そうした白泉の性格を知っていたせいか、六林男は鬼房が通信指導を受けていたことを疑っていた。鬼房の通信指導は例外ということになる。鬼房が一九三七年（昭和十二年）、十八歳で上京した時、頼ったのは「東南風（いなさ）」同人村井恵史である。その翌年、小石川に移り、日本電気本社の臨時工に就職している。「東南風」は長谷川天更主宰で、鬼房は一九三六年（昭和十一年）より投句を始め、四号目には早くも同人となっている。鬼房が早熟の才能の持ち主であった証である。「東南風」は、もともとは青木月斗系の俳誌だったが、天吏が兄事した岡本圭岳や「旗艦」の論客だった中山凡流などの影響で天吏自身もしだいに新興俳句に傾いてゆき、やがて「ルポルタージュ俳句」を提唱する。寺社仏閣を吟行するのではなく工場などを取材し作句するということだ。「句と評論」で湊楊一郎が論理付けした構成俳句とともに鬼房の俳句原点がここにある。「(自分が)構成俳句で成功した例はほとんどありません」とか「最初に出会った形式は終生変わらないようで、私の場合はルポルタージュ俳句ですが、鬼房の欠陥はその辺のところで」と笑いインタビューで話していた。

もう一人、初期の鬼房が影響を受けた俳人は細谷源二である。旋盤工だった源二は「句と評論」で中台春嶺らと工場俳句を推進していた。ルポルタージュ俳句同様、素材、表現両面から当時の鬼房へ影響を与えた。白泉や源二に上京中に出会って、そのことが「俳句に対する気持ちを決定的にした」と鬼房は述べている。だが、上京二年目の一九三八年(昭和十三年)九月、塩竈に戻る。年譜では「失意帰郷」と記している。慣れない都会生活に希望が萎みかけたところに、外勤の際に書類を紛失してしまったのが、帰郷の直接のきっかけとなったようだ。「その当時に三橋と会っていれば、おそらく私は田舎には帰ってこなかっただろうと思います」とも語っていた。敏雄は神田の東京堂に勤めていたから、鬼房の小石川は、すぐ目と鼻の先の距離であった。

ライバルと語っていた高柳重信を知るのは、一九四六年(昭和二十一年)創刊の「太陽系」による。これは一九四一年(昭和十六年)に前年の新興俳句弾圧事件の影響で終刊を余儀なくされた「旗艦」の新興俳句系俳人の戦後拠点であった。関西タール製品社長で俳人の水谷砕壺がスポンサーとなってくれていたので、かなりの豪華版であったようだ。重信は同誌の同人、鬼房は平会員であったようだ。鬼房はそこに書かれていた重信の俳論「偽前衛派」に感銘を受けた。重信の耳に鬼房の名が入ったのは、おそらく翌年、石田波郷編集の俳句総合誌「現代俳句」に鬼房の俳句が載ったときであろう。これは鬼房の自発的な投句であった。ところが、一九四七年(昭和二十二年)五月号に二十五句投句のうち十八句が特別作品として掲載された。それも日野草城や平畑静塔、三鬼の作品とともに同じ欄である。鬼房の次が岸田稚魚だった。鬼房はまだ無名の新人で巍太郎の俳号を用いていた。波郷が松山に帰郷した帰りに神戸の三鬼館を訪れた。そこで三鬼に「東北に佐藤巍太郎という凄い男がいる」と話していたと同席していた六林男が後日、鬼房に知らせてくれた。この鬼房の投句がきっかけとなって、その二、三ヶ月後、新人募集欄が「現代俳句」に創設されもした。重信は波郷の「鶴」に投句していたぐらいだから「現代俳句」をおそらく読んでいたに違いない。「高柳は、一番注目しているのは、関西の鈴木六林男と東北の佐藤鬼房だといってくれて、私のことは認めてくれてました。同年代の中では五本の指に入る位うまいと書いてくれたりね」と鬼房は回想している。

濛々と数万の蝶みつつ斃る

は、その中の一句、戦中の代表句である。それらの句を含む鬼房の第一句集『名もなき日夜』が一九五一年（昭和二十六年）に刊行された。発行は「梟の会」、発行者は島津亮、印刷者は高柳年雄となっている。年雄は重信の九歳下の弟である。重信とともに印刷会社を経営していた。鬼房は「高柳が出してくれた」と語っていたので、費用は「梟の会」の仲間や重信が助力してくれたのだろう。「梟」第二号は『名もなき日夜』の特集号。援助しながら自分の名を出さなかったところに重信の矜持がある。

こちらは鬼房の矜持だが、経済面の理由もあったが、句集の出し方として自費出版を極力嫌った。鬼房の句集はほとんどが出版側が主体となり、しかも自営の小さな版元である。第八句集『何處へ』は例外的に大手の出版社だが、これも自費出版ではない。こうした態度は鬼房の俳句姿勢にも通ずる。『名もなき日夜』はA５版、表紙は白地に黒で佐藤鬼房著、朱で「名もなき日夜」とあるのみの全二十頁の瀟洒な本。この装丁が好評で、そのあと同じ装丁の注文が入りいくつかの句集が出版されたと鬼房は語っていた。島津亮の『紅葉寺境内』もそうである。第二句集『夜の崖』は酩酊社刊。こちらには発行者・本島高弓、印刷者・高柳重信とある。鬼房は「重信がライバル」と語ったあと、多くは語らなかったが、重信には大きなリスペクトを払っていた。それは多行形式の俳句のあり方や俳壇的な活動も含めて、自分とはまったく異なった次元で独自の世界を切り開いていたからではないか。せめて、作品だけは重信に対抗できるものをという思いが「ライバル」と言わしめたのだと推測している。

「小熊座」連載の「泉洞独語」で当時の「俳句研究」編集長鈴木豊一が編集後記で「俳句への尽忠を誓い」と記していたことに触れ「思わず微笑した」とも「うまいことを言ったものだと膝を打った」とも述べている。このフレーズは

目醒め
がちなる
わが盡忠は
俳句かな　　　重信

を踏まえている。校正の仕事で訪問した折、鬼房は「俳句尽忠だものねえ。尽忠報国でないんだ。凄いね。そんな覚悟はできないねえ」と呟いていた。

年立つて耳順ぞなんに殉ずべき　　鬼房

は一九七九年（昭和五十四年）の作。これも重信の俳句尽忠を意識しての作だ。

陽はありき十九の夏の小石川　　鬼房

一九八三年（昭和五十八年）、高柳重信の追悼句七句のうちの一句。小石川は鬼房上京時の居住地であり、重信の出生地

でもある。「陽はありき」は徳永直の「太陽のない街」を下敷きにした表現。この小説の舞台も小石川、しかも印刷会社。

思へば遠し十九の闇の蜀魂（ほととぎす）

われら皆むかし十九や秋の暮　　重信

は一九八二年（昭和五十七年）、逝去前年の作。

俳誌「太陽系」はその後「火山系」と改題されて「薔薇」に引き継がれる。「薔薇」の表紙は宮城輝夫の筆である。戦前から活躍していた超現実主義の画家で滝口修造とも交流があった。修造が宮城輝夫を「日本のダダイスト」と呼んだという逸話も残っている。多彩色のモダンな表紙だ。宮城県出身で仙台に長く在住した。「小熊座」は創刊二年目の一九八六年（昭和六十一年）からやっと白黒ながら表紙を絵で飾ることができるようになったが、その原画は氏の筆による。以後、氏が筆を折るまで続いた。鬼房はきっと「薔薇」の表紙に魅入られていたにちがいない。ここにも密かな重信への憧れがある。

鬼房が現代俳句協会賞を受賞したのは、一九五四年（昭和二十九年）である。前年までの二回が茅舎賞という名で、受賞者は第一回が石橋秀野、第二回が細見綾子。現代俳句協会賞と改めた最初が鬼房である。会議では最後に鬼房と桂信子に候補が絞られ、協会賞は新人賞であるべきという点を強調した選考委員が多かったせいもあり、投票の結果、四対三の一票差で鬼房の受賞が決定した。大正八年生まれ前後の世代でもっとも早く脚光を浴びたのが鬼房であった。受賞のことが話題に上るたび、鬼房は「あれは桂さんが受賞すべきだっんだよね。桂さんの方が句がよかった」とよく語っていた。一九九二年（平成四年）、桂信子の蛇笏賞祝賀会の二次会だったと記憶しているが、鬼房が祝意を述べに行ったあと、いつも以上にうれしそうな顔で私に話しかけた。「桂さん、楽しいね。現代俳句協会賞を逸したあと親しい仲間が集まって毎年、〈桂信子現代俳句協会賞残念会〉を開いているんだって。いや面白いね」と心から愉快そうだった。

不死男忌の時計ばかりがこちこちと　鬼房

これは現代俳句協会賞の受賞式で幹事長秋元不死男が鬼房に副賞の懐中時計を軍歌「戦友」を小声で歌いながら手渡した時の回想句である。鬼房からは賞金がなくて時計だけで悪いねと渡されたと聞いていたが、私の記憶違いのようで実際は賞金五千円あった。渡辺誠一郎の『佐藤鬼房の百句』で知った。鬼房が著書『沖つ石』で触れている。迂闊なことである。この時計の音は新興俳句弾圧事件で理不尽な死を強いられた俳人たちの鼓動であり、不死男自身の死後の鼓動である。そう二〇〇四年（平成十六年）松島で開催された「河」全国俳句大会の講演で話したことがあった。終了後の歓談で角川春樹が、この句は受賞式のエピソードを聞かない方がより味わい深く鑑賞できると語っていた。

肝心の六林男とのエピソードには触れることができなかった。後日に回すことにして、まずは筆を擱くことにする。

『証言・昭和の俳句』の証言

——『証言・昭和の俳句』は『史記』たり得るか

筑紫磐井
一九五〇年生・「豈」発行人

角川書店の戦略の変遷

角川書店「俳句」の編集は、当初同社社長である角川源義、その後俳人の大野林火、西東三鬼と続いたあと、社内編集長時代となる。社内編集長は、塚崎良雄（金子兜太に「造型俳句論」を勧めた編集長として有名である）を初代に、山田浩路、渡辺寛、室岡秀雄、鈴木豊一、石本隆一、福田敏幸、秋山実、今秀己、海野謙四郎、河合誠、鈴木忍、白井奈津子、立木成芳、石川一郎と続く。この中で忘れがたいのは、秋山実と海野謙四郎であった。秋山は昭和六十一年十月から平成六年八月まで編集長、その後今をはさんで平成九年九月から海野が十年間にわたり編集長を務める。海野は「俳句」編集長としては最長の任期であったのではないかと思う。

　福田までの編集は言ってしまえば、角川らしいオーソドックスな編集であり、例えば「伝統と前衛と」「原石鼎生誕百年」「現代俳句の現況と未来」「蛇笏賞の20年」「現代俳諧考」など至極まっとうな、文学雑誌らしい特集企画であった。

　しかし秋山が編集長となるに及んで大改革が行われる。知られるように、秋山は「結社の時代」をキャッチフレーズに掲げ、一躍有名にした編集長である。その中身は、私が調べる限り「上達法」という実用的入門特集を倦むことなく繰り返すというものであった。例えば、俳壇の最高峰にあった龍太、楸邨、青畝らに、僅か一頁で俳句入門法を書かせるという滅茶苦茶な特集を組んでいる。大作家に対する敬意はほとんど見えない編集ぶりであった。言ってみれば、長老・大家・新人を含め秋山の通俗化・大衆化路線に洗脳された時代であった。こうした総合誌に絶望し、龍太は結社「雲母」を終刊したと私は信じている。その波紋からであろう、秋山自身も二年後には編集長を解任されている。しかし、「俳句」編集長退任後も「俳句界」の顧問に就任し、放言を続け、最後に「もはや『結社の時代』は終った。今日必要なのは、こころざしをもった結社と優れた俳人のみである」との噴飯ものの言葉を残して逝ったのである。その意味で、戦後俳壇を震撼・壊滅させた張本人であったと思う。その後遺症は今も残っている。

　こうした秋山の悪しき遺産を葬り去ろうとしたのが海野編集長であった。本格始動したのは平成十年からであるが、その最初の大仕事が黒田杏子『証言・昭和の俳句』の連載開始であり、平成十一年一月から十二年六月号まで十八回連載された。こんな骨太の企画は秋山の「結社の時代」には見られないものであった。似た企画は、戦後の代表的作家を戦後生まれの中堅作家が論じる「12の現代作家論」が平成十五年から十七年に連載されている。角川の「俳句」とその良心が復活した諸企画であったということが出来るだろう。

黒田杏子は司馬遷たり得るか

妙な話になったが時代背景が分からないと、『証言・昭和の俳句』の位置づけも分からないと思う。「結社の時代」の七年間は、俳人に上達法ばかり考えさせ、俳句史を考える頭脳を失わせていたのだ。

＊

それでは俳句における歴史とは何なのだろうか。事実だけを丹念に列記すれば歴史となるのであろうか。少し風呂敷を広げすぎることになるが、中国最古の歴史書『史記』に例を取ってみたい。司馬遷の編んだ『史記』は歴史事実だけではなく、規範書の意味ももっているからだ。その体系だけではなく、「太史公（司馬遷）曰く」という批評は後世の史書の模範ともなった。

さて『史記』は「本紀」・「世家」・「列伝」から構成されている。「本紀」は各王朝の正統な歴史であるが余り面白くない。「列伝」は時代に散在する個人の伝記であり面白いが、「世家」というのは変わっている、個人と集団の複合であり、司馬遷独自の史観から生まれている。「世家」は前半が春秋の五覇・戦国の七雄、後半が漢王朝の重臣・血族・姻族の個人と一族の系譜である。興味深いのは圧倒的に前半の方である。中国の王朝は、周代後半から混乱に陥り春秋・戦国時代と呼ばれ、地方分権した五覇・七雄が覇権を争い活躍するのである。日本で言えば戦国・安土桃山時代であろうか。だから我々にとって血湧き肉躍る政治的事件・戦争の大半は、「世家」に集中している。ちなみに、「本紀」の中で唯一人気のある項羽本紀・呂后本紀は本来「本紀」に値しない人物である（王朝を始めていない）が、余りの影響力の強さから司馬遷はルール違反承知で「本紀」に挿入した。本来「世家」の人々である。

さて、戦後俳句史で言えば、「本紀」は三協会の正統史であろうが、それでは『史記』同様ちっとも面白くない。黒田は書きたいとも思わないはずだ。『証言・昭和の俳句』は「列伝」を中心に書いているようにも見えるが、実は「世家」も背景に盛っている。なぜなら黒田が取り上げた十三人は大半が結社の創始者だからである。司馬遷もそうだが、黒田も個人の活動はその周辺の賛同者も巻き込んで始めて歴史を生み出すと考えている。金子兜太は兜太だけで歴史を動かしたのではなく、初期の同人誌、特に「海程」によって歴史を実現して行くようになる。『証言・昭和の俳句』の各章は、個人名がタイトルになっているが、その記述の背景には結社があることが見えているのである。

こうした枠組み設定がなければ、戦後俳句史は生まれない。黒田杏子は司馬遷たり得るか、とあえて名づけた所以である。もちろん、読む人が黒田杏子と司馬遷を比較するなんてナンセンスだというに決まっている。しかし歴史観の構築というのは意外に出来そうで出来ないものなのである。凡百の戦後俳句史が何ほどのことをしているかを考えれば、これくらいのことを言わせてもらってもいいのではないかと思う。

金子兜太と深見けん二

『証言・昭和の俳句』を検証するには、多少とも私が黒田杏子に近い経験をした人で比較してみると良いと思う。そこで、金子兜太と深見けん二を取り上げてみる。

①金子兜太

兜太に関しては、雑誌「兜太TOTA」を創刊、黒田杏子編集主幹、筑紫編集長で四冊を出した。その間、兜太へのインタビュー（恐らく俳句に関しては兜太最後のインタビュー）を編集委員一同で行っている。内容的には『証言・昭和の俳句』の続編といってよいだろう。兜太との対談の雰囲気、黒田のインタビューの間合いの取り方というものを実体験できて興味深かった。『証言・昭和の俳句』の時も恐らくこうだったのであろう。

感心したのは兜太の記憶力もさることながら、戦後俳句史に積極的に関与した自信から、語られる自らの事件が戦後俳句史にそのままつながってゆく主体性であった。もちろん「私が俳句だ」はいかがなものかと思うが、「俺が戦後俳句を作った」は紛れもない事実である。また、これを補足する黒田の質問も、実に予習の行き届いたものであった。

後日黒田から聞いた、このインタビューに評論家Kから文献を使って細かい事実の違いの指摘があり修正せよと言われたと言うが、これは決定的にKが間違っている。Kの指摘する事実はあとからいつでも確認出来ることであり、K以外の人物でも出来ることである。しかし、ある事実から、次の歴史を作り出したのは兜太自身であり、その証言は間違いなく歴史が作られた時の証言だ。兜太以外に語れない。よしんば兜太が誤解があったとしても、誤解に基づき行動して歴史を作ってしまったのは兜太なのだ。それが歴史である。

大体歴史的事実の記録は人によって変わるものであり、一人一人の記録はあるが、「歴史の記録」と言うには慎重であるべきだ。事実この話を後日聞いた兜太は、「現場にいなかった奴が何を言うか」と嘲笑ったという。これも貴重な証言であろう。

②深見けん二

次は深見けん二。私はある時期から虚子に関心を持ち、特にふだん虚子がホトトギス以外の作家を論じることがないのに戦後、4S、新興俳句、人間探求派、社会性俳句について語っている長大な座談会記録があるのを読み、虚子の発言を中心に再編集した『虚子は戦後俳句をどう読んだか』をまとめた。この時、深見けん二と初めて座談会をやらせてもらった。虚子が行った「研究座談会」の中心人物が深見だったからだ。深見との座談会には、本井英、齋藤愼爾に同席してもらったが、兜太の時の黒田の役割を頼んだのが、本井英であった。当時の「研究座談会」に出席していたかのような適確な質問、回答をしてくれた。

黒田と深見の微妙な師系のずれ（黒田は山口青邨系（特に古舘曹人に親しい）、深見は虚子・立子系）はあるが、ホトトギス系同士の深見・黒田インタビューは和気藹々としている。ただ、共通認識の外側にある質問は黒田より臆面なく聞ける私の方が意外な発言を引き出せたように思った。例えば季語論について。吟行の場合、ホトトギスの人は吟行先の風景で作っているのではなくて、吟行の場で題詠で詠んでいるのではないかとぶしつけな質問をだした。その回答は意外なことに、「私の俳句も題詠文学なのです。……吟行している時にも、そこに立ち止まって、季題と一つになろうとしているわけです。ということでは題詠ですよね」であった。これ以来、ホトトギスが妙に親しくなった。

十三人の人選について一言言おう。現代俳句協会、前衛系が多いように思われる。これは角川書店の俳人の人選基準が変わったことも大きい。角川源義が存命中の『現代俳句大系』が刊行された時（昭和四十七年）、前衛系の作家は全て除外された。「有季定型以外のものを俳句と認めない、という立場で貫いた」（角川）と宣言している。しかし、社長が角川春樹に交替し増補版が刊行される時（昭和五十七年）、大量に前衛系の作家は採用された。この時期から前衛俳句作家に対する角川書店の忌避はなくなったのだ。あとは実力本意になる。

それでも代表的な戦後作家は一部欠けている。それは考えてみると無理からぬところがあった。飯田龍太は先に述べたように四年に俳壇から引退し一切活動をしないようになった。森澄雄は七年に脳梗塞で発言不自由となった。能村登四郎は十三年になくなっているが、その直前はとみに能力は衰え、兜太や鬼房のような元気な発言は期待できなかった。それでもこれ以降次々と戦後世代はなくなって行くから、この時点できるベストの証言集であったのではないかと思う。

プロフェッショナル

対馬康子
一九五三年生・「麦」会長／「天為」最高顧問

とにかく面白い。どの語りも潔く忌憚がない。デジタル時代が失った厚みのある人間像に圧倒された。黒田杏子さんの世代は戦争を体験されている。そして杏子さんはその戦争の直接の当事者であった俳人から貴重な聞き取りをされた。それは、相互の信頼と周到な準備の上でなされたプロの仕事である。私は「戦争を知らない子供たち」と歌われた世代だが、戦争は現実の「モノ」として身近にあった。そのあとは戦無派世代となり、そして戦争を全く理性で知るしかない世代となる。その意味では、杏子さんの渾身の大作である俳句界の巨人たちの貴重な証言に対して、率直な感想を残しておくことが私たちの責務であり、この与えられた機会に感謝したい。

(以下文中敬称略)

第一章の桂信子は、戦前の女学校を出られたキャリアウーマンの魁の作家である。近畿車両の社長をはじめ多くの役員たちの面倒を二十年もみられた。戦後の高度経済成長を支えた「できる男たち」を見定める眼があった。日野草城には人生の変転の中に虚と実がない混ざって、できる男たちにはできないことをやり遂げていることに対する、深い畏敬の念を終生持ち続けた。山口誓子に対しても同様の視座を感じた。

実の世界を見極めながら、人の世はそれだけではない、もっと大切なものがあると決然と実行に移し、「草苑」を創刊するに至った。

「俳句そのものをおもしろおかしく詠えばそれでよいというわけにはいかない。いま、そういう俳句がいいというふうになってますけど、造物主の、自然にあるそのものを詠うべきだと思います」「永遠のものがあると思うんですよ、消えないものが。そういうものを詠いたい、詠うべきだ」と、実に颯爽とした詩人である。「冬滝の真上日のあと月通る」は、まさに造物主の深淵な世界の一句である。

二人目は鈴木六林男。関西の義理と人情を貫き通した作家である。私の夫の両親も関西出身で大正生まれだが、戦争の時代の昭和に比べて、大正デモクラシーの名残を思わせる。精神の伸びやかさと、人と人との濃密な付き合いが現実のものとしてあった時代なのだろう、反骨精神のかたまりのような、しかし損得を抜きにして友を許し、応援する度量の大きさに惹かれる。関西人の筋を通す面が、西東三鬼のスパイ疑惑を晴らす、死者の名誉回復という極めてまれな訴訟を行い勝訴するという快挙を成し遂げた。それは新興俳句運動の象徴としての西東三鬼の名誉を回復するだけでなく、新興俳句運動そのものの文学的意義の存亡をかけた戦いであるという明確な認識のもとに、俳句は第二芸術ではないということの戦いだったのだ。「水あれば飲み敵あれば射ち戦死せり」の句など凄まじい時代の悲しみを詠んだ。

山口誓子が「天狼」を同人誌から主宰誌に変更する経緯について、誓子を作家として評価しつつも、冷静に批判している。大家といえども堂々と批判する風通しの良さが、当時の俳人達の間にはあったのだ。また、阿波野青畝が無季俳句を標榜する六林男に話した「写生写生と言いますけれど、写生みたいなもの、どうでもよろしいよ」という言葉も大胆である。四Sの中でも青畝は少なくとも客観写生の対極にある作家であると思っていたことが腑に落ちた。

三人目は草間時彦。杏子さんは六林男は講談調、時彦は浄瑠璃調と、うならせる観察眼を示しておられる。鎌倉市長を務めた父上を持ち、有馬朗人と同じ武蔵高校に進学したが、肺結核のため学業中断の上、製薬会社の三共のサラリーマンとして立派に勤め上げた。実業界のことに長けているので、角川源義という経営者と肝胆相通ずるところがあり、俳句文学館建設という田中角栄まで巻き込んだ大事業の推進の部長として、俳人協会理事長の要職を十八年間も務められた。

浄瑠璃というのは、そのストーリー展開は極めて複雑で、人間関係の機微などが面白さの一つである。そのストーリーの一つに、俳句文学館建設があるが、資金作りのために、寄付と会員参加権と一体として一億円以上集めるという、多くの関係者の関与する複雑な荒業に由来していることを知って驚いた。協会員になれるということの貴重な価値に気づき果敢なビジネスモデルを打ち立てたことは、コロンブスの卵的な発想である。それにしても政府からの二億円の補助金や笹川財団などの協力は、角川源義が自らの土地を売り、そのおかげで政府からの土地の払い下げを受けることができたからであると知り、俳句のために純粋に私財をなげうつ財界人がいたことに感銘した。しかも完成を見ずに、鬼籍に入られたのである。

「大正から昭和にかけての俳句を貫いてきたものはやはり虚子の選だと思うんです」「その虚子の選を正しいとして評価する俳句と、それに対してノーだと言う俳句が出てきたのが現代俳句協会と俳人協会の分裂じゃないかなあ」「昭和二十何年から三十年にかけて虚子も老いたのです」。

石田波郷に「君は俳壇政治がうまそうだから（現代俳句協会幹事に）推薦した」と言われ、終生自分の俳人としての行動を呪縛しているのではないかと苦笑して語っている。しかし「政治」は人々が幸福になるための最も重要な公的活動であることに思いをいたせば、立派な俳句世界の政治家であったからこそ虚子を評価し、また批判できたのだと思う。「甚平や一誌持たねば仰がれず」は作者ならではの諧謔である。

次の金子兜太は、正岡子規国際俳句大賞受賞講演や、公の場の最後となった現代俳句協会七十周年祝賀会での秩父音頭の歌声を思い出す。没後直ちに杏子さんが中心となって創刊した『兜太 Tota』四号にて、私は「内なる兜太・外なる龍太」と題して飯田龍太との死生観の違いを書かせていただいた。ここでは、楸邨と草田男の影響力について感想を述べたい。

草田男に繋がりのある俳人として文中名前を挙げていた橋本風車、保坂春苺が懐かしかった。風車さんは東大学生俳句会に、兜太が打ち込んだ「成層圏」についての評論を寄稿してくれた。パイプをくゆらせながら、静かに俳句を語るダンディな紳士であった。春苺さんはなにか不思議な底の知れない大人のイメージが残っている。本当に兜太は記憶力抜群で、人とのかかわりを大切にする繊細かつ豪胆な俳人だと思う。特に戦前の「成層圏」に集まっていた学生俳人のいろいろな学問分野に属しながらも、ひろく文学に関心のある若者が、俳句という場に引き付けられ、それぞれの主張を持ちながら、文学運動としての俳句活動を自由にやっていたというくだりは、学園紛争の後の東大学生俳句会「原生林」の成立や雰囲気が蘇ってきて、『青春の蹉跌』という当時はやった小説のテーマがほろ苦く浮かび上がってきた。

兜太が「原(ウル)」ということを草田男との関連で述べているのも、人はその根源にすでに詠うものを持っているということにつながると思う。草田男は西欧文学を学び、自己の外側に存在するキリスト教的絶対唯一神を認めながらも最後まで帰依することに逡巡した。むしろキリスト教的神の世界を、自己の内面に追求したために、いわば、神の存在を認めない大乗仏教的な世界を意識せずに追求しているかのようであり、大きな苦悩を背負うことになったのではないかと感じた。それに対して楸邨は、自己の内面にひたすら真実を追求し続けた俳人であったということで、いわば小乗仏教的な作家であったのだと感じた。その両方を師と仰いだ兜太の慧眼に脱帽し、それを統合したのが兜太の述べる日本語の根本の土臭い韻律の世界であるのだろう。

七十九歳の証言時、生涯の代表句として迷うことなく「水脈の果炎天の墓碑を置きて去る」を挙げている。

造型俳句論について、私は一対一でインタビューをさせていただき、その中核的考え方の「創る自分」について、角川ソフィア文庫『金子兜太の俳句入門』にて少し述べた。つまり、造型的態度で作句という詩的活動を行ってゆくと、自己の内面にアバターのようなものが形成される。そこにどんどんイメージを打ち込むことにより、理解するとか、表現するとかというレベルを超えて、深層意識や脳を中心とした、六塵と言われる人間の認識システムの高度機能がそれを坩堝のように溶かしてゆく。その機能が、俳句という短詩型表現の映像伝達に画期的な役割を果たす。このことは内面の具象とは何か、俳句という短詩型の真の力とは何かを考える上で、原点のようなものであると感じている。

五人目の成田千空は、津軽の俳句の文化文政以来の伝統の上に、俳句の文芸復興を実現した作家である。中央俳壇を憧れ学ぶという態度を打破し、中村草田男の「萬緑」俳句を青森にもたらし、俳句の東京一極集中に風穴をあけ、多くの角川俳句賞受賞者を青森から輩出させたバイタリティーと、俳句の本質を常に考え続ける態度に感銘を受けた。現在と違って、青森に本拠を置きながら、全国的な俳句活動を展開することは極めて困難な時代であった。

「五十年、六十年とその道でやってきている人はそれぞれの世界を持っているんです」「文学というのは文学者だけのものじゃないんだということでね。すべてのものに文学の世界をもっていますから。あとは自分の言葉でどう表現するかということだけです」が胸に響く。「八雲立ちとどろきわたる佞武多かな」は雪国に生きる命の爆発が集約されている。

六人目は古舘曹人。曹人は青邨の側近中の側近で、有馬朗人が荒ぶる直参旗本とするならば、御老中という感じであったが、私がお会いした頃はまだ五十そこそこの若さだったのだ。氏は斜陽となった石炭産業を、太平洋興発という不動産会社に立て直した経営者であった。大企業の副社長をされていたが真っ直ぐなエリートではなく、大変な紆余曲折を経て当時の地位についておられたのだと知った。決断と実行の方で、学生に対しては優しく頼りがいのある先輩だった。経営に関する講演を行うため様々な情報を分野別にカードにしておられたが、俳句も同様にその論点を多くのカードにして活用することを教えていただいた記憶がある。

角川源義に魅せられて、俳句文学館建設に関して経営のわかる俳人として俳人協会を支えた。「私の俳壇とのつきあいは角川さんから始まっているような気がするんだ。角川さんとの出会いから。すでに私のほうは会社は捨ててきているから、俳句だけになっていっている。そして青邨とはすでに俳句について具体的に話すこともなく、互いに違う道を歩いている、作句の上でね。むしろ虚子のあとを追おう、伝統を追おうとしているものだから、先生とは合わなくて、師弟としてのつきあいだけはしているけれど俳句は別で、そういうことで「塔の会」に入ってから結社外の俳人たちとのつきあいが始まって、私の『砂の音』を作っていくんです」と、青邨を尊敬しつつも、それに甘えない毅然とした発言が衝撃的である。

そのような思いがあればこそ「夏草」の終わらせ方にしても合理性と師への情を兼ね備えた見事な舵取りをされたのだ。「畳から柱の立ちし大暑かな」には、実景を超えた命が滲み出る。晩年、一人娘と妻を相次いで亡くし、七四歳で句作の筆を折った後は、自らのルーツにつながる小説執筆に没頭された。

紙面が尽き後半に及ぶことができないが、十三名の証言は「俳句とは何か」という問いに対する福音のようである。

俳句・えにし

寺井 谷子
一九四四年生・俳人

改めて書架に手を伸ばしながら、「もう二十年も…」という言葉と共に、不思議な感覚の中を漂う。

折々に手を伸ばし、披いては小さな箇所に気付いて資料を探してみたりする。その度に「証言者」の方々の声を聞き、対話して来たからであろう。

演劇学を専攻していた学生時代から、「声」や「科白」に重心が掛る形式に興味があった。例えばギリシャ悲劇や科白劇と言われる真山青果の戯曲や、木下順二の「子午線の祀り」や、「一人芝居」。「語り」による伝達手法とでも言えようか。必然的に「声」の質と強弱とイントネーションとに拘る。私は、まるで一人芝居や科白劇を堪能するように、『証言・昭和の俳句』の「証言者」の声を読み進んできた。

『証言・昭和の俳句』は、「きき手」の黒田杏子氏が、大いなる敬意を以て静かな声音で最小限の紹介をする。後は「証言者」の伸びやかな「一人語り」。

この形式の選択が気に掛かっていた。何かの折、芝居の話になって、上京後ひたすら歌舞伎、文楽、劇団「民芸」等の公演に通っていたという話から、杏子氏が劇団「民芸」の演出部の試験を受けて合格されたが断念されたということをお聞きした。十三人の活き活きとした「一人舞台」を廻すこと、「演出」というものの力。そこへの深い理解。「きき手」の覚悟とエネルギーが支える舞台である。

そう言えば、十三名の方々の内、八名の先達の声を直に耳にしてきたのだと、改めて思う。

実際に可愛がって頂いた先達の中でも、ご縁の深いのは父横山白虹の関係から新興俳句系の方が多い。母の房子と「女性俳句」でご一緒し、女学生同志のように手をつなぎ合っていた桂信子先生と、若き日、白虹主宰の「自鳴鐘」に短い間投句していたという鈴木六林男先生は、まるで伯母上と叔父様のようであった。

白虹が現代俳句協会会長となった後だったろうか、会議で上京した夜、ホテルから「今、六林男が、谷ちゃんを『花曜』に入れろ、と言ってる。本人の気持ち次第。自分の口から誘え、と言ったらグズグズ言うから電話した。替わるよ」と電話があった。「学ばせて戴きます」と入れて戴いた。選を受ける会員と思っていたら同人の席であった。子育てや家事で気忙しくなり、作品送付が間遠くなった時、お会いしてお詫びした。返事は「なるべく文章は書いてナ」という優し過ぎる言葉であった。周辺には「白虹さんから頼まれて預かっている」と話されていたらしい。

六林男先生とは今でも、端午が近づく頃、燕子花が咲く頃、十二月の御命日近くになる日々、胸中の対話を交わす。

五月の夜未来ある身の髪匂う　　六林男

「五月の夜」の短冊は、大阪での会の折に頂いた。何の句がいいか、と聞かれ、丁度息子二人に恵まれた後だったかで、私の頭には「端午と嬰児」のイメージが鮮烈、この句をお願いした。第二句集『谷間の旗』の一句で、その頃私はまだ十一歳。句集には「ある夜、香西照雄、沢木欣一を迎えて金子兜太、原霧子らと彷徨して　五句」との前書きがあったが、それに気付いたのは、短冊を飾る前にと句集を読み進めていた翌年の四月。一人で赤面した。

鈴木六林男三十五歳。「未来ある身」の五文字の重さ。翻って、戦争が破壊したものの深さと無慚さに心を抉られる思いがする。

この頃、「赤紙見たことあるか」と聞かれた。「ございません」とお返事すると、「戦争終盤の『赤紙』はピンク色だったぞ」と言われる。「どうしてか解るか。紙を染める染料が無くなって薄められるだけ薄めたからノー。今度見せてやろう」と言われた。実現しなかったので、今も時折哀しいピンク色の赤紙を想像する。

「花曜」に参加したことで、関西の方々と近しくなった。

受けとめし汝と死期を異にする　　紀音夫

現代俳句協会関西の集まりだったか、学生時代からひそかな熱烈ファンであった林田紀音夫先生が「谷子さん、宇多さんをもうご存じ？」と聞いてくださり、『草苑』の編集しておられる？　ご挨拶未だなんです」と申し上げるとお引き合わせ下さった。以後、信子先生と母の親世代と、宇多さんと私の娘世代でのお付き合いが続いた。敬愛の林田紀音夫氏のご紹介、ご配慮での縁であることが何よりの宝である。その後、宇多喜代子さんが現代俳句協会賞を受賞した時、白虹は「草城くんのところの信子さん、その信子さんのところの宇多さんか。嬉しいね」と言い、その後「受賞作に無季が何句かあったね」と嬉しそうに笑ったそうである。新興俳句作家同志の濃い繋がり、裔を見守る姿勢を垣間見た思いであった。

一九九五（平成七）年阪神・淡路大震災の折、かけ続けた電話に最初に繋がったのが紀音夫先生のお宅であった。電話口のお嬢様が「父が電話に出ると申しております」と言われた。紀音夫先生の細いけれど確りとした「有難う」に、「お大切に」を繰り返しつつ涙を拭った。

北九州市が主催する「自分史文学賞」というのがあった。全国から作品が寄せられる中、その第十九回（平成二十年）

の大賞は、千葉県在住の大西功氏の『ドックの落日』。大阪の造船所で作者と出会った外注先の課長林田氏が、後年、無季俳句の代表的俳人であることが解るというものであった。静かで寡黙な一市井人としての紀音夫氏の姿が描かれていた。何かしら繫がっていくことに、不思議な思いがした。

「花曜」では六月に総会を行い、翌日はバス－ハイク等が計画された。ある年、青々とした青田の道を走っている時、前列に座られていたゲストの小川国夫先生（六林男先生は小川先生が大好きであった）に、隣席の女性が「田仕事」の大変さを綿々と訴え始めた。聞くともなく聞いていると、畦塗りの重労働を訴えている。小川先生が「畦塗りは大切だそうですからね」と慰めるように呟かれた。私はふいに「畦塗り」を「定型」に重ねた。「一つの枠、その中での多彩な変化」。バスを降りた後、小川先生に深くお辞儀をした。

六林男先生は「学ぶ人」である。素晴らしい人と惚れ込んだら、弟子達に引き合わせ、そこから一人でもが何かを吸収することを願う人でもあった。

天上も淋しからんに燕子花　　六林男

「こういうカッコいい句は、幾つでも簡単に書けるぞ」と先生は宣われた。「書いてください！　沢山読みたい！」と返したら、「イヤな奴だな」と苦笑されたが、このような切々たる抒情を胸深くに抱えた詩人であった。

短夜を書きつづけ今どこにいる　　六林男

福岡県現代俳句協会大会の講師として博多に見えたのであったか。当日は夕方まで時間が取れず、懇親会のみに駆けつけた。いささかお疲れのご様子で一人ずつに聞いては揮毫中。この集りは先生の染筆短冊が皆の楽しみにしているところだけに、止めさせる訳にもいかぬ。座の興を乱すのは一番嫌われる。案じながら見ていて、気付くと私一人が残っている。「何書こうか」「出来れば『短夜を書きつづけ』を」と正座を固くしてお返事した。

鼻先迄ずらした眼鏡の上から、マジマジと此方を視られた。背を正して確りと受けとめた。「ウム」と頷き、短冊を立てて書いて下さった。

二〇〇四（平成十六）年十二月十二日逝去、享年八十五。

書くことを畏れつつしみ六林男の忌　　谷　子
歩兵たり12・12六林男の忌　　〃
天上の淋しき冬に居給うや　　〃
遺影あり冬の貌せし男と思う　　〃
書き続け書き続けよと冬の鵙　　〃

その四日後の十六日、桂信子先生が逝かれた。享年九十。

六林男・信子の忌日の冬の中に居る　　谷　子

何にしても、苦労の嵩が違う世代。「大人」の大きさとでも言うか。ところがこの「勝てない」という感覚を、鈴木六林男世代は、明治生まれの先輩達に対して抱いていたのではないかと思える。師西東三鬼への傾斜。死者・西東三鬼の名誉回復のための裁判、その勝利。三鬼の生地岡山県津山市は「西東三鬼賞」を主催するが、鈴木六林男を担ぎ、市の代表的行事としたのは、津山市に住む三鬼の弟子白石不舎という「大人」である。三鬼という存在の魅力を基に、六林男、不舎にしても、三橋敏雄にしても、その存在を大切に抱え込む。関係性の分厚さとでも言えようか。

バタアン半島の戦闘での銃弾の破片十数個を亡くなるまで身に蔵した男。誠に直截でありながら深慮、含羞深くありながら人間の極限を覗いてきた深い傷を持ち続ける。

その人の前ではどこか強烈な緊張感を求められる。しかし、そこに身を置き、向き合えたという実感を少しでも得られれば、相逢う充実感は格別のものがあった。

三橋敏雄氏には、不思議な縁を結んで戴いた。一九九九（平成十一）年、朝日新聞東京本社記者の福島申二氏から電話があり、NHK衛星放送か教育放送で放送された戦後五十周年特集番組「戦時下の俳句」で流れた昭和十二年の作品の中の

　未亡人泣かぬと記者よまた書くか　佐々木　巽

を調べたくて三橋敏雄さんに行き着いてお話ししたら「そういうことなら寺井さんに聞けば分かるんじゃないか」と言われたとのこと。当方の連れ合いも新聞社の編集局整理部。この句を後輩達に折々教えるという。「記者」には刺さる一句である。

佐々木巽は元海軍軍医で吉岡禅寺洞の「天の川」で白虹達より先輩の俳人。当時は艦を降りて医院を開業。官憲に睨まれていた句と作者であった。福島氏の都合に合わせ、先ずは福岡県立図書館の「禅寺洞文庫」にある佐々木巽句集『盆地』の現物をと、新幹線小倉駅で挨拶を交わした後、博多へ。図書館司書に取材の助力を頼んで、私は講座の俳句教室へ廻った。福島氏は更に取材を深め不思議な結びつきを報告して下さった。巽が医院を開業していたのは下関市吉田町。此処は高杉晋作の墓所東行庵（祖父横山健堂顕彰碑と白虹・房子夫婦句碑が庵の庭に建っている）で有名である。しばしば伺うこの町に、巽の医院があったことに驚き、先代谷玉仙庵主様ご存命なら、佐々木医院のこともご存じだったかも知れぬ、と残念であった。福島氏は「桜花論」という特集記事を連載。その後「天声人語」を長く書き続けられた。

「五七五」という誠に短い一句が人を刺し貫く。それを生み出す俳人の一人一人の思い。「証言」は熱さを持って何時までも語り継がれる。

『証言・昭和の俳句』を読んで

中野 利子
一九三八年生・エッセイスト

俳句を知らない人生というのは、もうちょっと想像がつかない。自分で作句するわけではないのに。

五月、燕がするどい飛翔をみせると〈つばめつばめ泥の好きなるつばめかな〉(細見綾子)が浮かんでくるし、盛夏、竹林のそばを歩くと、〈人は死に竹は皮脱ぐまひるかな〉(大峯あきら)が…。親しい友との死別を悲しんでいる友人がいると〈手をあげて此世の友は来たりけり〉(三橋敏雄)と知ったかぶりをしたくなる。日本語が好きなのだと思う。

黒田杏子編著『証言・昭和の俳句』上下(平成14＝2002年刊)を二十年ぶりに読み、倦むことなく、一気に再読できた。桂信子、金子兜太から三橋敏雄、成田千空などまで、十三人の俳人の体験の聞き書きが、読み物としての一人語りに巧みにまとめられている。

五七五の短詩型文芸に魅入られ、昭和という激動期(1926～1989)を俳人として生き通した十三人。彼らがそれぞれに、師や影響を受けた人物について語りだすと、言葉の達人による描写には言いようのない生気がやどる。津田清子が師、橋本多佳子を語るとき、また桂信子が日野草城を、金子兜太が加藤楸邨と中村草田男を、三橋敏雄が西東三鬼の存在感を、古舘曹人が山口青邨を、深見けん二が虚子を語るとき――。語り手が存分に自分を語るとき、他者がおのずと生きて浮かび、時代もあらわれる。ルポルタージュの王道だ。

次々に登場する俳人たちの人間くささ、熱量の高さ、人なつこさ。そこから生まれる互いの人間関係の濃密さを二十年前よりずっと痛感するのは、今の社会の気配と無意識にくらべているのだろう。今の若い俳人たちはこの濃さをうらやましく感じるのではないだろうか。

中学生のころから無意識の乱読で好きな句を懐にためてきた私にとって、その土俵を広く豊かにしてくれた2冊(?)の本がある。まず『折々のうた』(大岡信)。新聞連載開始から毎朝の切り抜きを重ね、ワープロを購入したての時にブラインドタッチの練習に写しとった。ふたつめがこの「証言」である。十三人の自選五十句と略年譜はコピーして綴じ、「昭和の俳句」と名づける小冊子になった。

インタビュー前夜には俳人と黒田杏子は同じ宿に泊まり、夕食をともにして当日を迎える、と「まえがき」にある。インタビューの受け手の緊張をほぐす思いやりだが、このような気配り、目配りは黒田杏子の真骨頂である。まとめたゲラを語り手本人がゆっくりチェック、反芻するゆとりもある。

語る、という行為の生産性の高さをしみじみと考えさせられた。せかされないたっぷりした時間のなかで、よき聞き手に向け、自分の思い出や想念を音（おと）として放ったあとに、語り手のなかに生まれてくる余韻、余白。その余白がまた、連想や、同じことに対するちがった見方、ねむっていた（忘れていた）新たな記憶などを生み出す。誰にでもできることではないし、誰とでもできるわけではない。

〈戦後の空へ青蔦死木の丈に充つ〉

昭和十三年生まれの私は、原子公平とは親子ほど年齢がちがうのに、それでもこの句にほのかな共感をおぼえる。中学生になり通ったのは、戦時の爆撃で一面の焼け野原になった東京都千代田区の一隅に、いちはやく校舎を再建した学校だった。四谷駅からの道すがら、日常が戻った普通の家々にまざり、ところにどころに焼け残ったままの土塀、コンクリート塀が目についた。時間があるときに、好奇心にまかせ塀に空いた穴をくぐってみると、中は荒れ果てた更地のまま。あるいはささやかな菜園があり、とりあえず手づくりで建てたらしい小屋（バラックという言葉があった）の傍に、洗濯物がはためいていたりする。幹だけ残し焼けただれたままの樹影もめずらしくなかった。敗戦から六年もたっているのに。

道路はちゃんと舗装され、中学生たちは朝夕さんざめいてその道を通る。ある時、その道中に生徒同士の口げんかがおこり、折よく（運悪く？）通りかかった大学出たての若い女教師に子どもらは顚末を訴えかける。その返答は今でも忘れない。「いやあねぇ、そんなどうでもいいこと‼　私はゆうべメニューインの演奏を聴いてうっとりした気分でいるのに！」。

メニューインはアメリカの名バイオリニスト。戦後やっと欧米の演奏家が来日して一流の演奏を聴けるようになった喜びと解放感を、彼女はのびのびとあらわしていた。

中学入学したての子ども同士の小さなもめごとより、この世にはもっと美しく大事なものがあるらしい、と私は啓示を受けた。バックには焼けてくすんだ塀の色がうかぶ。五、六人が立ち止まったあの場所は、今は日本テレビ番町社屋の敷地になっているはずだ。

空襲におびえ夜の防空壕に身をひそめるという子どもの頃のささやかな戦争体験があるのに、この本を読むまで、俳句という小さな文芸に国家からの弾圧があったとは知らなかった。日本が戦争に突き進む途上に治安維持法があり、小林多喜二が獄死した（昭和8年）という事実を知っていても、三十人以上もの俳人が逮捕され、なかには獄に長くとらえられた人もいたとは、思いも及ばなかった。句会にも特高が見張りにきていたとは――。元ホトトギスの編集者で句誌「土上」の発行者、嶋田青峰。昭和十五年の京大俳句事件につづく翌年に捕らえられ、獄中で喀血、自宅に戻されそのまま亡くなったという。その青峰を二十歳の若い兜太が訪れたおりの回想。糊缶のふたをコツッコツッと缶に打ちつけながらぼそぼそとなにかを語ったという。せめてもう一度つかのま、ここに青峰は生きる。スローガン的な告発より、時代の陰湿さ、怖さがよく伝わる。「俳壇の空気がガラッと」変わってしまったとき、三橋敏雄は古典俳句の勉強をよりどころにしたという。三鬼を特高のスパイとした小説の出版元などを裁判に訴え、四年かけて三鬼の名誉回復を実現した鈴木六林男。そんな俳人もいたのだ。

二十年前には、あの人もこの人も――。どのページを開いても万華鏡のような内容に夢中になった。が、今回は思うところあって、東北出身の俳人、成田千空と佐藤鬼房の語りをくりかえし読んだ。

戦争と結核――、生と死が紙一重の昭和前期。多くの若い命が男女を問わず生への望みに反して消えていった。

釜石生まれの鬼房は、十六歳で俳句を作りはじめる。六年の作句キャリアをへて中国各地を転々。台湾、ジャワ島を経て敗戦と同時に捕虜になり、敗戦の翌年に帰国した。青森市に生まれ育った千空は、肺結核にかかり昭和十六年、二十歳のときに東京の会社勤めを辞めて帰郷。すぐに俳句をはじめる。昭和二十年七月二十八日の夜も、仲間と句会をしていた…。

私は半年ほど前から、昭和二十年七月の日本の本土空襲を調べている。八月のヒロシマ・ナガサキの原爆被害、それに三月の東京大空襲のかげにかくれてあまり知られていないが、この七月は（8月15日の）戦争終結に向け、米軍による日本列島大空襲作戦が繰り広げられた。空襲は前年からすでに開始されているが、便宜上、この七月だけをとってみると、一日の熊本大空襲から始まり、徳島、宇都宮、仙台、盛岡、大垣、津などと、およそ50回の記録がある。一ヶ月は30日しかないのだから、同じ日に都市ふたつが空襲を受けている場合もあるわけだ。ここに被災都市の名すべてをあげていたら紙数が尽きてしまう。死者・負傷者数、家屋を失った被災者人口を調べると、実感をこえるおびただしい数字がならぶ。

これまでは個々人の体験としてバラバラに語られてきたが、列島全体が次々に火焔に襲われたこの一ヶ月を総体として、立体的に認識する必要があると私は思っている。七月十日、仙台では私の祖父母と次兄が被災しているし、瀬戸内寂聴の母上が壕の中で焼死されたのはこの月の四日である。

当然ながら、十三人の略年譜の中から空襲被災の項目を私は無意識にさがす。千空の語りの本文に、「…青森空襲の夜まで句会をやっていました。青森空襲で私は戦争の地獄を見てしまいました」と淡々と書かれている。新型の焼夷弾が使用され、一夜のうちに死者約1800人、市街地の80パーセントが灰になり、東北地方最大の被害があった青森空襲は研究史で有名である。

桂信子はクリスマスツリーのようにパチパチと燃えさかる自宅からかろうじて句稿だけを持ち出した。富山県生まれの古沢太穂は年譜に「横浜大空襲により（経営する）工場罹災」と記す。

俳句にまつわる語りがくりひろげられている本を閉じると、前よりいっそう俳句に魅かれる自分がいる。五七五という制約のきつい形式の表現に身をけずって精進してきたすべての俳人たちにあらためて尊敬の念をおぼえた。

10メートルをこえる大津波が、明治二十九年（1896年）に三陸海岸を襲ったことも人間は忘れる。忘れることができる。人間は忘れたい生き物なのだ。実作者ではない私にまで多くの刺激と養分を与えるこの本が広く読みつがれ、語りが語りを呼ぶあたらしい聞き書きが、将来うまれますように。

未来への選択

夏井 いつき
一九五七年生・俳句集団「いつき組」組長

分厚いゲラの束を読み終わった。溜息しかない。

これだけの証言を聴き続けるための準備を思うだけで溜息がでる。どれだけの資料を読んで、取材に臨んだのか。どのような呼吸で、どんな眼差しで、これだけの赤裸々な証言を引き出したのか。話し言葉を文章として整えるのは難しい。技術がいる。それらを整えた上で、証言者からの赤もかなり入って、戻ってきたと聞く。証言者の存在を生々しく記録しつつ、聞き手の言葉を消し去る。それでいてここまで聞き手の存在を感じさせるインタビューは希有だ。

『藍生』創刊を待たず、勝手に師と仰ぎ三十年が過ぎた。弟子の一人として黒田杏子が次々に思い付く企画やアイデアを眺め、恩恵を受け続けてきたが、この仕事ほど圧倒的なものはない。感嘆しかない。

そして、もう一つ別な溜息もでる。

かつて角川選書『証言・昭和の俳句』が出版された時、上下巻二冊を拝読し、こりゃスゴい！　と驚嘆しつつ読んだはずなのに、あの時の私は一体なにを読んでいたのか。情けない驚きを、噛み締める。ぼんやりと理解したつもりでいた昭和の俳壇史を、今、我が眼球にグリグリ押し込まれているかのような、恐ろしさに戦く。

仁平勝さんが、『藍生』第１４８号（平成十五年一月）の『証言・昭和の俳句』特集で、「俳句が夢を支えた時代」を寄稿されている。

「（略）やはり昭和というのは特殊な時代だったのではないかと思うようになった。まだまだ貧困があり、国民を挙げての戦争があり、死病としての結核があり、左翼イデオロギーの隆盛があった。思いつくまま昭和の特徴を挙げてみても、そういう時代に青春を迎え、さらには結婚し子供を育てるといった生活の風景は、平成の時代とは決定的に違うものだ。そしてさらに、そこで俳句の果たした役割というのも、平成以降に同じように繰り返されるとは思えない。」

繰り返されるとは思わなかったことが、令和の今、世界のあちらこちらで蠢き、あからさまな懸念となっている。貧困、戦争、コロナ禍は勿論のこと、香港やミャンマーなどで起こっている惨状は、全く他人事ではない。

「あの当時は思想犯で引っ掛かると懲役二年執行猶予三年、それはもう決まっていたんです。」（第2章鈴木六林男）

「監視されてたんでしょうけれど、別に悪いことをしていると思っていないので、事件になるなんて考えていなかったところ、『京大俳句』の事件が起きたので、みんなびっくりしたわけです。そして、引っ掛かるとすれば治安維持法違反しかないということがだんだんわかってきた。治安維持法違反は最高が死刑で、ものすごく怖い法律です。」（第13章三橋敏雄）

あやまちはくりかへします秋の暮　三橋敏雄

時代は繰り返されるというが、十三人の証言には未来への示唆が含まれている。それをしっかりと受け取らねばならぬと、慄然たる思いにとらわれる。

大正二年から十一年の間に生まれた証言者たちの発言は、それぞれの立場でそれぞれが受け止めたそれぞれの真実だ。一つの出来事に対する、多角的な記憶なのだ。十三章読み通したものの、個々の情報が整理されないまま、私の脳内でごった返している。話の断片が飛び交っているばかりだ。

話が飛んで恐縮だが、私は世界史が苦手だった。国ごとの歴史を一生懸命覚えても、時代がこんがらがってしまう。例えば、万葉集の時代にフランスでは何が起こっていたか、なんぞと問われてもお手上げなのだ。

が、この十三人の証言を自分なりにきちんと理解したいと思い、手書きの年表を作ってみることにした。コピー用紙を貼り合わせ、一センチを一年として目盛りを作り、十三人の年譜を書き込んでいく。生まれた時期も考慮しつつ、現代俳句協会系から俳人協会系、そしてホトトギス系へと、流れが分かりやすいように整理していった。

一番左端、縦軸に西暦と年号。一番上の横軸には証言者の名前。中村苑子、古沢太穂、桂信子、鈴木六林男、金子兜太、佐藤鬼房、津田清子、三橋敏雄、草間時彦、沢木欣一、成田千空、古舘曹人、深見けん二、の順に記入していく。

コピー用紙を縦に四枚、横に五枚貼り合わせた年表。昭和十年代から二十年代に記述がかたまっている。俳句と出会い、師や仲間を求め、句座に参加し、俳句に食らいついていく時期。戦争が始まり、翻弄され、検挙され、召集され、憤りや恐怖に弄ばれる時期。時代の波の中で結婚し、夫を亡くし、働き、子どもを育て、生き抜く時期。さらに戦争が終わって、俳句という短詩型文学にエネルギーを注ぐ時期。議論と理解、分裂と集合を繰り返す混沌の時期。手書き年表のこのあたりには文字がぎっしりと詰まっている。

昭和三十年代は各々の主義主張が定まり、俳句界のすみ分けが進んでいく時期だ。三十六年の現代俳句協会と俳人協会の分裂劇が、それに拍車をかける。証言者たちが師と仰いできた俳人たちの死もこの時期から始まる。三十四年に高浜虚子、三十七年に西東三鬼、三十八年に橋本多佳子が帰らぬ人となっている。

昭和四十年代以降は、実りの時だ。それぞれが主宰誌をもったり、俳壇の要職についたり、句集を幾つも上梓したり。生活も人生も落ち着いてくる。それに反比例するように、手書き年表の記述は減ってくる。余白が広がる。この白は、充実か、充足か、停滞か、撤退か。

平成九年三月、中村苑子は「花隠れの会」を開催し、俳壇からの引退を表明。それに先立つ平成六年に古舘曹人は「木曜会」を退会し、俳句の筆を折ることを宣言する。

平成十年代に入ると、証言者自身の死去が相次ぐ。平成十二年に古沢太穂、翌年に中村苑子、沢木欣一、三橋敏雄と続き、十三人のうち九人が亡くなる。

さらに、平成三十年二月金子兜太の死は、私たちの記憶にも新しい。手書きの年表に死去の年月日を書き込んでいくと、今更ながら鳥肌の立つ思いがする。『証言・昭和の俳句』は平成十四年の刊行だ。この仕事を始めるタイミングがあと数年遅れていたら、ここに記されている貴重な証言は全て、個々の思い出として埋もれてしまっていたのだ。

そんな思いで、完成した手書き年表をもう一度しみじみと眺める。現代俳句協会が分裂し俳人協会が生まれるあたり。それぞれの人生を縦軸に、人と人の関わりを横軸に、ゆっくりと見直していく。古舘曹人と深見けん二は東大ホトトギス会で繋がっていたのだななどと指でたどりつつ、ふと右端の縦長いスペースに目がいった。十三人分の人生を書き込んだ後の余った紙面だ。

その時、この手書き年表の横軸は、前衛から伝統へのグラデーションでもあることを思い出した。……となれば、この大きな余白は、まさに虚子か！ と息をのんでしまった。

虚子という河から、分流として水原秋桜子や山口誓子の川ができ、加藤楸邨、石川波郷、中村草田男、橋本多佳子、西東三鬼らの波が生まれ、さらに今回の証言者十三人の若い波が動き出す。それらは時に滾り、時にぶつかり合いながら、さらなる分流として俳句の大地を潤してきたのだ。

この右端の余白は、虚子という大河の形かもしれない。ゆったりと流れる大河は、時に停滞していると見えることもあるだろう。昭和三十四年に亡くなった後も、虚子の大河をまだ誰も泳ぎ切れてないのかもしれない、とも思った。

私は、四国松山に暮している。

物理的距離という理由もありはするが、俗にいう俳壇そのものとは距離を置く形で活動を続けてきた。そんな私でも、十三人の証言者のうち数人の方々とは、言葉を交わしたり、一方的に遠くからミーハー心で眺めたことはある。

特に兜太先生は、お会いする度に「夏井くん、アンタよくやっとるな」と励まして下さった。高校生たちが「ナマ兜太だ！」と騒ぐのを楽しげに受け止めて下さった。俳句甲子園の審査員として松山にも来て下さった。正直なところ、今も、兜太先生が亡くなったとは思ってない。ずっと変わらぬままそこにいる。私にとって金子兜太はそんな存在なのだ。

桂信子さんには、第八回俳壇賞を頂いた授賞パーティーの席でお目にかかった。臙脂のベルベットのワンピースと共布のお帽子。小さくてお洒落なおばあさまだなと思った。「あなた、立派なご挨拶でしたよ。杏子さんがほんとうに嬉しそうで」と声をかけて下さったのが忘れられない。

第1章桂信子の証言の中に、「いまの俳壇がもっと縮小して、ハイクというものと本当の俳句と分かれたらいい」という箇所がある。伊藤園「お～いお茶」、黛まどか主宰誌「月刊ヘップバーン」を名指しし、「そういうのとこっちの俳句と一緒にされると困る。いちおう私たちは本当の俳句を守っていかねばいけない。次の世代へしっかりと渡さないといけない」と述べておられる。もし、桂さんが生きておられたら、私たち俳句集団「いつき組」の活動＝俳句の種蒔き運動も、同じ範疇に分類されていたのだろうな、とも思う。

が、その一方で、石田修大さん（石田波郷ご子息）は、「『証言・昭和の俳句』を読む」でこんな意見を述べておられる。

「現代の俳句、俳壇に対して『証言・昭和の俳句』の中でも、何人かが憂慮を抱いている。あいにく、解決策は述べていないようだが。俳句が駄目になろうが、なくなってしまおうが、門外漢としてはあずかり知らぬ。（中略）そうは思いながら、どうして未だ句作をしていない若い人たちに俳句の面白さを知らせる努力をしないのかと、不思議で仕方がない。退屈な句集だけを形見代わりに上梓して、あとは知らぬというのは、あまりに不親切ではありませんか。」（『藍生』第１４８号・平成十五年一月）

黒田杏子は、『証言・昭和の俳句』のあとがきでこう語りかける。「ここに収められた言葉は『未来への予言』、やさしい語り口で述べられた未来へのメッセージです。二十世紀の末に俳人によって語られたかけがえのない予言集が地球上の多くの人々と出会うことを希っております。」

ずっしりと重い宿題だ。が、十三人の証言を読み通し、改めて己の初志に揺らぎがないことにも気づく。

私は生涯、俳壇というものに背中を向け、外の広大な大地に、俳句の種を蒔き続ける。誰かがやらねばならぬことが、私にできることであれば喜んでそれをやる。

俳句を使って、子どもたちの言葉と心を育てる。日本語って面白い！と実感させる。大人たちには、俳句が己の心を支える人生の杖となり得ることを伝える。俳句は自分のために作るものなのだよ、と励ます。俳句を通して、生涯学ぶことの楽しさを広める。

虚子のような大河にはなれぬが、小さな芽に水をやることはできる。それを喜びとして生きることもできる。目の届く限りの荒地が、緑の大地となる日が来るかもしれぬ。いつかそこにも「本当の俳句」が花開くかもしれない。それこそが美しく健全な未来ではないのか。私はそんな未来を選ぶ。

少年と老人の文学 ——三橋敏雄について

仁平 勝
一九四九年生・「件」同人

『証言・昭和の俳句』に登場する俳人のなかで、もっとも謦咳に接する機会に恵まれたのは三橋敏雄氏である。なのでここでは、本書の「証言」に触れながら、私なりの三橋敏雄像を述べてみたい。

まずは個人的な思い出から。あるとき私と大井恒行が国立の「ロージナ」という喫茶店にいたら、そこに三橋さんが高屋窓秋さんと一緒に入ってきた（三橋さんがまだ八王子に住んでいるころで、高屋さんは国立に住んでいた）。私たちは立ち上がって挨拶し、三橋さんも軽く会釈されて奥のほうの席に着いたが、やがて三橋さんたちが先に店を出て行った。するとしばらくして三橋さんから「ロージナ」に電話があり、私たちは近くの居酒屋に呼ばれたのである。

三橋さんはその頃、朝日文庫の「現代俳句の世界」全巻の解説を書いていて、その打ち合わせで高屋さんと会っていたそうだ（第十六巻が『富澤赤黄男・高屋窓秋・渡邉白泉集』である）。それで打ち合わせが終わったあと、一杯飲んで帰りたかったのだが、高屋さんは酒を飲まないので、私たちがその相手に選ばれたというわけだ。こちらとしては思いがけなくも、ご馳走になりながらゆっくり三橋さんと話ができる幸運に恵まれたのである。

もうずいぶん昔のことだが、そこで話した内容を二つほど覚えている。一つは自慢話になるが、私はすこし前に「俳句研究」で、そのころ発表された〈戦争と疊の上の団扇かな〉の句を採り上げ、「疊の上の団扇」という日常の風景にリアルな「戦争」の像がある、といった評を書いていた（初めて総合誌に書いた文章である）。それを三橋さんが、「あの句を正しく読んでもらえた」と褒めてくれたのである。

もう一つは、三橋さんが私たちにいろいろ俳句の話をしながら、「俳句は少年と老人の文学だよ」と言ったことだ。私も大井恒行も三十代の半ばだったから、「じゃあ、我々はどうしたらいいんですか？」とツッコミを入れたように記憶しているが、この言葉は強く印象に残った。そこに氏一流のデフォルメがあるが、それは普遍的な俳句論というより、三橋敏雄の俳句観そのものと考えていい。「少年」とは、俳句を始めた十代の熱き思いであり、「老人」とは、すなわち現在の自身の俳句に対する自負にほかならない（三橋さんはそのとき六十代の前半だったと思う）。私はその後、ずっとこの言葉を念頭に置いて三橋敏雄の俳句を読んできた。

本書では、まさに三橋敏雄の「少年と老人の文学」が語られている。ちなみに「少年」と「老人」の間には、およそ七、八年に及ぶ「休俳」（三橋さん自身がそう呼んでいた）の期間が入っている。そして昭和四十一年、四十代半ばでようやく第一句集『まぼろしの鱶』を上梓するが、それを「内容はあまり自分で納得できない、どうも満足できないというところから心を入れ替え、第二の出発が始まるわけです」（本書四二四頁）と語っている。

「第二の出発」とは、「少年の文学」に別れを告げて「老人の文学」に向かうことだ。「少年」と「老人」の間には、俳句という「文学」の場所がないからである。つまり、第二句集『眞神』（昭和四十八年刊）以降の作品は、すでに「老人の文学」に向かっている。そして私は、とりわけその作品に魅了されてきた。盟友ともいうべき高柳重信は、「俳句研究」の昭和五十二年十一月号で「三橋敏雄」の特集を組み、その編集後記で次のように書いている。

……三橋敏雄は、昭和十年代の俳壇と四十年代の俳壇と、まさに二度にわたって、きわめて出色の新人として登場したことになる。（中略）その昔、三橋敏雄が渡辺白泉と西東三鬼を師と仰いだことは周知のことであり、当然その影響も大きかったというべきであろうが、しかし、いまの彼は、いちばん三橋敏雄その人に肖ているようである。それは、伝統とか前衛とかいう単純な色分けの通用しない世界であり、もっとも典型的な俳句の一様式を見せているのである。

「昭和十年代の俳壇」では、〈射ち來る彈道見えずとも低し〉に始まる一連の戦争俳句が山口誓子に激賞された。すなわち「少年の文学」の時代である。それに対して高柳重信は、「いまの彼」が「いちばん三橋敏雄その人に肖ている」という。「いま」とは『眞神』以降であり、そこには「老人の文学」がある。そしてそれを、「伝統とか前衛とかいう単純な色分けの通用しない世界」と呼んでみせた。では、その「世界」はどのように創られたのか。思うにそれは、新興俳句弾圧の時期に選択された古典俳句研究の成果にほかならない。

本書の「証言」では、「白泉らとの勉強句会」として語られているが、興味深いのはそこで、「弾圧事件がなくても新興俳句の命脈はそれほど長くなかったんじゃないか」（四一三頁）と述べていることだ。三橋敏雄が新興俳句をこのように評価していることは、きわめて大事だと思う。そのあとをもうすこし引用してみよう。

やっぱり新興俳句の実作を眺めると、どこか幼いんだなあ。（中略）ちょっとしたセンスがあって、やると、それはそれでまとまるんです。だけど、その作者が六十になり七十になって、しみじみ見直して思うとなると、読むに堪えなくなる。そういう具合に見えてくるようになる境目がおもしろいと思う。

ここで「境目」というのは、すなわち「老人の文学」の入口と考えていいだろう。ただし、「老人の文学」とは「少年の文学」の否定ではない。このくだりは次のように続く。

言い換えると、そういう若いキザなチャラチャラした句が最初になければだめですね。そして、どのあたりからか、体験して初めて大人が読むに堪える句に到達する。

引用であまり紙数を使いたくないので、あとは直接その箇所を読んでほしいが、「若いキザなチャラチャラした句が最初になければだめ」と断言するところに、高柳重信のいう「伝統とか前衛とかいう単純な色分けの通用しない世界」の真髄があるといっていい。

ところで西東三鬼は、三橋敏雄の古典俳句研究をまるで評価していない。「俳句研究」の昭和三十五年十二月号に、西東三鬼と三橋敏雄の師弟対談というのが掲載されているが、そこで西東三鬼は次のように発言している。

ほかの人はたいてい伝統俳句からだんだん新興俳句に移った人であったのに、三橋君と私とが新興俳句はえ抜きの俳人であったわけです。ところが、二、三年ののちに、どうしているかと思っていたその連中が全く古典俳句になってしまっていた。そして、古典俳句の勉強ということが、自分が携わった新しい俳句の世界に対する教養の問題でなくなって、もうすでに実作者になっていたということ。それは僕をひどく驚かせた。

三鬼の発言はさらに、「ミイラとりが、ミイラになった」「反動的というにはあまりに異様な現象である」「腹を立てたと同時に失望落胆した」というふうに続く。すなわち全面否定である。この食い違いは、私にはきわめて興味深い。そして、ここであらためて確認しておきたいのは、西東三鬼と三橋敏雄とは世間でいうところの師弟ではないということだ。本書の「証言」(四〇七頁)ではこう述べている。

私はいい句を作る三鬼という人物に親しんでいるのであって、教えてもらおうとは思ってないわけですよ。とにかく今までにないような面白い句を作る、そういう人物の側近にいるということ自体の充実感が素晴らしかった。それ以外になんで一緒にいたのかと言われるとわからない。

いってしまえば三橋敏雄の俳句は、終始一貫して自己流なのである。これはあらためて確認しておきたいことだ。いまの引用部と同じ頁で、「無季俳句にはよい先例が乏しいから、教えたり教わったりできない。それぞれ自分が編み出すというか手探りで作らなくちゃならない」と述べているが、これは私なりに読み替えれば、すなわち「俳句の師」はいないということになる。

というより、そもそも「俳句の師」を必要としていない。三鬼が山口誓子を擁立して「天狼」を興した際も、「天狼」に投句しろという三鬼の要請に応じなかった。その理由をいみじくも、「私は選を受けて作品を発表するという手段を前々からあまり好まないというところがありました。いい句は自分でわかるんだから、なにも選句してもらわなくたっていい」（本書四二〇頁）と述べている。

先に私は、古典俳句研究について「食い違い」という言葉を使ったが、「天狼」に関する二人の考え方も「食い違い」といえる。三橋敏雄にしてみれば、「私が三鬼の番頭になろうと思ったのに、その先生が誓子の番頭になっちゃった。それでおしまい」（本書四二一頁）ということになる。こういう気持ちも、三鬼にはいまひとつ通じなかったように思う。

では、三橋敏雄にとって、西東三鬼という「師」とはどういう存在だったのか。ここでまた大井恒行に登場してもらうが、彼の編集していた「俳句空間」の企画で、私が三橋さんにインタビューしたことがある（同誌一九九二年二月号「特集・西東三鬼のいる風景」）。そこで私が「俳壇のボスと言われた西東三鬼の弟子である三橋敏雄が、今どうも俳壇のボスになるのを避けている」というふうに、いささか意地悪な問いを向けると、三橋さんはその矛先をうまくかわして、自身が主宰誌を持たなかった理由を次のように述べている。

出遅れですよ。休俳もあったし、船に乗ってた。僕がその頃に一誌を興そうと思えばできたと思いますよ。他の雑誌だってみな薄っぺらだったし……。（中略）僕は少数派が好きで、大きく集めて人に教えることは……嫌いじゃない（笑）。けれども、なんとなく尻込みする気持ちがある。それと少数でも、何かをお互いに発見できるような、そういう可能性のある人と話し合いたいと思うんだな。

そうなると僕にとっては、第一に白泉であり、三鬼であって、また高柳重信がそういう相手だった。この人に読ませたいという気になる人ね。

渡辺白泉なり西東三鬼という「師」は、「この人に読ませたいという気になる人」だったのである。そしてそこに、高柳重信を加えている。私は「俳句評論」の句会に出たことがあるが、句会で正面の席には、重信の両隣に中村苑子と三橋敏雄がいて、その隣に高屋窓秋がいた。それを私は、まさに新興俳句の最後の風景として心に留めている。

肉声

星野 高士
一九五二年生・「玉藻」主宰

誰がこんなご時世が来ると思っていたであろうか。

この稿を書いている時は、日本に新型コロナ感染症が広がり、東京は勿論全国的に緊急事態宣言という物騒な時である。どういうことかと言うと人間は外出等は控えて家に居ろということと、飲食店は八時に閉店して酒は禁止というもので、私など毎日どこかで句会をしていて、その後外食という生活をしている者にとっては実に面白くない日々である。

電気を消して営業している店もあるそうであるが、そこまでしてその店に行く気はないので、買い物などをして凌いでいるのだ。

この時期が彼此一年以上も続いているのであり、いつになったらその前の日常を取り戻せるのかは誰もわからない。

俳句の世界も本来の座のしきたりもなかなか開催できずに日々が過ぎてゆく。

そしてこの「証言・昭和の俳句」に出演している十三名が居られる時には誰も考えなかったインターネットやスマートフォン等を駆使してズーム句会やオンライン、ユーチューブなどで何とかして違った座の時間を生み出して句会と言っていいかわからないが続いているのが現状。

しかし乍ら現俳壇は日本の高齢化にも伴いデジタルには程遠い人の方が多く、そう言った句会に参加することの出来ない方々もいる。

面白いもので各地の俳句大会や雑誌の投稿、新聞俳句等は投句数が増えているので日本の俳句の底力のみなぎるものをこの時代の人が発揮していると言ってもよいであろう。

何を書きたかったかということに戻るが、この十三名の方々の時には、感染症よりも大変な戦争という明日どうなるかわからないといった逼迫した毎日を暮していたと言う事。

そして何よりも凄いのはそんな背景の中でも俳句を中止する人は居ないどころか、充実期を迎えていたと言うことではないか。

それどころかこう言った困難な時代を俳句という短詩で発表しているところでもある。

この豪華な十三名は聞き手となった黒田杏子氏が流派、派閥を超えて厳選した方々。

正眼の構えと言ったところか、それぞれの方の証言を読んでいても頷ける内容である。

また皆さんの俳句に対する思いと変化して行く考え等は

大変に興味深かったし、私にとってはその背景の時代の考察も当然でてきて、それを引き出した名聞き役の杏子氏ならではの大手柄であったと思う。

私も俳句をやり出して五十年ぐらいになるので、この十三名の方々とお会いしたかお会いしていないかの差はあるもののどこかで同じ空気の中に居た筈でもあり、その時代やその人の時間に引き戻されたのであった。

とくに私がお会いした方は、草間時彦さん、金子兜太さん、沢木欣一さん、深見けん二さんと三橋敏雄さんの五名。

俳壇の祝宴などですれ違い様になった事はお会いしたと言うよりもお見かけしたという事なので記憶に定かではないので省かせていただいた。

お会いしていない方々もゆっくりとお会いしてお話しをお聞きしたかったのであるが、その中の鈴木六林男さんが虚子についての感想で「ホトトギスというのは家業でしょう。（略）一人の天才もほしいが、九十九人の凡人もほしいという運営の仕方。（略）ホトトギスは拘束しているようであって逆に自由だった」とお書きになっているのを見て正に言い得て妙。私も同じ思いなので、面白い一節であった。

お家芸も継続していけばよいと言うものでもないというのが私の信条ではあるが。

十三人の中にも虚子はかなり登場しているのが、楽しかったが、時代さえ合えば杏子氏に虚子にインタビューして欲しかったと思うのは私だけではあるまい。

しかしそれを見事にやってのけたのが、この十三人の中の只一人の現在も活躍中の深見けん二さん。

証言の中にも出てくる「玉藻」の研究座談会で虚子や立子を交えて的確な答えを引き出した名聞き役でもあった。

ときに深見さんは私も住んで居た鎌倉の笹目の家に熱心に訪問され、まだそれ程本格的に俳句をやっていなかった私にしてみればよくお見えになる方だと思っていたが、あれが研究座談会だったのだと今思うと頷けるのであった。

印象に残っているのは深見けん二さんと清崎敏郎さんで、立子もその日は嬉しそうにしていたのを思い出す。

その後けん二さんは立子の妹の上野章子の「春潮」にも連載していたと記憶するが、虚子忌とか何回か御一緒に句座を共にしたこともあり、けん二選に入ったりすると誇らし気になったのは三十代ぐらいであったかと思う。

あれ程虚子に心酔していた方もなかなか居られず貴重な証明の内容であった。

きっと今聞いても同じ考えではなかったかと思うくらいにブレのない方である。

またこの「証言・昭和の俳句」の発案者でもあり、名聞き役の黒田杏子氏には鈴木真砂女さんの銀座「卯波」の月曜会にお誘いいただきその後試験に合格したかの様に長い間出席させていただき有難い至福な時間を持たせてくれて感謝の極みである。

もっともこれは前から月曜会の会員であった母星野椿が許可を得て私を連れて行ってくれたからでもある。

伝え聞くと一回のみの出席で終わった方も居ると聞いて肝を冷やした。

その時のメンバーは、藤田湘子、三橋敏雄、有馬朗人、阿部完市、榎本好宏、鈴木栄子、後藤綾子、高橋睦郎、鈴木真砂女、黒田杏子はもちろん、星野椿、若手には大屋達治、中原道夫、小澤實さん方と私であった。

ゲストに深見けん二さんも居らしていた時もあり、毎回銀座の「卯波」の入口にあったお稲荷さんにお詣りしてから伺ったのを思い出す。

そしてこの十三名の中でも月曜会などを通して一番長く時間を共有できたのは三橋敏雄さん。

この会の名物は句会の後の合評会での湘子、敏雄の的確な評のやりとり。

そんな中で見た事がある様な句が出てくると三橋さんは「これは何年何月のホトトギスに載っているよ」と言った具合に記憶力の凄さだった。

そして何より粋を地で行った様な方が、こんなに親しくしていいのかと思うぐらいに親しくさせていただいた。

三橋さんは小田原からその為に出て来て、帰りは新幹線の最終で東京駅から出発。

椿と私はいつも御一緒に「卯波」から東京駅八重洲口まで歩いて改札から見えなくなる迄手を振って見送るのが恒例。

その帰り道にいろんな話が出て、楽しい帰り道であった。

私達は鎌倉なので二人で横須賀線、時折り高橋睦郎さんも一緒に帰った。

三橋さんから三鬼のことなども伺ったりも出来たし、語る時の思慮深い眼差しは忘れられない。

草間さんは逗子にお住まいだったのでよく立子を訪ねて来られ同席したことが懐かしい。

鎌倉の虚子庵の保存に尽力されたのには今でも頭が下がる。

結局、この虚子庵の玄関に虚子の句碑を建てていただき、そこに立子の左手書きで「虚子庵跡」と刻まれている。

こう言ったことも草間さんが企画を立てていただき、虚子と鎌倉の関係をよく理解していてくれたからこそのこと。

俳句文学館の建立にも尽くされ作家としてと別の事業家としての姿もこの証言を読み改めて思った次第。

沢木さんは「玉藻」の記念の祝賀会に来ていただいた。

その時のメインテーブルは沢木欣一、中村汀女、山本健吉、福田蓼汀、そして立子、椿と私であった。

今ならもっと色々と話せたが、何せまだ立子の付き人の様な役だったので何を話したかは覚えていないが、俳人協会会長としての御挨拶であった。

金子さんとはいろんなところでお会いしているが、一番良かったのは私共の記念館主催の鎌倉全国俳句大会に講演をしてもらえた事であった。

前日は件の会だったので車で行って途中で皆なに囲まれている金子さんを引き連れて私の車で鎌倉に前泊。

車の中での話しは虚子を理解したことにも及び、一人者の私を気遣うと言うか労ってもくれた。

当日は兜太人気で会場は三百人近く入り満員札止め。

いざ鎌倉という言葉があるが、そんなところであったか。

その後もいろんなところでご一緒できて、この証言のように少しづつ話を聞かせてくれた。

中村苑子さんは杏子さんの一言で記念館の庭に句碑を建てていただきその句碑と対面しているので会っているようなものだ。

この一書を通して言える事はいかに聞き手が大事かと言うこと。

私も十年間金沢のFMラジオのパーソナリティーをやり毎週ゲストを呼んで二十分ぐらいのトークをして、聞き役を務めたが、聞くよりも先に知識を持っていなければならない。

正にこの一冊も主役は黒田杏子氏。

十三人の深い話しと秘話を生みだせたのは読み手にとって大変に有難いことだ。

そして活字ではあるが私にも十三人の肉声が伝わって来たのもこの自粛の御時世に力を与えてくれたのだ。

そして十三人の俳句作品を改めてじっくり読み直してみることにしよう。

人間万華鏡

――戦後俳人を貫くもの

宮坂 静生
一九三七年生・「岳」主宰

桑原武夫の第二芸術論は俳人にはすこぶる評判が悪いが、同じ著者の『人間素描』（文藝春秋新社・昭和40年刊）は痛快な面白い本である。

『証言・昭和の俳句』も究極は、ここに選ばれた俳人の語る人間模様に惹きつけられる。

俳句は短いだけに極端ないい方をすると、1パーセントのことばが作り手の内面から掬い上げられ、俳句作品となり、日の目をみるが、99パーセントは隠される。その隠された99パーセントの内面の絡み合いを解きほぐし、語って貰う。聞き手の黒田杏子は当代きって、絡みをほぐす名人。懐へ飛び込み、琴線に触れながら真意を引き出す。が、あくまでも聞き手は黒子に徹し、俳人のひとり語りがここに13篇の見事な物語を紡ぎ出す結果になった。

俳句の究極は人と人との縁のようなところに落ち着く。ねばねば、でれでれ、名付ければ「人間万華鏡」。本書は昭和の戦後俳句を担った俳人のアラカルトであるが、そこには流石に、おのずから戦後俳句史の苦渋の課題が明らかにされる。それは端的にデモクラティック、反戦の一点に凝縮されよう。

本年は戦後76年経つ。今更戦後ではないといい、ましてや、戦争体験など夢物語の類に語られる中で、本書の再刊を勧めた者として改めて本文を精読した。良書は読めば読むほど、気付かなかったところに気付いてはっとする。反戦とは、人生の深淵を覗いた思いであった。

本書の登場人物13人。この中で、私は、中村苑子と成田千空を知らない。ところが、二人の語りに惹きつけられた。

中村苑子が第一句集『水妖詞館』を45年かけ、62歳で出すのも凄いが、句集名に秘めた思いがなお凄い。

初婚の夫、中日新聞記者中村孝が12年後、昭和19（1944）年に報道班員としてフィリッピンで戦死する。後に佐渡の両津の寺から骨壺を身近な東京に移そうと掘り起こしたら、壺の底に「薄い黄色い水が少し溜まっている」だけであった。寺の住職が言うには、人間は水に返って土に染み、無になる。これが輪廻だという。

そこで、はかなさを籠めて「水妖詞館」と付けた由。連合いの高柳重信が反対しても押し切って題名に拘ったという。骨壺云々は私にも同じような経験がある。

中村苑子自身がまさに「水妖詞館」のような妖精ではない

か。苑子の句が瞼に浮かぶ。句は人生の深淵を覗いた思いだ。

桃の木や童子童女が鈴生りに
春の日やあの世この世と馬車を駆り
翁かの桃の遊びをせむと言ふ　　苑子

成田千空は本名力。俳号は本名をもじり「千空」（空っぽ）だという。北津軽五所川原市に住んだ千空が、ねぶたが終わるとすぐ秋風が吹き、冬支度をしなければいけない。津軽では「雪国の宿命」をみんな生まれながらに背負い、風土を意識する。しかし、「風土というのは郷土色ではない、風土こそエスプリだ」というのが身に沁みて私には共感できる。太宰治や棟方志功の抜き差しならない人間表現がそこに生まれる。

成田千空は金子兜太に共感する。前衛は俳句を意識的に構築してしまうので存在感がない。が、兜太の実作は理論を超えた魂が入り呼吸が感じられる。生きた存在感、エスプリという風土がある。千空の語りは中村草田男の季題に拘る芸に触れながら、むしろ兜太の秩父の風土へ身を寄せているように聞こえる。

俳句の究極は人と人との縁を介して、どれだけ独自な俳句に存在感を俳句史の中に残すことができるか。当然そこには芸（伝統）と文学（革新）という面倒な課題があるが、ここでは本書から触発された私の俳句初学からの細やかな体験を書き添え、賛辞に換えたい。

私が松本の高等学校3年、18歳の時に、俳誌「若葉」へ藤岡筑邨に勧められ投句した。その年、昭和30（1955）年8月に富安風生に木曾寝覚の吟行会で遇った。諏訪の木村蕪城も一緒であったので、その3カ月後、11月に下諏訪町高浜の諏訪湖に迫り出した旅館で開かれた「夏草」250号中部大会の記念吟行会に呼ばれた。山口青邨に会わしてくれるという。「干柿の金殿玉楼といふべけれ」（青邨）の格調高い表現にも度肝を抜かれたが、その名乗りの音声の「せーそん」の立派さになお驚いた。

その吟行会で深見けん二の嘱目句に感銘した。

鴨流れゐるや湖流るるや　　けん二

湖が流れる。この捉え方に驚いた。私には、湖は固定して流れるという意識がなかった。初めて俳句の「芸」とはこういうことかと感心し、今でいう「流体感」、動いているものを摑む表現を学んだのである。以後、このけん二作品が表現のお手本であった。縁は不思議なもので、後に小諸高等学校に教師として赴任した私が『虚子の小諸』（花神社・平成7年刊）を出す上で、深見けん二には丸ビルの「ホトトギス」事務所におられた湯浅桃邑ともにお世話になった。

虚子の根っこに当たる、一番苦しんだ大正中期をよく見よ、「山国の蝶」の句は「追い詰められたなかでのまことの美を追求したもの」などの指摘、他に、虚子編『新歳時記』の「熱帯季題」の取り扱いなど季語への拘りとその自在な考え方を深見けん二の語りから教えられたのである。

本書で一番読み応えがあるのは私には金子兜太の項である。読み応えとは、兜太の一貫した言動が本書の奔流をなしている。そればかりではない。戦後の俳句史の骨格になる構想が兜太によって提示され、本書はその点でも戦後の俳句史形成に大いに寄与している。

兜太は、主計中尉に任官し、昭和19年、トラック島に赴任した。米軍捕虜となり昭和21（1946）年帰国。その折の〈水脈の果炎天の墓碑を置きて去る〉が生涯の代表作だといい切る。激烈な戦争体験を踏まえ、兜太の戦後の俳句活動が「反戦」に集中される。俳句が日本語表現の根っこの部分に当たるという自覚も草の根の非業の者を無惨にも殺させた戦場体験が実感として直結する。俳句＝反戦の飛躍こそ戦後の俳句史の明治以前、以後の俳句史とは格段に異なる特徴となった。金子兜太はその点で戦後の俳句史の典型である。

以下、兜太に関する私の細やかな資料発掘に触れたい。

私が兜太へ初めて俳句寄稿の依頼状を出したのは昭和31（1956）年早春であった。私は大学に入学すると同時に、藤岡筑邨主宰の月刊俳誌「龍膽」編集長に就いた。早速、巻頭の頁に活力ある俳人の新作を頂戴することを提案した。主宰の依頼状と一緒に、面識のない兜太であったが、依頼とは余分な一身上のこと（貧窮問答に明け暮れる大学生であるが、兜太・楸邨の句が大好きだ云々）を書いて添えた。すぐに兜太から6句が送付されてきた。その中の一句が後にKAPPA BOOKS『今日の俳句』（光文社・昭和40年刊）に出て、「描写からイメージへ」の添削例に引かれる名高い「強し青年」の句であった。この事実を知ったのは9年後、上記入門書を読んだ時であったが、たいへん驚いた。

強し青年干潟に玉葱腐る日も　　兜太

「龍膽」（昭和31年6月号）初出。兜太がどのような状況で掲句を着想されたのか分からない。が、私が後年第一句集『青胡桃』（龍膽俳句会・昭和39年刊）を出した折に兜太から「感想」と題し好便を貰った。

「青胡桃全部を気持よく読ませて貰いました。きびきびと卒直な書き方が気持よく、いかにも若者の句集の印象です。好きな句を書きとめてみました」として、36句揚げ、「ぐうぐうと電柱うなる樹氷咲かせ」には「ぐうぐうがよいですね。貴君らしい」とある。後に「後半やや落着きすぎの感じも出ていますが、フレッシュなリリシズムは失われていません。あくまでフレッシュに。御元気に」とある。

「強し青年」の印象を忘れないでいて下さったのか。私がモデルだとは言い切れないが、苦渋に満ちた学生生活を送っている地域の草の根青年への激励は有難かった。ともかく折あるごとに兜太俳句から刺激を頂戴することを記した手紙をさし上げたことを記憶している。以後の兜太との交流はここでは触れない。

古沢太穂からも「龍膽」7月号に「魚河岸おりおり」6句、8・9月号には津田清子から「菜殻火」5句貰う。

津田清子とは昭和39（1964）年の夏、碓氷峠の泉、利根川支流の水源の吟行にご一緒させて貰った。「天狼」の東信在住の青年俳人に誘われたのである。そこでの嘱目吟3句を清子は句集『二人称』（牧羊社・昭和48年刊）に収録している。あめんぼうや泉への擬人化がやさしい。そこに自然への朴訥な信頼感がある。

泉に棲みつき退屈のあめんぼう　　清子
巌より湧く泉には齢なし
沢をとぶ花苞死ぬなはやまるな

「南部の殿様、粟飯稗飯、喉にからまる干菜汁」と津軽から南部は馬鹿にされたと成田千空が語る。佐藤鬼房は南部の哀しみを一身に背負った俳人と見られながら、鬼房ほど生活力ある強靭な俳人はないのではないか。

西東三鬼の弟子筋にあたる鬼房、鈴木六林男、三橋敏雄の三人は、三鬼がもつコスモポリタンの気風を「一種の無頼性」として継承している。しかし、無頼性では生きられないことは承知で、鬼房は風土、六林男は時間、敏雄は古典に身を韜晦した。その中で、鬼房は東北の風土の方から鬼房が支えられる。俳句がギリギリの生存であったからだ。ところが鬼房よりも余裕派の敏雄と六林男は古典に、あるいは時間に身を韜晦したまま生涯を終えたように見える。しかし、鬼房、六林男、敏雄の三人の無頼性は一夜にして「民主社会」へ変身する戦後への反戦に基づく、それぞれの戦争体験からの抵抗であったことはいうまでもない。

コスモポリタンの三鬼が戦後俳句史の出発にあたり残したものは敏雄の言う通り、石田波郷と神田秀夫を巻き込み、現代俳句協会の創立と俳誌「天狼」の創刊であった。そこにはコスモポリタンなるがために、豪胆な精神と繊細な気遣いがあったように思われる。

本書は戦後俳句史の泥中から、角組む蘆の卑近な状況を推察する裏面史としても面白い。

最後に極上のアラカルトを。昭和55（1980）年、信州大学を停年退官後、松本から東京に出た俳諧師東明雅先生を交え、私は、俳人協会理事長草間時彦と新宿百人町の小料理屋で、三吟歌仙を巻いた。「連句は極道の遊び」と放言とも真意とも測りかねた時彦の呟きが記憶にある。それは愉しい一夜であった。

佳き友は大方逝けり藪柑子　　時彦

花菖蒲と冬椿
――時代と対峙した十三人のモノローグ

山下 知津子
一九五〇年生・「麟」同人代表

『証言・昭和の俳句』シリーズ、第一回の証言者は桂信子である。その証言の中に、昭和三十八年、女性俳人として代表的存在である橋本多佳子を信子が大阪回生病院に見舞ったときの話が出てくる。

多佳子はそれ以前、昭和三十五年に胆嚢を病み、同病院に入院していたことがある（立風書房『橋本多佳子全集第二巻』所収年譜より）。三十八年の再入院のとき、信子は多佳子から巻紙の長い手紙をもらったという。そして手術後に見舞うのだが、そのとき多佳子はすでに痩せ細り、眠ったままであった。「あまりに変わられたから私は思わずそこで泣いてしまったんです」と信子は述べ、さらに次のように続ける。

「そこに菖蒲が一本サーッと活けてあったんです。その菖蒲がなんとも言えんほどきれいで、大きな菖蒲でね。凛とした感じが橋本多佳子さんご自身みたいに思えたものです。亡くなられたのが五月二十九日ですから、ちょうど菖蒲が咲いている時節です。あの菖蒲の感じと橋本多佳子さんという人の立っておられる姿、丈夫なときの姿がぴたーっと合っているような気がしましたね」。

この信子の証言は、たとえ橋本多佳子という名を知らない人にも、多佳子の天稟や品格ある凛乎たる佇まいを、鮮明に伝える力がある。

そして信子のこの生き生きとした言葉から、かつて私の師である野澤節子から直接聞いた、多佳子についての別の花にまつわる一つのエピソードを私は思い出す。節子は多佳子を奈良の自宅に見舞ったことがある。そのとき多佳子は病床に起き上がり、羽織を肩にかけて応対してくれたという。

「多佳子さんは非常に美しい方でした。私はすっかり緊張してしまっていて、何をお話ししたのか全く覚えていないのです」と節子は語った。けれども、そのとき多佳子の枕元に、紅椿を浮かせた水盤が置かれていたのは覚えていると。その光景が非常に印象的で忘れられない、と言った。

「俳句研究」昭和五十年九月号〈特集・野沢（ママ）節子〉所収の略年譜、昭和三十六年の欄に次のような記載がある。

「十一月、「浜」関西吟行会に出席し、奈良西の京・斑鳩の里に遊ぶ。奈良では、病床の橋本多佳子を恩賀とみ子と共に訪問」。

一方、多佳子の前出年譜の昭和三十六年欄には「九月、身体の調子悪くなる」とあり符合する。二人のこの出会いのとき多佳子六十二歳、節子四十一歳。節子と会った一年半ほど後に多佳子は他界するのだが、節子が見舞ったのは十一月。多佳子枕頭の水盤の椿は冬椿であったか。冬椿であるならばなおいっそう多佳子にふさわしいという思いが湧く。

病床に伏す橋本多佳子の枕辺に、野澤節子が見た浮き花の冬椿と、桂信子が見た一本の花菖蒲。これらの花を通して、かつて、まだ俳句が男性中心の世界であったころから俳句での自己表現を深く志し、俳句によって己を鍛え、毅然として作品を彫琢してきた三人の高潔な女性俳人の魂が、照らし合い響き合っている。戦後、女性俳人たちが輝きを放つ時代を迎えた象徴のように、花菖蒲と冬椿がきわやかである。そしてこの二つのエピソードも、いわば昭和の俳句の特徴的で重要な一面を如実に表していると言えるのではないだろうか。

大先達である『証言・昭和の俳句』における十三人の証言者を前にまことに不遜で失礼なことながら、各証言者に対する私の興味、関心には当初若干の濃淡があった。しかしいったん読み始めると、どの証言者の語りも激動の時代を豊かな洞察力や見識、そして情熱をもって俳句に専心した人ならではの極めて貴重な逸話に満ちていて、一気に引き込まれた。証言者たちは、歴史や時代、社会に対する広い視野と客観的視点をしっかりと踏まえつつ、各々の個別の俳句体験やそこで生まれた心情を縦横に生々しく語っているのである。

一番目の証言者であった桂信子は大正三年生まれだが、この『証言・昭和の俳句』に登場する十三人の俳句作家のうち、鈴木六林男、草間時彦、金子兜太、古舘曹人、津田清子、沢木欣一、佐藤鬼房、三橋敏雄と、実に八人が大正八年、もしくは九年生まれである。そしてわが師・野澤節子もまた大正九年生まれであった（平成七年逝去）。

大正八年（一九一九年）という年は第一次世界大戦処理のためパリ講和会議が開かれ、ベルサイユ条約が結ばれた。また朝鮮半島では三・一独立運動が起きている。大正九年は戦後恐慌が始まり、五月には日本最初のメーデー、十二月には大杉栄、堺利彦らによる日本社会主義同盟の創設があった。そのような揺れ動く時代に生まれ、昭和が始まるころに小学生になったのが、これら八人の俳句作家たちなのである。まさしく昭和を生きた人々であるが、このシリーズの証言者たちは、人口に膾炙した作品を残し、かつ時代的に合致したから、あるいはネームバリューがあるからという理由だけで登場しているのではないであろう。ここには、聞き手を務めた黒田杏子の冷静で深い卓見にもとづく確固たる判断が秘められていると思われる。

「学徒出陣世代の方々から安保世代の黒田が証言を引き出すという企画でした」と黒田杏子自身が記している。時代の激動と峻烈な風雨をその総身で真正面から受け止め対峙し、時に痛みも負いつつ誠実に生き抜いて創作に励んだ十三人。

しかもその果てに、自身の人生や創作活動に引きつけ関連させて、明晰な認識と洞察力をもって時代を語ることのできる十三人が、戦後の六十年安保闘争に積極的に関わり行動した後輩俳人黒田杏子に語る、昭和という時代に関する証言、というのがこの比類ないシリーズの核なのである。

聞き手である黒田杏子は、事前の綿密な下調べや準備に加えて、毎回証言者と同じホテルに宿泊して打ち合わせ、晩ごはんや翌朝の朝食を共にしてから収録に入るという手順を踏んでいたという。このことにより、知識プラス情感の交流が築かれていたので、証言者は聞き手と対話しつつ、みな胸襟を開いて自在に語るのである。しかし最終的に文章となったものは、聞き手からの問いかけや設問はすべて消され、モノローグ（独白体）という形になっている。その際のあまりにきれいに刈り込まれ過ぎない、整えられ過ぎないモノローグの言葉は、証言者の肉声や体温や血潮というものを感じさせ、一人の人間としての確かな存在感を滲ませる。

それゆえ、例えば昭和十五年の「京大俳句」事件や、戦後の「天狼」創刊のいきさつ、現代俳句協会の分裂と俳人協会の設立、また草田男と兜太の激しくも真摯な論争等々についてのそれぞれの俳人による複数の証言は、個々人の人間的な愛憎を内蔵させせつつ細部のリアリティーが生き生きと豊かであり、全体として見たときの複眼的な立体感や重量感は並々ならぬものがある。初めから文字で書かれた作家論や俳句史、俳壇史では省かれてしまうかもしれない生々しい具体的な逸話が貴重である。そしてそれらの逸話にまず私たちの感情は揺さぶられ、諸々の思考を促されるのである。

シリーズを読み通している中で、私がことに強い印象を受けたものの一つが金子兜太の次の回想である。

「それから、これは楸邨先生もよく書いてましたが、安東次男ともよく飲んだ。電車がなくなってから大井町から線路を伝って楸邨先生の家まで「おーい、楸邨、このバカヤロウ」とか怒鳴りながら歩いていって、楸邨の家に泊めてもらったということもありました（笑）」。

最初は読んで大笑いしたが、気がつくと胸が熱くなっていた。この逸話に滲み出る人間関係の情愛の太さ、熱さ、篤さ。師・加藤楸邨に対する兜太の絶対的な敬愛と信頼。現在の、個人が他者とあまり深く関わらず、社会の中で砂粒のように一粒ずつサラサラと存在しているような人間関係から見ると羨ましくなる。このような深々とした情の交流の基盤があればこそ、人の胸を打つ俳句が生まれたのかと思う。

実際、各証言の後に付けられた自選五十句には圧倒される。大半の作品が私の中に重い存在感をもって棲みついているものばかりである。一口に代表作と言うが、これらの証言者の方々はこんなにも多くの代表作を持っておられるのだと、あらためて感じ入る。そして、必ずしも表面には現れていないものもあるが、いずれの句も深いところで昭和という時代と対峙したそれぞれの作者固有の孤なる人生に立脚している。それゆえにこそ普遍性を獲得しているのであろう。

特に強調されるべきは、証言者たちの人生の底に動かし難く重く存在し続ける戦争である。

鈴木六林男のモノローグは、戦場で自身が体験した検閲についての具体的で詳細な話から始まっている。

金子兜太は、自身の代表作を問われたら、〈水脈の果(はて)炎天の墓碑を置きて去る〉という、多くの部下を亡くしたトラック島から引き揚げるときの句だと述べている。

そして佐藤鬼房の語る、昭和十六年十二月南京光華門外における鈴木六林男との初対面。六林男の戦地詠を読んだ鬼房が感想の手紙を送ったことに発するのだが、「厳しく言えば戦場離脱」(鬼房の証言より)のような形をとってまでして、六林男が鬼房に会いに来たのだ。戦場における、俳句を介しての人と人とのこの奇跡的な邂逅。

一方、戦場には行かない女性俳人たちの人生にとっても、戦争は非常に大きな影を落としている。

桂信子は昭和二十年三月十三日夜から十四日にかけての大阪大空襲で自宅を爆弾が直撃、自分の句稿のみを持ち出して逃げ、九死に一生を得た。その句稿が後に第一句集『月光抄』となって上梓されることになる。

さらに、若き日に小説家を志して家出までした中村苑子は、戦死した夫の遺品の中にあった句稿から、俳句に興味を持ち始めたのだという。

金子兜太は言う。「戦場で、主計科でいながら、たくさんの餓死者を出すという現場に立ち会ったものだから、餓死した人たち、私は非業の死者というのだが、その人たちに報いることを戦後はやらないかんと、こう考えて…(以下略)」。

この兜太の姿勢は大きな影響力を持った。例えば、日本軍兵士の強いられた凄惨な実態を論じベストセラーとなった吉田裕著『日本軍兵士――アジア・太平洋戦争の現実』では、二箇所も兜太の言葉に言及がなされている。

そして、十三番目の証言者である三橋敏雄は、モノローグの最終盤、戦争の生き残りである自分の句を、戦死や戦病死した友だちが現在読んでくれたらどう思うかを常に考えていると語る。「少なくとも体験者としては生きているうちに、戦争体験の真実の一端なりとせめて俳句に言い残しておきたい。単に戦争反対という言い方じゃなく、ずしりと来るような戦争俳句をね」と続ける敏雄の言葉が、それこそずしりとお腹に応える。兜太や敏雄のこのような発言を読み、彼らの俳句を読んでいると、社会にとって重石となる俳人たちが存在したのだということを痛切に実感する。敏雄をシリーズ最後の証言者としたことにも深い意義が籠められていよう。

ちなみに、本書の刊行予定日は八月十五日である。

千空と兜太と

横澤放川
一九四七年生・「森の座」代表

平成十年五月に成田千空は第四句集『白光』により第三十二回蛇笏賞（角川文化振興財団主催）を受賞した。千空は大正十年三月三十一日の生れだから、このとき七十七歳になっている。そのとうに一家をなしている千空がこの蛇笏賞授賞式での受賞挨拶に、開口一番こう名乗りをあげた。いやこれは当日の驚きをいまもって忘れずにいられる黒田杏子さんのことばで伝えておこう。

＊

千空さんが蛇笏賞をもらわれたとき、有名になっている人なのに、挨拶に立って、「中村草田男門、『萬緑』の成田千空でございます」と。先生はもうこの世におられないのに。実に素晴らしいと思った。そうしたら、藤田湘子さんが「モモちゃん、カッコいいねえ。師をああいうふうに言えるんだね」とおっしゃった。千空さんのあのときのお言葉は、先生を称揚するというより、自分が先生を生涯、誇りに思っておられたからで、まことに素晴らしいことだったと思いますよ。

（「森の座」創刊号特別対談—伝統の継承）

＊

驚きはこの名乗りだけではなかった。千空はこの壇上で自身については碌に語らず、終始といっていいほどに、この日蛇笏賞選考委員として目の前の委員席にいた金子兜太に語りかけたのである。そしてそのこれまた開口一番のことばが「兜太は未完ですね」というのだった。会場が一瞬ざわめいたのはいうまでもない。兜太のあの頑丈な頸がむっくり起きたのが後ろから眺められた。

私はそれこそ萬緑門であるから、千空を兜太を望むべき峰峰のひとつひとつとして見やり続けてきた人間だから、千空のいわんとすることをすぐに直覚した。千空らしい、兜太を認めていればこそのフモールの表現なのである。おそらく訝しい顔で見上げた兜太に向かって、そのこころはとばかりに千空がいい足した。「草田男も未完でした」。

千空がいいたかったのは、草田男と兜太にはどこか共通点があるということだ。どれほど両者が論争しようとも、それで優劣をつけ割り切ることなど決してできないデモーニッシュな詩精神をふたりがもっていると見ているのである。

式後の宴席で私は、未完といわれましたねえと、兜太にいささか揶揄のことばを投げてみた。憤然として兜太が応じた。「千空ごとき小成に甘んずる者ではない」。七十七歳と七十九歳のこのふたりの掛け合いの場にいて、私はふくふくと湧きあがってくるようなおかしみを覚えるとともに、羨望というに近い不覚の感情の起こるのも覚えた。

遅く生まれ過ぎた。私は昭和二十二年の生れである。兜太が復員し日本銀行に復職した年だ。そして「寒雷」にも復帰するとともに沢木欣一の「風」において兜太の戦後の批評活動が開始された年だ。一方で千空は四年に亙る肺疾療養ののち、二十一年には草田男の「萬緑」に創刊とともに参加。北津軽郡飯詰村に移住すると、帰農生活五年のなかで青森俳句会「暖鳥」創刊に同人参加。つまり兜太も千空も戦争や肺疾で中断されたいわば遅れての青春の活動を、戦後という時代の活動を開始した頃に私は生まれている。

授賞式での千空兜太のこうしたやりあいをすこぶる面白く思うのは、また不覚とも感じるのは、それこそこの一書『証言・昭和の俳句』が豊かな眺望で教えてくれている、二度と再現されることのない時代への羨望のなせるところにちがいないのである。そこに登場する作家たちの証言はまさに時代を生きた充実感に溢れている。

この『証言』は、そのままではまちがいなく時の流れのなかへ消滅していったはずの、無数の事実と真実が収蔵された一大史記となっている。聞いておかねば、語ってもらっておかねばならないものが歴史にはあるのだ。この戦争を挟んで生きた俳句作家たちの活発な精神史を、いわば同時代人として経験することができた人々は、どれほど幸運なことか。

千空兜太のふたりは、なにも反目しあっているわけではない。ふたりは戦前の改造社「俳句研究」誌で草田男選に仲よく三句づつ並んで入選して以来、互いに同時代の作家として注目しあってきた間柄だ。昭和四十二年、八戸在の豊山千蔭が現代俳句協会賞を受賞する。千蔭は「寒雷」の同人でもあったから、この年の五月兜太は受賞祝いに青森に赴く。

人体冷えて東北白い花盛り

この句はその旅の産物である。千空の案内で北津軽を歩いた、十三潟あたりの印象であることは兜太自身が自解で語っている。千空がまたこの作品を兜太の本質において捉えていたひとりであることは『証言』の記録で明らかだ。千空はこんな風に評するのである。

＊

兜太は別個なの。なぜかというと、さすがに彼は一句をまとめるときにデモニッシュなんです。内部から突き上げてくるものでとらえる。そこが兜太は草田男に似ている。（略）前衛の連中のなかで兜太だけが実作のほうが理論を超えているなという感じがする。

たとえば兜太の〈人体冷えて東北白い花盛り〉を見ても、できていますものね。香西照雄に言わせれば、なんだ、花冷えに過ぎないじゃないかということですが。「人体」とはその当時の前衛ふうですね。分解したみたいな。

だから人間を人体としてモノとしてとらえる。そこで、「東北白い花盛り」ということになると、その花は桜じゃないですね。東北で桜が咲くころは林檎も咲くだろうし梨の花も咲く。木蓮も辛夷も。東北には白い花が似合うという感じじゃないですか。東北というのは白い花が咲いているところだ。人体は山背で冷え切ってしまっている。兜太はそういうことを一挙にとらえてデモニッシュなものを表現する。これは前衛俳句としては一つの成功した例じゃないかと私は思います。

*

兜太が未完であるとは、意識的構成では終わらない内部衝迫から、デモーニッシュに作品が産出し続けているという意味だ。だから千空は草田男も未完でしたというのである。だから千空は「本当は兜太は草田男についていくべき人であったんじゃないかなと思いますね」と得心しているのである。これは兜太草田男の造型俳句論争とか、現代俳句協会の分裂とかいった社会事象とは根底において異なる、文学的真実なのである。

　私はかつて兜太によばれて「俳壇」誌の座談会に出席したことがある。その折には兜太は草田男を季題宗だといって、まだ盛んに批判していた。しかし座談会の収録が済んだあとで私はややの苛立ちを覚えながら、兜太さんそれでも兜太さんは草田男の弟子でしょうと迫ったのだった。すると兜太は一瞬だけ、それこそ千空ごときと目を剥いたような面相を見せ、しかしその構えを俄かに崩すと、膝を叩いてそれを肯うのだった。そうなのだ、そうなのだ、と。

兜太の青森行と同じ時期に、千空にはこんな作品がある。

　野は北へ牛ほどの藁焼き焦がし

これを共感こめて見事に解説した兜太の文がある。少しく長いがここに記して、千空の兜太観と仲よく並べておこう。

*

　原野には何もない。収穫のあとであろうか、何もない。その一個所に、藁が積まれて、焼かれている。その焼かれ方は、ぼうぼう燃えるのではなくて、まわりは黒く、中は赤く、積まれた形をくずすことなく中へ中へと燃えてゆく感じである。だから「牛ほどの藁」という形容が生まれてくる。積まれて、しかも黒くくすぶっている形が、まさに牛のように見えるのである。大きさも牛ぐらいだ。

　煙は、北へ流れてゆく。野を這い、横切って流れてゆく。そして北空に終わる。ここでも「北へ」という想いのこめられた積極的な言葉づかいが見られる。絶対に「北に」ではなく「北へ」である。

　いま私は、想いがこめられている、と言ったが、この作品は、まさに想いをこめている作である。この景の背後には、冬のくる大地、暗い空が見え、その土地の人びとの農耕の生活が荒々しく甦ってくるのだ。そこまで言うべきかどうか知らぬが、その大地と空と生活を、私は、東北地方のそれと受け取る。この暗さ、この荒々しさには、まぎれもなく東北がある。しかも、作者は、東北に限定しないで、普遍性を持った景に仕上げ、そして、その景を迎える人の想い――情念の激しい波打ち――として、読む者の胸にたたきこむのだ。

その想い、情念の激しい波打ちは、「北へ」とともに「牛ほどの藁」にもある。つまり、両方ともに実際のこととしても、それを俳句のなかの〈事実〉とするためには、作者の決断が要る。その決断のなかに想いがこもる。「牛ほどの藁」など、やはり東北の農村生活のただなかにいないと出てこないし、それを言葉として定めるためには、感覚の働きにたよっているだけでは、だめなのだ。それにしても、この牛、耕牛であり、牛のように鈍重で粘り強い農民であり、作者の重い心の姿（心象）である。それが火をこめて焼き焦げ、煙は北空へ流れる。

前掲の赤尾兜子の作品（註・広場に裂けた木塩のまわりに塩軋み）が示している私たちの存在感のなかから、この作は、情感に激しくぶつかってくる現実の相を捉え、それを情感の沸き立ちのままに、一義に、示したものなのである。混濁の存在感を知る者のみが示しうる〈想い〉と〈決断〉があると私は言いたいほどだ。重い東北の空と大地――人はそれを風土と言う――が色濃く基底を色どるのも、存在感の深さによるものであった。（『今日の俳句』）

＊

千空が兜太はデモーニッシュだといった理由がありありと知れてくるだろう。「混濁の存在感」とは、のちに兜太が盛んにいい出した、余り適確な用語とも思えぬが、兜太のいうアニミズムに通ずるものだろう。千空が内部から突き上げてくる力としたものだ。千空は兜太を語ることによって千空自身を語っている。兜太は千空を評することによって兜太自身を語っている。ひとつにそれは時代的共感といっていい。

千空が見つめていたのは兜太ばかりではない。彼の蔵書中のたとえば佐藤鬼房の『鳥食』には集中の佳句を書き出すとともに感想を書き込んだ藁半紙が挟んであった。そして「おそらくこれからも鳥食の賤しい流民の思いは消えず」といった鬼房のことばに添えて、「私は底〇〇の自分のくらしを、しばしば落ち穂拾いだと思う。鳥食（とりばみ）はもうひとつつきつめた己れを見つめるきびしさから出た言葉である」といった思いが綴られているのである。

戦前戦中戦後を生きた昭和の俳句作家たちには、さまざまな論争や分裂のなかでなお、同時代意識というしかないこころが生きている。兜太のことばなら、想いと決断が。かつて、みなづき賞授賞式の折だったか、黒田杏子を央にして、兜太と千空が寒山拾得さながらに顔突き合わせて睦み合う、そんな一葉が遺されている。昭和は忘れられてはならない。

『証言・昭和の俳句』散策

齋藤愼爾
一九三九年生・深夜叢書社社主

平成十（一九九八）年のことだから、二十三年も前のことだ。二月、黒田杏子さんは担当していた雑誌「俳句」の読者投句欄「平成俳壇」の最終回の選句稿を持って、「俳句」編集部を訪ねる。期日に追われたため郵送できず、直接届けることにしたのだった。これが歴史的な企画の生誕につながることを黒田さんはじめ誰も気づかなかったのである。

編集長の海野謙四郎氏と雑談のあと、黒田さんは「これを機に、当面、俳句綜合誌の仕事は一切辞退させていただき、自分自身を鍛えてゆく仕事に専念することにします」と申し述べて、退出してきた。

黒田さんは「いま俳句に何が出来るか」というテーマを常に模索する思索と行動の俳人である。その眼には俳壇は沈滞しているとしか見えなかった。「現代俳句の〈現在〉」といったシンポジュームへの参加者も少なく、後退戦の雰囲気がきわめて濃厚である。そんな自覚を持つ俳人も少ない。十年一日変わらぬ花鳥諷詠派と政治的スローガンを吐露しただけの社会派が、手際のよい司会者の手で交通整理されてあっけなく幕を閉じるというかたちが常態化していた。強度の苛立ちをこめた未発の挑発、たとえば「敵対すべきははっきり敵対し、議論すべきは議論する、解体すべきものは解体する、破壊すべきものは破壊する、という意志を持った俳人が一人でもいれば、現代俳句は信頼に足る文学の形式を失わない」といった類いの発言をする者も、そんな言葉に耳かたむける人も皆無なのである。

本書の〈まえがき〉に書かれていることを、敢えて引用したのは、何か歴史的とか運命的ともいえる〝事件〟がおこるためにはどのような情況になっていなければならないのか篤と考えてみたいからである。

海野編集長から「綜合誌でこういうことをすべきだという提案などありましたら、ご意見をお聞かせ下さい」との電話が入る。黒田さんは「昭和俳句の証言者として、学徒出陣世代の俳人を中心に、重要な俳人たちの本格的な取材、つまり時間をかけた聞き書きを、今世紀のうちに、誰かが本気になってやっておくべきではないでしょうか」と答えた。

すわこそ時来たるという瞬間である。余計なことを一言申し述べると、「学徒出陣世代」云々は咄嗟とはいえ、黒田さん以外の人には思いつかない発想であろう。それからの紆余曲折を経て完成した書をあなた方はいま読了された。今後、繰り返し読むことになるはずだと断言してもいい。黒田さんの、「雑誌連載のときは、すべて証言者の一人語りの形式に統一」「事前調査及び打合せの際の黒田の質問項目は小見出しに生かす」「一人語りの体裁となった証言内容のチェック、校正の時間を証言者に十分差し上げる」といった配慮により、重厚な〈生きた俳句史〉が出来上がったのである。単なる聞き書き、対話なら、そのまま流し読みされ、それ自体で放散ないしは蒸発し、完結してしまう恐れもあったかもしれない。

登場する俳人は十三人、以下の順番である。桂信子、鈴木六林男、草間時彦、金子兜太、成田千空、古舘曹人、津田清子、古沢太穂、沢木欣一、佐藤鬼房、中村苑子、深見けん二、三橋敏雄。申し分のない人選だろう。私自身はこの十三人のうち十人（桂、鈴木、草間、金子、津田、沢木、佐藤、中村、三橋、深見）と三十年から五十年の交き合いがある。黒田さんとも出会って今日までそのくらいの歳月になる。

最初の証言者は新興俳句の女性では唯一の現役である桂信子（以下敬称を略）。「西欧的な雰囲気を湛えておられる」と黒田さんはその印象を述べている。桂のクラスメートに歌人・五島茂の弟子がいて、五島茂と日野草城が親しい友人同士という縁。五島茂夫人は美代子。上皇となられた天皇皇后の歌の師だ。私が五島宅に出入りしていた頃は、美代子夫人は亡くなられていたが、茂氏が引き続き皇室に出かけ、歌の指導にあたられた。茂氏から美代子夫人が皇太子と美智子妃の相聞歌の下書きを大切にしていたと伺ったが、「見せて下さい」とは、さすがに言い出せなかった。

桂信子が草城門「旗艦」に入り、そこで藤木清子と出会った話は興味深い。〈ひとりゐて刃物のごとき昼とおもふ〉の作者だ。『俳句事典』でも藤木の生年、出身地、没年、一切不明だ。「藤木さんに会った人といえば、いまはもう伊丹三樹彦さんと私ぐらいでしょうか」と桂。『現代俳句大事典』では、「旗艦」一九四〇年十月号に〈ひとすぢに生きて目標うしなへり〉を提出し、以後、行方不明とある。

桂に映画遍歴を語らせたのは収穫。見た映画は『制服の処女』『巴里祭』『外人部隊』『ミモザ館』『女だけの都』――これらの名画が「私の性格を形成するのに影響した」。昭和二十年三月十三日から十四日にかけての大空襲で家は爆弾の直撃、咄嗟に持ち出した句稿が句集『月光抄』誕生の挿話。桂が草城の外に誓子にも直接訪ねて学んだという条りを記憶していてほしい。草城が亡くなったとき、桂が誓子に電話をかけたため、初めて弔問に来る。また草城句碑建立の際には誓子は祝辞まで読みあげてくれる。誓子の長い祝辞の結びは感動的だ。「句碑のはじめに刻まれた〈春暁やひとこそ知らね木々の雨〉（草城）は、現代俳句の種蒔きの句でした。今日以後、（略）この句碑と接するひとは、ここに現代俳句の苗床あり、と思っていただきたいのです」

誓子のこのような姿を誰が想像できようか。黒田さんの桂信子インタビューは平成十年九月二十九日。翌十一（一九九九）年度の現代俳句協会賞を桂が受賞。八十五歳の桂の感動的な挨拶を私は中嶋鬼谷氏の録音で聞いていた。「今の若い人たちは恵まれている。特高ににらまれることもない。先輩もやさしい。綜合誌も多くて発表の機会もある。だが一言申し上げたい。大正期に虚子門下には石鼎、普羅、鬼城、蛇笏、といった人が出た。昭和の初めには、草城、誓子、草田男、楸邨らが出た。平成になってからはそうした人たちが輩出していない。今のようなカオス状態が長ければ長いほど、信長とか巴御前とか立派な人が出ると思う」

全国各地から駆けつけた現代の信長や巴御前たちはこの挨拶をどんな思いで聞いただろうか。成果の一つは黒田杏子さんによって後に実現される。俳人協会員でありながら（これの方が難しい）黒田さんは現代俳句大賞を受賞した。

次いで第二章。鈴木六林男の証言の痼（しこり）が解けない。鈴木は「作家として誓子は百人に一人くらいしか出ない俳人でしょう。二百年と言ってもよろしい」と言う。私は高校時代、国文学者の小西甚一（ドナルド・キーンが「日本で最も尊敬している学者」と私に発言）が「昭和俳人のなかで、確実に幾百年後の俳句史にも残ると、いまから断言できるのは、かれ一人である」（『俳句の世界――発生から現代まで』研究社、一九五二年刊）と書いているのを読み、以来、異議無しの俳句人生を過した。本書で三鬼が亡くなった直後、大阪に来た高柳重信と三橋敏雄が誓子を表敬訪問している。

「三鬼さんが亡くなって、どんな感じですか」と尋ねると、誓子が〈一将功なりて万骨枯る〉と言ったから、オレ、驚いたよ。あんな非情なことを言うんだって高柳重信が言ってました（笑）将は誓子自身で、三鬼を万骨のなかに入れた。三鬼でこれですから、他の同人は微塵子（みじんこ）ぐらいでしょう」

私は高柳、三橋、それに鈴木にも死の直前まで頻繁に会っていたが、そんな話を聞いたことがない。誓子の発言は正確なのか。私は真相を知りたい。誓子の晩年、毎週金曜日に朝日俳壇選考のため上京する誓子と夜、氏が常泊していたホテルで会う習慣があった。「天狼」同人らしき人が三、四人、誓子に付き添っていたが、彼らを紹介するでもない。彼らは誓子と私がコーヒーを飲みながら語りあうのを少し離れた所で見守っている。彼らが誰かは当時の「天狼」人は知っている人がいる筈だ。誓子が「一将功なり」と言ったのは、たとえば三鬼主宰の「断崖」に集まった連衆を指すのではないのか。同誌にも丘本風彦、橋詰沙尋、島津亮、杉本雷造らが活躍したが、正直なところ「天狼」同人と比べるわけにはいくまい。「天狼」には秋元不死男、橋本多佳子、平畑静塔、高屋窓秋、永田耕衣、横山白虹、孝橋謙二、西東三鬼、神田秀夫、加藤かけいら錚々たる巨人が控えている。いくら誓子が傲慢といえど、彼らを万骨と称することはありえないと私は考える。

鈴木六林男は晩年、師の三鬼の名誉を回復するための裁判を闘っている。発端はノンフィクション作家小堺昭三が出版した『密告』の存在である。小堺は「京大俳句事件」の裏話を探る過程で、「三鬼は特高のスパイの役割りを担った」と断じたのだ。同事件は一九四〇（昭和十五）年、新興俳句運動の中核を担った俳誌「京大俳句」の編集に関与した主要俳人十五名が、治安維持法違反の容疑で特高警察に検挙された俳句弾圧事件をさす。三鬼も東京で検挙され、京都松原署に連行されている。

裁判は足掛け五年で勝訴。相手は控訴しなかった。「金が目的ではない。死者の名誉回復のための闘い」（鈴木）は勝利で終結した。「名誉は守れた、勝った」と関係者の喜び、陶酔で終結。当初、鈴木氏に意見を求められ、俳句事件の本質を今日の時点で問わなければ意味はないと私は答えた。密告とは何か。現代の複雑な情況下では、人は知らずして抑圧する側に加担していることもある。よほど自立した精神の持主でないかぎり、無意識裡に抑圧に加担しているといえる。「自分は卑劣な密告などしない」との自信はどこから来るのか。平成十三年三月、美智子上皇后はバーミアンでテロリストの爆弾で破壊され失われた石像の跡地で詠じた。〈知らずしてわれも撃ちしや春闌くるバーミアンの野にみ仏在さず〉と。

大仏破壊のドキュメンタリーを撮った『カンダハール』のマフマルバフ監督は「大仏＝仏陀の清貧と安寧の哲学は、パンを求める国民の前に恥じ入り、自ら力尽き、砕け散った。仏陀は世界に、このすべての貧困、抑圧、大量死を伝えるために自ら崩れ落ちたのだ。怠惰な人類は、仏像が崩れ落ちたということしか耳に入らない」と記者を前に語った。監督に破壊を嘆くことばは欠けらもなかった。上皇后の「知らずしてわれも撃ちしや」の内省に、いまの歌人たちの歌、俳人たちの俳句は、恥辱のあまり崩落するであろう。

三鬼の名誉回復裁判での収穫は、三鬼側（原告）の証人申請を固辞した山本健吉の態度が記憶されることになったことか。裁判の後に鈴木六林男が刊行した第十句集『雨の時代』の書名と句集の装幀、帯文を私が担当した。蛇笏賞を受賞。現代は荒涼たる雨の時代だという認識を共有した。

さて三幕と変わる。黒田さんは「草間時彦氏の語り口は浄瑠璃の語りにも似て、しみじみとした味わい、鴨立庵庵主にふさわしい」と前書で指摘している。草間氏は「馬酔木」で秋櫻子の選を受けながら、「その選に疑問を持っていた」と大胆にも発言される。理由は「秋櫻子の俳句は衣食に足りた人の俳句、こちらは衣食は足りないで失業している。その人間が衣食の足りた選者に投句しても理解してもらいにくい」と。何という言い草であるか。句を見るより、相手の身分（金持ちか貧乏か）が気になる貧乏少年の愚痴。

学生時代から、リラダン伯爵を尊敬していた私などには右のような見解はとんと理解出来ない。リラダンは「生活のことなど家来にまかせておけ」と超然というか昂然、いや傲然としていたと伝えられる。証言では、〈冬菊のまとふはおのがひかりのみ〉の解釈に関心（寒心）したと付言しておこう。俳句文学館には随分と資料探しに通った。終わる頃合いをみて、草間氏が館長室でコーヒーをご馳走してくれたのは忘れられない。

〈曼珠沙華どれも腹出し秩父の子〉を読むと誰しも金子兜太の自画像と思うだろう。証言は五十頁にも及ぶ。「ほぼ全頁にびっしりと直しが入っていた」校正刷りを読んだ黒田さんの表情を思い浮かべながら頁を繰っていく。「兜太先生が母上の強い反対にもかかわらず、魅力的な友人との出会いにより俳句を作るようになられた旧制高校二年の年、昭和十三年に私は生まれている」（黒田はじめに）とか。年の開きは十九歳。その奇縁を黒田さんは大切に守り、昇華させた。

読者は兜太の颯爽たるオルガナイザーぶりに一驚するだろう。本書でも自分のことより、無名の才能を押し出そうとする場面が頻出する。ここでは赤城さかえが推奨される。後に登場する古沢太穂も赤城復活に長年、情熱を傾けていた。

兜太の弁を聞く。「文芸評論と見てもいいもので感心しました。〈戦後俳句〉を語る人の必読書の一つです」と黒田さんに熱っぽく語る。この無償の精神は見習うべきだろう。

赤城さかえの文章のよさを一つ示そう。中村草田男の〈壮行や深雪に犬のみ腰をおとし〉について、「この句の功績は、何と言っても、人々が熱狂している喧騒の中から、深雪に腰をおろしている哲学者〈一匹の犬〉を見出した作者の批評精神である」と明晰な論理を自在にこなす。（偶然だが令和三年七月四日、ノンフィクション作家で俳人でもある日野百草氏の『評伝　赤城さかえ――楸邨・波郷・兜太に愛された魂の俳人』（コールサック社）が刊行。赤城復活に拍車が掛かることになろう）

本書『証言・昭和の俳句』で兜太が山本健吉に対しても真正面から批判を敢行している。俳句界といわず文学、文化の世界に於ける山本健吉の権力、いや権威の凄さは逝去三十三年後の今日でも誰しもが認めるところだが、生前、兜太にひるむところは微塵もなかった。

「山本健吉の姿勢は、少なくとも原子公平や私との論争の範囲内のことですが、その後の山本健吉は知りませんが、威圧的、揶揄的ですね。つまり、批評家の色彩がかなり強い。社会性（俳句）のときのことですが、あの人が東京新聞に書いたことに対して原子とオレがうんと反撥した理由の一半にそれがある。あの文章は『山本健吉全集』に載っているのかな」

現在まで誰も答えていないので触れておこう。山本健吉の角川新書『昭和俳句』は昭和三十三年八月十日発行。同書の一〇三頁から一四二頁に「東京新聞」が昭和二十六（一九五一）年十一月十一日から三十一年五月八日まで随時掲載したコラムが兜太の指摘する「俳句時評」である。

初めてここで公表するが、『山本健吉全集』に「東京新聞」の「俳壇時評」は、そっくりそのままでは収録されていない。虚子や花鳥諷詠派の雑誌を批判した時評（これが結構鋭い）は一切削除している。山本は自分の全集の売行きを配慮したのだろうか。

では金子・原子に関するものはどうか。急いで調べたいが、手元に『山本健吉全集』がないし、近隣の図書館にも所蔵されていない。後日、明らかにしたい（予測としては百パーセント収録されていよう。健吉は最後まで金子らを認めようとしなかったし、金子らを収録しても売り上げに影響しないとの判断が上回ったのだろう）。

それよりも筑摩書房の『現代日本文學大系』95「現代句集」の巻が世に二種、神田秀夫版と山本健吉版があることだ。文学全集にとって前代未聞の〈事件〉を現在まで誰も問題視しない。神田秀夫が「解説」し、収録俳人を百パーセント決定したと思われる神田版こそ当時、最高最良の全集で、ここには山本版が収録しなかった高柳重信、津田清子らが入っている。大きな図書館なら神田版を見ることが可能だ。

因みに私は山本健吉や大岡信の著作を、俳句評論の『旧約聖書』に喩え、矢島渚男、原満三寿、中嶋鬼谷、江里昭彦らを『新約聖書』構築派とする構想を久しくあたためてきた。一部は岩波書店の「文学」に発表した。山本健吉の「一、俳句は滑稽なり。二、俳句は挨拶なり。俳句は即興なり」（『純粋俳句』）という余りにも有名な命題に最初に疑問を呈したのが矢島渚男で、「その命題は蕉風成立前の談林俳諧までには適用されるが、蕉風を確立した晩年の芭蕉から現代俳句にいたる発句、俳句を覆うことにはならない」と断定した。

「此の秋は何で年よる雲に鳥」を挙げ、「「芭蕉は、下の五文字、寸々腸（はらわた）をさかれける世」と伝えられたように苦吟というにふさわしく即興からは遠い。また〈何で年よる〉の俗語を俳言と認め得ても、この句の何処に滑稽があろうか。そしてまた〈お寒うございます。お暑うございます。日常の存問が即ち俳句である。平俗の人が平俗の大衆に向っての存問が即ち俳句である〉（虚子俳話）といった挨拶でもなかろう。これは孤独な独白である。これをしも挨拶とするならば、すべての文学的発言は挨拶にほかならなくなってしまうであろう。この句は滑稽でも挨拶でも即興でもないとすれば、この命題は正しくない、と考えざるを得ないのである」（「芭蕉における『俳諧』の変容」）。

一読し、ガーンと頭に鉄槌を下されたことを今に思い出す。あわれ一世を風靡（ふうび）した山本理論は木っ端微塵に破砕されちまったのだ。「山本健吉は、俳句の本質として、〈滑稽〉説、〈即興〉性とともに〈挨拶〉性を指摘したが、すぐれた見解として注目すべきであろう」（『現代俳句大事典』三省堂）の復本一郎の記述は修正されねばならない。

成田千空の雅号は本名が力（ちから）。チカラは千空（ちから）で空っぽになった。「リルケの詩集を読んでましたら、そのなかに「千空」が（「千の空から」と）出てきたんです。「薔薇の葩」という詩です。（略）力が空っぽになってリルケに出会ったというわけです」、リルケ命の私は大いに納得。

古舘曹人は黒田さんの兄弟子。晩年は句作の筆を折り、小説に取り組む。東大在学中に三島由紀夫と机を並べたらしい。三島の小説をほとんど読んでいる。読まなかったのが一つ、それは『葉隠入門』。六十過ぎに読む。〈毎朝死ね〉とある。「朝、武士が起きるとまず死ぬ覚悟を決める…」。「天皇に責任があると言ったのは総長（東大）の南原繁が初めてではないかもしれんが、たいへん勇気が要ったでしょうね」。首相の吉田茂は南原を「曲学阿世」と非難。私は親父に幼い頃から南原への畏怖を懇々と聞かされて育った。「南原のひとことで日本の方向が決定したのだ」と親父。数十年後、東大闘争で世間が湧いたとき、「このままでは東大は消滅する」と学生を暴力学生呼ばわりしたのは南原繁その人であった。疑う者は図書館で新聞縮刷版を見よ。私の南原熱は消滅。

女流俳人で最も親しくし、尊敬していた津田清子。晩年、月に三回、それも二年間、奈良から上京。神田秀夫の荘子の講義を聴講するのが目的。私は結局、神田とは会うことはなかったが、俳句関係の編集をする学者では山本健吉を超え、第一人者と生前から、ここかしこで言明してきた。

黒田さんとは異なり、津田清子俳句では最初から〈海に還す水母の傷は海が医(いや)す〉を愛誦。

古沢太穂の三歳の勇姿を見ても黒田さんが言う「洒脱なお人柄、証言は明快、ユーモアたっぷり」を想像することが出来る。私は俳句より評論に親しんできた。赤城さかえ（一九〇八―一九六六）復活をうながした『赤城さかえ全集』『戦後俳句論争史』『赤城さかえ句集』の刊行は、古沢の無償の行為による。すべて絶版になっているが、最近、赤城復活の兆候が出てきた。前述した金子兜太も復活に与って力がある。既刊本の三冊で「私たちは戦後俳句の出発点における問題と、その進展のすじみちを、ほぼ完全な形で知ることができると思う」（古沢太穂）。

古沢曰く、「波郷は丑年(うしどし)生まれ、秋元不死男、中村草田男、瀧春一も私（古沢）も。丑年がいちばん有名な俳人が多いなんて言った時期があったんです（笑）」。因みに「私は卯、ウサギ。ああ、別に聞いてない？」

沢木欣一が、「ある時代に好きで、よく読んだ人のことを話します。戦前では中野重治と保田與重郎(よじゅうろう)です。それを言いたかった」

沢木欣一氏と私が阿佐ヶ谷で週に二、三回飲んでいたのは中央線沿線住まいだったからだ。「俳句」編集長を務めた秋山実は隣の駅、荻窪。ほぼ二日置きに同席していたのではなかったか。彼の早逝は惜しい限りだ。

中野重治はわかるが、保田與重郎は珍しい。「人気があったよ。日本浪曼派。『日本の橋』はいま読んでも名著だと思う」。黒田さんは二ヶ月分の長時間にわたる病院内での取材。近々刊行される句集名が『綾子の手』と聞き、「思わず私は涙ぐんでしまった」。綾子は夫人の細見綾子をいう。証言が終わった翌年（二〇〇〇年）、『綾子の手』（角川書店）刊。

佐藤鬼房には『西東三鬼の世界』出版の際、鈴木六林男、三橋敏雄ともども監修になってもらった。三鬼の三人の高弟。人柄も俳句も好きだ。東北の反骨の人だ。黒田さんは「夏草木曜会」のメンバーと松島に出かけた折とか「おくのほそ道」三百年の前年、やはり松島、塩竈を訪ねた折、佐藤氏と御一緒された由。黒田さんの名作〈能面のくだけて月の港かな〉はその折での作品ではないのか。「大西巨人さんが、『神聖喜劇』という長編のなか（略）に私の戦場の作品も入れてくれてます」との発言。私は気付いていない。これを機会に再読してみよう。鬼房主宰の「小熊座」は高野ムツオ（主宰）と渡辺誠一郎（編集長）に引き継がれ、これぞ「出藍の誉れ」、全国の俳誌の中でも注目誌となった。鬼房の女弟子で『惟然覚書』で話題になった沢木美子さんが、未知の間柄であるのに私にかわって私の辞世句を予め作ってくれたのを多としている。

高柳重信宅にはよくお邪魔したが、夫人の中村苑子とは話をしたことはあまりない。俳誌「春燈」に所属していたことも初耳。私が上京し、初めて清水基吉（『雁立』で芥川賞）に連れていかれた居酒屋が「春燈」同人たまり場、『卯波』、鈴木真砂女が経営していた。晩年、真砂女は読売文学賞や蛇笏賞を受賞。昭和四十九（一九七四）年、中村苑子は私の企画による「現代俳句七人展」（山形新聞、山形放送後援）に参加してもらった。他のメンバーは高柳重信、三橋敏雄、金子兜太、加倉井秋を、藤田湘子、阿部完市。『証言・昭和の俳句』の第十一章「中村苑子」には、私のことは一行も出てきません。「つげ義春もまだ無名でしたが、表紙に絵を描かせたりしています」の主語は堀井春一郎。高柳と清水昶、佐佐木幸綱との鼎談、中井英夫のエッセイ…これすべて私の知人であることこの世界では常識じゃありませんか。「やはり堀井春一郎も俳句界にとって隠れた貢献者だと思います」（中村苑子）のその堀井春一郎の全句集を出したり、彼の生前から彼を顕彰しようとヤッキになっていたのが私であったことも世間の常識。別に私は出たがりではないのですが、記録は正確でなければ拙いでしょうが。開催地が山形であることにまず気付くべきでしょう。堀井は東京生まれ、育ち、何ら山形とは縁はない。

深見けん二は第一高等学校に入学。十九歳の頃より虚子に師事。東京帝国大学工学部冶金学科に入学と、経歴が光り輝いている。三十一歳で「夏草」同人。三十七歳で「ホトトギス」同人。その間、「玉藻研究座談会」を「玉藻」誌上で実施。あの虚子が兜太や重信らの句を読んでいたことに殆どの俳人は驚いた。この記録は星野椿、星野高士の協力を得て深夜叢書社から出版。

その深見さんは黒田杏子さんにとっては「虚子門として知られるが、学生時代からの山口青邨門でもあって、古舘曹人さんと共に私にとって、かけがえのない兄弟子」とのこと。俳句入門は昭和十六年。この年の十月三十一日に大崎会に出席。虚子選に入った一句が、〈一筋の煙動かず紅葉山〉だった。そこに深川正一郎もいて、小鼓の宗家、幸祥光夫人の喜美さんと一緒に師事。十七年十月から東京大学の草樹会に出席。「青邨先生、風生、福田蓼汀、京極杞陽、吉井莫生、佐藤漾人、こういう方たちがいました」。続いて東大ホトトギス会（青邨指導）に入る。

昭和二十九年から始まった研究座談会で深見は虚子から基本的なものを叩きこまれたと感じている。メンバーは上野泰、清崎敏郎、藤松遊子、桃邑、深見けん二の五人。それに立子と虚子で七人。「最晩年に朝日新聞に〈虚子俳話〉を連載しましたが、あの発言の背景にはこれがあるんです」「秋元不死男さんが『俳句』の月評にそれを取り上げてくれましたが、たとえば（虚子は）三鬼の〈水枕ガバリと寒い海がある〉はいいよと言っている。自分としては虚子からそういうふうにほめられるとは思わなかった」とあります。秋元門下の私も不死男のその感想には納得するものがある。

三橋敏雄の年齢は覚えている。〈大正九年以来われ在り雲に鳥〉（敏雄）があるからだ。俳人では最も長く深く付き合ったのが三橋だ。朝日文庫『現代俳句の世界』全十六巻、全解説を依頼した。『疊の上』で蛇笏賞。「あれは山本健吉が生きているともらえなかったと思いますね。あの方は、虚子とはまたちがった守旧派で新興俳句とか前衛俳句とかは嫌いなんだから」。

戦後七十六年、昭和は遙か茫々。八十二歳の私の個人史に何か刻印された記憶はあるかと自問した。一つあった。昭和五十六年、わが師・吉本隆明は熊本市で石牟礼道子、渡辺京二氏と、食事をともにした。渡辺氏が吉本氏に「石牟礼さんは反核集会へ出たんですよ」と揶揄（からかい）気味に言うと、「石牟礼さんは出席しても構わないんです」と答えた。吉本氏は『「反核」異論』（深夜叢書社）の著書もある如く、反核運動を鋭く批判していた。

渡辺京二氏は「吉本さんの石牟礼道子に対する理解は深い」（『石牟礼道子評伝年譜』）と感じ入る。吉本氏の言葉は最高の尊敬（オマージュ）だった。

私の生涯史最大の衝撃を受けたこの出来事を黒田杏子さんの立姿に重ねてみたい。黒田さんが、たとえば句碑を生前に七十余基も建立（した、させた）金子兜太らと友人付き合いをしていても、「黒田さんは構わないんです」と私は如何なる時、如何なる場所、如何なる人々を前にしても、そう応えるだろう。

黒田さん、次は『証言・平成・令和の俳句』ですよ。

増補新装版 あとがき

一九三八年生・「藍生」主宰 「件」同人
黒田 杏子

およそ20年前に出ました角川選書『証言・昭和の俳句』（上・下巻）は好評を博しました。「俳句」に連載された13名のロングインタビューをまとめたもの。聞き手は私黒田でした。当時、「俳句」が出るたびに全国の俳人から手紙やはがき、さらに各地の名産品までが私宅に届けられたのでした。「面白い」「勉強になる」「寝る前にじっくり読んで勇気をもらい、熟睡します」などなど。好意的な方が八割。残り二割ほどの方は否定的で、実にきびしいご批判の文面。

今も忘れられないのですが、否定的・批判的な方々の文面と筆蹟が実に堂々として見事であったこと。ご批判は次のような事でした。①証言者の人選が片よっている。②新興俳句系俳人に光の当てすぎ。③聞き手にすぎない黒田の名前が目立ちすぎる。④総合誌の「俳句」は国民のもの。一部の俳人が大量の頁を占拠するのは許しがたい。⑤この13名以上にすぐれた俳人は日本各地に居る。⑥自慢話を得々と語るのは見苦しい。⑦連載は縮小または中止せよ。などなど…。

「俳句」編集長海野謙四郎さんはまことに冷静。「さまざまな方のご意見は参考になります」と。動ずることなく終始沈着に連載をすすめられました。

一方私は、お便りを拝見するほどに、13名の証言者の選定に確信を与えられました。この大型連載企画を遂行する「確信犯」としての自覚と誇りをあらためてわが胸にたたみこみ、このプロジェクトを完走することが叶いました。このたびの増補新装版にはあらたに現在この国の第一線でご活躍中の皆様から書き下ろし四千字の玉稿を頂いております。

旧版では「聞き手」の私。このたびは「聞き手・編者」とさせて頂いて居ります。

過日、同人誌「件（くだん）」37号に新装版刊行発心の経緯をくわしく書かせて頂きました。その原稿を以下に揚げさせて頂きます。（一部割愛）

官製葉書二通―龍太先生・兜太先生―

黒田杏子

ここ数年、ずっと考え続けてきた問題に決断を下し、ようやく二〇二〇年の暮に実行に移しました。

二十年以上も前に角川選書に入り、よく売れた書籍、上下二巻で出ておりました『証言・昭和の俳句』をここで復刊、再び世に送ることです。

この本はもともと海野謙四郎さんが『ふるさと大歳時記』刊行の仕事を完了されたのち、「俳句」の編集長に就任された、その時期に同誌の大型企画として、一年半つまり十八ヶ月にわたる長期の連載が書籍化されたものでした。

証言者である俳人は十三名。男性十名、女性三名。具体的には、桂信子、鈴木六林男、草間時彦、金子兜太、成田千空、古舘曹人、津田清子、古沢太穂、沢木欣一、佐藤鬼房、中村苑子、深見けん二、三橋敏雄の皆様。現在深見けん二先生おひとりがご健在でいらっしゃいます。

この大型連載企画の実現は海野編集長の英断あってのことでしたが、証言者男女十三名の人選にはきき手をつとめました私黒田の希望がそっくり叶えられております。

さらに証言のきき手は黒田がすべて担当致しましたが、活字化の段階では、証言者の一人語りとなっております。事前に用意、どなたにもお届けしてあった質問事項は、小見出しに生かすなどの工夫を致しました。つまり、収録の段階では対談形式をとっておりますが、どなたの場合も最終的には一人語り。これは私のアイディアであり希望でした。

博報堂で「広告」誌の編集長もつとめました私は、読者にとって読みやすいのは一人語りの形式であることを月給を頂く歳月の中で学んできていたのでした。

読者に読んでもらえなければ始まらない、読まれない企画は意味が無い、ということをたたき込まれてきました。私はコピーライターの職種には就きませんでしたが、広告のコピーというものは世の中の人に共感されなければ、受け入れられなければ、即没です。

結果としてこの方式は正解、「俳句」誌のロングランの大型連載は予想を上まわる多数の読者の支持を得、共感の内に迎えられました。現在では想像できませんが、当時、「俳句」の定期購読者の圧倒的多数は男性でした。連載開始と同時に、私は未知の男性俳人読者から毎月ファンレターを山のように受け取っていました。中にはこの連載頁を切り取り、表紙付きの小冊子に仕立て、毎月お届け下さる九州の男性俳人も居られたのです、感謝状がどっさり。

長期に亘る連載が完了。何年かして連載は上下二巻の角川選書となりました。ここで、ぜひ記しておきたいのは、海野編集長のアシスタントとして、この仕事を担当されたのは岩藤忍さん、現在、朔出版の社主・鈴木忍さん。そして、黙々と私の仕事を支えて下さったのは、速記者の吉田ひとみさん。私がこの仕事をつつがなく完了出来たのはひとえに吉田さんのお蔭。以来私はずっと吉田さんを頼って今日があるのです。「藍生」の仕事も、「件」の仕事もすべて吉田さんのお蔭で順調に進行出来ているのです。

話は戻ります。この本の構図は一言で言えば、学徒出陣世代の俳人達に、六十年安保世代の黒田がじっくりと話を伺うというものでした。当時、例えば証言者のおひとりであった金子兜太さんは七十九歳。きき手の私は博報堂で定年を迎える六十歳でした。その私はこの八月十日に当時の兜太さんの歳を超え、八十三歳となります。いろいろと考えた末、二〇二一年の終戦日八月十五日に、この『証言・昭和の俳句』を再び世に出す、そのことを私は決めました。

具体的には写真を含め、十三名の皆さまの証言と自筆略年譜、そして貴重な自選五十句はすべてそっくりそのまま、これを第一部として収録。さらに増補新装版として刊行いたします今回はつぎの二十名の方々に書き下ろしの原稿を頂戴する（おひとり四千字まで）。

お引き受け下さった方のお名前を順不同で掲げます。

宇多喜代子　下重暁子　寺井谷子　坂本宮尾
山下知津子　中野利子　夏井いつき　対馬康子
恩田侑布子　神野紗希　宮坂静生　齋藤愼爾
井口時男　高野ムツオ　横澤放川　仁平勝
筑紫磐井　五十嵐秀彦　関悦史　星野高士

この方々の玉稿を第二部として、このたびは組版を二段とし、全一冊に収録と致します。版元はコールサック社。

（略）

ともかく、この『証言・昭和の俳句』が絶版に近い状態のまま、角川選書として、自然消滅してゆくことを時の流れとしてあきらめ、放置出来なかった理由が私にはあったのでした。その事を記させて頂きたいと思います。

その一つは、「俳句」での連載がスタートするやいなや（証言者のトップバッターは桂信子先生でした）

『後世に残る仕事
期して今後を見守ります　飯田　龍太』

境川村からの黒田あての官製はがき。

もう一通は「俳句」での連載終了と同時に届いた太字の黒のサインペンの文字。

『オレ達の足跡を消さずに残してくれて
本当にありがとう　金子　兜太』

こちらも官製はがきでした。

「雲母」終刊、すでに俳壇を引退しておられた龍太先生の流麗な万年筆の文字。

お目にかかるたびに「オイ　クロモモさんよ、頑張ってくれや」と肩を叩いて下さる兜太先生のダイナミックな太字の黒サインペンの文字。

共に、この国の文化と俳句文芸を憶われるふところの大きなお二人の大先達からの官製葉書。この二通の葉書の画像が私の心と脳にくっきりと刻印されたまま、この二十年の間、消え去ることは無かったのです。

いまさら、私があらためて記すまでもなく、俳句・HAIKUをめぐる状況は二十年前とは信じられないほど大きく変わってきています。HAIKUは世界語となりました。

パンデミックのさなか、二〇二一年の終戦日、八月十五日に世に出る新しい『証言・昭和の俳句』全一巻・増補新装版がおひとりでも多くの皆様、読者に迎えられることを希い、祈っております。

聞き手・編者略歴
黒田杏子（くろだ　ももこ）

俳人、エッセイスト。

1938年、東京生まれ。東京女子大学心理学科卒業。「夏草」同人を経て「藍生」創刊主宰。第一句集『木の椅子』で現代俳句女流賞と俳人協会新人賞。第三句集『一木一草』で俳人協会賞。第1回桂信子賞受賞。第五句集『日光月光』で第45回蛇笏賞受賞。2020年、第20回現代俳句大賞。

句集に『木の椅子』『水の扉』『一木一草』『花下草上』『日光月光』『銀河山河』『黒田杏子句集成』。著書等に『金子兜太養生訓』『存在者金子兜太』『語る兜太』『手紙歳時記』『暮らしの歳時記—未来への記憶』『俳句の玉手箱』『俳句列島日本すみずみ吟遊』『布の歳時記』『季語の記憶』『花天月地』『「おくのほそ道」をゆく』『俳句と出会う』など多数。

『証言・昭和の俳句 上・下』（角川書店）のプロデュース・聞き手をつとめる。

「兜太 ＴＯＴＡ」全四巻（藤原書店）の編集主幹。同人誌「件」同人。

栃木県大田原市名誉市民。

日経新聞俳壇選者。新潟日報俳壇選者。星野立子賞選考委員。伊藤園新俳句大賞選者。吉徳ひな祭俳句賞選者。東京新聞「平和の俳句」選者。福島県文学賞（俳句部門）代表選者。草加市「おくのほそ道」文学賞、ドナルド・キーン賞、「草加松原国際俳句大会」各選者。日本各地の俳句大会の選者をつとめる。

藍生俳句会
〒101-0051　東京都千代田区神田神保町 3-2 九段ロイヤルビル７F
Tel：03-5216-6015　　Fax：03-5216-7239

黒田杏子
〒113-0033　東京都文京区本郷1-31-12-701

証言・昭和の俳句　増補新装版

2021年8月15日初版発行
2021年10月8日第二版発行
2021年11月24日第三版発行
聞き手・編者　黒田　杏子
発行者　　　　鈴木比佐雄
発行所　株式会社 コールサック社
〒173-0004　東京都板橋区板橋 2-63-4-209
電話 03-5944-3258　FAX 03-5944-3238
suzuki@coal-sack.com　http://www.coal-sack.com
郵便振替　00180-4-741802
印刷管理　（株）コールサック社　制作部

装幀　髙林昭太

落丁本・乱丁本はお取り替えいたします。

ISBN978-4-86435-487-5　C0095　￥3000E